J.R. Ward vit dans le sud des États-Unis avec son mari. Diplômée de droit, elle a travaillé dans le milieu de la santé à Boston et a été chef de service dans un des plus grands centres médicaux du pays. Elle a toujours été passionnée d'écriture et son idée du paradis ressemble à une journée passée devant son ordinateur en compagnie de son chien avec une cafetière pleine toujours à portée de main. Sa série *La Confrérie de la dague noire* connaît un succès phénoménal dans le monde entier et sa nouvelle série *Anges déchus* est en train de suivre le même chemin.

Du même auteur, chez Milady,
en poche :

La Confrérie de la dague noire :
1. *L'Amant ténébreux*
2. *L'Amant éternel*
3. *L'Amant furieux*
4. *L'Amant révélé*
5. *L'Amant délivré*
6. *L'Amant consacré*
7. *L'Amant vengeur*

Anges déchus :
1. *Convoitise*
2. *Tentation*

Aux éditions Bragelonne,
en grand format :

La Confrérie de la dague noire :
Le Guide de la Confrérie de la dague noire
7. *L'Amant vengeur*
8. *L'Amant réincarné*
9. *L'Amant déchaîné*

www.milady.fr

J.R. Ward

L'Amant vengeur

La Confrérie de la dague noire – 7

Traduit de l'anglais (États-Unis) par Éléonore Kempler

Bragelonne

Milady est un label des éditions Bragelonne

Cet ouvrage a été originellement publié en France par Bragelonne

Titre original : *Lover Avenged*

Suivi d'un extrait de : *Lover Mine*

ISBN : 978-2-8112-0876-9

Bragelonne – Milady
60-62, rue d'Hauteville – 75010 Paris

E-mail : info@milady.fr
Site Internet : www.milady.fr

Ce livre est dédié à : Toi.
Bien et mal sont des termes très relatifs
pour désigner les gens comme toi.
Mais je suis d'accord avec elle.
Pour moi, tu as toujours été un héros.

Remerciements

Mon immense gratitude aux lecteurs de *La Confrérie de la dague noire* et une ovation aux Cellies !

Merci infiniment à Steven Axelrod, Kara Cesare, Claire Zion, Kara Welsh et Leslie Gelbman.

Merci à Lu et Opal, ainsi qu'à nos modérateurs et à tous nos surveillants du Hall, pour tout ce que vous faites par pure gentillesse !

Comme toujours, tous mes remerciements à mon comité exécutif : Sue Grafton, docteur Jessica Andersen et Betsey Vaughan. Et tout mon respect à l'incomparable Suzanne Brockmann et à la toujours sensationnelle Christine Feehan (et à sa famille).

À DLB : dire que je t'admire est évident, mais voilà c'est comme ça. Je t'aime et t'embrasse, maman.

À NTM, qui a toujours raison et réussit à toujours se faire aimer de nous tous.

À LeElla Scott, qui déchire tout, oui ma belle, totalement.

À ma petite Kaylie et sa maman, parce que je les adore.

Rien de tout cela ne serait possible sans mon mari aimant, qui est mon conseiller, mon gardien et mon voyant, ma formidable mère qui m'a donné tellement d'amour que je ne pourrai jamais lui en rendre assez, ma famille (de sang comme d'adoption) et mes très chers amis.

Oh, et toute mon affection à la meilleure moitié de WriterDog, comme toujours.

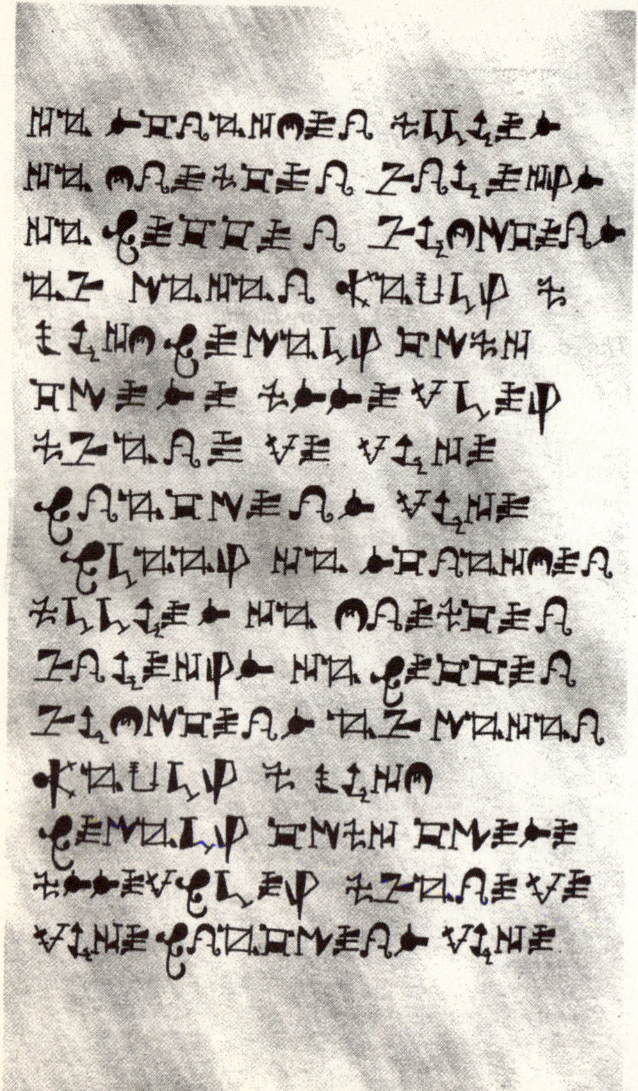

Tous les rois sont aveugles.
Les bons le savent
et ne se servent pas que de leurs yeux pour diriger.

Chapitre premier

— Le roi doit mourir.

Quatre mots tout simples qui, pris séparément, n'avaient rien de particulier. Mis bout à bout, ils évoquaient tout un tas d'emmerdes : meurtre, parjure, haute trahison.

Mort.

Pendant les secondes pesantes qui suivirent ces paroles, Vhengeance ne réagit pas, laissant ces termes flotter dans l'air étouffant du bureau, semblables aux points cardinaux d'une boussole ténébreuse et malfaisante qui n'avait plus de secrets pour lui.

— As-tu une réponse ? reprit Montrag, fils de Rehm.

— Non.

Montrag cligna des yeux et tripota sa cravate en soie. Comme la plupart des membres de la *glymera*, il faisait patte de velours, les souliers toutefois fermement plantés dans le sol aride de sa classe. Ce qui signifiait qu'il était franchement précieux, à tous points de vue. Avec sa veste de smoking, son pantalon chic à fines rayures et – *oh, putain !* Il portait vraiment des guêtres ? – il semblait tout droit sorti de *Vanity Fair*. L'édition du siècle précédent. Et, avec son infinie condescendance et ses idées sacrément brillantes, il était comme Henry Kissinger, l'ancien secrétaire d'État de Nixon : tout en analyse, aucune autorité.

Ce qui expliquait cette rencontre, en fait.

— Ne t'arrête pas en si bon chemin, poursuivit Vhen. L'atterrissage ne sera pas plus agréable.

Montrag se renfrogna.

— Je n'arrive pas à envisager la chose avec ta désinvolture.

— Est-ce que j'ai l'air de rire ?

On frappa un coup à la porte du bureau et Montrag tourna la tête, ce qui lui donna un profil de setter irlandais : tout en nez.

— Entrez.

Une *doggen* se faufila dans la pièce et la traversa, ployant sous le poids du service en argent qu'elle portait sur un immense plateau d'ébène.

Jusqu'à ce qu'elle relève la tête et aperçoive Vhen.

Elle se figea instantanément.

— Nous prendrons le thé ici. (Montrag désigna la table basse entre les deux canapés en soie sur lesquels ils étaient assis.) Ici !

La *doggen* ne bougeait pas, dévisageant Vhen.

— Quel est le problème ? demanda Montrag quand les tasses à thé commencèrent à s'entrechoquer dans un tintement. Pose ce thé ici, tout de suite.

La *doggen* inclina la tête, marmonna quelque chose et avança lentement, pas à pas, comme si elle s'approchait d'un serpent prêt à mordre. Elle demeura aussi loin de Vhen que possible et, après s'être déchargée du plateau, fut à peine capable de disposer les tasses dans les soucoupes tant ses mains tremblaient.

Quand elle s'empara de la théière, il fut évident qu'elle allait en renverser partout.

— Laissez-moi faire, dit Vhen en tendant la main.

La *doggen* s'écarta de lui en sursautant, lâcha l'anse et la théière bascula.

Vhen la rattrapa, l'argent du récipient dégageant une chaleur foudroyante dans ses paumes.

— Qu'est-ce que tu as fait ! s'exclama Montrag en se levant de son canapé.

La *doggen* recula de manière servile, levant les mains devant son visage.

— Je suis désolée, maître. Je suis vraiment…

— Oh, ferme-la et va chercher de la glace…

— Ce n'est pas sa faute. (Vhen reprit calmement la théière par l'anse et se mit à verser.) Et je vais parfaitement bien.

Tous deux le regardèrent comme s'ils s'attendaient à le voir bondir comme un beau diable en chantant « ouille, ouille, ouille ».

Il reposa la théière en argent et regarda les yeux pâles de Montrag.

— Un sucre ou deux ?

— Puis-je… puis-je te donner quelque chose pour ces brûlures ?

Il sourit, montrant les crocs à son hôte.

— Je vais parfaitement bien.

Montrag sembla offensé de ne rien pouvoir faire et retourna son mécontentement contre sa servante.

— Tu nous fais honte. Laisse-nous.

Vhen jeta un coup d'œil à la *doggen*. Pour lui, ses émotions formaient une grille en trois dimensions de peur, de honte et de panique – une trame qui emplissait l'espace autour d'elle aussi sûrement que ses os, ses muscles et sa peau.

— *Calme-toi,* pensa-t-il en s'adressant à elle. *Et sache que j'arrangerai les choses.*

La surprise se peignit sur son visage, mais ses épaules se détendirent et elle fit demi-tour, visiblement beaucoup plus calme.

Quand elle fut partie, Montrag se racla la gorge et se rassit.

— Je ne pense pas qu'elle fera l'affaire. Elle est totalement incompétente.

— Pourquoi ne pas commencer avec un sucre (Vhen joignit le geste à la parole) et voir après si tu en veux un autre ?

Il tendit la tasse, mais pas assez, si bien que Montrag fut forcé de se relever de son canapé et de se pencher par-dessus la table.

—Merci.

Vhen garda la soucoupe en main tandis qu'il implantait une nouvelle pensée dans le cerveau de son hôte.

—Je rends les femelles nerveuses. Ce n'était pas sa faute.

Il lâcha abruptement la porcelaine et Montrag eut du mal à garder sa prise.

—Oups. Attention. N'en renverse pas. (Vhen se réinstalla dans le canapé.) Ce serait une honte de tacher ton magnifique tapis. C'est un aubusson, pas vrai ?

—Euh… oui. (Montrag se rassit et fronça les sourcils, comme s'il ne comprenait pas pourquoi il avait changé de sentiment au sujet de sa servante.) Euh… oui, c'en est un. Mon père l'a acheté il y a de nombreuses années. Il avait un goût exquis, n'est-ce pas ? Nous avons construit cette pièce pour le tapis tant il est grand, et la couleur des murs a été choisie spécifiquement pour en faire ressortir les tons orangés.

Montrag promena son regard tout autour de la pièce et sourit, sirotant son thé, le petit doigt en l'air.

—C'est assez sucré ?

—Parfait, mais tu n'en veux pas ?

—Je ne suis pas amateur de thé. (Vhen attendit que la tasse se trouve au niveau des lèvres du mâle.) Donc, tu parlais d'assassiner Kolher ?

Montrag s'étrangla, éclaboussant d'Earl Grey le devant de sa veste rouge sang jusqu'au tapis orange de papa.

Alors que le mâle tapotait les taches d'une main molle, Vhen lui tendit une serviette.

—Tiens.

Montrag prit le carré de damas, se tamponna la poitrine d'un air gêné, puis essuya le tapis sans plus de résultat.

Visiblement, il était du genre à créer du désordre, pas à le nettoyer.

— Donc tu disais ? murmura Vhen.

Montrag jeta la serviette sur le plateau et se leva, abandonnant son thé pour faire les cent pas. Il s'arrêta devant une grande toile représentant un paysage montagneux et sembla admirer la scène spectaculaire, avec son soldat colonial occupé à prier les cieux, illuminé par un spot.

Il se mit à parler au tableau.

— Tu sais que nombre de nos frères de sang ont été abattus au cours des attaques des éradiqueurs.

— Et moi qui croyais qu'on m'avait fait *menheur* du Conseil seulement à cause de mon charme naturel.

Montrag lui jeta un regard furieux par-dessus son épaule, prenant une pose aristocratique.

— J'ai perdu mon père et ma mère, ainsi que tous mes cousins germains. J'ai enterré chacun d'entre eux. Tu crois que ça m'a plu ?

— Toutes mes condoléances.

Vhen posa la main droite sur son cœur et inclina la tête, même s'il n'en avait rien à foutre. Il n'allait pas se laisser manipuler par une énumération de décès, surtout que les émotions de ce type étaient toutes de l'ordre de la cupidité, et non du chagrin.

Montrag tourna le dos à la peinture et sa tête masqua la montagne sur laquelle se trouvait le soldat colonial. On aurait dit que le petit homme en uniforme rouge tentait de lui escalader l'oreille.

— La *glymera* a subi des pertes sans précédent à cause de ces attaques. Pas uniquement des vies, mais aussi des biens. Des maisons pillées, des antiquités et des œuvres d'art volées, des comptes en banque disparus. Et qu'a fait Kolher ? Rien. Il n'a donné aucune réponse à nos nombreuses questions : comment ces résidences familiales ont été découvertes… pourquoi la

Confrérie n'a pas empêché les attaques… où sont passés tous ces biens… Il n'a rien mis en place pour s'assurer que cela ne se reproduise plus. Rien ne garantit aux rares membres restants de l'aristocratie que, s'ils reviennent à Caldwell, ils seront protégés. (Montrag était véritablement en verve, haussant le ton, sa voix faisant écho sur les moulures en forme de couronne et le plafond doré.) Notre espèce est en train de mourir et il nous faut un véritable chef. De par la loi, néanmoins, tant que le cœur de Kolher bat dans sa poitrine, il est le roi. La vie d'un individu vaut-elle plus que de nombreuses autres réunies ? Interroge ton cœur.

Oh, Vhen le regardait, ce muscle parfaitement noir et malfaisant.

— Et ensuite ?

— Nous prenons le contrôle et faisons ce qu'il faut. Au cours de son règne, Kolher a instauré de nombreuses réformes… Vois ce qu'on a fait aux Élues. Elles sont à présent autorisées à correspondre avec ce côté – c'est inouï ! Et l'esclavage est désormais illégal, de même que la *rehclusion* des femelles. Sainte Vierge scribe, bientôt nous allons apprendre que quelqu'un porte le jupon au sein de la Confrérie. Si nous sommes au pouvoir, nous pourrons revenir sur ce qu'il a fait et rétablir les lois pour préserver nos anciens procédés. Nous pourrons organiser une nouvelle offensive contre la Société des éradiqueurs. Nous pourrons triompher.

— Tu emploies beaucoup de « nous », et pourtant je ne crois pas que ce soit là le fond de ta pensée.

— Eh bien, il faut évidemment un individu qui soit le premier parmi ses pairs. (Montrag lissa les revers de sa veste et s'inclina légèrement, comme s'il posait pour qu'on lui élève une statue de bronze ou peut-être pour orner un billet de banque.) Un mâle élu qui a de la stature et de la valeur.

— Et selon quels critères choisira-t-on ce parangon ?

— Nous allons évoluer vers une démocratie. Ce régime aurait dû être établi il y a longtemps et remplacera la règle monarchique injuste et inégalitaire…

Tandis que son hôte palabrait, Vhen s'enfonça dans les coussins, croisa les jambes et se mit à pianoter sur l'accoudoir. Sur le canapé bien rembourré de Montrag, ses deux moitiés se faisaient la guerre, le vampire et le *symphathe* s'opposant violemment.

Seul point positif : le match qui faisait rage en lui étouffait le bruit de ce monsieur Je-sais-tout nasillard.

L'opportunité était évidente : se débarrasser du roi et prendre le contrôle de l'espèce.

C'était pourtant impensable. Tuer un mâle de valeur, un grand chef et… un ami, en quelque sorte.

— … et nous choisirions notre chef. Il serait responsable devant le Conseil. Nous nous assurerions que l'on s'attache à résoudre nos problèmes. (Montrag retourna vers le canapé, s'assit et se mit à l'aise comme s'il s'apprêtait à parler de l'avenir pendant des heures.) La monarchie ne fonctionne pas et la démocratie est le seul moyen…

Vhen l'interrompit :

— Je te rappelle que, dans une démocratie, tout le monde vote. Juste au cas où tu ne connaîtrais pas cette définition.

— Mais ce serait le cas. Tous ceux d'entre nous qui siègent au Conseil seraient sur les listes électorales. Tout le monde serait comptabilisé.

— Pour info, l'expression « tout le monde » englobe un peu plus de personnes que « tous ceux d'entre nous ».

Montrag le regarda d'un air de dire : « Un peu de sérieux, voyons ! »

— En toute honnêteté, confierais-tu le sort de l'espèce aux classes inférieures ?

— Ça ne dépend pas de moi.

— Ça pourrait. (Montrag porta sa tasse à ses lèvres et le regarda d'un œil acéré.) Ça pourrait tout à fait être le cas. Tu es notre *menheur*.

En observant le mâle, Vhen aperçut le chemin aussi clairement que si celui-ci était pavé et éclairé par des halogènes : si Kolher était tué, sa lignée royale prendrait fin, puisqu'il n'avait pas encore engendré de descendant. Les sociétés – en particulier lorsqu'elles étaient en guerre comme c'était le cas des vampires – abhorraient toute vacance du pouvoir. Aussi, un changement radical de la monarchie en une prétendue « démocratie » ne paraîtrait pas aussi impensable qu'en des temps plus paisibles et réfléchis.

La *glymera* avait peut-être quitté Caldwell pour se terrer dans ses refuges un peu partout en Nouvelle-Angleterre, mais ce ramassis d'enfoirés déliquescents possédait de l'argent et de l'influence, et avait toujours souhaité s'emparer du pouvoir. Avec ce plan-là, ils pourraient revêtir leurs ambitions des apparences de la démocratie et faire comme s'ils se souciaient des petites gens.

La nature dangereuse de Vhen bouillonnait, comme un criminel emprisonné attendant impatiemment sa probation : les mauvaises actions et les jeux de pouvoir exerçaient une attirance irrépressible sur tous ceux qui avaient hérité du sang de son père, et une partie de lui souhaitait créer le vide… et s'y établir.

Il interrompit les inepties suffisantes de Montrag.

— Épargne-moi ta propagande. Que proposes-tu exactement ?

Le mâle reposa sa tasse avec un art consommé, comme s'il voulait donner l'impression de rassembler ses idées. Vhen était pourtant prêt à parier qu'il savait exactement quoi dire. On n'improvisait pas un complot pareil sur un coup de tête, d'autres personnes étaient impliquées. Forcément.

— Tu n'es pas sans ignorer que le Conseil doit se réunir à Caldwell d'ici à quelques jours pour rencontrer le roi. Kolher arrivera et… un événement mortel surviendra.

— Il se déplace avec les membres de la Confrérie. Ce n'est pas exactement le genre de gabarits qu'on peut contourner.

— La mort porte de nombreux masques. Et dispose de nombreuses scènes pour se produire.

— Et mon rôle serait de… ?

Il connaissait déjà la réponse.

Les yeux pâles de Montrag semblaient de glace, luminescents et froids.

— Je sais quel genre de mâle tu es, donc je sais précisément de quoi tu es capable.

Ce n'était pas surprenant. Vhen était un baron de la drogue depuis vingt-cinq ans et, même s'il n'avait jamais clamé sa vocation auprès de l'aristocratie, les vampires se rendaient régulièrement dans ses clubs. Nombre d'entre eux grossissaient les rangs de ses clients illicites.

Hormis les frères, nul ne connaissait sa nature *symphathe* – et il l'aurait dissimulée à la Confrérie s'il avait eu le choix. Depuis deux décennies, il payait grassement son maître chanteur pour s'assurer que son secret demeurât sien.

— C'est la raison pour laquelle je m'adresse à toi, poursuivit Montrag. Tu sauras comment t'en tirer.

— C'est vrai.

— En tant que *menheur* du Conseil, tu auras un pouvoir énorme à ta disposition. Même si tu n'es pas élu président, le Conseil demeurera. Et permets-moi de te rassurer au sujet de la Confrérie de la dague noire. Je sais que ta sœur est unie à l'un de ses membres. Les frères ne seront pas affectés par cet événement.

— Tu ne crois pas que ça les foutra en rogne ? Kolher n'est pas seulement le roi, il est aussi de leur sang.

— Protéger l'espèce est leur mission première. Où que nous allions, ils doivent nous suivre. Et sache que beaucoup pensent qu'ils n'ont fait qu'un boulot médiocre ces derniers temps. Peut-être auraient-ils besoin d'un meilleur chef.

— Toi. Évidemment.

Ce serait comme si un décorateur d'intérieur prenait le commandement d'une unité de blindés : une avalanche de piaillements désagréables, jusqu'à ce que l'un des soldats élimine le poids plume d'une balle en pleine tête.

Quel plan parfait. Vraiment.

Et pourtant… qui disait qu'il fallait élire Montrag ? Les accidents n'arrivaient pas qu'aux rois – aux aristocrates aussi.

— Je dois te confier, poursuivit Montrag, comme mon père me l'a toujours dit, que le minutage est essentiel. Il nous faut procéder rapidement. Pouvons-nous compter sur toi, mon ami ?

Vhen se leva, dominant l'autre mâle de toute sa taille. D'un geste vif, il tira sur ses manchettes et défroissa son costume Tom Ford avant de s'emparer de sa canne. Son corps ne ressentait rien, ni ses vêtements, ni le mouvement qui redistribuait son poids sur ses pieds, ni la poignée dans sa paume brûlée. L'engourdissement était un effet secondaire du traitement qu'il utilisait pour empêcher son côté néfaste de s'inviter dans la conversation. C'était la prison où il enfermait ses pulsions sociopathes.

Mais s'il oubliait une seule dose, il revenait à la normale. Une heure plus tard, le mal en lui était éveillé et piaffait, prêt à entrer dans la danse.

— Qu'en dis-tu ? demanda Montrag.

Excellente question.

Parfois, au beau milieu de la vie, la multitude des choix quotidiens que nous devons faire – comment s'habiller, que manger, où dormir… – apparaît un tournant. Dans ces moments-là, où le brouillard des contingences futiles se lève et où le destin fait appel au libre arbitre, il n'y a plus qu'une voie. Toute escapade ou négociation devient impossible.

Il faut répondre à l'appel et choisir sa route. Et pas question de revenir en arrière.

Bien sûr, le problème était qu'il devait acquérir des notions de navigation dans le paysage éthique pour se mêler aux vampires. Les leçons qu'il avait apprises avaient porté leurs fruits, mais sur un seul point.

Et son traitement fonctionnait – plus ou moins.

Brusquement, le visage pâle de Montrag lui apparut dans un dégradé de rose pastel, les cheveux sombres du mâle virèrent au magenta et sa veste de smoking passa au rouge ketchup. Alors que l'écarlate submergeait tout, le champ de vision de Vhen s'aplatit comme si le monde était devenu un écran de cinéma.

Cela expliquait peut-être pourquoi les *symphathes* trouvaient si facile d'utiliser les gens. Lorsque son côté malfaisant prenait le dessus, le monde avait la profondeur d'un échiquier et les gens qui l'habitaient devenaient des pions entre ses mains omniscientes. Tous. Les ennemis… et les amis.

— Je m'en charge, annonça Vhen. Comme tu l'as dit, je sais quoi faire.

— Ta parole. (Montrag tendit sa main lisse.) Ta parole que cela sera effectué en secret et en silence.

Vhen dédaigna la main tendue mais sourit, dévoilant de nouveau ses crocs.

— Fais-moi confiance.

Chapitre 2

Kolher, fils de Kolher, saignait en deux endroits tandis qu'il descendait à grandes enjambées les ruelles du centre-ville de Caldwell. Il avait une entaille le long de l'épaule gauche, infligée par un couteau cranté, et s'était arraché un morceau de chair à la cuisse au coin rouillé d'une benne à ordures. L'éradiqueur devant lui, celui qu'il allait vider comme un poisson, n'était responsable d'aucune des deux blessures. C'étaient les deux copains aux cheveux pâles et à l'odeur de fille de cet enfoiré qui avaient causé ces dégâts.

Juste avant qu'il les réduise en pièces, à trois cents mètres et trois minutes de là.

Le salaud qu'il suivait était sa véritable cible.

Le tueur se magnait le train, mais Kolher était plus rapide, pas seulement parce qu'il avait de plus grandes jambes, et malgré le fait qu'il fuyait comme un réservoir rouillé. Il était évident que le troisième allait mourir.

C'était une question de volonté.

L'éradiqueur avait choisi le mauvais chemin ce soir – mais pas en s'engouffrant dans cette ruelle-là. C'était probablement la seule bonne idée que celui-ci avait eue depuis des décennies, car la confidentialité était importante pour se battre. La dernière chose dont la Confrérie ou la Société des éradiqueurs avaient besoin, c'était que la police humaine fourre son nez dans cette guerre.

Non, cet enculé avait tiré la mauvaise carte quand il avait tué un civil une quinzaine de minutes plus tôt. Un sourire sur le visage. Sous le nez de Kolher.

L'odeur du sang de vampire frais avait permis au roi de découvrir le trio de tueurs, les prenant sur le fait alors qu'ils tentaient d'enlever l'un de ses sujets. Ils savaient visiblement qu'il était au moins un membre de la Confrérie, car cet éradiqueur avait tué le mâle afin que lui et son escouade aient les mains et l'esprit libres pour le combat.

Certes, l'arrivée de Kolher avait épargné au civil une mort longue, lente et torturée dans l'un des centres de persuasion de la Société. Mais cela lui faisait toujours mal aux fesses de voir un innocent terrifié se faire trancher la gorge et jeter comme un déchet sur la chaussée glacée et défoncée.

Cet enculé devant lui allait donc y passer.

Œil pour œil, puis on passe à l'action.

Au fond de l'impasse, l'éradiqueur se retourna et se tint prêt au combat, positionnant bien ses pieds et levant son couteau. Kolher ne ralentit pas. En pleine course, il dégagea l'un de ses *hira shuriken* et lança l'arme d'un mouvement du poignet, faisant en sorte d'être bien vu.

Parfois, on a envie que l'adversaire sache ce qui l'attend.

L'éradiqueur suivit la chorégraphie à la lettre, se décalant et abandonnant sa posture de combat. Pendant que Kolher réduisait la distance, il lança une autre étoile de jet, puis une autre encore, forçant l'éradiqueur à s'accroupir.

Le Roi aveugle se dématérialisa et reparut pile sur l'enfoiré, frappant par en haut de ses crocs dénudés pour les enfoncer dans le cou du tueur. La douceur brûlante de son sang avait le goût du triomphe, et le chœur de la victoire ne fut pas non plus long à venir quand Kolher saisit les deux bras de ce salaud.

Pour se venger, il le fit claquer. Deux fois, en l'occurrence.

La chose se mit à crier quand les os sortirent de leurs cavités articulaires, mais le hurlement ne porta pas bien loin une fois que Kolher lui eut posé la main sur la bouche.

— C'est juste l'échauffement, cracha-t-il. Il faut se détendre avant de t'épuiser.

Le roi retourna le tueur et l'épingla du regard. Derrière ses lunettes de soleil, les yeux faibles de Kolher étaient plus vifs qu'à l'ordinaire, l'adrénaline qui parcourait ses veines lui procurant un surcroît d'acuité visuelle. Ce qui était une bonne chose. Il devait voir ce qu'il tuait, même si cela n'avait aucun rapport avec le souci d'assener correctement un coup mortel.

Tandis que le tueur luttait pour respirer, sa peau reflétait un lustre irréel, presque plastifié – comme si on avait garni son squelette de ce truc dont on faisait des sacs de semences –, il avait les yeux largement écarquillés, et sa puanteur douceâtre était semblable à l'odeur d'un animal mort par temps chaud.

Kolher détacha la chaîne suspendue à l'épaule de son blouson de motard et déroula les maillons luisants coincés sous son bras. Tenant le lourd objet dans sa main droite, il en enveloppa son poing, élargissant la taille de ses articulations et renforçant leurs contours durs.

— Dis « *cheese* ».

Kolher frappa l'éradiqueur dans l'œil. Une fois. Deux fois. Trois fois. Son poing était semblable à un bélier, la cavité oculaire lui cédant la place comme si elle n'était qu'une porte coulissante. À chaque impact sonore, du sang noir giclait, lui éclaboussant le visage, la veste et les lunettes de soleil. Il sentait toutes les projections, même au travers de son cuir, et il en voulait davantage.

Il se montrait gourmand pour ce genre de repas.

Avec un sourire dur, il laissa la chaîne se dérouler de son poing et tomber sur l'asphalte sale avec un rire agité et métallique, comme si elle appréciait ce moment autant que lui. À ses pieds, l'éradiqueur n'était pas mort. Même s'il était probablement en train de développer d'énormes hématomes sous-duraux de part et d'autre de son cerveau, il allait continuer à vivre, parce qu'il n'existait que deux moyens de tuer un éradiqueur.

L'un consistait à le poignarder dans le cœur avec l'une des dagues noires que les frères portaient sur la poitrine. L'opération renvoyait la saloperie à son créateur, l'Oméga, mais ce n'était que temporaire, parce que le mal utiliserait cette essence pour transformer un autre humain en machine à tuer. On ne parlait pas de mort, mais de répit.

L'autre moyen était définitif.

Kolher sortit son téléphone portable et composa un numéro. Quand une voix grave à l'accent de Boston lui répondit, il annonça :

— À l'angle de la 8e et de Trade. Y en a trois.

Butch O'Neal, dit le Dhestructeur, descendant de Kolher, fils de Kolher, répondit de manière totalement flegmatique. Parfaitement banale. Tranquille. Laissant place à l'interprétation dans ses paroles :

— Oh, merde. Tu te fous de ma gueule ? Kolher, il faut vraiment que t'arrêtes tes conneries au clair de lune. Tu es le roi à présent. Tu n'es plus un fr…

Kolher referma le clapet du téléphone d'un geste sec.

Ouais. L'autre moyen d'en finir avec ces fils de pute, le moyen définitif, arriverait d'ici à cinq minutes. Avec ses paroles qui faisaient mouche. Malheureusement.

Kolher s'assit sur ses talons, enroula la chaîne autour de son épaule et regarda le carré de ciel nocturne visible au-dessus des toits. À mesure que l'adrénaline refluait, il plissait les yeux, distinguant avec difficulté les formes sombres des bâtiments qui se découpaient du plan aplati et uni de la galaxie.

« Tu n'es plus un frère. »

Du diable s'il ne l'était plus. Il se foutait de ce que disait la loi. Son espèce avait besoin qu'il soit plus qu'un bureaucrate.

Poussant un juron en langue ancienne, il reprit ses activités, fouillant la veste et le pantalon du tueur à la recherche d'une pièce d'identité. Dans une poche arrière, il découvrit un mince portefeuille contenant un permis de conduire et 2 dollars…

— Vous avez cru… qu'il était des vôtres…

La voix de l'éradiqueur était à la fois nasillarde et malveillante, et ce son digne d'un film d'horreur provoqua de nouveau l'agressivité de Kolher. En un éclair, sa vision s'aiguisa, lui permettant de distinguer à demi son adversaire.

— Qu'est-ce que tu viens de dire ?

L'éradiqueur sourit un peu, ne semblant pas remarquer que la moitié de son visage était en bouillie.

— Il a toujours été… des nôtres.

— Mais de quoi tu parles, putain ?

— Comment… tu crois (l'éradiqueur prit une inspiration tremblante) qu'on a trouvé… toutes ces maisons l'été…

L'arrivée d'un véhicule interrompit ses paroles, et Kolher tourna la tête. Heureusement, c'était l'Escalade noire qu'il attendait et pas un humain avec un téléphone portable prêt à appeler les secours.

Butch O'Neal quitta le siège conducteur, toutes dents dehors.

— Est-ce que tu as perdu la tête, bordel ? Qu'est-ce qu'on va faire de toi ? Tu vas devoir…

Pendant que le flic continuait sur ce ton infernal, Kolher reporta son attention sur le tueur.

— Comment vous les avez trouvées, les maisons ?

L'éradiqueur éclata d'un rire faible et essoufflé, qui semblait appartenir à un malade mental.

— Parce qu'il les a toutes visitées… c'est comme ça.

L'enfoiré s'évanouit, et le secouer comme un prunier ne le fit pas revenir à lui. Pas plus qu'une ou deux gifles bien senties.

Kolher se releva, frustré et fou de rage.

— Fais ce que tu as à faire, flic. Les deux autres sont derrière la benne à ordures dans la ruelle d'à côté.

Butch se contenta de le dévisager.

— Tu n'es pas censé te battre.

— Je suis le roi, putain. Je fais ce que je veux.

Kolher fit mine de s'éloigner, mais Butch l'attrapa par le bras.

— Est-ce que Beth sait où tu te trouves ? ce que tu fais ? Tu lui as dit ? ou suis-je le seul à devoir garder le secret ?

— Occupe-toi de ça. (Kolher désigna l'éradiqueur.) Ne te mêle pas de mes affaires avec ma *shellane*.

Alors qu'il se libérait de l'étreinte de Butch, celui-ci lui cria :

— Où tu vas ?

Kolher se dirigea vers la voiture.

— Je pensais aller ramasser le cadavre d'un civil et l'apporter jusqu'à l'Escalade. Ça te pose un problème, mon garçon ?

Butch tint bon. Ce qui prouvait une nouvelle fois qu'ils partageaient le même sang.

— Si on te perd toi, notre roi, l'espèce tout entière est foutue.

— Et il nous reste quatre frères disponibles. Cette équation te convient ? Moi pas.

— Mais…

— Occupe-toi de tes affaires, Butch. Et reste en dehors des miennes.

Kolher parcourut à grandes enjambées les trois cents mètres qui le séparaient de l'endroit où le combat avait commencé. Les tueurs tabassés se trouvaient exactement là où il les avait abandonnés : à terre, gémissants, les membres désarticulés, leur sang noir s'écoulant en mares répugnantes sous leurs corps. Mais ils n'étaient plus son problème.

Contournant la benne à ordures, il regarda son sujet mort et eut du mal à respirer.

Le roi s'agenouilla et repoussa avec précaution les cheveux du visage démoli du mâle. Visiblement, celui-ci avait riposté, encaissant un certain nombre de coups avant de se faire poignarder dans le cœur. Brave gamin.

Kolher passa la main sous la nuque du mâle, glissa l'autre bras sous ses genoux, puis se releva lentement. Le mort pesait plus lourd que les seuls kilos de son corps. Tandis qu'il s'éloignait de la benne à ordures en direction de l'Escalade, Kolher avait l'impression de porter à bout de bras la totalité de l'espèce, et il était soulagé d'avoir des lunettes de soleil pour protéger ses yeux affaiblis.

Les lunettes dissimulaient l'éclat des larmes.

Il dépassa Butch alors que celui-ci se dépêchait de rejoindre les éradiqueurs pour faire son boulot. Quand le bruit de ses pas cessa, Kolher entendit une inspiration longue et profonde, comme le chuintement d'un ballon qui se dégonfle. Le hoquet qui suivit fut bien plus sonore.

Pendant que l'opération se répétait, Kolher étendit le mort à l'arrière de l'Escalade et lui fouilla les poches. Il n'y avait rien… pas de portefeuille, pas de téléphone, pas même un paquet de chewing-gums.

— Merde.

Kolher pivota sur lui-même et s'assit sur le pare-chocs arrière du 4 × 4. L'un des éradiqueurs l'avait déjà dépouillé à la suite du combat… ce qui signifiait que, puisque tous les tueurs venaient d'être inhalés, les papiers d'identité du mâle étaient réduits en cendres.

Quand Butch rejoignit la voiture en zigzaguant, il ressemblait à un alcoolo un soir de cuite et ne sentait plus du tout l'Acqua di Parma. Il puait l'éradiqueur, comme s'il avait doublé ses vêtements avec des couches-culottes, s'était collé du désodorisant à la vanille synthétique sous les bras et s'était roulé dans du poisson mort.

Kolher se leva et ferma le coffre de l'Escalade.

— Tu es certain de pouvoir conduire ? demanda-t-il tandis que Butch s'installait prudemment derrière le volant, donnant l'impression qu'il allait vomir.

— Ouais. On peut y aller.

Kolher secoua la tête en entendant cette voix rauque et jeta un coup d'œil dans la ruelle. Aucune fenêtre n'ornait les façades des bâtiments et faire venir Viszs tout de suite pour soigner le flic ne prendrait pas longtemps mais, entre les combats et le nettoyage, il s'était passé pas mal de choses ici au cours de la dernière demi-heure. Ils devaient partir.

Au départ, le projet de Kolher avait été de prendre en photo la carte d'identité du tueur avec son téléphone portable, de l'agrandir suffisamment pour déchiffrer l'adresse et d'aller chercher la jarre de cet enfoiré. Mais il ne pouvait pas laisser Butch tout seul.

Le flic parut surpris quand Kolher s'installa dans le siège passager de l'Escalade.

— Qu'est-ce que…

— On emmène le corps à la clinique. V. pourra te retrouver là-bas et s'occuper de toi.

— Kolher…

— Et si on s'engueulait en route, mon cousin ?

Butch mit le contact, sortit de la ruelle en marche arrière et fit demi-tour au premier croisement. Quand il atteignit Trade Street, il tourna à gauche en direction des ponts qui enjambaient l'Hudson. Tout en conduisant, il serrait le volant de toutes ses forces – pas de peur, mais sans doute parce qu'il essayait de retenir la bile dans ses tripes.

— Je ne peux pas continuer à mentir comme ça, marmonna Butch alors qu'ils atteignaient l'autre bout de Caldwell.

Il hoqueta puis partit d'une quinte de toux.

— Si, bien sûr que si.

Le flic lui jeta un regard en coin.

— Cela me tue. Beth doit savoir.

— Je ne veux pas qu'elle s'inquiète.

— Je comprends ça… (Butch sembla s'étouffer.) Attends une seconde.

Le flic s'arrêta sur une bretelle d'accès verglacée, ouvrit la portière et se mit à vomir comme si son foie avait reçu un ordre d'évacuation de la part du côlon.

Kolher laissa retomber sa tête en arrière, une douleur se nichant derrière ses deux yeux. Ce n'était pas surprenant. Depuis quelque temps, il souffrait de migraines chroniques.

Butch tendit le bras derrière lui et farfouilla dans l'accoudoir central, la partie supérieure de son corps toujours penchée hors de l'Escalade.

— Tu veux de l'eau ? demanda Kolher.

— Ou…

La fin se perdit dans un nouveau haut-le-cœur.

Kolher saisit la bouteille d'eau minérale, l'ouvrit et la mit dans la main de Butch.

Entre deux vomissements, le flic avala quelques gorgées et les restitua immédiatement.

Kolher sortit son téléphone.

— J'appelle V. immédiatement.

— Laisse-moi encore une minute.

Il lui en fallut plutôt dix, mais le flic finit par se réinstaller dans la voiture et reprendre la route. Tous deux demeurèrent silencieux pendant quelques kilomètres. Le cerveau de Kolher fonctionnait à toute allure tandis que son mal de tête empirait.

« Tu n'es plus un frère. »

« Tu n'es plus un frère. »

Mais il le fallait. Son espèce avait besoin de lui.

Il se racla la gorge.

— Quand V. se pointera à la morgue, tu lui diras que tu as découvert le cadavre du civil et que tu as joué au méchant avec les éradiqueurs.

— Il voudra connaître la raison de ta présence.

— Nous lui dirons que j'étais dans le pâté de maisons voisin, avec Vhengeance au *Zero Sum* et que j'ai senti que tu avais besoin d'aide. (Kolher se pencha et referma la main sur l'avant-bras de Butch.) Personne ne découvrira rien, compris ?

— C'est pas une bonne idée. Vraiment pas.

— Bien sûr que si, merde.

Quand ils se turent, les phares des voitures de l'autre côté de l'autoroute firent grimacer Kolher malgré ses paupières baissées et ses lunettes de soleil. Pour éviter les lumières éblouissantes, il tourna la tête de côté, comme s'il regardait à travers la vitre.

— V. se doute de quelque chose, murmura Butch au bout d'un moment.

— Et il n'aura qu'à douter encore. Il faut que je sois sur le terrain.

— Et si tu es blessé ?

Kolher mit l'avant-bras devant son visage dans l'espoir de bloquer ces satanées lumières. Merde, à présent c'était lui qui avait des nausées.

— Cela ne m'arrivera pas. Ne t'inquiète pas.

Chapitre 3

— Tu es prêt à prendre ton jus de fruits, père ?

N'obtenant pas de réponse, Ehlena, fille de sang d'Alyne, s'interrompit au milieu du boutonnage de son uniforme.

— Père ?

De l'autre bout du couloir, elle entendit, par-dessus les violons mélodieux de Chopin, le bruit d'une paire de chaussons frottant le plancher de bois brut et une cascade assourdie de mots enchevêtrés, semblables à un paquet de cartes qu'on mélangerait.

C'était bon signe. Il s'était levé tout seul.

Ehlena tira sa chevelure en arrière, l'enroula et la maintint en place à l'aide d'un chouchou blanc. Elle devrait refaire son chignon au milieu de son service. Havers, le médecin de l'espèce, exigeait que les tenues de ses infirmières soient aussi bien repassées, amidonnées et ordonnées que tout le reste dans sa clinique.

« Les normes, répétait-il sans cesse, sont d'une importance cruciale. »

En sortant de sa chambre, elle attrapa un sac à bandoulière noir qu'elle avait dégotté au *Target*. Dix-neuf dollars. C'était donné. Dedans se trouvaient la jupe un peu courte et le pull à col en V qu'elle enfilerait environ deux heures avant l'aube.

Un rendez-vous. Elle avait un rendez-vous galant.

Atteindre la cuisine ne nécessitait de monter qu'une seule volée de marches, et la première chose qu'elle fit en émergeant du sous-sol fut de se diriger vers le Frigidaire vieillot. À l'intérieur se trouvaient dix-huit petites bouteilles de jus de framboises et airelles réparties en trois rangs de six. Elle en prit une sur la première rangée, puis avança minutieusement les autres pour qu'elles restent bien alignées.

Les pilules étaient situées derrière la colonne poussiéreuse de livres de cuisine. Elle sortit un cachet de trifluopérazine et deux de loxapine et les mit dans une tasse blanche. La cuillère qu'elle utilisa pour les écraser était légèrement tordue, de même que toutes les autres.

Cela faisait bientôt deux ans qu'elle écrasait des cachets de cette manière.

Le jus de fruits rejoignit la poudre blanche et la fit fondre ; pour s'assurer que le goût en était bien dissimulé, elle ajouta deux glaçons dans la tasse : plus c'était froid, meilleur c'était.

— Père, ton jus de fruits est prêt.

Elle déposa la tasse sur une petite table, pile sur un cercle de scotch qui délimitait les contours de l'endroit où il fallait la placer.

Face à elle, les six placards étaient tout aussi ordonnés et presque aussi vides que le réfrigérateur. Elle sortit de l'un d'eux un paquet de céréales, puis attrapa un bol dans un autre. Après s'être servie, elle s'empara de la brique de lait et, dès qu'elle eut fini, la reposa exactement à son emplacement : à côté de deux autres identiques, l'étiquette bien en vue.

Elle jeta un coup d'œil à sa montre et se mit à parler en langue ancienne.

— *Père ? Je dois prendre congé.*

Le soleil s'était couché, ce qui signifiait que son service, qui débutait quinze minutes après la tombée de la nuit, était sur le point de commencer.

Elle lança un regard furtif à la fenêtre au-dessus de l'évier, même si elle n'avait aucun moyen de mesurer l'obscurité.

Les vitres étaient couvertes de feuilles d'aluminium, elles-mêmes scotchées aux moulures.

Même si son père et elle n'étaient pas des vampires incapables de soutenir la lumière du soleil, ces volets d'alu devaient recouvrir chaque fenêtre de la maison : ils étaient des couvercles posés sur le reste du monde, le maintenant à l'extérieur, le contenant de manière que cette petite maison de location minable soit protégée et isolée… de menaces que seul son père ressentait.

Quand elle eut terminé son petit déjeuner, elle nettoya et essuya son bol à l'aide de serviettes en papier, car les éponges et les torchons n'étaient pas autorisés, et le remit avec la cuillère qu'elle avait utilisée à leur emplacement habituel.

— *Père ?*

Elle s'appuya contre le comptoir en Formica ébréché et attendit, tentant de ne pas regarder de trop près le papier peint délavé ou le linoléum et ses traces d'usure.

La maison était à peine mieux qu'un hangar lugubre, mais c'était tout ce qu'elle pouvait se permettre. Entre les visites du médecin pour son père, ses médicaments et son infirmière personnelle, il ne restait pas grand-chose de son salaire, et elle avait depuis longtemps dépensé le peu qu'il restait des fonds, de l'argenterie, des antiquités et des bijoux familiaux.

Ils gardaient tout juste la tête hors de l'eau.

Et pourtant, quand son père apparut sur le seuil du sous-sol, elle ne put réprimer un sourire. La belle chevelure grise qui entourait sa tête d'un halo duveteux le faisait ressembler à Beethoven, et son regard scrupuleux et légèrement paniqué lui donnait l'air d'un génie un peu fou. Néanmoins, cela faisait longtemps qu'il n'avait pas eu si bonne mine. En effet, il portait sa robe de chambre en satin effiloché et son pyjama de soie dans le bon sens – rien n'était sens dessus dessous, le haut et le bas du pyjama étaient assortis et la ceinture nouée.

Il était également propre ; il sortait du bain et sentait la lotion après-rasage.

C'était tellement contradictoire : il lui fallait un environnement sans tache et rangé avec soin, mais son hygiène personnelle et sa tenue ne lui posaient aucun problème. Mais peut-être cela faisait-il sens ? Pris dans ses pensées enchevêtrées, il était trop distrait par ses illusions pour avoir conscience de ses propres besoins.

Les médicaments étaient cependant utiles, et cela se remarqua quand il croisa le regard d'Ehlena et la vit réellement.

— *Ma fille,* dit-il en langue ancienne, *comment te portes-tu ce soir ?*

Elle répondit selon les préférences de son père, dans leur langue maternelle.

— *Bien, mon père. Et toi ?*

Il s'inclina avec toute la grâce de l'aristocrate qu'il était par le sang et dont il avait tenu le rang autrefois.

— *Comme toujours tes salutations m'enchantent. Ah oui, la* doggen *a sorti mon jus de fruits. Que c'est aimable à elle.*

Le père d'Ehlena s'assit dans un bruissement de satin et saisit la tasse en céramique comme s'il s'agissait de porcelaine fine.

— *Où te rends-tu ?*

— *Au travail.*

Il fronça les sourcils tout en sirotant le jus.

— *Tu as bien conscience que je n'approuve pas ton zèle hors de la maison. Une dame de ton lignage ne devrait pas gâcher ses heures ainsi.*

— *Je sais, mon cher père. Mais cela me rend heureuse.*

Le visage d'Alyne s'adoucit.

— *Dans ce cas, c'est différent. Hélas, je ne comprends pas la jeune génération. Ta mère gérait la maisonnée, les serviteurs et les jardins, et cela suffisait amplement à contenir ses impulsions nocturnes.*

Ehlena baissa la tête, songeant que sa mère pleurerait si elle voyait où ils avaient échoué.

— *Je sais.*

— *Mais tu feras selon ton plaisir, et je t'aimerai à jamais.*

Elle sourit à ces paroles, qu'elle avait entendues toute sa vie. Et à ce propos…

— *Père ?*

Il baissa la tasse.

— *Oui ?*

— *Je devrais être un peu en retard en rentrant à la maison demain matin.*

— *Oh, vraiment ? Pourquoi donc ?*

— *Je vais prendre un café avec un mâle…*

— *Qu'est-ce donc que cela ?*

Le changement de ton lui fit relever la tête, et Ehlena regarda autour d'elle pour voir ce qui… Oh, non…

— *Rien, père, en vérité ce n'est rien.*

Elle se précipita sur la cuillère qu'elle avait utilisée pour écraser les cachets et s'en empara, courant vers l'évier comme si elle avait besoin d'apaiser une brûlure sous l'eau froide.

La voix de son père devint chevrotante.

— *Que… qu'était-ce donc que cela ? Je…*

Ehlena sécha rapidement la cuillère et la glissa dans le tiroir.

— *Tu vois ? Disparue. Tu vois ?* (Elle désigna du doigt l'endroit où s'était trouvée la cuillère.) *Le comptoir est propre. Il n'y a rien dessus.*

— *Elle était là… Je l'ai vue. On ne doit pas laisser les objets métalliques… Ce n'est pas prudent de… Qui l'a laissée… Qui l'a laissée dehors… Qui a laissé la cuillère…*

— *C'était la bonne.*

— *La bonne ! Encore ! Il faut la renvoyer. Je lui ai déjà dit : « On ne doit rien laisser de métallique dehors, on ne doit rien laisser de métallique dehors ils-nous-surveillent-etilspunirontce uxquidésobéissentilssontplusprochesquenouslesoupçonnonset... »*

Au début, quand son père avait commencé à avoir des attaques, Ehlena tendait la main vers lui alors qu'il s'agitait, croyant qu'une tape sur l'épaule ou une main réconfortante glissée dans la sienne l'aiderait. À présent, elle était mieux préparée. Moins le cerveau d'Alyne recevait d'informations sensorielles, plus vite la déferlante hystérique régressait : sur les conseils de l'infirmière, Ehlena attirait l'attention de son père sur la situation réelle une fois, puis ne bougeait ni ne parlait plus.

Mais il lui était difficile de le regarder souffrir sans pouvoir faire quoi que ce soit pour l'aider. Surtout quand c'était sa faute.

Son père secouait la tête en tous sens, l'agitation lui ébouriffant les cheveux jusqu'à devenir une tignasse effroyable de boucles folles tandis que, dans sa main vacillante, le jus de fruits s'échappait de la tasse, éclaboussant sa main aux veines apparentes, la manche de sa robe de chambre et la table en Formica défoncée. De ses lèvres tremblantes, un flot de syllabes saccadées s'échappaient, allant crescendo, et il se mit à jouer le même vieux disque à une vitesse encore plus élevée, la vague de folie remontant le long de sa gorge et éclatant sur ses joues.

Ehlena se mit à prier pour que ce ne soit pas une mauvaise crise. Les attaques, quand elles arrivaient, étaient de durée et d'intensité variables, et les médicaments permettaient de réduire les deux échelles. Mais, parfois, la maladie triomphait du traitement chimique.

Quand les paroles de son père devinrent trop nombreuses pour qu'on les comprenne et qu'il laissa tomber sa tasse sur le sol, Ehlena n'eut plus qu'à attendre et prier la Vierge scribe que la crise passe bientôt. Obligeant ses pieds à rester collés au linoléum crasseux, elle ferma les yeux et resserra les bras autour de sa cage thoracique.

Si seulement elle s'était souvenue d'enlever la cuillère. Si seulement elle…

Quand la chaise de son père racla le sol avant de s'y écraser, elle sut qu'elle allait être en retard au travail. Encore une fois.

Les humains se comportent vraiment comme du bétail, songea Xhex quand elle regarda toutes les têtes et les épaules tassées autour du bar, la clientèle ordinaire du *Zero Sum*.

On aurait dit qu'un fermier venait de remplir la mangeoire et que les vaches laitières se bousculaient pour placer leur mufle.

Non que les caractéristiques bovines des *Homo sapiens* soient une mauvaise chose. La mentalité grégaire était plus facile à contrôler sur le plan de la sécurité et, d'une certaine manière, tout comme les vaches, ils fournissaient de quoi se nourrir : la foule agglutinée autour des bouteilles promettait une purge des portefeuilles, la vague ne déferlant que d'un côté… dans les coffres.

Les ventes d'alcool étaient bonnes. Mais les drogues et le sexe offraient des marges de profit bien plus élevées.

Xhex contourna lentement le bar, douchant d'un regard dur le désir enfiévré des hommes hétérosexuels et des femmes homosexuelles à son égard. Merde, elle n'y comprenait rien. Elle n'avait jamais compris. Pour une femelle qui ne portait rien d'autre que des débardeurs et des pantalons en cuir et qui avait les cheveux aussi courts que ceux d'un soldat, elle attirait autant l'attention que les prostituées à moitié dévêtues du carré VIP.

Mais il fallait reconnaître que le sexe brutal était à la mode ces temps-ci. Les volontaires pour l'asphyxie érotique, les coups de fouet sur les fesses et l'usage des menottes ressemblaient aux rats qui peuplaient les égouts de Caldwell : la nuit, ils étaient partout et n'importe où. Ce qui rapportait plus d'un tiers des profits du club chaque mois.

Alors tant mieux.

Contrairement aux filles, pourtant, elle n'acceptait jamais d'argent pour coucher. Elle n'était pas vraiment portée sur le sexe, d'ailleurs. Sauf pour ce flic, Butch O'Neal. Enfin, ce flic et…

Xhex arriva au cordon de velours du carré VIP et jeta un coup d'œil dans la partie huppée du club.

Merde. Il était là.

Pile ce qu'il lui fallait ce soir.

Le jouet préféré de sa libido était assis tout au fond, à la table de la Confrérie, ses deux potes de chaque côté, faisant ainsi tampon avec les trois filles également entassées sur la banquette. Bon sang qu'il était grand dans cette alcôve, attifé d'un tee-shirt noir et d'une veste assortie en cuir moitié motard, moitié militaire.

Il portait des armes en dessous. Des flingues. Des couteaux.

Comme les choses avaient changé. La première fois qu'il avait fait son apparition, il faisait la taille d'un tabouret de bar, ayant à peine assez de muscles pour soulever une cuillère à cocktail en développé couché. Mais ce n'était plus le cas.

Tandis qu'elle faisait un signe de tête au videur et montait les trois marches, John Matthew leva les yeux de sa Corona. Même dans l'obscurité ses yeux bleu foncé se mirent à luire quand il la vit, brillant comme deux saphirs.

Ah, elle pourrait les ramasser. L'enfoiré venait tout juste de passer la transition. Le roi était son *ghardien*. Il vivait avec la Confrérie. Et il était muet, bordel.

Seigneur. Et elle avait cru que Mheurtre était une mauvaise idée ? On aurait cru qu'elle avait compris la leçon, plus de deux décennies après en avoir fini avec ce frère-là. Mais nooon…

Le problème, quand elle regardait ce gamin, c'était qu'elle ne pouvait que se l'imaginer allongé nu sur un lit, sa main montant et descendant le long de sa verge imposante… jusqu'à ce que les lèvres de John Matthew laissent échapper son nom dans un grognement sourd et qu'il jouisse sur ses abdominaux sculptés.

La tragédie dans tout cela était qu'elle ne voyait pas un fantasme. En réalité, ces séances de pompage avaient lieu. Souvent. Et comment le savait-elle ? Parce que, comme une connasse, elle avait lu son esprit et récupéré la version *live* du film.

Dégoûtée d'elle-même, Xhex s'enfonça dans le carré VIP et se tint éloignée de lui, faisant l'état des lieux avec la responsable de l'étage des filles. Marie-Terese était une brune aux longues jambes et à la tenue coûteuse. Elle était l'une des meilleures employées, très professionnelle, et donc exactement le genre de femme qu'on voulait voir à ce poste de responsable : elle ne tombait jamais dans les emmerdes, se pointait toujours à l'heure pour le service, et abandonnait toujours ses ennuis personnels en arrivant au travail. C'était une femme bien pour un boulot horrible, et elle se faisait de l'argent par paquets à juste titre.

— Comment va ? demanda Xhex. Tu as besoin que les garçons ou moi on fasse quelque chose ?

Marie-Terese jeta un coup d'œil alentour aux autres filles, ses pommettes hautes accrochant la lumière diffuse, ne la rendant pas seulement attirante sexuellement, mais véritablement belle.

— Ça va pour le moment. J'en ai deux au fond pour l'instant. Tout s'est passé comme d'habitude, mis à part que notre amie n'est pas là.

Xhex fronça les sourcils.

— Chrissy, encore ?

Marie-Terese inclina sa tête aux longs cheveux noirs.

— Il faut faire quelque chose pour ce monsieur qui lui rend visite.

— On a fait quelque chose, mais visiblement on n'est pas allés assez loin. Et, si c'est un monsieur, moi je suis Estée Lauder. (Xhex serra les poings.) Ce fils de pute…

— Chef?

Xhex regarda par-dessus son épaule. Derrière le videur à la carrure d'une armoire à glace qui tentait d'attirer son attention, elle vit de nouveau pleinement John Matthew. Qui était toujours en train de la dévisager.

— Chef?

Xhex reprit ses esprits.

— Quoi?

— Il y a un flic qui est là pour vous.

Son regard resta rivé au videur.

— Marie-Terese, dis aux filles de prendre dix minutes de pause.

— Tout de suite.

La prostituée en chef fut rapide et, tout en ayant l'air de se déhancher sur ses talons aiguilles, alla vers chaque fille, lui tapotant l'épaule gauche, puis frappa une fois aux portes des toilettes privées au bout du couloir à droite.

Tandis que les prostituées vidaient les lieux, Xhex demanda:

— Qui et pourquoi?

— Un inspecteur de la criminelle. (Le videur lui tendit une carte.) José De La Cruz, il a dit.

Xhex saisit la carte et comprit la raison de la présence de ce type. Et celle de l'absence de Chrissy.

— Installe-le dans mon bureau. J'y serai dans deux minutes.

— Compris.

Xhex leva sa montre à ses lèvres.

— Trez ? iAm ? Y a le feu à la maison. Dites aux bookmakers de prendre l'air et à Rally de lâcher sa balance.

Quand elle reçut confirmation dans son oreillette, elle vérifia rapidement que toutes les filles avaient débarrassé le plancher ; puis elle se dirigea au fond de la partie publique du club.

En quittant le carré VIP, elle sentit le regard de John Matthew la suivre et tenta de ne pas songer à ce qu'elle avait fait deux jours plus tôt en rentrant à la maison… et à ce qu'elle allait aussi probablement faire quand elle serait seule à la fin de cette nuit.

Connard de John Matthew. Depuis qu'elle avait fait irruption dans son cerveau et vu ce qu'il faisait dès qu'il pensait à elle… elle faisait pareil.

Connard de John Matthew.

Comme si elle avait besoin de ça.

Cette fois-ci, quand elle traversa le troupeau humain, elle se montra brutale, ne se souciant pas de donner quelques bons coups de coude ici et là. Elle espérait presque que l'un d'entre eux se plaigne pour qu'elle puisse le jeter par terre.

Son bureau se trouvait sur la mezzanine du fond, aussi loin que possible du sexe à louer, des passages à tabac et des deals qui se déroulaient dans le domaine privé de Vhengeance. En tant que chef de la sécurité, elle était l'interface principale avec la police, et il n'y avait aucune raison de rapprocher plus que nécessaire les types en uniforme des lieux de l'action.

Effacer les esprits humains était un outil pratique, mais qui avait ses complications.

La porte de son bureau était ouverte et elle évalua l'inspecteur de dos. Il n'était pas trop grand, mais il avait une forte carrure comme elle les appréciait. Il portait un blouson et des chaussures bon marché, et une montre Seiko dépassait de sa manche.

Il se retourna pour la regarder ; son regard marron foncé était intelligent et aiguisé. Il n'était peut-être pas terrible en paperasse, mais il n'était pas crétin.

— Inspecteur, dit-elle en fermant la porte et en le dépassant pour s'asseoir derrière le bureau.

La pièce était totalement nue. Pas de photo. Pas de plante verte. Pas même de téléphone ou d'ordinateur. Les dossiers rangés dans les trois armoires verrouillées et ignifugées n'avaient trait qu'aux affaires légales, et la corbeille à papier était une broyeuse.

Ce qui signifiait que l'inspecteur De La Cruz n'avait strictement rien appris au cours des deux minutes qu'il avait passé tout seul dans la pièce.

Il sortit son badge et le lui montra.

— Je suis ici à propos de l'une de vos employées.

Xhex fit mine de se pencher pour regarder l'écusson, mais elle n'en avait pas besoin. Son côté *symphathe* lui avait appris tout ce qu'elle devait savoir : les émotions de l'inspecteur formaient un mélange correct de suspicion, d'inquiétude, de résolution et d'énervement. Il prenait son boulot au sérieux, et il était ici pour travailler.

— Quelle employée ?

— Chrissy Andrews.

Xhex se rassit.

— Quand a-t-elle été tuée ?

— Comment savez-vous qu'elle est morte ?

— Ne jouez pas, inspecteur. Pourquoi quelqu'un de la criminelle serait-il venu s'enquérir d'elle, sinon ?

— Désolé, mais je suis d'humeur à mener un interrogatoire.

Il rangea son badge dans la poche de sa chemise et s'assit sur la chaise au dossier rigide lui faisant face.

— Le locataire de l'appartement au-dessous du sien s'est réveillé en découvrant une tache de sang sur son plafond et a appelé la police. Personne dans l'immeuble n'a admis connaître Mlle Andrews, et elle n'a pas de proche que nous arrivions à localiser. Mais pendant qu'on fouillait son appartement, on a trouvé des déclarations d'impôt indiquant qu'elle travaillait dans ce club. Pour faire court, il nous faut quelqu'un pour identifier le corps et…

Xhex se leva, tandis que l'expression « espèce d'enfoiré » résonnait dans son crâne.

— Je vais m'en occuper. Laissez-moi prévenir mes hommes pour que je puisse partir.

De La Cruz cligna des yeux, comme s'il était surpris de sa rapidité.

— Vous… euh, vous voulez que je vous emmène à la morgue ?

— À St. Francis ?

— Ouais.

— Je connais le chemin. Je vous retrouve là-bas dans vingt minutes.

De La Cruz se leva lentement, son regard aiguisé étudiant le visage de Xhex, comme s'il cherchait des signes d'appréhension.

— Je suppose alors que le rendez-vous est fixé.

— Ne vous inquiétez pas, inspecteur. Je ne vais pas m'évanouir à la vue d'un cadavre.

Il la regarda de haut en bas.

— Vous savez… quelque part, c'est pas ce qui m'effraie.

Chapitre 4

Pendant qu'il conduisait dans la banlieue de Caldwell, Vhengeance souhaitait de toutes ses forces avoir la possibilité de rentrer directement au *Zero Sum*. Mais il savait bien que non. Il avait des ennuis.

Depuis qu'il avait quitté le refuge de Montrag dans le Connecticut, il avait arrêté la Bentley sur le bas-côté de la route pour se faire une injection de dopamine à deux reprises. Mais son médicament miracle le laissait de nouveau tomber. S'il en avait eu en réserve dans sa voiture, il aurait chargé une nouvelle seringue, mais il était à court.

Le dealer qui devait aller voir son propre dealer à tombeau ouvert... la situation ne manquait pas d'ironie ; quel dommage que la demande de ce neurotransmetteur ne soit pas plus importante sur le marché noir. En l'état actuel des choses, le seul moyen de ravitaillement de Vhen passait par les voies légales, mais il allait y mettre bon ordre. S'il était assez intelligent pour fournir de l'ecstasy, de la coke, de l'herbe, de la méthadone, de la morphine et de l'héroïne par l'intermédiaire de ses deux clubs, il était certainement capable de trouver comment obtenir ses propres flacons de dopamine.

— Allez, bouge tes fesses. C'est rien qu'une bretelle de sortie, t'as déjà vu ça.

Il avait bien roulé sur l'autoroute, mais à présent qu'il était en ville, la circulation le ralentissait, et pas seulement à cause des bouchons. Comme il n'avait pas de perception des profondeurs, il lui était difficile d'évaluer les distances de sécurité, aussi devait-il aller bien plus lentement qu'il n'aurait aimé.

En plus il y avait ce crétin avec son tacot vieux de dix mille ans qui freinait à tout bout de champ.

— Non… non… par tous les saints, ne change pas de file. Tu peux même pas regarder dans ton rétro puisqu'il est…

Vhen écrasa brutalement la pédale de frein car monsieur Timide pensait vraiment avoir trouvé sa place sur la voie rapide, et semblait croire que le meilleur moyen de s'y insérer était de freiner d'un coup.

D'ordinaire, Vhen adorait la conduite. Il la préférait même à la dématérialisation, car c'était le seul moment où, quand il était sous traitement, il avait l'impression d'être lui-même : rapide, agile, puissant. Il ne conduisait pas une Bentley seulement parce que c'était chic et qu'il en avait les moyens, mais surtout pour les six cents chevaux sous le capot. Être engourdi et devoir s'appuyer sur une canne pour garder l'équilibre lui donnaient très souvent le sentiment d'être un vieux mâle impotent, et c'était agréable de se sentir… normal.

Bien sûr, l'insensibilité avait aussi ses côtés positifs. Par exemple, quand il se taperait la tête contre le volant d'ici à quelques minutes, il en serait quitte pour voir quelques étoiles. La migraine ? Ce n'était pas un problème.

La clinique provisoire de l'espèce vampirique était à une quinzaine de minutes du pont qu'il était en train de franchir. L'infrastructure était insuffisante par rapport aux besoins des patients : ce n'était guère plus qu'un refuge converti en hôpital de campagne. Néanmoins, cette solution de fortune était la seule dont disposait l'espèce actuellement, même si elle n'était qu'un remplaçant entré en jeu parce que l'attaquant principal s'était cassé la jambe.

À la suite des attaques de l'été, Kolher travaillait avec le médecin de l'espèce pour créer un nouvel établissement permanent mais, comme tout projet, cela prenait du temps. Il y avait eu tellement d'endroits pillés par la Société des éradiqueurs que tout le monde s'accordait à penser qu'il n'était pas opportun d'utiliser une propriété appartenant à l'espèce, car Dieu seul savait combien d'autres adresses avaient été découvertes. Le roi cherchait à acquérir un autre lieu, mais celui-ci devait être isolé et…

Vhen songea à Montrag.

La guerre en était-elle vraiment arrivée au point d'assassiner Kolher ?

Cette question rhétorique, initiée par son côté vampire maternel, avait jailli dans son esprit, mais n'avait déclenché aucune émotion. Ses pensées étaient portées par les calculs. Des calculs qui ne s'encombraient pas de moralité. La conclusion à laquelle il était parvenu en quittant Montrag ne fut pas ébranlée, sa décision n'en étant que renforcée.

— Merci, chère Vierge scribe, murmura-t-il quand le tacot s'écarta de son chemin et que la sortie s'offrit à lui comme un cadeau, comme si le panneau vert réfléchissant lui faisait signe.

Vert… ?

Vhen regarda autour de lui. La vague rouge commençait à refluer de son champ de vision, et le monde reprenait ses couleurs à travers le brouillard en deux dimensions. Il poussa un profond soupir de soulagement. Il n'avait pas envie de se rendre à la clinique complètement défoncé.

Au même moment il commença à avoir froid, même s'il faisait à n'en pas douter une vingtaine de degrés dans la Bentley, et il tendit la main pour augmenter le chauffage. Les frissons étaient un autre signe positif, quand bien même désagréable, de l'effet du médicament.

Toute sa vie, il avait dû garder sa nature secrète. Les mangeurs de péchés comme lui n'avaient que deux choix : soit ils passaient pour des vampires normaux, soit ils étaient expédiés dans une colonie au nord de l'État, expulsés de la société comme les déchets toxiques qu'ils étaient. Le fait qu'il soit métis n'y changeait rien. Si l'on avait la moindre goutte de sang *symphathe*, on était considéré comme l'un des leurs, et à raison. Car les *symphathes* aimaient trop la malfaisance nichée en eux-mêmes pour qu'on leur fasse confiance.

Putain de merde, il n'y avait qu'à voir ce soir. Ce qu'il était prêt à faire. Une seule conversation, et il appuyait sur la détente ; même pas parce qu'il le devait, mais tout simplement parce qu'il en avait envie. Parce qu'il en avait besoin, plutôt. Les jeux de pouvoir fonctionnaient comme de l'oxygène sur son côté malfaisant, à la fois besoin irrépressible et nourriture. Et les raisons qui se cachaient derrière son choix étaient typiquement *symphathes* : elles le servaient lui et personne d'autre, pas même le roi qui était en quelque sorte un ami.

Aussi, si un vampire ordinaire apprenait qu'un mangeur de péchés était en liberté parmi ses semblables, il avait l'obligation légale d'en rapporter l'existence en vue de sa déportation, faute de quoi il était poursuivi en justice : réguler les déplacements des sociopathes et les tenir à l'écart des gens moraux et respectueux de la loi constituaient un bon instinct de survie pour n'importe quelle société.

Vingt minutes plus tard, Vhen s'arrêta devant un portail en fer dont l'aspect industriel privilégiait la fonctionnalité sur l'esthétique. Il n'avait pas la moindre grâce, rien que de solides barreaux attachés ensemble et surmontés d'une perruque de barbelés. À gauche se trouvait un interphone et, quand il descendit sa vitre pour appuyer sur le bouton, les caméras de sécurité se focalisèrent sur sa plaque d'immatriculation, le pare-brise avant et la portière conducteur.

Il ne fut donc pas surpris par l'intonation tendue de la femelle qui répondit.

— Seigneur… j'ignorais que vous aviez rendez-vous.

— Je n'ai pas rendez-vous.

Un silence.

— Comme ce n'est pas une consultation urgente, l'attente risque d'être longue. Peut-être souhaiterez-vous prendre...

Il lança un regard furieux à la caméra la plus proche.

— Laissez-moi entrer. Tout de suite. Je dois voir Havers, et c'est une urgence.

Il devait absolument retourner au club et faire le point. Les quatre heures qu'il avait déjà perdues ce soir représentaient une éternité quand il s'agissait de diriger des établissements comme le *Zero Sum* et le *Masque de fer*. Les emmerdes ne surgissaient pas seulement de temps à autre, c'était le standard, et c'était lui qui y mettait le holà.

Au bout d'un moment, les portes hideuses et massives s'ouvrirent et il ne perdit pas de temps sur la voie d'accès longue d'un kilomètre.

Il prit le dernier tournant et la ferme apparut. Si on ne tenait compte que de son aspect extérieur, toutes les installations de sécurité semblaient superflues. La maison en bois à un étage avait vaguement l'air d'une demeure coloniale et était parfaitement dépouillée. Pas de porche, pas de volets, pas de cheminée, pas de plantations.

Comparée à l'ancienne demeure et installation hospitalière de Havers, elle en était la cousine pauvre.

Il se gara face à une rangée de box réservés au stationnement des ambulances. La froide nuit de décembre qui le faisait frissonner était un autre point positif. Il tendit la main vers la banquette arrière de la Bentley pour attraper sa canne et l'un de ses nombreux manteaux de zibeline. En plus de l'engourdissement, son masque chimique avait pour inconvénient de faire chuter sa température corporelle, au point de transformer ses veines en système de climatisation. Vivre nuit et jour dans ce corps qu'il était incapable de sentir ou de réchauffer n'était pas drôle, mais il n'avait pas le choix.

Peut-être que si sa mère et sa sœur n'avaient pas été normales, il se serait transformé en Dark Vador et aurait rejoint le Côté obscur, passant ses journées à embrouiller les esprits de ses compagnons de souffrance. Mais il s'était placé lui-même à la tête de la famille et cela le maintenait dans cet état indéfini.

Vhen contourna la demeure coloniale, resserrant la zibeline autour de son cou. Arrivé devant une porte à l'aspect quelconque, il appuya sur la sonnette accrochée au revêtement d'aluminium et regarda fixement l'œil électronique. Un instant plus tard, un sas s'ouvrit avec un sifflement et il s'introduisit dans une pièce blanche de la taille d'une penderie. Quand il eut fixé des yeux une autre caméra, une deuxième serrure se déverrouilla, un panneau coulissant s'effaça, et il descendit une volée de marches. Un autre contrôle. Une autre porte. Il était enfin arrivé.

L'accueil ressemblait à n'importe quelle salle d'attente destinée aux patients et à leurs familles dans une clinique, avec des rangées de chaises, des magazines sur de petites tables, une télé et quelques plantes vertes. L'endroit était plus petit que dans l'ancienne clinique, mais il était propre et bien rangé. Les deux femelles assises là se raidirent quand elles l'aperçurent.

— Par ici, seigneur.

Vhen sourit à l'infirmière qui contournait le comptoir de l'accueil. Pour lui, une « longue attente » se déroulait toujours dans une salle d'examen. Les infirmières n'aimaient pas le voir effrayer les gens qui attendaient, pas plus qu'elles n'aimaient le sentir près d'elles.

Ce qui lui convenait. Il n'était pas du genre sociable.

La salle d'examen où on le conduisit était située dans la partie de la clinique qui n'était pas réservée aux urgences, et il l'avait déjà visitée. Il les avait déjà toutes visitées.

— Le docteur est en salle d'opération et le reste du personnel est auprès des autres patients, mais je vais demander à une collègue de venir relever votre température et votre tension dès que possible.

L'infirmière le quitta à toute vitesse, comme si quelqu'un venait de faire un arrêt cardiaque dans le couloir et qu'elle était la seule à avoir un défibrillateur.

Vhen s'assit sur la table, gardant son manteau sur les épaules et sa canne à la main. Pour passer le temps, il ferma les yeux et laissa les émotions enfermées dans ces lieux s'infiltrer en lui comme une vision panoramique : les murs du sous-sol disparurent et les grilles émotionnelles de chaque individu surgirent du néant, exposant à son côté *symphathe* une foule de vulnérabilités, d'angoisses et de faiblesses.

Il tenait les commandes pour tous, sachant d'instinct sur quels boutons appuyer, comme cette infirmière dans la pièce d'à côté qui craignait que son *hellren* ne la trouve plus attirante… mais qui avait pourtant trop mangé au Premier Repas. Et pour le mâle qu'elle soignait qui s'était cassé le bras en tombant dans l'escalier… parce qu'il était soûl. Et pour le pharmacien de l'autre côté du couloir qui, jusqu'à récemment, subtilisait du Xanax pour son usage personnel… jusqu'à ce qu'il découvre les caméras dissimulées pour le prendre sur le fait.

Regarder les autres s'autodétruire était un des programmes préférés des *symphathes*, en particulier quand on en était l'instigateur. Et même si sa vision était désormais redevenue « normale » et que son corps était froid et engourdi, sa nature profonde était seulement étouffée, pas éteinte.

Pour le genre de spectacles qu'il mettait en scène, il avait là une source inépuisable d'inspiration et d'approvisionnement.

— Merde.

Quand Butch arrêta l'Escalade devant les garages de la clinique, Kolher laissa échapper quelques jurons. Le faisceau des phares du 4 × 4 éclairait Viszs, étendu de tout son long sur le capot d'une Bentley bien connue, telle une pin-up flippante.

Kolher détacha sa ceinture de sécurité et ouvrit la portière.

— Surprise, surprise, seigneur, s'exclama V. en se redressant et tapant du poing sur le capot de la berline. Ça a dû être une réunion éclair en centre-ville avec notre pote Vhengeance, pas vrai ? À moins qu'il ait découvert comment être à deux endroits en même temps. Dans ce cas, il faut que j'apprenne son secret, non ?

Bordel de merde.

Kolher sortit du 4 × 4 et décida que la meilleure chose à faire était d'ignorer le frère. Il avait deux autres possibilités : essayer de soutenir son mensonge, ce qui finirait mal parce que, parmi tous les défauts de V., aucun ne concernait ses facultés cognitives ; ou engager une bagarre, ce qui ne ferait que temporairement diversion et gâcherait du temps alors que tous deux avaient du pain sur la planche.

Contournant la voiture, Kolher ouvrit le coffre de l'Escalade.

— Soigne ton pote. Je m'occupe du cadavre.

Quand il souleva le corps sans vie du civil et se retourna, le regard bouleversé de V. s'attarda sur le visage tabassé au point d'être méconnaissable.

— Nom de Dieu, souffla-t-il.

À cet instant, Butch sortit en titubant, la mine défaite. Tandis que l'odeur de talc pour bébé flottait vers eux, les genoux de Butch cédèrent et il eut à peine le temps d'attraper la portière pour ne pas tomber.

Viszs se précipita et prit le flic dans ses bras, le tenant fermement.

— Merde, mec, comment tu te sens ?

— Prêt… à tout. (Butch agrippa son meilleur ami.) J'ai juste besoin qu'on me mette un peu sous la lampe à bronzer.

— Soigne-le, lui intima Kolher en se dirigeant vers la clinique. Je vais à l'intérieur.

Pendant qu'il s'éloignait, les portières de l'Escalade se refermèrent l'une après l'autre, puis une lueur apparut comme si la lune avait percé les nuages. Il savait ce que ces deux-là fabriquaient dans la voiture, ayant lui-même assisté au phénomène une ou deux fois : dans les bras l'un de l'autre, ils baignaient dans une lumière blanche émanant de la main de V., qui attirait le mal inhalé par Butch.

Dieu merci, il existait un moyen de purger le flic de ces saloperies. Et jouer le rôle du guérisseur était aussi une bonne chose pour V.

Kolher s'approcha de la première porte de la clinique et se contenta de fixer les yeux sur la caméra de sécurité. On le fit entrer immédiatement et, dès que le sas fut refermé, le panneau coulissa pour lui ouvrir l'accès aux marches. En un rien de temps, il fut à l'intérieur.

Le roi de l'espèce portant un mâle décédé dans ses bras ne fut pas arrêté une seule fois.

Il s'arrêta sur le palier tandis qu'on déverrouillait la dernière porte. Regardant la caméra, il ordonna :

— Commencez par apporter un brancard et un drap.

— Nous arrivons tout de suite, seigneur, répondit une voix nasillarde.

Quelques secondes plus tard, deux infirmières ouvrirent la porte, l'une se servant d'un drap comme d'un rideau tandis que l'autre poussait un brancard jusqu'au pied de l'escalier. D'un geste à la fois puissant et délicat, Kolher étendit le civil aussi soigneusement que si celui-ci avait été vivant et avait eu tous les os brisés ; puis l'infirmière qui avait apporté le brancard déplia un autre drap. Kolher l'arrêta avant qu'elle en recouvre le corps.

— Je vais le faire, dit-il en le lui prenant des mains.

Elle s'inclina.

Prononçant les paroles sacrées en langue ancienne, Kolher transforma l'humble gaine de coton en un linceul digne de ce nom. Après avoir prié pour l'âme du mâle et lui avoir souhaité un voyage libre et aisé dans l'Estompe, Kolher et les infirmières se recueillirent un moment devant le corps.

— Nous ignorons son identité, déclara doucement Kolher tout en lissant le bord du drap. Est-ce que l'une d'entre vous reconnaît ses vêtements ? la montre ? un signe particulier ?

Les deux infirmières secouèrent la tête et l'une d'elles murmura :

— Nous allons le mettre à la morgue et attendre. C'est tout ce que nous pouvons faire. Sa famille devrait bientôt se manifester.

Kolher resta en arrière et observa le corps qu'on emportait. Sans raison particulière, il remarqua que la roue avant droite se tortillait en avançant, comme si elle venait d'arriver en fin de course… Il n'avait pas vu la chose clairement, mais l'avait plutôt devinée grâce au léger sifflement dû au mauvais étalonnage du brancard.

Hors des rails. Ne remplissant pas sa fonction.

Kolher établissait clairement le parallèle.

Cette foutue guerre contre la Société des éradiqueurs durait depuis trop longtemps et, malgré tout le pouvoir dont il disposait et toute la détermination de son cœur, son espèce ne gagnait pas ; tenir bon face à l'ennemi revenait, d'une certaine manière, à perdre, car des innocents mouraient toujours.

Il pivota en direction de l'escalier et sentit la peur et la révérence des deux femelles assises dans les chaises en plastique de la salle d'attente. D'un mouvement précipité, elles se levèrent et s'inclinèrent devant lui, leur déférence résonnant dans ses tripes comme un coup de pied à l'entrejambe. Il était là, amenant la plus récente mais non la dernière victime de cette lutte, et ces deux femelles continuaient de lui rendre hommage.

Il leur rendit leur salut, mais fut incapable de trouver ses mots. Le seul vocabulaire qu'il avait à disposition en cet instant était un florilège d'injures, entièrement dirigé contre lui-même.

L'infirmière qui avait fait écran finissait de replier le drap qu'elle avait utilisé.

— Seigneur, peut-être auriez-vous une seconde pour voir le docteur Havers ? Il devrait sortir du bloc opératoire d'ici à une quinzaine de minutes. Vous semblez blessé.

— Je dois retourner sur le…

Il s'interrompit avant que le mot « terrain » lui échappe.

— Je dois y aller. S'il vous plaît, tenez-moi au courant pour la famille de ce mâle, d'accord ? Je veux les rencontrer.

Elle s'inclina profondément et attendit un signe de Kolher l'autorisant à embrasser l'énorme diamant noir au majeur de sa main droite.

Le roi ferma ses yeux affaiblis et lui tendit le symbole auquel elle souhaitait rendre hommage.

Les doigts de l'infirmière étaient frais et légers sur sa chair, son souffle et ses lèvres ne firent que l'effleurer. Pourtant, il eut l'impression d'être écorché.

Quand elle se redressa, elle déclara avec un profond respect :

— *Porte-toi bien cette nuit, seigneur.*

— *Toi aussi dans tes heures, loyal sujet.*

Il fit demi-tour et remonta l'escalier au pas de course, car il lui fallait plus d'oxygène que la clinique ne pouvait lui en fournir. À l'instant même où il atteignait la dernière porte, il percuta une infirmière qui entrait aussi vite qu'il s'échappait. Sous l'impact, la femelle perdit son sac à bandoulière noir et Kolher parvint tout juste à la rattraper avant qu'elle le suive par terre.

— Oh, putain ! s'exclama-t-il, tombant à genoux pour ramasser ses affaires. Désolé.

— Seigneur ! (Elle s'inclina profondément devant lui, avant de comprendre ce qu'il était en train de faire.) Vous ne devez pas faire ça. Je vous en prie, laissez-moi…

— Non, c'est ma faute.

Il fourra ce qui semblait être une jupe et un pull dans le sac et manqua de lui assener un coup de tête en se relevant. Il lui attrapa de nouveau le bras.

— Merde, pardon. Encore…

— Je vais bien, sérieusement.

Dans une confusion totale, le sac changea de mains, passant d'une personne pressée à une personne agitée.

— Vous le tenez ? demanda-t-il, prêt à supplier la Vierge scribe de le laisser sortir.

— Euh, oui, mais… (Le ton de sa voix, respectueux, devint professionnel.) Vous saignez, mon roi.

Il ignora la remarque et fit une tentative pour lui lâcher le bras. Soulagé qu'elle se tienne debout sans problème, il lui souhaita une bonne nuit et lui dit adieu en langue ancienne.

— Mon roi, ne devriez-vous pas… ?

— Désolé de vous être rentré dedans, lança-t-il par-dessus son épaule.

Il poussa la dernière porte et tituba quand l'air frais s'infiltra dans ses poumons. Quelques inspirations profondes lui éclaircirent les idées et il s'autorisa à s'appuyer contre le revêtement en aluminium de la clinique.

La migraine refit son apparition ; il remonta ses lunettes de soleil sur son front et se frotta l'arête du nez. Bien. Prochain arrêt… l'adresse indiquée sur la fausse pièce d'identité de l'éradiqueur.

Il avait une jarre à récupérer.

Laissant retomber ses lunettes, il se redressa et…

— Pas si vite, seigneur, dit V., se matérialisant juste devant lui. On doit parler, toi et moi.

Kolher montra les crocs.

— Je suis pas d'humeur à faire la causette, V.

— Je m'en branle.

Chapitre 5

Ehlena regarda le roi de l'espèce se retourner et manquer de briser la porte en deux en sortant. Bon sang, il était grand et avait l'air redoutable. Et avoir failli se faire faucher par lui, c'était la cerise sur le gâteau.

Lissant ses cheveux et remettant son sac à l'épaule, elle descendit les marches après avoir passé le contrôle intérieur. Elle n'avait qu'une heure de retard parce que, miracle des miracles, l'infirmière de son père était libre et en mesure de venir tôt. Que la Vierge scribe soit remerciée pour l'existence de Lusie.

Sur l'échelle des mauvaises crises de son père, celle d'aujourd'hui n'avait pas été aussi horrible qu'elle aurait pu l'être, et elle avait le sentiment que c'était parce qu'il avait avalé une partie de ses médicaments juste avant qu'elle survienne. Avant les cachets, sa pire crise avait duré toute une nuit, donc en un sens ce soir était un signe de progrès.

Mais cela lui brisait toujours le cœur.

Quand elle arriva au niveau de la dernière caméra, Ehlena sentit le poids de son sac s'alourdir. Elle avait été près d'annuler son rendez-vous et de laisser ses vêtements de rechange à la maison, mais Lusie l'en avait dissuadée. La question que lui avait posée l'autre infirmière l'avait profondément touchée : « *Quand pour la dernière fois es-tu sortie de cette maison pour autre chose que le travail ?* »

Ehlena n'avait pas répondu parce qu'elle était d'un naturel secret… et qu'elle n'en avait aucune idée.

Ce qui était le but de la question, en fait. Les soignants devaient prendre soin d'eux, et cela signifiait en partie avoir une vie en dehors de la maladie, de ce qui les avait poussés à embrasser cette carrière. Dieu sait qu'Ehlena le répétait sans cesse aux parents de ses malades chroniques, et que cet avis était à la fois sensé et pratique.

Du moins quand elle le donnait aux autres. La concernant, cela lui paraissait égoïste.

Donc… elle hésitait au sujet du rendez-vous. Son service s'achevant peu avant l'aube, ce n'était pas comme si elle avait le temps de rentrer d'abord à la maison pour s'assurer de l'état de son père. Telles que les choses se présentaient, elle et le mâle qui l'avait invitée auraient de la chance d'avoir au moins une heure de conversation au restaurant ouvert toute la nuit avant que le soleil envahissant y mette un point final.

Et pourtant, elle attendait ce rendez-vous avec un désespoir qui la faisait se sentir atrocement coupable.

Mon Dieu… c'était tellement classique. Elle était tiraillée entre sa conscience et l'envie de sortir de la solitude.

À l'accueil, elle se dirigea droit vers la responsable des soins, qui travaillait sur l'ordinateur.

— Je suis désolée d'être…

Catya interrompit sa tâche et tendit la main.

— Comment va-t-il ?

Pendant une fraction de seconde, Ehlena ne put que cligner des yeux. Elle détestait que tout le monde à son travail soit au courant des problèmes de son père et que certains l'aient vu dans ses pires moments.

Même si la maladie avait dépouillé son père de sa fierté, elle en éprouvait encore pour lui.

Elle tapota rapidement la main de sa chef et s'écarta.

— Merci de t'inquiéter. Il s'est calmé et son infirmière est avec lui en ce moment. Heureusement, je venais juste de lui donner ses médicaments.

— As-tu besoin d'une minute ?

— Non. Qu'est-ce qu'on a ?

Catya fit un sourire qui ressemblait plutôt à un rictus, comme si elle se mordait la langue. Encore.

— Tu n'as pas besoin d'être aussi forte.

— Bien sûr que si.

Ehlena regarda autour d'elle et retint une grimace. D'autres membres du personnel s'approchaient d'elle, un vrai bataillon, fort d'une dizaine de personnes lui apportant une cargaison de sollicitude.

— Où veux-tu que j'aille ?

Elle devait se défaire de… Raté.

Ehlena fut bientôt entourée par tout le personnel, à l'exception des infirmières de chirurgie qui se trouvaient en salle d'opération avec Havers, et sentit sa gorge se serrer quand ses collègues lui demandèrent en chœur comment elle allait. Seigneur, elle se sentait claustrophobe comme une femelle enceinte coincée dans un ascenseur surchauffé.

— Je vais bien, merci à tou…

La dernière infirmière s'approcha. Après avoir exprimé sa compassion à Ehlena, la femelle secoua la tête.

— Je ne voudrais pas parler boulot…

— Si, je t'en prie, l'encouragea-t-elle immédiatement.

L'infirmière sourit respectueusement, comme si elle admirait la force de caractère d'Ehlena.

— Eh bien… il est de nouveau en salle d'examen. Est-ce que je vais chercher des cure-dents ?

Tout le monde poussa un grognement. Parmi la légion de patients mâles qu'ils soignaient, il n'existait qu'un seul « il », et d'ordinaire le personnel tirait à la courte paille pour décider qui aurait à s'occuper de lui. Celui qui perdait s'y collait.

D'une manière générale, toutes les infirmières gardaient une distance professionnelle face à leurs patients – c'était une nécessité, sans quoi on s'épuisait moralement. Mais avec lui, le personnel se tenait à l'écart pour des raisons autres que professionnelles. La plupart des femelles se sentaient nerveuses en sa présence, même les plus endurcies.

Ehlena ? Pas tant que cela. Oui, ce type avait des airs de parrain, avec ses costumes sombres rayés, sa crête et son regard améthyste qui semblait dire : « Me fais pas chier si tu veux vivre. » Il était vrai que, quand on se retrouvait enfermé avec lui dans une salle d'examen, on avait une soudaine envie de garder un œil sur la porte en cas de besoin. Et il y avait ces tatouages sur sa poitrine… et le fait qu'il gardait sa canne près de lui, comme si ce n'était pas qu'une aide pour marcher, mais une arme. Et…

OK, donc ce type la rendait nerveuse, elle aussi.

Pourtant, elle mit un terme à la discussion pour savoir si on allait tirer à la plus courte paille.

— J'y vais. Cela compensera mon retard.

— Tu es certaine ? demanda quelqu'un. On dirait que tu as déjà eu ta part ce soir.

— Laissez-moi juste prendre un café. Il est dans quelle salle ?

— Je l'ai installé dans la trois, répondit l'infirmière.

Au milieu des applaudissements, Ehlena se dirigea vers la salle du personnel, déposa ses affaires dans son casier et se versa une grande tasse de breuvage chaud, fumant et revigorant. Le café, assez fort pour mériter son appellation d'excitant, remplit correctement sa fonction, lui faisant recouvrer ses esprits.

Enfin, pour l'essentiel.

Tout en buvant, elle parcourut du regard les rangées de casiers roussâtres, les paires de chaussures de ville fourrées ici et là et les manteaux d'hiver suspendus à leurs crochets. Dans le coin repas, les agents avaient laissé leurs tasses préférées sur le comptoir et les en-cas qu'ils appréciaient sur les étagères. Sur la table ronde était posé un saladier plein de… de quoi s'agissait-il ce soir ? De petits paquets de Skittles. Au-dessus de la table était suspendu un panneau recouvert de publicités diverses, de bons de réduction, de bandes dessinées idiotes et de photos de beaux mecs. L'emploi du temps se trouvait à côté : une grille tracée sur un tableau blanc, représentant les deux semaines à venir, était remplie de noms écrits de couleurs différentes.

C'étaient là les débris d'une vie normale, dont aucun ne semblait avoir le moindre sens, sauf si l'on pensait à toutes ces personnes sur terre qui n'étaient pas en mesure de conserver leur emploi, de jouir d'une existence indépendante ou d'être distraits par de petits faits – comme de savoir que tel papier toilette était 50 *cents* moins cher si on l'achetait par paquet de douze rouleaux.

En assimilant tout cela, Ehlena se rappela une fois encore que vivre dans le monde réel était un privilège dû au hasard, non un droit, et elle souffrait de penser à son père piégé dans cette affreuse petite maison, luttant contre des démons qui n'existaient que dans sa tête.

Il avait eu une vie autrefois, une grande vie. Il était membre de l'aristocratie, travaillait au sein du Conseil et était un érudit réputé. Il avait une *shellane* qu'il adorait, une fille dont il était fier et une demeure célèbre pour ses réceptions. À présent, il n'avait plus que des illusions qui le torturaient et, même si elles n'étaient que des hallucinations, jamais la réalité, les voix n'en étaient pas moins une prison inexpugnable, mis à part le fait que personne d'autre ne voyait les barreaux ni n'entendait le gardien.

Tout en rinçant sa tasse, Ehlena ne put s'empêcher de penser à l'injustice de la situation. Ce qui était une bonne chose, se dit-elle. Malgré tout ce qu'elle voyait dans son travail, elle ne s'était pas habituée à la souffrance et priait que ce ne soit jamais le cas.

Avant de quitter la pièce, elle se regarda rapidement dans le miroir en pied à côté de la porte. Son uniforme blanc était parfaitement repassé et aussi propre que de la gaze stérile. Ses collants étaient impeccables. Ses chaussures à semelles de crêpe n'avaient ni taches ni éraflures.

Mais sa coiffure était aussi fatiguée qu'elle.

Elle détacha ses cheveux, les enroula et les rattacha en vitesse, puis sortit en direction de la salle d'examen numéro trois.

Le dossier du patient se trouvait dans le support en plastique transparent accroché au mur à côté de la porte. Elle le saisit en prenant une profonde inspiration et l'ouvrit. Il était mince, compte tenu de la fréquence à laquelle ils voyaient le mâle, et il n'y avait quasiment aucune information sur la page de garde, uniquement son nom, un numéro de téléphone portable et le nom d'un proche, une femelle.

Après avoir frappé, elle entra dans la pièce avec une assurance de façade, la tête haute, le dos droit, son malaise camouflé par un mélange de maintien et de professionnalisme.

— Comment vous sentez-vous ce soir ? demanda-t-elle en regardant le patient droit dans les yeux.

À l'instant où le regard améthyste croisa le sien, elle aurait été incapable de répéter à quiconque ce qu'elle venait de dire ou de savoir si le patient avait répondu. Vhengeance, fils de Rempoon, lui aspirait les pensées aussi sûrement que s'il avait vidé le réservoir du générateur de son cerveau et l'avait laissée sans rien pour susciter une étincelle mentale.

Puis il sourit.

Ce mâle était un cobra ; il était vraiment… hypnotique, car il était à la fois mortel et beau. Avec sa crête, son visage dur et intelligent, son corps immense, il était le sexe, le pouvoir et l'imprévisibilité incarnés dans un… eh bien, dans un costume noir à fines rayures qui avait visiblement été confectionné sur mesure.

— Je vais bien, merci, répondit-il, résolvant ainsi le mystère de savoir ce qu'Ehlena lui avait demandé. Et vous ?

Elle se figea et il sourit légèrement, sans doute parce qu'il avait pleinement conscience du fait qu'aucune des infirmières n'aimait se retrouver dans le même espace que lui et qu'il s'en réjouissait visiblement. Tout au moins, c'est ainsi qu'elle déchiffra son expression contrôlée et dissimulée.

— Je vous ai demandé comment vous alliez, reprit-il d'une voix traînante.

Ehlena posa le dossier sur le bureau et sortit son stéthoscope de sa poche.

— Je vais très bien.

— Vous en êtes certaine ?

— Absolument.

Se tournant vers lui, elle ajouta :

— Je vais juste prendre votre tension et votre pouls.

— Et ma température.

— Exactement.

— Voulez-vous que j'ouvre la bouche tout de suite ?

Ehlena rougit, et elle se répéta que ce n'était pas parce que sa voix grave rendait la question aussi sensuelle qu'une lente caresse sur un sein nu.

— Euh… non.

— Quel dommage !

— Retirez votre veste, s'il vous plaît.

— Quelle excellente idée. Je retire mon : « Quel dommage ! »

Tant mieux, pensa-t-elle, sinon elle risquait de lui faire rentrer ses mots dans la gorge à l'aide du thermomètre.

Vhengeance roula des épaules tout en faisant ce qu'elle lui avait demandé et, d'un geste dédaigneux de la main, jeta ce qui était clairement un chef-d'œuvre vestimentaire sur le manteau de zibeline qu'il avait soigneusement posé sur une chaise. C'était étrange : quelle que soit la saison, il portait toujours un de ces manteaux de fourrure.

Ces choses coûtaient bien plus cher que la maison louée par Ehlena.

Comme il approchait ses longs doigts du bouton de manchette en diamant à son poignet droit, elle l'arrêta.

— Pourriez-vous remonter l'autre ?

Elle désigna de la tête le mur à côté de lui.

— J'ai plus de place à votre gauche.

Il hésita, puis s'activa sur l'autre manche. Remontant la soie noire au-dessus de son coude jusqu'à son biceps épais, il garda le bras tourné vers le torse.

Ehlena prit le tensiomètre dans un tiroir et le déroula tout en s'approchant de lui. Le toucher était toujours une expérience et elle se frotta la main sur la hanche pour s'y préparer. Sans succès. Quand elle effleura son poignet, un courant électrique familier lui remonta le long du bras et prit place dans son cœur, lui donnant des frissons comme s'il lui chantait du James Brown jusqu'à ce qu'elle étouffe un halètement.

Priant pour que cela ne dure pas longtemps, elle déplaça le bras pour y positionner le brassard et…

— Bon… Dieu.

Les veines qui passaient au creux de son coude étaient abîmées par trop d'usage, enflées, bleuies, aussi amochées que s'il s'était servi de clous au lieu d'aiguilles.

Elle le regarda droit dans les yeux.

— Vous devez avoir extrêmement mal.

Il lui arracha son poignet.

— Non. Cela ne me gêne pas.

Un dur à cuire. Quelle surprise…

— Eh bien, je comprends pourquoi vous souhaitiez voir Havers.

Ostensiblement, elle prit son bras et le tourna, appuyant doucement sur une ligne rouge qui courait le long de son biceps en direction du cœur.

— Ce sont des signes d'infection.

— Ça va aller.

Elle ne put que hausser les sourcils.

— Vous avez déjà entendu parler de septicémie ?

— Ce groupe métal ? Bien sûr, mais je n'aurais pas cru que c'était votre cas.

Elle le regarda de nouveau.

— Et de septicémie, comme dans « infection du sang » ?

— Hmm, vous ne voudriez pas vous pencher un peu sur le bureau et me faire un dessin ? (Il fit courir son regard sur ses jambes.) Je crois que je trouverais cela… très instructif.

Si n'importe quel autre mâle lui avait sorti une réplique du genre, elle lui aurait retourné une gifle à en voir des étoiles. Malheureusement, quand il parlait de cette divine voix grave et la détaillait de son regard améthyste, elle ne se sentait pas vraiment souillée.

Elle avait l'impression qu'un amant la caressait.

Ehlena résista à l'impulsion de se cogner le front. Que faisait-elle, bon sang ? Elle avait un rendez-vous, ce soir. Avec un civil gentil et raisonnable qui n'était rien d'autre que gentil, raisonnable et très civil.

— Je n'ai pas besoin de vous faire un dessin. (Elle désigna son bras.) Vous pouvez vous en rendre compte par vous-même. Si vous ne vous traitez pas, l'infection va s'étendre.

Et même s'il portait des vêtements élégants que n'importe quel couturier rêverait de créer, le manteau gris et froid de la mort ne lui irait pas au teint.

Il serra son bras contre ses abdos.

— Je prendrai en compte votre remarque.

Ehlena secoua la tête, se rappelant qu'elle ne pouvait pas sauver les gens de leur propre stupidité uniquement parce qu'elle portait une blouse blanche ornée du mot « Infirmière ». En outre, Havers verrait ce bras dans toute sa gloire sanglante quand il l'examinerait.

— Très bien, je vais prendre votre tension sur l'autre bras. Et je vais devoir vous demander de retirer votre chemise. Le docteur voudra voir jusqu'où remonte l'infection.

Un sourire s'étira sur le visage de Vhengeance quand il mit les doigts sur le bouton du haut.

— Si vous continuez ainsi, je finirai nu.

Ehlena détourna vite le regard, souhaitant ardemment le trouver scabreux. Elle pouvait bien faire usage d'une bonne dose d'indignation vertueuse pour le repousser.

— Vous savez, je ne suis pas timide, dit-il de sa voix de basse. Vous pouvez me regarder si cela vous dit.

— Non, merci.

— Quel dommage !

D'une voix plus profonde encore, il insista :

— Cela ne me poserait pas de problème que vous regardiez.

Tandis que le bruissement de la soie contre la chair se faisait entendre du côté de la table d'examen, Ehlena s'activa bruyamment, examinant le dossier et revérifiant des données déjà parfaitement en ordre.

C'était étrange. D'après ce que racontaient les autres infirmières, il ne jouait pas les séducteurs avec elles. En réalité, il leur parlait à peine, et c'était en partie ce qui les rendait nerveuses en sa présence. Avec un mâle aussi grand, le silence devenait menaçant. C'était un fait. Avant même de prendre en compte l'attirail tatouages et crête.

— Je suis prêt, dit-il.

Ehlena se retourna et garda les yeux rivés au mur à côté de la tête de Vhengeance. Mais sa vision périphérique fonctionnait à merveille, et il était difficile de ne pas en être reconnaissante. La poitrine de Vhengeance était magnifique, sa peau d'un brun doré chaleureux et ses muscles apparents alors même que son corps était détendu. Il arborait une étoile rouge à cinq branches tatouée sur chaque pectoral, et elle savait qu'il avait d'autres tatouages.

Sur le ventre.

Non qu'elle ait regardé.

Bon, à dire vrai, elle l'avait contemplé d'un air ahuri.

— Allez-vous examiner mon bras ? demanda-t-il doucement.

— Non, ce sera au docteur de le faire.

Elle attendit qu'il répète : « Quel dommage ! »

— Je crois que j'ai assez utilisé cette expression en votre présence.

Là, elle croisa son regard. Rares étaient les vampires capables de lire les pensées de leurs congénères, mais quelque part, elle n'était pas surprise que ce mâle appartienne à ce petit groupe restreint.

— Ne soyez pas impoli, répliqua-t-elle. Et je ne veux pas que vous recommenciez.

— Désolé.

Ehlena referma le brassard autour du biceps de Vhengeance, enfila son stéthoscope et prit sa tension. Au son du petit *pouf, pouf, pouf* de la poire qui servait à gonfler le brassard jusqu'à ce qu'il soit serré, elle sentit sa force, sa puissance contenue, et son cœur se mit à battre la chamade. Il était particulièrement à l'affût ce soir, et elle se demandait pourquoi.

Sauf que cela ne la regardait pas.

Quand elle relâcha la valve et que l'air s'échappa du brassard dans un sifflement de soulagement, elle recula d'un pas. Il était… trop, sous tous les aspects. Surtout en ce moment même.

— N'ayez pas peur de moi, murmura-t-il.

— Je n'ai pas peur.

— Vous en êtes certaine ?

— Parfaitement, mentit-elle.

Chapitre 6

Elle ment, pensa Vhen. *Elle a totalement peur de moi. En parlant de dommage.*

C'était l'infirmière que Vhen espérait avoir chaque fois qu'il venait. C'était celle qui rendait ces visites à peu près supportables. Elle était son Ehlena.

OK, elle ne lui appartenait pas le moins du monde. Il ne connaissait son prénom que parce qu'il l'avait lu sur l'étiquette bleu et blanc de sa blouse, et il ne la voyait que quand il venait se faire soigner. Elle ne l'appréciait pas du tout.

Mais il continuait de la croire sienne, c'était tout. Le fait est qu'ils avaient quelque chose en commun, qui outrepassait les lignées, éclipsait les hiérarchies sociales et les liait, même si elle l'aurait nié.

Elle était solitaire, elle aussi, de la même manière que lui.

Sa grille émotionnelle avait la même empreinte que la sienne, que celle de Xhex, ou encore que celles de Trez et iAm : ses sentiments étaient entourés par le vide absolu de quelqu'un qui est séparé de sa tribu. Vivant au milieu des autres, mais à l'écart de tout. Une exclue, une laissée-pour-compte, quelqu'un qu'on avait expulsé.

Il en ignorait les raisons, mais il savait très bien à quoi ressemblait sa vie, et c'était ce qui avait attiré son attention lorsqu'il l'avait rencontrée. Ses yeux, sa voix et son odeur avaient suivi. Son intelligence et sa langue aiguisée avaient conclu l'affaire.

— 16/9. C'est beaucoup.

Elle ôta les attaches du brassard d'un coup sec, souhaitant sans doute qu'il s'agisse d'un morceau de sa peau.

— Je pense que votre corps essaie de combattre l'infection de votre bras.

Oh, son corps combattait quelque chose, bien sûr, mais cela n'avait foutrement rien à voir avec ce qui mijotait dans la zone d'injection. Son côté *symphathe* luttant contre la dopamine, l'état d'impuissance dans lequel il vivait d'ordinaire quand il était sous traitement n'était pas encore en œuvre.

Résultat ?

Son sexe était droit comme un I dans son pantalon. Ce qui, contrairement à la croyance populaire, n'était pas bon signe, surtout ce soir. À l'issue de sa conversation avec Montrag, il se sentait affamé, rendu… un peu fou par une brûlure intérieure.

Et Ehlena était trop… belle.

Même si ce n'était pas dans le style de ses filles, à la plastique exagérément sculptée, refaite et travaillée. Ehlena était tout simplement jolie, avec ses traits fins, sa chevelure blond vénitien et ses jambes longues et minces. Ses lèvres étaient naturellement roses – pas à cause d'une couche grasse, figée et luisante vieille de dix-huit heures. Et ses yeux couleur caramel brillaient parce qu'ils étaient un mélange de jaune, de marron et d'or – pas à cause d'un barbouillage d'ombre à paupières scintillante et de mascara. Et elle avait les joues empourprées parce qu'il la hérissait.

Ce qui, même s'il sentait qu'elle avait eu une nuit difficile, ne l'ennuyait pas du tout.

Mais ça, c'est un coup de mon côté symphathe, pensa-t-il avec ironie.

C'était étrange, la plupart du temps il se fichait de ce qu'il était. La vie qu'il avait toujours connue était un mirage de mensonges et de supercheries changeant constamment, c'était ainsi. Mais en sa présence ? Il souhaitait être normal.

— Voyons votre température, dit-elle en prenant un thermomètre électronique sur le bureau.

— Elle est plus élevée que la normale.

Elle leva son regard couleur d'ambre vers le sien.

— C'est votre bras ?

— Non, vos yeux.

Elle battit des paupières, puis sembla se reprendre.

— J'en doute sérieusement.

— Alors vous sous-estimez votre charme.

Quand elle secoua la tête et fixa un capuchon en plastique sur la baguette argentée, il saisit une bouffée de son odeur.

Il sentit ses crocs s'allonger.

— Ouvrez la bouche.

Elle approcha le thermomètre et attendit.

— Eh bien ?

Vhen contempla ses yeux étonnamment tricolores et ouvrit la bouche. Elle se pencha, totalement professionnelle, et se figea. Quand elle regarda ses canines, son odeur déferla, empreinte d'une nuance brute et érotique.

Le triomphe se mit à chanter dans les veines de Vhengeance et il grogna :

— Occupez-vous de moi.

Un long moment passa, pendant lequel tous deux se retrouvèrent unis par des liens invisibles de chaleur et de désir. Puis elle serra les lèvres.

— Jamais, mais je vais prendre votre température parce qu'il le faut.

Elle lui planta le thermomètre entre les lèvres et il dut serrer les dents pour empêcher l'objet de lui percer une amygdale.

Pas grave. Même s'il ne pouvait pas l'avoir, il l'excitait. Et c'était plus qu'il ne méritait.

Il y eut un bip, un intervalle, puis un autre bip.

— 42,7°, dit-elle en reculant et jetant le capuchon en plastique dans la poubelle à déchets non biologiques. Havers viendra vous voir dès qu'il sera disponible.

La porte claqua derrière elle avec un « c... » en suspens.

Seigneur, qu'elle était excitante.

Vhen fronça les sourcils, toute cette histoire d'attirance sexuelle lui rappelant une chose à laquelle il ne voulait pas penser.

Ou plutôt quelqu'un.

Son excitation reflua instantanément quand il prit conscience qu'on était lundi soir. Ce qui voulait dire que demain on serait mardi. Le premier mardi du dernier mois de l'année.

Le *symphathe* en lui frissonnait tandis que chaque centimètre de sa peau lui démangeait, comme si son corps était couvert d'araignées.

Lui et son maître chanteur avaient un de leurs rendez-vous demain soir. Seigneur, comment un autre mois avait-il pu s'écouler ? Il lui semblait que, chaque fois qu'il se retournait, le premier mardi du mois était revenu et qu'il faisait le trajet dans le nord de l'État jusqu'à cette satanée cabane pour une autre représentation sur commande.

Le maquereau devenu la pute.

Les jeux de pouvoir, les tensions et la baise étaient la monnaie de ces rencontres avec son maître chanteur, la base de sa vie « amoureuse » depuis vingt-cinq ans. Tout y était sale, mauvais, malfaisant et dégradant, mais il recommençait sans cesse pour garder son secret.

Et aussi parce que son côté sombre y prenait plaisir. C'était *l'amour à la symphathe*, le seul moment où il pouvait être lui-même, sans règle, sa tranche d'horrible liberté. Il avait beau s'auto-administrer des médicaments et tenter de trouver sa place, il était malgré tout piégé par l'héritage de son père décédé, par le sang malfaisant qui coulait dans ses veines.

Toute négociation avec son ADN était impossible et, même s'il était métis, le mangeur de péché dominait en lui.

Donc quand il s'agissait d'une femelle de valeur comme Ehlena, il serait toujours de l'autre côté de la barrière, le nez contre la vitre, les mains tendues vers l'objet de son désir, sans jamais se rapprocher assez pour la toucher. Ce n'était que justice pour elle. Contrairement à son maître chanteur, elle ne méritait pas ce qu'il apportait.

Son éthique lui disait qu'au moins ce point-là était vrai.

Ouais. Pfff. C'était bien lui, ça.

Pour son prochain tatouage, il se ferait faire une putain d'auréole autour de la tête.

Baissant les yeux sur le désastre de son bras gauche, il vit clairement ce qui pourrissait là. Il ne s'agissait pas seulement d'une infection bactérienne liée à son usage volontaire d'aiguilles non stériles sur une peau qui n'avait pas été désinfectée. C'était un lent suicide, et c'était pourquoi il préférait crever plutôt que de montrer ce truc au médecin. Il savait exactement quelles seraient les conséquences si ce poison finissait par envahir son sang, et il espérait que cela l'emporterait.

La porte s'ouvrit et il leva les yeux, prêt à jouer avec Havers… sauf qu'il ne s'agissait pas du médecin. L'infirmière de Vhen était de retour, et elle n'avait pas l'air joyeux.

À dire vrai, elle avait l'air épuisée, comme s'il représentait une nouvelle complication dans sa vie et qu'elle n'avait pas l'énergie de gérer le baratin qu'il débitait quand elle était là.

— J'ai parlé au docteur, dit-elle. Il est toujours au bloc opératoire, et il risque d'y rester encore un moment. Il souhaite que je vous fasse une prise de sang…

— Je suis désolé, déclara Vhen de but en blanc.

Ehlena porta la main au col de son uniforme et le resserra.

— Pardon ?

— Je suis désolé d'avoir plaisanté avec vous. Vous n'avez pas besoin de ça venant d'un patient. Surtout cette nuit.

Elle fronça les sourcils.

— Je vais bien.

— Non, pas du tout. Et non, je ne suis pas en train de lire vos pensées. Vous avez seulement l'air fatiguée. (Soudain, il sut comment elle se sentait.) J'aimerais me faire pardonner.

— Ce n'est pas nécessaire…

— En vous invitant à dîner.

OK, il n'avait pas eu l'intention de dire cela. Et étant donné qu'il venait juste de se féliciter d'avoir gardé ses distances, il venait aussi de jouer les hypocrites.

Visiblement, il vaudrait mieux que son prochain tatouage prenne les contours d'un âne.

Parce qu'il se comportait comme tel.

Sous le coup de l'invitation, il n'était pas du tout surpris qu'Ehlena le dévisage comme s'il était fou. D'une manière générale, quand un mâle se comportait comme il l'avait fait, la dernière chose que n'importe quelle femelle souhaitait était de passer *plus* de temps avec celui-ci.

— Je suis désolée, mais non.

Elle n'ajouta même pas l'obligatoire : « Je ne sors pas avec mes patients. »

— Très bien. Je comprends.

Pendant qu'elle préparait les instruments pour la prise de sang et enfilait une paire de gants jetables, Vhen tendit la main vers sa veste de costume et en sortit sa carte de visite, la dissimulant dans sa large paume.

Elle planta une aiguille dans son bras en bon état, remplissant rapidement les flacons d'aluminium. C'était une bonne chose qu'ils ne soient pas en verre et que Havers procède lui-même aux examens. Le sang de vampire était rouge. Celui des *symphathes* était bleu. Le sien était d'une couleur intermédiaire, mais Havers et lui avaient un accord.

Certes, le docteur n'avait pas conscience de la manière dont les choses fonctionnaient entre eux, mais c'était le seul moyen de se faire soigner sans compromettre le médecin de l'espèce.

Quand Ehlena eut terminé, elle ferma les flacons avec des bouchons en plastique, ôta les gants et se dirigea vers la porte comme s'il sentait mauvais.

— Attendez, s'exclama-t-il.

— Souhaitez-vous des analgésiques pour votre bras ?

— Non, je souhaite que vous preniez ceci. (Il lui tendit sa carte.) Appelez-moi si jamais vous êtes d'humeur à me faire une faveur.

— Au risque de passer pour quelqu'un qui manque de professionnalisme, je ne serai jamais d'humeur pour vous. Quelles que soient les circonstances.

Aïe. Non qu'il l'en blâme.

— Par « faveur », j'entends « me pardonner ». Ça n'a rien à voir avec un rendez-vous.

Elle jeta un coup d'œil à la carte et secoua la tête.

— Vous feriez mieux de garder ça. Pour quelqu'un qui pourrait peut-être en avoir l'usage.

Quand la porte se referma, il écrasa la carte dans sa main.

Merde. Qu'est-ce qu'il avait cru, bordel ? Elle menait probablement une gentille petite vie dans une maison bien tenue avec deux parents aimants. Peut-être avait-elle également un petit ami, qui un jour deviendrait son *hellren* ?

Ouais, lui, l'aimable dealer, maquereau et exécuteur d'à côté, cadrait vraiment avec ce tableau digne de Norman Rockwell. À la perfection.

Il jeta sa carte de visite dans la poubelle à côté du bureau et la regarda décrire des cercles en tombant avant de se poser au milieu des Kleenex, des liasses de papiers et d'une canette de Coca vide.

Tout en attendant le médecin, il regarda fixement les détritus abandonnés, songeant que, à ses yeux, la plupart des gens sur cette terre étaient exactement pareils : des objets à utiliser et à jeter sans le moindre remords. Du fait de son côté malfaisant et des affaires qu'il dirigeait, il avait cassé beaucoup d'os, fracassé beaucoup de crânes et avait été à l'origine de beaucoup d'overdoses.

Ehlena, à l'inverse, passait ses nuits à sauver les gens.

Ouais, ils avaient des choses en commun, absolument.

Il faisait des efforts pour qu'elle reste occupée.

Merveilleux.

À l'extérieur de la clinique, dans l'air glacial, Kolher était nez à nez avec Viszs.

— Dégage de mon chemin, V.

Viszs, bien entendu, ne reculait pas. Avant même le flash spécial les informant qu'il avait été engendré par la Vierge scribe, cet enfoiré avait toujours été un électron libre.

Un frère aurait eu plus de chances en donnant des ordres à une pierre.

— Kolher…

— Non, V. Pas ici. Pas maintenant…

— Je t'ai vu. Dans mes rêves, cet après-midi. (La douleur dans sa voix grave aurait été de circonstance pour un enterrement.) J'ai eu une vision.

Kolher parla contre son gré.

— Qu'est-ce que tu as vu ?

— Je t'ai vu seul, au milieu d'un terrain sombre. Nous étions tout autour de toi, mais personne ne pouvait t'atteindre. Pour nous tu avais disparu, et pour toi nous avions disparu. (Le frère lui prit la main et la serra fortement.) À cause de Butch, je sais que tu vas sur le terrain tout seul, et j'ai fermé ma gueule. Mais je ne peux plus te laisser faire. Si tu meurs, l'espèce sera baisée, sans parler de ce que ça infligera à la Confrérie.

Les yeux de Kolher firent un effort pour se concentrer sur le visage de V., mais l'éclairage de sécurité au-dessus de la porte était un néon, et sa lueur lui piquait atrocement les yeux.

— Tu ignores ce que signifie ce rêve.

— Toi aussi.

Kolher songea au poids du civil dans ses bras.

— Ça pourrait très bien n'être rien d'autre…

— Demande-moi quand j'ai eu cette vision pour la première fois.

— … qu'une de tes peurs.

— Demande-moi. Quand j'ai eu cette vision pour la première fois.

— Quand ?

— En 1909. Cela fait un siècle que je l'ai vue pour la première fois. À présent, demande-moi combien de fois je l'ai vue au cours du dernier mois.

— Non.

— Sept fois, Kolher. Cet après-midi, c'était la goutte qui a fait déborder le vase.

Kolher s'arracha à l'étreinte du frère.

— Je m'en vais. Si tu me suis, tu trouveras la bagarre.

— Tu ne peux pas partir seul. Ce n'est pas prudent.

— Tu te moques de moi, c'est ça ? (Kolher le regarda d'un air furieux au travers de ses lunettes de soleil.) Notre espèce s'éteint et tu me casses les couilles parce que je poursuis notre ennemi ? Ce n'est vraiment pas drôle. Je ne vais pas rester coincé derrière un bureau de gonzesse à faire de la paperasse pendant que mes frères sont dehors à agir pour de bon…

— Mais tu es le roi. Tu es plus important que nous…

— Certainement pas, putain ! Je suis l'un des vôtres ! J'ai été initié, j'ai bu le sang des frères et ils ont bu le mien, je veux me battre !

— Écoute, Kolher… (V. prit un ton si raisonnable qu'il donnait envie de lui casser toutes les dents. À la hache.)

Je sais exactement ce que cela fait de ne pas vouloir être celui qu'on est par naissance. Tu crois que ça m'excite de faire ces rêves barrés ? Tu crois que mon truc de sabre laser m'amuse ? (Il leva sa main gantée comme si ce rappel visuel constituait une valeur ajoutée à leur « discussion ».) Tu ne peux pas changer ta nature. Tu ne peux pas défaire l'union de tes parents, quels qu'ils soient. Tu es le roi, tu n'es pas soumis aux mêmes règles, c'est ainsi.

Kolher fit de son mieux pour égaler le calme détendu et pondéré de V.

— Et je dis que cela fait trois siècles que je me bats, je ne suis donc pas tout à fait un bleu. J'aimerais également souligner qu'être roi ne signifie pas que je perds le droit de choisir…

— Tu n'as pas d'héritier. Et, d'après ce que m'a dit ma *shellane*, tu as rembarré Beth quand elle t'a dit qu'elle aimerait essayer d'en concevoir un lors de ses premières chaleurs. Tu l'as sérieusement rembarrée, même. En quels termes t'es-tu exprimé, déjà ? Oh… c'est ça. « Je ne veux pas d'enfant dans un avenir proche… voire pas du tout. »

Kolher souffla fortement.

— Je n'arrive pas à croire que tu en sois arrivé là.

— Tout ça pour dire que, si tu crèves, le tissu social de l'espèce va se défaire, et si tu crois que ça va aider à gagner la guerre, c'est que tu as de la merde dans les yeux. Regarde les choses en face, Kolher. Tu es notre cœur à tous… donc, non, tu ne peux tout simplement pas aller sur le terrain et te battre seul uniquement parce que tu en as envie. C'est pas comme ça que les choses marchent pour toi…

Kolher attrapa le frère par le col et le plaqua contre le mur de la clinique.

— Fais gaffe, V. Tu frôles l'irrespect.

— Si tu crois que me dérouiller va changer les choses, alors vas-y. Mais je te garantis qu'après les coups de poing, quand on sera tous les deux sanguinolents et à terre, la situation sera exactement la même. Tu ne peux pas changer ta naissance.

En retrait, Butch sortit de l'Escalade et remonta sa ceinture comme s'il se préparait à se lancer dans une bagarre.

— L'espèce a besoin de toi vivant, trouduc, dit V. Ne me force pas à appuyer sur la détente, parce que je le ferai.

Kolher reporta son regard affaibli sur V.

— Je croyais que tu me voulais en vie et en super forme. En outre, me tirer dessus te rendrait coupable de trahison, ce qui serait puni de mort. Peu importe de qui tu es le fils.

— Écoute, je ne dis pas que tu ne devrais pas…

— Ferme-la, V. Pour une fois, contente-toi de fermer ta gueule.

Kolher lâcha la veste en cuir de V. et recula. Seigneur, il fallait partir, ou cette confrontation allait faire boule de neige et déboucher exactement sur ce que Butch se préparait à affronter.

Kolher pointa un doigt sur le visage de V.

— Ne me suis pas. On est d'accord ? Tu ne me suis pas.

— Espèce de crétin stupide, répondit V., totalement épuisé. Tu es notre roi. Nous devons tous te suivre.

Kolher se dématérialisa en jurant, et ses molécules traversèrent la ville. Tout en se déplaçant, il n'arrivait pas à croire que V. ait abordé le sujet de Beth et cette histoire de bébé. Ou que Beth ait partagé ce genre d'affaire intime avec Doc Jane.

En parlant d'avoir de la merde dans les yeux. V. était cinglé s'il croyait que Kolher mettrait la vie de sa bien-aimée en danger en la fécondant quand elle traverserait sa période de chaleurs d'ici à un an environ. Les femelles mouraient en couches plus souvent qu'à leur tour.

Il donnerait sa propre vie pour l'espèce s'il le fallait, mais il était hors de question qu'il mette celle de sa *shellane* en danger de cette manière.

Et même si elle avait la garantie d'y survivre, il ne voulait pas que son fils vive la même situation que lui… piégé, sans avoir le choix, obligé de servir son peuple le cœur lourd tandis que tous mouraient les uns après les autres dans une guerre qu'il n'arrivait pas à arrêter malgré tous ses efforts.

Chapitre 7

Le complexe hospitalier St. Francis était une petite ville à lui tout seul, un ensemble d'éléments architecturaux érigés à différentes époques, chaque unité composant son propre quartier miniature, les divers édifices étant reliés entre eux par toute une série d'allées et de trottoirs venteux. On trouvait l'administration dans un bâtiment prétentieux et déplacé, le service des consultations avait l'air d'un simple ranch éloigné de la ville, et les patients étaient hospitalisés dans des tours aux fenêtres empilées semblables à des appartements. Le seul point commun à tout le complexe, ce qui était une bénédiction, était les panneaux indicateurs blanc et rouge, dont les flèches pointaient à droite, à gauche ou tout droit selon l'endroit où l'on désirait se rendre.

Toutefois, la destination de Xhex était évidente.

Le service des urgences constituait l'ajout le plus récent du centre médical, une installation dernier cri toute de verre et d'acier qui ressemblait à une discothèque puissamment éclairée et constamment bourdonnante.

Difficile de le rater. Difficile de le perdre de vue.

Xhex reprit forme dans l'ombre de quelques arbres plantés en cercle autour de bancs. Tout en marchant vers les portes à tambour des urgences, elle était à la fois proche et extrêmement éloignée de son environnement. Elle avait beau contourner les autres piétons, respirer l'odeur du tabac émanant de l'espace fumeurs et sentir l'air froid sur son visage, elle était bien trop absorbée par une bataille intérieure pour remarquer quoi que ce soit.

Quand elle entra dans le bâtiment, ses mains étaient moites et son front couvert de sueur froide. Elle était paralysée par les néons, le linoléum blanc et le personnel déambulant en blouse.

— Vous avez besoin d'aide ?

Xhex se retourna et leva les mains, se mettant en position de combat. Le médecin qui lui avait parlé ne bougea pas, mais parut surpris.

— Hou là ! Du calme.

— Désolée.

Elle baissa les bras et lut sur le revers de sa blouse blanche « Docteur Manuel Manello, chef du service de chirurgie ». Tout en l'évaluant, elle fronça les sourcils.

— Vous allez bien ?

Rien à foutre. Cela ne la concernait pas.

— Je dois me rendre à la morgue.

Le type n'eut pas l'air choqué, comme si quelqu'un avec de tels réflexes avait tout lieu de connaître quelques macchabées avec une étiquette autour de l'orteil.

— OK. Vous voyez ce couloir là-bas ? Prenez-le jusqu'au bout. Vous verrez un panneau indiquant la morgue sur la porte. Contentez-vous de suivre les flèches à partir d'ici. C'est au sous-sol.

— Merci.

— Je vous en prie.

Le médecin sortit par la porte tambour qu'elle venait d'emprunter et elle passa sous le détecteur de métaux qu'il venait de franchir. Pas le moindre bip. Elle fit un bref sourire au flic d'opérette qui lui jetait un coup d'œil.

Le couteau qu'elle portait dans le dos était en céramique et elle avait remplacé ses cilices en métal par des pièces de bois et de pierre. Aucun souci.

— Bonsoir, monsieur, dit-elle.

Le vigile lui fit signe d'avancer, mais garda la main sur la crosse de son arme.

Tout au bout du couloir, elle trouva la porte qu'elle cherchait, la franchit et emprunta l'escalier, suivant les flèches rouges comme le lui avait indiqué le médecin. Quand elle atteignit un secteur aux murs de béton blanchis à la chaux, elle supposa à raison qu'elle approchait du but. L'inspecteur De La Cruz se trouvait plus loin dans le couloir, près d'une double porte en acier inoxydable sur laquelle était inscrit : « Morgue. Réservé au personnel. »

— Merci d'être venue, lui dit-il quand elle fut assez près. Nous allons au reposoir un peu plus loin. Je vais juste prévenir que vous êtes là.

L'inspecteur poussa l'un des battants de la porte et, par l'entrebâillement, elle aperçut une rangée de tables métalliques équipées d'appuie-tête où les morts reposaient.

Son cœur s'arrêta avant de bondir, même si elle ne cessait de se répéter que ce qu'elle voyait ne la touchait pas. Ce n'était pas elle, là-dedans. Ce n'était pas le passé. Il n'y avait personne en blouse blanche penché au-dessus d'elle pour lui infliger des choses « au nom de la science ».

En outre, elle en avait fini avec tout ça environ une décennie plus tôt…

Un bruit se fit entendre derrière elle, d'abord faible puis de plus en plus fort. Elle se retourna et se figea – la peur était tellement forte qu'elle lui collait les pieds au sol…

Mais ce n'était qu'un agent de service tournant au coin du couloir, poussant un chariot à linge sale aussi grand qu'une voiture. Il le poussait de toutes ses forces, et ne leva pas les yeux en passant devant elle.

L'espace d'un instant, Xhex cligna des yeux et vit un autre chariot à roulettes. Un chariot plein de membres immobiles, des jambes et des bras empilés comme des bûches.

Elle se frotta les yeux. OK, elle en avait fini avec ces événements… tant qu'elle ne se trouvait pas dans une clinique ou un hôpital.

Seigneur… il fallait qu'elle sorte de là.

— Vous êtes sûre que vous voulez le faire ? demanda De La Cruz juste à sa droite.

Elle déglutit difficilement et rassembla son courage, doutant fort que l'inspecteur comprenne qu'elle avait la trouille d'un tas de draps à laver et non du cadavre qu'elle allait identifier.

— Oui. On y va ?

Il la dévisagea un instant.

— Écoutez, vous voulez faire une pause ? Prendre un café ?

— Non.

Comme il ne bougeait pas, elle se dirigea elle-même vers la porte sur laquelle était écrit « Reposoir ».

De La Cruz se dépêcha de passer devant elle et ouvrit la marche. L'antichambre comportait trois chaises en plastique noir et deux portes, et sentait la fraise artificielle, conséquence d'un mélange de formol et de désodorisant. Dans un coin, à l'écart des chaises, se trouvait une petite table sur laquelle étaient posés quelques gobelets en carton à moitié remplis par ce qui ressemblait à du café en voie de solidification.

Visiblement, il y avait ceux qui faisaient les cent pas et ceux qui restaient assis et, si on faisait partie du second groupe, on était censé tenir sa caféine de distributeur en équilibre sur son genou.

Elle étudia les lieux, percevant les émotions qui s'attardaient dans l'air, comme du moisi laissé par le passage d'une eau fétide. Des choses douloureuses se déroulaient ici, pour ceux qui franchissaient les portes. Des cœurs brisés. Des vies démolies. Des univers qui ne seraient plus jamais les mêmes.

Ce n'est pas du café qu'il faut donner à ces gens avant qu'ils accomplissent ce qu'ils sont venus faire ici, se dit-elle. *Ils sont déjà bien assez nerveux.*

— Par ici.

De La Cruz l'emmena dans une pièce étroite qui, pour Xhex, suintait la claustrophobie concentrée : l'endroit était microscopique, presque sans air, avec des néons qui clignotaient et hoquetaient, et son unique fenêtre ne donnait pas vraiment sur un champ de fleurs.

Le rideau accroché à l'extrémité de la vitre était tiré, bloquant la vue.

— Ça va aller ? insista l'inspecteur.

— On peut s'y mettre ?

De La Cruz se pencha vers la gauche et appuya sur une sonnette. Au bourdonnement, les rideaux s'écartèrent avec lenteur, dévoilant un corps recouvert du même type de drap blanc que ceux du chariot de linge sale. Un humain vêtu d'un uniforme chirurgical vert pâle se tenait à la tête du corps et, quand l'inspecteur hocha la tête, il avança les mains et replia le linceul.

Les yeux de Chrissy Andrews étaient fermés, ses longs cils touchant ses joues du même gris délavé que les nuages de décembre. Elle n'avait pas l'air paisible dans son repos éternel. Sa bouche était lacérée de bleu, ses lèvres fendues, probablement par leur rencontre avec un poing, une poêle à frire ou un chambranle.

Les plis du drap posé sur sa gorge dissimulaient l'essentiel des marques de strangulation.

— Je sais qui a fait ça, déclara Xhex.

— Pour qu'on soit bien clairs, est-ce que vous identifiez Chrissy Andrews ?

— Oui. Et je sais qui a fait ça.

L'inspecteur fit un signe de tête au médecin, qui recouvrit la tête de Chrissy et referma le rideau.

— Le petit ami ?

— Ouais.

— Il a un long passé de violences domestiques.

— Trop long. Bien sûr, maintenant c'est terminé. Cet enfoiré a fini par l'avoir, hein.

Xhex retourna dans l'antichambre, et l'inspecteur dut se dépêcher pour rester à son niveau.

— Attendez…

— Je dois me remettre au boulot.

Au moment où ils débouchèrent dans le couloir du sous-sol, l'inspecteur la força à s'arrêter.

— Je veux que vous sachiez que la police de Caldwell mène une véritable enquête pour meurtre, et que nous appréhenderons les suspects de manière légale et compétente.

— J'en suis certaine.

— Et vous avez rempli votre rôle. À présent, il va falloir nous laisser nous occuper d'elle et résoudre cette affaire. Laissez-nous le retrouver, d'accord ? Je ne veux pas vous voir jouer les fiers-à-bras.

L'image de la chevelure de Chrissy lui revint en mémoire. Elle faisait toujours un tas d'histoires à ce propos, se crêpant les cheveux avant de lisser ceux du dessus et de les arranger jusqu'à ce qu'ils aient l'aspect d'un pion d'échec.

Une vraie rediffusion de *Melrose Place* à l'époque du casque d'or de Heather Locklear.

Les cheveux sous le linceul étaient plats comme une planche à pain, écrasés des deux côtés, sans doute à cause du sac dans lequel on l'avait transportée.

— Vous avez rempli votre rôle, répéta De La Cruz.

Pas encore.

— Passez une bonne nuit, inspecteur. Et bonne chance pour retrouver Grady.

Il fronça les sourcils, puis sembla croire à son numéro de femme respectable.

— Avez-vous besoin qu'on vous raccompagne ?

— Non, merci. Et, vraiment, ne vous inquiétez pas à mon sujet. (Elle lui fit un mince sourire.) Je ne ferai rien de stupide.

Bien au contraire : elle était un assassin très intelligent. Formée par les meilleurs.

Et « œil pour œil… » était beaucoup plus qu'une petite phrase d'accroche.

José De La Cruz n'était ni ingénieur de la Nasa, ni un génie, ni un généticien. Il n'était pas non plus homme à parier, et pas seulement parce qu'il était catholique.

Pas besoin de parier. Il avait autant d'instinct qu'une boule de cristal.

Il savait donc exactement ce qu'il faisait en suivant Mlle Alex Hess à la sortie de l'hôpital à une distance raisonnable. Quand elle eut franchi la porte tambour, elle ne se dirigea pas à gauche vers le parking ni à droite vers les trois taxis garés devant l'entrée. Elle marcha droit devant elle, slalomant entre les voitures qui déposaient et emmenaient les patients, contournant les taxis libres. Après être montée sur le trottoir, elle arriva à la pelouse gelée et continua en face, traversant la route pour atteindre les arbres que la Ville avait plantés quelques années plus tôt pour reverdir le centre-ville.

Entre deux battements de paupières, elle disparut, comme si elle n'avait jamais été là.

Ce qui, bien entendu, était impossible. Il faisait nuit et il était levé depuis 4 heures du matin deux nuits plus tôt, aussi ses yeux étaient-ils à peu près aussi performants que s'il était sous l'eau.

Il allait devoir surveiller cette femme. Il savait personnellement à quel point il était difficile de perdre un collègue, et il était évident qu'elle appréciait la défunte. Néanmoins, dans cette affaire, on n'avait pas besoin qu'une civile imprévisible enfreigne la loi et aille jusqu'à assassiner le principal suspect de la police de Caldwell.

José se dirigea vers la voiture banalisée qu'il avait laissée derrière, à l'endroit où on nettoyait les ambulances et où les brancardiers attendaient, prêts à intervenir.

Le petit ami de Chrissy Andrews, Robert Grady, dit Bobby G, louait un appartement au mois depuis qu'elle l'avait mis dehors à la fin de l'été. Le taudis était vide quand José avait frappé à la porte vers 13 heures ce jour-là, et un mandat de perquisition, fondé sur les appels d'urgence passés par Chrissy au sujet de son petit ami au cours des six derniers mois, lui avait permis d'ordonner au propriétaire de lui ouvrir les lieux.

Des quantités de nourriture en train de moisir dans la cuisine, des assiettes sales dans le salon et du linge à laver partout dans la chambre.

Plus un certain nombre de sachets en Cellophane contenant de la poudre blanche qui s'était révélée être – *ô mon Dieu !* – de l'héroïne. Ça alors.

Aucune trace du petit ami. La dernière fois qu'on l'avait vu à l'appartement, c'était la nuit précédente aux alentours de 22 heures. Le voisin de palier avait entendu Bobby G hurler. Puis une porte claquer.

Et les enregistrements qu'on avait déjà récupérés auprès de son opérateur téléphonique indiquaient qu'il avait appelé Chrissy à 21 h 36.

Une surveillance en civil avait été immédiatement mise en place et les inspecteurs passaient prendre des nouvelles régulièrement, sans le moindre résultat. Mais José ne pensait pas en obtenir là-bas. Il y avait de bonnes chances que les lieux restent un endroit fantôme.

Il avait donc deux choses sur son planning : trouver le petit ami. Et garder un œil sur la responsable de la sécurité du *Zero Sum*.

Et son instinct lui disait qu'il vaudrait mieux pour tout le monde qu'il retrouve Bobby G avant Alex Hess.

Chapitre 8

Pendant que Havers examinait Vhengeance, Ehlena réapprovisionnait l'une des réserves de fournitures. Qui se trouvait être juste à côté de la salle d'examen numéro trois. Elle empila les bandages, fabriqua une tour de rouleaux de gaze enveloppés dans du plastique, créa une composition de boîtes de Kleenex, de pansements et de capuchons de thermomètre digne d'un Kandinsky.

Elle commençait à être à court d'objets à disposer quand la porte de la salle d'examen s'ouvrit avec un petit bruit. Elle passa la tête dans le couloir.

Havers avait vraiment tout du médecin, avec ses lunettes en écaille, sa chevelure brune séparée en deux par une raie précise, son nœud papillon et sa blouse blanche. Il se comportait également comme un médecin type, gérant en toutes circonstances son personnel, son établissement et, par-dessus tout, ses patients, avec calme et attention.

Mais il ne semblait pas dans son assiette dans ce couloir, fronçant les sourcils comme s'il avait l'esprit confus, se frottant la tête comme si ses tempes lui faisaient mal.

— Allez-vous bien, docteur ? demanda-t-elle.

Il la regarda brièvement, le regard inhabituellement vide derrière ses lunettes.

— Euh… oui, merci.

Se reprenant, il lui tendit une ordonnance posée sur le dessus du dossier médical de Vhengeance.

— Je… euh… voudriez-vous avoir l'obligeance d'apporter de la dopamine à ce patient, de même que deux doses d'antivenin de scorpion ? Je le ferais bien moi-même, mais j'ai l'impression que je dois manger. Je me sens en état d'hypoglycémie.

— Bien, docteur. Tout de suite.

Havers hocha la tête et reposa le dossier du patient dans le support à côté de la porte.

— Merci infiniment.

Le médecin s'éloigna comme s'il était à moitié en transe.

Le pauvre mâle devait être épuisé. Il avait passé l'essentiel des deux dernières nuits et de la journée au bloc opératoire, à s'occuper d'une femelle en couches, d'un mâle ayant eu un accident de voiture et d'un petit enfant qui s'était grièvement brûlé en attrapant une casserole d'eau bouillante sur la cuisinière. Sans compter que, depuis deux ans qu'elle travaillait à la clinique, elle ne l'avait pas vu prendre une seule journée de repos. Il était toujours sur la brèche, toujours présent.

C'était un peu comme elle avec son père.

Donc oui, elle savait exactement à quel point il devait être fatigué.

À la pharmacie, elle tendit l'ordonnance au pharmacien, qui ne bavardait jamais et ne fit pas exception à la règle aujourd'hui. Le mâle se rendit dans la pièce attenante et en revint avec six boîtes de flacons de dopamine et de l'antivenin.

Tout en lui donnant les médicaments, il sortit un panneau qui disait « De retour dans quinze minutes » et emprunta le passage découpé dans le comptoir.

— Attendez, dit-elle en luttant pour tenir sa cargaison. Ce n'est pas possible.

Le mâle avait déjà sa cigarette et son briquet à la main.

— Si.

— Non, c'est… Où est l'ordonnance ?

Aucune femelle n'affrontait pire colère que quand elle empêchait un fumeur de prendre enfin sa pause. Mais elle s'en fichait.

— Rendez-moi l'ordonnance.

Le pharmacien grommela en repassant derrière le comptoir et fit un bruit démesuré en brassant du papier, comme s'il espérait allumer un feu à force de frotter les ordonnances.

— Six boîtes de dopamine. (Il lui agita le feuillet sous le nez.) Vous voyez ?

Elle se pencha. Effectivement, il était écrit six boîtes et non six flacons.

— Le docteur prescrit toujours ça à ce type. Ça et l'antivenin.

— Toujours ?

L'expression du pharmacien laissait deviner son exaspération et il s'exprimait avec lenteur, comme si elle ne parlait pas la même langue que lui.

— Oui. D'habitude, le docteur vient lui-même récupérer la prescription. Satisfaite ? Ou vous voulez en parler à Havers ?

— Non… merci.

— Mais de rien.

Il jeta la feuille dans la pile et s'échappa comme s'il redoutait qu'il vienne à Ehlena d'autres idées brillantes impliquant des recherches.

Quel état de santé pouvait bien nécessiter cent quarante-quatre doses de dopamine ? Et de l'antivenin ?

À moins que Vhengeance ait prévu un très long voyage loin de Caldwell. Dans une contrée hostile abritant des scorpions, comme dans *La Momie*.

Ehlena redescendit le couloir jusqu'à la salle d'examen, jouant à l'équilibriste avec les boîtes : dès qu'elle en faisait rentrer une dans le rang, elle devait en rattraper une autre. De son pied, elle frappa à la porte et manqua d'envoyer valser son chargement en tournant la poignée.

— Tout est là ? demanda Vhengeance d'un ton hargneux. Parce qu'il en aurait souhaité une palette entière ?

— Oui.

Elle laissa tomber les boîtes sur le bureau et les rassembla rapidement.

— Je vais vous chercher un sac.

— C'est bon. Je vais me débrouiller.

— Avez-vous besoin de seringues ?

— J'en ai tout un stock, répondit-il d'un ton ironique.

Il descendit de la table d'examen avec précaution et enfila son manteau de fourrure, la zibeline élargissant ses épaules au point de le rendre menaçant, même à l'autre bout de la pièce. Le regard rivé à celui d'Ehlena, il prit sa canne et s'approcha lentement, comme s'il n'était pas sûr de son équilibre… et de l'accueil qu'elle lui réservait.

— Merci, dit-il.

Mon Dieu, ce mot pourtant si simple et si fréquemment utilisé, venant de lui, la mettait mal à l'aise.

En fait, c'était moins la manière dont il parlait que son expression : elle perçut, profondément enfouie dans son regard améthyste, de la vulnérabilité.

Ou peut-être pas.

Peut-être était-ce elle qui se sentait vulnérable et recherchait la sympathie du mâle qui la mettait dans cet état. Et, en cet instant, elle était très faible. Tandis que Vhengeance, à son côté, prenait les boîtes une à une et les faisait disparaître à l'intérieur des poches cachées dans les plis de la fourrure, elle avait l'impression d'être nue alors même qu'elle était en uniforme, d'être démasquée alors que rien ne dissimulait son visage.

Elle détourna les yeux mais ne vit que le regard améthyste.

— Prenez soin de vous… (Sa voix était si grave.) Et, comme je vous l'ai dit, merci. Vous savez, pour vous être occupée de moi.

— Je vous en prie, dit-elle à la table d'examen. J'espère que vous avez ce qu'il vous faut.

— Oui, enfin… en partie.

Ehlena ne se retourna pas avant d'avoir entendu la porte se refermer. Puis, avec un juron, elle s'assit sur la chaise devant le bureau et se demanda de nouveau si elle avait la moindre raison d'aller à ce rendez-vous ce soir. Pas seulement à cause de son père mais à cause de…

Oh, d'accord. Voilà un bon sujet de réflexion. Pourquoi repousser un type gentil et normal simplement parce qu'elle était attirée par un type totalement inaccessible, venu d'une planète où les gens portaient des vêtements qui coûtaient plus cher qu'une voiture ? Parfait.

Si elle continuait ainsi, elle pourrait bien remporter le prix Nobel de la stupidité, un but qu'elle souhaitait ardemment atteindre.

Elle promena un regard vague dans la pièce tandis qu'elle s'encourageait à redescendre sur terre… jusqu'à ce que la corbeille à papier attire son attention. Posée sur une canette de Coca, roulée en boule, gisait une carte de visite couleur crème.

VHENGEANCE, FILS DE REMPOON

Il y avait seulement un numéro au-dessous, pas d'adresse.

Elle se pencha et la ramassa, la lissant sur le bureau. Elle passa la main sur la carte par deux fois, mais ne sentit aucun motif en relief qui pourrait en gâcher la surface, seulement une légère entaille. La carte était gravée. Forcément.

Ah, Rempoon. Elle connaissait ce nom, et à présent elle faisait le rapprochement avec le nom du proche parent inscrit sur le dossier de Vhengeance. Madalina était une Élue déchue qui s'était mise à conseiller les autres sur le plan spirituel, une femelle de valeur très appréciée dont Ehlena avait entendu parler, même si elle ne l'avait jamais rencontrée. La femelle avait été unie à Rempoon, un mâle issu de l'une des lignées les plus anciennes et les plus éminentes. Mère. Père.

Donc ces manteaux de zibeline n'étaient pas qu'une démonstration tape-à-l'œil d'un nouveau riche arriviste. Vhengeance venait du milieu auquel Ehlena et sa famille avaient autrefois appartenu, la *glymera*, le niveau le plus élevé de la société vampire, les arbitres du bon goût, le bastion de la courtoisie… l'enclave de je-sais-tout la plus cruelle de la planète, capable de vous donner envie d'inviter à dîner des voleurs et des assassins.

Elle lui souhaitait bien du courage avec ce ramassis de gens. Dieu sait qu'elle et sa famille n'avaient pas passé que d'agréables moments en leur compagnie : son père avait été trahi et jeté à la rue, sacrifié pour qu'une branche plus puissante de la lignée puisse survivre financièrement et socialement. Et cela n'avait été que le début de la ruine.

Quand elle quitta la salle d'examen, elle jeta de nouveau la carte de visite dans la poubelle et prit le dossier médical dans son support. Après avoir fait un point avec Catya, Ehlena se dirigea vers le service des admissions pour remplacer l'infirmière en pause et enregistrer dans l'ordinateur les quelques notes de Havers au sujet de Vhengeance, ainsi que l'ordonnance prescrite.

Aucune mention de la maladie sous-jacente. Mais peut-être était-elle traitée depuis si longtemps qu'on n'en trouvait mention que dans les archives les plus anciennes.

Havers ne se fiait pas aux ordinateurs et effectuait tout son travail sur papier mais, heureusement, Catya avait insisté trois ans auparavant pour qu'ils gardent une copie électronique de tous les documents, de même qu'une équipe de *doggen* pour saisir l'intégralité des dossiers médicaux de chaque patient actuel sur le serveur. Que la Vierge scribe en soit remerciée. Quand ils s'étaient installés dans ces nouveaux locaux après les attaques, ils n'avaient que les dossiers électroniques des patients à disposition.

Sur un coup de tête, elle fit défiler la partie la plus récente du dossier de Vhengeance. Le dosage de dopamine augmentait constamment depuis deux ans. De même que l'antivenin.

Elle ferma sa session et se renfonça dans le siège, croisant les bras et regardant fixement le moniteur. Quand l'écran de veille apparut, tout passa à la vitesse de la lumière du *Faucon Millenium*, une pluie d'étoiles jaillissant du fin fond du moniteur.

Elle irait à ce satané rendez-vous, décida-t-elle.

— Ehlena ?

Elle regarda Catya.

— Oui ?

— Nous avons un patient qui arrive en ambulance. Arrivée estimée dans deux minutes. Overdose, mais la substance est inconnue. Le patient a été intubé et ventilé. Toi et moi allons aider.

Un autre membre du personnel arrivant pour prendre la relève, Ehlena bondit de sa chaise et se mit à courir derrière Catya dans le couloir jusqu'aux urgences. Havers était déjà là, terminant rapidement ce qui ressemblait à un sandwich au jambon.

Au moment même où il tendit son assiette vide à un *doggen*, le patient déboucha du tunnel souterrain qui communiquait avec le parking des ambulances. Les brancardiers étaient deux mâles vampires habillés de la même manière que leurs homologues humains, parce qu'il leur était essentiel de se fondre dans la masse.

Le patient était inconscient, maintenu en vie uniquement par le soignant, qui pressait un insufflateur à intervalles lents et réguliers.

— Son ami nous a appelés, déclara le mâle, et l'a vite abandonné évanoui dans une ruelle à côté du *Zero Sum*. Les pupilles sont aréactives. Tension à 6/3. Rythme cardiaque à 32.

Quel gâchis, songea Ehlena en se mettant au travail.
Les drogues étaient une véritable calamité.

À l'autre bout de la ville, dans un quartier de Caldwell connu sous le nom de Centre Commercial-ville, Kolher trouva assez facilement l'appartement de l'éradiqueur mort. La résidence dans laquelle il était situé s'appelait la Ferme aux Chevaux, et les bâtiments à un étage étaient organisés selon un thème équin à peu près aussi authentique que les nappes en toile cirée d'un restaurant italien bas de gamme.

Rien qui ressemblât à un étalon. Et, en général, on n'associait pas le mot « ferme » à une centaine de studios pris en sandwich entre un concessionnaire Ford et un supermarché. Champêtre ? Ouais, bien sûr. Les étendues de gazon perdaient la bataille face à l'asphalte à quatre contre un, et l'unique mare était visiblement artificielle.

Ce truc avait des rebords en ciment comme une piscine et sa mince couche de glace avait la couleur de l'urine, comme si on était en train de lui administrer un traitement chimique.

Étant donné le nombre d'humains vivant dans les appartements, il était surprenant que la Société des éradiqueurs ait installé des troupes dans un lieu aussi visible, mais peut-être n'était-ce que temporaire. Ou peut-être que ce foutu endroit était entièrement rempli de tueurs.

Chaque bâtiment était divisé en quatre appartements attenants à une cage d'escalier commune, et les numéros accrochés dehors étaient éclairés depuis le sol. Il remporta le défi visuel en faisant appel à la méthode éprouvée qui consiste à toucher et déchiffrer. Quand il eut découvert une rangée de chiffres en relief qui ressemblaient à 812 écrit en italique, il éteignit la lumière de secours d'un ordre mental et se dématérialisa jusqu'au palier supérieur de l'escalier.

La serrure de l'appartement 812 était peu solide et facile à manipuler par l'esprit, mais il n'allait pas se reposer sur ses acquis. Plaqué contre le mur, il tourna la poignée en forme de fer à cheval et entrouvrit la porte.

Il ferma ses yeux inutiles et écouta. Pas de mouvement, juste le bourdonnement d'un réfrigérateur. Vu que son ouïe était assez fine pour entendre une souris respirer par le museau, il en déduisit que la place était libre et saisit une étoile de jet avant de se glisser à l'intérieur.

Il y avait de bonnes chances pour qu'un système de sécurité se soit déclenché quelque part dans l'appartement, mais il n'entendait pas rester là assez longtemps pour affronter l'ennemi. En outre, même si un tueur se pointait, un combat était impossible. Les lieux grouillaient d'humains.

Il était là uniquement pour chercher des jarres, point final. Après tout, la sensation d'humidité le long de sa jambe n'était pas liée au fait qu'il avait marché dans une flaque sur le chemin. Il saignait dans sa botte à la suite du combat dans la ruelle donc, ouais, si quelqu'un à l'odeur de tarte à la noix de coco mêlée au shampoing bon marché apparaissait, il se casserait.

Tout au moins… c'était ce qu'il se disait.

Fermant la porte, Kolher prit une lente et profonde inspiration… et souhaita pouvoir respirer une grande goulée d'air frais. Pourtant, même si l'envie de vomir commençait à se faire sentir, les nouvelles étaient bonnes : il décelait trois odeurs douceâtres différentes dans l'air vicié, ce qui signifiait que trois éradiqueurs vivaient ici.

Alors qu'il se dirigeait vers le fond de la pièce, où les puanteurs étouffantes se concentraient, il se demanda ce qui se passait. Les éradiqueurs vivaient rarement en groupe parce qu'ils finissaient par s'entre-tuer – ce qui était normal quand on ne recrutait que des malades. Diable, les hommes choisis par l'Oméga étaient incapables de faire taire leur côté Michael Myers au seul motif que la Société avait l'intention d'épargner un peu sur les loyers.

Mais peut-être avaient-ils un homme fort à la place de grand éradiqueur.

Après les attaques de l'été, il était difficile de croire que les éradiqueurs tiraient le diable par la queue, mais pour quelle autre raison regrouper les troupes ? De la même façon, les frères, et Kolher par extension, avaient vu apparaître du matériel moins sophistiqué dans leur équipement. Autrefois, quand on luttait contre ces tueurs, il fallait être prêt à affronter toutes sortes d'armes dernier cri. Récemment ? Ils s'étaient mesurés à des couteaux à cran d'arrêt et des coups-de-poing américains démodés, et même – *argh*… – à une putain de matraque la semaine précédente : que des armes peu chères qui ne demandaient ni balles ni entretien. Et voilà qu'ils jouaient à *La Famille des collines*, ici, à la Ferme aux Chevaux ? C'était quoi ce bordel ?

La première chambre dans laquelle il entra portait la marque de deux parfums différents et il découvrit deux jarres à côté de lits jumeaux sans drap ni couverture.

La piaule suivante sentait également la vieille dame… et autre chose. Une brève inspiration apprit à Kolher qu'il s'agissait de… Seigneur, de l'eau de Cologne.

Merde alors. Vu l'odeur de ces enfoirés, c'est comme si on avait voulu ajouter quelque chose…

Nom de Dieu.

Kolher inspira profondément, son cerveau filtrant tout ce qui avait une fragrance vaguement douceâtre.

De la poudre.

Suivant la morsure métallique dans l'air, il se dirigea vers un placard aux portes de mauvaise qualité qui semblaient appartenir à une maison de poupée. Quand il les ouvrit, une odeur de munition l'asssaillit et il s'accroupit en tâtonnant.

Des caisses en bois. Quatre. Toutes fermées par des clous.

Les flingues à l'intérieur ont déjà servi, mais pas récemment, pensa-t-il. Ce qui suggérait que c'était probablement un achat d'occasion.

Mais à qui ces armes avaient-elles appartenu ?

Quoi qu'il en soit, il ne les laisserait pas là. Cette cargaison allait servir à l'ennemi contre ses civils et ses frères, et il préférait faire sauter tout l'appartement plutôt que de laisser utiliser ces armes.

Mais s'il rapportait l'affaire à la Confrérie ? Son secret serait dévoilé. Problème : sortir les caisses d'ici tout seul était inenvisageable. Il n'avait pas de voiture et il était impossible de se dématérialiser en portant un poids pareil sur son dos, même s'il le divisait en charges plus petites.

Kolher sortit du placard et fit le tour de la chambre, utilisant le toucher autant que la vue. Ah, bien. Il y avait une fenêtre sur la gauche.

Il sortit son téléphone en jurant et ouvrit le clapet…

Quelqu'un montait l'escalier.

Il se figea, fermant les yeux pour se concentrer. Humain ou éradiqueur ?

Un seul importait.

Kolher se pencha sur le côté et posa les deux jarres qu'il avait embarquées sur une commode, découvrant à cette occasion la troisième et la bouteille d'eau de Cologne. Empoignant son calibre .40, il se redressa, bien campé dans ses rangers, le flingue pointé vers le bout du couloir, directement sur la porte d'entrée de l'appartement.

Il y eut un bruit de clé puis un cliquetis, comme si quelqu'un les avait laissées tomber.

Le juron fut poussé par une femme.

Il se détendit et laissa son pistolet retomber le long de sa cuisse. Comme la Confrérie, la Société des éradiqueurs n'admettait que les mâles dans ses rangs, il n'y avait donc pas de tueur en train de jouer au mikado avec les clés.

Il entendit la porte de l'appartement d'en face se refermer et brusquement une télévision *dolby surround* se mit en marche, suffisamment fort pour qu'il entende la rediffusion de *The Office*.

Il aimait bien cet épisode. C'était celui où la chauve-souris se retrouvait en liberté...

Des cris résonnèrent, générés par la sitcom.

Oui. La chauve-souris volait dans le bureau.

À présent que la femme était bien occupée, il se concentrait de nouveau mais restait à sa place, priant pour que l'ennemi suive le mouvement et rentre à la maison. Néanmoins, rester immobile comme une statue en respirant à peine n'augmenta pas le nombre d'éradiqueurs dans l'appartement. Quinze, peut-être vingt minutes plus tard, il n'était toujours entouré d'aucun tueur.

Mais il n'avait pas tout perdu. Il écopait d'une agréable petite piqûre de rappel à base de comédie grâce à la scène où Dwight enfermait sa tête et la chauve-souris dans un sac dans la cuisine.

Il était temps d'y aller.

Il appela Butch, lui indiqua l'adresse et lui ordonna de conduire pied au plancher. Kolher voulait évacuer les armes avant que quelqu'un d'autre arrive, oui. Mais si lui et son frère parvenaient à sortir rapidement les caisses et que Butch arrivait à dissimuler tout ça, Kolher aurait peut-être encore la possibilité de rester dans le coin pendant environ une heure.

Pour passer le temps, il parcourut l'appartement, effleurant les surfaces de ses mains dans l'espoir de trouver un ordinateur, des téléphones, d'autres flingues. Il venait juste de revenir dans la deuxième chambre quand quelque chose ricocha sur la fenêtre.

Kolher dégaina de nouveau son calibre .40 et s'aplatit contre le mur près de la fenêtre. De la main, il défit le loquet et entrouvrit la vitre.

L'accent de Boston du flic était à peu près aussi subtil qu'un haut-parleur.

— Hé, Raiponce, tu fais descendre tes cheveux, ou quoi ?

— Chut, tu veux réveiller les voisins ?

— Comme s'ils pouvaient entendre quoi que ce soit avec la télé ! Eh, c'est l'épisode de la chauve…

Kolher laissa Butch parler tout seul, remettant son arme à sa ceinture et ouvrant la fenêtre en grand avant de se diriger vers le placard. Il ne donna qu'un seul avertissement au flic quand il balança la première caisse de cinquante kilos hors de l'immeuble :

— Prépare-toi, ma grande.

— Nom de D…

Le juron fut interrompu par un grognement.

Kolher passa la tête par la fenêtre et chuchota :

— T'es censé être un bon catholique. C'était pas du blasphème ?

À sa voix, on aurait dit que quelqu'un venait de foutre le feu au lit de Butch.

— Tu me balances une demi-voiture sans rien d'autre qu'une citation de *Madame Doubtfire* ?

— Enfile ta gaine et au boulot.

Pendant que le flic se dirigeait en jurant vers l'Escalade, qu'il avait réussi à garer sous les pins, Kolher retourna au placard.

Quand Butch revint, Kolher lui lança une autre caisse.

— Encore deux.

Il entendit un autre grognement et un bruit de ferraille.

— Tu te fous de ma gueule.

— Jamais de la vie.

— Génial. Va te faire foutre.

Quand la dernière caisse se retrouva dans les bras de Butch comme un bébé endormi, Kolher se pencha par la fenêtre.

— Salut.

— Tu veux pas que je te ramène à demeure ?

— Non.

Il y eut un silence, comme si Butch attendait un exposé sur la manière dont Kolher avait l'intention de passer le peu qu'il restait de la nuit.

— Rentre à la maison, dit-il au flic.

— Qu'est-ce que je dis aux autres ?

— Que tu es un putain de génie et que tu as découvert les caisses d'armes pendant que tu chassais.

— Tu saignes.

— J'en ai ras le bol d'entendre les gens me dire ça.

— Alors je vais changer de discours : arrête de te comporter en crétin et va voir Doc Jane.

— Je t'ai pas déjà dit au revoir ?

— Kolher...

Celui-ci referma la fenêtre, se dirigea vers la commode et mit les trois jarres dans sa veste.

La Société des éradiqueurs revendiquait les cœurs de ses morts autant que les frères, aussi, dès que les tueurs apprendraient que l'un des leurs avait disparu, ils feraient une reconnaissance et se rendraient au domicile de l'éradiqueur. L'un des salopards qu'il avait tués ce soir avait certainement appelé du renfort pendant la bagarre. Ils étaient forcément au courant.

Ils allaient obligatoirement revenir.

Kolher choisit la meilleure position défensive, dans la chambre du fond, et pointa son flingue vers la porte d'entrée.

Il ne partirait pas d'ici avant d'y être absolument obligé.

Chapitre 9

La banlieue de Caldwell était constituée soit de forêts, soit de fermes. Ces dernières étaient réparties en deux catégories. Les élevages laitiers et la culture du maïs, avec une prédominance pour les premiers, compte tenu de la durée de l'été. Les forêts avaient aussi une organisation binaire, à choisir entre les pins qui tapissaient les flancs des montagnes et les chênes qui s'avançaient jusqu'aux marais dispersés autour de l'Hudson.

Quel que soit le paysage, naturel ou industriel, on trouvait des routes rarement empruntées, des maisons espacées de plusieurs kilomètres les unes des autres et des voisins à la gâchette facile aussi solitaires que quelqu'un à la gâchette facile et solitaire pouvait le souhaiter.

Flhéau, fils de l'Oméga, était assis devant une table de cuisine déglinguée dans une cabane de chasse d'une seule pièce, située dans une zone forestière. Face à lui, sur la surface en pin buriné, il avait étalé toutes les données financières de la Société des éradiqueurs qu'il avait été en mesure de trouver, imprimer ou ouvrir sur son ordinateur portable.

C'était vraiment la merde.

Il tendit la main et prit un relevé de la banque Evergreen qu'il avait lu une dizaine de fois. Le compte le plus fourni de la Société disposait de 127 542 dollars et 50 *cents*. Les autres comptes, domiciliés dans six autres banques, dont Glens Falls National et Farrell Bank & Trust, étaient crédités de 20 à 20 000 dollars.

Si c'était là tout ce que possédait la Société, ils flirtaient avec la banqueroute.

Les attaques de l'été avaient rapporté pas mal d'objets à recéler, sous forme d'antiquités et d'argenterie volées, mais concrétiser ces fonds s'était révélé compliqué, car cela impliquait de nombreux contacts humains. Et certains comptes en banque avaient été saisis, mais là encore, siphonner l'argent de banques humaines était un sacré bordel. Comme il l'avait appris à ses dépens.

— Vous voulez encore du café ?

Flhéau regarda son numéro deux et se dit qu'il était miraculeux que M. D soit encore là. Quand Flhéau avait pénétré pour la première fois dans cet univers, ressuscité par son véritable père, l'Oméga, il avait été perdu, l'ennemi étant désormais sa famille. M. D avait été son guide, même si, comme toutes les cartes touristiques, Flhéau avait supposé qu'il cesserait d'être utile une fois que le chauffeur aurait assimilé le nouvel endroit.

Mais non. Le petit Texan qui avait ouvert les portes à Flhéau était désormais son disciple.

— Oui, répondit Flhéau. Il y a de quoi manger ?

— Bien sûr, m'sieur. J'vous ai apporté du bon bacon, juste là, et ce fromage que vous aimez.

Il versa tranquillement le café dans la tasse de Flhéau. Puis suivit le sucre, et la cuillère utilisée pour touiller émit un petit bruit métallique. M. D aurait joyeusement essuyé les fesses de Flhéau si on le lui avait demandé, mais ce n'était pas une femmelette. Le petit salaud tuait comme personne, c'était la poupée Chucky des tueurs. C'était aussi un super bon cuisinier pour les plats rapides. Il faisait des pancakes d'un mètre d'épaisseur et moelleux comme des oreillers.

Flhéau regarda sa montre. La Jacob & Co. était incrustée de diamants et à la faible lueur de l'ordinateur un millier de points se mirent à briller. Mais il s'agissait d'une contrefaçon qu'il avait trouvée sur eBay. Il en voulait une autre, une vraie, sauf que… nom de Dieu… il n'en avait pas les moyens. Bien entendu, il avait conservé tous les comptes en banque de ses « parents » après avoir tué les deux vampires qui l'avaient élevé comme leur fils, mais même s'il y avait un gros paquet, il était méfiant et ne voulait rien dépenser en frivolités.

Il avait des factures à payer. Pour des hypothèques, des armes, des munitions, des vêtements, des loyers et des remboursements de voitures. Les éradiqueurs ne mangeaient pas, mais ils consommaient beaucoup de matériel, et l'Oméga ne se souciait pas du fric. Mais bon, il vivait en enfer et avait le pouvoir de faire surgir n'importe quoi de l'air, depuis un repas chaud jusqu'à ces longues capes brillantes dont il aimait affubler son corps noir et translucide.

Flhéau détestait le reconnaître, mais il avait l'impression que son vrai père était un peu homo sur les bords. Tout homme digne de ce nom aurait préféré la mort plutôt que d'être vu dans l'un de ces trucs scintillants.

Quand il leva sa tasse de café, sa montre chatoya et il fronça les sourcils.

Peu importait, c'était un symbole de son statut.

— Tes gars sont à la bourre, pesta-t-il.

— Ils vont arriver.

M. D se dirigea vers un réfrigérateur des années 1970 et l'ouvrit. Il avait non seulement une porte qui grinçait, mais il était en plus de la couleur d'une olive pourrie et bavait comme un chien.

C'était ridicule, bordel. Ils devaient améliorer leurs logements. Ou sinon, au moins son quartier général.

En tout cas, le café était préparé à la perfection, même s'il se gardait bien de le dire.

— Je n'aime pas attendre.

— Ils vont arriver, vous faites pas de mouron. Trois œufs dans l'omelette ?

— Quatre.

Pendant qu'une succession de craquements se répercutait dans la cabane, Flhéau tapota la pointe de son Waterman sur le relevé bancaire. Les dépenses pour la Société, en incluant les factures de téléphone portable, les connexions Internet, les loyers et hypothèques, les armes, les vêtements et les voitures, atteignaient facilement 50 000 dollars par mois.

Quand il avait endossé son nouveau rôle, il avait été persuadé que quelqu'un dans les rangs mangeait la laine sur le dos de la Société. Mais il étudiait attentivement la situation depuis des mois et n'avait pu découvrir aucun Bernard Madoff en exercice. C'était un simple problème de comptabilité, et non une manipulation des comptes ou une malversation : les dépenses étaient plus élevées que les revenus. Point barre.

Il faisait de son mieux pour armer ses troupes, allant jusqu'à acheter quatre caisses de flingues à des motards qu'il avait rencontrés en prison l'été précédent. Mais cela ne suffisait pas. Ses hommes avaient besoin de mieux que des pétoires améliorées pour triompher de la Confrérie.

Et, tant qu'on en était aux cadeaux de Noël, il lui fallait plus d'hommes. Il avait cru que les motards formeraient une bonne réserve au sein de laquelle recruter, mais ils se montraient trop unis. D'après l'expérience de ses échanges avec eux, son intuition lui soufflait qu'il devait les embarquer tous à la fois ou pas du tout, parce qu'il était certain que s'il n'en choisissait que quelques-uns, les heureux élus retourneraient à leur club pour raconter à leurs potes leur super nouveau boulot de tueur de vampires. Et s'il les transformait tous, il courait le risque qu'ils s'émancipent de son autorité.

La meilleure stratégie allait donc être de recruter au cas par cas, mais ça prenait trop de temps. Entre les séances d'entraînement avec son père – qui se révélaient d'une aide incroyable, en dépit des problèmes que lui posait la garde-robe de papa, –, la surveillance des camps de persuasion et des dépôts d'objets volés, et ses efforts pour que ses hommes se concentrent sur leurs missions, il ne lui restait pas une heure de libre dans la journée.

Il était à un tournant crucial : pour être un chef militaire victorieux, il lui fallait trois atouts, parmi lesquels les ressources financières et les recrues. Et même si être le fils de l'Oméga lui apportait des tonnes de points positifs, le temps restait le temps, ne s'arrêtant pour aucun homme, aucun vampire ni aucun rejeton du mal.

Étudiant l'état des comptes, il savait qu'il devait commencer par les ressources financières. Puis il pourrait s'occuper des deux autres points.

Au bruit d'une voiture s'arrêtant devant la cabane, il empoigna un calibre .40 et M. D un .357 Magnum. Flhéau garda son flingue sous la table, mais M. D exhiba le sien, tenant l'objet droit devant lui, le bras tendu dans l'alignement exact de ses épaules.

Quand on frappa à la porte, Flhéau annonça d'une voix dure :

— T'as intérêt à être celui que je crois que tu es.

La réponse de l'éradiqueur fut la bonne.

— C'est moi et M. A avec votre invité.

— Entrez, répondit M. D, en hôte parfait, alors même que son .357 était toujours levé, prêt à faire feu.

Les deux tueurs qui franchirent la porte étaient les derniers blanchis sous le harnais, l'ultime duo d'anciens qui faisaient partie de la Société depuis assez longtemps pour avoir perdu la couleur de leurs cheveux et de leurs yeux.

L'humain qu'ils traînèrent à l'intérieur était un type d'un mètre quatre-vingts sans grand intérêt, un Blanc de vingt et quelques années avec le visage de monsieur Tout-le-monde et des cheveux qui commenceraient à tomber d'ici à quelques années. Son apparence banale et je-m'en-foutiste expliquait sans doute pourquoi il s'habillait ainsi : il portait une veste en cuir ornée d'un aigle dans le dos, un tee-shirt Fender, des chaînes accrochées à son jean et des baskets Ed Hardy.

Triste. Vraiment triste. C'était comme *tuner* une berline. Et si le gamin était armé ? À coup sûr, il avait un couteau suisse… surtout pour le cure-dent.

Mais il n'avait pas besoin d'être un combattant pour se rendre utile. Flhéau avait déjà des soldats. Cette petite merde avait autre chose à lui donner.

Le type regarda le Magnum de bienvenue de M. D et jeta un coup d'œil à la porte, comme s'il se demandait s'il pourrait aller plus vite qu'une balle. M. A résolut ce problème en les enfermant tous à l'intérieur et en se postant juste devant la sortie.

L'humain regarda Flhéau et fronça les sourcils.

— Eh… je vous connais. La prison.

— Oui, en effet. (Flhéau resta assis et sourit légèrement.) Tu veux connaître le bon et le mauvais point de cette entrevue ?

L'humain déglutit et reporta son attention sur le canon de M. D.

— Ouais. Bien sûr.

— Tu as été facile à trouver. Tout ce que mes hommes ont eu à faire, c'est d'aller au *Screamer's*, d'y traîner et… te voilà.

Flhéau se renfonça dans sa chaise en paille, qui grinça. Le regard de l'humain tressauta au bruit, et Flhéau fut tenté de lui dire de ne pas s'en soucier et de se préoccuper plutôt du .40 sous la table, pointé sur ses bijoux de famille.

— Tu t'es tenu à l'écart des emmerdes depuis que je t'ai croisé en prison ?

L'humain secoua la tête et répondit :

— Oui.

Flhéau se mit à rire.

— Et si on réessayait ? T'es pas synchronisé.

— Je veux dire, je continue mes affaires, mais j'ai pas été coffré.

— Bien, bien. (Le regard du type retourna sur M. D et Flhéau rit de nouveau.) Si j'étais toi, j'aimerais savoir pourquoi on m'a amené ici.

— Ah… ouais. Ce serait sympa.

— Mes troupes t'ont surveillé.

— Des troupes ?

— Tu fais de bonnes affaires en centre-ville.

— J'encaisse pas trop mal.

— Ça te dirait d'en faire plus ?

Désormais, l'humain dévisageait Flhéau, les yeux plissés par le désir et l'avidité.

— « Plus »… à quel point ?

L'argent était vraiment la motivation par excellence.

— Tu t'en sors bien pour un revendeur, mais seulement à la petite semaine pour l'instant. Heureusement pour toi, je suis d'humeur à investir sur quelqu'un dans ton genre, quelqu'un qui a besoin de soutien pour passer à la vitesse supérieure. Je veux faire de toi autre chose qu'un revendeur : un lieutenant avec des hommes à lui.

L'humain leva la main à son menton et la passa sur son cou, comme s'il devait démarrer son cerveau en se massant la gorge. Dans le silence, Flhéau fronça les sourcils. Les articulations du type étaient éraflées et sa bague bon marché avait perdu sa pierre.

— Ça me paraît intéressant, murmura l'humain. Mais… j'ai besoin de décompresser un peu.

— Comment ça ?

Merde, si c'était là une tactique de négociation, Flhéau était plus que prêt à lui faire savoir qu'il existait une centaine d'autres dealers gagne-petit qui sauteraient sur une proposition pareille.

Il n'avait qu'à faire un signe de tête à M. D et le tueur décapsulerait Veste à l'Aigle juste sous cette calvitie naissante.

— Je, euh, j'ai besoin de faire profil bas à Caldwell. Pendant un moment.

— Pourquoi ?

— Ça n'a rien à voir avec la drogue.

— Ça n'aurait pas un rapport avec tes articulations abîmées ? (L'humain cacha aussitôt son bras dans son dos.) C'est bien ce que je pensais. Une question : « Si tu dois rester caché, qu'est-ce que tu foutais au *Screamer's* ce soir ? »

— Disons simplement que je voulais faire des achats personnels.

— T'es un crétin si tu prends la merde que tu vends.

Et pas un bon candidat pour ce que Flhéau avait en tête. Il ne voulait pas faire des affaires avec un junkie.

— C'était pas de la drogue.

— Des nouveaux papiers d'identité ?

— Possible.

— T'as eu ce que tu cherchais ? Au club ?

— Non.

— Je peux te donner un coup de main. (La Société disposait de sa propre machine à plastifier, après tout.) Et voici ce que je te propose. Mes hommes, ceux à ta gauche et derrière toi, vont travailler avec toi. Si tu ne peux pas me représenter dans la rue, tu peux récupérer la marchandise et ils la distribueront une fois que tu leur auras appris les ficelles. (Flhéau jeta un coup d'œil à M. D.) Et mon petit déjeuner ?

M. D posa son arme à côté du chapeau de cow-boy qu'il ne retirait que quand il était en intérieur, puis alluma la flamme de la petite cuisinière sous une poêle.

— De quel genre de fric on parle ?

— Cent mille tickets en guise de premier investissement.

Les yeux du type prirent l'apparence d'une machine à sous, scintillant d'excitation.

— Eh ben… merde, c'est suffisant pour jouer le jeu. Mais qu'est-ce qui m'attend ?

— Un partage des profits. Soixante-dix pour moi. Trente pour toi. Sur toutes les ventes.

— Qu'est-ce qui me garantit que je peux vous faire confiance ?

— Rien.

Quand M. D déposa du bacon dans la poêle, le grésillement se répandit dans la pièce et Flhéau se mit à sourire en entendant ce bruit.

L'humain regarda autour de lui, et on pouvait presque lire dans ses pensées : une cabane en plein milieu de nulle part, quatre types face à lui, dont au moins un avait une arme capable de transformer une vache en steak haché.

— OK. Ouais. D'accord.

Ce qui, bien entendu, était la seule réponse envisageable.

Flhéau remit la sécurité sur son arme et, quand il déposa son automatique sur la table, l'humain écarquilla les yeux.

— Allez, tu croyais que je ne te surveillais pas ? S'il te plaît.

— Ouais. OK. Très bien.

Flhéau se leva et s'approcha du mec. En lui tendant la main, il demanda :

— C'est quoi ton nom, Veste à l'Aigle ?

— Nick Carter.

Flhéau éclata de rire.

— Essaie encore, tête de nœud. Je veux ton vrai nom.

— Bob Grady. On m'appelle Bobby G.

Ils se serrèrent la main et Flhéau pressa fortement, écrasant les articulations abîmées.

— Content de faire des affaires avec toi, Bobby. Je m'appelle Flhéau. Mais tu peux m'appeler Dieu.

John Matthew étudia la foule dans le carré VIP du *Zero Sum* non parce qu'il cherchait un coup à tirer, contrairement à Vhif, ni parce qu'il se demandait avec qui Vhif voudrait baiser, comme Blay.

Non, John avait ses propres obsessions.

Xhex passait à peu près toutes les demi-heures, mais depuis que le videur l'avait abordée et son départ précipité un moment auparavant, elle avait disparu.

Quand une rouquine passa près d'eux, Vhif changea de position sur la banquette, la heurtant de sa botte de combat sous la table. L'humaine faisait environ un mètre soixante-quinze et avait des jambes de gazelle, longues, délicates et ravissantes. Et ce n'était pas une professionnelle : elle était au bras d'un type genre businessman.

Ce qui ne voulait pas dire qu'elle ne se donnait pas pour de l'argent, mais c'était d'une manière plus légale, appelée relation amoureuse.

— Merde, marmonna Vhif, son regard vairon se faisant prédateur.

John tapota son pote sur la jambe et dit en langage des signes :

— *Écoute, et si tu allais te faire quelqu'un dans le fond ? Tu me rends dingue à te tortiller comme ça.*

Vhif désigna la larme tatouée sous son œil.

— Je ne suis pas censé te quitter. Jamais. C'est à ça que sert un *ahstrux nohtrum*.

— *Et si tu ne baises pas rapidement, tu ne me seras d'aucune utilité.*

Vhif observa la rouquine rajuster sa minijupe pour pouvoir s'asseoir sans dévoiler ce qui n'était sans doute rien de plus qu'un maillot brésilien.

La femme promena un regard désintéressé autour d'elle... jusqu'à ce qu'elle aperçoive Vhif. À l'instant où elle le vit, son visage s'éclaira comme si elle venait de faire une bonne affaire au rayon cosmétique. Ce n'était pas surprenant. La plupart des femmes et des femelles avaient la même réaction, et c'était compréhensible. Vhif était habillé simplement, mais avait tout d'un dur : chemise noire rentrée dans un jean bleu foncé. Les bottes de combat noires susmentionnées. Des piercings en métal noir qui remontaient tout le long d'une oreille. Les cheveux noirs en bataille. Et il s'était récemment fait percer le milieu de la lèvre inférieure avec un anneau noir.

Vhif avait l'air d'un mec qui gardait sa veste en cuir sur ses genoux parce qu'il y cachait ses flingues.

Ce qui était le cas.

— Nan, ça va, marmotta Vhif avant de finir sa Corona. Les rouquines, c'est pas mon truc.

Blay détourna le regard, feignant brusquement de l'intérêt pour une brune. En vérité, il n'était intéressé que par une seule personne, et cette personne l'avait repoussé aussi gentiment et fermement que pouvait le faire un meilleur ami.

Visiblement, Vhif n'était vraiment, mais alors vraiment pas intéressé par les rouquines.

— *À quand remonte ta dernière baise ?* signa John.

— J'sais plus. (Vhif fit un signe pour réclamer une nouvelle tournée de bières.) Un bon moment.

John tenta de faire le compte et découvrit que cela remontait à… merde, à l'été dernier, avec cette nana chez *Abercrombie & Fitch*. Étant donné que Vhif était d'ordinaire en état de s'envoyer au moins trois personnes par nuit, c'était une sacrée traversée du désert, et il était difficile d'imaginer qu'une cure drastique de séances de masturbation allait suffire. Merde, même quand il se nourrissait sur une Élue, il gardait les mains dans ses poches, alors que ses érections lui élançaient au point de lui donner des sueurs froides. Mais une fois de plus, tous trois buvaient sur la même femelle au même moment et, Vhif avait beau ne pas ressentir le moindre problème à avoir un public, il gardait son pantalon par déférence pour Blay et John.

— *Sérieusement, Vhif, qu'est-ce qui pourrait bien m'arriver ? Blay est là.*

— Kolher a dit : « Toujours avec lui. » Donc, je dois rester toujours avec toi.

— *Je crois que tu prends ça trop au sérieux. Beaucoup trop.*

De l'autre côté du carré VIP, la gazelle rousse remua sur son siège de manière à exposer ses atouts situés sous la ceinture, exhibant ses jambes lisses sous la table pile dans la ligne de mire de Vhif.

Quand celui-ci changea de position cette fois-ci, il était évident qu'il cherchait à installer de manière plus confortable ce qu'il avait de dur entre les jambes. Et il ne s'agissait pas de l'une de ses armes.

— *Bordel de merde, Vhif, je ne dis pas que tu devrais te taper celle-ci. Mais il faut qu'on trouve quelqu'un pour s'occuper de toi…*

— Il a dit qu'il était OK, coupa Blay. Fous-lui la paix.

— Il y a un moyen. (Le regard vairon de Vhif se posa sur John.) Tu pourrais venir avec moi. On ferait rien toi et moi, parce que je sais que tu ne manges pas de ce pain-là. Mais tu pourrais te taper quelqu'un toi aussi, si tu voulais. On pourrait faire ça dans l'une des toilettes privées et tu pourrais utiliser la cabine pour que je ne puisse pas te voir. T'as qu'un mot à dire, OK ? J'en reparlerai pas.

Vhif détourna le regard d'un air désinvolte. Il était difficile de ne pas l'apprécier. Le souci des autres, comme l'impolitesse, se présentaient sous de nombreuses formes, et cette gentille offre de séance de sexe double était une sorte d'amabilité : Vhif et Blay savaient tous les deux pourquoi, même huit mois après sa transition, John n'avait toujours pas couché avec une femelle. Ils savaient pourquoi mais ils avaient toujours envie de sortir avec lui.

Lâcher la bombe que John avait longtemps cachée avait été le dernier coup fourré de Flhéau avant sa mort.

C'était la raison pour laquelle Vhif l'avait tué.

Quand la serveuse revint avec leurs consommations, John jeta un coup d'œil à la rouquine qui, à son grand étonnement, lui sourit quand elle le surprit à la regarder.

Vhif'se mit à rire doucement.

— Peut-être que je suis pas le seul à lui plaire.

John leva sa Corona et prit une gorgée pour dissimuler son embarras. En réalité, il voulait baiser et, comme Blay, il voulait le faire avec quelqu'un en particulier. Mais, ayant déjà perdu son érection devant une femelle nue et consentante, il n'était pas pressé de recommencer, surtout avec la personne qui l'intéressait.

Certainement pas. Xhex n'était pas le genre de femelle avec laquelle on voulait que ça foire. Se ramollir parce qu'on était trop poule mouillée pour faire l'affaire ? Son ego ne s'en remettrait pas...

Une agitation dans la foule le détourna de sa morosité et il se redressa sur la banquette.

Un type au regard fou se faisait escorter à travers le carré VIP par deux énormes Maures, chacun ayant une main sur l'un de ses avant-bras. Il faisait des claquettes avec ses chaussures hors de prix, ses pieds touchant à peine le sol, et il jouait pareillement les Fred Astaire avec sa bouche, même si John n'entendait pas ce qu'il disait par-dessus la musique.

Le trio s'achemina vers le bureau privé du fond.

John inclina sa Corona et regarda fixement la porte se refermer. Les gens qu'on emmenait là-dedans passaient généralement un sale quart d'heure. Surtout quand ces deux vigiles-là les embarquaient.

Brusquement, un silence éteignit toutes les conversations du carré VIP, rendant la musique très forte.

John savait de qui il s'agissait avant même de tourner la tête.

Vhengeance passa par une porte de côté, faisant une entrée silencieuse mais aussi peu discrète que l'explosion d'une grenade : en sa présence, au milieu des clients élégants, de leurs jolies poupées, des professionnelles exposant leurs atouts à louer et des serveuses trimballant des plateaux, le lieu semblait rétrécir, pas seulement parce que c'était un mâle immense vêtu d'un manteau de zibeline, mais à cause de la manière dont il regardait autour de lui.

Ses yeux d'améthyste brillants voyaient tout le monde, sans que personne ne retienne son attention.

Vhen – ou le Révérend, comme l'appelait la clientèle humaine – était un baron de la drogue et un proxénète pour qui l'écrasante majorité des gens étaient le cadet de ses soucis. Ce qui signifiait qu'il était capable de faire tout ce qu'il voulait, et il le faisait fréquemment.

Surtout aux mecs comme le danseur de claquettes.

Bon sang, la nuit allait mal finir pour ce type.

Quand Vhen les dépassa, il fit un signe de tête à John et à ses potes, et tous lui rendirent son salut, levant leur Corona en signe de respect. Vhen était en quelque sorte un allié de la Confrérie, ayant été désigné *menheur* du Conseil après les attaques, parce qu'il était le seul de ces aristocrates à avoir eu les couilles de rester à Caldwell.

Donc ce type qui se fichait de presque tout avait la responsabilité de bien des choses.

John se tourna vers le cordon de velours, sans prendre la peine d'être discret. Cela signifiait certainement que Xhex...

Elle apparut à l'entrée du carré VIP, resplendissante, tout au moins à ses yeux. Quand elle se pencha vers l'un de ses videurs pour que celui-ci lui parle à l'oreille, son corps était si tendu que les muscles de son ventre saillirent sous son débardeur qui la collait comme une seconde peau.

En parlant de changer de position dans son siège, c'était lui qui avait désormais des problèmes de place.

Mais quand elle se dirigea vers le bureau privé de Vhen, la libido de John se glaça. Elle n'était pas du genre à beaucoup sourire, mais quand elle passa à proximité, elle était sinistre. Exactement comme Vhen.

Il était évident qu'il se passait quelque chose, et John ne put empêcher un élan de preux chevalier de naître dans sa poitrine. Allons, Xhex n'avait pas besoin de sauveur. C'était plutôt elle qui serait sur le cheval à combattre le dragon.

— Tu m'as l'air un peu à l'étroit, dit Vhif calmement quand Xhex entra dans le bureau. Garde mon offre à l'esprit, John. Je ne suis pas le seul à souffrir, pas vrai ?

— Si vous voulez bien m'excuser, déclara Blay en se levant et en sortant ses Dunhill et son briquet en or. J'ai besoin de prendre l'air.

Le mâle s'était récemment mis à fumer, une habitude que Vhif méprisait même si les vampires ne contractaient pas de cancer. John le comprenait, pourtant. Il fallait évacuer la frustration et il n'y avait guère que ce qu'on pouvait faire seul dans sa chambre ou avec ses copains dans la salle de fitness.

Merde, ils avaient tous pris du muscle au cours des trois derniers mois ; leurs épaules, leurs bras et leurs cuisses étaient à l'étroit dans leurs vêtements. Cela donnait à penser que les catcheurs qui s'abstenaient de relations sexuelles avant un combat avaient raison. S'ils continuaient à prendre des kilos de cette manière, ils allaient ressembler à un groupe de lutteurs professionnels.

Vhif contempla sa Corona.

— Tu veux qu'on se casse d'ici ? S'il te plaît, dis-moi que tu veux qu'on se casse d'ici.

John jeta un coup d'œil au bureau de Vhen.

— D'accord, on reste, marmonna Vhif tout en faisant signe à la serveuse, qui arriva aussitôt. Il va m'en falloir une autre. Ou peut-être même une caisse entière.

Chapitre 10

Vhengeance ferma la porte de son bureau et sourit, les lèvres serrées pour empêcher ses crocs de pointer. Mais même sans les canines, le bookmaker suspendu entre Trez et iAm était assez intelligent pour savoir qu'il était bien dans la merde.

— Révérend, c'est quoi cette histoire ? Pourquoi est-ce que vous me faites venir comme ça ? demanda le gars dans un débit de mitraillette. J'étais en train de m'occuper de vos affaires quand soudain ces deux…

— J'ai entendu des choses intéressantes à ton sujet, dit Vhen en contournant son bureau.

Quand il s'assit, Xhex entra dans le bureau et posa sur lui son regard gris et perçant. Une fois la porte refermée, elle s'appuya dessus, plus efficace que n'importe quel verrou quand il s'agissait de garder les bookmakers véreux à l'intérieur et les yeux curieux à l'extérieur.

— C'était un mensonge, un mensonge complet…

— Tu n'aimes pas chanter ?

Vhen s'enfonça dans son siège, son corps engourdi retrouvant sa position habituelle derrière le bureau noir.

— C'est pas toi qui as entonné un petit Tony Bennett pour la foule chez *Sal's* l'autre soir ?

Le bookmaker fronça les sourcils.

— Eh bien, euh, si… J'ai du coffre.

Vhen fit un signe de tête à iAm dont le visage était, comme d'habitude, indéchiffrable. Il ne montrait jamais la moindre émotion, sauf devant un cappuccino parfait. Dans ces cas-là, il laissait filtrer un peu son bonheur.

— Mon partenaire là-bas… dit que tu chantes vraiment bien. Un vrai charmeur de foules. Qu'est-ce qu'il a chanté, iAm ?

La voix de ce dernier était semblable à celle de Dark Vador, basse et magnifique.

— *Three Coins in the Fountain*.

Le bookmaker remonta son pantalon d'un air suffisant.

— J'ai un répertoire et le sens du rythme.

— Donc tu es ténor, comme ce bon vieux M. Bennett, hein ? (Vhen ôta sa zibeline.) J'adore les ténors.

— Ouais. (Le bookmaker jeta un coup d'œil aux Maures.) Écoutez, ça vous ennuierait de me dire pourquoi on est là ?

— Je veux te faire chanter.

— Vous voulez dire, pour une soirée ? Parce que je ferais n'importe quoi pour vous, vous le savez, hein, chef. Vous n'aviez qu'à demander… je veux dire, tout ça n'était pas nécessaire.

— Pas pour une soirée, même si ça nous ferait plaisir à tous les quatre de t'entendre. C'est pour me rembourser ce que tu as chouré le mois dernier.

Le visage du bookmaker s'affaissa.

— Je n'ai pas chouré…

— Si, bien sûr que si. Vois-tu, iAm est un comptable exceptionnel. Chaque semaine, tu lui fais ton compte-rendu. Combien d'argent est rentré, en provenance de quelle équipe et dans quel secteur. Tu crois que personne ne sait compter ? D'après le nombre de matchs du mois dernier, tu aurais dû nous rapporter… combien, iAm ?

— Cent soixante-dix-huit mille quatre cent quatre-vingt-deux dollars.

— C'est ça. (Vhen remercia iAm d'un bref signe de tête.) Mais au lieu de ça, tu nous as déclaré… C'était combien ?

— Cent trente mille neuf cent quatre-vingt-deux dollars, répliqua iAm du tac-au-tac.

Le bookmaker se mit aussitôt à déblatérer.

— C'est faux. Il a ajouté…

Vhen secoua la tête.

— Alors à combien se monte la différence… encore que tu le saches déjà, iAm ?

— Quarante-sept mille cinq cents dollars.

— Ce qui correspond à 25 000 dollars prêtés à quatre-vingt-dix pour cent. C'est bien ça, iAm ? (Le Maure hocha la tête et Vhen frappa le sol de sa canne et se leva.) Ce qui s'avère être le taux amiable pratiqué par la mafia de Caldwell. Trez a alors creusé un peu et… qu'est-ce que tu as trouvé ?

— Mon pote Mike dit qu'il a prêté 25 000 billets à ce type juste avant le Superbowl.

Vhen abandonna sa canne contre la chaise et fit le tour du bureau, s'appuyant dessus d'une main pour garder l'équilibre. Les Maures reprirent leur place, encadrant le bookmaker, le tenant de nouveau par les bras.

Vhen s'arrêta juste devant le type.

— Et donc je te le demande encore une fois : est-ce que tu croyais que personne n'allait vérifier les comptes ?

— Révérend, chef… s'il vous plaît, j'allais vous rembourser…

— Oui, tu vas passer à la caisse. Et tu vas payer mon taux réservé aux connards qui tentent de me doubler. Cent cinquante pour cent à la fin du mois, ou ta femme va te recevoir en petits morceaux par la poste. Oh, au fait, t'es viré.

Le type fondit en larmes, et pas des larmes de crocodile. C'en étaient des vraies, qui lui faisaient couler le nez et gonfler les yeux.

— Je vous en prie… ils allaient me faire du mal…

Vhen tendit la main et empoigna l'entrejambe du mec. L'aboiement de caniche lui apprit que, même si lui ne sentait rien, le bookmaker si, et qu'il faisait pression au bon endroit.

— Je n'aime pas qu'on me vole, dit Vhen à l'oreille du type. Ça me rend dingue. Et si tu crois que ce que la mafia allait t'infliger était douloureux, je te garantis que je suis capable de pire. Maintenant… chante pour moi, espèce d'enculé.

Vhen tourna la main d'un coup sec et le type se mit à hurler à pleins poumons, le cri puissant et aigu se répercutant dans la pièce basse de plafond. Quand le cri commença à s'atténuer parce que l'homme avait épuisé ses réserves d'oxygène, Vhen relâcha la pression et lui donna l'opportunité de recharger les batteries en respirant un grand coup. Ensuite…

Le deuxième cri fut encore plus fort et plus aigu que le premier, prouvant que les vocalistes sont effectivement meilleurs après un échauffement.

Le bookmaker sauta et tressauta dans la prise que maintenaient sur lui les Maures et Vhen, dont le côté *symphathe* observait la scène avec une profonde attention, comme s'il s'agissait d'une excellente émission de télé.

Il fallut environ neuf minutes au type avant de perdre conscience.

Une fois dans les vapes, Vhen le lâcha et retourna à sa chaise. Un signe de tête, et Trez et iAm sortirent l'humain par la porte du fond jusqu'à la ruelle, où le froid finirait par le réveiller.

Alors qu'ils s'éloignaient, Vhen fut assailli par la vision d'Ehlena, entrant dans la salle d'examen en jonglant avec les boîtes de dopamine dans les bras. Que penserait-elle de lui si elle connaissait le genre de méthode qu'il employait pour faire tourner ses affaires ? Que dirait-elle si elle savait que, lorsqu'un bookmaker ne payait pas, il le menaçait d'envoyer à sa femme des paquets FedEx qui tacheraient de sang le pas de sa porte ? Que ce n'était pas une menace ? Que ferait-elle si elle savait qu'il était totalement prêt à procéder au découpage lui-même ou à ordonner à Xhex, Trez ou iAm de le faire à sa place ?

Eh bien, il avait déjà la réponse, pas vrai ?

Sa voix, cette belle voix claire, repassa dans sa tête : « *Vous feriez mieux de garder ça. Pour quelqu'un qui pourrait peut-être en avoir l'usage.* »

Bien sûr, elle ignorait les détails, mais elle était assez intelligente pour refuser sa carte de visite.

Vhen reporta son attention sur Xhex qui, toujours postée contre la porte principale, n'avait pas bougé d'un pouce. Le silence se prolongea tandis qu'elle regardait la moquette rase noire, traçant des cercles du talon de sa botte.

— Quoi ? demanda-t-il.

Comme elle ne levait pas les yeux pour le regarder, il se rendit compte qu'elle luttait pour reprendre ses esprits.

— Qu'est-ce qui s'est passé, putain ?

Trez et iAm revinrent dans le bureau et s'installèrent contre le mur qui faisait face au bureau de Vhen. Ils croisèrent les bras sur leurs larges poitrines et se tinrent cois.

Le silence était caractéristique des Ombres… mais, associé à l'expression tendue de Xhex et à l'exercice de géométrie auquel elle se livrait avec sa botte, il signifiait que quelque chose avait merdé.

— Parle. Tout de suite.

Le regard de Xhex croisa le sien.

— Chrissy Andrews est morte.

— De quelle manière ?

Même s'il le savait déjà.

— Tabassée et étranglée dans son appartement. J'ai dû aller à la morgue pour identifier le corps.

— Le fils de pute.

— Je vais m'en occuper.

Xhex ne demandait pas la permission et, quoi qu'il dise, elle traquerait ce salaud.

— Et vite.

Vhen était le chef mais, de manière générale, il ne se mettrait pas en travers de son chemin sur ce type d'affaire. Pour lui, ses filles n'étaient pas qu'une source de revenus... C'étaient des employées dont il se souciait et auxquelles il s'identifiait intimement. Si l'une d'entre elles était malmenée, que ce soit par un client, un petit ami ou un mari, il se souciait personnellement des représailles.

Les putes méritaient le respect, et les siennes allaient l'avoir.

— Commence par lui donner une leçon, grogna-t-il.

— T'inquiète pas pour ça.

— Merde... Je m'en veux, murmura Vhen en tendant la main pour attraper son coupe-papier.

L'objet avait la forme d'une dague et était aussi aiguisé qu'une arme.

— Nous aurions dû le tuer plus tôt.

— Elle avait l'air d'aller mieux.

— Peut-être qu'elle parvenait seulement à mieux le cacher.

Tous quatre s'assirent et gardèrent le silence pendant un moment. Leur profession engendrait beaucoup de pertes – quelqu'un qui clamsait, c'était chose courante – mais, pour l'essentiel, lui et sa bande représentaient le facteur négatif de l'équation : c'étaient eux qui soustrayaient. Quand il s'agissait de la perte de l'un des leurs infligée par quelqu'un d'autre, la pilule avait du mal à passer.

— Tu veux que je te fasse la mise à jour de cette nuit ? demanda Xhex.

— Pas pour le moment. J'ai moi-même quelques infos à vous donner. (Tout en se concentrant, il regarda Trez et iAm.) Ce que je vais dire va rendre la situation très bordélique et je veux vous laisser à tous les deux une chance de partir. Xhex, tu n'as pas cette possibilité. Je regrette.

Trez et iAm ne bougèrent pas, ce qui ne le surprit pas le moins du monde. Trez lui fit un doigt d'honneur. Pas déconcertant non plus.

— Je suis allé dans le Connecticut, déclara Vhen.

— Tu es aussi allé à la clinique, ajouta Xhex. Pourquoi ?

Les GPS, c'était vraiment chiant parfois. Difficile d'avoir la moindre vie privée.

— Oublie la clinique. Écoutez, j'ai besoin que vous fassiez un boulot pour moi.

— Un boulot dans le genre de... ?

— Essaie de penser au petit ami de Chrissy comme à un apéririf.

Ces paroles arrachèrent un sourire froid à Xhex.

— Raconte.

Il observa l'extrémité du coupe-papier, songeant que Kolher et lui avaient ri parce qu'ils en possédaient chacun un : le roi lui avait rendu visite après les attaques de l'été, pour discuter des affaires du Conseil, et il avait aperçu l'objet sur le bureau. Kolher avait plaisanté en disant qu'ils dirigeaient tous les deux par le fer, même s'ils avaient un stylo à la main.

C'était rudement vrai. Même si Kolher avait la moralité de son côté et que Vhen n'avait que l'intérêt personnel.

Ce n'était donc pas par vertu qu'il avait pris sa décision et suivi cette voie. Comme d'habitude, il avait choisi ce qui lui était le plus profitable.

— Ça ne va pas être facile, murmura-t-il.

— Les boulots marrants ne le sont jamais.

Vhen fixa du regard l'extrémité aiguisée du coupe-papier.

— Celui-là... c'est pas de la blague.

À la fin de la nuit et de son service, Ehlena avait les nerfs en pelote. L'heure du rendez-vous. L'heure de prendre une décision. Le mâle était censé passer la prendre à la clinique dans vingt minutes.

Mon Dieu, elle était de nouveau en train de tergiverser.

Son nom était Stephan. Stephan, fils de Tehm, même si elle ne le connaissait pas, ni sa famille d'ailleurs. C'était un civil, non un aristocrate, et il était venu avec son cousin qui s'était coupé la main en sciant des bûches pour le feu. Pendant qu'elle remplissait les documents pour la sortie, elle avait discuté avec Stephan de choses dont les célibataires parlent. Il aimait Radiohead, elle aussi. Elle aimait la cuisine indonésienne, et lui aussi. Il travaillait dans le monde humain, en tant que programmeur informatique, grâce au réseau virtuel. Elle était infirmière, pfff. Il vivait chez ses parents, fils unique d'une famille à cent pour cent civile… ou tout au moins ils avaient l'air à cent pour cent civils, son père travaillant dans le bâtiment pour des entrepreneurs vampires, sa mère enseignant la langue ancienne en free-lance.

Gentils, normaux. Dignes de confiance.

Étant donné ce que les aristocrates avaient infligé à la santé mentale de son père, elle supposait que c'était jouable et, quand Stephan lui avait proposé d'aller prendre un café, elle avait accepté ; ils s'étaient entendus pour ce soir et avaient échangé leurs numéros de téléphone.

Mais qu'allait-elle faire ? L'appeler et lui dire qu'elle ne pouvait pas venir à cause d'un problème familial ? Y aller tout de même et s'inquiéter pour son père ?

Depuis la salle du personnel, elle passa un rapide coup de fil à Lusie, qui lui donna des nouvelles rassurantes de la maison : le père d'Ehlena s'était longuement reposé et travaillait désormais calmement sur ses documents dans son bureau.

Une demi-heure dans une cafétéria ouverte toute la nuit. Peut-être qu'ils partageraient une viennoiserie. Quel était le mal ?

Quand elle décida une fois pour toutes d'y aller, l'image qui surgit dans son esprit ne lui plut pas du tout. La poitrine nue de Vhen avec ses tatouages en forme d'étoiles rouges n'était pas exactement ce à quoi elle devait penser maintenant qu'elle était résolue à aller à son rendez-vous avec un autre mâle.

Elle devait, à présent, penser à ôter son uniforme et à améliorer, au moins en théorie, son apparence.

Au milieu de l'agitation créée par le changement de service, elle enleva son uniforme pour enfiler la jupe et le polo qu'elle avait pris avec elle…

Elle avait oublié ses chaussures.

Génial. Les sabots blancs, c'était tellement sexy.

— Qu'est-ce qui ne va pas ? demanda Catya.

Elle se retourna.

— Y a-t-il la moindre chance que ces deux bateaux blancs à mes pieds ne ruinent pas complètement ma tenue ?

— Euh… pour être honnête ? Elles ne sont pas si moches.

— Tu mens vraiment mal.

— J'aurai essayé.

Ehlena rangea l'uniforme dans son sac, se recoiffa et vérifia son maquillage. Bien entendu, elle avait oublié son eye-liner et son mascara, donc la cavalerie n'avait pas de chevaux sur ce front-là, pour ainsi dire.

— Je suis contente que tu y ailles, dit Catya tout en effaçant le planning du service de cette nuit sur le tableau blanc.

— Vu que tu es ma chef, ça me rend nerveuse. J'aurais préféré que tu sois heureuse de me voir ici à la clinique.

— Non, je ne parle pas du travail. Je suis contente que tu sortes ce soir.

Ehlena fronça les sourcils et regarda autour d'elle. Par miracle, elles étaient seules.

— Qui te dit que je vais ailleurs qu'à la maison ?

— Une femelle qui rentre chez elle ne se change pas ici. Et elle ne s'inquiète pas de savoir si ses chaussures vont avec sa jupe. Je t'épargnerai le : « C'est qui ? »

— Quel soulagement !

— À moins que tu ne veuilles te porter volontaire ?

Ehlena éclata de rire.

— Non, je préfère que ça reste privé. Mais si ça donne quelque chose… je te le dirai.

— Compte sur moi pour te le rappeler.

Catya se dirigea vers son casier et le regarda fixement.

— Ça va ? demanda Ehlena.

— Je déteste cette satanée guerre. Je déteste voir les morts arriver ici et la douleur qu'ils ont subie sur leurs visages.

Catya ouvrit son casier et sortit sa parka.

— Désolée, je ne voulais pas être rabat-joie.

Ehlena s'approcha d'elle et posa une main sur l'épaule de la femelle.

— Je sais exactement ce que tu ressens.

Pendant un instant, leurs regards s'accrochèrent. Puis Catya s'éclaircit la voix.

— Allez, vas-y. Ton mâle t'attend.

— Il vient me chercher ici.

— Oh, peut-être que je vais aller faire un tour et fumer une cigarette dehors.

— Tu ne fumes pas.

— Flûte, encore raté.

En se dirigeant vers la sortie, Ehlena fit un arrêt au bureau des admissions pour vérifier qu'elle n'avait rien oublié sur la fiche de transmission pour la nouvelle équipe. Tout était en ordre. Satisfaite, elle franchit les portes, gravit l'escalier et se retrouva enfin hors de la clinique.

La nuit était passée de fraîche à froide, et l'air lui semblait avoir une odeur bleue, si toutefois une couleur pouvait avoir un parfum. Il y avait quelque chose de rafraîchissant, glacial et limpide quand elle inspirait profondément et soufflait de petits nuages. À chaque bouffée, elle avait l'impression que l'étendue saphir des cieux au-dessus d'elle entrait dans ses poumons et que les étoiles étaient des étincelles lui traversant le corps à toute allure.

Tandis que les dernières infirmières s'en allaient, se dématérialisant ou en voiture selon ce qu'elles avaient prévu, elle dit au revoir aux retardataires. Puis ce fut au tour de Catya de partir.

Ehlena tapa des pieds et regarda sa montre. Le mâle avait dix minutes de retard. Rien de grave.

S'appuyant contre le revêtement en aluminium, elle entendit son sang chanter dans ses veines, une étrange liberté lui gonflant la poitrine à la pensée qu'elle allait sortir quelque part, seule, avec un mâle…

Sang. Veines.

Vhengeance n'a pas fait traiter son bras.

Cette pensée la frappa et s'attarda comme l'écho d'un bruit retentissant. Il ne s'était pas occupé de ce bras. Il n'y avait rien dans le dossier au sujet de l'infection et Havers était aussi scrupuleux avec ses notes qu'avec les uniformes du personnel, la propreté des chambres et l'organisation des fournitures dans les placards.

Quand elle était revenue de la pharmacie avec les médicaments, Vhengeance avait remis sa chemise et fermé les boutons de manchette, mais elle avait supposé que c'était parce que l'examen était terminé. Désormais, elle était prête à parier qu'il l'avait remise juste après la prise de sang.

Sauf que… cela ne la regardait pas. Vhengeance était un mâle adulte qui avait parfaitement le droit de prendre de mauvaises décisions pour sa santé. Comme ce type en overdose qui avait à peine survécu à cette nuit, et comme tous ces patients qui acquiesçaient à tout ce que le médecin leur disait mais qui, de retour à la maison, ne suivaient pas les prescriptions ou les soins postopératoires.

Elle ne pouvait rien faire pour sauver quelqu'un qui ne souhaitait pas être sauvé. Rien. Et c'était l'une des plus grandes tragédies de son travail. Elle ne pouvait que présenter les choix possibles et les conséquences en espérant que le patient décide avec sagesse.

Une brise souffla, soulevant sa jupe et lui faisant envier le manteau de fourrure de Vhengeance. Se redressant, elle tenta d'apercevoir le bout de l'allée, guettant des phares.

Dix minutes plus tard, elle regarda de nouveau sa montre.

Et dix minutes après, elle leva encore une fois le poignet.

On lui avait posé un lapin.

Ce n'était pas surprenant. Le rendez-vous avait été décidé si rapidement et ils ne se connaissaient pas vraiment, après tout.

Quand un autre coup de vent la balaya, elle sortit son téléphone et envoya un message : « Salut Stephan, désolée de t'avoir raté ce soir. Peut-être une autre fois. E. »

Elle remit son téléphone dans sa poche et se dématérialisa pour rentrer chez elle. Au lieu d'entrer directement, elle s'emmitoufla dans son manteau et se mit à faire les cent pas dans l'allée défoncée qui longeait la maison jusqu'à la porte de derrière. Quand le vent glacial se leva de nouveau, elle prit une rafale dans la figure.

Ses yeux lui piquèrent.

Alors qu'elle tournait le dos au coup de vent, des mèches volèrent devant elle, comme si elles tentaient d'échapper au froid. Ehlena frissonna.

Formidable. Désormais, si sa vision se voilait, elle n'avait plus l'excuse du vent aigre.

Mon Dieu, était-elle en train de pleurer ? Sur ce qui n'était peut-être qu'un simple malentendu ? Avec un type qu'elle connaissait à peine ? Pourquoi était-ce si important pour elle ?

Mais cela n'avait rien à voir avec lui. Le problème, c'était elle. Elle détestait se trouver dans la même situation que quand elle avait quitté la maison : seule.

De toutes ses forces, elle tendit la main pour attraper la poignée de la porte de derrière, mais ne parvint pas à s'obliger à entrer. L'image de cette cuisine minable et trop bien rangée, le grincement des marches qui menaient à la cave et l'odeur poussiéreuse et parcheminée de la chambre de son père lui étaient aussi familiers que son reflet dans un miroir. Ce soir, tout était trop net, tel un éclair étincelant lui perçant les deux yeux, un rugissement retentissant à ses oreilles ou une puanteur accablante lui bombardant le nez.

Elle laissa retomber son bras. Le rendez-vous lui avait semblé comme un laissez-passer pour sortir de prison. Un radeau pour quitter l'île. Une main tendue par-dessus la falaise à laquelle elle était accrochée.

Le désespoir lui fit reprendre ses esprits d'un coup. Ce n'étaient pas là de bonnes raisons de sortir avec quelqu'un. Ce n'était pas juste pour ce type, ni sain pour elle. Quand Stephan la recontacterait, s'il le faisait, elle lui dirait simplement qu'elle était trop occupée…

— Ehlena ? Ça va ?

Ehlena sursauta devant la porte, qui venait de s'ouvrir en grand.

— Lusie ! Désolée, je… je réfléchis trop, c'est tout. Comment va père ?

— Bien, franchement bien. Il s'est rendormi.

Lusie sortit de la maison et ferma derrière elle pour empêcher la chaleur de s'échapper de la cuisine. Au bout de deux ans, elle était devenue une silhouette douloureusement familière, et ses vêtements bohèmes et sa chevelure poivre et sel la rendaient réconfortante. Comme d'habitude, elle avait sa mallette dans une main et son grand sac passé à l'autre épaule. Dans la mallette se trouvaient un tensiomètre standard, un stéthoscope et quelques médicaments utilisables sans prescription – Ehlena les connaissait tous. Dans le sac à main se trouvaient les mots croisés du *New York Times*, des chewing-gums à la menthe qu'elle aimait bien et le rouge à lèvres couleur pêche qu'elle mettait régulièrement. Ehlena savait pour les mots croisés parce que Lusie et son père les faisaient ensemble, pour les chewing-gums à cause des papiers qui finissaient à la poubelle et, pour le rouge à lèvres, ça allait de soi. Elle devinait aussi la présence d'un portefeuille.

— Comment vas-tu ?

Lusie attendit, ses yeux gris limpides et concentrés.

— Tu es rentrée un peu tôt.

— Il m'a posé un lapin.

La manière dont Lusie posa sa main sur l'épaule d'Ehlena rappelait combien elle était une excellente infirmière : d'un geste plein d'empathie, elle apportait réconfort et chaleur, qui aidaient à réduire la pression sanguine, le rythme cardiaque et l'agitation.

À remettre de l'ordre dans son esprit.

— Je suis désolée, dit Lusie.

— Oh, non, c'est mieux ainsi. Je veux dire, j'ai trop d'exigences.

— Vraiment ? Tu me semblais plutôt avoir la tête sur les épaules quand tu m'en as parlé. Vous alliez juste prendre un café…

Si étrange que cela lui parut, Ehlena avoua :

— Non. Je cherchais un moyen de fuir. Ce qui n'arrivera pas, puisque je ne l'abandonnerai jamais. (Ehlena secoua la tête.) Enfin, merci beaucoup d'être venue…

— Tu n'as pas besoin d'envisager ça de façon si tranchée. Ton père et toi…

— Merci beaucoup d'être venue tôt ce soir. C'était très aimable de ta part.

Lusie eut le même sourire que Catya plus tôt dans la soirée : un sourire mince et triste.

— Très bien, je laisse tomber, mais n'empêche que j'ai raison sur ce point. Tu peux être en couple et rester quand même une bonne fille pour ton père. (Lusie jeta un coup d'œil à la porte.) Écoute, il va falloir que tu surveilles cette plaie sur son pied. Celle qu'il s'est faite à l'ongle. J'ai mis un nouvel onguent dessus, mais elle m'inquiète. Je pense qu'elle s'infecte.

— D'accord, je m'en occuperai.

Quand Lusie se fut dématérialisée, Ehlena entra dans la cuisine, verrouilla la porte et se rendit au sous-sol.

Dans sa chambre, son père était endormi dans son immense lit victorien, dont la tête de lit massive en bois sculpté faisait penser à une tombe. Sa tête reposait sur une pile d'oreillers en soie blanche et la couverture de velours rouge sang était précisément pliée au milieu de sa poitrine.

Il ressemblait à un roi au repos.

Quand la maladie mentale s'était vraiment emparée de lui, ses cheveux et sa barbe avaient blanchi d'un coup, ce qui avait poussé Ehlena à s'inquiéter et à se demander si les changements de la fin de vie allaient commencer sur lui. Mais au bout de cinquante ans, il avait toujours la même apparence, son visage était sans rides et ses mains étaient fortes et fermes.

C'était si difficile. Elle n'imaginait pas la vie sans lui. Et elle n'imaginait pas la vie avec lui.

Ehlena ferma la porte à demi et se dirigea vers sa propre chambre, où elle prit une douche, se changea et s'étendit sur le lit. Elle n'avait qu'un lit double sans ornement, un seul oreiller et des draps en coton, mais elle se fichait des objets luxueux. Tout ce dont elle avait besoin était un endroit où étendre son corps fourbu chaque jour, point barre.

D'ordinaire elle lisait un peu avant de s'endormir, mais pas aujourd'hui. Elle n'en avait tout simplement pas l'énergie. Tendant la main de côté, elle éteignit la lampe, croisa les jambes au niveau des chevilles et étendit les bras le long de son corps.

Avec un sourire, elle se rendit compte que son père et elle dormaient exactement dans la même position.

Dans l'obscurité, elle songea à Lusie et à la manière dont elle suivait l'évolution de la coupure de son père. Être un bon soignant signifiait s'inquiéter de l'état de ses patients, même après être parti. Cela signifiait informer les membres de la famille sur les soins postopératoires nécessaires, et rester à disposition.

Ce n'était pas le genre de travail qu'on quittait simplement parce que le service était terminé.

Elle ralluma la lumière.

Se levant, elle se dirigea vers l'ordinateur qu'elle avait récupéré gratuitement à la clinique quand le parc informatique avait été renouvelé. La connexion était lente, comme toujours, mais elle finit par être en mesure d'accéder à la base des dossiers médicaux de la clinique.

Elle s'identifia avec son mot de passe, fit une recherche… puis une autre. La première sur un coup de tête, la seconde par curiosité.

Après avoir enregistré ses deux recherches, elle éteignit l'ordinateur et attrapa son téléphone.

Chapitre 11

À l'extrême orée du jour, juste avant que la lumière commence à se concentrer dans le ciel oriental, Kolher reprit forme dans les bois denses au nord de la montagne de la Confrérie. Personne n'était venu à la Ferme aux Chevaux, et l'aube imminente l'avait forcé à partir.

Des brindilles, de minces branches de pin rendues fragiles par le froid, craquèrent bruyamment sous ses rangers. Il n'y avait pas encore de neige pour étouffer les sons, mais il la sentait dans l'air, ressentant sa morsure gelée au fond de ses sinus.

L'entrée cachée du saint des saints de la Confrérie de la dague noire se trouvait tout au fond d'une grotte. Ses mains dénichèrent le mécanisme de la porte de pierre et le lourd portail glissa derrière le mur de rochers. Posant le pied sur des pavés lisses de marbre noir, il les suivit tandis que la porte se refermait derrière lui.

D'un ordre mental, il enflamma les torches disposées de chaque côté, s'étendant à l'infini et illuminant les portes en fer massives installées à la fin du XVIIIe siècle, quand la Confrérie avait fait de cette grotte le Tombeau.

En se rapprochant, les épais panneaux d'une nouvelle porte semblaient à sa vue imprécise une rangée de sentinelles armées, les flammes intermittentes animant ce qui en réalité ne bougeait pas. D'un nouvel ordre mental, il écarta les deux battants et poursuivit, descendant un long couloir rempli d'étagères du sol au plafond, de douze mètres de haut.

Les jarres d'éradiqueurs de tous types et tous genres étaient entassées côte à côte, un étalage qui comptabilisait les nombreux meurtres perpétrés par la Confrérie. Les jarres les plus anciennes n'étaient rien de plus que des vases en terre faits à la main, apportés de l'Ancienne Contrée. Au fur et à mesure que l'on progressait les vases se modernisaient, jusqu'à ce qu'on arrive, aux portes suivantes, devant une rangée de trucs fabriqués en masse en Chine et vendus chez *Target*.

Il ne restait pas beaucoup de place sur les étagères, et cela le démoralisait. Il avait contribué, de ses propres mains, à construire ce reposoir pour les morts de l'ennemi, avec Audazs, Tohrment et Viszs, tous ayant travaillé pendant un mois entier, s'activant la nuit, dormant sur les pavés de marbre. C'était lui qui avait décidé à quelle profondeur descendre sous terre et qui avait étendu les couloirs d'étagères sur des mètres et des mètres, bien plus que nécessaire, selon lui. Quand ses frères et lui avaient fini de tout ériger et avaient empilé les vieilles jarres, il avait été convaincu qu'ils n'auraient pas besoin de tant d'espace de stockage. À coup sûr la guerre serait finie avant qu'ils en aient même rempli les trois quarts.

Et il était là, des siècles plus tard, à tenter de trouver assez de place.

Avec une perception redoutable de l'avenir, Kolher évalua de ses mauvais yeux les derniers espaces vides sur les étagères installées à l'origine. Il était difficile de ne pas y voir une preuve que la guerre arrivait à sa fin, que l'équivalent vampire du calendrier maya de la fin du monde se trouvait sur ces murs de pierre mal dégrossie.

Il n'imaginait pas que la dernière jarre qui serait déposée à côté des autres puisse être auréolée de la lumière victorieuse du succès.

Soit ils n'auraient plus d'espèce à protéger, soit ils n'auraient plus de frère pour la protéger.

Kolher sortit les trois jarres de sa veste et les plaça ensemble ; puis il recula d'un pas.

Il avait été responsable de la présence de beaucoup de ces jarres, avant de devenir roi.

— Je savais déjà que tu allais te battre.

Kolher tourna la tête au son de la voix impérieuse de la Vierge scribe. Sa Sainteté flottait entre les portes de fer, ses jupons noirs virevoltant environ trente centimètres au-dessus du sol, sa lumière brillant sous l'ourlet.

Autrefois, sa lueur avait été aveuglante. Désormais, c'était à peine si elle faisait naître les ombres.

Kolher se retourna vers les jarres.

— C'est donc ce que V. voulait dire. Quand il parlait d'appuyer sur la détente.

— Mon fils est venu me voir, en effet.

— Mais vous le saviez déjà. Et ce n'est pas une question, au fait.

— Ouais, elle a horreur de ça, intervint Viszs.

Kolher releva la tête et l'aperçut franchir le seuil.

— Eh bien, voyez-vous ça, proféra Kolher. Les retrouvailles de la mère et du fils… sont imminentes. (Il laissa sa phrase en suspens.) Ou pas.

La Vierge scribe s'approcha, dépassant silencieusement les jarres. Autrefois – ou, merde, encore récemment, l'année précédente – elle aurait pris le contrôle de la conversation. Désormais, elle se laissait simplement porter.

V. laissa échapper un bruit dégoûté, comme s'il avait attendu que sa chère maman remonte les bretelles de son roi et n'était pas surpris qu'elle n'en ait pas trouvé le courage.

— Kolher, tu ne m'as pas laissé finir.

— Tu crois que je vais te laisser faire maintenant ?

Il tendit la main et effleura du doigt le rebord de l'une des trois jarres qu'il avait ajoutées à la collection.

— Tu vas le laisser finir, déclara la Vierge scribe d'un ton désintéressé.

Viszs avança, ses rangers résonnant sur le sol qu'il avait lui-même aidé à poser.

— Je voulais te dire que, si tu vas sur le terrain, vas-y avec des renforts. Et préviens Beth. Sans quoi tu seras un menteur… et tu auras plus de chances de la laisser veuve. Bordel de merde, que tu ignores ma vision, OK. Mais fais au moins preuve d'esprit pratique.

Kolher se mit à faire les cent pas, songeant que l'emplacement de cette conversation était foutrement parfait : tout ici rappelait la guerre.

Il finit par s'arrêter devant les trois jarres qu'il venait d'apporter.

— Beth croit que je me rends dans le Nord pour voir Fhurie. Tu sais, pour travailler avec les Élues. Mentir, ça craint. Mais savoir qu'on n'a que quatre frères sur le terrain ? C'est pire.

Il y eut un long silence, au cours duquel le crépitement intermittent des torches fut le seul bruit audible.

V. reprit la parole.

— Je pense qu'il faut que tu réunisses la Confrérie et que tu sois franc avec Beth. Comme je te l'ai dit, si tu vas te battre, fais-le. Mais fais-le en pleine lumière, d'accord ? Comme ça, tu ne seras pas seul sur le terrain. Ni aucun de nous. À l'heure actuelle, avec le système des rotations, quelqu'un finit toujours par se battre sans partenaire. Si tu es réglo, ça résoudra ce problème.

Kolher sourit.

— Seigneur, si j'avais cru que tu serais d'accord avec moi, j'aurais peut-être parlé plus tôt. (Il regarda la Vierge scribe.) Mais qu'en est-il des lois ? De la tradition ?

La mère de l'espèce se tourna pour lui faire face et déclara d'une voix distante :

— Tant de choses ont changé. Qu'est-ce qu'un changement de plus ? Porte-toi bien Kolher, fils de Kolher, et toi Viszs, né de mes entrailles.

Dans un souffle, la Vierge scribe disparut dans la nuit froide, se dissipant dans l'éther comme si elle n'avait jamais été là.

Kolher s'appuya contre les étagères et, sa tête commençant à lui élancer, il souleva ses lunettes de soleil et frotta ses yeux inutiles. Quand il s'arrêta, il ferma les paupières et devint aussi immobile que la pierre qui l'entourait.

— Tu as l'air claqué, murmura V.

Oui, il était claqué. Quelle tristesse.

Dealer de la drogue était un commerce très lucratif.

Dans son bureau privé au *Zero Sum*, Vhengeance s'empara de la recette de la nuit déposée sur la table et vérifia méticuleusement les comptes au *cent* près. iAm faisait de même au restaurant *Sal's*, et la première étape à la tombée de chaque nuit était de se retrouver dans le bureau pour comparer les résultats.

En général, ils parvenaient au même total. Quand ce n'était pas le cas, il s'en remettait à iAm.

Entre l'alcool, la drogue et le sexe, les grosses recettes dépassaient les 290 000 dollars, rien que pour le *Zero Sum*. Vingt-deux personnes y travaillaient de façon rémunérée, soit dix videurs, trois barmen, six prostituées, Trez, iAm et Xhex ; à eux tous ils lui coûtaient dans les 75 000 balles la nuit. Les bookmakers et les dealers autorisés, c'est-à-dire ceux auxquels il permettait de vendre dans ses locaux, étaient payés à la commission et tout ce qui restait une fois qu'ils avaient prélevé leur part lui revenait. En outre, à peu près chaque semaine, lui ou Xhex et les Maures concluaient des échanges importants de produits avec un nombre restreint de distributeurs qui disposaient de leur propre réseau à Caldwell ou à Manhattan.

Cela déduit, de même que les coûts de personnel, il lui restait grosso modo 200 000 dollars par nuit pour couvrir les frais de l'alcool et de la drogue qu'il vendait, les dépenses de chauffage, d'électricité et la consolidation de son capital, et rémunérer l'équipe de nettoyage de sept personnes qui venait à 5 heures du matin.

Chaque année, ses différentes affaires lui rapportaient environ 50 millions, ce qui paraissait obscène, et c'était le cas, surtout si l'on considérait qu'il ne payait d'impôts que sur une infime partie de ces revenus. Le commerce de la drogue et du sexe était risqué, mais les profits étaient potentiellement énormes. Et il avait besoin d'argent. De beaucoup d'argent. Pourvoir aux besoins de sa mère, au mode de vie auquel elle était habituée et qu'elle méritait amplement, lui coûtait plusieurs millions par an. En outre, il avait ses propres demeures et changeait chaque année de Bentley, dès que le nouveau modèle était disponible.

Mais sa dépense personnelle la plus élevée, et de loin, se présentait sous la forme de petits sacs de velours noir.

Vhen tendit la main au-dessus de ses feuilles de compte et attrapa le sac qu'on lui avait apporté du quartier des diamantaires de New York. Les livraisons arrivaient le lundi désormais – auparavant, c'était le dernier vendredi du mois, mais avec l'ouverture du *Masque de fer*, le jour de fermeture du *Zero Sum* était passé au dimanche.

Il tira le cordon de satin et ouvrit le sac, déversant une poignée de rubis scintillants. Un quart de million de dollars en pierres de sang. Il les fit glisser de nouveau dans le sac, ferma le cordon en un nœud serré et regarda sa montre. Il lui restait encore seize heures avant d'aller dans le Nord.

Le premier mardi du mois était jour de rançon et il payait la Princesse de deux façons. Avec les pierres précieuses. Et avec son corps.

Mais il faisait en sorte qu'elle paie, elle aussi.

Songer à l'endroit où il allait se rendre et à ce qu'il allait devoir faire lui picota la nuque, aussi ne fut-il pas surpris quand sa vision commença à changer, le rose foncé et le rouge remplaçant le noir et le blanc de son bureau, son champ de vision s'aplatissant comme au passage d'un bulldozer.

Ouvrant un tiroir, il sortit l'une de ses jolies boîtes neuves de dopamine et attrapa la seringue qu'il avait utilisée les deux dernières fois qu'il s'était fait une injection dans son bureau. Remontant sa manche gauche, il attacha un garrot au milieu de son biceps par habitude, non par nécessité. Ses veines étaient tellement abîmées qu'on aurait dit que des taupes avaient creusé sous sa peau, et il ressentit une satisfaction poignante en constatant leur piteux état.

La seringue n'avait pas de capuchon stérile, et il la remplit avec l'adresse née de l'habitude. Il lui fallut un moment pour trouver une veine correcte, et il enfonça la petite pointe métallique encore et encore sans rien ressentir. Il sut qu'il avait enfin touché la cible quand il tira sur le piston et vit le sang se mélanger au médicament transparent.

Tout en défaisant le garrot et en appuyant du pouce sur la seringue, il observa son bras détérioré et songea à Ehlena. Même si elle ne lui faisait pas confiance, même si elle ne voulait pas ressentir d'attirance à son égard et remuerait clairement ciel et terre pour ne pas sortir avec lui, elle voulait toujours le sauver. Elle voulait toujours le meilleur pour lui et sa santé.

On appelait cela une femelle de valeur.

Il était en pleine injection quand son téléphone sonna. Un rapide coup d'œil à l'écran lui apprit qu'il s'agissait d'un numéro qu'il ne reconnaissait pas, aussi laissa-t-il sonner.

Les seules personnes à avoir son numéro étaient celles auxquelles il voulait bien parler, ce qui faisait une liste sacrément courte : sa sœur, sa mère, Xhex, Trez et iAm. Et le frère Zadiste, le *hellren* de sa sœur.

C'était tout.

Il retira l'aiguille de la fosse d'aisance qui lui servait de veine et poussa un juron quand un bip indiqua qu'on lui avait laissé un message. Il en recevait un de temps en temps, des gens qui laissaient des fragments de leur vie dans son petit espace technologique, croyant qu'il était quelqu'un d'autre. Il ne les rappelait jamais, ne leur envoyait jamais de SMS disant : « Ce n'est pas le bon numéro. » Ils finissaient par comprendre quand la personne qu'ils croyaient avoir appelée ne leur rendait pas la pareille.

Fermant les yeux et se renfonçant dans son fauteuil, il jeta la seringue sur les feuilles de comptes, se fichant complètement que le médicament agisse.

Assis seul dans son antre d'iniquité, à l'heure silencieuse qui suivait le départ de tout le monde et avant l'arrivée du personnel de ménage, il se foutait complètement que sa vision aplatie revienne en trois dimensions. Il ne se souciait pas que le spectre des couleurs reparaisse. Il ne se demandait pas, à chaque seconde qui passait, s'il allait revenir à la « normale ».

Voilà qui était nouveau, découvrit-il. Jusqu'à présent, il avait toujours souhaité désespérément que le médicament fasse effet.

Qu'est-ce qui l'avait fait changer de cap ?

Il laissa sa question en suspens le temps de prendre son téléphone et d'empoigner sa canne. Grommelant, il se leva avec précaution et marcha jusqu'à sa chambre. L'engourdissement revenait à toute vitesse dans ses pieds et ses jambes, plus vite que durant son retour du Connecticut, mais bon, c'était classique. Moins ses instincts *symphathes* étaient titillés, mieux la dopamine fonctionnait. Qu'on l'ait choisi pour décapiter le roi l'avait, étrangement, rendu nerveux. Tandis qu'être seul chez lui, en quelque sorte, n'avait pas ce genre d'effet.

Le système de sécurité était déjà enclenché dans le bureau et il mit en marche le second pour ses quartiers personnels, avant de s'enfermer dans la chambre sans fenêtre où il pionçait de temps à autre. La salle de bains se trouvait au fond de la pièce et il jeta son manteau de zibeline sur le lit avant d'y entrer et de mettre l'eau de la douche à couler. Pendant qu'il se déplaçait, le froid le glaça jusqu'à la moelle, rayonnant du plus profond de son corps, comme s'il s'était injecté du fréon.

C'était ce qu'il redoutait. Il avait toujours eu horreur d'avoir froid. Merde, peut-être qu'il devrait juste se laisser aller. Ce n'était pas comme s'il allait avoir des contacts avec quelqu'un.

Ouais, mais s'il laissait passer trop d'injections, il douillait au moment de rattraper son retard.

La vapeur s'élevait en tourbillons derrière la porte en verre de la cabine de douche. Il se déshabilla, abandonnant son costume, sa cravate et sa chemise sur la console en marbre entre les deux lavabos. Entrant sous le jet, il eut un grand frisson qui le fit claquer des dents.

Pendant un moment, il resta le dos appuyé contre le mur de marbre lisse, au milieu de quatre pommes de douche. Alors que l'eau chaude qu'il ne sentait pas cascadait sur sa poitrine et ses abdos, il tenta de ne pas penser à ce qui se passerait la nuit suivante, et échoua.

Oh, mon Dieu… allait-il trouver les ressources pour recommencer ? Aller là-bas et se prostituer auprès de cette salope ?

Oui, et sinon… elle le dénoncerait auprès du Conseil comme *symphathe* et le ferait déporter vers la colonie.

La réponse était évidente.

Putain, il n'avait pas le choix. Bella ignorait sa nature et cela la tuerait de découvrir le mensonge familial. Et elle ne serait pas la seule victime. Sa mère s'effondrerait. Xhex serait furieuse et se ferait tuer en tentant de le sauver. Trez et iAm feraient de même.

Et tout s'écroulerait, comme un château de cartes.

D'un geste compulsif, il saisit un savon couleur or dans le porte-savon en céramique accroché au mur et le frotta entre ses mains. Le truc qu'il utilisait n'était pas de fabrication luxueuse. C'était un désinfectant bon marché qui faisait sur la peau le même effet qu'une râpe.

Ses putes utilisaient le même. Il en remplissait leurs douches, à leur demande.

Il employait la règle des trois fois. Par trois fois, il savonnait ses bras et ses jambes, ses pectoraux et ses abdominaux, son cou et ses épaules. Par trois fois il plongeait entre ses cuisses pour récurer son pénis et ses testicules. Ce rituel était stupide, mais il en était ainsi de toutes les compulsions. Il aurait pu utiliser trois dizaines de savons et se sentir toujours aussi sale.

Bizarrement, ses prostituées étaient toujours surprises de la manière dont elles étaient traitées. Chaque fois qu'une nouvelle arrivait, elle s'attendait à ce que coucher avec lui fasse partie de ses attributions et, presque toujours, à être battue. Au lieu de quoi elle obtenait sa propre loge avec une cabine de douche, des horaires fiables, un service de sécurité qui ne la touchait jamais au grand jamais, et cette chose qu'on nommait le respect – ce qui signifiait qu'elle choisissait ses clients et que si les enfoirés qui payaient le privilège d'être avec elle touchaient à un seul de ses cheveux, elle n'avait qu'un mot à dire et une avalanche d'emmerdes tombait sur l'agresseur.

Plus d'une fois, il avait trouvé une de ces femmes attendant à la porte de son bureau pour lui demander un entretien privé. Cela arrivait généralement un mois après leur titularisation, et elles disaient toutes la même chose, s'exprimant toujours d'un ton un peu confus qui, s'il avait été normal, lui aurait brisé le cœur : « Merci. »

Il n'était pas trop branché câlins, mais il avait la réputation de les prendre dans ses bras et de les serrer l'espace d'un instant. Aucune d'elles ne savait que ce n'était pas par gentillesse, mais parce qu'il était l'un des leurs. La dure réalité de la vie les avait envoyés là où ils ne souhaitaient pas être, littéralement à genoux devant des gens qu'ils ne voulaient pas baiser. Oui, ce boulot ne posait pas de problème à certaines, mais, comme tout le monde, elles n'avaient pas toujours envie de travailler. Et Dieu sait que les clients étaient toujours présents.

Tout comme son maître chanteur.

Sortir de la douche était purement et simplement infernal, et il retarda le coup de froid aussi longtemps que possible, recroquevillé sous les jets pendant qu'il négociait intérieurement sa sortie. Tandis que le débat se poursuivait, il entendait l'eau rebondir sur le marbre et glouglouter dans la bouche d'évacuation en cuivre, mais son corps engourdi ne ressentait rien, hormis une légère amélioration sur le front de son Alaska personnel. Quand il fut à court d'eau chaude, il ne le sut que parce qu'il se mit à trembler plus fort et que la base de ses ongles passa du gris pâle au bleu foncé.

Il se sécha tout en se dirigeant vers le lit et se glissa sous le couvre-lit en vison aussi vite que possible.

Au moment où il remontait les couvertures jusqu'à son nez, son téléphone bipa. Encore un message vocal.

Un vrai hall de gare, ce soir.

Regardant ses appels manqués, il découvrit que le dernier venait de sa mère et il s'assit tout de suite, même si la position verticale impliquait de dénuder sa poitrine. Sa mère était tellement bien élevée qu'elle n'appelait jamais, de peur de « le déranger dans son travail ».

Il appuya sur les boutons, tapa son mot de passe et envisagea d'effacer le premier message laissé par erreur.

« Appel du 518-blablabla… » Il pressa sur le bouton pour passer l'identification du numéro et s'apprêta à se débarrasser du message.

Son doigt appuyait déjà sur la touche du deux quand une voix féminine dit : « Bonsoir, je… »

Cette voix… cette voix, c'était celle de… *Ehlena* ?

— Merde !

Mais la messagerie était inexorable et se foutait de savoir qu'un message venant d'elle était bien la dernière chose qu'il souhaitait effacer. Pendant qu'il jurait, le système poursuivit jusqu'à ce qu'il entende la douce voix de sa mère parler en langue ancienne.

« Salutations, mon cher fils, j'espère que tu te portes bien. Pardonne mon intrusion je t'en prie, mais je me demandais si tu pouvais passer à la maison un moment au cours des prochains jours. Je dois te parler de quelque chose. Je t'aime. Au revoir, fils aîné de mon sang. »

Vhen fronça les sourcils. C'était si formel, l'équivalent verbal d'un message prévenant écrit de la belle main de sa mère, mais la requête ne lui ressemblait pas, ce qui lui donnait un caractère d'urgence. Sauf qu'il était baisé – sans vouloir faire un mauvais jeu de mots. Demain soir était parfaitement impossible en raison de son « rendez-vous », il faudrait donc qu'il y aille la nuit suivante, en partant du principe qu'il serait assez remis.

Il appela la maison de sa mère et, quand l'une des *doggen* répondit, il lui dit qu'il serait là le mercredi soir dès que le soleil serait couché.

— Seigneur, si je puis me permettre, dit la servante. En vérité, je suis heureuse que vous veniez.

— Que se passe-t-il ?

Il ne reçut que le silence pour toute réponse, et le froid qu'il ressentait empira.

—Parlez-moi.

—Elle est… (À l'autre bout du fil, la voix se fit enrouée.) Elle est aussi charmante que d'habitude, et nous sommes tous heureux que vous veniez. Si vous voulez bien m'excuser, je vais lui transmettre votre message.

On raccrocha. Dans un coin de son esprit, il avait une idée de ce dont il s'agissait, mais il ignora studieusement son pressentiment. Il ne pouvait franchir le pas. Absolument impossible.

En outre, ce n'était peut-être rien. Après tout, la paranoïa était un des effets secondaires de l'excès de dopamine, et Dieu sait qu'il en prenait largement plus que sa part. Il se rendrait au refuge dès qu'il en serait capable et elle irait bien… Eh, le solstice d'hiver! Ce devait être cela. Elle désirait sûrement programmer des festivités avec Bella, Z. et le bébé, étant donné qu'il s'agirait du premier rituel du solstice pour Nalla, et que sa mère prenait ce genre de choses très au sérieux. Elle avait beau vivre de ce côté, les traditions des Élues au sein desquelles elle était née faisaient toujours largement partie d'elle.

C'était ça, sans aucun doute.

Soulagé, il enregistra le numéro d'Ehlena dans son carnet d'adresses et la rappela.

Pendant que le téléphone sonnait, en dehors de *Décroche, décroche, décroche*, sa seule pensée était qu'il espérait sincèrement qu'elle allait bien. Ce qui était insensé. Comme si elle allait l'appeler si elle avait des problèmes.

Alors pourquoi avait-elle…

—Allô?

Le son de sa voix dans son oreille eut un effet que ni la douche chaude, ni le couvre-lit en vison, ni la température ambiante de 26 °C ne lui procuraient. La chaleur se répandit dans sa poitrine, repoussant l'engourdissement et le froid, distillant… la vie.

Il éteignit les lumières pour se concentrer entièrement sur elle.

— Vhengeance ? demanda-t-elle au bout d'un moment.

Il s'appuya sur ses oreillers et sourit dans l'obscurité.

— Bonsoir.

Chapitre 12

— Il y a du sang sur ta chemise… et, oh, mon Dieu, sur ton pantalon. Kolher, que s'est-il passé ?

Debout dans son bureau à la demeure de la Confrérie, face à sa bien-aimée *shellane*, Kolher resserra un peu plus les deux pans de sa veste de motard sur sa poitrine et songea qu'au moins il avait lavé le sang d'éradiqueur sur ses mains.

La voix de Beth se fit grave.

— De ce que je vois, quelle quantité t'appartient ?

Elle était aussi belle qu'elle l'avait toujours été à ses yeux, la seule femelle qu'il désirait, la seule compagne qui lui convenait. Dans son jean et son col roulé noirs, ses cheveux sombres autour de ses épaules, elle était la personne la plus attirante qu'il ait jamais vue. Et pourtant.

— Kolher !

— Pas tout.

L'estafilade de son épaule avait sans doute taché son débardeur, mais il avait aussi tenu le civil contre sa poitrine, donc le sang de celui-ci s'était forcément mélangé au sien.

Incapable de rester tranquille, il se mit à faire les cent pas dans la pièce entre le bureau et les fenêtres. Le tapis qu'il foulait de ses rangers était bleu, gris et crème, un aubusson dont les couleurs allaient avec les murs bleu pâle et dont les arabesques imitaient le délicat mobilier Louis XIV, ses luminaires et ses moulures incurvées.

Il n'avait jamais vraiment apprécié le décor. Et il n'allait pas commencer aujourd'hui.

— Kolher… comment est-ce arrivé ?

La voix dure de Beth lui apprit qu'elle connaissait déjà la réponse, mais espérait qu'il avait une autre explication.

Prenant son courage à deux mains, il se tourna pour faire face à l'amour de sa vie, à l'autre bout de la pièce clinquante.

— J'ai recommencé à me battre.

— Tu as quoi ?

— Recommencé à me battre.

Beth se tut, et il fut heureux que la porte du bureau soit fermée. Il vit l'équation qu'elle était en train de résoudre dans sa tête et savait que le résultat auquel elle parvenait n'additionnait qu'une chose : elle pensait à toutes ces « nuits dans le Nord » avec Fhurie et les Élues. À tous ces moments où il avait porté des tee-shirts à manches longues pour dissimuler ses bleus au moment de dormir parce qu'il avait « un rhume ». À toutes ses excuses qui expliquaient pourquoi il boitait.

— Tu recommences à te battre.

Elle plongea les mains dans les poches de son jean et, même s'il ne voyait pas grand-chose, il savait que le col roulé noir s'accordait parfaitement avec son regard.

— Juste pour clarifier les choses. Est-ce qu'il faut comprendre que tu vas t'y remettre ou que c'est déjà fait ?

C'était une question rhétorique, mais il était évident qu'elle voulait qu'il lui révèle l'intégralité de son mensonge.

— J'ai déjà recommencé. Il y a quelques mois.

La colère et la douleur émanèrent d'elle, éclaboussant Kolher d'une odeur de bois sec et de plastique brûlé.

— Écoute, Beth, je dois…

— Tu dois être honnête avec moi, coupa-t-elle sèchement. Voilà ce que tu dois faire.

— Je ne m'attendais pas à aller sur le terrain plus d'un mois ou deux…

—Un mois ou deux! Depuis combien de temps... (Elle se racla la gorge et baissa la voix.) Depuis combien de temps est-ce que tu fais ça?

Quand il le lui dit, elle se tut de nouveau. Puis:

—Depuis août? Août!

Il se mit à souhaiter qu'elle lâche la bride à sa colère. Qu'elle lui crie dessus. Qu'elle le traite de tous les noms.

—Je suis désolé. Je... Merde, je suis vraiment désolé.

Elle n'ajouta rien d'autre et l'odeur de ses émotions s'effaça, dispersée par l'air chaud soufflé par les bouches de ventilation au sol. Dans le couloir, un *doggen* passait l'aspirateur, le tapis bruissant à chaque passage. Dans le silence qui s'étirait entre eux, ce bruit normal et courant était la chose à laquelle il se raccrochait – un bruit de fond qu'on entendait tout le temps et qu'on remarquait rarement parce qu'on était occupé par de la paperasse ou distrait par un petit creux, parce qu'on se demandait si on voulait décompresser en regardant la télé ou en allant à la salle de sport... C'était un ronronnement rassurant.

Et pendant ce moment écrasant qui ébranlait son couple, il s'accrochait de toutes ses forces à la berceuse de l'aspirateur, se demandant s'il aurait à nouveau un jour la chance de l'ignorer.

—Ça ne m'a jamais effleurée... (Elle se racla de nouveau la gorge.) Ça ne m'a jamais effleurée que tu serais incapable de me parler de quelque chose. J'ai toujours supposé que tu me disais... tout ce que tu pouvais.

Quand elle cessa de parler, il était glacé jusqu'à la moelle. Elle avait désormais la voix qu'elle utilisait pour répondre aux erreurs de numéro au téléphone: elle s'adressait à lui comme s'il était un étranger, sans chaleur ni intérêt particulier.

—Écoute, Beth, je dois aller sur le terrain. Je dois...

Elle secoua la tête et leva la main pour l'arrêter.

—Ce n'est pas parce que tu te bats.

Beth le regarda dans les yeux l'espace d'un instant, puis se détourna et se dirigea vers la double porte.

— Beth…

Est-ce que ce croassement étranglé était sa voix ?

— Non, laisse-moi tranquille. J'ai besoin d'air.

— Beth, écoute, nous n'avons pas assez de combattants sur le terrain…

— Ça n'a rien à voir avec le fait de se battre !

Elle se retourna d'un bloc et lui fit face.

— Tu m'as menti. Menti ! Et pas juste une fois, mais depuis quatre mois.

Kolher aurait voulu argumenter, se défendre, souligner qu'il avait perdu la notion du temps, que ces cent vingt nuits et jours avaient filé à la vitesse de la lumière, que tout ce qu'il avait fait était de poser un pied devant l'autre, sans discontinuer, minute après minute, heure après heure, tentant de maintenir l'espèce à flot, tâchant de garder les éradiqueurs à distance. Il n'avait pas eu l'intention de continuer si longtemps. Il n'avait pas prévu de la tromper si longtemps.

— Réponds seulement à une question, dit-elle. Une seule question. Et tu as intérêt à me dire la vérité, parce que sinon, que Dieu me vienne en aide, je vais…

Elle posa la main sur sa bouche, retenant un léger sanglot.

— Honnêtement, Kolher… as-tu honnêtement cru que tu allais t'arrêter ? Dans ton cœur, as-tu vraiment cru que tu allais…

Il déglutit avec peine, les mots s'étranglant dans sa gorge.

Kolher prit une profonde inspiration. Au cours de sa vie, il avait été blessé à de très nombreuses reprises. Mais rien, aucune douleur qu'on lui ait jamais infligée, ne lui avait fait plus mal que ce qu'il ressentit en lui répondant.

— Non. (Il inspira de nouveau.) Non, je n'ai jamais pensé… que j'allais m'arrêter.

— Qui t'a parlé ce soir ? Qui t'a décidé à me l'avouer ?

— Viszs.

— J'aurais dû m'en douter. C'est probablement la seule personne en dehors de Tohr qui aurait pu…

Beth s'entoura de ses bras et il aurait donné cher pour pouvoir les remplacer.

— Le fait que tu sois là dehors à te battre me fout une trouille bleue, mais tu oublies quelque chose… Je me suis unie à toi sans savoir que le roi n'était pas censé se battre. J'étais prête à te soutenir même si cela me terrifiait… parce que combattre est dans ta nature et dans ton sang. Espèce d'idiot… (Sa voix trembla.) Espèce d'idiot, je t'aurais laissé faire. Mais au lieu de ça…

— Beth…

Elle lui coupa la parole.

— Tu te rappelles cette nuit où tu es sorti au début de l'été ? Quand tu es intervenu pour sauver Z. puis que tu es resté en centre-ville pour te battre avec les autres ?

Bien sûr qu'il s'en souvenait. Quand il était rentré à la maison, il l'avait poursuivie dans l'escalier et ils avaient fait l'amour sur le tapis dans le salon du premier étage. À plusieurs reprises. Il avait gardé des lambeaux de sous-vêtements qu'il lui avait arrachés des hanches en souvenir.

Seigneur… en y repensant… c'était la dernière fois qu'ils avaient couché ensemble.

— Tu m'as affirmé que c'était pour une seule nuit, dit-elle. Une seule nuit. Tu l'as juré et je t'ai fait confiance.

— Merde… je suis désolé.

— Quatre mois.

Elle secoua la tête, sa magnifique chevelure ondulant sur ses épaules, accrochant si bien la lumière que même les yeux en piètre état de Kolher perçurent leur splendeur.

— Tu sais ce qui me fait le plus mal ? C'est que les frères le savaient et pas moi. J'ai toujours accepté cette histoire de société secrète, compris qu'il y a des choses que je ne devais pas savoir…

—Ils l'ignoraient aussi.

OK, Butch était au courant, mais il n'avait aucune raison de le livrer aux lions.

—V. l'a découvert ce soir.

Elle tituba, s'appuyant contre le mur bleu pâle.

—Tu es sorti seul ?

—Oui.

Il tenta de lui attraper le bras mais elle s'écarta de lui.

—Beth…

Elle ouvrit la porte à toute volée.

—Ne me touche pas !

La porte se referma en claquant derrière elle.

Sous le coup de la rage qu'il ressentait envers lui-même, Kolher se précipita à son bureau et, apercevant tous les papiers, toutes les requêtes, toutes les plaintes, tous les problèmes, il eut la sensation que quelqu'un lui avait accroché des câbles électriques aux omoplates, lui infligeant une décharge. Il se pencha et, balayant le plateau avec ses bras, envoya voler tout ce merdier.

Pendant que les papiers voltigeaient tels des flocons de neige, il ôta ses lunettes de soleil et se frotta les yeux, un mal de tête lui défonçant le lobe frontal. À bout de souffle, il trébucha, mit la main sur son fauteuil et s'effondra dedans. Avec un grognement saccadé, il laissa sa tête retomber en arrière. Ces migraines de stress étaient récemment devenues quotidiennes, l'anéantissant et s'attardant comme une grippe résistant aux traitements.

Beth. Sa chère Beth…

Quand il entendit frapper à la porte, il usa et abusa du mot de Cambronne.

Le coup retentit de nouveau.

—Quoi ? aboya-t-il.

Rhage passa la tête dans l'entrebâillement, puis se figea.

— Euh…

— Quoi ?

— Oui, bon… Euh, vu le claquement de porte… et, putain, la bourrasque qui a manifestement soufflé sur ton bureau, est-ce que tu veux toujours qu'on se réunisse ?

Oh, Dieu… comment allait-il survivre à une autre conversation de ce genre ?

Mais là encore, il aurait peut-être dû y penser avant de décider de mentir aux personnes qui lui étaient les plus chères et les plus proches.

— Seigneur ? (La voix de Rhage se fit douce.) Veux-tu voir la Confrérie ?

Non.

— Oui.

— Est-ce qu'il faut joindre Fhurie en conférence téléphonique ?

— Ouais. Écoute, je ne veux pas des garçons à cette réunion. Blay, John et Vhif… ils ne sont pas conviés.

— Je m'en doutais. Je t'aide à ranger ?

Kolher regarda le tapis de papiers.

— Je m'en occuperai.

Hollywood prouva qu'il avait un tant soit peu de jugeote quand il ne réitéra pas sa proposition ni ne demanda s'il en était sûr. Il se contenta de s'éclipser et de fermer la porte.

Face à lui, dans le coin, la pendule sonna. C'était encore un bruit familier que Kolher ne remarquait pas de manière régulière mais, à présent qu'il était seul dans son bureau, le carillon résonnait comme s'il était diffusé par des haut-parleurs.

Il laissa tomber ses mains sur les bras du fauteuil mince et fragile, ce qui en écrasa la structure. Le meuble était plus approprié aux besoins d'une femelle qui s'y serait assise pour ôter ses bas à la fin de la nuit.

Ce n'était pas un trône. Raison pour laquelle il l'utilisait.

Il n'avait pas voulu accepter la couronne à bien des niveaux, étant roi par la naissance mais pas par inclination ni, en pratique, pendant trois cents ans. Mais Beth était arrivée, les choses avaient changé, et il avait fini par aller voir la Vierge scribe.

Cela faisait deux ans. Deux printemps, deux étés, deux automnes et deux hivers.

Il avait eu des projets grandioses à l'époque, au début. Des projets grandioses et magnifiques pour réunir la Confrérie, faire cohabiter tout le monde sous le même toit, consolider leurs forces, s'affermir contre la Société des éradiqueurs. Pour gagner.

Pour sauver.

Pour reconquérir.

Au lieu de cela, la *glymera* avait été massacrée. Des civils encore plus nombreux étaient morts. Et les frères étaient toujours moins nombreux.

Ils n'avaient pas progressé, avaient perdu du terrain.

Rhage passa de nouveau la tête par la porte.

— On est toujours dehors à t'attendre.

— Bordel, je t'ai dit que j'avais besoin d'un peu…

La pendule sonna de nouveau et, comptant le nombre de coups, Kolher se rendit compte que cela faisait une heure qu'il était assis, seul.

Il frotta ses yeux douloureux.

— Accorde-moi une minute de plus.

— Tout ce dont tu auras besoin, seigneur. Prends ton temps.

Chapitre 13

Quand le « bonsoir » de Vhengeance résonna dans le téléphone, Ehlena, qui s'était appuyée contre un oreiller, se redressa en ravalant une exclamation… tout en se demandant pourquoi elle était aussi surprise. Elle l'avait appelé et la règle dans ce genre de cas… eh bien, c'est qu'on rappelait. *Waouh.*

— Bonsoir, répondit-elle.

— Je n'ai pas répondu à votre appel simplement parce que je ne connaissais pas votre numéro.

Bon sang, il avait une voix sexy. Profonde. Grave. Exactement comme devait l'être la voix d'un mâle.

Dans le silence qui suivit, elle s'interrogea : pourquoi l'avait-elle appelé, déjà ? Ah, oui.

— Je voulais faire un suivi de votre rendez-vous. Quand j'ai enregistré votre autorisation de sortie de l'hôpital, j'ai remarqué que vous n'aviez pas reçu de soins pour votre bras.

— Ah.

Elle ne sut comment interpréter le silence qui suivit. Peut-être était-il agacé qu'elle interfère ?

— Je veux juste m'assurer que tout va bien.

— Vous faites souvent cela pour vos patients ?

— Oui, mentit-elle.

— Havers sait que vous surveillez son travail ?

— A-t-il seulement regardé vos veines ?

Vhengeance laissa échapper un rire grave.

— J'aurais préféré que vous appeliez pour une autre raison.

— Je ne comprends pas, répliqua-t-elle, la voix tendue.

— Quoi donc ? Que quelqu'un puisse s'intéresser à vous en dehors de votre travail ? Vous n'êtes pas aveugle. Vous vous êtes vue dans un miroir. Et vous savez sûrement que vous êtes intelligente, donc que ce n'est pas que de la poudre aux yeux.

C'était comme s'il lui parlait dans une langue étrangère.

— Je ne comprends pas pourquoi vous ne prenez pas soin de vous.

— Hmmm. (Il rit doucement, son ronronnement parvenant à l'oreille d'Ehlena comme s'il était juste à côté d'elle.) Oh… alors peut-être s'agit-il d'un prétexte pour que je vous revoie ?

— Écoutez, la seule raison de mon appel…

— C'était parce qu'il vous fallait une excuse. Vous m'avez rembarré dans la salle d'examen, mais vous désiriez vraiment me parler. Donc vous avez appelé pour mon bras afin de m'avoir au téléphone. Et voilà, vous m'avez. (Sa voix se fit encore plus grave.) Est-ce que j'ai le droit de choisir ce que vous allez faire de moi ?

Elle se tut, jusqu'à ce qu'il s'impatiente :

— Allô ?

— Vous avez fini ? Ou voulez-vous continuer à tourner en rond, en essayant de comprendre pourquoi je vous appelle ?

Il y eut un instant de silence, interrompu par son rire au riche timbre de baryton.

— Je savais que je vous appréciais pour plus d'une raison.

Elle refusa de se laisser séduire.

Peine perdue.

— J'ai appelé au sujet de votre bras. Point barre. L'infirmière de mon père vient de partir et nous avons parlé de son…

Elle se referma comme une huître en comprenant ce qu'elle venait de révéler, ayant l'impression de s'être pris les pieds dans le tapis de la conversation.

— Continuez, dit-il gravement. Je vous en prie.

» Ehlena ? Ehlena…

» Êtes-vous là, Ehlena ?

Plus tard, bien plus tard, elle se ferait la réflexion que ces quatre mots-là l'avaient entraînée malgré elle. « *Êtes-vous là, Ehlena ?* »

Ils marquaient le commencement de tout ce qui allait suivre, la première ligne d'un voyage douloureux dissimulée dans une simple question.

Elle était heureuse d'ignorer où cela la mènerait. Parce que, parfois, la seule chose qui permettait de traverser l'enfer, c'était d'y être trop profondément pour en sortir.

Pendant que Vhen attendait une réponse, il serrait si fort son téléphone portable que celui-ci craqua au niveau de sa joue et que l'une des touches laissa échapper un bip qui semblait l'inciter au calme.

Ce fut comme si ce juron électronique avait brisé le charme entre eux.

— Désolé, marmonna-t-il.

— C'est bon. Je, euh…

— Vous disiez ?

Il ne s'attendait pas à ce qu'elle réponde, mais… elle le fit.

— L'infirmière de mon père et moi parlions d'une plaie qui lui pose problème, et c'est ce qui m'a fait penser à votre bras.

— Votre père est malade ?

— Oui.

Vhen attendit qu'elle en dise plus, se demandant si la provoquer la ferait au contraire se taire, mais elle résolut le problème pour lui.

— Certains des médicaments qu'il prend lui font perdre l'équilibre, donc il se cogne souvent et n'a pas toujours conscience de s'être fait mal. C'est un problème.

— Je suis désolé. Vous occuper de lui doit être difficile.

— Je suis infirmière.

— Et vous êtes sa fille.

— Donc mon point de vue était clinique. Quand je vous ai appelé.

Vhen sourit.

— Laissez-moi vous poser une question.

— Moi d'abord. Pourquoi ne vous laissez-vous pas examiner le bras ? Et ne me dites pas que Havers a vu ces veines. S'il l'avait fait, il vous aurait prescrit des antibiotiques, et si vous aviez refusé, une note dans votre dossier aurait indiqué que vous vous étiez opposé à l'avis médical. Écoutez, vous n'avez besoin que de quelques cachets pour traiter cela et je sais que vous n'avez pas la phobie des médicaments. Vous prenez des quantités astronomiques de dopamine.

— Si vous étiez inquiète au sujet de mon bras, pourquoi ne m'en avez-vous pas parlé à la clinique ?

— Je l'ai fait, rappelez-vous.

— Pas comme ça.

Vhen sourit dans l'obscurité et caressa de sa main la couverture en vison. Il ne la sentait pas, mais il imaginait que la fourrure était aussi douce que les cheveux d'Ehlena.

— Je persiste à croire que vous vouliez m'avoir au téléphone.

Le silence qui suivit l'inquiéta, et il se demanda si elle n'allait pas mettre un terme à leur conversation.

Il se redressa, comme si le fait de s'asseoir allait empêcher Ehlena de raccrocher.

— Tout ce que je veux dire… merde, l'idée, c'est que je suis content que vous ayez appelé. Quelle qu'en soit la raison.

— Je ne vous en ai pas parlé plus que cela à la clinique parce que vous êtes parti avant que je rentre les remarques de Havers dans l'ordinateur. C'est à ce moment-là que j'ai compris.

Vhen ne pouvait toujours pas croire que son appel était strictement professionnel. Elle aurait pu lui envoyer un e-mail.

Elle aurait pu en parler au médecin. Elle aurait pu le balancer à une infirmière de jour pour qu'elle suive le dossier.

— Donc il n'y a pas la moindre chance que vous ayez eu des regrets de m'avoir repoussé si durement ?

Elle s'éclaircit la voix.

— J'en suis désolée.

— Eh bien, je vous pardonne. Totalement. Complètement. Vous n'aviez pas l'air de passer une bonne soirée.

Le soupir qu'elle poussa manifestait son épuisement.

— Effectivement, je n'étais pas au mieux de ma forme.

— Pourquoi ?

Encore un long silence.

— Vous êtes beaucoup mieux au téléphone, vous le savez ?

Il rit.

— Beaucoup mieux comment ?

— C'est plus facile de vous parler. En fait… c'est même plutôt facile de vous parler.

— Je m'en sors pas mal en tête à tête.

Brusquement, il fronça les sourcils, songeant au bookmaker qu'il avait cogné dans son bureau. Merde, le pauvre vieux n'était qu'un des très nombreux dealers, hommes de main de Las Vegas, barmen et maquereaux qu'il avait frappés pour les faire parler au fil des ans. Sa philosophie avait toujours été que la confession était bonne pour l'âme, en particulier quand il s'agissait de merdeux qui croyaient le baiser sans qu'il s'en aperçoive. Son mode de management envoyait également un message important dans un milieu où la faiblesse vous était fatale : l'économie souterraine exigeait une main de fer, et il avait toujours estimé que c'était simplement la réalité dans laquelle il vivait.

Mais désormais, pendant ce moment de calme, avec Ehlena si proche, il avait le sentiment de devoir s'excuser au sujet de ses « tête-à-tête » et les dissimuler.

—Alors, pourquoi la soirée n'a-t-elle pas été bonne ? demanda-t-il, souhaitant désespérément se forcer à la boucler.

—Mon père. Et ensuite... eh bien, on m'a posé un lapin.

Vhen fronça tellement les sourcils qu'un léger picotement vint le titiller entre les yeux.

—Pour un rendez-vous ?

—Oui.

Il détestait l'idée qu'elle sorte avec un autre mâle. Et pourtant il enviait cet enfoiré, quel qu'il soit.

—Quel con. Je suis désolé, mais quel con !

Ehlena se mit à rire, et tout dans ce rire lui plut, surtout la manière dont il semblait réchauffer son corps. Bon sang, au diable la douche brûlante ! C'était ce petit rire léger qu'il lui fallait.

—Vous souriez, dit-il doucement.

—Oui. Enfin, je suppose. Comment le savez-vous ?

—J'espérais juste que ce soit le cas.

—Eh bien, vous pouvez être charmant.

Tout de suite, comme pour masquer le compliment, elle ajouta :

—Ce rendez-vous n'était pas très important. Je ne le connaissais pas bien. C'était juste un café.

—Mais vous avez fini la nuit au téléphone avec moi. C'est bien mieux.

Elle rit de nouveau.

—Eh bien, je ne saurai jamais à quoi cela ressemble de sortir avec lui.

—Ah vraiment ?

—C'est juste que... enfin, j'y ai réfléchi et je ne pense pas que sortir avec quelqu'un soit une bonne idée pour moi en ce moment.

L'élan de triomphe de Vhen fut vite refroidi quand elle ajouta :

—Avec personne.

— Hmm.

— *Hmm* ? Qu'est-ce que cela veut dire ?

— Cela veut dire que j'ai votre numéro.

— Ah oui, en effet…

Il fit une pause, le temps de s'installer plus confortablement.

— Attendez, reprit-elle, vous êtes… au lit ?

— Oui. Et avant que vous n'alliez plus loin, vous ne voulez pas savoir.

— Je ne veux pas savoir quoi ?

— Ce que je porte.

— Euh…

Parce qu'elle hésitait, il sut qu'elle souriait de nouveau. Et qu'elle rougissait probablement.

— Alors je ne vais surtout pas poser la question.

— C'est sage de votre part. Il n'y a que moi et les draps – oups, est-ce que cela vient de m'échapper ?

— Oui. Oui, sans aucun doute.

Sa voix s'était faite un peu plus lente, comme si elle se le figurait nu dans ses pensées, sans que cette image mentale la perturbe le moins du monde.

— Ehlena…

Il s'interrompit, ses désirs *symphathes* lui donnant le contrôle nécessaire pour se calmer. Oui, Vhen la voulait aussi nue que lui. Mais plus que cela, il voulait la garder au téléphone.

— Qu'y a-t-il ? demanda-t-elle.

— Votre père… cela fait-il longtemps qu'il est malade ?

— Je, euh… oui, oui, cela fait longtemps. Il est schizophrène. Mais maintenant qu'il est sous traitement, il va mieux.

— Bon… Dieu. Ce doit être vraiment dur. Parce qu'il est là sans être là, n'est-ce pas ?

— Oui… c'est exactement ce que je ressens.

C'était un peu de cette manière qu'il traversait la vie : son côté *symphathe* était une réalité alternative constante qui le poursuivait quand il tentait de traverser les nuits normalement.

— Est-ce que je peux vous demander, s'enquit-elle avec précaution, pourquoi il vous faut de la dopamine ? Il n'y a aucun diagnostic initial dans votre dossier médical.

— Probablement parce que Havers me soigne depuis toujours.

Ehlena eut un rire gêné.

— Je suppose que c'est pour cela.

Merde, que lui avait-il raconté ?

Le *symphathe* en lui soufflait : « Tu t'en fous, tu n'as qu'à lui mentir. » Malheureusement, sortie de nulle part, une autre voix lui faisait concurrence dans son cerveau, une voix qui était faible et inhabituelle, mais parfaitement irrécusable. Néanmoins, comme il n'avait aucune idée de ce que c'était, il poursuivit son mensonge.

— J'ai la maladie de Parkinson. Ou l'équivalent pour les vampires, en quelque sorte.

— Oh… Je suis désolée. D'où la canne que vous utilisez.

— Mon sens de l'équilibre est mauvais.

— Mais la dopamine est efficace. Vous ne tremblez quasiment pas.

La voix discrète dans sa tête se transforma en une étrange douleur au centre de sa poitrine et, l'espace d'un instant, il laissa tomber les faux-semblants et dit la vérité.

— Je ne sais pas ce que je ferais sans ce traitement.

— Les médicaments de mon père ont été miraculeux.

— Êtes-vous seule pour vous occuper de lui ?

Quand elle répondit d'un « hmm », il demanda :

— Où est le reste de votre famille ?

— Il n'y a que lui et moi.

— Donc vous supportez un sacré fardeau.

— Je l'aime. Et, si les rôles étaient inversés, il ferait la même chose. C'est ce que font les parents et les enfants les uns envers les autres.

— Pas toujours. Vous venez vraisemblablement d'une famille de gens bien.

Avant qu'il ne puisse s'en empêcher, il poursuivit :

— Mais c'est aussi pour cela que vous êtes seule, n'est-ce pas ? Vous culpabilisez si vous le laissez ne serait-ce qu'une heure, sauf que si vous restez chez vous, vous ne pouvez pas ignorer que votre vie vous file entre les doigts. Vous êtes prise au piège, mais vous ne changeriez rien à votre vie.

— Je dois y aller.

Vhen ferma très fort les yeux, la douleur de sa poitrine se répandant dans tout son corps comme un incendie dans l'herbe sèche. D'un ordre mental, il alluma une lampe, l'obscurité devenant trop symbolique.

— Seulement… je sais ce que ça fait, Ehlena. Pas pour les mêmes raisons… mais je comprends toute cette histoire de mise à l'écart. Vous savez, l'idée que vous regardez tous les autres vivre leur vie… Oh, merde, peu importe. Je vous souhaite une bonne nuit…

— C'est ce que je ressens la plupart du temps.

La voix d'Ehlena s'était radoucie, et il était heureux qu'elle ait compris ce qu'il essayait de dire, même s'il avait été aussi éloquent qu'un chat de gouttière.

C'était lui qui se sentait gêné désormais. Il n'avait pas l'habitude de discuter de cette manière… ou de ressentir ce genre d'émotions.

— Allons, je vais vous laisser vous reposer. Je suis heureux que vous ayez appelé.

— Vous savez… moi aussi.

— Et, Ehlena ?

— Oui ?

— Je pense que vous avez raison. Ce n'est pas une bonne idée que vous vous impliquiez avec quelqu'un en ce moment.

— Vraiment ?

— Oui. Bonne journée.

Il y eut un silence.

— Bonne… journée. Attendez…

— Quoi ?

— Votre bras. Qu'est-ce que vous allez faire au sujet de votre bras ?

— Ne vous inquiétez pas, ça va aller. Mais merci de vous en être inquiétée. Cela me touche beaucoup.

Vhen raccrocha le premier et posa le téléphone sur la couverture en vison. Fermant les yeux, il laissa la lumière allumée. Et ne dormit absolument pas.

Chapitre 14

Au complexe de la Confrérie, Kolher abandonna l'idée que bientôt le conflit avec Beth serait résolu. Mince, il aurait beau passer le mois entier à se mettre dans tous ses états dans ce fauteuil grêle, cela ne ferait que lui engourdir le postérieur.

Et pendant ce temps, les frères dans le couloir prenaient racine et s'énervaient.

Il ouvrit les doubles portes d'un ordre mental et tous levèrent la tête comme un seul homme. Quand il les regarda, de l'autre côté de la pièce bleu pâle, leurs grands corps endurcis près de la balustrade, il les reconnut non à leur visage, à leurs vêtements ou à leur expression, mais à l'écho de chacun dans son propre sang.

Les cérémonies du Tombeau qui les avaient liés résonnaient encore, et peu importait depuis combien de temps elles avaient eu lieu.

— Ne restez pas debout comme ça, dit-il quand la Confrérie lui rendit son regard. Je n'ai pas ouvert ces saloperies pour me transformer en animal de foire.

Les frères entrèrent en bottes de combat, à l'exception de Rhage qui était en tongs, ses chaussures habituelles quand il était à la maison, quelle que soit la saison. Chaque guerrier prit sa place coutumière dans la pièce, Z. se postant debout à proximité de la cheminée, V. et Butch se posant dans le canapé aux pieds fins récemment renforcés. Rhage s'approcha du bureau avec un « flip-flip-flip » et appuya sur le bouton du haut-parleur du téléphone, laissant ses doigts mener la danse pour mettre Fhurie en ligne.

Pas un mot ne fut lâché au sujet des papiers répandus sur le sol. Personne ne tenta non plus de les ramasser. C'était comme si le bazar n'existait pas, et Kolher préférait qu'il en soit ainsi.

Pendant qu'il ordonnait mentalement aux portes de se refermer, il pensa à Tohr. Le frère était à la maison, juste au bout du couloir aux statues, à quelques portes de là, mais il se trouvait sur un autre continent. L'inviter n'était pas envisageable ; c'était même plutôt cruel, étant donné l'orientation de ses pensées.

—Allô ? appela la voix de Fhurie dans le téléphone.

—On est tous là, répondit Rhage avant de déballer une sucette et de se diriger à grand renfort de « flip-flip-flip » vers un fauteuil vert atrocement laid.

Cette monstruosité appartenait à Tohr, et on l'avait remontée du bureau du sous-sol pour que John Matthew y dorme après l'assassinat de Wellsie et la disparition de Tohr. Rhage avait tendance à utiliser la chose parce que, vu son poids, c'était vraiment l'option la plus sûre pour ses fesses, même si de l'acier renforçait les canapés.

Chacun s'étant installé, la salle se fit silencieuse à l'exception du bruit de broyeuse que faisaient les molaires de Hollywood sur le truc à la cerise qu'il avait dans le bec.

—Oh, putain, finit par grogner Rhage, sa sucette à la bouche. Accouche. Quoi que ce soit. Je n'y tiens plus. Quelqu'un est mort ?

Non, mais il avait vraiment la sensation d'avoir tué quelque chose.

Kolher jeta un coup d'œil en direction des frères, puis regarda chacun d'entre eux.

—Je vais être ton partenaire, Hollywood.

—Partenaire ? Comme dans…

Le regard de Rhage fit le tour de la pièce comme pour s'assurer que tout le monde avait entendu la même chose que lui.

— Tu n'es pas en train de parler de poker.

— Non, dit calmement Z. Je ne crois pas.

— Bordel de merde.

Rhage sortit une autre sucette de la poche de sa polaire noire.

— C'est légal ?

— Maintenant, oui, marmonna V.

La voix de Fhurie s'éleva du téléphone.

— Attends, attends... est-ce que c'est pour me remplacer ?

Kolher secoua la tête même si le frère n'était pas en mesure de le voir.

— C'est pour remplacer les nombreuses personnes que nous avons perdues.

La conversation explosa comme une canette de Coca qu'on viendrait d'ouvrir. Butch, V., Z. et Rhage se mirent tous à parler en même temps jusqu'à ce qu'une voix faible interrompe le vacarme :

— Alors moi aussi je veux revenir.

Tout le monde regarda le téléphone, sauf Kolher, qui dévisageait Z. pour évaluer sa réaction. Zadiste n'avait pas le moindre problème à montrer sa colère. Jamais. Mais il dissimulait ses préoccupations et son inquiétude comme s'il s'agissait d'argent liquide et qu'il était entouré d'agresseurs : alors que la phrase de son jumeau retentissait, il était entièrement en position d'autoprotection, se refermant, ne laissant absolument rien échapper en termes d'émotion.

Ah, voilà, se dit Kolher. *Le salaud à la peau dure est mort de trouille.*

— Tu es certain que c'est une bonne idée ? rétorqua lentement Kolher. Peut-être que te battre n'est pas ce dont tu as besoin en ce moment, mon frère.

— Cela fait presque quatre mois que je n'ai pas fumé. Et je n'ai pas l'intention de replonger dans la drogue.

— Le stress n'arrangera pas les choses.

— Oh, mais rester assis pendant que vous vous battez, si ?

Formidable. Le roi et le Primâle sur le champ de bataille pour la première fois de l'Histoire. Et pourquoi ? Parce que la Confrérie était sur le point de pousser son dernier soupir.

Quel superbe record à battre ! Un peu comme gagner le cinquante mètres aux jeux Olympiques de la connerie.

Seigneur.

Les pensées de Kolher dérivèrent en direction de ce civil décédé. Était-ce un meilleur résultat ? Non.

Se penchant en arrière dans son fauteuil délicat, il dévisagea Z.

Sentant son regard peser sur lui, Zadiste s'écarta de la cheminée et déambula dans le bureau. Tous savaient ce qu'il voyait : Fhurie en pleine overdose sur le sol d'une salle de bains, une seringue d'héroïne vide à côté de lui.

— Z. ? demanda la voix de Fhurie au téléphone. Z., prends le combiné.

Quand Zadiste fut en ligne avec son jumeau, son visage, avec sa cicatrice irrégulière, se renfrogna si affreusement que même Kolher voyait son regard noir. Et son expression ne s'améliorait pas à mesure qu'il répondait :

— Hmm-mm. Ouais. Hmm-mm. Je sais. D'accord.

Il y eut un long, très long silence.

— Non, je suis toujours là. OK. Très bien.

Silence.

— Jure-le-moi. Sur la tête de ma fille.

Au bout d'un moment, Z. rappuya sur le bouton du haut-parleur, remit le combiné en place et retourna à côté de la cheminée.

— J'en suis, dit Fhurie.

Kolher changea de position dans son siège de gonzesse, souhaitant que bien des choses soient différentes.

— Tu sais, peut-être qu'à un autre moment, je t'aurais dit de ne pas venir. Aujourd'hui, je dirai seulement... Quand peux-tu commencer ?

— À la tombée de la nuit. Je laisserai la responsabilité des Élues à Cormia pendant que je serai sur le terrain.

— Ta femelle sera d'accord ?

Il y eut un silence.

— Elle sait à qui elle s'est unie. Et je serai honnête avec elle.

Ouille.

— À présent j'ai une question, déclara doucement Z. Au sujet du sang séché sur ta chemise, Kolher.

Celui-ci s'éclaircit la voix.

— Cela fait maintenant un moment que je suis de retour. Au combat.

La température de la pièce baissa brusquement. Z. et Rhage étaient irrités de ne pas avoir été mis au courant.

Et puis soudain, Hollywood poussa un juron.

— Attends... attendez. Vous saviez, vous deux... Vous saviez avant nous, pas vrai ? Parce qu'aucun de vous n'a l'air surpris.

Butch se racla la gorge comme si on le regardait d'un air mauvais.

— Il avait besoin de moi pour nettoyer. Et V. a tenté de le faire changer d'avis.

— Quand est-ce que tout ça a commencé, Kolher ? continua Rhage.

— Quand Fhurie a cessé de combattre.

— Tu te fous de moi ?

Z. marcha jusqu'à l'une des fenêtres qui s'étendait du sol au plafond et, même si les volets étaient baissés, il la fixa des yeux comme s'il voyait le terrain derrière elle.

— Une sacrée bonne chose que tu ne te sois pas fait tuer là-bas.

Kolher montra les crocs.

— Tu crois que je me bats comme une gonzesse parce que maintenant je suis derrière ce bureau ?

La voix de Fhurie résonna dans le téléphone.

— OK, on se calme. Tout le monde est à présent au courant et les choses seront différentes à partir de maintenant. Personne ne va sortir se battre seul, même s'il faut y aller à trois. Mais il faut que je sache si ça va être connu de tous. Est-ce que tu vas l'annoncer à la réunion du Conseil dans deux nuits ?

Putain, il était loin d'attendre impatiemment ce joyeux petit tête-à-tête.

— Je crois que nous allons le taire pour l'instant.

— Ouais, lança Z. Parce que, vraiment, à quoi ça sert d'être honnête ?

Kolher l'ignora.

— En revanche, je vais prévenir Vhengeance. Je sais que certains membres de la *glymera* grommellent au sujet des attaques. S'ils râlent trop, il pourra calmer le jeu avec une info pareille.

— Est-ce qu'on a fini ? demanda Rhage d'une voix atone.

— Ouais. C'est tout.

— Alors je me casse d'ici.

Hollywood quitta la pièce, Z. sur les talons, deux victimes supplémentaires de la bombe que Kolher venait de lâcher.

— Alors, comment Beth l'a pris ? interrogea V.

— À ton avis ?

Kolher se leva, suivant l'exemple de Rhage et Z.

Il était temps d'aller trouver Doc Jane et de se faire recoudre, à supposer que les estafilades ne soient pas déjà refermées.

Il fallait qu'il soit prêt à se battre de nouveau dès le lendemain.

Dans la froide lumière du matin, Xhex se dématérialisa derrière un mur élevé, dans les branches nues d'un gros érable. La demeure reposait dans son jardin paysager comme une perle grise sur une monture filigranée. Les arbres maigres, dénudés par l'hiver, s'élevant autour de la vieille maison en pierre ancraient celle-ci à sa pelouse et l'enracinaient dans la terre.

Le faible soleil de décembre inondait les lieux, donnant un aspect vénérable et distingué à ce qui aurait semblé austère la nuit.

Ses lunettes de soleil, unique concession qu'elle faisait à sa nature vampire si elle sortait dans la journée, étaient presque noires. Derrière les verres, sa vision demeurait acérée et elle apercevait chaque détecteur de mouvement, chaque lumière de sécurité et chaque fenêtre blindée recouverte d'un volet.

Entrer allait être un défi. Les vitres de ces trucs étaient sans nul doute renforcées avec de l'acier, ce qui signifiait qu'il était impossible de se dématérialiser à l'intérieur, même si les volets étaient ouverts. Et avec son côté *symphathe*, elle sentait la présence de nombreuses personnes là-dedans : le personnel dans la cuisine ; ceux qui dormaient à l'étage ; ceux qui se déplaçaient. Ce n'était pas une maison joyeuse, les grilles émotionnelles des personnes à l'intérieur étaient pleines de sentiments noirs et lourds.

Xhex se rematérialisa sur le toit de la partie principale de la demeure, lançant l'équivalent *symphathe* d'une *brhume.* Il ne s'agissait pas d'un effacement complet, c'était plutôt comme si elle était devenue une ombre parmi les ombres des cheminées et de la ventilation, mais c'était suffisant pour lui permettre de passer les détecteurs de mouvement.

Approchant de la conduite d'aération, elle découvrit qu'une plaque d'acier renforcé aussi épaisse qu'une règle était fixée aux parois métalliques. La cheminée était équipée de la même manière. Coiffée d'acier robuste.

Ce n'était pas surprenant. Ils avaient un très bon système de sécurité.

Le meilleur moment pour s'infiltrer serait la nuit, en utilisant une petite scie à pile sur l'une des fenêtres. Les quartiers des serviteurs au fond de la demeure seraient un bon endroit pour y pénétrer, vu que le personnel serait de service et que cette partie de la maison serait plus calme.

Entrer. Trouver la cible. Éliminer.

Les instructions de Vhen étaient de laisser un cadavre bien visible, elle ne se préoccuperait donc pas de cacher le corps ou de s'en débarrasser.

Pendant qu'elle marchait sur les petites tuiles qui recouvraient le toit, les cilices autour de ses cuisses mordaient ses muscles à chaque pas, la douleur la vidant d'une partie de son énergie et lui fournissant la concentration nécessaire pour l'aider à tenir ses besoins *symphathes* en laisse au fin fond de son cerveau.

Elle ne porterait pas les bandes hérissées de piques quand elle reviendrait accomplir son travail.

Xhex s'arrêta et observa le ciel. Le vent sec et mordant promettait de la neige, et pour bientôt. Le grand froid de l'hiver arrivait à Caldwell.

Mais il était dans son cœur depuis des siècles.

En dessous, sous ses pieds, elle détecta de nouveau les gens, lisant leurs émotions, les sentant. Elle les tuerait tous si on le lui demandait. Elle les massacrerait sans arrière-pensée ni hésitation, qu'ils soient allongés dans leur lit, qu'ils accomplissent leurs devoirs professionnels, prennent un en-cas en milieu de journée ou se lèvent pour un petit pipi avant de retourner dormir.

Les résidus salissants et désordonnés, tout ce sang, ne la dérangeaient pas non plus, pas plus qu'un H&K ou un

Glock ne se préoccuperait de taches sur la moquette, de traces sur le carrelage ou d'artères saignantes. La couleur rouge était la seule chose qu'elle voyait quand elle faisait son travail et, de plus, au bout d'un moment, les yeux exorbités et horrifiés et les bouches qui s'étranglaient dans un dernier soupir avaient tous la même apparence.

C'était la grande ironie. Dans la vie, tout le monde était un flocon de neige aux proportions magnifiques et uniques, mais, quand la mort venait vous emporter, on n'était qu'un tas anonyme de peau, de muscles et d'os, le tout refroidissant et pourrissant à un rythme prévisible.

Elle était le pistolet soudé à l'index de son chef. Il appuyait sur la détente, elle tirait, le corps s'effondrait et, même si certaines vies changeaient à jamais, le soleil continuait de se lever et de se coucher chaque jour pour tout le monde sur la planète, y compris pour elle.

Ainsi en allait-il de son boulot-obligation, quand elle y pensait : moitié travail, moitié obligation en échange de ce que Vhen faisait pour les protéger tous les deux.

Quand elle reviendrait ici à la tombée de la nuit, elle ferait ce qu'elle était venue faire et partirait la conscience aussi intacte et sûre qu'un coffre-fort.

On entre, on sort et on n'y repense jamais.

Telle était la vie d'un assassin.

Chapitre 15

Les alliés constituaient le troisième pilier de la guerre. Les ressources financières et les recrues fournissaient le moteur tactique qui permettait de croiser le fer et de diminuer les forces de l'ennemi. Les alliés étaient l'avantage stratégique, des gens dont les intérêts convergeaient avec les vôtres, même si vos philosophies et vos buts ultimes ne se rejoignaient pas forcément. Ils étaient tout aussi importants que les deux premiers si on voulait gagner, mais ils étaient un peu moins contrôlables.

À moins de savoir négocier.

— Ça fait un moment qu'on roule, dit M. D assis derrière le volant de la Mercedes de l'ancien père de Flhéau.

— Et on va rouler encore un peu.

Flhéau jeta un coup d'œil à sa montre.

— Vous ne m'avez pas dit où on allait.

— Non, en effet.

Flhéau regarda par la fenêtre de la berline. Les arbres qui bordaient l'autoroute du Nord ressemblaient à des esquisses au crayon avant qu'on y dessine les feuilles, rien d'autre que des chênes nus, des érables frêles et des bouleaux rachitiques. La seule tache de vert était formée par des bosquets de conifères, dont le nombre augmentait à mesure qu'ils s'enfonçaient dans le parc naturel des Adirondacks.

Ciel gris. Autoroute grise. Arbres gris. C'était comme si le paysage de l'État de New York avait attrapé la gripe ou un truc du genre, ayant l'air en aussi bonne santé que quelqu'un ne s'étant pas fait vacciner à temps.

Flhéau n'avait pas joué franc-jeu avec son second sur leur destination pour deux raisons. La première était vraiment une raison de mauviette, et c'était à peine s'il pouvait l'admettre : il ne savait pas s'il allait survivre au rendez-vous qu'il avait organisé.

Le problème était que cet allié-là était compliqué, et Flhéau savait qu'il titillait un nid de vipères avec un bâton rien qu'en l'approchant. Oui, il y avait là une possibilité de conclure une bonne alliance, mais si la loyauté était souhaitable pour un soldat, elle était essentielle pour un allié et, là où ils se rendaient, la loyauté était un concept aussi inconnu que la peur. Donc il était en quelque sorte baisé quoi qu'il arrive, et c'était pour cela qu'il ne parlait pas. Si l'entrevue se déroulait mal ou si son repérage n'était pas concluant, il ne mettrait pas son plan à exécution et, dans ce cas-là, M. D n'avait pas besoin de connaître les détails sur l'identité de ceux qu'ils devaient rencontrer.

La seconde raison pour laquelle Flhéau fermait sa bouche était qu'il n'était pas sûr que l'autre partie se montrerait. Auquel cas il ne souhaitait pas, là encore, qu'on sache ce qu'il avait envisagé.

Sur le bord de la route, un petit panneau vert aux écritures d'un blanc réfléchissant indiquait : « Frontière à 50 kilomètres. »

Oui, cinquante kilomètres et on sortait du pays… c'est pourquoi on avait établi la colonie *symphathe* là-bas. Le but avait été d'éloigner autant que possible ces salauds psychotiques de la population vampire civile, et le but avait été atteint. Si l'on se rapprochait encore du Canada, il fallait leur dire « Allez tous crever » en québécois.

Flhéau avait pris contact grâce au vieux carnet d'adresses de son père adoptif qui, comme la voiture du mâle, s'était révélé très utile. En tant qu'ancien *menheur* du Conseil, Ibix avait disposé de moyens pour contacter les *symphathes*, au cas où l'on en découvre un caché dans la population normale et qu'il faille le déporter. Bien entendu, les relations diplomatiques entre les deux espèces n'avaient jamais été d'actualité. Autant offrir à un tueur en série non seulement sa gorge mais aussi le couteau pour la trancher.

L'e-mail de Flhéau au roi des *symphathes* avait été bref et aimable et, dans sa courte missive, il s'était présenté sous sa vraie nature. Il cherchait un allié contre les vampires qui avaient discriminé et enfermé les *symphathes*.

Le roi désirait sans doute se venger de l'irrespect qu'on avait montré à son peuple ?

La réponse qu'il avait reçue avait été si gracieuse qu'il en avait presque exulté, avant de se souvenir, à la suite de son entraînement, que les *symphathes* traitaient tout comme une partie d'échecs… jusqu'au moment où ils capturaient votre roi, prostituaient votre reine et brûlaient vos tours. Le message du chef de la colonie stipulait qu'une discussion collégiale sur leurs intérêts mutuels serait la bienvenue, et il demandait si Flhéau pourrait avoir l'amabilité de se rendre dans le Nord, étant donné que les possibilités de voyage du roi exilé étaient, par définition, limitées.

Flhéau avait pris la voiture parce qu'il avait imposé sa propre condition : la présence de M. D. En vérité, il n'avait émis cette requête que pour arriver à un nombre équivalent d'exigences. Les *symphathes* voulaient qu'il vienne à eux ; soit, mais il venait avec l'un de ses hommes. Et puisque les éradiqueurs ne se dématérialisaient pas, le trajet en voiture était nécessaire.

Cinq minutes plus tard, M. D sortit de l'autoroute et traversa un centre urbain qui faisait tout juste la taille de l'un des sept parcs de Caldwell. Ici, on ne trouvait pas de gratte-ciel, seulement des bâtiments en briques de trois ou quatre étages, si bien qu'il semblait que l'hiver rigoureux empêchait la croissance non seulement des arbres, mais aussi des édifices.

Sur les indications de Flhéau, ils se dirigèrent vers l'ouest, dépassant des pommeraies sans feuilles et des élevages bovins clôturés.

Tout comme sur l'autoroute, il dévorait le paysage des yeux. Il prenait toujours plaisir à contempler la lumière laiteuse de décembre projeter des ombres sur la route, les toits ou le sol marron sous les arbres aux branches nues. Au moment de sa renaissance, son véritable père lui avait donné un nouveau but, ainsi que ce don de la lumière du jour, et il appréciait immensément les deux.

Le GPS de la Mercedes bipa quelques minutes plus tard et l'itinéraire s'embrouilla complètement. Peut-être était-ce parce qu'ils approchaient de la colonie et, à n'en pas douter, la route qu'ils cherchaient se présentait à eux. Ilene Avenue n'était indiquée que par un minuscule panneau.

« Avenue », mais bien sûr… ce n'était rien d'autre qu'un chemin boueux qui traversait les champs de maïs.

La berline fit de son mieux sur la piste cabossée, ses amortisseurs absorbant les nids-de-poule créés par les flaques, mais le trajet aurait été plus aisé en 4 × 4. Une épaisse haie d'arbres finit par apparaître au loin, entourant une ferme qui était dans un état impeccable, d'un blanc brillant avec des volets et un toit vert foncé, tout droit sortie d'une carte de Noël humaine : de la fumée s'échappait de deux des quatre cheminées et la galerie était ornée d'un fauteuil à bascule et de topiaires à feuillage persistant.

En approchant, ils dépassèrent un discret panneau blanc et vert foncé indiquant « Ordre monastique taoïste. Fondé en 1982 ».

M. D arrêta la Mercedes, éteignit le moteur et fit un signe de croix sur sa poitrine. Ce qui était vraiment crétin.

—Ça sent pas bon par ici.

Le petit Texan marquait un point. La porte principale était ouverte et laissait la lumière du soleil se déverser sur le parquet couleur cerise, mais malgré ça quelque chose de mauvais affleurait derrière la façade accueillante. C'était tout simplement trop parfait, trop étudié pour mettre une personne à l'aise et ainsi affaiblir son instinct défensif.

Une jolie fille avec une MST, pensa Flhéau.

—Allons-y, dit-il.

Ils sortirent tous les deux et, comme M. D empoignait son Magnum, Flhéau ne prit pas la peine de mettre la main sur son arme. Son père lui avait transmis de nombreux pouvoirs et, contrairement aux occasions où il avait affaire aux humains, il n'avait pas le moindre problème à dévoiler ses capacités devant un *symphathe*. Au pire, se donner en spectacle les aiderait peut-être à le voir sous son meilleur jour.

M. D remit son chapeau de cow-boy en place.

—Ça sent vraiment pas bon.

Flhéau plissa les yeux. Des rideaux de dentelle pendaient à chaque fenêtre, mais leur tissu, d'une blancheur artificielle, les rendait flippants... Hou là, est-ce qu'ils étaient en train de bouger ?

À cet instant, il comprit qu'il ne s'agissait pas de dentelle, mais de toiles d'araignées, habitées par des arachnides blancs.

—C'est... des araignées ?

—Ouais.

Flhéau n'aurait pas choisi ce genre de déco, mais, de toute façon, il n'était pas obligé de vivre ici.

Tous deux s'arrêtèrent devant la première des trois marches qui menaient sous le porche. Merde, certaines portes ouvertes n'étaient pas accueillantes, et c'était vraiment le cas ici : pas trop le style « Bonjour, comment ça va », mais plutôt « Entrez donc, que votre peau serve à fabriquer une cape de superhéros à l'un des patients d'Hannibal Lecter. »

Flhéau sourit. Quelle que soit la personne qui habitait cette maison, ils auraient certainement des affinités l'un pour l'autre.

— Vous voulez qu'je monte pour sonner ? demanda M. D. Si y a une sonnette…

— Non. On attend. Ils vont venir.

Et comme d'un fait exprès, quelqu'un apparut à l'extrémité du couloir.

La forme qui s'approcha d'eux avait drapé suffisamment d'étoffe sur sa tête et ses épaules pour satisfaire les spectateurs d'une représentation à Broadway. Le tissu était bizarre, d'un blanc chatoyant, qui accrochait la lumière et la réfractait dans ses plis épais, et le poids de l'ensemble était retenu par une lourde ceinture de brocart blanc.

Très impressionnant, surtout si on en pinçait pour le genre monarque-prêtre.

— Salutations, amis, déclara une voix grave et séduisante. Je suis la personne que vous cherchez, le chef de ceux qu'on a bannis.

Les « s » étaient prononcés presque comme s'ils étaient des mots à part entière, et l'accent ressemblait beaucoup au frémissement de mise en garde d'un serpent à sonnette.

Un frisson parcourut Flhéau, le chatouillant jusque dans ses parties intimes. Après tout, le pouvoir était un bien meilleur excitant que l'ecstasy, et la chose qui se tenait dans l'encadrement de la porte était un concentré d'autorité.

Des mains longues et élégantes montèrent jusqu'à la capuche et repoussèrent les plis blancs. Le visage du dirigeant sacré des *symphathes* était aussi lisse que sa tenue était spectaculaire, les lignes de ses joues et de son menton formant des angles élégants et doux. La génétique qui avait engendré ce superbe tueur efféminé était si raffinée que les sexes n'en faisaient quasiment qu'un, les caractéristiques mâle et femelle se mélangeant, avec une préférence pour le femelle.

Mais le sourire était glacial. Et les yeux d'un rouge brillant étaient d'une ruse qui confinait à la malveillance.

— N'allez-vous pas entrer ?

La charmante voix du serpent mêla les mots les uns aux autres, et Flhéau découvrit qu'il appréciait ce bruit.

— Si, dit-il, se décidant sur un coup de tête. Nous allons entrer.

Quand il fit un pas, le roi leva la main.

— Un moment, si vous le permettez. Je vous en prie, dites à votre associé de ne pas avoir peur. Vous n'avez rien à craindre ici.

La déclaration était relativement aimable en surface, mais le ton était dur, et Flhéau comprit qu'ils n'étaient pas les bienvenus dans la maison si M. D avait son arme à la main.

— Range le flingue, dit Flhéau à voix basse. Je nous couvre.

M. D remit le .357 dans son holster, son geste faisant office d'un « Oui, m'sieur », et le *symphathe* s'écarta de la porte.

Pendant qu'ils gravissaient les marches, Flhéau fronça les sourcils et regarda par terre. Leurs lourdes bottes de combat ne faisaient pas le moindre bruit sur le bois et il se passa la même chose sur les lattes du perron quand ils s'approchèrent de l'entrée.

— Nous préférons le silence.

Le *symphathe* sourit, dévoilant des dents régulières, ce qui était surprenant. Visiblement, les crocs de ces créatures, autrefois apparentées aux vampires, avaient fini par disparaître de leurs bouches. S'ils se nourrissaient toujours, ce ne pouvait pas être bien souvent, à moins d'aimer manipuler les couteaux.

Le roi tendit le bras vers la gauche.

— Et si nous passions au salon ?

On aurait pu décrire le « salon » de manière plus précise en le qualifiant de « piste de bowling garnie de chaises à bascule ». L'endroit n'était que parquets brillants et murs peints en blanc. À une extrémité de la pièce, quatre chaises de style *shaker* étaient regroupées en demi-cercle face à la cheminée allumée, comme si elles avaient peur de tout ce vide et s'étaient serrées ensemble pour se soutenir.

— Asseyez-vous donc, déclara le roi en relevant ses robes et en prenant place dans l'une des chaises aux pieds délicats.

— Tu restes debout, dit Flhéau à M. D, qui s'installa obligeamment derrière lui alors qu'il s'asseyait.

Les flammes n'émettaient pas de crépitement joyeux pendant qu'elles dévoraient les bûches qui les avaient fait naître et les nourrissaient. Les chaises ne craquèrent pas non plus sous le poids du roi et de Flhéau. Les araignées, silencieuses, étaient placées chacune au milieu de leur toile, comme pour se préparer à assister à l'entretien.

— Vous et moi avons une cause commune, déclara Flhéau.

— C'est ce que vous semblez croire.

— Je croyais que votre peuple trouverait la vengeance attirante.

Au moment où le roi sourit, l'étrange frisson parcourut de nouveau le sexe de Flhéau.

— On vous aura mal informé. La vengeance n'est qu'une défense émotionnelle grossière face à un affront donné.

— Êtes-vous en train de me dire que ce n'est pas digne de vous ?

Flhéau recula et se mit à faire bouger sa chaise d'avant en arrière.

— Hmmm… J'ai peut-être mal jugé votre peuple, reprit-il.

— Nous sommes plus sophistiqués que cela, en effet.

— Ou peut-être n'êtes-vous qu'un ramassis de tapettes en robes.

Le sourire disparut.

— Nous sommes bien au-dessus de ceux qui croient nous avoir emprisonnés. En vérité, nous préférons notre propre compagnie. Croyez-vous que nous n'ayons pas planifié la chose ? Que c'est idiot de votre part. Les vampires sont l'élément de base à partir duquel nous avons évolué, des chimpanzés comparés à notre intelligence supérieure. Auriez-vous le désir de demeurer parmi les animaux si vous aviez la possibilité de vivre civilement avec les vôtres ? Bien sûr que non. Qui se ressemble s'assemble. Ceux qui ont un esprit commun ne sauraient être logés à la même enseigne que les esprits supérieurs. (Le roi étira les lèvres.) Vous savez que je dis la vérité. Vous aussi, vous avez évolué depuis vos débuts, n'est-ce pas ?

— En effet.

Flhéau montra les crocs, se disant que sa conception du mal n'avait pas mieux trouvé sa place parmi les vampires que parmi les mangeurs de péchés.

— Je suis où je dois être désormais.

— Ainsi, voyez-vous, si nous n'avions pas désiré ce résultat final que nous avons obtenu avec cette colonie, nous n'aurions peut-être pas pris notre revanche, mais nous aurions entrepris des représailles de sorte que notre destinée soit favorable à nos intérêts.

Flhéau cessa de se balancer.

— Si vous n'étiez pas intéressé par une alliance, vous auriez très bien pu me le dire dans un e-mail, bordel.

Une étrange lumière traversa le regard du roi, une lumière qui excita encore plus Flhéau, mais le dégoûta également. Il ne penchait pas du tout vers l'homosexualité, et pourtant… eh bien, merde, son père aimait les mâles ; peut-être avait-il en lui une partie de ce trait de caractère.

Ça aurait donné un sujet de prière à M. D.

— Mais, si je vous avais répondu par e-mail, je n'aurais pas eu le plaisir de faire votre connaissance. (Le regard rubis étudia le corps de Flhéau de haut en bas.) Et cela aurait floué mes sens.

Le petit Texan se racla la gorge, comme s'il s'étouffait avec sa langue.

Quand le hoquet de désapprobation s'atténua, la chaise du roi entama un mouvement de va-et-vient silencieux.

— Pourtant il y a quelque chose que vous pourriez faire pour moi… ce qui en échange m'obligerait à vous fournir ce que vous cherchez, qui est la possibilité de localiser les vampires, n'est-ce pas ? C'est depuis longtemps le combat de la Société des éradiqueurs : retrouver les vampires dans leurs maisons cachées.

Le salaud enfonçait le clou. Flhéau avait su où lancer les attaques pendant l'été parce qu'il s'était autrefois rendu sur les domaines de ceux qu'il avait tués, ayant assisté aux soirées d'anniversaire de ses amis, aux mariages de ses cousins et aux bals de la *glymera* dans ces demeures. Mais désormais, ce qui restait de l'élite vampire était dispersé dans des refuges situés hors de la ville, voire hors de l'État, et il en ignorait les adresses. Quant aux civils, il ne savait absolument pas, n'ayant jamais côtoyé le prolétariat, par quel bout prendre le problème.

Cependant, les *symphathes* sentaient la présence des autres, humains comme vampires, les débusquant au travers de murs solides et de fondations souterraines. Il lui fallait ce genre de don s'il voulait progresser ; c'était la seule chose qui lui manquait malgré tous les outils que son père lui fournissait.

Flhéau appuya de nouveau sur sa botte de combat et se balança au même rythme que le roi.

— Et en quoi exactement pourrais-je vous être utile ? demanda-t-il d'une voix traînante.

Le roi sourit.

— Les unions forment notre assemblée fondamentale, n'est-ce pas ? Un mâle et une femelle liés l'un à l'autre. Et pourtant, dans ces relations intimes, la discorde est fréquente. On fait des promesses sans les tenir. On prononce des vœux dont on se débarrasse ensuite. Contre ces transgressions, il faut prendre des mesures.

— Là, on dirait que vous parlez de vengeance, mon grand.

Le visage lisse arbora une expression d'autosatisfaction.

— Non, pas de vengeance. Mais de réparation. Qui implique un décès… c'est ce que la situation exige, tout simplement.

— Un décès, hein. Donc les *symphathes* ne croient pas au divorce ?

Un éclair de mépris passa dans les yeux rubis.

— Dans le cas d'un compagnon infidèle dont les agissements vont à l'encontre du cœur même de la relation, la mort est le seul divorce envisageable.

Flhéau hocha la tête.

— Je comprends votre logique. Donc, qui est la cible ?

— Est-ce que vous vous engagez à agir ?

— Pas encore.

Il ne savait pas jusqu'où il voulait aller. Se salir les mains au sein même de la colonie ne faisait pas partie de son plan initial.

Le roi cessa de se balancer et se leva.

— Pensez-y, dans ce cas, et soyez sûr de vous. Quand vous serez prêt à recevoir ce qu'il vous faut pour votre guerre, revenez me trouver et je vous montrerai comment procéder.

Flhéau se leva également.

— Pourquoi ne pas tuer votre compagne vous-même ?

Le lent sourire du roi ressemblait à celui d'un cadavre, rigide et froid.

— Mon très cher ami, l'insulte à laquelle je m'oppose le plus n'est pas tant la déloyauté, à laquelle je m'attends, que le fait de présumer avec arrogance que je ne saurai jamais rien de la tromperie. La première est une bagatelle. La seconde est inexcusable. À présent… puis-je vous raccompagner à votre voiture ?

— Non. Nous trouverons la sortie tout seuls.

— Comme vous le souhaitez.

Le roi tendit sa main à six doigts.

— Ce fut un plaisir…

Flhéau serra la main et sentit l'électricité remonter son bras quand leurs paumes se touchèrent.

— Ouais. On s'en balance. Vous aurez de mes nouvelles.

Chapitre 16

Elle était avec lui… oh, Seigneur, elle était de nouveau avec lui.

Tohrment, fils de Nhuisance, était nu et se pressait contre la chair de sa bien-aimée, sentant sa peau satinée et percevant son halètement quand il posa la main sur son sein. Des cheveux roux… des cheveux roux partout sur l'oreiller où il l'avait renversée et sur les draps blancs qui sentaient le citron… des cheveux roux enroulés autour de son avant-bras musclé.

Son téton durcissait sous les caresses de son pouce traçant de petits cercles et ses lèvres étaient douces sous les siennes quand il l'embrassa voluptueusement et avec lenteur. Quand elle le supplierait, il roulerait sur elle et la prendrait, plongeant profondément en elle, la maintenant sous lui.

Elle aimait sentir son corps peser sur elle. Elle aimait sentir qu'il la recouvrait. Dans leur vie commune, Wellsie était une femelle indépendante dotée d'une forte volonté et suffisamment entêtée pour en remontrer à un bouledogue mais, au lit, elle aimait qu'il domine.

Il fit descendre sa bouche sur le sein de Wellsie et entreprit de lui sucer le téton.

— Tohr…

— Qu'y a-t-il, *leelane* ? Tu en veux encore ? Peut-être que je vais te faire attendre…

Mais il en était incapable. Il lui aspira le mamelon avec sa bouche, lui caressant le ventre et les hanches. Quand elle se contorsionna, il promena ses lèvres et sa langue jusqu'au cou de son amante et lui érafla la jugulaire de ses crocs. Il était impatient de se nourrir. Étrangement, il était assoiffé de sang. Peut-être s'était-il beaucoup battu ?

Elle plongea les doigts dans les cheveux de Tohr.

— Prends ma veine…

— Pas encore.

Le picotement de cette attente rendait la chose plus délicieuse encore : plus il en aurait envie, meilleur serait le sang.

Se déplaçant jusqu'à sa bouche, il l'embrassa plus fermement qu'auparavant, la pénétrant de sa langue tout en frottant délibérément son sexe contre sa cuisse, promesse d'une autre profonde invasion un peu plus bas. Elle était complètement excitée, et son odeur émanant des draps citronnés faisait palpiter ses crocs et suinter son membre.

Sa *shellane* était la seule femelle qu'il ait jamais connue. Tous deux étaient vierges le soir de leur union, et jamais il n'avait désiré personne d'autre.

— Tohr…

Seigneur, qu'il aimait le son grave de sa voix. Il aimait tout en elle. Ils avaient été promis l'un à l'autre avant leur naissance, et étaient tombés amoureux au premier regard, à l'instant même où ils s'étaient rencontrés. Le destin avait été généreux à leur égard.

Il caressa sa taille de la paume, puis…

Il s'interrompit brutalement, comprenant que quelque chose n'allait pas. Quelque chose…

— Ton ventre… ton ventre est plat.

— Tohr…

— Où est le bébé ? (Il recula, paniqué.) Tu étais enceinte. Où est le bébé ? Est-ce qu'il va bien ? Qu'est-ce qu'il t'est arrivé… Est-ce que tu vas bien ?

— Tohr…

Elle ouvrit les yeux, et le regard dans lequel il avait plongé pendant plus d'un siècle se posa sur lui. La tristesse, une tristesse à donner envie de n'être jamais venu au monde, fit disparaître toute rougeur d'excitation sur son beau visage.

S'approchant de lui, elle posa la main sur sa joue.

— Tohr…

— Que s'est-il passé ?

Les larmes dans ses yeux et le trémolo de sa belle voix le brisèrent en deux. Elle commença alors à s'effacer, son corps se soustrayant à leur étreinte, ses cheveux roux, son visage délicat, son regard empli de désespoir s'évanouissant jusqu'à ce qu'il ne reste plus que les oreillers devant lui. Puis, dans un dernier souffle, l'odeur citronnée des draps et le parfum de Wellsie, une senteur fraîche et naturelle, quittèrent ses narines, sans que rien ne les remplace…

Tohr se redressa sur le matelas, les yeux inondés de larmes, le cœur douloureux comme si on lui avait enfoncé des clous dans la poitrine. Respirant de manière saccadée, il saisit son sternum et ouvrit la bouche pour crier.

Aucun son ne sortit. Il n'en avait pas la force.

Retombant sur les oreillers, il essuya ses joues humides de ses mains tremblantes et tenta de se calmer un peu. Il finit par reprendre son souffle puis fronça les sourcils. Son cœur bondissait dans sa cage thoracique, il ne battait pas mais palpitait faiblement. Sans doute étaient-ce ces spasmes erratiques qui lui faisaient tourner la tête.

Soulevant son tee-shirt, il examina ses pectoraux ramollis et son torse rabougri, et souhaita ardemment que son corps poursuive sa décrépitude. Les hallucinations survenaient avec une régularité et une force croissantes, et il espérait qu'elles s'organisaient pour l'aider à se réveiller chez les morts. Le suicide n'était pas une possibilité si l'on désirait rejoindre l'Estompe et retrouver ses chers disparus, mais il agissait avec l'espoir qu'on pouvait se négliger assez efficacement pour mourir. Ce qui n'était pas, techniquement, un suicide, comme se tirer une balle dans la bouche, se passer une corde au cou ou se tailler les veines.

L'odeur de nourriture émanant du couloir l'incita à regarder l'horloge. Seize heures. Ou bien était-il 4 heures du matin ? Les rideaux étant tirés, il ignorait si les volets étaient ouverts ou non.

Le coup frappé à la porte fut discret.

Ce qui, merci, signifiait qu'il ne s'agissait pas de Lassiter, qui se contentait d'entrer à sa guise. Manifestement, les anges déchus n'étaient pas à cheval sur les bonnes manières. Ni sur l'espace personnel. Ni sur les limites d'aucune sorte. Vraisemblablement, ce grand cauchemar lumineux s'était fait virer du paradis parce que Dieu n'avait pas plus apprécié sa compagnie que Tohr.

Le coup discret fut répété. Ce devait donc être John.

— Oui, dit Tohr en laissant retomber son tee-shirt tandis qu'il s'adossait aux oreillers.

Ses bras, autrefois puissants comme des grues, luttaient sous le poids de ses épaules décharnées.

Le garçon, qui n'en était maintenant plus un, entra avec un plateau lourdement chargé de nourriture, son visage exprimant un optimisme sans fondement.

Tohr l'observa déposer son chargement sur la table de chevet. Du poulet aux herbes, du riz au safran, des haricots verts et des rouleaux de printemps.

Pour ce qu'il en avait à faire, on aurait tout aussi bien pu lui présenter des cadavres d'animaux enveloppés de barbelé… mais il prit une assiette, déroula une serviette, empoigna un couteau et une fourchette et se servit.

Mâcher. Mâcher. Mâcher. Avaler. Encore mâcher. Avaler. Boire. Mâcher. Manger était un acte aussi mécanique et autonome que respirer, quelque chose dont il était vaguement conscient, une nécessité, pas un plaisir.

Le plaisir appartenait au passé… et le torturait dans ses rêves. Le souvenir fugace de sa *shellane* lovée contre lui, nue, dans les draps à l'odeur de citron le réchauffait de l'intérieur, lui donnant le sentiment d'être vivant, et pas seulement un survivant. Cette lueur, sensation de vie, s'éteignait rapidement, telle une flamme sans mèche pour la nourrir.

Mâcher. Découper. Mâcher. Avaler. Boire.

Pendant qu'il mangeait, le garçon s'était assis sur une chaise près des rideaux tirés, le coude sur le genou, le poing sous le menton, tel *Le Penseur* de Rodin vivant. John avait toujours cette posture ces derniers temps, en train de réfléchir à quelque chose.

Tohrment savait fort bien à quoi il pensait, mais la solution qui mettrait fin aux tristes préoccupations de John commencerait par lui faire un mal de chien.

Et Tohr en était désolé. Vraiment désolé.

Seigneur, pourquoi Lassiter ne l'avait-il pas abandonné à l'endroit où il gisait dans cette forêt ? Cet ange aurait pu poursuivre son chemin, mais non, il avait fallu que Sa Seigneurie Halogène se comporte en héros.

Tohr étudia John du regard et s'arrêta sur son poing. Celui-ci était énorme, et le menton et la mâchoire posés dessus étaient puissants et virils. Le garçon s'était transformé en un beau mec ; mais bon, en tant que fils d'Audazs, il avait un bon patrimoine génétique. L'un des meilleurs.

D'ailleurs, en y repensant… il ressemblait vraiment à A., sa copie conforme en fait, à l'exception du jean. Audazs vivant, jamais on ne l'aurait surpris en jean, même un exemplaire déstructuré de créateur comme celui que John arborait.

En fait… A. avait souvent pris cette posture précise quand il ruminait sur la vie, imitant le Rodin, tout renfrogné…

Un éclair d'argent jaillit de la main libre de John. C'était une pièce, et il la faisait rouler entre ses doigts, ce qui était son tic nerveux.

Ce soir, il y avait plus que l'habituel silence de John. Il était arrivé quelque chose.

— Qu'est-ce qu'il se passe ? demanda Tohr d'une voix rauque. Ça va ?

John l'observa, surpris.

Pour se soustraire à cet examen, Tohr baissa les yeux, piqua un morceau de poulet et le porta à sa bouche. Mâcher. Mâcher. Avaler.

Un bruit indiqua que John changeait doucement de position, comme s'il avait peur que les mouvements brusques effraient la question qui flottait entre eux.

Tohr lui jeta un autre coup d'œil et, pendant qu'il attendait, John remit la pièce dans sa poche et se mit à signer avec grâce et économie de gestes :

— *Kolher retourne se battre. V. vient juste de nous l'apprendre, à moi et aux deux autres.*

Le langage des signes de Tohr était rouillé, mais pas à ce point. De surprise, il abaissa sa fourchette.

— Attends… il est toujours roi, non ?

— *Oui, mais il a dit aux frères ce soir qu'il reprenait les rotations. Ou je suppose qu'il a déjà fait des rotations sans le dire. Je crois que la Confrérie lui en veut.*

— Les rotations ? Impossible. Le roi n'a pas le droit de se battre.

— *Maintenant si. Et Fhurie revient également.*

— C'est quoi ce bordel ? Le Primâle n'est pas censé… (Tohr fronça les sourcils.) Est-ce qu'il y a eu un changement dans la guerre ? Ou quelque chose qui s'annonce ?

— *Je ne sais pas.*

John haussa les épaules et s'adossa à la chaise, croisant les jambes au niveau des genoux. Encore une chose que faisait Audazs.

Dans cette position, le fils semblait aussi âgé que le père, même si la manière dont John se tenait était moins en cause que l'extrême fatigue de son regard bleu.

— Ce n'est pas légal.

— *Maintenant si. Kolher a eu une entrevue avec la Vierge scribe.*

Les questions se mirent à fuser dans la tête de Tohr, son cerveau luttant face à cette charge inaccoutumée. Au milieu de ces remous confus, il lui était difficile de réfléchir de manière cohérente, et il avait l'impression de s'acharner à retenir une centaine de balles de tennis dans ses bras ; il avait beau faire de son mieux, certaines glissaient et rebondissaient, créant le désordre.

Il abandonna l'idée de tirer tout cela au clair.

— Eh bien, c'est un changement… Je leur souhaite bien du courage.

Le faible soupir de John résuma assez bien la situation tandis que Tohr se déconnectait du monde et se remettait à manger. Quand il eut fini, il plia la serviette soigneusement et avala une dernière gorgée d'eau.

Il alluma la télé pour mettre CNN, parce qu'il n'avait pas envie de penser et ne supportait pas le silence. John s'attarda environ une demi-heure et, quand il fut visiblement incapable de rester plus longtemps, il se leva et s'étira.

— *Je te verrai à la fin de la nuit.*

Ah, c'était donc l'après-midi.

— Je ne bouge pas.

John prit le plateau et sortit sans s'arrêter ni hésiter. Au début, il le faisait beaucoup, comme si chaque fois qu'il passait la porte il espérait que Tohr l'arrête et lui dise : « Je suis prêt à affronter la vie. Je vais persévérer malgré tout. Je me sens suffisamment mieux pour me soucier de toi. »

Mais l'espoir ne fleurissait pas éternellement.

Une fois la porte fermée, Tohr repoussa les draps de ses jambes grêles et s'assit sur le rebord du matelas.

Il était prêt à affronter quelque chose, d'accord, mais pas son existence. Avec un grognement, il se dirigea en trébuchant vers la salle de bains, entra dans les toilettes et souleva le siège du trône de porcelaine. Il se pencha au-dessus et, d'un ordre, son estomac évacua le repas sans accroc.

Au début, il avait dû s'enfoncer un doigt dans la gorge, mais plus maintenant. Il se contentait de serrer son diaphragme et tout ressortait, comme des rats fuyant un égout débordant.

— Faut que t'arrêtes tes conneries.

La voix de Lassiter s'harmonisait parfaitement avec le bruit de la chasse d'eau. C'était tellement logique.

— Bon sang, tu ne frappes jamais ?

— C'est Lassiter. L-A-S-S-I-T-E-R. Comment se fait-il que tu me confondes encore avec quelqu'un d'autre ? Est-ce qu'il me faut un badge à mon nom ?

— Oui, et collons-le sur ta bouche. (Tohr s'assit en titubant sur le marbre et mit la tête dans ses mains.) Tu sais, tu peux rentrer chez toi. Quand tu veux.

— Alors mets ton cul ramolli au boulot. Parce que c'est ce qu'il faut.

— En voilà une raison de vivre !

Il y eut un léger tintement, ce qui signifiait, tragédie des tragédies, que l'ange s'était matérialisé sur la console.

— Bon, qu'est-ce qu'on fait ce soir ? Attends, laisse-moi deviner : on reste assis dans un silence morose. Ou, non… tu confonds. On broie du noir avec une intense mélancolie, c'est ça ? Quel sale môme tu fais, putain. Youpi. Au prochain coup, tu seras prêt à faire la première partie de Slipknot.

Avec un juron, Tohr se leva et s'avança vers la douche pour la faire couler, espérant que, s'il se refusait à regarder l'autre grande gueule, Lassiter finirait par s'ennuyer plus vite et irait gâcher l'après-midi de quelqu'un d'autre.

— Une question, reprit l'ange. Quand allons-nous couper cette serpillière qui nous pousse sur la tête ? Si ce truc s'allonge encore, il nous faudra la faucher comme du foin.

Tout en retirant son tee-shirt et son boxer, Tohr profita de la seule consolation qu'il avait à souffrir la compagnie de Lassiter : s'exhiber devant cet enfoiré.

— Merde, « cul ramolli », c'est bien trouvé, murmura Lassiter. Tu me montres deux ballons de basket dégonflés, là derrière. Ce qui me fait penser… Eh, je suis prêt à parier que Fritz a une pompe à vélo. Je dis ça comme ça.

— Tu n'apprécies pas la vue ? Tu sais où est la porte. C'est celle à laquelle tu ne frappes jamais.

Tohr ne donna pas à l'eau le temps de chauffer ; il passa sous le jet et se lava sans raison valable dont il ait conscience : il n'avait pas de fierté, et se foutait donc royalement de ce qu'on pouvait penser de son hygiène.

Les vomissements avaient un but. La douche… peut-être s'agissait-il simplement d'une habitude ?

Fermant les yeux, il écarta les lèvres et fit face à la pomme de douche. L'eau s'infiltra dans sa bouche, chassant la bile, et pendant que sa langue se débarrassait de l'acidité une pensée lui traversa l'esprit.

Kolher sort se battre. Seul.

— Eh, Tohr.

Tohr fronça les sourcils. L'ange n'utilisait jamais son vrai nom.

— Quoi ?

— Ce soir, c'est différent.

— Oui, seulement si tu me laisses seul. Ou si tu te pends dans cette salle de bains. Tu as le choix entre six pommes de douche là-dedans.

Tohr attrapa le savon et le passa sur son corps, sentant ses os et ses articulations percer sous sa peau mince.

Kolher seul sur le terrain.

Shampoing. Rinçage. Se tourner vers le jet. Ouvrir la bouche.

Sur le terrain. Seul.

Il finit sa douche et l'ange se tenait devant lui avec une serviette, en parfait valet.

— Ce soir, c'est différent, répéta doucement Lassiter.

Tohr le regarda franchement, comme s'il le voyait pour la première fois alors qu'ils étaient ensemble depuis quatre mois. L'ange avait des cheveux noirs et blonds aussi longs que ceux de Kolher, mais il ne faisait pas travesti malgré la perruque qui lui tombait dans le dos. Sa garde-robe était entièrement constituée de vêtements militaires – des chemises noires, des pantalons de camouflage et des bottes de combat –, mais ce n'était pas un soldat. Le salopard ressemblait à une pelote d'épingles et était aussi accessoirisé qu'une boîte à bijoux, avec des anneaux et des chaînes en or qui pendaient de ses oreilles, de ses poignets et de ses sourcils. Et on pouvait parier qu'il en avait sur sa poitrine et sous la ceinture, ce à quoi Tohr refusait de songer. Il n'avait pas besoin d'aide pour vomir, merci bien.

Quand la serviette changea de mains, l'ange déclara avec gravité :

— Il est temps de te réveiller, Cendrillon.

Tohr était sur le point de répliquer que c'était la Belle au bois dormant quand un souvenir lui revint, comme si on le lui avait injecté directement dans le lobe frontal. Il s'agissait de la nuit où il avait sauvé la vie de Kolher en 1958, et les images se bousculaient dans sa mémoire avec la même clarté que sur le moment.

Le roi était allé sur le terrain. Seul. En centre-ville.

À demi mort et saignant dans le caniveau.

Une Edsel lui était rentrée dedans. Un vieux tacot d'Edsel convertible, de la couleur du fard à paupières bleu d'une serveuse de bar.

D'après ce que Tohr avait réussi à comprendre plus tard, Kolher était en train de poursuivre à pied un éradiqueur et tournait au coin de la rue à la vitesse de la lumière quand l'énorme voiture l'avait heurté. Tohr se trouvait à deux pâtés de maisons et avait entendu le crissement des freins et une sorte d'impact, mais n'avait pas eu l'intention de faire quoi que ce soit.

Les accidents de la circulation humains ? C'était pas son problème.

Mais alors, deux éradiqueurs étaient passés en courant devant la ruelle où il se trouvait. Les tueurs s'étaient précipités sous la bruine automnale comme si on les poursuivait, sauf qu'ils n'avaient personne sur les talons. Il avait patienté, s'attendant à voir surgir l'un de ses frères, mais personne ne s'était pointé.

Cela n'avait aucun sens. Si un tueur avait été heurté par une voiture en compagnie de ses petits copains, ils n'auraient pas abandonné la scène en l'état. Les autres auraient tué le conducteur humain et les passagers, avant d'embarquer leur mort dans le coffre et de quitter les lieux avec la voiture : la dernière chose que souhaitait la Société des éradiqueurs, c'était d'abandonner un des siens inanimé et perdant du sang noir au beau milieu de la rue.

Mais peut-être s'agissait-il seulement d'une coïncidence ? d'un piéton humain ? ou de quelqu'un sur une moto ? ou de deux voitures ?

Mais il n'y avait eu qu'un seul bruit de freins. Et rien de tout cela n'expliquait les deux fuyards délavés qui lui étaient passés devant comme deux pyromanes fuyant le feu qu'ils viendraient d'allumer.

Tohr avait couru jusqu'à Trade Street et, tournant au coin de la rue, avait aperçu un mâle humain avec un chapeau et un imperméable accroupi à côté d'un corps recroquevillé qui faisait deux fois sa taille. L'épouse du type, vêtue de l'une de ces tenues vaporeuses à jupon des années 1950, se tenait juste derrière les phares, pelotonnée dans son manteau de fourrure.

Sa jupe d'un rouge vif avait la couleur des traces sur le revêtement, mais l'odeur du sang répandu n'était pas humaine. Il s'agissait d'un vampire. Et celui qui avait été frappé avait de longs cheveux noirs…

La voix de la femme était stridente.

— Nous devons l'emmener à l'hôpital…

Tohr s'était avancé et lui avait coupé la parole.

— C'est un ami.

L'homme avait levé les yeux.

— Votre ami… Je ne l'ai pas vu… Vêtu de noir… il a surgi de nulle part…

— Je m'en occupe.

Tohr avait cessé toute explication à ce moment-là et avait plongé les deux humains dans un état second. Une rapide suggestion mentale les avait renvoyés dans leur voiture et sur la route, avec la vision qu'ils venaient de heurter une poubelle. Il avait espéré que la pluie laverait le sang à l'avant de leur voiture et qu'ils pourraient réparer la carrosserie cabossée tout seuls.

Le cœur de Tohr battait tel un marteau-piqueur quand il s'était penché sur le corps de l'héritier du trône de l'espèce. Il y avait du sang partout, coulant abondamment d'une entaille à la tête, aussi Tohr avait-il ôté sa veste et arraché, avec ses dents, une bande de cuir à la manche. Après avoir enveloppé les tempes de l'hériter et noué le bandage de fortune aussi serré que possible, il avait fait signe à un camion qui passait, pointant son flingue sur le Mexicain au volant, et s'était fait conduire par l'humain jusqu'aux environs de chez Havers.

Kolher et lui avaient fait le trajet sur la banquette arrière. Il maintenait la pression sur la blessure à la tête de Kolher. La pluie était froide, une pluie de fin novembre, peut-être de décembre. Mais c'était une bonne chose que l'accident n'ait pas eu lieu en été. À n'en pas douter, le froid avait ralenti le cœur de Kolher et diminué la pression sanguine.

À quatre cents mètres de la demeure de Havers, dans le quartier chic de Caldwell, Tohr avait dit à l'humain de s'arrêter, lui lavant le cerveau au passage.

Les minutes nécessaires à Tohr pour atteindre la clinique avaient été parmi les plus longues de sa vie, mais il avait amené Kolher jusque-là, et Havers avait refermé ce qui s'était avéré être une entaille à l'artère temporale.

Les jours suivants, la situation avait été délicate. Même avec Marissa pour nourrir Kolher, le roi avait perdu tant de sang qu'il n'avait pas cicatrisé comme prévu, et Tohr l'avait veillé pendant tout ce temps, assis sur une chaise au pied du lit. Avec Kolher étendu là, si immobile, Tohr avait eu l'impression que toute l'espèce oscillait entre la vie et la mort, car le seul à pouvoir monter sur le trône était prisonnier d'un sommeil qui n'était pas loin d'un état végétatif permanent.

La nouvelle s'était répandue et les gens avaient craqué. Les infirmières, le médecin. Les autres patients hospitalisés étaient venus prier pour le rétablissement du roi, qui ne remplissait plus ses fonctions. Les frères avaient utilisé des téléphones à cadran pour appeler toutes les quinze minutes.

Le sentiment collectif était que, sans Kolher, il n'y avait plus d'espoir. Plus d'avenir. Plus de chances de vaincre.

Kolher avait néanmoins survécu, s'éveillant avec le genre d'humeur grincheuse vous faisant tituber de soulagement... parce que, si un patient a l'énergie d'être aussi grognon, c'est qu'il va s'en sortir.

La nuit suivante, après avoir été dans les choux pendant vingt-quatre heures d'affilée et avoir foutu une trouille bleue à tout le monde autour de lui, Kolher avait retiré sa perfusion, s'était habillé et était parti.

Sans un mot.

Tohr avait attendu… quelque chose. Pas un merci, mais de la reconnaissance ou… quelque chose. Merde, Kolher était un fils de pute bourru aujourd'hui, mais à l'époque ? Il était carrément toxique. Même comme ça… rien ? Après lui avoir sauvé la vie ?

Cela lui rappelait en un sens la manière dont lui-même traitait John. Et ses frères.

Tohr mit la serviette autour de ses reins et réfléchit au point le plus important de ce souvenir. Kolher seul sur le terrain à se battre. En 1958, c'était un coup de chance que Tohr se soit trouvé là et qu'il ait découvert le roi avant qu'il ne soit trop tard.

— Il est temps de te réveiller, répéta Lassiter.

Chapitre 17

Quand la nuit tomba, Ehlena se mit à prier pour ne pas être une nouvelle fois en retard au travail. Pendant que l'horloge décomptait les secondes, elle attendit au rez-de-chaussée dans la cuisine avec le jus de fruits et les cachets écrasés. Elle avait nettoyé méticuleusement la pièce : la cuillère était rangée, et elle avait vérifié à deux reprises qu'il n'y avait rien sur les plans de travail. Elle s'était même assurée que le salon était correctement ordonné.

— Père ? appela-t-elle.

Tandis qu'elle tendait l'oreille pour capter des mouvements et des mots paisibles sans queue ni tête, elle repensa au rêve bizarre qu'elle avait fait pendant la journée. Elle avait vu Vhen au loin dans l'obscurité, les bras levés. Son magnifique corps nu était éclairé tel un mannequin dans une vitrine, ses muscles étaient puissamment bandés, et sa peau était d'un brun doré chaleureux. Il avait la tête penchée vers le bas et ses yeux étaient fermés, comme s'il dormait.

Captivée, attirée, elle avait foulé le sol de pierre froide pour le rejoindre, répétant son nom sans cesse.

Il n'avait pas répondu, n'avait pas levé la tête ni ouvert les yeux.

La peur avait envahi ses veines et fait battre son cœur à toute allure. Elle s'était précipitée vers lui, mais il était demeuré toujours aussi éloigné, tel un projet jamais accompli, une destination jamais atteinte.

Elle s'était réveillée les larmes aux yeux et le corps tremblant. Le choc l'étouffait et, quand enfin elle se calma, la signification de son rêve lui parut évidente, mais elle n'avait pas besoin que son subconscient lui rappelle ce qu'elle savait déjà.

S'arrachant à ce souvenir, elle appela de nouveau :

— Père ?

Ne recevant aucune réponse, Ehlena emporta la tasse de son père et entreprit de descendre à la cave. Elle avançait doucement, mais ce n'était pas de peur de renverser le jus de fruits rouge sang sur son uniforme blanc. De temps à autre, son père ne se levait pas, et elle devait aller le voir dans sa chambre. Chaque fois qu'elle prenait l'escalier dans cette situation, elle se demandait si cela avait fini par arriver, si son père avait rejoint l'Estompe.

Elle n'était pas prête pour ça. Pas encore, et peu importait que les choses soient si difficiles.

Passant la tête dans l'embrasure de la porte de sa chambre, elle le vit assis à son bureau sculpté, entouré de piles de papiers en désordre et de bougies éteintes.

Que la Vierge scribe en soit remerciée.

Quand ses yeux se furent habitués à l'obscurité, elle s'inquiéta que le manque de lumière n'abîme les yeux de son père. Toutefois, il était hors de question d'allumer les bougies, et il n'y avait ni allumettes ni briquet dans la maison. La dernière fois qu'Alyne avait mis la main sur une allumette, c'était dans leur ancienne maison, et il avait mis le feu à ses appartements parce que des voix le lui avaient ordonné.

Cela faisait deux ans, et c'était la raison pour laquelle on lui avait prescrit des médicaments.

— Père ?

Il leva les yeux du fatras de papiers et sembla troublé.

— *Ma fille, comment te portes-tu ce soir ?*

Toujours la même question, à laquelle elle donnait toujours la même réponse en langue ancienne.

— *Bien, mon père. Et toi ?*

— *Comme toujours tes salutations m'enchantent. Ah oui, la* doggen *a préparé mon jus de fruits. Que c'est aimable à elle.* (Son père prit la tasse.) *Où te rends-tu ?*

Cette question les mena comme d'habitude à leur joute verbale où lui n'approuvait pas son travail et où elle lui expliquait qu'elle le faisait parce que cela lui plaisait, sur quoi il haussait les épaules et déclarait ne pas comprendre la jeune génération.

— *Je dois vraiment partir,* conclut-elle, *mais Lusie sera là dans quelques instants.*

— *Oui. Bien, bien. À dire vrai, je suis occupé avec mon livre, mais je la recevrai comme il se doit, pendant un moment. Je dois toutefois avancer dans mon travail.*

Il désigna le chaos de la pièce, représentation physique de la confusion de son esprit, son geste élégant en dysharmonie totale avec les feuilles de papier disparates remplies d'absurdités.

— *Tout cela réclame de l'attention.*

— *Bien entendu, père.*

Il finit son jus de fruits et, quand elle vint lui reprendre la tasse, il fronça les sourcils.

— *Je suis certain que la bonne va s'en occuper.*

— *Je souhaiterais l'aider. Elle a de nombreuses obligations.*

C'était la pure et simple vérité. La *doggen* devait respecter toutes les règles concernant les objets et leur place, de même que faire les courses, gagner de l'argent, payer les factures et veiller sur lui. La *doggen* était fatiguée. La *doggen* était vidée.

Mais il fallait absolument remonter la tasse à la cuisine.

— *Père, je t'en prie, laisse cette tasse, que je puisse la rapporter. La bonne craint de te déranger et j'aimerais lui épargner cette inquiétude.*

Pendant un instant, le regard de son père se posa sur elle avec son ancienne acuité.

— *Tu as un cœur généreux et remarquable. Je suis fier de t'appeler ma fille.*

Ehlena cligna des paupières à toute vitesse.

— *Ta fierté est tout pour moi.*

Il lui prit la main et la serra.

— *Va, ma fille. Va à ton « travail » et rentre à la maison avec les histoires de ta nuit.*

Oh… mon Dieu.

C'était exactement ce qu'il lui avait dit bien longtemps auparavant, quand elle fréquentait une école privée, que sa mère était encore en vie, et qu'ils vivaient au sein de leur famille et de la *glymera* en tant que personnes d'influence.

Même si elle savait qu'à son retour il serait fort probable que son père ne se souvienne pas du tout de lui avoir fait cette charmante suggestion, elle sourit, profitant des bribes du passé.

— *Comme toujours, père. Comme toujours.*

Elle sortit, accompagnée par le bruissement des pages que l'on tournait et le tintement de la plume sur le rebord de l'encrier en cristal.

Au rez-de-chaussée, elle rinça la tasse, la sécha et la rangea dans le placard, puis s'assura que, dans le réfrigérateur, tout soit assigné à sa place. Quand elle reçut le message lui indiquant que Lusie était en route, elle sortit, verrouilla la porte et se dématérialisa jusqu'à la clinique.

Parvenue sur son lieu de travail, elle ressentit un immense soulagement à l'idée d'être comme les autres, d'arriver à l'heure, de déposer ses affaires dans son casier et de parler de tout et de rien avant le début du service.

Sauf que Catya s'approcha d'elle, tout sourires, tandis qu'elle se tenait près de la cafetière.

—Alors… hier soir… ? Allez, raconte.

Ehlena finit de remplir sa tasse et dissimula une grimace derrière la première gorgée, qui lui brûla la langue.

— Je pense qu'on pourrait qualifier ça de « faux bond ».

— Faux bond ?

— Oui. Comme dans : « Il m'a fait faux bond. »

Catya secoua la tête.

— Mince alors.

— Non, c'est bon. Vraiment. Je veux dire, ce n'est pas comme si je m'étais beaucoup investie.

Oui, elle s'était contentée de beaucoup rêver d'un avenir qui incluait un *hellren*, une famille à elle et une vie qui en valait la peine. Vraiment rien du tout.

— C'est bon.

— Tu sais, je réfléchissais la nuit dernière. J'ai un cousin qui est…

— Merci, mais non. Vu l'état de mon père, je ferais mieux de ne plus avoir de rendez-vous galant.

Ehlena fronça les sourcils, se remémorant avec quelle rapidité Vhen était tombé d'accord avec elle sur le sujet. Même si l'on pouvait arguer que cela faisait de lui en quelque sorte un gentleman, il était difficile de ne pas se sentir un peu contrariée.

— T'occuper de ton père ne veut pas dire…

— Tiens, et si j'allais à l'accueil pendant le changement d'équipe ?

Catya s'interrompit, mais les yeux clairs de la femelle lui lançaient de nombreux messages, dont la plupart entraient dans la catégorie : « Quand est-ce que cette fille va se réveiller ? »

— J'y vais tout de suite, déclara Ehlena en tournant les talons.

— Ça ne dure pas éternellement.

— Bien sûr que non. La plus grande partie de notre équipe est déjà là.

Catya secoua la tête.

— Ce n'est pas ce que je voulais dire, et tu le sais. La vie ne dure pas éternellement. L'état psychologique de ton père est précaire, et tu te débrouilles très bien avec lui, mais il pourrait rester comme ça pendant un siècle.

— Auquel cas il me restera encore environ sept cents ans. Je serai à l'accueil. Excuse-moi.

À la réception, Ehlena s'installa derrière l'ordinateur et ouvrit sa session. Du fait que le soleil venait juste de se coucher la salle d'attente était déserte, mais les patients commenceraient à arriver bien assez tôt, et elle n'attendait que cette distraction.

Vérifiant l'emploi du temps de Havers, elle ne nota rien d'inhabituel. Des bilans de santé. Des patients usuels. Du suivi postopératoire…

La sonnette extérieure retentit et elle jeta un regard à l'écran.

— Bonsoir. Que puis-je faire pour vous ?

Elle avait déjà vu ce visage retransmis par la caméra. Trois nuits plus tôt. C'était le cousin de Stephan.

— Alix ? demanda-t-elle. C'est Ehlena. Comment allez…

— Je suis là pour savoir si on l'a amené ici.

— Qui ?

— Stephan.

— Je ne crois pas, mais laissez-moi vérifier pendant que vous descendez.

Ehlena appuya sur le bouton qui permettait de déverrouiller la porte et parcourut la liste des patients hospitalisés sur l'ordinateur. Elle passa les noms en revue un par un tandis qu'elle ouvrait successivement les portes pour Alix.

Aucune mention de Stephan en tant que patient.

Alix pénétra dans la salle d'attente, et le sang d'Ehlena se figea au moment où elle aperçut le visage du mâle. Les atroces cernes noirs sous ses yeux gris n'étaient pas dus à un simple manque de sommeil.

— Stephan n'est pas rentré à la maison cette nuit, annonça-t-il.

Vhen déplorait l'existence du mois de décembre, et pas seulement parce que le froid qui sévissait au nord de l'État de New York suffisait à lui donner envie de jouer les cascadeurs dans un spectacle de pyrotechnie rien que pour avoir chaud.

La nuit tombait tôt en décembre. Le soleil, ce salopard de tire-au-flanc, cette femmelette oisive, abandonnait tout effort dès 16 h 30, et cela signifiait que son rendez-vous du premier mardi du mois commençait tôt.

Il était à peine 22 heures quand il pénétra dans le parc naturel de Black Snake après un trajet de deux heures en voiture depuis Caldwell. Trez, qui se dématérialisait toujours jusque-là, se trouvait sans doute déjà sur place, à proximité de la cabane, dissimulé et prêt à jouer les gardes.

Tout autant que le témoin.

Que celui qui était sans doute son meilleur ami soit obligé d'assister à tout cela n'était qu'un aspect de ce carrousel de baise en groupe, un autre coup de pied dans les couilles. Mais le problème était que, quand le rendez-vous s'achevait, Vhen avait besoin d'aide pour rentrer à la maison, et Trez était doué pour ce genre de choses.

Xhex voulait reprendre ce boulot, bien entendu, mais on ne pouvait pas se fier à elle. Pas en présence de la Princesse. S'il tournait le dos une seule seconde, la cabane finirait avec une nouvelle peinture aux murs… du genre horrible.

Comme toujours, Vhen se gara au parking en terre battue, enveloppé par l'obscurité de la montagne. Il n'y avait pas d'autre voiture et il s'attendait à ce que la piste qui partait du parking soit également déserte.

À travers le pare-brise, sa vision lui restituait tout dans un camaïeu de rouges et sous une forme aplatie. Même s'il méprisait sa demi-sœur, détestait la regarder et souhaitait que cet horrible commerce sexuel entre eux cesse, son corps n'était ni engourdi ni frigorifié, mais vivant et bourdonnant : dans son pantalon, son sexe durci était prêt pour ce qui ne manquerait pas de se produire.

Pour le moment, il devait juste se convaincre de sortir de la voiture.

Il posa la main sur la poignée de la portière, mais fut incapable de la soulever.

C'était tellement silencieux. Seuls les petits cliquetis assourdis du moteur de la Bentley qui refroidissait perturbaient le silence.

Bizarrement, il pensa au charmant rire d'Ehlena, et ce fut ce qui le poussa à ouvrir la portière. D'un mouvement brusque, il passa la tête hors de la voiture au moment même où son estomac se contractait, et il manqua de vomir. Pendant que le froid calmait sa nausée, il tenta de faire sortir Ehlena de son esprit. Elle était si pure, honorable et aimable qu'il ne supportait même pas qu'elle soit dans ses pensées quand il était sur le point de commettre cet acte qui le révulsait.

Ce qui était une surprise.

Protéger quelqu'un du monde cruel, des gens mortels et dangereux, des gens pourris, obscènes et révoltants ne faisait pas partie de sa nature profonde. Mais il avait acquis des capacités à le faire quand il s'agissait des trois seules femelles normales de sa vie. Pour celle qui l'avait porté, celle qu'il avait élevée comme la sienne et celle que sa sœur avait récemment mise au monde, il éliminerait tout genre de danger, tuerait à mains nues celui qui les blesserait, et pourchasserait et détruirait la moindre menace.

Et en un sens, l'agréable conversation qu'il avait eue avec Ehlena au petit matin l'avait ajoutée sur cette liste très, très restreinte.

Ce qui signifiait qu'il devait la chasser de son esprit. Avec les trois autres.

Cela ne le dérangeait pas de vivre comme une prostituée parce qu'il exigeait un prix élevé auprès de celle qu'il baisait et, en outre, il ne méritait pas mieux que la prostitution, étant donné la manière dont son véritable père avait forcé sa mère à le concevoir. Mais les choses s'arrêtaient là. Lui seul entrait dans la cabane et faisait subir à son corps ces sévices.

Les rares personnes normales de sa vie devaient rester loin, très loin de toute cette histoire, et cela impliquait de les effacer de ses pensées et de son cœur quand il venait ici. Plus tard, une fois qu'il se serait remis, aurait pris une douche et dormi, il pourrait de nouveau se souvenir des yeux couleur caramel d'Ehlena, de son odeur de cannelle et de la manière dont elle avait ri, malgré elle, quand ils avaient discuté. Pour le moment, il la repoussa de son esprit avec sa mère, sa sœur et sa nièce bien-aimées et les mit sous scellés.

La Princesse essayait toujours de pénétrer ses pensées et il ne voulait pas qu'elle découvre la moindre information sur celles qu'il aimait ou dont il se souciait.

Quand une rafale acerbe manqua de lui claquer la portière sur la tête, Vhen s'entoura de sa zibeline, sortit et verrouilla la Bentley. Il suivit la piste. Le sol sous ses chaussures Cole Haan était gelé, la boue craquait sous ses semelles, dure et résistante.

Techniquement, le parc était fermé pour la saison et une chaîne entravait le large chemin qui menait au-delà du panneau d'orientation et des cabanes à louer. Mais c'était le climat, plutôt que le personnel du parc des Adirondacks, qui empêchait les gens de venir. Après avoir enjambé la chaîne il continua, ignorant la feuille de présence suspendue au panneau d'affichage, même si personne n'était censé utiliser les sentiers en cette saison. Il n'y laissait jamais son nom.

Comme si les gardes forestiers humains avaient besoin de savoir ce qui se passait entre deux *symphathes* dans l'une de ces cabanes ! Mais bien sûr.

Un des points positifs du mois de décembre était que la forêt le rendait moins claustrophobe : pendant les mois d'hiver, les chênes et les érables n'étaient rien de plus que des troncs et des branches minces qui laissaient largement entrevoir la nuit étoilée. Tout autour, les arbres à feuillage persistant étaient à la fête, leurs branches épineuses faisant comme un doigt d'honneur arborescent à leurs frères désormais nus, une vengeance contre tout le feuillage automnal que les autres avaient arboré.

Passant devant les arbres alignés en rangs serrés, il suivit la piste principale, qui rétrécissait progressivement. Des pistes plus petites partaient sur la gauche et la droite, leur destination indiquée sur des panneaux de bois brut par des noms tels que « La frayée », « L'éclair », « Vers le sommet, long » et « Vers le sommet, court ». Il continua tout droit, respirant à petits coups, et le bruit de ses mocassins sur le sol gelé lui sembla résonner très fort. Dans le ciel, la lune était resplendissante, un croissant découpé au couteau qui, vu que son instinct de *symphathe* n'était absolument pas sous contrôle, était de la couleur des yeux rubis de son maître chanteur.

Trez fit une apparition sous la forme d'une brise glaciale qui parcourut le sentier.

— Eh, mon pote, fit doucement Vhen.

La voix de Trez flotta dans sa tête quand sa forme d'Ombre se condensa en une vague luisante.

— *Traîne pas avec elle. Plus vite on te donne ce qu'il te faut quand c'est fini, mieux c'est.*

— Il faut ce qu'il faut.

— *Le plus tôt sera le mieux.*

— On verra.

Trez le maudit et disparut dans une rafale de vent froid, lui passant devant et s'évanouissant dans la nature.

En vérité, si Vhen avait beau détester venir ici, il n'avait parfois pas envie de partir. Il aimait faire souffrir la Princesse, et c'était une adversaire de taille. Intelligente, rapide, cruelle. Elle était la seule échappatoire à sa nature malfaisante et, comme un coureur qui avait désespérément besoin d'entraînement, il lui fallait de l'exercice.

De plus, peut-être que, à l'instar de son bras, la purulence lui plaisait.

Vhen prit le sixième embranchement à gauche, suivant un sentier de la largeur d'une personne, et bientôt la cabane apparut dans son champ de vision. Baignés dans la lumière éclatante de la lune, ses rondins avaient la couleur du vin rosé.

Quand il arriva à la porte, il tendit la main gauche et, saisissant la poignée en bois, il pensa à Ehlena et au fait qu'elle se souciait suffisamment de lui pour l'appeler au sujet de son bras.

L'espace d'un bref instant, le son de sa voix revint à ses oreilles.

« *Je ne comprends pas pourquoi vous ne prenez pas soin de vous.* »

La porte lui échappa des mains, s'ouvrant si vite qu'elle cogna contre le mur.

La Princesse se tenait au centre de la cabane vêtue de sa robe d'un rouge brillant, assortie aux rubis qui luisaient autour de son cou, et ses yeux rouge sang avaient la couleur de la haine. Avec ses cheveux noués sévèrement sur sa nuque, sa peau pâle et les scorpions albinos qu'elle portait en guise de boucles d'oreilles, elle était d'une horreur exquise, une poupée de kabuki construite par une main malfaisante. Tout en elle était malfaisant, et sa noirceur s'approchait de lui par vagues, émanant du centre de sa poitrine même si tout autour d'elle était figé et son visage lunaire dépourvu d'expression.

Sa voix était également lisse comme une lame.

— Pas de paysage de plage ce soir dans ta tête. Non, pas de plage ce soir.

Vhen recouvrit en vitesse Ehlena avec un superbe stéréotype des Bahamas, tout en soleil, mer et sable. C'était un paysage qu'il avait vu à la télé des années plus tôt, un « Faites une pause spéciale », comme l'avait annoncé le présentateur, avec des gens en maillot de bain qui déambulaient main dans la main. Grâce à sa netteté, l'image était la parfaite chausse-trappe pour protéger les parties sensibles de sa matière grise.

— Qui est-ce ?

— Qui est qui ? demanda-t-il en entrant.

La cabane était chaude, grâce à elle, un petit tour d'agitation moléculaire dans l'air, renforcé par son agacement. La chaleur qu'elle générait n'était pourtant pas réconfortante comme celle d'un feu, c'était plutôt le genre de sensation que vous donne une mauvaise fièvre.

— Qui est la femelle dans ton esprit ?

— C'est juste un mannequin d'une pub télé, ma chère petite pétasse, répondit-il d'une voix aussi lisse que la sienne.

Sans lui tourner le dos, il referma doucement la porte.

— Jalouse ?

— Pour être jalouse, encore faudrait-il que je sois menacée. Et ce serait absurde. (La Princesse sourit.) Mais je pense que tu devrais me dire qui elle est.

— C'est tout ce que tu veux faire ? Bavarder ? (Vhen laissa délibérément son manteau s'ouvrir et mit la main sur le renflement de son pantalon qui laissait deviner son sexe érigé.) En général, tu as envie de moi pour autre chose que de la conversation.

— C'est vrai. Ton meilleur et ton plus noble usage, c'est quand tu fais office de ce que les humains appellent…

un godemiché, c'est bien ça ? Un jouet pour qu'une femelle se donne du plaisir.

— « Femelle » n'est pas nécessairement le terme que j'emploierais pour te décrire.

— En effet. « Bien-aimée » ferait l'affaire.

Elle prit son chignon d'une de ses mains hideuses, ses doigts osseux à quatre phalanges lissant sa coiffure soignée, son poignet plus fin que le manche d'un fouet de cuisine. Son corps n'était pas différent : tous les *symphathes* étaient bâtis comme des joueurs d'échecs, non comme des athlètes, ce qui allait dans le sens de leur préférence pour le combat par l'esprit plutôt que par le corps. Dans leurs robes, ils n'étaient ni mâle ni femelle, mais plutôt une version mélangée des deux sexes, et c'était la raison pour laquelle la Princesse le désirait ainsi. Elle aimait son corps, ses muscles, sa masculinité évidente et brute, et elle souhaitait généralement être sexuellement rabaissée pendant l'acte, chose qu'elle ne trouvait certainement pas chez elle. Pour ce qu'il en comprenait, la version *symphathe* de la relation sexuelle n'était rien de plus qu'une série de poses mentales, suivie de deux frottements et d'un halètement du côté mâle. En outre, il était prêt à parier que leur oncle était membré comme un hamster et qu'il avait des couilles de la taille de gommes de crayon.

Non qu'il s'en soit jamais assuré – mais allons, ce type n'était pas tout à fait un parangon de testostérone.

La Princesse fit le tour de la cabane comme si elle faisait étalage de sa grâce, mais elle suivait son idée, allant de fenêtre en fenêtre et regardant dehors.

Merde, toujours avec ces fenêtres.

— Où est ton chien de garde ce soir ? demanda-t-elle.

— Je viens toujours seul.

— Tu mens à ta bien-aimée.

— Pourquoi diable souhaiterais-je que quelqu'un assiste à ça ?

— Parce que je suis belle. (Elle s'arrêta devant la vitre la plus proche de la porte.) Il est là-bas à droite, près du pin.

Vhen n'avait pas besoin de se pencher sur le côté pour vérifier qu'elle avait raison. Elle sentait bien évidemment la présence de Trez, mais elle n'était tout simplement pas certaine de sa position ni de sa nature.

Pourtant, il répondit :

— Il n'y a rien hormis les arbres.

— Faux.

— On a peur des ombres, Princesse ?

Quand elle le toisa par-dessus son épaule, le scorpion albinos suspendu à son lobe croisa également son regard.

— La peur n'est pas le problème. La déloyauté, si. Je ne supporte pas la déloyauté.

— Sauf quand tu la pratiques toi-même, naturellement.

— Oh, je te suis plutôt fidèle, mon amour. À l'exception du frère de notre père, comme tu le sais. (Elle se tourna et redressa les épaules.) Mon compagnon est le seul en dehors de toi. Et je viens ici seule.

— Tes vertus abondent, même si, comme je l'ai déjà dit, je te prie d'en prendre d'autres dans ton lit. Offre-toi donc une centaine de mâles.

— Aucun n'arriverait à ta hauteur.

Vhen avait envie de vomir chaque fois qu'elle lui faisait un compliment sans fondement, et elle le savait. Ce qui était bien entendu la raison pour laquelle elle s'entêtait à lui dire des trucs pareils.

— Raconte-moi, dit-il pour changer de sujet. Puisque tu as évoqué notre oncle, comment se porte cet enfoiré ?

— Il te croit toujours mort. Donc ma part de notre marché se trouve honorée.

Vhen plongea la main dans la poche de son manteau de zibeline et en sortit 250 000 dollars en rubis. Il jeta le joli petit sac sur le sol au bas de sa robe et ôta sa fourrure. Sa veste de costume et ses mocassins suivirent. Puis ce fut au tour de ses chaussettes en soie, de son pantalon et de sa chemise. Il n'avait pas de boxer à retirer. Pourquoi s'ennuyer ?

Vhengeance se tenait debout devant elle, son sexe dressé, ses pieds bien à plat, sa poitrine puissante soulevée à chaque souffle.

— Et je suis prêt à conclure notre transaction.

Le regard rubis descendit le long de son corps et s'arrêta au niveau de son membre. Elle ouvrit la bouche, passant sa langue bifide sur sa lèvre inférieure. Les scorpions à ses oreilles agitèrent leurs pinces, comme s'ils répondaient à son excitation.

Elle désigna le sac en velours.

— Ramasse-le et donne-le-moi correctement.

— Non.

— Ramasse-le.

— Tu aimes te pencher devant moi. Pourquoi devrais-je te priver de ton passe-temps préféré ?

La Princesse rentra ses mains dans les longues manches de sa robe et s'approcha de lui à la manière fluide des *symphathes*, semblant flotter au-dessus du parquet. Quand elle fut près de lui, il ne bougea pas, car il aurait préféré crever que de reculer d'un pas devant une femelle pareille.

Ils se dévisagèrent et, dans le silence profond et atroce, il ressentit un terrible sentiment de communion avec elle. Ils étaient semblables et, même s'il la détestait, être lui-même lui apportait un intense soulagement.

— Ramasse-le…

— Non.

Elle décroisa les bras et l'une de ses mains à six doigts fendit l'air jusqu'à son visage. La gifle fut aussi dure et brutale que l'éclat de ses yeux rubis. Vhen refusa de laisser sa tête reculer sous l'impact alors que le claquement résonnait comme celui d'une assiette cassée.

— Je veux que tu me remettes ta dîme correctement. Et je veux savoir qui elle est. J'ai déjà senti ton intérêt pour elle auparavant, quand tu es loin de moi.

Vhen garda la pub pour la plage épinglée à son lobe frontal et sut qu'elle bluffait.

— Je ne m'incline ni devant toi ni devant personne, salope. Donc, si tu veux ce sac, tu vas devoir toucher tes orteils. Et quant à ce que tu crois savoir, tu te trompes. Personne n'existe à mes yeux.

Elle le gifla de nouveau, la douleur longeant sa colonne vertébrale jusqu'à son gland.

— Tu t'inclines devant moi chaque fois que tu viens ici, avec ton paiement pathétique et ton sexe avide. Tu as besoin de ça, tu as besoin de moi.

Il approcha son visage du sien.

— Ne te flatte pas, Princesse. Tu es une corvée, pas un choix.

— C'est faux. Tu vis pour me haïr.

La Princesse empoigna son membre érigé, ses doigts de cadavre l'enserrant fortement. Quand il sentit sa prise et ses caresses, il fut révolté… et pourtant son sexe laissa échapper une goutte d'humidité, même s'il ne le supportait pas : alors qu'il ne la trouvait pas du tout attirante, son côté *symphathe* était entièrement engagé dans cette bataille de volonté, et c'était là l'aspect érotique de la chose.

La Princesse se pencha sur lui, frottant de l'index la pointe et la base de son pénis.

— Qui que soit cette femelle dans ta tête, elle ne peut pas lutter contre ce que nous avons.

Vhen encercla de ses mains le cou de son maître chanteur et pressa de ses pouces jusqu'à ce qu'elle se mette à haleter.

— Je pourrais t'arracher la tête.

— Tu ne le feras pas. (Elle déplaça ses lèvres rouges et luisantes sur la gorge de Vhen, et le rouge à lèvres composé de piment écrasé le brûla.) Parce que nous ne pourrions pas faire ça si j'étais morte.

— Ne sous-estime pas le charme de la nécrophilie. Surtout en ce qui te concerne. (Il saisit l'arrière de son chignon et tira brusquement.) Et si nous nous mettions au travail ?

— Quand tu auras ramassé…

— Ça n'arrivera pas ! Je ne m'incline pas.

De sa main libre, il écarta les pans de sa robe, dévoilant la délicate combinaison en résille qu'elle portait toujours. La faisant pivoter, il la poussa la tête la première contre la porte et fouilla les cascades de satin rouge tandis qu'elle avait le souffle coupé. La résille qu'elle portait était enduite de venin de scorpion et, pendant qu'il s'activait pour la pénétrer, le poison s'insinuait sous sa peau. Avec un peu de chance, il aurait le temps de la baiser un moment avant qu'elle enlève sa robe…

La Princesse lui échappa en se dématérialisant et reprit forme juste devant la fenêtre à travers laquelle Trez regardait. Ôtée précipitamment par sa seule volonté, la robe disparut, dévoilant sa chair. Elle était bâtie comme le reptile qu'elle était, sinueuse et bien trop mince. Sa combinaison chatoyante semblait recouverte d'écailles quand la lune se reflétait sur les fils entrelacés.

Elle avait les pieds posés de chaque côté du sac de rubis.

— Tu vas me vénérer, dit-elle, mettant la main entre ses cuisses et caressant sa fente. Avec ta bouche.

Vhen s'approcha et se mit à genoux. Levant les yeux vers elle, il répondit avec un sourire :

— Et ce sera toi qui ramasseras ce sac.

Chapitre 18

Ehlena se tenait juste à l'entrée de la morgue de la clinique, les bras serrés autour de la poitrine, le cœur dans la gorge, des prières s'échappant de ses lèvres. Malgré son uniforme, elle n'attendait pas à titre professionnel, et le panneau « Réservé au personnel » qui se trouvait à hauteur des yeux l'arrêtait autant que n'importe qui portant des vêtements civils. Pendant que les minutes s'égrenaient, chacune semblant plus longue qu'un siècle, elle regardait fixement les lettres comme si elle ne savait plus lire. Le mot « Personnel » se trouvait sur l'une des portes, le mot « Réservé » sur l'autre. Écrits en grosses majuscules rouges. Au-dessous se trouvait la traduction en langue ancienne.

Alix venait de les franchir, Havers à son côté.

Je vous en prie… pas Stephan. Je vous en prie, faites que la victime anonyme ne soit pas Stephan.

Le gémissement qui filtra au travers des portes « Réservé au personnel » lui fit fermer les yeux si fort que la tête lui tourna.

En fin de compte, il ne lui avait pas posé un lapin.

Dix minutes plus tard, Alix sortit, le visage blanc, ses cernes rouges à force d'avoir essuyé les larmes. Havers était juste derrière lui, et le médecin avait l'air tout aussi navré.

Ehlena s'avança et prit Alix dans ses bras.

— Je suis vraiment désolée.

— Comment… comment puis-je annoncer à ses parents… Ils ne voulaient pas que je vienne ici… Oh, Seigneur…

Ehlena serra contre elle le corps tremblant du mâle jusqu'à ce qu'Alix se redresse et se passe les deux mains sur le visage.

—Il attendait avec impatience de sortir avec vous.

—Moi aussi.

Havers posa la main sur l'épaule d'Alix.

—Voulez-vous le ramener avec vous ?

Le mâle regarda les portes derrière lui, les lèvres serrées.

—Nous allons vouloir commencer le… rituel funéraire… mais…

—Souhaitez-vous que je l'embaume ? demanda doucement Havers.

Alix ferma les yeux et hocha la tête.

—Nous ne pouvons pas laisser sa mère voir son visage. Cela la tuerait. Et je le ferais bien sauf que…

—Nous prendrons grand soin de lui, déclara Ehlena. Vous pouvez nous faire confiance, nous nous occuperons de lui avec respect et révérence.

—Je ne crois pas que je pourrais… (Alix les regarda brièvement.) Est-ce mal de ma part ?

—Non. (Elle prit ses deux mains dans les siennes.) Et je vous promets que nous le ferons avec amour.

—Mais je devrais assister…

—Vous pouvez nous faire confiance. (Le mâle retenait ses larmes et Ehlena l'éloigna doucement des portes de la morgue.) Je veux que vous alliez attendre dans l'une des salles réservées aux familles.

Ehlena conduisit le cousin de Stephan le long du couloir jusqu'à l'endroit où l'on trouvait les chambres des patients. Quand une infirmière passa, Ehlena lui demanda de l'emmener dans une salle d'attente privée puis retourna à la morgue.

Avant d'entrer, elle inspira profondément et redressa les épaules. Poussant la porte, elle sentit l'odeur des herbes et aperçut Havers debout près du corps recouvert d'un drap blanc. La démarche d'Ehlena flancha.

— Mon cœur est lourd, déclara le médecin. Si lourd. Je ne voulais pas que ce pauvre garçon voie son cousin dans cet état, mais il a insisté après avoir identifié les vêtements. Il fallait qu'il voie.

— Parce qu'il fallait qu'il en soit certain.

C'était ce qu'elle aurait voulu dans pareille situation.

Lorsque Havers souleva le drap, le repliant sur la poitrine, Ehlena posa une main sur sa bouche pour retenir un gémissement.

Le visage tuméfié et marbré de Stephan était presque méconnaissable.

Elle déglutit une fois. Puis une autre. Et une troisième.

Douce Vierge scribe, il était vivant à peine vingt-quatre heures plus tôt. Vivant, en ville et attendant avec impatience de la voir. Puis un mauvais choix ne l'avait pas envoyé dans une bonne direction : un chemin qui l'avait mené ici, étendu sur un lit d'acier inoxydable, glacial, attendant d'être préparé en vue du rituel funéraire.

— Je vais chercher les rouleaux, dit Ehlena d'une voix rauque quand Havers découvrit complètement le cadavre.

La morgue était petite, avec seulement huit unités réfrigérées et deux tables d'examen, mais elle était bien équipée et sa réserve regorgeait de fournitures. Les rouleaux cérémoniels étaient conservés dans le placard à côté du bureau et, quand elle ouvrit la porte, un parfum d'herbes frais s'éleva. Les bandes de lin faisaient huit centimètres de large et étaient présentées sous forme de rouleaux épais comme les deux poings d'Ehlena. Trempées dans un mélange de romarin, de lavande et de sel marin, elles exhalaient une odeur assez agréable qui malgré tout provoquait un mouvement de recul chaque fois qu'elle en respirait un effluve.

La mort. C'était l'odeur de la mort.

Elle sortit dix rouleaux qu'elle empila dans ses bras, puis revint vers l'endroit où le corps de Stephan était entièrement dénudé, avec seulement un linge sur son entrejambe.

Au bout d'un moment, Havers sortit du vestiaire situé dans le fond de la pièce, vêtu d'une robe noire nouée d'une ceinture assortie. Autour de son cou, suspendu à une longue et lourde chaîne d'argent, pendait un outil à trancher affûté et décoré, tellement ancien que le filigrane gravé sur la poignée portait des taches sombres dans le dessin incurvé.

Ehlena inclina la tête tandis que Havers prononçait les prières dédiées à la Vierge scribe pour le repos paisible de Stephan dans la tendre étreinte de l'Estompe. Quand le docteur eut terminé, elle lui tendit le premier des rouleaux parfumés et ils commencèrent avec la main droite de Stephan, comme il se devait. Avec toute la douceur et le soin possibles, elle souleva les membres froids et gris pendant que Havers enveloppait méticuleusement la chair, repassant les bandes de lin sur elles-mêmes. Quand ils furent remontés à l'épaule, ils se déplacèrent à la jambe droite ; puis ce fut la main gauche, le bras gauche et la jambe gauche.

Soulevant le tissu de l'entrejambe, Ehlena se détourna, comme le voulait la tradition pour une femelle. Dans le cas d'un corps de femelle, elle n'aurait pas eu à le faire, même si un spectateur mâle l'aurait fait par respect. Une fois les hanches recouvertes, le torse fut à son tour enveloppé jusqu'à la poitrine, ainsi que les épaules.

À chaque passage du lin, l'odeur d'herbes recommençait à lui assaillir les narines, lui donnant la sensation de suffoquer.

Ou peut-être ne s'agissait-il pas de l'odeur, mais des pensées qui l'assaillaient. Avait-il été son avenir ? L'aurait-elle connu intimement ? Aurait-il pu devenir son *hellren* et le père de son enfant ?

Des questions à jamais sans réponse.

Ehlena se renfrogna. Non, en fait, elles avaient toutes obtenu une réponse.

Et, pour chacune, c'était un « non ».

Pendant qu'elle tendait un autre rouleau au médecin de l'espèce, elle se demanda si Stephan avait vécu une vie remplie et satisfaisante.

Non, se dit-elle. *On l'a arnaqué. Complètement arnaqué. On l'a floué.*

C'était le visage que l'on recouvrait en dernier et elle tint sa tête pendant que le docteur enroulait minutieusement le lin. Ehlena avait du mal à respirer et, juste au moment où Havers couvrit les yeux, une larme roula le long de sa joue et atterrit sur le rouleau blanc.

Havers lui posa brièvement la main sur l'épaule puis termina l'opération.

Le sel dans les fibres du lin faisait office d'absorbeur, afin qu'aucun fluide ne coule à travers le tissu, et le minéral préservait également le corps pour la mise au tombeau. Les herbes avaient la fonction évidente de masquer les odeurs à court terme, mais elles étaient également emblématiques des fruits de la terre et des cycles de croissance et de mort.

Avec un juron, elle retourna au placard et en sortit un linceul, qu'Havers et elle utilisèrent pour envelopper Stephan. Le noir sur l'extérieur symbolisait la chair mortelle et corruptible, le blanc à l'intérieur représentait la pureté et l'incandescence de l'âme dans son foyer éternel de l'Estompe.

Ehlena avait entendu dire une fois que les rituels avaient des vertus importantes en plus de leur côté pratique. Ils étaient censés aider à la guérison psychologique. Mais, debout au-dessus de la dépouille de Stephan, elle avait l'impression que ce n'était qu'un ramassis d'idioties. C'était une idée fausse, une tentative pathétique d'endiguer les exigences d'un destin cruel avec un tissu à l'odeur agréable.

Rien d'autre qu'une housse sur un canapé taché de sang.

Ils se recueillirent un moment au chevet de Stephan, puis poussèrent le brancard hors de la morgue et empruntèrent un dédale de tunnels qui passait sous les garages. Là, ils déposèrent Stephan dans l'une des quatre ambulances dont le camouflage les faisait ressembler exactement à celles que les humains utilisaient.

— Je les ramènerai tous les deux chez ses parents, dit-elle.

— Avez-vous besoin d'être accompagnée ?

— Je pense qu'Alix se sentira mieux sans public supplémentaire.

— Faites attention. Pas seulement à eux, mais aussi à votre propre sécurité.

— Oui.

Chaque ambulance dissimulait un pistolet sous le siège conducteur et, dès qu'Ehlena avait commencé à travailler à la clinique, Catya lui avait appris à tirer : sans la moindre hésitation, elle était en mesure de faire face à tout ce qui lui ferait obstacle.

Quand Havers et elle eurent fermé la double porte de l'ambulance, Ehlena jeta un coup d'œil à l'entrée du tunnel.

— Je crois que je vais retourner à la clinique en passant par le parking. J'ai besoin d'air.

Havers hocha la tête.

— Et je vais faire de même. J'ai moi aussi besoin d'air.

Ensemble, ils marchèrent dans la nuit froide et claire.

En bonne prostituée, Vhen fit tout ce qu'on lui demandait. Sa brutalité et sa grossièreté étaient une concession faite à son libre arbitre et, là encore, une des raisons pour lesquelles la Princesse appréciait leur marché.

Quand tout fut fini, tous deux étaient éreintés – elle par une succession d'orgasmes, lui à cause du venin de scorpion qui s'était profondément insinué dans son sang –, et ces saloperies de rubis étaient restés là où il les avait jetés. Par terre.

La Princesse était allongée sur le rebord de la fenêtre, haletant fortement, ses doigts à quatre phalanges écartés, probablement parce qu'elle savait que cela lui foutait les jetons. Vhen, quant à lui, se tenait debout au fond de la cabane, aussi loin d'elle que possible, chancelant.

Quand il tenta de respirer, l'odeur de sexe, de débauche qui imprégnait la pièce lui répugna. De la même manière, les exhalaisons de la Princesse étaient partout sur lui, le recouvrant, l'étouffant tellement que, malgré le sang *symphathe* qui coulait dans ses veines, il avait envie de vomir. Ou peut-être s'agissait-il du venin. Comment savoir ?

Elle leva une de ses mains osseuses et désigna le sac en velours.

— Ramasse-les.

Vhen la regarda droit dans les yeux et secoua la tête lentement.

— Tu ferais mieux de retourner auprès de notre oncle, dit-il d'une voix sourde. Je suis prêt à parier que si tu disparais trop longtemps, il va se montrer suspicieux.

Il marquait un point. Le frère de leur père était un sociopathe calculateur et soupçonneux. Comme eux deux, d'ailleurs.

C'était de famille, comme on disait.

La robe de la Princesse se souleva du sol puis flotta jusqu'à elle et, tandis que le vêtement demeurait suspendu en l'air à son côté, elle sortit une large ceinture rouge d'une poche intérieure. La glissant entre ses jambes, elle la noua autour de son sexe, retenant ainsi ce qu'il avait laissé en elle. Puis elle se rhabilla, dissimulant la partie de la robe qu'il avait déchirée en l'enroulant sous l'étoffe du dessus. La ceinture en or – ou, tout du moins, qu'il supposait être en or, vu la manière dont elle réfléchissait la lumière – suivit.

— Passe le bonjour à mon oncle, dit Vhen d'une voix traînante. Ou… pas.

— Ramasse… les…

— Soit tu te baisses pour prendre ce sac, soit tu le laisses derrière toi.

Un éclair de méchanceté passa dans les yeux de la Princesse, du genre à trouver sympathique l'idée de se battre avec des meurtriers, et ils se regardèrent d'un air furieux et hostile pendant de longues minutes.

La Princesse craqua. Exactement comme il l'avait annoncé.

À son immense satisfaction, ce fut elle qui ramassa les pierres, et sa capitulation manqua de le faire jouir une nouvelle fois, sa pointe menaçant de se coincer quand bien même elle n'avait rien à quoi s'accrocher.

— Tu pourrais être roi, dit-elle.

Elle tendit la main, et le sac en velours contenant les rubis se souleva du sol.

— Tue-le et tu pourrais être roi.

— Je pourrais te tuer toi et être heureux.

— Tu ne seras jamais heureux. Tu as été élevé loin de nous, tu vis un mensonge au milieu d'êtres inférieurs. (Elle sourit, et une vraie joie se refléta sur son visage.) Il n'y a qu'ici, avec moi, que tu peux être honnête. Au mois prochain, mon amour.

Elle lui envoya un baiser de ses mains hideuses et se dématérialisa, se dissipant comme son souffle quand il était dehors, englouti par l'air léger de la nuit.

Les genoux de Vhen flanchèrent et il s'effondra sur le sol, atterrissant tel un sac d'os. Étendu sur les planches rugueuses, il avait conscience du moindre muscle endolori de ses cuisses, du picotement à l'extrémité de son sexe tandis que son prépuce reprenait sa place, des déglutitions compulsives provoquées par le venin de scorpion.

Pendant que la chaleur de la cabane s'échappait, la nausée le balaya d'une vague fétide et huileuse, son estomac se recroquevillant comme un poing, de multiples spasmes lui enserrant la gorge. Les réflexes de vomissement qui suivirent le firent ouvrir la bouche, mais en vain.

Il savait bien qu'il ne fallait pas manger avant l'un de ses rendez-vous.

Trez entra si silencieusement que Vhen ne remarqua la présence de son meilleur ami que lorsque ses bottes se trouvèrent devant son visage.

La voix du Maure était douce.

— Si on te sortait de là ?

Vhen attendit une pause dans les haut-le-cœur pour tenter de se relever.

— Laisse-moi… m'habiller.

Le poison de scorpion martelait son système nerveux central, engorgeant tous ses nerfs, si bien que traîner son corps jusqu'à ses vêtements impliquait une démonstration embarrassante de faiblesse. Le problème était que l'antivenin devait rester dans la voiture, sinon la Princesse le découvrirait, et lui montrer ses faiblesses équivalait à tendre son arme chargée à l'ennemi.

Trez perdit patience devant son entêtement et ramassa le manteau.

— Contente-toi d'enfiler ça pour qu'on te soigne.

— Je… m'habille.

C'était la fierté de la prostituée.

Trez jura et s'agenouilla avec le manteau.

— Bordel de merde, Vhen…

— Non…

Un sifflement violent lui coupa la parole et le plaqua au sol, lui offrant un rapide aperçu des nœuds du plancher en pin.

Merde, c'était sévère, ce soir. Ça n'avait jamais été ainsi.

— Désolé, Vhen, mais je prends le relais.

Trez ignora ses tentatives pathétiques pour repousser son aide et, une fois Vhen emmitouflé dans la zibeline, son ami le souleva et le porta comme un outil défectueux.

— Tu peux pas continuer comme ça, déclara-t-il pendant que ses grandes jambes les ramenaient rapidement à la Bentley.

— Regarde… moi.

Pour les garder en vie, Xhex et lui, et leur permettre de rester dans le monde libre, il devait le faire.

Chapitre 19

Vhen s'éveilla dans sa chambre de la demeure des Adirondacks qu'il utilisait comme refuge. Il savait où il se trouvait grâce aux fenêtres qui allaient du sol au plafond, au feu qui crépitait face à lui et au fait que le pied de lit était en acajou sculpté d'angelots. Ce qu'il ignorait, c'était le nombre d'heures écoulées depuis son rendez-vous avec la Princesse. Une ? Cent ?

De l'autre côté de la pièce obscure, Trez était assis dans un fauteuil club rouge sang et lisait à la faible lueur d'une lampe à col de cygne.

Vhen s'éclaircit la voix.

— C'est quel livre ?

Le Maure leva ses yeux en amande, son regard se focalisant avec une acuité dont Vhen se serait bien passé.

— Tu es réveillé.

— Quel bouquin ?

— Le *Lexique mortuaire des Ombres*.

— Une lecture facile. Et moi qui croyais que tu étais fan de *Sex and the City* !

— Comment tu te sens ?

— Bien. Super. Tout guilleret.

Vhen grogna quand il se redressa sur ses oreillers. En dépit de son manteau de zibeline, qui enveloppait son corps nu, et des couettes, des jetés de lit et des édredons qui le recouvraient, il était aussi gelé que le derrière d'un pingouin. Trez devait lui avoir injecté une dose massive de dopamine.

Mais au moins l'antivenin avait fait effet et il n'avait plus le souffle court et sifflant.

Trez referma lentement la couverture du livre ancien.

— Je ne fais que me préparer.

— Pour la prêtrise ? Je croyais que toute cette histoire de royauté te tendait les bras.

Le Maure déposa le volume sur la table basse près de lui et se redressa de toute sa hauteur. Après s'être étiré, il s'approcha du lit.

— Tu veux à manger ?

— Ouais, ce serait cool.

— Donne-moi un quart d'heure.

Quand la porte se referma derrière son ami, Vhen farfouilla et trouva la poche intérieure de sa zibeline. Il sortit son téléphone et le consulta, mais il n'y avait pas de message. Pas de texto.

Ehlena n'avait pas essayé de le joindre. Mais bon, pourquoi l'aurait-elle fait ?

Il contempla le téléphone et suivit le contour du clavier avec son pouce. Il avait une envie dévorante de l'entendre, comme si le son de sa voix pouvait balayer tout ce qui était arrivé dans cette cabane.

Comme si elle pouvait balayer les vingt-cinq dernières années.

Vhen regarda la liste de ses contacts et fit apparaître son numéro à l'écran. Elle était probablement au travail, mais s'il laissait un message, peut-être le rappellerait-elle pendant sa pause. Il hésita, mais finit par appuyer sur « Appel » et colla le téléphone à l'oreille.

Au moment où la sonnerie se déclencha, une image nette et abominable surgit dans son esprit et il se vit en train de baiser avec la Princesse, ondulant des hanches, la lune projetant leurs ombres obscènes sur le plancher mal dégrossi.

Il mit fin à l'appel d'un coup, ayant l'impression que son corps était enduit de merde.

Seigneur, il n'y aurait jamais assez de douches en ce bas monde pour le rendre suffisamment propre pour parler à Ehlena. Pas assez de savon, d'eau de Javel ni de pailles de fer. Alors qu'il se la remémorait dans son uniforme d'infirmière immaculé, ses cheveux blond vénitien tirés en queue-de-cheval, ses chaussures blanches impeccables, il sut que s'il la touchait il la souillerait à jamais.

De son pouce engourdi, il caressa l'écran du téléphone comme s'il s'agissait de la joue d'Ehlena, puis il laissa retomber sa main sur le lit. La vue des veines d'un rouge éclatant sur son bras lui rappela quelques autres petites choses qu'il avait faites avec la Princesse.

Il n'avait jamais considéré son corps comme un don spécial. Il était grand et musculeux, donc utile, et le sexe opposé l'appréciait, ce qu'on pouvait considérer comme un atout. Et il fonctionnait parfaitement… enfin, à l'exception des effets secondaires provoqués par la dopamine et l'allergie au venin de scorpion.

Mais vraiment, qui s'en souciait ?

Étendu sur son lit dans la quasi-obscurité, son téléphone à la main, il revit d'autres scènes atroces de son rendez-vous avec la Princesse… Elle lui faisant une fellation, et lui s'inclinant pour la prendre par-derrière, sa bouche à l'ouvrage entre ses cuisses. Il se rappela la sensation quand l'aiguillon de son sexe s'accrochait, les attachant tous deux ensemble.

Puis il songea à Ehlena lui prenant sa tension… et à la manière dont elle s'était écartée de lui.

Elle avait eu raison de le faire.

Il avait tort de l'appeler.

Avec un soin réfléchi, il déplaça son pouce sur les boutons et accéda à sa fiche contact. Il ne cessa d'appuyer que lorsqu'elle s'effaça du téléphone et, pendant qu'elle disparaissait, une chaleur inattendue lui gonfla la poitrine – et lui apprit que, d'après son côté maternel vampire, il avait fait le bon choix.

Il demanderait une autre infirmière la prochaine fois qu'il se rendrait à la clinique. Et, s'il revoyait Ehlena, il la laisserait tranquille.

Trez entra avec un plateau composé de flocons d'avoine, de thé et de pain grillé.

— Miam, fit Vhen sans enthousiasme.

— Sois un gentil garçon et mange ça. Au prochain repas, je t'apporterai des œufs au bacon.

Une fois le plateau installé sur ses genoux, Vhen jeta le téléphone sur la fourrure et saisit la cuillère. De façon abrupte et sans la moindre raison, il demanda :

— T'as déjà été amoureux, Trez ?

— Non. (Le Maure retourna à son fauteuil dans le coin, la lampe recourbée illuminant son beau visage noir.) J'ai vu iAm essayer et je me suis dit que c'était pas pour moi.

— iAm ? Raconte. J'ignorais que ton frère avait une nana.

— Il n'en parle pas et je ne l'ai jamais rencontrée. Mais il a eu le cafard pendant un moment, le genre de cafard que seule une femme peut infliger à un mec.

Vhen touilla son porridge saupoudré de sucre roux.

— Tu penses que tu vas t'unir un jour ?

— Non. (Trez sourit, dévoilant ses dents parfaitement blanches.) Pourquoi tu demandes ça ?

Vhen leva la cuillère à sa bouche et mangea.

— Comme ça.

— C'est ça, oui.

— Les flocons d'avoine sont délicieux.

— Tu détestes ça.

Vhen eut un petit rire et continua de manger pour ne pas parler, songeant que l'amour n'était absolument pas pour lui. Mais le travail, certainement que si.

— Comment ça se passe aux clubs ? s'enquit-il.

— Mer d'huile pour l'instant.

— Bien.

Vhen termina les céréales, se demandant pourquoi, si tout se déroulait à merveille à Caldwell, un pressentiment lui nouait les entrailles.

Sans doute les flocons d'avoine, pensa-t-il.

— Tu as dit à Xhex que j'allais bien, hein ?

— Oui, répondit Trez en reprenant son livre. J'ai menti.

Xhex était assise derrière son bureau et dévisageait deux de ses meilleurs videurs, Grand Rob et Tom le Muet. Ils étaient humains, mais intelligents, et dans leurs jeans baggy ils donnaient l'impression parfaite et fausse de désinvolture qu'elle recherchait.

— Qu'est-ce qu'on peut faire pour vous, chef? demanda Grand Rob.

Se penchant en avant, elle sortit dix billets pliés de la poche arrière de son pantalon en cuir. Elle les leur montrait délibérément, les divisant en deux piles et les glissant vers eux.

— J'ai besoin que vous fassiez un boulot qui sort de l'ordinaire.

Ils hochèrent la tête aussi vite qu'ils mirent la main sur les billets.

— Tout ce que vous voulez, répondit Grand Rob.

— Pendant l'été, on avait un barman qu'on a viré parce qu'il piquait dans la caisse. Ce mec s'appelle Grady. Vous vous souvenez de lui…

— J'ai vu cette sale histoire au sujet de Chrissy dans le journal.

— Quel salaud, ajouta pour une fois Tom le Muet.

Xhex ne fut pas surprise qu'ils connaissent toute l'affaire.

— Je veux que vous le retrouviez. (Grand Rob se mit à faire craquer ses phalanges et elle secoua la tête.) *Niet*. La seule chose que vous faites, c'est de me trouver son adresse.

S'il vous repère, vous faites profil bas et vous décampez. On est d'accord ? Vous ne l'effleurez même pas.

Tous deux sourirent d'un air sinistre.

— Pas de souci, chef, murmura Grand Rob. On vous le mettra de côté.

— La police de Caldwell le recherche également.

— Je veux bien le croire.

— Nous ne voulons pas que la police sache ce que vous faites.

— Pas de souci.

— Je m'arrangerai pour vous faire remplacer. Plus vite vous le trouverez, plus je serai contente.

Grand Rob jeta un coup d'œil à Tom le Muet. Au bout d'un moment, ils sortirent les billets qu'elle leur avait donnés et les firent glisser de l'autre côté du bureau.

— On fera justice à Chrissy, chef. Vous inquiétez pas.

— Avec vous, les gars, je ne m'inquiète pas.

La porte se referma sur eux et Xhex passa les mains sur ses cuisses, forçant les cilices de ses jambes à pénétrer plus profondément dans sa chair. Elle brûlait de se tirer d'ici, mais avec Vhen dans le Nord et les échanges qui seraient conclus ce soir, elle ne pouvait pas quitter le club. Tout comme elle ne pouvait pas filer Grady elle-même. Cet inspecteur de la criminelle allait la surveiller.

Posant les yeux sur le téléphone, elle eut envie de pousser un juron. Trez l'avait appelée plus tôt pour lui apprendre que Vhen avait survécu à son rencard avec la Princesse, et le ton du Maure, au-delà des mots, lui avait appris que le corps de Vhen n'était pas en état de supporter plus de tortures.

Encore une situation qu'elle était forcée de supporter sans pouvoir agir.

Être impuissante ne lui convenait pas, mais quand il s'agissait de la Princesse, elle se sentait toujours démunie. Plus de vingt ans auparavant, quand les choix de Xhex les avaient mis dans cette situation, Vhen lui avait dit qu'il réglerait la situation à une condition : elle le laisserait faire à sa manière, sans interférer. Il lui avait fait jurer de se tenir à l'écart et, même si cela la minait, elle tenait parole et était spectatrice d'une situation où Vhen était forcé de tomber entre les mains de cette salope à cause d'elle.

Bon sang, elle souhaitait qu'il se lâche et la frappe. Juste une fois. Au lieu de quoi il continuait d'endurer cette vie, réglant ses dettes à elle avec son corps à lui.

Elle avait fait de lui une prostituée.

Xhex quitta son bureau parce qu'elle ne supportait pas de rester plus longtemps seule avec elle-même et, une fois dans le club, se mit à espérer une échauffourée dans la foule, comme un trio amoureux qui imploserait avec un mec qui foutrait des baffes à un autre pour une fille aux lèvres collagénées et aux nibards en plastique. Ou peut-être une rencontre secrète qui tournerait au vinaigre dans les toilettes des hommes au niveau de la mezzanine. Merde, elle était tellement désespérée qu'elle accepterait même qu'un soûlard s'énerve au sujet de sa tequila ou que des lesbiennes dans un coin franchissent la ligne rouge.

Elle avait besoin de frapper quelque chose, et sa meilleure occasion se trouvait dans la masse. Si seulement il y avait…

C'était bien sa chance. Tout le monde se tenait à carreau.

Sales enfoirés.

Finalement, elle atterrit au carré VIP parce qu'elle rendait les videurs parano en rôdant dans le club à attendre une bagarre. En outre, elle devait rouler des mécaniques pour un échange d'importance.

Quand elle franchit le cordon de velours, son regard se dirigea immédiatement vers la table de la Confrérie. John Matthew et ses potes n'étaient pas là mais, si tôt dans la soirée, ils devaient se trouver dehors à chasser des éradiqueurs.

Si jamais ils venaient s'enfiler des Corona, ce serait plus tard dans la nuit.

Elle se fichait que John se pointe.

Complètement.

S'approchant d'iAm, elle demanda :

— On est prêts ?

Le Maure hocha la tête.

— Rally a préparé le produit. Les acheteurs devraient être là d'ici à vingt minutes.

— Bien.

Deux deals de coke à six chiffres allaient avoir lieu ce soir et, Vhen étant hors service pour les transactions et Trez avec lui dans le Nord, iAm et elle avaient la responsabilité des opérations. Même si l'argent allait changer de mains dans le bureau, le produit serait chargé dans les voitures dans la ruelle de derrière, parce que quatre kilos de pure sud-américaine n'étaient pas le genre de paquet qu'elle souhaitait voir se balader dans le club. Merde, le fait que les acheteurs arrivent avec des mallettes de billets était déjà un problème suffisant.

Xhex se trouvait pile à la porte du bureau quand elle aperçut Marie-Terese en train de calmer un type en costume qui la regardait avec admiration et émerveillement, comme si elle était l'équivalent féminin d'une voiture de sport dont on venait de lui remettre les clés.

La lumière scintilla sur l'alliance qu'il portait quand il esquissa un geste pour sortir son portefeuille.

Marie-Terese secoua la tête et leva sa main gracieuse pour l'arrêter, puis elle mit le type extasié debout et le mena jusqu'aux toilettes privées dans le fond, où le liquide pourrait changer de mains.

Xhex se détourna et se retrouva face à la table de la Confrérie.

Tout en regardant la place à laquelle John Matthew s'asseyait d'habitude, elle repensa au client actuel de Marie-Terese. Xhex était prête à parier que ce fils de pute, qui était sur le point de casquer 500 dollars pour se faire sucer ou baiser, ou peut-être même 1 000 pour les deux, ne regardait pas sa femme avec la même excitation ni la même convoitise. Un pur fantasme. Il ne savait rien de Marie-Terese. Il ignorait que deux ans plus tôt son fils avait été enlevé par son ex-mari et qu'elle travaillait pour rembourser ce qu'il lui en avait coûté afin de récupérer le gamin. Pour lui, elle n'était qu'un magnifique morceau de viande, un objet avec lequel on jouait puis qu'on abandonnait. Net et sans bavure.

Tous les clients étaient ainsi.

Et il en allait de même pour le John de Xhex. Elle était un fantasme pour lui. Rien d'autre. Un songe érotique auquel il pensait pour se branler – ce dont, en fait, elle ne le blâmait pas, car elle faisait exactement la même chose avec lui. Et, ironie de l'histoire, il était l'un des meilleurs amants qu'elle ait jamais eus, se soumettant à tous ses désirs, aussi longtemps que nécessaire pour satisfaire la moindre de ses envies, sans jamais qu'il n'émette de plainte, de réserve ou d'exigence.

Net et sans bavure.

La voix d'iAm sortit de son écouteur.

— Les acheteurs viennent d'entrer.

— Parfait. Allons-y.

Elle allait mener à bien les deux transactions, puis elle aurait un boulot perso à effectuer. Celui-là, elle l'attendait avec impatience. La fin de la nuit lui apporterait exactement le genre de soulagement dont elle avait besoin.

À l'autre bout de la ville, dans l'impasse silencieuse d'un quartier tranquille, Ehlena était garée devant une modeste maison de style colonial, indécise.

La clé refusait d'entrer dans le contact de l'ambulance.

Après avoir effectué ce qui aurait dû être la partie la plus difficile du voyage, après avoir remis Stephan entre les mains de ses parents, il était surprenant qu'introduire cette satanée clé dans ce fichu contact soit le plus difficile.

— Allez…

Ehlena se concentra pour calmer les tremblements de sa main. Et finit par regarder de très près le morceau de métal qui ratait le trou dans lequel il devait entrer.

Elle se cala dans le siège avec un juron, sachant qu'elle ne faisait qu'ajouter à la détresse dans laquelle était plongée cette maison, que l'ambulance stationnée juste sous ses fenêtres n'était qu'une proclamation supplémentaire et bruyante de la tragédie.

Comme si le corps du fils bien-aimé de la famille ne suffisait pas.

Elle tourna la tête et contempla les fenêtres de la maison coloniale. Des ombres se déplaçaient derrière les voilages.

Une fois qu'Ehlena était entrée en marche arrière dans l'allée, Alix avait pénétré dans la maison et elle avait attendu dans la nuit froide. Un moment plus tard, la porte du garage s'était lentement levée et Alix s'était avancé avec un mâle âgé qui ressemblait beaucoup à Stephan. Elle s'était inclinée et lui avait serré la main, avant d'ouvrir l'arrière de l'ambulance. Le mâle avait dû poser la main sur sa bouche quand Alix et elle avaient fait sortir le brancard.

— Mon fils…, avait-il gémi.

Elle n'oublierait jamais le son de cette voix. Creuse. Désespérée. Brisée.

Le père de Stephan et Alix l'avaient emporté dans la maison et, tout comme à la morgue, quelqu'un avait poussé un hurlement quelques instants plus tard. Mais cette fois-ci, il s'agissait des lamentations d'une femelle à la voix haut perchée. La mère de Stephan.

Alix était revenu pendant qu'Ehlena rangeait le brancard dans l'ambulance. Il clignait des paupières, comme s'il était face à une violente rafale de vent. Après avoir rendu un dernier hommage au défunt et lui avoir dit au revoir, elle s'était installée derrière le volant et… avait été incapable de mettre en route ce fichu véhicule.

De l'autre côté des voilages, elle apercevait deux formes collées l'une à l'autre. Puis il y en eut trois. Puis d'autres étaient arrivées.

Sans la moindre raison, elle songea aux fenêtres de la maison qu'elle louait pour son père et elle, toutes recouvertes de papier aluminium pour tenir le monde à l'écart.

Qui se tiendrait au-dessus de son propre corps embaumé quand sa vie s'achèverait ? Son père savait qui elle était la plupart du temps, mais leurs rapprochements étaient limités par la maladie. Le personnel de la clinique était adorable, mais c'était professionnel et non personnel. Lusie était payée pour les tâches qu'elle effectuait.

Qui prendrait soin de son père ?

Elle avait toujours supposé qu'il partirait en premier, mais là encore, nul doute que la famille de Stephan s'était dit la même chose.

Ehlena détourna le regard des personnes endeuillées et regarda à travers le pare-brise de l'ambulance.

La vie était trop courte, quelle que soit sa durée. Quand son tour venait, se dit-elle, personne n'était prêt à quitter ses amis, sa famille et tout ce qui le rendait heureux, qu'on ait cinq siècles comme son père ou cinquante ans comme Stephan.

Le temps n'était une source inépuisable de jours et de nuits que pour la galaxie au sens large.

Ce qui la fit s'interroger : que faisait-elle donc du temps dont elle disposait ? Son travail lui donnait un but, certes, et elle prenait soin de son père, ce qui était ce que l'on faisait pour sa famille. Mais où allait-elle ? Nulle part. Et pas seulement parce qu'elle était assise dans cette ambulance, avec des mains qui tremblaient tellement qu'elle n'arrivait pas à insérer la clé.

Mais ce n'était pas pour autant qu'elle souhaitait tout changer. Elle voulait juste quelque chose pour elle, quelque chose qui lui ferait savoir qu'elle était en vie.

Le profond regard améthyste de Vhen surgit de nulle part et, comme sous l'angle d'une caméra qui recule, elle aperçut son visage aux traits sculptés, sa crête, ses vêtements de bonne qualité et sa canne.

Cette fois, quand elle fit une nouvelle tentative pour mettre le contact, la clé s'inséra sans problème et le moteur diesel se mit en route avec un grondement. Le chauffage lui souffla de l'air froid. Fermant l'aération, elle enclencha le levier de vitesse puis quitta la maison, l'impasse et le quartier.

Qui ne lui semblait plus du tout paisible.

Derrière le volant, elle rêvassait tout en conduisant, absorbée par l'image d'un mâle qu'elle ne pouvait avoir, mais dont elle avait farouchement besoin à cet instant précis.

Ses sentiments étaient si injustes. Pour l'amour de Dieu, c'était une trahison envers Stephan, même si elle ne le connaissait pas vraiment ! Cela lui paraissait simplement irrespectueux de désirer un autre mâle alors que sa famille le pleurait.

Sauf qu'elle aurait désiré Vhengeance de toute façon.

— Merde.

La clinique était sur la rive opposée, à l'autre bout de la ville, et elle en était heureuse, parce qu'elle se sentait incapable d'affronter son travail dans l'immédiat. Elle était trop à vif, trop triste et en colère contre elle-même.

Elle avait besoin de…

Un *Starbucks*. Oh oui, c'était exactement ce qu'il lui fallait.

À environ huit kilomètres, dans un ensemble qui abritait un supermarché, un fleuriste, un opticien et un magasin de DVD, elle trouva un *Starbucks* ouvert jusqu'à 2 heures du matin. Elle arrêta l'ambulance à proximité et sortit.

Quand elle avait quitté la clinique avec Alix et Stephan, elle n'avait pas pensé à prendre son manteau, aussi se blottit-elle contre son sac à main et se dépêcha-t-elle de remonter le trottoir et de franchir la porte. À l'intérieur, l'endroit ressemblait à la plupart de ses homologues : des moulures en bois rouge, du carrelage gris foncé au sol, et beaucoup de fenêtres, de fauteuils rembourrés et de petites tables. Au comptoir se trouvaient les tasses que l'on pouvait acheter, une vitrine en verre garnie de tartes au citron, de brownies et de scones, ainsi que deux humains d'une vingtaine d'années qui manipulaient les machines à café. L'odeur mêlait noisette, café et chocolat, et cet arôme effaça de son nez les relents d'herbes des rouleaux d'embaumement.

— J'peux vous aider ? demanda le plus grand des deux.

— Un *venti latte*, mousseux, sans crème fouettée. Avec deux gobelets et deux manchons.

L'humain lui sourit et traîna un peu. Il avait une barbe de trois jours, un anneau dans la narine, et son tee-shirt était orné d'un graphisme qui disait « Mange-tomates » avec des gouttelettes qui devaient représenter du sang ou, vu le texte, du ketchup.

— Vous désirez autre chose ? Les scones à la cannelle sont à tomber.

— Non, merci.

Il continua de l'observer tout en préparant sa commande. Pour se soustraire à l'attention qu'il lui portait, elle fouilla dans son sac et consulta son téléphone au cas où Lusie…

« Appel en absence. »

« Voir maintenant ? »

Elle appuya sur « oui », priant pour que ce ne soit pas son père…

Le numéro de Vhengeance s'afficha, mais pas son nom, parce qu'elle ne l'avait pas enregistré dans son téléphone. Elle regarda fixement les chiffres.

Seigneur, c'était comme s'il lisait dans ses pensées.

— Votre *latte*. Allô ?

— Désolée.

Elle rangea son téléphone, prit ce que le type lui tendait et le remercia.

— J'ai mis deux gobelets comme vous l'aviez demandé. Et deux manchons aussi.

— Merci.

— Hé, vous travaillez dans un hôpital des environs ? demanda-t-il en étudiant son uniforme.

— Une clinique privée. Encore merci.

Elle sortit en vitesse et ne perdit pas de temps pour remonter dans l'ambulance. De nouveau derrière le volant, elle verrouilla les portières et fit tourner le moteur.

Le *latte* était vraiment délicieux. Brûlant. Parfait.

Elle ressortit son téléphone, parcourut les appels reçus et afficha le numéro de Vhengeance.

Elle prit une profonde inspiration, qu'elle accompagna d'une grande gorgée de *latte*.

Puis elle appuya sur « Appel ».

Le destin lui faisait signe depuis un portable. Qui l'eût cru ?

Chapitre 20

Flhéau gara la Mercedes sous l'un des ponts de Caldwell. La berline noire était indécelable au milieu des ombres projetées par les piliers de béton éléphantesques. L'horloge digitale sur le tableau de bord lui apprit que l'heure du spectacle approchait.

À supposer que rien n'ait foiré.

En attendant, il pensa à la rencontre avec le chef des *symphathes*. Rétrospectivement, il n'aimait vraiment pas ce qu'il ressentait en présence de ce type. Il baisait des filles. Point barre. Pas de mec. Jamais.

C'était bon pour des tapettes comme John Matthew et sa bande de gonzesses.

Changeant de sujet, Flhéau sourit dans le noir, songeant qu'il était impatient de se retrouver de nouveau face à ces enfoirés. Au début, juste après avoir été ressuscité par son véritable père, il avait voulu le faire immédiatement. Après tout, John et ses potes traînaient sans doute toujours au *Zero Sum*, ce ne serait donc pas un problème de mettre la main dessus. Mais l'organisation faisait tout. Flhéau s'évertuait toujours à comprendre sa nouvelle vie et il voulait être de taille quand il écraserait John et tuerait Blay devant Vhif, avant de massacrer le salaud qui l'avait assassiné.

C'est l'organisation qui comptait.

Comme par hasard, deux voitures s'arrêtèrent entre les pylônes. La Ford Escort appartenait à la Société des éradiqueurs et la Lexus gris argent était la voiture du grossiste de Grady.

Sympa, les enjoliveurs sur la LS 600h. Très joli.

Grady fut le premier à sortir de l'Escort et, quand M. D et les deux autres éradiqueurs le suivirent, la scène avait tout de l'évacuation d'une voiture de clowns étant donné le nombre de personnes qui s'y étaient entassées.

Ils s'approchèrent de la Lexus et deux hommes vêtus d'élégants manteaux sortirent de la 600h. Comme un seul homme, les deux humains glissèrent la main droite dans leur veste et la seule chose à laquelle Flhéau pensa fut : *Mieux vaut qu'il sorte des flingues plutôt que des insignes de police de ces poches.* Si Grady avait merdé et qu'il s'agissait d'agents sous couverture prêts à jouer les deux flics à Miami des temps modernes, les choses allaient se compliquer.

Mais non… Pas d'insigne de la police de Caldwell, juste un rapide échange du côté des manteaux, sans doute du genre : « Qui sont ces trois lavettes que t'as amenées avec toi pour une transaction privée ? »

Grady regarda M. D derrière lui l'air paniqué, dépassé par les événements, et le petit Texan prit les rênes de l'opération, s'avançant avec une valise en aluminium. Après avoir déposé la mallette sur le coffre de la Lexus, il l'ouvrit pour dévoiler des piles de billets de 100 dollars. En réalité, il s'agissait de liasses d'un dollar recouvertes d'un seul billet de 100. Les manteaux se penchèrent…

« Pop. Pop. »

Grady sursauta quand les dealers touchèrent le sol comme des serpillières, ouvrant la bouche aussi largement qu'une cuvette de toilettes. Avant qu'il se mette à débiter tout un tas de réflexions regrettables, M. D s'approcha de lui et le gifla pour lui fermer le clapet.

Les deux éradiqueurs remirent leurs flingues dans leurs vestes en cuir tandis que M. D refermait la valise, contournait la voiture et s'installait au volant de la Lexus.

Pendant qu'il s'éloignait, Grady dévisagea les deux hommes pâles comme s'il s'attendait à se faire plomber lui aussi.

Au lieu de cela, ils se contentèrent de retourner à l'Escort.

Après un instant de confusion, Grady les suivit, courant de manière désordonnée comme si toutes ses articulations avaient été trop graissées, mais quand il s'approcha pour ouvrir la portière arrière, les tueurs refusèrent de le laisser monter. Grady comprit alors qu'on l'abandonnait et il s'affola, battant des bras et hurlant. Ce qui était particulièrement crétin, vu qu'il se trouvait à seulement cinq mètres de deux types avec une balle dans la tête.

Le silence serait une bonne idée, là, tout de suite.

Bien évidemment, l'un des tueurs se dit la même chose. D'une main calme, il sortit son arme et pointa le canon vers la tête de Grady.

Silence. Immobilité. Du moins de la part de l'idiot.

Deux portières se refermèrent et le moteur de l'Escort démarra avec un concert de grincements et de crachotements. Dans un crissement de pneus, les tueurs s'en allèrent, mouchetant les bottes et les mollets de Grady de boue gelée.

Flhéau alluma les phares de la Mercedes, ce qui fit se retourner Grady d'un coup et lever les bras pour se protéger les yeux.

Flhéau fut tenté de le faucher, mais pour l'instant l'utilité de ce type justifiait que son cœur continue de battre.

Flhéau démarra la Mercedes, s'arrêta à côté du fils de pute et baissa sa vitre.

— Monte.

Grady baissa les bras.

— Qu'est-ce qui s'est pas…

— Ferme-la et monte.

Flhéau remonta la vitre et attendit que Grady s'affale dans le siège passager. Pendant qu'il bouclait sa ceinture, ses dents jouaient aux castagnettes, et pas à cause du froid.

L'enfoiré était de la couleur du sel et suait comme une mascotte dans un stade.

— Vous auriez tout aussi bien pu les tuer en plein jour, balbutia Grady pendant qu'ils quittaient la route asphaltée qui longeait la rivière. Il y a des yeux partout…

— C'était le but.

Le téléphone de Flhéau se mit à sonner et il répondit tout en accélérant sur la bretelle d'accès à l'autoroute.

— Bien joué, M. D.

— Je pense qu'on a fait du bon travail, répondit le Texan. Sauf que j'vois pas de drogue. Doit être dans le coffre.

— Elle est forcément quelque part dans la voiture.

— On se retrouve toujours aux Chevaux ?

— Oui.

— Et, euh, au fait, vous avez des projets pour cette voiture ?

Flhéau sourit dans l'obscurité, se disant que la cupidité était une grande faiblesse pour un subordonné.

— Je vais la faire repeindre, lui acheter une nouvelle immatriculation et les plaques qui vont avec.

Il y eut un silence, comme si l'éradiqueur attendait autre chose.

— Oh, c'est une bonne idée, m'sieur.

Flhéau raccrocha au nez de son disciple et se tourna vers Grady.

— Je veux tout savoir sur les autres revendeurs influents de la ville. Leurs noms, leurs territoires, leurs chaînes de production, tout.

— Je ne sais pas si j'ai tout ça…

— Tu ferais mieux de trouver, dans ce cas.

Flhéau jeta son téléphone sur les genoux du type.

— Passe les appels nécessaires. Creuse. Je veux tous les dealers de la ville. Puis je veux l'éléphant qui les nourrit. Le grossiste de Caldwell.

Grady appuya la tête contre le dossier de son siège.

— Merde. Je croyais que ça aurait plus un rapport… avec mes affaires à moi.

— C'était ta deuxième erreur. Compose un numéro et trouve-moi ce que je veux.

— Écoutez… Je ne crois pas que ce soit… Je devrais probablement rentrer chez moi.

Flhéau sourit, dévoilant ses crocs et faisant luire ses yeux.

— Tu es chez toi.

Grady se tassa dans le siège, puis tenta d'agripper la poignée de la portière, même s'ils filaient sur l'autoroute à 110 kilomètres-heure.

Flhéau verrouilla les portières.

— Désolé, tu es dans le bateau et on ne descend pas pendant la traversée. À présent, tape un putain de numéro et fais-moi plaisir. Ou je vais te découper morceau par morceau en savourant chaque seconde où tu crieras.

Kolher se trouvait devant le Refuge dans un vent à lui geler les fesses, se fichant comme d'une guigne du mauvais temps. Devant lui, comme sortie d'une série télé des années 1950, la maison qui servait de havre aux victimes de violences domestiques était grande, pleine de recoins et accueillante. Des rideaux douillets étaient suspendus aux fenêtres, une couronne de Noël ornait la porte et le paillasson sur la marche supérieure annonçait « Bienvenue » avec force cursives.

En tant que mâle il n'avait pas le droit d'entrer, aussi attendait-il comme une statue sur l'herbe brune gelée, priant pour que sa bien-aimée *leelane* soit à l'intérieur… et désireuse de le voir.

Après avoir passé toute la journée dans le bureau dans l'espoir que Beth vienne le retrouver, il avait fini par parcourir la demeure à sa recherche. Comme il ne l'avait pas trouvée, il s'était mis à prier pour qu'elle soit en train de faire du bénévolat ici, comme cela lui arrivait souvent.

Marissa apparut sur le perron de derrière et referma la porte derrière elle. La *shellane* de Butch et ancienne compagne de sang de Kolher avait une allure on ne peut plus professionnelle avec son tailleur-pantalon noir, ses cheveux blonds remontés en un élégant chignon et son parfum d'océan.

— Beth vient de partir, dit-elle quand il s'approcha d'elle.

— Elle rentre à la maison ?

— À Redd Avenue.

Kolher se raidit.

— Qu'est-ce que… Qu'est-ce qu'elle fait là-bas ? (*Merde, ma* shellane *toute seule dans Caldwell ?*) Tu veux dire, à son ancien appartement ?

Marissa hocha la tête.

— Je crois qu'elle voulait retourner là où tout a commencé.

— Est-elle seule ?

— Pour ce que j'en sais, oui.

— Seigneur, elle a déjà été enlevée une fois, dit-il hargneusement. (Il se maudit en voyant Marissa esquisser un mouvement de recul.) Écoute, je suis désolé. Je ne suis pas vraiment rationnel en ce moment.

Au bout d'un instant, Marissa sourit.

— Je vais te sembler mauvaise, mais je suis contente que tu paniques. Tu le mérites.

— Ouais, je me suis comporté comme une merde. Gloire.

Marissa leva les yeux au ciel.

— À ce sujet, un conseil quand tu l'approcheras.

— Je t'écoute.

Elle tourna de nouveau son visage parfait vers lui et, ce faisant, sa voix devint triste.

— Tâche de ne pas être en colère. Tu as l'air d'un ogre quand tu es énervé et, à ce moment précis, Beth a besoin qu'on lui rappelle pourquoi elle devrait baisser sa garde en ta présence, pas l'inverse.

— Bien vu.

— Porte-toi bien, seigneur.

Il hocha la tête et se dématérialisa jusqu'à l'adresse de Redd Avenue où Beth avait son appartement quand ils s'étaient rencontrés pour la première fois. En s'y rendant, il eut un sacré aperçu de ce que sa *shellane* devait affronter chaque nuit où il sortait en ville. Douce Vierge scribe, comment gérait-elle la peur ? L'idée que tout n'allait peut-être pas bien ? Le fait qu'il y avait plus de chances pour qu'il croise le danger que la sécurité ?

Quand il reprit forme devant l'immeuble, il repensa à la nuit où il était allé la trouver après la mort de son père. Il avait été un sauveur réticent et inadéquat, chargé par la dernière volonté et le testament de son ami de l'assister dans sa transition, alors qu'elle ne connaissait même pas sa vraie nature.

La première fois qu'il avait essayé de lui parler, les choses ne s'étaient pas bien passées, mais la seconde avait été un succès !

Mon Dieu, il souhaitait être avec elle, la sentir contre lui, comme avant. Peau nue contre peau nue, ondulant ensemble, lui profondément en elle, la faisant sienne.

Mais on en était très loin, à supposer que cela arrive de nouveau un jour.

Sans bruit malgré ses rangers, Kolher contourna l'immeuble jusqu'à la cour, son ombre s'étirant sur le sol gelé.

Beth était recroquevillée sur une table de pique-nique branlante où lui-même s'était déjà assis, et elle regardait fixement l'appartement face à elle, exactement comme il l'avait fait quand il l'avait rencontrée. Le vent froid ébouriffait ses cheveux noirs, donnant l'impression qu'elle nageait sous l'eau au milieu de forts courants.

L'odeur de son *hellren* avait dû parvenir jusqu'à ses narines, car elle releva subitement la tête. L'observant, elle se redressa et garda les bras noués autour de la parka North Face qu'il lui avait achetée.

— Qu'est-ce que tu fais là ? demanda-t-elle.

— Marissa m'a dit où tu étais. (Il jeta un coup d'œil à la porte coulissante de l'appartement, avant de revenir à elle.) Ça t'ennuie que je m'asseye avec toi ?

— Euh… d'accord. Très bien. (Elle se déplaça un peu quand il s'approcha d'elle.) Je n'allais pas rester ici longtemps.

— Non ?

— J'allais venir te voir. Je ne savais pas précisément quand tu serais dehors à te battre et j'ai pensé qu'on aurait peut-être le temps avant… Mais je ne sais pas, j'ai…

Elle laissa sa phrase inachevée, et Kolher s'assit à côté d'elle sur la table, dont les pieds grincèrent sous son poids. Il voulait lui passer un bras autour des épaules, mais se retint en espérant que la parka suffisait à lui tenir chaud.

Dans le silence, les mots bourdonnaient dans sa tête, tous en forme d'excuse, tous merdiques. Il lui avait déjà dit qu'il était désolé, et elle savait qu'il le pensait vraiment, mais il s'écoulerait un long moment avant qu'il cesse d'espérer pouvoir faire plus pour réparer les choses.

Par cette nuit froide, tandis qu'ils étaient suspendus entre leur passé et leur avenir, il ne pouvait que rester assis avec elle et regarder les fenêtres obscures de l'appartement dans lequel elle avait autrefois vécu… avant que le destin les unisse.

— Je n'ai pas le souvenir d'avoir été particulièrement heureuse ici, dit-elle doucement.

— Non ?

Avec sa main, elle écarta les mèches qui retombaient sur ses yeux.

— Je n'aimais pas rentrer du travail et me retrouver toute seule ici. Heureusement qu'il y avait Bouh. Sans lui, j'aurais affronté ma solitude avec la télé.

Il détestait l'idée qu'elle ait vécu toute seule.

— Donc tu ne souhaites pas y retourner ?

— Seigneur, non.

Kolher poussa un soupir.

— J'en suis heureux.

— Je travaillais pour cet enfoiré libidineux, Dick, au journal, je faisais le boulot de trois personnes, ma carrière stagnait parce que j'étais une jeune femme et que ces mecs ne formaient pas qu'un club : ils avaient carrément monté une cabale. (Elle secoua la tête.) Mais tu sais ce qui était le pire ?

— Quoi ?

— Je vivais avec cette impression qu'il se passait quelque chose, quelque chose d'important, mais j'ignorais de quoi il s'agissait. C'est comme si… je savais qu'il existait un secret, un secret obscur, mais je n'arrivais pas à mettre le doigt dessus. Cela me rendait quasiment dingue.

— Donc, découvrir que tu n'étais pas seulement humaine a été…

— Ces derniers mois avec toi ont été pires. (Elle le regarda.) Quand je repense à l'automne… Je sentais bien que ça ne tournait pas rond. Au fond de moi, je le savais, je le pressentais parfaitement. Tu as cessé de venir au lit de manière régulière et, quand c'était le cas, ce n'était pas pour dormir. Tu n'arrivais pas à te calmer. Tu ne mangeais pas vraiment. Tu ne te nourrissais jamais. La royauté t'a toujours stressé, mais ces derniers mois c'était différent. (Elle détourna le regard sur son ancien appartement.) Je le savais, mais je ne voulais pas affronter la réalité, le fait que tu puisses me mentir sur un sujet aussi important et terrifiant que te battre seul.

— Merde, je n'avais pas l'intention de te faire subir cela.

Quand elle poursuivit, son profil était à la fois beau et dur.

— Cela fait partie de la confusion que je vis en ce moment et me renvoie à la manière dont je vivais avant. Après avoir passé la transition et notre installation avec les frères, j'étais soulagée, parce que je tenais enfin pour assuré ce sur quoi je m'étais toujours interrogée. La vérité était incroyablement stabilisante. J'avais l'impression d'être en sécurité. (Elle se retourna vers lui.) Cette histoire avec toi ? Tes mensonges ? J'ai de nouveau l'impression de ne plus pouvoir me fier à ma réalité. Je ne me sens plus en sécurité. Je veux dire, tout mon univers tourne autour de toi. Tout mon univers ! Tout est fondé sur toi, parce que notre union est la base de ma vie. Alors ça a tellement plus à voir qu'avec le combat.

— Oui.

Putain. Que venait-il de dire ?

— Je sais que tu avais tes raisons.

— Oui.

— Et je sais que tu n'avais pas l'intention de me blesser.

Elle éleva le ton à la fin de la phrase, en faisant une question plutôt qu'une affirmation.

— Je n'en avais absolument pas l'intention.

— Mais tu savais que ce serait le cas, n'est-ce pas ?

Kolher mit les coudes sur ses genoux et s'appuya sur ses bras musclés.

— Oui, je le savais. C'est pourquoi je ne dormais pas. J'avais mauvaise conscience de ne pas te le dire.

— Est-ce que tu avais peur que je refuse de te laisser sortir, ou quelque chose du genre ? Que je te dénonce parce que tu enfreignais la loi ? Ou… ?

— Voilà l'histoire… À la fin de chaque nuit, je rentrais à la maison en me disant que je ne recommencerais pas. Et à chaque crépuscule, je me surprenais à attacher mes dagues. Je ne voulais pas que tu t'inquiètes et je me répétais que je n'allais pas continuer. Mais tu as eu raison de m'interpeller à ce sujet. Je n'avais pas l'intention d'arrêter. (Sa tête commença à lui élancer et il se frotta les yeux derrière ses lunettes de soleil.) C'était vraiment mal de ma part, et je n'arrivais pas à affronter ce que je t'infligeais. Cela me tuait.

Elle posa la main sur sa jambe et il se figea, car son contact léger était bien plus que ce qu'il méritait. Pendant qu'elle lui caressait un peu la cuisse, il laissa retomber ses lunettes et s'empara avec précaution de la main de Beth.

Aucun des deux ne prononça une parole pendant qu'ils se tenaient l'un à l'autre, main dans la main.

Parfois les mots avaient moins de valeur que l'air qui les portait quand il s'agissait d'être proche.

Tandis que le vent froid balayait la cour, faisant craquer quelques feuilles brunes, la lumière jaillit dans l'ancien appartement de Beth, inondant la kitchenette et l'unique pièce à vivre.

Beth eut un petit rire.

— Ils ont installé leurs meubles exactement comme les miens, avec le futon contre ce long mur.

Ce qui signifiait qu'ils avaient une vue imprenable sur le couple qui entra en titubant dans le studio et se dirigea vers le lit. Les humains étaient lèvres contre lèvres, hanches contre hanches, et ils atterrirent en désordre sur le futon, l'homme par-dessus la femme.

Comme si ce spectacle l'embarrassait, Beth descendit de la table et s'éclaircit la voix.

— Je suppose que je ferais mieux de rentrer au Refuge.

— Je suis de repos ce soir. Je serai à la maison, tu sais, toute la nuit.

— C'est bien. Essaie de te reposer un peu.

Seigneur, la distance était atroce, mais au moins ils se parlaient.

— Tu veux que je te raccompagne là-bas ?

— Ça va aller. (Beth s'emmitoufla dans sa parka, enfouissant son visage dans le col.) Bon sang qu'il fait froid !

— Oui.

Le moment de se séparer arrivait, et l'endroit où ils se trouvaient ne lui inspirait pas confiance. La peur rendait sa vision assez nette. Seigneur, il détestait cet air solitaire sur le visage de Beth.

— Tu n'imagines pas à quel point je suis désolé.

Beth tendit la main et lui caressa la mâchoire.

— Je l'entends dans ta voix.

Il lui prit la main et la plaça sur son cœur.

— Je ne suis rien sans toi.

— Faux. (Elle recula pour lui échapper.) Tu es le roi. Peu importe qui est ta *shellane*, tu es tout.

Beth se dématérialisa, sa présence chaude et vitale remplacée par le seul vent glacial de décembre.

Kolher attendit environ deux minutes ; puis il se dématérialisa jusqu'au Refuge. Elle avait tellement de son sang en elle après toutes les fois où ils s'étaient nourris l'un de l'autre qu'il ressentait sa présence à l'intérieur des murs épais du complexe hyper sécurisé, et il sut qu'elle était en sûreté.

Le cœur lourd, Kolher se dématérialisa de nouveau et rentra à la demeure : il avait des points de suture à faire retirer et toute la nuit à passer, seul, dans son bureau.

Chapitre 21

Une heure après que Trez avait rapporté le plateau dans la cuisine, l'estomac de Vhen était en pleine révolte. Merde, si même les flocons d'avoine n'étaient plus une nourriture acceptable après ses rendez-vous, que lui restait-il ? Les bananes ? Le riz blanc ?

De la bouillie pour bébé ?

Mais son appareil digestif n'était pas le seul à être perturbé. S'il avait été en mesure de ressentir une douleur, il aurait été presque certain qu'il avait un mal de tête carabiné accompagné d'une forte nausée. Chaque fois qu'il apercevait une source lumineuse, par exemple quand Trez venait le voir, les yeux de Vhen se mettaient à cligner automatiquement, ses paupières s'ouvrant et se fermant dans une adaptation oculaire désordonnée de la *Macarena* ; puis il se mettait à saliver et déglutir de manière compulsive. Donc il devait avoir la nausée.

Quand son téléphone se mit à sonner, il mit la main dessus et le porta à son oreille sans tourner la tête. Beaucoup était en jeu au *Zero Sum* ce soir, et il devait garder tout ça à l'œil.

— Ouais.

— Bonsoir… vous m'avez appelée ?

Le regard de Vhen se posa brusquement sur la porte de la salle de bains, dont le cadre était baigné d'une lumière douce.

Oh, Seigneur, il ne s'était pas encore douché.

Il n'était pas encore lavé des traces laissées par ses ébats sexuels.

Même si Ehlena se trouvait à environ trois heures de voiture d'ici et qu'il ne s'agissait pas d'une discussion par webcam, il se sentait terriblement mal pour lui parler.

— Bonsoir, dit-il d'une voix rauque.

— Vous allez bien ?

— Oui.

Ce qui était un mensonge total que dévoilait sa voix éraillée.

— Eh bien, je, euh… j'ai vu que vous m'aviez appelée…

Quand un bruit étranglé sortit de la bouche de Vhen, Ehlena s'interrompit.

— Vous êtes malade.

— Non…

— Pour l'amour du ciel, je vous en prie, venez à la clinique…

— Je ne peux pas. Je suis… (Seigneur, il ne supportait pas de lui parler.) Je ne suis pas en ville. Je suis dans le Nord.

Il y eut un long silence.

— Je vais vous apporter des antibiotiques.

— Non.

Elle ne pouvait pas le voir dans cet état. Merde, elle ne pouvait pas le revoir. Il était répugnant. Il était une prostituée repoussante et souillée qui autorisait un être qu'il détestait à le toucher, le sucer, l'utiliser et qui lui rendait la pareille.

La Princesse avait raison. Il n'était qu'un putain de godemiché.

— Vhen ? Laissez-moi venir chez v…

— Non.

— Bon sang, ne vous infligez pas ça !

— Vous ne pouvez pas me sauver ! hurla-t-il.

Après cette explosion, il se demanda : *Seigneur… d'où cela me vient-il ?*

— Je suis désolé… J'ai passé une mauvaise nuit.

Quand Ehlena parla enfin, sa voix n'était qu'un faible murmure.

— Ne m'infligez pas cela. Ne me forcez pas à vous voir à la morgue. Ne me faites pas cela.

Vhen ferma fortement les yeux.

— Je ne vous inflige rien.

— Bien sûr que si !

Sa voix se brisa dans un sanglot.

— Ehlena…

Son gémissement de désespoir voyagea bien trop clairement par le biais des ondes.

— Oh… mon Dieu. Peu importe. Laissez-vous mourir, très bien.

Elle lui raccrocha au nez.

— Merde. (Il se passa la main sur le visage.) Merde !

Vhen s'assit et lança le téléphone contre la porte de la chambre. Et pile au moment où celui-ci ricochait sur le panneau, il comprit qu'il avait bousillé la seule chose contenant le numéro d'Ehlena.

Se redressant maladroitement, il se jeta hors du lit en criant, balançant les couvertures au hasard. Pas une très bonne idée. Quand ses pieds engourdis touchèrent la descente de lit, il se transforma en frisbee, fendant brièvement l'air avant d'atterrir nez contre terre. L'impact fit le bruit d'une bombe, répercuté dans le parquet, et il rampa jusqu'au téléphone, guidé par la lumière qui émanait toujours de l'écran.

S'il vous plaît, oh, putain, s'il vous plaît, s'il existe un Dieu…

Il avait le téléphone presque à portée de main quand la porte s'ouvrit à la volée, manquant de peu sa tête et envoyant valser le portable, qui décolla comme un palet de hockey dans la direction opposée. Quand Vhen se retourna et bondit vers l'objet, il cria à Trez.

— Ne me tire pas dessus !

Trez était en position de combat, le revolver levé, pointé vers la fenêtre, puis le placard et enfin le lit.

— Qu'est-ce que c'était que ce bordel ?

Vhen s'étendit de tout son long pour atteindre le téléphone qui faisait la toupie sous le lit. Quand il l'attrapa, il ferma les yeux et l'approcha de son visage.

— Vhen ?

— S'il vous plaît…

— Quoi ? S'il vous plaît… quoi ?

Il ouvrit les yeux. L'écran clignotait et il appuya sur les boutons à toute vitesse. Appels reçus… appels reçus… appels r…

— Vhen, qu'est-ce qui se passe, putain ?

Le voilà. Le numéro. Il fixa du regard les sept chiffres après l'indicatif comme s'il s'agissait de la combinaison de son propre coffre-fort, tentant de tous les retenir.

L'écran s'éteignit et il laissa sa tête retomber sur son bras.

Trez s'accroupit à côté de lui.

— Ça va ?

Vhen sortit de sous le lit et s'assit, la pièce tourbillonnant comme un manège.

— Oh… quel con.

Trez rengaina son arme.

— Qu'est-ce qui s'est passé ?

— J'ai fait tomber mon téléphone.

— C'est ça. Bien sûr. Parce qu'il est assez lourd pour faire ce genre de… eh, du calme. (Trez l'attrapa quand il tenta de se lever.) Où tu vas comme ça ?

— J'ai besoin d'une douche. J'ai besoin…

D'autres images de lui avec la Princesse lui embrumèrent le cerveau. Il la vit, le dos arqué, la résille rouge déchirée au niveau des fesses, lui profondément enfoncé en elle, allant et venant jusqu'à ce que son aiguillon s'accroche à l'intérieur de son sexe, jusqu'à ce que sa jouissance la pénètre.

Vhen pressa les poings sur ses yeux.

— J'ai besoin de…

Oh, Seigneur… Il avait joui avec son maître chanteur. Et pas qu'une fois, cela arrivait en général trois ou quatre fois. Au moins, les putes de son club qui se prostituaient pour de l'argent se consolaient dans le fait qu'elles détestaient leur boulot. Mais la jouissance d'un mâle parlait pour lui, n'est-ce pas ?

Vhen sentit sa gorge se contracter et, dans un mouvement de panique, il se précipita dans la salle de bains. Il évacua les flocons d'avoine et le pain grillé, soutenu par Trez au-dessus de la cuvette. Vhen ne sentait pas les haut-le-cœur, mais il fut certain que son œsophage était éraflé quand au bout de quelques minutes passées à tousser, à tenter de respirer et à voir des étoiles, il commença à vomir du sang.

— Allonge-toi, ordonna Trez.

— Non, la douche…

— T'es pas en état.

— Je dois éliminer toute trace d'elle ! (Le rugissement de Vhen ne retentit pas seulement dans sa chambre, mais dans toute la maison.) Bordel de merde… je ne la supporte pas !

Un ange passa. Vhen n'était pas du genre à demander un gilet de sauvetage même s'il était en train de se noyer, et il ne râlait jamais au sujet de son arrangement avec la Princesse. Il le supportait, faisait ce qu'il avait à faire, et en payait les conséquences parce qu'à ses yeux toute cette merde en valait la peine pour préserver son secret et celui de Xhex.

« *Et une part de toi aime cela,* souligna une voix intérieure. *Tu apprends à être toi-même quand tu es en elle.* »

Va te faire foutre, se dit-il à lui-même.

— Je suis désolé de t'avoir crié dessus, déclara-t-il d'une voix rauque à son ami.

— Non, c'est bon. Ne t'en veux pas. (Trez le souleva délicatement du carrelage et tenta de l'appuyer contre les deux lavabos.) On peut y aller.

Vhen fit un pas en direction de la douche.

— Non, reprit Trez en l'écartant. Laisse-moi faire couler l'eau pour qu'elle chauffe.

— Je ne le sentirai pas.

— Ta température interne a déjà bien assez de problèmes. Reste ici.

Pendant que Trez se penchait dans la cabine de douche en marbre et ouvrait le robinet, Vhen baissa les yeux sur son pénis qui pendait, long et flasque, contre sa cuisse. On aurait dit le sexe d'un autre, et c'était une bonne chose.

— Tu sais que je pourrais la tuer pour toi, déclara Trez. Je pourrais faire en sorte que ça ressemble à un accident. Personne ne le saurait.

Vhen secoua la tête.

— Je ne veux pas que tu sois aspiré dans ce merdier. On a déjà assez de gens dedans.

— L'offre tient toujours.

— Et j'en ai pris bonne note.

Trez tendit la main sous le jet. Tandis qu'il tâtait l'eau de sa paume, ses yeux chocolat se révulsèrent et devinrent blancs de colère.

— Juste pour qu'on soit d'accord. Tu meurs, et je vais dépecer vive cette salope dans la tradition s'Hisbe et je renverrai les bandes à ton oncle. Puis je ferai rôtir sa carcasse et je mangerai la viande accrochée à ses os.

Vhen sourit légèrement, se disant qu'il ne s'agissait pas de cannibalisme puisque, sur le plan génétique, les Ombres avaient à peu près autant en commun avec les *symphathes* que les humains avec le poulet.

— Espèce de connard d'Hannibal Lecter, murmura-t-il.

— Tu sais comment nous procédons. (Trez secoua la main pour en faire tomber l'eau.) Les *symphathes*… c'est bon pour le dîner.

— Tu vas me faire le coup des « fèves au beurre » ?

— Nan, mais je prendrai peut-être un bon chianti pour l'accompagner, et quelques pommes frites. Je prends toujours ma viande avec des patates. Allez, on va te mettre sous l'eau et laver la puanteur de cette salope.

Trez s'avança et souleva Vhen de la console.

— Merci, déclara doucement Vhen pendant qu'ils titubaient vers la douche.

Trez haussa les épaules, sachant parfaitement qu'ils ne parlaient pas de la visite aux toilettes.

— Tu ferais la même chose pour moi.

— Bien entendu.

Une fois sous le jet, Vhen se frotta avec le savon jusqu'à avoir la peau rouge comme une tomate et ne quitta la douche qu'après avoir effectué son triple nettoyage. Quand il sortit de l'eau, Trez lui tendit une serviette et il se sécha aussi vite que possible sans perdre l'équilibre.

— En parlant de faveur…, dit-il. J'ai besoin de ton téléphone. De ton téléphone et d'un peu d'intimité.

— OK. (Trez l'aida à retourner au lit et le borda.) Putain, c'est une chance que la couverture n'ait pas atterri dans le feu.

— Donc je peux avoir ton téléphone ?

— Tu vas jouer au foot avec ?

— Pas tant que tu laisseras ma porte fermée.

Trez lui tendit un Nokia.

— Prends-en soin. Il est tout neuf.

Une fois seul, Vhen composa le numéro avec soin et appuya sur « Appel » sans vérifier, ignorant totalement s'il avait composé les bons chiffres.

Dring, dring, dring.

— Allô ?

— Ehlena, je suis désolé…

— Ehlena ? s'étonna une voix féminine. Je regrette, il n'y a pas d'Ehlena à ce numéro.

Ehlena était assise dans l'ambulance et retenait ses larmes par habitude. Certes, nul ne pouvait l'apercevoir, mais ce n'était pas une question d'anonymat. Pendant que son *latte* refroidissait dans son gobelet à manchon et que le chauffage fonctionnait par intermittence, elle gardait son attitude composée parce que c'était toujours ce qu'elle faisait.

Jusqu'à ce que la radio se mette en route avec un bruit aigu et la tire de sa torpeur en lui fichant une sacrée trouille.

— Base à numéro quatre, dit Catya. Base à numéro quatre.

Quand Ehlena tendit la main pour attraper le combiné, elle songea que c'était exactement pour cette raison qu'elle ne pouvait jamais baisser sa garde. Si elle avait été effondrée et dans l'obligation de répondre ? Elle n'avait pas besoin de cela.

Elle appuya sur le bouton pour parler.

— Ici numéro quatre.

— Est-ce que tu vas bien ?

— Euh, oui. J'avais juste besoin… Je rentre tout de suite.

— Il n'y a pas d'urgence. Prends ton temps. Je voulais juste m'assurer que tu allais bien.

Ehlena jeta un coup d'œil à l'horloge. Mon Dieu, il était presque 2 heures du matin. Cela faisait bientôt deux heures qu'elle était assise là, à s'intoxiquer en faisant tourner le moteur et le chauffage.

— Je suis vraiment désolée, je n'avais pas la moindre idée de l'heure. Est-ce que vous avez besoin de l'ambulance pour aller chercher quelqu'un ?

— Non, nous étions seulement inquiets à ton sujet. Je sais que tu as assisté Havers sur ce corps et…

— Je vais bien. (Elle baissa la vitre pour laisser entrer un peu d'air et mit le contact.) Je rentre tout de suite.

— Ne te précipite pas. Pourquoi ne prendrais-tu pas le reste de la nuit ?

— C'est bon…

— Ce n'est pas une proposition. Et j'ai interverti les emplois du temps pour que tu aies ta soirée de demain également libre. Tu as besoin de faire une pause après ce soir.

Ehlena aurait préféré refuser, mais elle savait qu'elle ne ferait que paraître sur la défensive et, de toute façon, une fois la décision prise, elle n'avait plus voix au chapitre.

— Très bien.

— Prends ton temps pour rentrer.

— D'accord. À plus tard.

Elle raccrocha le combiné et roula en direction du pont enjambant la rivière. Juste au moment où elle s'engageait sur la bretelle d'accès, son téléphone se mit à sonner.

Donc Vhen la rappelait. Ce n'était pas surprenant.

Elle ne sortit son téléphone que pour être sûre qu'il s'agissait de lui, pas parce qu'elle avait l'intention de prendre son appel.

« Numéro inconnu » ?

Elle décrocha et mit le téléphone à l'oreille.

— Allô ?

— C'est vous ?

La voix grave de Vhen parvenait toujours à la transpercer, tel un frisson tiède, même si elle était en colère contre lui. Et contre elle-même. En gros, contre la situation dans son ensemble.

— Oui, répondit-elle. Mais ce n'est pas votre numéro.

— Non, en effet. Mon portable a eu un accident.

Elle se dépêcha de parler avant qu'il ne lui sorte la moindre excuse.

— Écoutez, cela ne me regarde pas. Ce qui peut bien vous arriver. Vous avez raison, je ne peux pas vous sauver…

— Alors pourquoi voulez-vous essayer ?

Elle fronça les sourcils. Si la question avait été auto-apitoyée ou accusatrice, elle aurait simplement mis fin à l'appel et changé de numéro. Mais il n'y avait qu'une sincère confusion dans sa voix. Et un profond épuisement.

— C'est juste que je ne comprends pas… pourquoi, murmura-t-il.

Elle répondit sincèrement et du fond du cœur.

— Que puis-je faire d'autre ?

— Et si je ne le méritais pas ?

Elle pensa à Stephan étendu sur l'acier inoxydable, à son corps froid et contusionné.

— Tous ceux dont le cœur bat méritent d'être sauvés.

— Est-ce pour cela que vous êtes devenue infirmière ?

— Non. Je suis devenue infirmière parce que je veux être médecin un jour. Sauver les gens, c'est la seule manière dont j'envisage le monde.

Le silence entre eux dura une éternité.

— Êtes-vous en voiture ? finit-il par demander.

— En ambulance, pour être précise. Je retourne à la clinique.

— Vous êtes seule dehors ? gronda-t-il.

— Oui, et vous, arrêtez vos conneries de macho. J'ai une arme sous le siège et je sais m'en servir.

Un rire imperceptible filtra dans le téléphone.

— Ça, c'est excitant. Je suis désolé, mais c'est le cas.

Elle ne put s'empêcher de sourire un peu.

— Vous me rendez dingue, vous savez. Même si vous n'êtes qu'un étranger pour moi, vous me rendez complètement chèvre.

— C'est curieux, mais j'ai l'impression de recevoir un compliment. (Il y eut un silence.) Je suis désolé pour tout à l'heure. J'ai passé une mauvaise nuit.

— Oui, eh bien, moi aussi. Je suis désolée et j'ai passé une mauvaise nuit.

— Que s'est-il passé ?

— C'est une trop longue histoire. Qu'en est-il de vous ?

— Pareil.

Il changea de position dans un froissement de draps.

— Vous êtes de nouveau au lit ?

— Oui. Et non, vous n'avez toujours pas envie de savoir.

Elle sourit largement.

— Vous êtes en train de me dire que je ne devrais pas vous demander encore une fois ce que vous portez.

— Vous avez compris.

— Nous sommes vraiment en train de nous enliser dans la routine, vous le savez ? (Elle devint grave.) Vous me paraissez vraiment malade. Votre voix est éraillée.

— Je vais m'en tirer.

— Écoutez, je peux vous apporter ce dont vous avez besoin. Si vous êtes dans l'incapacité de vous déplacer jusqu'à la clinique, je peux vous apporter les médicaments.

Le silence à l'autre bout du fil était si dense et dura si longtemps qu'elle demanda :

— Allô ? Vous êtes là ?

— Demain soir… pouvez-vous venir me voir ?

Elle resserra les mains sur le volant.

— Oui.

— J'habite au dernier étage de l'immeuble Commodore. Est-ce que vous connaissez ?

— Oui.

— Pouvez-vous être là-bas à minuit ? Côté est.

— Oui.

Il poussa un soupir qui semblait résigné.

— Je vous attendrai. Conduisez prudemment, d'accord ?

— D'accord. Et ne jetez plus votre téléphone par terre.

— Comment avez-vous deviné ?

— Parce que si j'avais eu un espace dégagé devant moi au lieu du tableau de bord d'une ambulance, c'est exactement ce que j'aurais fait.

Le rire de Vhen la fit sourire, un sourire qui s'effaça quand elle raccrocha et rangea le téléphone dans son sac à main.

Même si elle conduisait à seulement 100 kilomètres-heure et que la route devant elle était droite et dégagée, elle avait la sensation d'être totalement hors de contrôle, oscillant d'une barrière de sécurité à l'autre, le frottement arrachant des morceaux de peinture de l'ambulance dans un sillage d'étincelles.

Le rencontrer demain soir, être seule avec lui dans un lieu intime, c'était exactement la chose à ne pas faire.

Et elle le ferait quand même.

CHAPITRE 22

Montrag, fils de Rehm, raccrocha le téléphone et regarda par les portes-fenêtres du bureau de son père. Les jardins, les arbres et la pelouse, de même que la grande demeure et tout le reste, lui appartenaient et n'étaient désormais plus un héritage qu'il récupérerait un jour.

Tout en contemplant sa propriété, il jouissait du sentiment de possession qui chantait dans son sang, mais le spectacle qu'il avait sous les yeux ne le satisfaisait pas. Tout avait été condamné pour l'hiver, les parterres de fleurs vidés, les arbres fruitiers couverts par des filets, et les érables et les chênes étaient dénudés de leurs feuilles. En conséquence, on apercevait le mur d'enceinte et ce n'était pas vraiment attrayant. Mieux valait que ces hideux dispositifs de sécurité soient dissimulés.

Montrag se détourna et se dirigea vers un point de vue plus agréable, quoique celui-ci soit accroché au mur. Avec un élan de respect, il regarda son tableau favori comme il l'avait toujours fait, car Turner méritait vraiment d'être vénéré, à la fois pour son talent artistique et pour le choix de ses sujets. Tout particulièrement dans cette œuvre : la représentation du soleil couchant sur la mer était un chef-d'œuvre à bien des égards, et les teintes d'or, d'orangé et de rouge incandescent étaient un régal pour des yeux que la biologie empêchait ne serait-ce que d'entrevoir le véritable brasier lumineux qui nourrissait, inspirait et réchauffait l'Univers.

Une telle peinture ferait la fierté de n'importe quel collectionneur.

Dans cette seule maison, il possédait trois Turner.

D'une main contractée par l'excitation, il saisit le coin en bas à droite du cadre et fit glisser le paysage sur le mur. Le coffre-fort caché derrière correspondait exactement aux dimensions de la peinture et était inséré dans le bois entre deux lattes. Après avoir composé la combinaison sur le cadran, il y eut un léger mouvement à peine audible, ne trahissant absolument pas le fait que chacune des six broches de la largeur d'un bras se rétractait.

Le coffre s'ouvrit sans le moindre bruit et une lampe intérieure s'enclencha, illuminant l'espace de trente centimètres cubes rempli de minces écrins à bijoux en cuir, de liasses de billets de 100 dollars et de dossiers remplis de documents.

Montrag apporta un tabouret en tapisserie et grimpa sur son assise fleurie. Plongeant le bras dans le fond du coffre, derrière les titres de propriété et les actions, il en sortit une petite caisse puis referma le coffre-fort et remit la peinture en place. Avec une sensation d'exaltation et de pouvoir, il transporta la boîte métallique jusqu'à son bureau et sortit la clé du compartiment secret niché dans le tiroir en bas à gauche.

Son père lui avait appris le code du coffre et lui avait montré l'emplacement de la cachette et, quand Montrag aurait des fils, il leur transmettrait ce savoir. C'était ainsi que l'on s'assurait que les choses de valeur n'étaient pas perdues. De père en fils.

Le couvercle de la caisse ne s'ouvrit pas avec le même mouvement bien calibré et bien huilé que le coffre-fort. Celui-ci céda avec un grincement, les ressorts protestant contre leur sommeil perturbé et dévoilant à contrecœur ce que dissimulait le ventre de métal.

Elles étaient encore là. Louée soit la Vierge scribe, elles étaient encore là !

Quand Montrag mit la main à l'intérieur, il se dit que ces pages étaient relativement inutiles, n'ayant en elles-mêmes que la valeur d'un demi-*cent*. L'encre contenue dans leurs fibres ne valait guère plus qu'un *cent* également. Et pourtant, vu ce qu'elles recélaient, elles étaient inestimables.

Sans elles, il était en danger de mort.

Il sortit l'un des deux documents, sans se préoccuper de celui qu'il prenait, puisqu'ils étaient identiques. Entre ses doigts, avec une précaution infinie, il tenait l'équivalent vampire d'un affidavit, une déclaration sous serment, une dissertation de trois pages, manuscrite et signée par le sang, relatant un événement survenu vingt-quatre ans plus tôt. La signature notariée sur la troisième page était vague, un gribouillis marron à peine lisible.

Mais elle avait été écrite par un mourant.

Le « père » de Vhengeance, Rempoon.

Les documents étalaient toute l'horrible vérité en langue ancienne : l'enlèvement de la mère de Vhengeance par les *symphathes*, la conception et la naissance de celui-ci, la fuite de Madalina et plus tard son mariage avec Rempoon, un aristocrate. Le dernier paragraphe était aussi accablant que tout le reste :

> *« Sur mon honneur, et sur l'honneur de mes ancêtres de sang et de mes descendants, cette nuit mon beau-fils, Vhengeance, s'est véritablement jeté sur moi et s'est rendu coupable de blessures mortelles sur mon corps au moyen de ses mains nues sur ma chair. Il l'a fait avec préméditation, m'ayant attiré dans mon bureau dans le but de provoquer une dispute. J'étais désarmé. Après m'avoir blessé, il a parcouru le bureau et a fait*

en sorte que la pièce semble avoir été investie par des intrus venus de l'extérieur. Il m'a abandonné sur le sol pour que la main glaciale de la mort se saisisse de ma forme corporelle, puis il a quitté les lieux. J'ai été brièvement ranimé par mon très cher ami Rehm, qui était venu me rendre visite pour parler affaires.

Je ne m'attends pas à vivre. Mon beau-fils m'a tué. Ceci est mon ultime confession sur cette terre en tant qu'esprit incarné. Puisse la Vierge scribe m'emporter dans l'Estompe avec grâce et empressement. »

Ainsi que le père de Montrag le lui avait expliqué plus tard, Rempoon avait compris l'essentiel. Rehm était venu parler affaires et avait découvert non seulement une maison vide, mais aussi le corps sanguinolent de son associé, et avait fait ce que n'importe quel mâle responsable aurait fait : il avait lui-même fouillé le bureau. Supposant que Rempoon était mort, il s'était mis à chercher les papiers relatifs à l'affaire dont ils devaient discuter afin que la minuscule part de Rempoon ne fasse plus partie de son patrimoine et que Rehm possède entièrement cette entreprise rentable.

Sa quête ayant été couronnée de succès, Rehm s'était dirigé vers la porte quand Rempoon avait montré des signes de vie, un nom s'échappant de ses lèvres fendues.

Rehm était volontiers opportuniste, mais se rendre coupable de complicité de meurtre allait trop loin. Il avait appelé le médecin et, le temps que Havers arrive, les murmures du mâle mourant avaient raconté une histoire choquante, une histoire bien plus rentable que la société. Réfléchissant à toute vitesse, Rehm avait transcrit l'histoire et la confession stupéfiante sur la véritable nature de Vhengeance et avait fait signer les pages à Rempoon, établissant ainsi un document légal.

Le mâle avait ensuite plongé dans l'inconscience et était mort à l'arrivée de Havers.

En partant, Rehm avait emporté les documents et les déclarations sous serment. Par la suite, on avait vanté le courage héroïque dont il avait fait preuve en tentant de secourir le mourant.

L'utilité de cette confession avait été évidente, mais la sagesse de faire jouer une telle information était moins claire. S'embrouiller avec un *symphathe* était dangereux, comme l'attestait le sang versé par Rempoon. Toujours à tergiverser, Rehm avait tu l'information et l'avait cachée… jusqu'à ce qu'il soit trop tard pour en faire quelque chose.

De par la loi, il fallait dénoncer un *symphathe*, et Rehm disposait du genre de preuve qui frôlait la nécessité de signaler quelqu'un. Cependant, à étudier ses options pendant si longtemps, il s'était mis dans une situation douteuse qui laissait à penser qu'il protégeait l'identité de Vhengeance. S'il s'était fait connaître vingt-quatre ou quarante-huit heures plus tard ? Parfait. Mais une semaine ? Deux semaines ? Un mois… ?

Trop tard. Plutôt que de gaspiller complètement cet atout, Rehm avait parlé à Montrag de cette déclaration, et le fils avait compris l'erreur du père. Il était impossible d'en faire quoi que ce soit dans l'immédiat, et il n'existait qu'un seul scénario où celle-ci avait encore une quelconque valeur, scénario qui s'était concrétisé pendant l'été. Rehm avait été tué dans les attaques et le fils avait hérité de tout, y compris des documents.

On ne pouvait pas blâmer Montrag parce que son père avait choisi de ne pas révéler ce qu'il savait. Tout ce qu'il avait à faire était d'affirmer qu'il était tombé par hasard sur ces déclarations dans les affaires de son père et que, en les présentant et en dénonçant Vhen, il ne faisait que son devoir.

Nul ne saurait jamais qu'il avait toujours été au courant.

Et nul ne croirait jamais que Vhen n'était pas celui qui avait décidé de tuer Kolher. Après tout, c'était un *symphathe*, et on ne pouvait pas se fier à ce que ces individus racontaient. En outre, soit il aurait le doigt sur la détente, soit il aurait simplement ordonné le meurtre du roi, puisqu'il était le *menheur* du Conseil et celui à qui sa mort profitait le plus. Ce qui était précisément la raison pour laquelle Montrag l'avait fait élever à ce rôle.

Vhengeance s'occuperait du roi, puis Montrag se rendrait au Conseil et se prosternerait devant ses confrères. Il leur dirait qu'il n'avait découvert les papiers qu'après s'être correctement installé dans la maison du Connecticut un mois après les attaques et la promotion de Vhen au rang de *menheur*. Il jurerait que dès qu'il avait mis la main sur ces documents, il avait contacté par téléphone le roi et lui avait dévoilé la nature du problème, mais que Kolher l'aurait forcé au silence à cause de la position compromettante dans laquelle cela aurait mis le frère Zadiste : après tout, celui-ci était uni à la sœur de Vhengeance, et cela faisait d'elle la parente d'un *symphathe*.

Kolher, bien entendu, ne pourrait plus rien nier après sa mort et, de plus, le roi était déjà détesté pour la manière dont il avait ignoré les critiques constructives de la *glymera*. Le Conseil était prêt à accueillir une autre de ses fautes, vraie ou supposée.

C'était une manœuvre tortueuse, mais elle fonctionnerait parce que, le roi disparu, ce serait parmi les derniers membres du Conseil que l'espèce irait chercher en premier le meurtrier, et Vhen, un *symphathe*, était le parfait bouc émissaire : bien sûr qu'un *symphathe* accomplirait une chose pareille ! Et Montrag apporterait son aide à cette supposition motivée en témoignant que Vhen était venu le voir avant le meurtre et lui avait parlé avec une étrange conviction de changements sans précédent. De plus, les scènes de crime n'étaient jamais parfaitement propres. À n'en pas douter, on y trouverait des indications qui lieraient Vhen à cet assassinat, parce qu'elles s'y trouvaient vraiment ou parce que tout le monde chercherait exactement ce genre de preuves.

Et quand Vhen désignerait Montrag ? Personne ne le croirait, d'abord parce qu'il était un *symphathe*, mais aussi parce que, suivant l'exemple paternel, Montrag avait toujours cultivé une réputation de sérieux et de fiabilité dans ses affaires comme dans sa vie sociale. Pour ce que ses camarades du Conseil en savaient, il était au-dessus de tout reproche, incapable de supercherie, un mâle de valeur à la lignée impeccable. Aucun d'entre eux ne soupçonnait que son père et lui avaient trahi plus d'un collègue, associé ou parent, parce qu'ils avaient choisi avec le plus grand soin ceux auxquels ils s'attaquaient de manière à préserver les apparences.

Résultat ? Vhen serait convaincu de trahison, arrêté et soit mis à mort conformément à la loi vampire, soit déporté dans la colonie *symphathe*, où il serait de toute façon tué parce qu'il était métis.

Les deux issues étaient acceptables.

Tout était prêt, c'était pourquoi Montrag venait d'appeler son ami le plus proche.

Prenant l'affidavit, il le plia et le glissa dans une épaisse enveloppe couleur crème. Sortant une feuille de son papier à lettres personnalisé d'une boîte en cuir ouvragée, il rédigea une rapide missive pour le mâle qu'il désignerait comme commandant en second, et scella la première étape de la chute de Vhengeance. Dans la note, il expliquait que, comme ils en avaient parlé au téléphone, il s'agissait de ce qu'il avait découvert dans les papiers personnels de son père – et que si le document était authentifié, il était inquiet pour l'avenir du Conseil.

Naturellement, le cabinet d'avocats de son collègue procéderait à des vérifications. Et quand ce serait fait, Kolher serait mort et Vhen présumé coupable.

Montrag chauffa un bâton de cire rouge, en fit couler sur le rabat de l'enveloppe et scella l'affidavit. Sur l'avers, il inscrivit le nom du mâle et ajouta en langue ancienne « *Remis en main propre* », puis il ferma et verrouilla la boîte en métal, la dissimula sous son bureau et reposa la clé dans sa cachette du tiroir secret.

Le majordome fut appelé par interphone, il prit l'enveloppe et s'en fut immédiatement la remettre entre les bonnes mains.

Satisfait, Montrag rapporta la caisse jusqu'au coffre-fort du mur, fit pivoter le tableau, utilisa la combinaison de son père et reposa le second affidavit dans sa demeure : garder une copie pour lui n'était que prudence, une garantie au cas où quelque chose arriverait au document qui était actuellement en route vers la frontière avec Rhode Island.

Quand il eut remis le Turner en place, le paysage l'attira comme toujours et, l'espace d'un instant, il s'autorisa à sortir de l'univers de folie qu'il fabriquait avec une farouche détermination et se perdit dans la contemplation de la mer calme et radieuse. *La brise devait être tiède*, se dit-il.

Douce Vierge scribe, que l'été lui manquait pendant ces mois froids, mais c'était le contraste qui égayait l'âme. Sans le froid de l'hiver, on n'apprécierait pas à leur juste valeur les nuits étouffantes de juillet et août.

Il se voyait dans six mois quand la pleine lune du solstice se lèverait sur la ville tentaculaire de Caldwell. Que juin arrive, et il serait roi, un monarque élu et respecté. Si seulement son père avait été vivant…

Montrag toussa. Hoqueta. Puis sentit un liquide poisseux sur sa main.

Il baissa les yeux. Du sang recouvrait sa chemise blanche.

Ouvrant la bouche pour donner l'alerte, il tenta de prendre une inspiration, mais ne put émettre qu'un gargouillis…

Portant brusquement les mains à son cou, il découvrit un geyser qui jaillissait de sa carotide mise à nu. Se retournant, il vit une femelle debout, face à lui, coiffée comme un homme et vêtue d'un pantalon en cuir noir. Le couteau dans sa main avait une lame rouge et son visage n'exprimait qu'un calme détachement.

Montrag tomba à genoux devant elle, puis glissa vers la droite tandis que ses mains essayaient toujours d'empêcher son âme et son sang de quitter son corps et de se répandre sur le tapis d'Aubusson de son père.

Il était toujours en vie quand elle le fit rouler sur le dos, sortit un outil arrondi en ébène et s'agenouilla à son côté.

En tant qu'assassin, Xhex évaluait ses performances professionnelles selon deux critères. Tout d'abord, avait-elle atteint la cible ? C'était évident. Ensuite, était-ce un meurtre proprement exécuté ? C'est-à-dire, y avait-il des dommages collatéraux sous forme d'autres morts pour la protéger elle, pour protéger son identité et/ou l'identité de celui qui lui avait confié ce travail ?

Dans ce cas précis, le premier critère serait rapidement atteint, vu la manière dont l'artère de Montrag faisait office de tuyau d'évacuation. Le second était toujours sujet à caution, aussi devait-elle travailler vite. Elle sortit le *lys* de son pantalon, se pencha sur cet enfoiré et ne perdit pas plus d'une nanoseconde à regarder ses yeux se révulser.

Elle lui saisit le menton et amena de force son visage devant le sien.

— Regarde-moi. Regarde-moi !

Les yeux affolés se plantèrent dans les siens et elle lui montra alors le *lys*.

— Tu sais pourquoi je suis ici et qui m'a envoyée. Ce n'est pas Kolher.

Visiblement, Montrag avait encore assez d'air pour alimenter son cerveau, car ses lèvres articulèrent « Vhengeance » avec horreur, avant que ses yeux ne se révulsent une nouvelle fois.

Elle lui lâcha le menton et le gifla à toute volée.

— Fais bien attention, salopard. Regarde-moi !

Leurs regards s'accrochèrent et elle lui serra fortement le menton, puis lui écarta les paupières de l'œil gauche encore plus largement.

— Regarde-moi !

Quand elle sortit le *lys* et l'appuya contre son orbite au coin du nez, elle pénétra dans son cerveau et déclencha toutes sortes de souvenirs. Tiens... intéressant. C'était vraiment un enfoiré calculateur, dont la spécialité était d'entuber les gens financièrement.

Les mains de Montrag frappèrent le tapis et s'y agrippèrent, tandis qu'il gargouillait ce qui devait être un cri. L'œil sortit de son orbite comme une cuillère de miellat d'une alvéole, aussi rond et propre qu'on puisse le désirer. L'œil droit vint exactement de la même façon, et Xhex déposa les organes dans une bourse en velours doublée pendant que les bras et les jambes de Montrag tressautaient sur son tapis hors de prix, les lèvres retroussées au point que chacune de ses dents, y compris les molaires, était visible.

Xhex l'abandonna à sa mort désordonnée, sortant par la porte-fenêtre derrière le bureau et se dématérialisant jusqu'à l'érable d'où elle avait repéré les lieux la veille. Elle attendit là environ vingt minutes, puis observa une *doggen* entrer dans le bureau et faire tomber le plateau en argent qu'elle transportait en découvrant le corps.

Tandis que la théière et la porcelaine rebondissaient, Xhex ouvrit le clapet de son téléphone, composa un numéro et mit l'appareil à son oreille. Quand la voix grave de Vhen répondit, elle déclara :

— C'est fait, et ils l'ont trouvé. Le meurtre a été nickel et je te rapporte le souvenir. Je serai là d'ici à dix minutes.

— Bien joué, la félicita Vhen d'une voix rauque. Bien joué, putain.

Chapitre 23

Kolher fronça les sourcils tout en parlant au téléphone.

— Tout de suite ? Tu veux que j'aille dans le Nord tout de suite ?

La voix de Vhen sous-entendait qu'il n'était pas question d'une plaisanterie.

— Il faut que ce soit fait en personne, et je suis immobilisé.

À l'autre bout du bureau, Viszs, qui était sur le point de faire son compte-rendu sur le travail qu'il avait accompli pour pister ces caisses d'armes, articula :

— C'est quoi ce bordel ?

Ce qui était exactement ce que pensait Kolher. Un *symphathe* vous appelle deux heures avant l'aube et vous demande de venir dans le Nord parce qu'il a « quelque chose à vous donner ». Oui, OK, ce type était le frère de Bella, mais sa nature était ainsi faite et il était évident que le « quelque chose » n'était pas une corbeille de fruits.

— Kolher, c'est important, poursuivit Vhengeance.

— OK, j'arrive tout de suite. (Kolher referma son portable et regarda Viszs.) Je vais…

— Fhurie est à la chasse ce soir. Tu ne peux pas y aller seul.

— Les Élues sont dans la maison.

Et séjournaient à tour de rôle dans la grande demeure de Vhen depuis que Fhurie avait pris les rênes en tant que Primâle.

— C'est pas exactement le genre de protection que j'avais en tête.

— Je peux me débrouiller tout seul, merci bien.

V. croisa les bras, ses yeux couleur diamant se mettant à luire.

— On y va tout de suite ? Ou une fois que tu auras perdu ton temps à essayer de me faire changer d'avis ?

— Très bien. Peu importe. Je te retrouve dans le vestibule dans cinq minutes.

Pendant qu'ils quittaient ensemble le bureau, V. expliqua :

— Au sujet de ces armes, je suis toujours sur la piste. Pour le moment je n'ai rien, mais tu me connais. Ça ne va pas durer, c'est sûr. Je me fous que les numéros de série soient limés, je vais découvrir où ils les ont trouvées, putain.

— J'ai totalement confiance en toi, mon frère. Totalement.

Après s'être armés de la tête aux pieds, tous deux voyagèrent sous la forme d'un essaim de molécules jusque dans le Nord, visant la demeure de Vhen dans les Adirondacks et se matérialisant sur les rives d'un lac paisible. Devant eux se dressait une énorme maison de style victorien, avec un toit en bois et des vitraux et des balcons en cèdre aux deux étages.

Beaucoup de recoins. Beaucoup d'ombres. Et beaucoup de fenêtres qui ressemblaient à des yeux.

La demeure était suffisamment flippante à elle seule, mais entourée d'un champ de force, équivalent *symphathe* de la *bhrume*, il était facile de supposer que Freddy, Jason, Michael Myers et toute une équipe armée de tronçonneuses vivaient à l'intérieur : tout autour de l'endroit, l'effroi dressait une barrière intangible de barbelé mental et même Kolher, qui savait ce qu'il en était, fut soulagé de passer de l'autre côté.

Pendant qu'il forçait ses yeux à mieux se focaliser, Trez, l'un des gardes personnels de Vhen, ouvrit les doubles portes de la terrasse qui faisait face au lac et leva la main pour les saluer.

Kolher et V. remontèrent la pelouse givrée qui craquait sous leurs pas et, même s'ils gardaient leurs armes dans leurs holsters, V. ôta le gant de sa main droite luminescente.

Trez était le genre de mâle qu'on respectait, et pas seulement parce que c'était une Ombre. Le Maure avait le corps musclé d'un guerrier et le regard intelligent d'un stratège, et son allégeance allait à Vhen, et seulement à lui. Pour le protéger, Trez raserait un pâté de maisons en un clin d'œil.

— Alors, comment ça va, mon grand ? demanda Kolher pendant qu'il gravissait les marches.

Trez s'approcha et ils se tapèrent dans la main.

— Ça va. Et toi ?

— Comme toujours. (Kolher le cogna dans l'épaule.) Eh, si jamais tu veux un vrai boulot, viens te battre avec nous.

— Je suis heureux où je suis, mais merci. (Le Maure sourit et se tourna vers V., son regard noir se posant sur la main dénudée.) Le prends pas mal, mais je ne te la serrerai pas.

— Sage de ta part, répondit Viszs en lui offrant sa main gauche. Mais tu sais ce que ça veut dire.

— Absolument, et je ferais la même chose pour Vhen. (Trez les guida jusqu'aux portes.) Il est dans sa chambre, il vous attend.

— Il est malade ? demanda Kolher pendant qu'ils entraient dans la maison.

— Vous voulez quelque chose à boire ? à manger ? proposa Trez tandis qu'ils prenaient vers la droite.

Comme la question demeurait sans réponse, Kolher jeta un coup d'œil à V.

— C'est bon, merci.

La décoration semblait sortir tout droit du Victoria & Albert Museum, avec ses meubles Empire chargés et des teintes grenat et or partout. Respectant l'amour de l'époque victorienne pour les collections, chaque pièce avait un thème différent. Un petit salon était rempli de pendules anciennes en état de marche, depuis les horloges à balancier jusqu'aux réveils en passant par les montres de gousset dans les vitrines. Un autre abritait des coquillages, des coraux et du bois flotté.

Dans la bibliothèque étaient exposés de remarquables vases et plats orientaux, et les murs de la salle à manger étaient recouverts d'icônes médiévales.

— Je suis surpris qu'il n'y ait pas plus d'Élues ici, déclara Kolher pendant qu'ils traversaient des pièces vides.

— Le premier mardi du mois, Vhen doit venir ici. Il rend les femelles un peu nerveuses, donc la plupart d'entre elles retournent de l'autre côté. Mais Séléna et Cormia restent toujours.

Il n'était pas peu fier quand il ajouta :

— Elles sont très fortes, ces deux-là.

Ils empruntèrent une large volée de marches jusqu'au premier étage et longèrent un long couloir jusqu'à une double porte en bois sculpté qui ne pouvait qu'être l'entrée des appartements du maître de maison.

Trez s'arrêta.

— Écoutez, il est un peu malade, d'accord. Rien de contagieux. C'est juste que… je veux que vous soyez préparés. Nous lui avons fourni tout ce dont il a besoin et il va se remettre.

Quand Trez frappa puis ouvrit les deux battants, Kolher fronça les sourcils, la vue aiguisée par son instinct en éveil.

Au milieu d'un lit sculpté, Vhengeance était étendu, aussi immobile qu'un cadavre, une couverture en velours rouge remontée jusqu'au menton et une zibeline drapée sur le corps. Ses yeux étaient fermés, sa respiration superficielle, son tein terreux et jaune. Seule sa crête soignée semblait vaguement normale… ça et le fait qu'à sa droite se tenait Xhex, cette femelle métisse *symphathe* qui avait l'air d'effectuer des castrations autant pour l'argent que pour la rigolade.

Vhen ouvrit les yeux, dont la couleur améthyste était ternie et ressemblait à un violet sombre digne d'une ecchymose.

— C'est le roi, l'informa Trez.

— S'lut, rétorqua-t-il.

Trez ferma les portes, se postant sur le côté et non au milieu du chemin pour bloquer le passage en signe de respect.

—Je leur ai déjà offert à boire et à manger.

—Merci, Trez.

Vhen grimaça et esquissa un geste pour se redresser sur ses oreillers. Comme il se contenta d'osciller, Xhex se pencha pour l'aider et il lui lança un regard furieux qui aurait stoppé net toute bonne volonté. Regard qu'elle ignora.

Quand il fut installé et assis, il tira la couverture jusqu'à son cou, couvrant les étoiles rouges tatouées sur sa poitrine.

—Donc j'ai quelque chose pour toi, Kolher.

—Ah ouais ?

Vhen fit un signe de tête à Xhex, qui glissa la main dans la veste en cuir qu'elle portait. Le canon de l'arme de V. se dressa en un clin d'œil, visant directement le cœur de la femelle.

—Tu veux pas te calmer ? demanda-t-elle hargneusement à V.

—Certainement pas. Désolé.

V. avait l'air aussi désolé qu'un boulet de démolition en pleine action.

—OK, on se détend, dit Kolher en inclinant la tête en direction de Xhex. Continue.

La femelle sortit une bourse en velours et la jeta en direction de Kolher. Il put rattraper le sac grâce au léger sifflement que fit ce dernier quand il arriva sur lui, sa vue déficiente ne lui étant alors d'aucune aide.

À l'intérieur se trouvaient deux yeux bleu pâle.

—Ainsi, j'ai eu un rendez-vous intéressant la nuit dernière, déclara Vhen d'une voix traînante.

Kolher regarda le *symphathe*.

—À qui est le regard vide dans ma main ?

—Montrag, fils de Rehm. Il est venu me voir et m'a demandé de te tuer. Tu as des inimitiés profondes au sein de la *glymera*, mon ami, et Montrag n'est que l'un d'entre eux.

J'ignore qui d'autre était dans le complot, mais je n'allais pas prendre le moindre risque de le découvrir avant d'avoir agi.

Kolher remit les yeux dans le sac et referma le poing dessus.

— Quand est-ce qu'ils allaient le faire ?

— À la réunion du Conseil, après-demain dans la nuit.

— Le fils de pute.

V. écarta son arme et croisa les bras.

— Tu sais, je méprise ces enfoirés.

— Tu prêches un converti, assura Vhen avant de reporter son attention sur Kolher. Je ne suis pas venu te voir avant d'avoir réglé le problème parce que j'aime bien l'idée que le roi me soit redevable.

Kolher ne put s'empêcher de rire.

— Mangeur de péchés.

— Tu le sais bien.

Kolher fit sauter le sac dans sa main.

— Quand est-ce arrivé ?

— Il y a environ une demi-heure, répondit Xhex. Je n'ai pas fait le ménage derrière moi.

— Eh bien, ils vont certainement piger le message. Et j'irai quand même à cette réunion.

— Tu es certain que c'est prudent ? demanda Vhen. Ceux qui sont derrière ce projet ne reviendront pas me chercher, parce qu'ils savent à qui va ma loyauté. Mais cela ne veut pas dire qu'ils ne trouveront personne d'autre.

— Alors laissons-les faire. J'en ai marre de cette lutte à mort. (Il jeta un coup d'œil à Xhex.) Montrag a impliqué quelqu'un ?

— Je lui ai tranché la gorge d'une oreille à l'autre. Pas facile de parler.

Kolher sourit et regarda V.

— Tu sais, c'est plutôt surprenant que vous ne vous entendiez pas mieux tous les deux.

— Pas vraiment, répondirent-ils à l'unisson.

— Je peux décaler la réunion du Conseil, murmura Vhen. Si tu veux te renseigner par toi-même pour savoir qui d'autre était impliqué.

— Non. S'ils avaient des couilles, ils auraient essayé de m'éliminer eux-mêmes, ils n'auraient pas tenté de te le faire faire. Donc il y a deux possibilités. Puisqu'ils ignorent si Montrag les a livrés avant que Xhex ne lui enlève les yeux, soit ils vont se cacher, parce que c'est ce que font les lâches, soit ils vont reporter la faute sur quelqu'un d'autre. Donc la réunion est maintenue.

Vhen sourit, son expression sinistre soulignant son côté *symphathe*.

— Comme tu le souhaites.

— Mais je veux une réponse honnête de ta part, ajouta Kolher.

— Quelle est la question ?

— Est-ce que tu as songé à me tuer pour de bon, quand il te l'a demandé ?

Vhen demeura silencieux un moment. Puis il hocha lentement la tête.

— Oui, j'y ai pensé. Mais comme je te l'ai dit, tu es mon débiteur à présent et étant donné les… circonstances de ma naissance, il apparaît… que c'est bien plus précieux que ce que n'importe quel aristocrate coincé du cul peut faire pour moi.

Kolher hocha la tête.

— C'est une logique que je respecte.

— En plus, disons-le franchement (Vhen sourit de nouveau), ma sœur s'est mariée dans ta famille.

— En effet, *symphathe*. En effet.

Une fois qu'Ehlena eut déposé l'ambulance au garage, elle traversa le parking jusqu'à la clinique. Elle devait récupérer ses affaires dans son casier, mais ce n'était pas sa destination dans l'immédiat. D'ordinaire, à cette heure de la nuit,

Havers établissait des dossiers dans son bureau et c'était là qu'elle se rendait. Quand elle arriva devant sa porte, elle ôta son chouchou, lissa ses cheveux et les noua fermement à la base de sa nuque. Elle portait son gilet et, même s'il n'arborait pas une étiquette de haute couture, il était en laine noire et semblait fait à ses mesures, aussi se dit-elle que son apparence était passable.

Elle frappa à l'encadrement de la porte et une voix distinguée l'invita à entrer. L'ancien bureau de Havers avait été une magnifique pièce autrefois, pleine d'antiquités et de livres reliés de cuir. À présent qu'ils étaient dans cette nouvelle clinique, son espace de travail personnel ne différait pas des autres : des murs blancs, un sol en linoléum, un bureau en acier, une chaise à roulettes noire.

— Ehlena ! s'exclama-t-il en levant les yeux des dossiers qu'il consultait. Comment allez-vous ?

— Stephan est auprès des siens…

— Ma chère, j'ignorais totalement que vous le connaissiez. Catya me l'a appris.

— En… effet.

Mais peut-être n'aurait-elle pas dû le mentionner à la femelle ?

— Douce Vierge scribe, pourquoi ne l'avez-vous pas dit ?

— Parce que je souhaitais l'honorer.

Havers ôta ses lunettes d'écaille et se frotta les yeux.

— Hélas, voilà une chose que je comprends. Néanmoins j'aurais quand même souhaité le savoir. S'occuper des morts n'est jamais aisé, mais cela est particulièrement difficile quand il s'agit d'un ami personnel.

— Catya m'a donné congé pour la fin de mon service…

— Oui, je le lui ai demandé. Vous avez eu une longue nuit.

— Eh bien, je vous en remercie. Mais, avant de partir, je souhaiterais m'enquérir d'un autre patient.

Havers remit ses lunettes.

— Bien entendu. De qui s'agit-il ?

— Vhengeance. Il est venu pour la dernière fois hier soir.

— Je m'en souviens. Rencontre-t-il le moindre problème avec ses médicaments ?

— Avez-vous, par hasard, examiné son bras ?

— Son bras ?

— Il a une infection aux veines du bras droit.

Le médecin de l'espèce remonta ses lunettes sur son nez.

— Il n'a pas indiqué que son bras lui causait le moindre souci. S'il souhaite revenir et me consulter, je serai heureux de l'examiner. Mais, comme vous le savez, je ne peux faire de prescription sans examen.

Ehlena se préparait à argumenter quand une autre infirmière passa la tête par l'entrebâillement de la porte.

— Docteur ? Votre patient vous attend dans la salle d'examen numéro quatre.

— Merci. (Havers regarda de nouveau Ehlena.) Maintenant rentrez chez vous et reposez-vous.

— Oui, docteur.

Elle s'esquiva du bureau et observa le médecin de l'espèce se dépêcher et disparaître au coin du couloir.

Vhengeance n'allait pas revenir consulter Havers. Impossible. Premièrement, il avait l'air trop malade pour cela, et deuxièmement, il avait déjà prouvé qu'il était un idiot à la tête dure en dissimulant délibérément cette infection au médecin.

Mâle stupide.

Et elle était tout aussi stupide, étant donné ce qui lui trottait dans la tête.

D'une manière générale, l'éthique ne lui posait jamais de problème : rester dans le droit chemin ne nécessitait pas de penser, de négocier avec ses principes ou de calculer pertes et profits. Par exemple, il serait mal d'aller dans la réserve de pénicilline de la clinique et d'y dérober, oh, disons, quatre-vingts cachets de cinq cents milligrammes.

Surtout pour ensuite donner ces cachets à un patient qui n'avait pas été examiné par le médecin pour l'affection à traiter.

Ce serait tout simplement mal. Complètement.

Rester dans le droit chemin serait d'appeler le patient et de le persuader de venir à la clinique pour se faire examiner par le médecin. Et s'il ne voulait pas se bouger les fesses, alors ça s'arrêtait là.

Un point c'est tout.

Ehlena se dirigea vers la pharmacie.

Elle décida de s'en remettre au destin. Et, ça alors, c'était l'heure de la pause cigarette. La petite horloge à côté de l'affichette « Bientôt de retour » indiquait 3 h 45.

Elle regarda sa montre. Trois heures trente-trois.

Soulevant le loquet du comptoir, elle pénétra dans la pharmacie, fonça sur les réserves de pénicilline et en fit tomber quatre-vingts cachets de cinq cents milligrammes dans la poche de son uniforme – exactement ce qui avait été prescrit à un patient pour le même problème trois nuits plus tôt.

Vhengeance n'allait pas revenir à la clinique de sitôt. Elle lui apporterait donc ce dont il avait besoin.

Elle se répéta qu'elle aidait un patient et que c'était là le plus important. Diable, elle était probablement en train de lui sauver la vie. Elle se réconforta en se disant qu'il ne s'agissait pas d'un analgésique, de Valium ou de morphine. À sa connaissance, personne n'avait jamais réduit de la pénicilline en poudre pour la sniffer.

Elle entra dans le vestiaire et remporta son déjeuner auquel elle n'avait pas touché. Elle ne se sentait pas coupable. Et quand elle se dématérialisa pour rentrer chez elle, elle ne ressentit aucune honte à se rendre dans la cuisine pour mettre les pilules dans un sac de congélation et les cacher dans son sac à main.

C'était le chemin qu'elle choisissait. Stephan était déjà mort au moment où elle l'avait rejoint, et elle n'avait pu faire mieux qu'aider à envelopper ses membres froids et raidis dans du lin cérémoniel. Vhengeance était vivant. Vivant et souffrant. Et, qu'il soit la cause de cette souffrance ou pas, elle pouvait encore l'aider.

Le résultat était moral même si la méthode ne l'était pas.

Et, parfois, c'était le mieux que vous puissiez faire.

Chapitre 24

Quand Xhex fut de retour au *Zero Sum*, il était 3 h 30 du matin, juste à temps pour fermer le club. Elle devait régler quelques affaires personnelles et, contrairement à la surveillance des caisses et au renvoi du personnel et des videurs de la nuit, ça ne pouvait pas attendre.

Avant de quitter la demeure de Vhen, elle était allée aux toilettes et avait remis ses cilices, mais ces saloperies ne faisaient pas effet : elle était agitée. Le pouvoir lui démangeait et elle se sentait sur le fil du rasoir. Vu leur efficacité, elle aurait aussi bien pu porter de simples lacets autour des cuisses.

Se glissant par la porte de côté pour entrer dans le carré VIP, elle scruta la foule, à la recherche d'un mâle en particulier.

Il était là.

Connard de John Matthew. Le travail bien fait lui donnait toujours faim et la dernière chose dont elle avait besoin était de se trouver à proximité d'un type comme lui.

Comme s'il avait senti son regard posé sur lui, il leva la tête et ses yeux bleu foncé étincelèrent. Il savait parfaitement ce qu'elle voulait. Et vu la manière dont il tira discrètement sur son pantalon, il était prêt à lui rendre service.

Xhex ne put s'empêcher de les torturer tous les deux. Elle lui envoya une scène mentale, lui imprimant l'image directement dans son esprit : tous les deux dans les toilettes privées, lui assis sur le lavabo, incliné vers l'arrière, elle un pied sur le comptoir, le sexe de John profondément enfoui en elle, haletant tous deux.

Il l'observait depuis l'autre bout de la pièce, la bouche entrouverte, et la rougeur de ses joues n'avait rien à voir avec l'embarras, mais était plutôt la conséquence de l'orgasme qui menaçait d'exploser.

Seigneur, qu'elle le désirait !

Son pote, le rouquin, la tira de son état de transe. Blaylock revint à la table en tenant trois bières par le goulot et, quand il aperçut l'expression dure et excitée de John, il s'arrêta net et jeta un coup d'œil surpris à Xhex.

Merde.

Xhex renvoya d'un geste les videurs qui s'approchaient d'elle et quitta le carré VIP si vite qu'elle manqua d'envoyer bouler une serveuse.

Son bureau était le seul endroit sûr, et elle s'y dirigea ventre à terre. La folie meurtrière était un moteur qui, une fois allumé, était difficile à ralentir, et les souvenirs de la mise à mort et du délicieux moment où elle avait croisé le regard de Montrag avant de lui ôter ses yeux nourrissaient son côté *symphathe*. Deux solutions pouvaient lui permettre de brûler cette énergie et de redescendre sur terre.

Le sexe avec John Matthew en était une. L'autre possibilité était beaucoup moins agréable, mais il fallait se contenter de ce que l'on avait, et elle était sur le point de dégainer son *lys* et de se mettre à l'ouvrage sur tous les humains qu'elle croiserait. Ce qui ne serait pas bon pour les affaires.

Un siècle plus tard, elle ferma la porte sur le bruit et la foule grégaire, mais il n'était pas question de se détendre dans sa retraite dépouillée. Merde, elle n'arrivait même pas à se calmer suffisamment pour resserrer ses cilices. Elle fit le tour du bureau, enfermée, prête à éclater de colère, tentant de s'apaiser de manière à…

Le changement la foudroya avec un rugissement, son champ de vision se métamorphosant en dégradé de rouges comme si quelqu'un venait de lui mettre un viseur sur les yeux. Simultanément, les grilles émotionnelles de chaque être vivant dans le club surgirent dans son cerveau, les murs et les sols disparaissant, remplacés par les vices et les désespoirs, les colères et les convoitises, les cruautés et la douleur qui, pour elle, étaient aussi durs que la structure du club.

Son côté *symphathe* en avait soupé de la jouer réglo et était prêt à débusquer ce troupeau d'humains bêtes et shootés.

Quand Xhex décolla comme si la piste de danse était en feu et qu'elle était la seule à avoir un extincteur, John s'enfonça dans sa banquette. Une fois la vision dissipée, le fourmillement de sa peau disparut, mais son érection n'était pas près de tirer sa révérence.

Son sexe était raide dans son jean, piégé sous les boutons de la braguette.

Merde, se dit John. *Merde. Juste… merde.*

— Bravo pour l'interruption, Blay, marmonna Vhif.

— Je suis désolé, répondit celui-ci en se glissant à sa place et en faisant passer les bières. Je suis désolé… Merde.

Eh bien, si cela ne s'appliquait pas à la situation !

— Tu sais, elle est à fond sur toi, ajouta Blay avec un soupçon d'admiration. Je veux dire, je pensais qu'on ne venait ici que pour que tu puisses la contempler. Mais j'ignorais qu'elle te regardait de cette manière, elle aussi.

John baissa la tête pour dissimuler ses joues qui devenaient bien plus rouges que les cheveux de Blay.

— Tu sais où se trouve son bureau, John. (Le regard vairon de Vhif ne cilla pas quand il inclina sa bière et en avala une grande gorgée.) Vas-y. Tout de suite. Au moins, l'un d'entre nous sera un peu soulagé.

John se détendit et se frotta les cuisses, pensant exactement à la même chose que Vhif. Mais avait-il les couilles pour cela ? Et s'il l'approchait et qu'elle le rembarrait ?

Et s'il perdait de nouveau son érection ?

Mais quand il se remémora ce qu'il avait vu dans sa tête, il ne s'en inquiéta pas trop. Il était prêt à jouir sur place.

— Tu pourrais aller dans son bureau tout seul, poursuivit doucement Vhif. J'attendrai à l'entrée du couloir et m'assurerai que personne ne vous dérange. Tu seras en sécurité, et ce sera tranquille.

John repensa à la seule et unique fois où Xhex et lui s'étaient retrouvés enfermés dans un espace clos, seuls. C'était en août, dans les toilettes des hommes de la mezzanine, et elle l'avait surpris qui sortait en titubant d'une cabine, bourré comme un coing. Si défoncé qu'il fût, un seul regard sur elle et il avait été prêt à passer à l'action, désirant éperdument se glisser dans son sexe – et, grâce à une énorme confiance puisée dans la Corona, il avait eu le cran de l'approcher et de lui écrire un petit message sur une serviette en papier. Une vengeance pour ce qu'elle-même avait exigé de sa personne.

Ce n'était que justice. Il voulait qu'elle prononce son nom quand elle se masturbait.

Depuis lors, ils avaient gardé leurs distances au club, mais avaient été sacrément proches au lit, et il savait qu'elle faisait ce qu'il lui avait demandé ; il s'en rendait compte à la manière dont elle le regardait. Et le petit échange télépathique de ce soir quant à ses suggestions sur ce qu'ils pouvaient faire dans les toilettes privées prouvait que même elle suivait parfois les ordres.

Vhif posa la main sur le bras de John et, quand celui-ci leva la tête, il signa :

— *Tout est question de timing, John.*

Ce n'était que trop vrai. Elle le désirait, et ce soir, ce n'était pas seulement dans ses fantasmes, seule chez elle.

John ne savait pas ce qui avait changé ou ce qui avait été le déclencheur, mais son sexe se foutait de ce genre de détails.

Seule importait l'issue.

À proprement parler.

En outre, bordel de merde, allait-il rester puceau pour le restant de ses jours uniquement à cause de ce qu'on lui avait fait il y avait de cela une éternité ? Tout était question de timing, et il était dégoûté et fatigué de rester planté là à se refuser ce qu'il désirait vraiment.

John se leva et fit un signe de tête à Vhif.

— Merci, mon Dieu, s'exclama ce dernier en s'extirpant de la banquette. Blay, on revient.

— Prenez votre temps. Et John, bonne chance, OK ?

John posa la main sur l'épaule de son pote et remonta son jean avant de sortir du carré VIP. Vhif et lui dépassèrent les videurs à côté du cordon de velours, puis les danseurs transpirants et agglutinés, les gens qui se pelotaient et la foule qui se pressait autour du bar gigantesque pour passer une dernière commande. Xhex était introuvable, et il se demanda si elle n'était pas partie.

Non, songea-t-il. Elle devait être là pour la fermeture, parce que personne n'avait aperçu Vhen.

— Peut-être qu'elle est déjà dans son bureau, dit Vhif.

Pendant qu'ils montaient à la mezzanine, John repensa à la première fois qu'il l'avait rencontrée. En parlant de partir du mauvais pied… Elle l'avait traîné dans le couloir et l'avait interrogé après l'avoir surpris à cacher une arme pour que Blay et Vhif aillent baiser en toute tranquillité. C'était ainsi qu'elle avait appris son nom et ses liens avec Kolher et la Confrérie, et la manière dont elle l'avait bousculé l'avait totalement excité… une fois qu'il avait été persuadé qu'elle n'allait pas le démembrer.

— Je serai juste là. (Vhif s'arrêta à l'entrée du couloir.) Tout va bien se passer.

John hocha la tête puis posa un pied devant l'autre et répéta l'opération, le couloir s'assombrissant à mesure qu'il avançait. Quand il arriva devant sa porte, il ne s'arrêta pas pour reprendre ses esprits, car il avait trop peur de se dégonfler et de détaler vers son pote.

Ouais, ça, ça le ferait vraiment passer pour une gonzesse.

En outre, il le voulait. Il en avait besoin.

John leva le poing pour frapper à la porte… et se figea. Le sang. Cela sentait… le sang.

Celui de Xhex.

Sans réfléchir, il enfonça la porte et…

— *Oh, mon Dieu*, articula-t-il.

Xhex releva la tête et la scène qu'elle offrait lui brûla les yeux. Elle avait retiré son pantalon en cuir, qui gisait sur le rebord de la chaise, et avait les jambes souillées de son propre sang… du sang qui coulait de bandes en métal barbelé accrochées à chacune de ses cuisses. Elle avait une botte posée sur le bureau et était en train de… les resserrer ?

— Sors d'ici, bordel !

— *Pourquoi*, articula-t-il, s'approchant d'elle, tendant la main. *Oh… mon Dieu, il faut que tu arrêtes.*

Avec un grognement sourd, elle pointa son doigt vers lui.

— Ne t'approche pas de moi !

John se mit à signer à toute vitesse, de manière brouillonne, même si elle ne comprenait pas le langage des signes.

— *Pourquoi est-ce que tu t'infliges ça… ?*

— Sors d'ici. Tout de suite.

— *Pourquoi ?* hurla-t-il silencieusement.

Comme pour lui répondre, les yeux de Xhex étincelèrent de rouge rubis, telles des ampoules colorées montées sur son crâne, et John fut instantanément refroidi.

Dans l'univers de la Confrérie, seule une chose pouvait produire un tel phénomène.

— Va-t'en.

John fit demi-tour et se précipita sur la porte. Quand il mit la main sur la poignée, il s'aperçut qu'on pouvait la verrouiller de l'intérieur et, d'un geste sec sur le bouton en acier inoxydable, il l'enferma, afin que personne ne la voie.

Quand il arriva au niveau de Vhif, il ne s'arrêta pas. Il se contenta d'avancer, sans se soucier que son ami et garde du corps soit derrière lui.

De tout ce qu'il avait pu apprendre au sujet de Xhex, c'était bien la seule chose qu'il n'aurait jamais pu imaginer.

Xhex était une *symphathe*, putain.

Chapitre 25

À l'autre bout de Caldwell, dans une rue bordée d'arbres, Flhéau se trouvait dans un immeuble en grès brun, assis dans un fauteuil club recouvert de velours noir. Derrière lui étaient suspendus les derniers vestiges des humains élégants et fortunés qui avaient autrefois vécu ici : de magnifiques draperies de damas allaient du sol au plafond, mettant l'accent sur les baies vitrées qui donnaient sur le trottoir.

Flhéau aimait ces satanées draperies. Elles étaient rouge bordeaux, or et noir, et frangées de boules de satin or de la taille de billes. Avec leur luxe éclatant, elles lui rappelaient le temps où il vivait dans la grande demeure de style Tudor sur la colline.

Le raffinement de cette vie lui manquait. Le personnel. Les repas. Les voitures.

Il passait tellement de temps avec les classes inférieures.

Merde, avec les classes inférieures humaines, si l'on tenait compte des origines des éradiqueurs.

Il tendit la main et caressa l'une des draperies, ignorant le nuage de poussière qui s'épanouit dans l'air immobile dès qu'il la toucha. Superbe. Si lourde et solide, si luxueuse dans les moindres détails, le tissu, les teintures, les ourlets ou les lisières cousus à la main.

Cette sensation lui fit comprendre qu'il avait besoin d'une belle maison à lui, et il se dit que cet immeuble ferait sûrement l'affaire. D'après M. D, la Société des éradiqueurs possédait les lieux depuis trois ans, la propriété ayant été achetée par un grand éradiqueur persuadé que des vampires vivaient dans le quartier. Le garage, assez large pour deux voitures, était coincé au fond de l'allée à l'arrière, ce qui privilégiait la confidentialité, et la maison était ce qu'il pourrait avoir de plus gracieux avant un bon moment.

Grady entra, un téléphone portable à l'oreille, effectuant un ultime trajet alors qu'il faisait les cent pas depuis deux heures. Quand il parlait, sa voix se répercutait sur les moulures du haut plafond.

À présent qu'il était correctement motivé par son adrénaline, il avait craché les noms de sept dealers et les avait appelés l'un après l'autre pour obtenir une entrevue grâce à son baratin.

Flhéau jeta un coup d'œil au morceau de papier sur lequel Grady avait griffonné sa liste. Seul le temps dirait si tous les contacts allaient s'avérer utiles, mais l'un d'entre eux était parfaitement concret. La septième personne, dont le nom était entouré de noir au bas de la page, était quelqu'un que Flhéau connaissait : le Révérend.

Alias Vhengeance, fils de Rempoon. Le propriétaire du *Zero Sum*.

Alias l'enfoiré territorial qui avait foutu Flhéau dehors à coups de pied au derrière parce qu'il avait vendu quelques grammes par-ci par-là. Putain, Flhéau n'arrivait pas à croire qu'il n'y ait pas pensé plus tôt. Bien sûr que Vhengeance serait sur la liste. Merde, il était la rivière qui engendrait tous les ruisseaux, celui avec qui les producteurs sud-américains et chinois traitaient en direct.

Voilà qui rendait les choses encore plus intéressantes !

— OK, je te vois plus tard, dit Grady au téléphone.

Il raccrocha puis regarda Flhéau.

— Je n'ai pas le numéro du Révérend.

— Mais tu sais où le trouver, n'est-ce pas ?

Tsss. Tout le monde sur le marché de la drogue, les dealers comme les consommateurs et la police, savaient où il traînait, et, pour cette raison, il était surprenant qu'on n'ait pas fait fermer l'endroit depuis longtemps.

— Ça va quand même poser un problème. Je suis interdit d'entrée au *Zero Sum*.

Bienvenue au club.

— On va contourner ça.

Mais pas en envoyant un éradiqueur pour essayer de conclure un échange. Ils allaient avoir besoin d'un humain pour cela. À moins de pouvoir attirer Vhengeance hors de sa tanière, mais c'était improbable.

— C'est bon, j'ai fini ? demanda Grady, jetant désespérément un coup d'œil à la porte d'entrée, comme un chien qui aurait vraiment besoin d'aller pisser.

— Tu as dit que tu devais te faire discret. (Flhéau sourit, dévoilant ses crocs.) Donc tu vas retourner avec mes hommes à leur appart.

Grady ne discuta pas, se contentant d'acquiescer et de croiser les bras sur sa saleté de veste à l'aigle. Sa capitulation était motivée par sa propre personnalité, la peur et l'épuisement. Il venait visiblement de se rendre compte qu'il était bien plus dans la merde qu'il ne le pensait au début. Il pensait sans doute que les crocs n'étaient qu'un rajout esthétique, mais quelqu'un qui croyait être un vampire pouvait se montrer presque aussi mortel et dangereux qu'un véritable vampire.

La porte de service de la cuisine s'ouvrit, et M. D entra avec deux paquets carrés enveloppés de Cellophane. Chacun faisait la taille d'une tête, et Flhéau flaira beaucoup de dollars quand l'éradiqueur les lui apporta.

— Je les ai trouvés dans le panneau arrière de la carrosserie.

Flhéau sortit son couteau suisse et perça un petit trou dans chaque paquet. Un rapide coup de langue sur la poudre blanche, et il fut de nouveau souriant.

— Bonne qualité. On va la couper. Tu sais où la mettre.

M. D hocha la tête et retourna dans la cuisine. Quand il revint, les deux autres éradiqueurs se trouvaient avec lui, et Grady n'était pas le seul à avoir l'air claqué. Les éradiqueurs avaient besoin de recharger leurs batteries toutes les vingt-quatre heures et, au dernier décompte, ils étaient debout depuis environ quarante-huit heures d'affilée. Même Flhéau, qui pouvait tenir pendant des jours, se sentait épuisé.

Il était temps de pioncer.

Se levant de son fauteuil, il enfila son manteau.

— Je vais conduire. M. D, tu t'assiéras à l'arrière de la Mercedes et t'assureras que Grady apprécie d'avoir un chauffeur. Vous autres, vous prenez le tacot.

Tous partirent, abandonnant la Lexus dans le garage, qui n'avait plus de plaques d'immatriculation.

Le trajet jusqu'à la résidence de la Ferme aux Chevaux ne fut pas long, mais Grady trouva le moyen de faire une petite sieste. Dans le rétroviseur, l'enfoiré avait sombré d'un coup, la tête en arrière, la bouche ouverte quand il ronflait.

Ce qui frôlait l'irrespect, vraiment.

Flhéau s'arrêta devant l'appartement où M. D et ses deux copains créchaient, et tendit le cou pour regarder Grady.

— Debout, connard.

Quand celui-ci cligna des yeux et bâilla, Flhéau méprisa sa faiblesse et M. D eut l'air peu impressionné.

— Les règles sont simples. Si tu tentes de t'enfuir, mes hommes te canarderont sur place ou appelleront la police pour lui indiquer précisément où tu te trouves. Hoche ta tête de crétin si tu comprends ce que je dis.

Grady s'exécuta, même si Flhéau avait l'impression qu'il l'aurait fait quoi qu'on lui dise.

« — Mange tes pieds.

— OK, bien sûr. »

Flhéau déverrouilla la voiture.

— Casse-toi de ma voiture.

Encore des hochements de tête pendant que les portières s'ouvraient et qu'une rafale de vent aigre s'engouffrait à l'intérieur. Quand il s'écarta de la Mercedes, Grady se blottit dans sa veste, et cet aigle stupide eut les ailes froissées alors que l'humain se recroquevillait sur lui-même. À l'opposé, M. D ne souffrait pas du froid – l'un des avantages d'être déjà mort.

Flhéau sortit du parking en marche arrière et partit en direction de sa résidence en ville. Ce n'était qu'une ferme miteuse dans un quartier plein de personnes âgées, avec des fenêtres qui n'avaient que des rideaux sortis de chez *Target* pour se dissimuler de ses voisins bigleux en couches-culottes. Le seul avantage était que personne au sein de la Société n'en connaissait l'adresse. Même s'il dormait auprès de l'Oméga pour des raisons de sécurité, revenir de ce côté le laissait dans le coaltar pendant environ une demi-heure, et il ne souhaitait pas qu'on le prenne au dépourvu.

En fait, le terme « dormir » était impropre pour ce dont il avait besoin. Il ne fermait pas les yeux ni ne se mettait à sommeiller : il s'évanouissait carrément, ce qui, d'après M. D, arrivait aux éradiqueurs. Bizarrement, avec le sang de son père en eux, ils étaient comme des téléphones portables inutilisables quand on les rechargeait.

Alors qu'il pensait rentrer à la ferme, il se sentit déprimé et se retrouva à conduire dans le quartier le plus aisé de Caldwell. Ici, les rues lui étaient aussi familières que les lignes de sa propre main, et il situa facilement les murs de pierre de son ancienne maison.

Les portes étaient solidement fermées et il ne pouvait pas voir par-dessus le haut mur qui entourait la propriété, mais il savait ce qu'il y avait à l'intérieur : le terrain, les arbres, la piscine et la terrasse… parfaitement entretenus.

Merde. Il voulait retrouver cette vie. Cette existence bas de gamme avec la Société des éradiqueurs lui donnait l'impression d'un costume bon marché. Cela ne lui ressemblait pas. À aucun niveau.

Il mit la Mercedes au point mort et se contenta de rester assis là, à contempler l'allée. Après avoir assassiné les vampires qui l'avaient élevé et les avoir enterrés dans le jardin, il avait dépouillé la demeure de style Tudor de tout ce qui n'y était pas cloué, stockant les antiquités dans différentes résidences d'éradiqueurs situées à l'intérieur et à l'extérieur de la ville. Il n'était pas revenu depuis qu'il était allé chercher cette voiture, et il avait supposé que, par l'intermédiaire du testament de ses parents, la propriété avait échu à un quelconque parent encore vivant après les attaques qu'il avait lancées contre l'aristocratie.

Il doutait fort que le bien soit encore au nom de l'espèce. Après tout, il avait été infiltré par des éradiqueurs et était, du coup, compromis à titre permanent.

Flhéau regrettait la demeure, même s'il n'aurait pas pu s'en servir comme quartier général. Trop de souvenirs et, de plus, trop proche du monde des vampires. Ses projets, ses comptes et les détails privés de la Société des éradiqueurs n'étaient pas le genre de choses qu'il souhaitait voir tomber entre les mains de la Confrérie.

Le moment viendrait où il retrouverait ces guerriers, mais ce serait lui qui dicterait ses conditions. Depuis qu'il avait été tué par ce mutant défectueux de Vhif et que son véritable père était venu le chercher, personne hormis cet enfoiré de John Matthew ne l'avait vu et, même avec cet idiot muet, cela avait été de façon brumeuse, le genre de chose que l'on interpréterait comme une erreur de perception, puisqu'ils avaient tous vu son cadavre.

Flhéau aimait faire des entrées spectaculaires. Quand il apparaîtrait au monde des vampires, ce serait dans une position dominante. Et la première chose qu'il ferait serait de venger sa propre mort.

Le passé lui manquait un peu moins grâce à ses projets d'avenir, et quand il regarda les arbres sans feuilles dans lesquels soufflait le vent mordant, il pensa à la force de la nature.

Et souhaita être exactement cela.

Son téléphone sonna, il décrocha et le mit à l'oreille.

— Quoi ?

La voix de M. D était parfaitement professionnelle.

— On est infiltrés, m'sieur.

Flhéau serra fermement le volant.

— Où ?

— Ici.

— Bande d'enfoirés. Qu'est-ce qu'ils ont pris ?

— Les jarres. Toutes les trois. C'est comme ça qu'on sait que c'est les frères. Les portes sont intactes, les fenêtres aussi, alors aucune idée de la façon dont ils se sont introduits. Ça a dû se passer au cours des deux dernières nuits parce qu'on n'a pas dormi là depuis dimanche.

— Est-ce qu'ils sont allés dans l'appartement du dessous ?

— Non, il est sécurisé.

Voilà au moins qui était en leur faveur. Mais les jarres perdues étaient toujours un problème.

— Pourquoi l'alarme de sécurité ne s'est pas déclenchée ?

— Elle n'était pas branchée.

— Bon Dieu ! T'as intérêt à être là quand j'arrive, bordel.

Flhéau mit fin à l'appel et tourna le volant. Quand il écrasa le champignon, la berline bondit vers le portail, le pare-chocs avant éraflant les plaques de métal.

Formidable, putain.

Quand il arriva à l'appartement, il se gara juste devant la cage d'escalier et manqua d'arracher la portière de la voiture en sortant. Les cheveux ébouriffés par des rafales d'air glacial, il monta les marches quatre à quatre et débarqua dans l'appartement, prêt à buter quelqu'un.

Grady était assis sur un tabouret devant le surplomb du comptoir de la cuisine, la veste retirée, les manches remontées, son visage exprimant un détachement total.

M. D sortait de l'une des chambres en plein milieu d'une phrase.

— … comprends pas comment ils ont trouvé ça là…

— Qui a foiré ? demanda Flhéau, fermant la porte au vent hurlant. C'est tout ce qui m'importe. Quel est l'abruti qui n'a pas enclenché l'alarme et a compromis cette adresse ? Et si personne n'a les couilles, je te tiens (il indiqua M. D) pour responsable.

— C'était pas moi. (M. D regarda méchamment ses hommes.) Cela fait deux jours que je suis pas revenu ici.

L'éradiqueur de gauche leva les bras mais, ce qui était caractéristique de son genre, ce n'était pas pour se rendre mais parce qu'il était prêt à se battre.

— J'ai mon portefeuille et j'ai parlé à personne.

Tous les regards se portèrent sur le troisième tueur, qui parut ennuyé.

— C'est quoi ce foutoir ? (Il fouilla ostensiblement dans sa poche arrière.) J'ai mon…

Il enfonça un peu plus la main, comme si cela allait l'aider. Puis il fit un numéro digne d'un vaudeville, cherchant dans chaque poche de son pantalon, de sa veste et de sa chemise. L'enfoiré aurait sans nul doute fouillé son propre derrière s'il avait pensé que son portefeuille avait pu s'y trouver.

— Où est ton portefeuille ? demanda Flhéau d'une voix égale.

La vérité se fit jour pour Tête d'ampoule.

— M. N… ce salopard. On s'est disputés parce qu'il voulait que je lui file du cash. On s'est battus et il a dû me le piquer.

M. D se plaça calmement derrière le tueur et lui éclata le côté de la tête avec le canon de son Magnum. La force de l'impact fit voltiger le tueur comme une capsule et le propulsa dans le mur, salissant la peinture blanche d'une tache noire quand il glissa sur la moquette sombre et bon marché.

Grady laissa échapper un cri de surprise, comme un terrier qu'on aurait frappé avec un journal.

Ce fut alors que la sonnette retentit. Tout le monde regarda la source du bruit, puis Flhéau.

Il pointa Grady du doigt.

— Tu restes où tu es. (Quand la sonnette retentit de nouveau, il fit un signe de tête à M. D.) Réponds.

Tout en enjambant le corps de l'éradiqueur, le petit Texan coinça son flingue dans sa ceinture dorsale et entrouvrit la porte.

— *Domino's Pizza*, annonça une voix masculine tandis qu'une rafale de vent s'engouffrait à l'intérieur. Oh… merde alors, attention !

C'était la comédie des erreurs, bordel, le genre de choses qu'on ne voyait que dans un film burlesque. Le vent violent emporta la boîte à pizza que le livreur sortait de son sac isotherme et la « pepperoni-truc » s'envola vers M. D. En bon employé, le mec à la casquette *Domino* plongea pour la rattraper… et finit par bousculer M. D et débouler dans l'appartement.

Ce que, Flhéau était prêt à le parier, on interdisait fermement aux employés de faire, et à raison. En s'infiltrant dans une maison, même si on est un héros, on peut découvrir tout un tas de saloperies : du porno trash à la télé, une grosse maîtresse de maison en culotte de grand-mère et sans soutien-gorge, un taudis effroyable avec plus de cafards que de gens.

Ou un non-mort en train de pisser du sang noir d'une blessure à la tête.

Impossible que monsieur Pizza ne voie pas ce qui se passait dans l'autre pièce. Et cela voulait dire qu'il fallait lui régler son compte.

Après avoir passé la fin de la nuit à errer dans le centre-ville de Caldwell à la recherche d'éradiqueurs à combattre, John reprit forme dans la cour de la demeure de la Confrérie, à côté des voitures garées de façon bien alignée. Le vent violent lui poussait les épaules, comme une petite brute qui chercherait à le faire tomber, mais il resta droit face à l'attaque.

Une *symphathe*. Xhex était une *symphathe*.

Pendant que son esprit digérait cette révélation, Vhif et Blay se matérialisèrent à côté de lui. À leur crédit, aucun d'eux ne lui avait demandé ce qui avait bien pu se passer au *Zero Sum*. Mais tous deux continuaient de l'observer comme s'il était un alambic dans un laboratoire et qu'ils attendaient de le voir changer de couleur, déborder ou autre.

— *J'ai besoin d'air*, signa-t-il sans croiser leurs regards.

— Pas de souci, répondit Vhif.

Il y eut un silence tandis que John attendait qu'ils entrent dans la maison. Vhif se racla la gorge une fois. Puis une autre.

Puis, d'une voix étranglée, il dit :

— Je suis désolé. Je n'avais pas l'intention de te pousser encore une fois. Je…

John secoua la tête et signa :

— *Ça n'a rien à voir avec le sexe. Alors t'inquiète pas, OK ?*

Vhif fronça les sourcils.

— OK. Ouais, super. Euh… si t'as besoin de nous, on est dans le coin. Viens, Blay.

Blay suivit, et tous deux remontèrent les marches basses en pierre et entrèrent dans la demeure.

Enfin seul, John ne savait absolument pas quoi faire ni où aller, mais l'aube approchait, donc hormis un rapide jogging dans le jardin, peu d'activités en extérieur étaient possibles.

Même si, Seigneur, il se demandait s'il pouvait seulement entrer. Il avait l'impression d'être contaminé par ce qu'il avait appris.

Xhex était une *symphathe*.

Est-ce que Vhengeance le savait ? Ou quelqu'un d'autre ?

Il avait bien conscience de ce que la loi exigeait qu'il fasse. Il avait appris ça pendant l'entraînement : quand on découvrait des *symphathes*, il fallait les dénoncer pour qu'ils soient déportés, ou on était considéré comme leur complice. Clair et net.

Mais qu'arriverait-il alors ?

Ouais, inutile d'être devin. Xhex serait expédiée comme des ordures dans une poubelle, et les choses ne se passeraient pas bien pour elle. Il était évident qu'elle était métisse. Il avait vu des photographies de *symphathes* et elle ne ressemblait en rien à ces salopards grands, minces et flippants. Il y avait donc de gros risques pour qu'elle soit tuée dans la colonie parce que, d'après ce qu'il savait, les *symphathes* ne valaient pas mieux que la *glymera* en matière de discrimination.

Mis à part le fait qu'ils aimaient torturer ceux qu'ils ridiculisaient. Et pas au sens figuré.

Qu'avait-il fait, putain… ?

Quand le froid le fit frissonner sous sa veste en cuir, il entra dans la maison et gravit directement le grand escalier. Les portes du bureau étaient ouvertes et il entendit la voix de Kolher, mais il ne s'arrêta pas pour voir le roi. Il continua son chemin, tournant au coin du couloir aux statues.

Il ne se dirigea pas pour autant vers sa chambre.

John s'arrêta devant la porte de Tohr et fit une pause pour aplatir ses cheveux. Il n'existait qu'une seule personne avec laquelle il souhaitait mettre les choses au clair, et il pria afin que, pour une fois, il en tire quelque chose.

Il avait besoin d'aide. Sérieusement.

John frappa doucement.

Pas de réponse. Il frappa de nouveau.

Pendant qu'il attendait, il étudia les panneaux de la porte et réfléchit aux deux dernières fois où il avait surgi dans une pièce sans invitation. La première fois avait été pendant l'été quand il avait fait irruption dans la chambre de Cormia et l'avait découverte nue et roulée en boule, du sang entre les cuisses. Résultat ? Il avait défoncé Fhurie sans raison, puisque les relations sexuelles avaient été consenties.

La seconde fois avait eu lieu avec Xhex, ce soir. Et voilà la situation dans laquelle il se retrouvait !

John frappa de nouveau, suffisamment fort pour réveiller un mort.

Pas de réponse. Pire, pas le moindre bruit. Pas de télé, pas de douche, pas de voix.

Il recula d'un pas pour voir si une lueur filtrait sous la porte. Non. Donc Lassiter n'était pas là.

L'angoisse le fit déglutir douloureusement quand il ouvrit lentement la porte. Son regard se posa d'abord sur le lit et, quand il découvrit que Tohr n'y était pas, John se mit à paniquer. Traversant le tapis oriental au pas de charge, il se précipita dans la salle de bains, s'attendant à découvrir le frère étalé dans le jacuzzi, les poignets ouverts.

Personne dans aucune des deux pièces.

Un espoir étrange et faible enflamma sa poitrine quand il retourna dans le couloir. Regardant à gauche et à droite, il décida de commencer par la chambre de Lassiter.

Pas de réponse et, quand il regarda à l'intérieur, il ne découvrit qu'une pièce impeccable ainsi qu'un doux parfum d'air frais.

C'était positif. L'ange devait être avec Tohr.

John courut ventre à terre jusqu'au bureau de Kolher et, après avoir frappé au chambranle, il glissa la tête, passant rapidement en revue le canapé aux pieds fragiles, les fauteuils et le manteau de la cheminée sur lequel les frères aimaient s'appuyer.

Kolher leva les yeux.

— Hé fiston. Qu'est-ce qu'il se passe ?

— Oh, rien. Vous savez. C'est juste… Excusez-moi.

John descendit le grand escalier en courant, sachant que si Tohr faisait sa première incursion pour retourner dans le monde, il n'aurait pas envie d'en faire tout un fromage. Il avait probablement commencé petit, en allant juste à la cuisine chercher à manger en compagnie de l'ange.

Au rez-de-chaussée, John atteignit le sol en mosaïque et, quand il entendit des voix mâles à sa droite, il regarda dans la salle de billard. Butch était penché sur la table, sur le point de tirer, et Viszs, derrière lui, tentait de le déconcentrer. Le grand écran était allumé sur la chaîne ESPN et seulement deux verres bas étaient sortis, l'un rempli d'un liquide ambré, l'autre d'un truc transparent comme du cristal, mais qui n'était pas de l'eau.

Tohr n'était pas là, mais il n'avait jamais été très joueur. En outre, vu la manière dont Butch et V. se chamaillaient, ils n'étaient pas le genre de compagnie idéale pour replonger dans le bain social.

Faisant demi-tour, John se dépêcha de traverser la salle à manger, qui avait été dressée pour le Dernier Repas, puis pénétra dans la cuisine, où il découvrit… des *doggen* en train de préparer trois sauces différentes pour les pâtes, de sortir du pain italien du four, de mélanger la salade, d'ouvrir des bouteilles de vin rouge pour les chambrer… et toujours pas de Tohr.

L'espoir quitta lentement la poitrine de John, laissant derrière lui un goût amer.

Il alla voir Fritz, majordome extraordinaire, qui l'accueillit avec un sourire éclatant sur son vieux visage ridé.

— Bonjour, messire, comment vous portez-vous ?

John signa devant sa poitrine pour que personne d'autre ne le voie.

— Écoutez, est-ce que vous avez vu…

Merde, il ne voulait pas créer la panique dans la maison simplement parce qu'il avait tiré des conclusions hâtives. La demeure était immense et Tohr pouvait être n'importe où.

— … *quelqu'un ?* finit-il.

Fritz fronça ses sourcils duveteux.

— Quelqu'un, messire ? Faites-vous référence aux dames de la maison ou…

— *Des mâles*, répondit-il. *Avez-vous vu des frères ?*

— Eh bien, j'étais ici pour superviser la préparation du dîner pendant l'essentiel de la dernière heure, mais je sais que plusieurs sont rentrés du combat. Rhage a pris ses sandwichs dès son retour, Kolher est dans le bureau, et Zadiste est avec la petite au bain. Voyons voir… oh, et je crois que Butch et Viszs jouent au billard, puisqu'un membre du personnel leur a servi à boire dans la salle de billard il y a un instant.

Très bien, se dit John. *Si un frère que personne n'avait vu passer depuis, oh, disons, quatre mois, s'était montré, son nom aurait certainement été en tête de la liste.*

— *Merci, Fritz.*

— Cherchiez-vous une personne en particulier ?

John secoua la tête et retourna lentement dans le vestibule en traînant les pieds. Il n'avait guère plus d'espoir en entrant dans la bibliothèque. Et, en effet, la pièce était remplie de livres… sans la moindre trace de Tohr.

Où pouvait…

Peut-être qu'il n'était pas du tout dans la maison ?

John sortit en courant de la bibliothèque et contourna en glissant le grand escalier, faisant grincer les semelles de ses rangers quand il s'engagea dans l'angle. Ouvrant d'un coup la porte dissimulée sous les marches, il emprunta le tunnel souterrain qui s'éloignait de la demeure.

Bien sûr. Tohr irait au centre d'entraînement. S'il devait se réveiller et se remettre à vivre, cela signifiait retourner sur le champ de bataille. Et aussi s'entraîner et retrouver un corps d'athlète.

Quand John émergea dans le bureau du centre, il était totalement de retour en terre d'espoir et que Tohr ne se trouve pas derrière la table ne le surprit pas.

C'était ici qu'il avait appris la mort de Wellsie.

John parcourut le couloir et le bruit assourdi des poids qui s'entrechoquaient sonnait comme une symphonie à ses oreilles, le soulagement s'épanouissant dans sa poitrine jusqu'à ce que ses mains et ses pieds lui démangent.

Mais il devait rester calme. Approchant de la salle d'entraînement, il se débarrassa de son sourire et ouvrit la porte en grand…

Blaylock le regarda depuis le banc. Vhif hocha la tête sur l'appareil de step.

Quand John regarda autour de lui, tous deux cessèrent de s'activer, Blay reposant l'haltère et Vhif descendant lentement de l'engin.

— *Est-ce que vous avez vu Tohr ?* signa John.

— Non, répondit Vhif en s'essuyant le visage avec une serviette. Pourquoi il serait ici ?

John repartit à toute vitesse et se dirigea vers le gymnase, où il ne découvrit rien d'autre que des lampes grillagées, des parquets en pin étincelants et des matelas d'un bleu lustré. La salle des équipements ne contenait que des équipements. La salle de physiothérapie était vide. De même que la clinique de Jane.

Il se remit à courir comme un boulet de canon et reprit le tunnel jusqu'à la maison principale.

Une fois arrivé, il monta directement à l'étage, se dirigea droit sur les portes ouvertes du bureau, mais cette fois-ci il ne frappa pas au chambranle. Il s'avança jusqu'au bureau de Kolher et signa :

— *Tohr a disparu.*

Quand le livreur de *Domino's* tenta maladroitement de rattraper la pizza, tout le monde resta cloué sur place.

— C'était moins une, dit l'humain. J'ai pas envie de la renverser…

Le type se figea en position accroupie tandis qu'il suivait des yeux la trace noire sur le mur jusqu'à l'éradiqueur roulé en boule et gémissant.

— … sur… votre… tapis…

— Merde, cracha Flhéau, attrapant son couteau à cran d'arrêt dans la poche de sa chemise, faisant jaillir la lame et se glissant derrière l'homme.

Quand *Domino's* se redressa, Flhéau lui passa un bras autour du cou et lui planta le couteau droit dans le cœur.

Pendant que le type se tassait et haletait, la boîte à pizza atterrit par terre et s'ouvrit. La sauce tomate et les poivrons avaient la même couleur que le sang qui giclait de la blessure.

Grady sauta de son tabouret et désigna le tueur qui était toujours debout.

— Il m'a laissé commander la pizza !

Flhéau pointa l'extrémité de son couteau en direction de l'idiot.

— Ferme-la.

Grady se laissa retomber sur son tabouret de bar.

M. D était méchamment énervé quand il s'approcha de l'éradiqueur restant.

— Tu l'as laissé commander c'te pizza ? Vraiment ?

L'éradiqueur rétorqua en grognant.

— Vous m'avez demandé d'entrer et de surveiller la fenêtre dans la chambre du fond. C'est comme ça qu'on a découvert que les jarres avaient disparu, vous vous rappelez ? C'est le lèche-cul sur la moquette là-bas qui l'a laissé passer un coup de fil.

M. D semblait se foutre de la logique et, même si cela aurait été drôle de le voir jouer les roquets avec ce rat d'éradiqueur, le moment était mal choisi. Cet humain qui s'était pointé avec la pizza n'allait pas revenir pour faire d'autres livraisons, et ses potes en uniforme allaient piger bien assez tôt.

— Appelez des renforts, ordonna Flhéau en refermant son couteau et en se dirigeant vers l'éradiqueur à terre. Faites-les venir avec un camion. Puis sortez les caisses d'armes. On évacue ici et en dessous.

M. D prit le téléphone et se mit à aboyer des ordres pendant que l'autre éradiqueur se rendait dans la chambre du fond.

Flhéau regardait Grady, qui scrutait sa pizza comme s'il envisageait sérieusement de la manger à même la moquette.

— La prochaine fois que tu…

— Les armes ont disparu.

Flhéau tourna la tête vers l'éradiqueur.

— Pardon ?

— Les caisses d'armes ne sont pas dans le placard.

Pendant une fraction de seconde, Flhéau fut submergé par le désir de tuer quelqu'un, et la seule chose qui sauva Grady d'être ce quelqu'un fut qu'il s'esquiva dans la cuisine et disparut de son horizon.

Néanmoins, la logique prit le pas sur l'émotion, et il regarda M. D.

— Tu es responsable de l'évacuation.

— Bien, m'sieur.

Flhéau désigna le tueur par terre.

— Je veux qu'on l'emmène au centre de persuasion.

— Bien, m'sieur.

— Grady ?

N'obtenant pas de réponse, Flhéau poussa un juron et entra dans la cuisine, pour découvrir le type penché dans le réfrigérateur et secouant la tête devant les étagères vides.

Soit cet enfoiré avait la tête très froide, soit il était vraiment nombriliste. Flhéau pariait sur la seconde possibilité.

— On se casse.

L'humain referma la porte du frigo et accourut comme le chien qu'il était : le ventre à terre et sans argumenter, se déplaçant si vite qu'il oublia son manteau derrière lui.

Flhéau et Grady déboulèrent dans le froid, et l'intérieur tiède de la Mercedes fut un soulagement.

Pendant que Flhéau sortait lentement de la résidence, pour ne pas attirer l'attention des gens, Grady lui jeta un coup d'œil.

— Ce type… pas celui de la pizza… celui qui est mort… il était pas normal.

— Non, en effet.

— Et vous non plus.

— Non. Je suis d'essence divine.

Chapitre 26

Après la tombée de la nuit, Ehlena enfila son uniforme même si elle ne se rendait pas à la clinique. Et ce pour deux raisons : premièrement, cela facilitait les choses avec son père, qui ne supportait pas bien le moindre changement dans ses habitudes. Et deuxièmement, elle avait l'impression que cela lui accorderait un peu de distance quand elle rencontrerait Vhengeance.

Elle n'avait pas dormi de la journée. Des images de la morgue et le souvenir de la voix fatiguée de Vhengeance avaient formé une sacrée équipe, lui martelant l'esprit pendant qu'elle était étendue dans le noir, les émotions tourbillonnant jusqu'à ce que sa poitrine soit douloureuse.

Allait-elle vraiment voir Vhengeance tout de suite ? Chez lui ? Comment était-ce arrivé ?

Se rappeler qu'elle n'allait que lui déposer des médicaments la réconforta d'une certaine façon. Cela revenait à prendre soin de quelqu'un sur le plan clinique, d'infirmière à patient. Bon sang de bonsoir, il avait été d'accord avec elle pour dire qu'elle ne devrait sortir avec personne, et ce n'était pas comme s'il l'avait invitée à dîner. Elle allait lui remettre les cachets et essayer de le persuader d'aller voir Havers. Point barre.

Après avoir examiné son père et lui avoir donné ses médicaments, elle se dématérialisa jusqu'au trottoir devant l'immeuble du Commodore, en plein centre-ville. Debout dans les ombres, contemplant le flanc lisse et brillant du gratte-ciel, elle fut frappée par le contraste avec l'endroit lugubre et étriqué qu'elle louait.

Mon Dieu… vivre au milieu de tout ce métal chromé et ce verre devait coûter cher. Très cher. Et Vhengeance possédait un appartement-terrasse. En outre, ce n'était certainement que l'une de ses propriétés, parce qu'aucun vampire sain d'esprit ne dormirait dans la journée en étant entouré de toutes ces fenêtres.

Le fossé entre les gens normaux et les riches semblait aussi large que la distance entre l'endroit où elle se trouvait et celui où Vhengeance était censé l'attendre, et l'espace d'un bref instant elle nourrit le fantasme que sa famille ait toujours de l'argent. Peut-être porterait-elle alors une tenue bien différente de son manteau d'hiver bon marché et son uniforme ?

Alors qu'elle se trouvait en bas dans la rue, il lui paraissait impossible d'avoir établi un contact avec lui comme elle l'avait fait, mais après tout le téléphone était un lien virtuel, juste un cran au-dessus d'Internet. Chacun se trouvait dans son propre environnement, invisible pour l'autre, et seules leurs voix se mélangeaient. C'était une fausse intimité.

Avait-elle vraiment volé des cachets pour ce mâle ?

Regarde dans tes poches, idiote, s'admonesta-t-elle.

Avec un juron, Ehlena se matérialisa sur la terrasse de l'appartement, soulagée que la nuit soit relativement paisible. Autrement, avec le froid qu'il faisait et le vent, à cette hauteur…

Qu'est-ce que… ?

Au travers d'innombrables panneaux de verre, la lueur d'une centaine de bougies transformait la nuit obscure en un brouillard doré. À l'intérieur, les murs de l'appartement étaient noirs, et il y avait… des choses suspendues. Par exemple des chats à neuf queues en métal, des fouets de cuir, des masques… et une grande table à l'aspect ancien qui était… Non, attendez, c'était un chevalet, n'est-ce pas ? Avec des liens en cuir à chaque coin.

Oh… mon Dieu, non. Vhengeance donnait dans ce genre d'horreurs ?

Très bien. Changement de plan. Elle allait lui laisser les antibiotiques, bien sûr, mais ce serait devant l'une des portes coulissantes, car il n'était pas question qu'elle entre là-dedans. Absolument pas question…

Un mâle immense avec un bouc sortit de la salle de bains, se séchant les mains et lissant son pantalon en cuir tandis qu'il se dirigeait vers le chevalet. D'un bond plein d'aisance, il monta dessus et commença à menotter sa cheville.

Cela rendait les choses encore plus dégoûtantes. Un trio ?

— Ehlena ?

Ehlena se retourna si vite qu'elle se cogna la hanche contre le mur qui longeait le bord du toit. Quand elle vit de qui il s'agissait, elle fronça les sourcils.

— Doc Jane ? demanda-t-elle, en se disant que cette nuit elle allait passer du registre de l'étonnement à celui de l'énervement. Qu'est-ce que tu… ?

— Je crois que tu es du mauvais côté de l'immeuble.

— Le mauvais côté… oh, attends, ce n'est pas l'appartement de Vhengeance ?

— Non, c'est notre appartement à Viszs et à moi. Vhen est du côté est.

— Oh.

Le rouge lui monta aux joues. Intensément, et le vent n'était pas en cause.

— Je suis vraiment désolée. J'ai mal compris…

Le médecin fantomatique se mit à rire.

— C'est bon.

Ehlena jeta un autre coup d'œil à la vitre, mais détourna promptement le regard. Bien entendu, il s'agissait du frère Viszs. Celui avec les yeux couleur de diamant et les tatouages sur le visage.

—C'est le côté est qui t'intéresse.

C'était ce que Vhen lui avait dit, bien sûr.

—J'y vais tout de suite.

—Je t'inviterais bien à traverser, mais…

—Non, non. Mieux vaut que j'y aille par moi-même.

Doc Jane sourit intensément.

—Je pense que ça vaut mieux.

Ehlena se calma et se dématérialisa du côté droit du toit en s'interrogeant: *Est-il possible que Doc Jane soit une dominatrice?*

Eh bien, il se passait des choses bizarres.

Quand elle reprit forme, elle avait presque peur de regarder par la vitre, étant donné ce qu'elle venait de voir. Si Vhengeance avait le même genre de choses – ou, pire, des trucs comme des vêtements de femme en taille homme, ou des animaux un peu partout – elle ignorait si elle pourrait se détendre assez pour se dématérialiser de nouveau.

Mais non. Pas de drag-queen. Rien qui ait besoin d'une auge ou d'un enclos. Juste un charmant intérieur moderne composé de meubles simples et élégants qui devaient venir d'Europe.

Vhengeance sortit par une arcade et s'arrêta en l'apercevant. Quand il leva la main, la porte coulissante en verre s'ouvrit sous ses ordres, et elle huma une odeur délicieuse qui s'échappait de l'appartement.

S'agissait-il de… rôti de bœuf?

Vhengeance s'approcha d'elle, d'une démarche souple même s'il devait s'appuyer sur sa canne. Ce soir, il portait un col roulé noir visiblement en cachemire et un costume également noir, époustouflant. Ainsi vêtu, il avait l'air de sortir d'une couverture de magazine, ensorcelant, séduisant, à jamais hors de portée.

Ehlena se sentit idiote. En le voyant ici, dans sa belle maison, elle ne se sentit pas inférieure à lui. Il était juste évident qu'ils n'avaient rien en commun. Quel genre d'illusion l'avait frappée quand ils avaient parlé ou s'étaient rencontrés à la clinique ?

— Bienvenue. (Vhengeance s'arrêta à la porte et lui tendit la main.) J'aurais dû vous attendre dehors, mais il fait trop froid pour moi.

Deux mondes totalement différents, se dit-elle.

— Ehlena ?

— Désolée.

Parce qu'il aurait été impoli de ne pas le faire, elle mit sa main dans la sienne et pénétra dans son appartement. Mais, dans son esprit, elle l'avait déjà quitté.

Quand leurs paumes se touchèrent, Vhen eut l'impression d'être spolié, agressé, volé, brisé et soufflé : il ne ressentait rien quand leurs mains se mélangeaient, et il se mit à souhaiter désespérément pouvoir sentir la chaleur d'Ehlena. Pourtant, même s'il était engourdi, le simple fait de voir leurs chairs entrer en contact suffisait à faire étinceler sa poitrine comme si elle avait été récurée jusqu'à briller de mille feux.

— Bonsoir, dit-elle d'une voix rauque quand il l'attira à l'intérieur.

Il referma la porte et garda la main dans la sienne jusqu'à ce qu'elle rompe le contact, déambulant ostensiblement pour admirer son appartement. Il comprit qu'elle avait besoin de mettre de l'espace entre eux.

— La vue est extraordinaire. (Elle s'arrêta et regarda le panorama infini de la ville scintillante.) C'est drôle, elle ressemble à une maquette vue d'ici.

— Nous sommes haut, c'est certain. (Il l'observait avec des yeux maniaques, la dévorant du regard.) J'adore la vue, murmura-t-il.

—Je comprends pourquoi.

—Et c'est tranquille.

Intime. Rien qu'eux, seuls au monde. Et avec elle ici et maintenant, il arrivait presque à croire que toutes les choses atroces qu'il avait faites étaient des crimes commis par un étranger.

Elle sourit doucement.

—Bien sûr que c'est tranquille. Ils utilisent des poires d'angoisse de l'autre côté… euh…

Vhen éclata de rire.

—Vous avez pris le mauvais côté de l'immeuble ?

—C'est possible.

La rougeur qui lui monta aux joues lui apprit qu'elle avait vu plus que les seuls objets inanimés de la collection de bondage de V., et subitement Vhen redevint terriblement sérieux.

—Faut-il que je glisse un mot à mon voisin ?

Ehlena secoua la tête.

—Ce n'était absolument pas sa faute et, heureusement, Jane et lui n'avaient pas… euh, commencé. Dieu merci.

—Je comprends que ce ne soit pas votre truc.

Ehlena se remit à contempler la vue.

—Eh, ce sont des adultes consentants, et c'est parfait ainsi. Mais moi, personnellement ? Jamais de la vie.

En parlant de crever l'abcès. Si le BDSM était trop pour elle, il supposait qu'elle ne comprendrait pas qu'il baisait une femelle qu'il détestait en guise de rançon. Femelle qui s'avérait être sa demi-sœur. Oh, et qui était une *symphathe*.

Comme lui.

Son silence la poussa à regarder par-dessus son épaule.

—Je suis désolée. Je vous ai offensé ?

—Ce n'est pas mon truc non plus.

Oh, absolument pas. Il était une pute avec des principes : les perversions bizarres, c'était bon seulement si on y était forcé.

Au diable les trucs consentis qui plaisaient à V. et sa compagne. Oui, parce que c'était vraiment mal.

Seigneur, il n'était pas digne d'elle.

Ehlena déambula, ses chaussures à semelles de crêpe ne faisant pas le moindre bruit sur le sol de marbre noir. Quand il l'observa, Vhengeance découvrit que, sous son manteau en laine noire, elle portait son uniforme. Ce qui était logique, se dit-il, si elle devait ensuite se rendre au travail.

Allons, s'admonesta-t-il. *Est-ce que j'ai cru qu'elle resterait toute la nuit ?*

— Puis-je prendre votre manteau ? s'enquit-il, sachant qu'elle devait avoir chaud. Je dois veiller à ce que cet endroit soit plus chaud que ce que supportent la plupart des gens.

— En fait… il vaudrait mieux que j'y aille. (Elle mit la main dans sa poche.) Je suis seulement venue vous remettre la pénicilline.

— J'espérais que vous resteriez dîner.

— Je suis désolée. (Elle lui tendit un sachet plastique.) Je ne peux pas.

Soudain, des images de la Princesse traversèrent le cerveau de Vhen, et il se rappela à quel point il avait été agréable de bien se comporter vis-à-vis d'Ehlena et d'effacer son numéro de son carnet d'adresses. Il ne devait pas la courtiser. Absolument pas.

— Je comprends. (Il lui prit les cachets.) Et merci.

— Prenez-en deux, quatre fois par jour. Pendant dix jours. Promis ?

Il hocha la tête.

— Promis.

— Bien. Et essayez d'aller voir Havers, d'accord ?

Il y eut un moment de gêne, puis elle leva la main.

— Bon… eh bien, au revoir.

Ehlena se retourna et il ouvrit la porte vitrée d'un ordre mental, ne se faisant pas confiance s'il s'approchait trop près d'elle.

Oh, s'il te plaît, ne t'en va pas. S'il te plaît, non, pria-t-il silencieusement.

Il avait seulement envie de se sentir... propre, l'espace d'un instant.

Juste au moment où elle mit le pied dehors, elle s'arrêta et le cœur de Vhen se mit à tambouriner.

Ehlena regarda en arrière, le vent faisant voleter des mèches claires autour de son beau visage.

— En mangeant. Il faut que vous les preniez en mangeant.

Bien. Des informations médicales.

— J'ai largement de quoi faire ici.

— Parfait.

Après avoir refermé la porte, Vhen la regarda disparaître dans l'ombre et se força à se détourner.

Marchant doucement à l'aide de sa canne, il longea le mur de verre et tourna au coin pour arriver dans la salle à manger faiblement éclairée.

Deux bougies allumées. Deux couverts en argent. Deux verres à vin. Deux verres à eau. Deux serviettes pliées méticuleusement, placées sur deux assiettes.

Il s'assit sur la chaise qu'il s'était apprêté à lui offrir, celle à sa droite, la place d'honneur. Il appuya sa canne contre sa cuisse et posa le sachet plastique sur la table, passant la main dessus pour que les cachets soient bien alignés les uns à côté des autres.

Il se demanda pourquoi ils n'étaient pas dans un petit flacon orange avec une étiquette blanche, mais quelle importance. Elle les lui avait apportés ici. C'était le principal.

Assis en silence, baigné dans la lueur des bougies et l'odeur du rôti de bœuf qu'il venait de sortir du four, Vhen caressait le sac plastique de son index engourdi. Mais il était certain de ressentir quelque chose. En plein milieu de sa poitrine, il ressentait une douleur derrière le cœur.

Il avait commis beaucoup de mauvaises actions au cours de sa vie. Des grandes et des petites.

Il avait joué avec les gens rien que pour leur gâcher la vie, qu'il s'agisse de dealers récalcitrants qui empiétaient sur son territoire, de clients qui ne traitaient pas ses putes correctement ou d'idiots qui traînaient dans son club.

Il avait fait levier sur les vices des autres pour son propre bénéfice. Il avait vendu de la drogue. Vendu du sexe. Vendu la mort sous forme des talents particuliers de Xhex.

Il avait baisé pour toutes les mauvaises raisons possibles.

Il avait mutilé.

Il avait assassiné.

Et pourtant, rien de tout cela ne l'avait dérangé sur le moment. Il n'avait pas eu d'arrière-pensée, de regret ou d'empathie. Seulement d'autres plans, d'autres projets, d'autres recoins à découvrir et exploiter.

Mais là, assis à cette table vide, dans cet appartement vide, il sentait la douleur dans sa poitrine et savait de quoi il s'agissait : des regrets.

Il aurait été extraordinaire de mériter Ehlena.

Mais ce n'était là qu'une chose de plus qu'il ne ressentirait jamais.

Chapitre 27

Quand la Confrérie se réunit dans son bureau, Kolher garda un œil sur John depuis son point de vue privilégié derrière la table ornementée. Face à lui, le gamin ressemblait à un cadavre. Son visage était pâle, son grand corps immobile, et il n'avait absolument pas participé à la conversation. Mais, pire que tout, on ne percevait aucune odeur d'émotions. Rien. Pas de morsure piquante et tendue de la colère. Pas de souffle âcre de fumée propre à la tristesse. Pas même la pointe citronnée de la peur.

Rien. Debout au milieu des frères et de ses deux meilleurs amis, il était isolé par son absence de réceptivité et sa transe engourdie… Il était avec eux sans l'être vraiment.

Mauvais.

Le mal de tête de Kolher qui, au même titre que ses yeux, ses oreilles et sa bouche, semblait être attaché à son crâne de manière permanente, lança un nouvel assaut contre ses tempes, et il se rassit dans son fauteuil de tapette dans l'espoir qu'une remise en place de ses vertèbres soulagerait la pression.

Manque de bol.

Peut-être qu'une amputation crânienne ferait l'affaire. Dieu sait que Doc Jane était douée avec une scie.

Assis dans l'atroce fauteuil vert, Rhage mordit dans une sucette, brisant l'un des nombreux silences qui avaient plombé cette réunion.

— Tohr n'a pas pu aller bien loin, marmonna Hollywood. Il n'est pas assez fort.

— Je suis allé voir de l'autre côté, déclara Fhurie dans le haut-parleur. Il n'est pas avec les Élues.

— Et pourquoi il ne serait pas allé faire un tour à son ancienne maison ? suggéra Butch.

Kolher secoua la tête.

— Je n'arrive pas à imaginer qu'il y aille. Trop de souvenirs.

Merde, même la mention de ce foyer où John avait passé du temps ne suscita rien chez le gamin. Mais au moins il faisait enfin nuit et ils pouvaient donc partir à la recherche de Tohr.

— Je vais rester ici au cas où il reviendrait, annonça Kolher tandis que les doubles portes s'ouvraient et que V. entrait à grandes enjambées. Je veux que vous autres le cherchiez en ville, mais avant d'y aller on va écouter le dernier bulletin d'infos de notre Oprah Winfrey perso. (Il fit un signe de tête à Viszs.) Oprah, c'est à toi !

Le regard furieux de V. était la version oculaire d'un doigt d'honneur, mais il enchaîna :

— La nuit dernière, le registre de la police a reçu un rapport rédigé par un inspecteur de la criminelle. Un cadavre a été découvert à l'adresse d'où proviennent les fameuses caisses d'armes. Un humain. Un livreur de pizza. Une seule plaie au couteau dans la poitrine. Le pauvre est sans le moindre doute tombé sur quelque chose qu'il n'aurait pas dû voir. Je viens de finir de pirater les détails de l'affaire et, curieusement, j'ai découvert une remarque qui mentionne une tache noire et huileuse sur le mur à côté de la porte. (On grommela des jurons, dont beaucoup avec le mot de Cambronne.) Ouais, eh bien, voici la partie intéressante. La police a relevé qu'une Mercedes avait été remarquée sur le parking environ deux heures avant que le manager du *Domino's Pizza* prévienne que son employé n'était pas revenu travailler après sa livraison à cette adresse. Et l'une des voisines a vu un homme blond, bien entendu, monter dans la voiture avec un autre type aux cheveux noirs. Elle a dit qu'il était bizarre de voir ce genre de berline tape-à-l'œil dans le quartier.

— Une Mercedes ? demanda Fhurie au téléphone.

Rhage, qui avait déjà broyé une autre sucette, balança le bâtonnet dans la corbeille à papiers.

— Oui. Depuis quand la Société des éradiqueurs met-elle autant de fric dans ses caisses ?

— Précisément, répondit V. Ça n'a aucun sens. Mais voilà le truc. Les témoins ont également rapporté avoir vu là-bas une Escalade noire à l'air suspect la nuit précédente... avec un homme en noir qui transportait... oh, mince, c'était quoi... des caisses, ouais, quatre putains de caisses venant de l'appartement du fond.

Quand son coloc dévisagea ostensiblement Butch, le flic secoua la tête.

— Mais il n'est pas dit qu'ils ont les plaques de l'Escalade. Et on a changé celles qu'on avait dès notre retour ici. Quant à la Merco... Les témoins se trompent en permanence. Le blond et l'autre type pourraient n'avoir rien à voir avec le meurtre.

— Eh bien, je vais garder un œil là-dessus, soupira V. Je ne pense pas qu'il y ait le moindre risque que la police fasse le lien avec une affaire impliquant notre monde. Merde, beaucoup de choses laissent des taches noires, mais autant être prêts.

— Si l'inspecteur chargé de l'affaire est celui auquel je pense, il est doué, fit valoir calmement Butch. Vraiment doué.

Kolher se leva.

— OK, le soleil est couché. Sortez d'ici. John, je veux te parler en privé un instant.

Kolher attendit que les portes se referment derrière le dernier frère avant de parler.

— On va le retrouver, fiston. T'inquiète pas.

Pas de réponse.

— John ? Qu'est-ce qui se passe ?

Le gamin se contenta de croiser les bras et de regarder droit devant lui.

—John…

John déploya les mains et se mit à signer des mots que Kolher eut du mal à déchiffrer, gêné par sa mauvaise vue :

—*Je sors avec les autres.*

—Certainement pas. (Ce qui fit brusquement tourner la tête à John.) Ouais, c'est pas près d'arriver, vu que tu es un vrai zombie. Et va te faire voir avec tes : « Je vais bien. » Si tu crois une seule seconde que je vais te laisser te battre, tu te mets le doigt dans l'œil.

John déambula dans le bureau comme s'il essayait de se contenir. Il finit par s'arrêter et signer :

—*Je ne peux pas rester ici pour le moment. Dans cette maison.*

Kolher fronça les sourcils et tenta d'interpréter ce qu'il avait dit, mais son mal de tête se mit à chanter comme une soprano.

—Je suis désolé, qu'est-ce que tu as dit ?

John ouvrit la porte d'un coup et, une seconde plus tard, Vhif entra. Il y eut beaucoup de mouvements de mains, puis Vhif s'éclaircit la voix.

—Il dit qu'il ne peut pas rester dans cette maison ce soir. Que c'est impossible.

—OK, alors allez dans un club et soûlez-vous à mort. Mais pas de bagarre. (Kolher prononça une prière silencieuse de remerciement que Vhif soit greffé au gamin.) Et, John… je vais le retrouver.

D'autres signes de mains, puis John se tourna vers la porte.

—Qu'est-ce qu'il a dit, Vhif? demanda Kolher.

—Euh… il a dit qu'il s'en fichait.

—John, ce n'est pas ce que tu veux dire.

Le gamin pivota, se mit à signer et Vhif traduisit.

— Il dit que si, c'est vraiment ce qu'il veut dire. Il dit… qu'il ne peut plus vivre ainsi… à attendre, à se demander chaque nuit et chaque jour quand il entre dans cette chambre si Tohr a – John, ralentis un peu – euh, si le mâle s'est pendu ou a de nouveau disparu. Même s'il revient… John dit qu'il en a fini. On l'a abandonné trop de fois.

Difficile d'argumenter contre ça. Tohr n'avait pas été un très bon père ces derniers temps, son unique réussite sur ce front étant la création d'une nouvelle génération de morts-vivants.

Kolher grimaça et se massa les tempes.

— Écoute, fiston, je ne suis pas un génie, mais tu peux me parler.

Il y eut un long silence marqué par une odeur étrange… un parfum sec, presque vicié… du regret ? Oui, c'était du regret.

John s'inclina légèrement comme pour le remercier et passa la porte.

Vhif hésita.

— Je ne le laisserai pas se battre.

— Alors tu lui sauveras la vie. Parce que s'il prend les armes dans son état actuel, il reviendra à la maison entre quatre planches.

— Compris.

Quand la porte se ferma, la douleur se mit à hurler dans les tempes de Kolher, le forçant à se rasseoir.

Seigneur, il n'avait qu'une envie, aller dans la chambre qu'il partageait avec Beth, s'installer dans leur grand lit et poser la tête sur les oreillers imprégnés de son parfum. Il voulait l'appeler et la supplier de le rejoindre pour qu'il puisse la tenir dans ses bras. Il voulait être pardonné.

Il voulait dormir.

Au lieu de cela, le roi se remit debout, ramassa ses armes posées par terre derrière le bureau et s'en harnacha. Quittant le bureau sa veste en cuir à la main, il descendit le grand escalier, quitta le vestibule et plongea dans la nuit glaciale. Selon son expérience, la migraine serait avec lui où qu'il aille, alors autant se rendre utile et partir à la recherche de Tohr.

En enfilant son manteau, il fut frappé par le souvenir de sa *shellane* et du lieu où elle s'était rendue la nuit précédente.

Bordel de merde. Il savait exactement où se trouvait Tohr.

Ehlena avait eu l'intention de quitter immédiatement la terrasse de Vhengeance, mais, tout en marchant dans l'ombre, quelque chose la poussa à regarder à l'intérieur. Au travers des vitres, elle observa Vhengeance faire demi-tour et longer doucement le flanc de l'appartement-terrasse…

Son tibia rencontra quelque chose de dur.

— Bon sang !

Sautillant sur un pied et se frottant la jambe, elle jeta un regard méchant au vase en marbre dans lequel elle s'était cognée.

Quand elle se redressa, elle oublia la douleur.

Vhengeance s'était rendu dans une autre pièce et s'était arrêté devant une table dressée pour deux. Des bougies faisaient scintiller le cristal et l'argent, le long mur de verre lui dévoilant tout le mal qu'il s'était donné pour elle.

— Bon sang…, chuchota-t-elle.

Vhengeance s'assit aussi lentement et posément qu'il marchait, regardant d'abord derrière lui, comme pour s'assurer que la chaise se trouvait à sa place, puis s'appuyant sur ses deux mains avant de se baisser. Le sachet qu'elle lui avait donné était posé sur la table et, tandis qu'il semblait le caresser, la délicatesse de ses doigts contrastait avec ses larges épaules et la puissance redoutable qui affleurait sur son visage dur.

Le dévisageant, Ehlena ne ressentait plus le froid, le vent ni la douleur dans sa jambe. Baigné dans la lumière des bougies, la tête baissée, son profil si fort, si équilibré, Vhengeance était incroyablement beau.

Soudain, il redressa la tête et regarda droit dans sa direction, même si elle se trouvait dans l'obscurité.

Ehlena recula d'un pas et sentit le mur de la terrasse contre sa hanche, mais elle ne se dématérialisa pas. Même quand il appuya la canne sur le sol et se redressa de toute sa hauteur.

Même quand la porte devant lui s'ouvrit sur son ordre.

Il lui aurait fallu être meilleure menteuse pour prétendre qu'elle ne faisait qu'admirer la nuit. Et elle n'était pas lâche au point de s'enfuir.

Ehlena s'approcha de lui.

— Vous n'avez pas pris de cachet.

— Est-ce ce que vous attendez ?

Elle croisa les bras.

— Oui.

Vhengeance jeta un coup d'œil derrière lui à la table et aux deux assiettes vides.

— Vous avez dit qu'il fallait les prendre en mangeant.

— Oui, en effet.

— Eh bien, on dirait que vous allez devoir me regarder manger, dans ce cas. (Le geste élégant de son bras l'invitant à entrer était une provocation à laquelle elle ne voulut pas répondre.) Voulez-vous vous asseoir avec moi ? Ou préférez-vous rester dehors dans le froid ? Oh, attendez, peut-être que ceci vous aidera ?

S'appuyant lourdement sur sa canne, il s'approcha de la table et souffla les bougies.

Les volutes de fumée au-dessus des mèches lui apparurent comme une lamentation de toutes les possibilités étouffées : il avait préparé un bon dîner pour eux deux. Avait fait un effort. S'était bien habillé.

Elle entra dans l'appartement parce qu'elle lui avait déjà suffisamment gâché la soirée.

— Asseyez-vous, dit-il. Je reviens avec mon assiette. À moins que… ?

— J'ai déjà mangé.

Il s'inclina légèrement quand elle tira une chaise.

— Bien entendu.

Vhengeance abandonna sa canne contre la table et sortit, s'appuyant sur le dossier des chaises, sur le buffet et sur le chambranle de la porte de service menant à la cuisine. En revenant quelques minutes plus tard, il répéta la manœuvre de sa main libre et s'assit sur la chaise en bout de table avec une attention studieuse. Saisissant ses élégants couverts en argent, il ne prononça pas un mot tandis qu'il découpait avec précaution sa viande et mangeait avec retenue et distinction.

Seigneur, elle avait l'impression de représenter la pétasse de la semaine, assise devant une assiette vide, son manteau boutonné jusqu'au cou.

Le cliquetis de l'argenterie sur la porcelaine rendait le silence encore plus assourdissant.

Caressant la serviette devant elle, elle se sentait moche à bien des niveaux et, même si elle n'était pas d'un naturel très bavard, elle se surprit à parler simplement parce qu'elle ne supportait plus cette ambiance.

— La nuit avant-hier…

— Hmm ?

Vhengeance ne la regarda pas et resta concentré sur son assiette.

— On ne m'a pas posé un lapin. Vous savez, pour le rendez-vous.

— Eh bien, tant mieux pour vous.

— Il a été tué.

Vhengeance releva la tête.

— Quoi ?

— Stephan, le type que j'étais censée voir… il a été tué par des éradiqueurs. Le roi a apporté son corps, mais j'ignorais qu'il s'agissait de lui jusqu'à ce que son cousin vienne à sa recherche. Je… j'ai passé mon service hier à envelopper son corps et à le rendre à sa famille. (Elle secoua la tête.) Ils l'ont tabassé… Il était méconnaissable.

Sa voix se brisa et elle fut incapable de poursuivre, aussi resta-t-elle assise là, à caresser la serviette, dans l'espoir de se calmer.

Des tintements légers signalèrent que Vhen avait abandonné sa fourchette et son couteau sur le bord de son assiette. Il tendit la main et la posa sur son avant-bras.

— Je suis tellement désolé, dit-il. Pas étonnant que vous ne soyez pas en état. Si j'avais su…

— Non, c'est bon. Vraiment. J'aurais dû mieux surmonter ça. C'est juste que je suis bizarre ce soir. Je ne me reconnais pas.

Il lui serra le bras et se réinstalla dans sa chaise comme s'il ne voulait pas l'oppresser. Ce qu'elle appréciait d'ordinaire, mais ce soir elle trouvait cela dommage – pour reprendre un mot qu'il aimait. La pression de sa main par-dessus son manteau avait été très agréable.

À ce propos, elle commençait à avoir très chaud.

Ehlena déboutonna son manteau et le fit glisser de ses épaules.

— Il fait chaud ici.

— Si vous voulez, je peux rafraîchir les lieux pour vous.

— Non. (Elle fronça les sourcils, lui jetant un coup d'œil.) Pourquoi avez-vous constamment froid ? Un effet secondaire de la dopamine ?

Il acquiesça.

— C'est aussi pour cette raison que j'ai besoin d'une canne. Je ne ressens ni mes bras ni mes jambes.

Elle n'avait pas beaucoup entendu parler de vampires réagissant de cette manière au médicament, mais, après tout, les effets secondaires propres à chacun étaient légion.

En outre l'équivalent vampirique de la maladie de Parkinson était une sale affection.

Vhengeance repoussa son assiette et tous deux restèrent assis en silence un long moment. Il paraissait en quelque sorte plus doux, son énergie habituelle semblait amenuisée, son humeur très sombre.

— Vous n'êtes pas vous-même non plus, dit-elle. Non que je vous connaisse très bien, mais vous avez l'air…

— Comment ?

— Comme moi. Vous donnez l'impression d'être dans un état de coma ambulant.

Il laissa échapper un rire bref.

— C'est tellement approprié.

— Vous voulez en parler…

— Vous voulez manger quelque chose…

Tous deux éclatèrent de rire et se turent.

Vhengeance secoua la tête.

— Écoutez, laissez-moi vous offrir un dessert. C'est le moins que je puisse faire. Et ce n'est pas un repas de rendez-vous galant. Les bougies sont éteintes.

— En fait, vous savez quoi ?

— Vous avez menti quant au fait que vous aviez mangé avant de venir et en réalité vous mourez de faim ?

Elle rit de nouveau.

— Vous avez compris.

Quand son regard améthyste plongea dans le sien, l'air se chargea en électricité et elle eut l'impression qu'il en voyait trop, beaucoup trop. Surtout quand il dit d'une voix grave :

— Me laisserez-vous vous nourrir ?

Hypnotisée, captivée, elle murmura :

— Oui. Je vous en prie.

Son sourire dévoila des crocs longs et blancs.

— C'est vraiment la réponse que j'attendais.

Quel goût aurait son sang ? se demanda-t-elle soudain.

Vhengeance émit un grognement du fond de sa gorge, comme s'il savait exactement à quoi elle pensait. Mais il ne continua pas sur sa lancée et se redressa de toute sa hauteur pour se rendre dans la cuisine.

Quand il fut de retour avec son assiette, elle avait réussi à recouvrer un tout petit peu ses esprits, même si, quand il déposa la nourriture devant elle, l'effluve d'épices qui l'entoura était bien trop délicieux, et n'avait rien à voir avec ce qu'il avait préparé.

Déterminée à tenir le coup, Ehlena posa la serviette sur ses genoux et goûta le rôti de bœuf.

—Oh, mon Dieu, c'est fabuleux.

—Merci, répondit Vhen en s'asseyant. C'est ainsi que les *doggen* de notre maison l'ont toujours préparé. On fait chauffer le four à 250 °C et on y met le rôti, on le grille pendant une demi-heure, puis on éteint tout et on le laisse là. Interdiction d'ouvrir la porte pour regarder. C'est la règle, et il ne faut pas y déroger. Et deux heures plus tard ?

—Le paradis.

—Le paradis.

Ehlena éclata de rire quand ils prononcèrent le même mot ensemble.

—Eh bien, c'est vraiment délicieux. Ça fond dans la bouche.

—Pour tout vous révéler, au cas où vous croiriez que je suis un chef émérite, c'est la seule chose que je sache cuisiner.

—Eh bien, vous le faites à la perfection, et c'est plus que beaucoup de gens peuvent dire.

Il sourit et regarda les cachets.

—Si j'en prends un maintenant, allez-vous partir tout de suite après le dîner ?

—Si je dis non, allez-vous me dire pourquoi vous êtes si silencieux ?

—Vous êtes dure en affaires.

— Je ne fais que vous inciter à un échange de bons procédés. Je vous ai dit ce qui me tracassait.

Les ténèbres obscurcirent son visage, lui faisant serrer les lèvres et froncer les sourcils.

— Je ne peux pas en parler.

— Bien sûr que si.

Son regard, désormais dur, étincela.

— Tout comme vous pouvez parler de votre père ?

Ehlena baissa les yeux sur son assiette et entreprit de découper sa viande avec un soin exagéré.

— Je suis désolé, dit Vhen. Je… merde.

— Non, c'est bon. (Même si ce n'était pas le cas.) Je suis parfois trop offensive. C'est très bien quand on travaille dans les services de santé. Mais pas terrible quand il s'agit d'affaires personnelles.

Quand le silence s'appesantit une nouvelle fois, elle se mit à manger plus vite, se disant qu'elle partirait dès qu'elle aurait fini.

— Je fais quelque chose dont je ne suis pas fier, annonça-t-il brusquement.

Elle leva la tête. L'expression de son visage était effroyable, la colère et la haine le changeaient en une personne qu'elle aurait redoutée si elle ne l'avait pas connu. Mais rien dans ce regard malfaisant n'était dirigé contre elle. C'était la manifestation de ce qu'il ressentait envers lui-même. Ou quelqu'un d'autre.

Elle savait qu'il ne fallait pas l'obliger à parler. Surtout vu son humeur.

Aussi fut-elle surprise quand il reprit :

— Ça dure depuis un certain temps.

Cela concerne-t-il ses affaires ou sa vie personnelle ? se demanda-t-elle.

Il leva les yeux vers elle.

— Et implique une certaine femelle.

Bien. Une femelle.

OK, elle n'avait pas le droit de sentir un étau glacial autour de sa poitrine. Qu'il soit déjà avec quelqu'un ne la regardait absolument pas. Ou qu'il aime jouer et sorte le grand jeu de la séduction à base de rôti de bœuf et de dîner aux chandelles pour Dieu seul sait combien de femelles différentes.

Ehlena se racla la gorge et reposa son couteau et sa fourchette. Pendant qu'elle s'essuyait la bouche avec sa serviette, elle répondit :

— Waouh. Vous savez, je n'ai jamais songé à vous demander si vous étiez uni. Vous n'avez pas de nom dans le dos…

— Il ne s'agit pas de ma *shellane*. Et je ne l'aime absolument pas. C'est compliqué.

— Avez-vous un enfant ensemble ?

— Non, Dieu merci.

Ehlena fronça les sourcils.

— Mais s'agit-il d'une relation de couple ?

— Je suppose qu'on pourrait l'appeler ainsi.

Se sentant furieuse et idiote d'être attirée par lui, Ehlena posa sa serviette sur la table à côté de son assiette et lui offrit un sourire très professionnel tandis qu'elle se levait et prenait son manteau.

— Je dois y aller à présent. Merci pour le dîner.

Vhen poussa un juron.

— Je n'aurais rien dû vous dire…

— Si votre but était de me mettre dans votre lit, vous avez raison. Je suis un mauvais choix. Néanmoins, j'apprécie votre honnêteté…

— Je n'essayais pas de vous mettre dans mon lit.

— Oh, bien sûr que non, parce que vous la tromperiez.

Seigneur, pourquoi était-elle si en colère ?

— Non, rétorqua-t-il hargneusement. C'est parce que je suis impuissant. Croyez-moi, si je pouvais bander, le lit serait le premier endroit où je voudrais vous emmener.

Chapitre 28

— Passer du temps avec toi, c'est comme regarder la peinture sécher.

La voix de Lassiter se répercuta jusqu'aux stalactites qui pendaient du haut plafond du Tombeau.

— Mais sans le bricolage, ce qui est une tragédie vu l'apparence de cet endroit. Est-ce que vous choisissez toujours l'obscurité et le lugubre ? Vous n'avez jamais entendu parler des boutiques de décoration ?

Tohr se frotta le visage et regarda la grotte qui avait servi de lieu de rassemblement sacré pour la Confrérie pendant des siècles. Derrière l'autel de pierre massif à côté duquel il était assis, le mur de marbre noir orné des noms de tous les frères s'étendait sur toute la longueur jusqu'au fond de la grotte. Des bougies noires dressées sur de lourds chandeliers éclairaient par intermittence les gravures en langue ancienne.

— Nous sommes des vampires, répondit-il. Pas des tapettes.

— Parfois, je n'en suis pas si sûr. Tu as vu ce bureau dans lequel traîne votre roi ?

— Il est presque aveugle.

— Ce qui explique pourquoi il ne s'est pas encore pendu dans ce carnage couleur pastel.

— Je croyais que tu persiflais au sujet de la déco obscure et funèbre ?

— J'associe librement.

— C'est évident.

Tohr ne regarda pas l'ange, supposant qu'un contact visuel ne ferait que l'encourager. Oh, mais voyons. Lassiter n'avait pas besoin qu'on l'aide.

— Tu t'attends à ce que ce crâne sur l'autel se mette à te parler ou une connerie du genre ?

— En fait, on attend tous les deux que tu reprennes enfin ton souffle. (Tohr regarda Lassiter d'un air mauvais.) C'est quand tu veux. Quand-tu-veux.

— Tu dis des choses si aimables. (L'ange posa son derrière lumineux sur les marches de pierre à côté de Tohr.) Puis-je te demander quelque chose ?

— Est-ce que « non » est une option ?

— Non. (Lassiter se tortilla et regarda fixement le crâne.) Cette chose semble plus vieille que moi. Ce qui n'est pas peu dire.

Il s'agissait du frère originel, le premier guerrier qui avait combattu l'ennemi bravement et avec puissance, le symbole le plus sacré de la force et de la résolution au sein de la Confrérie.

Lassiter cessa pour une fois de dire des conneries.

— Ce devait être un grand guerrier.

— Je croyais que tu allais me poser une question.

L'ange se leva en jurant et remua les jambes.

— Oui, enfin… comment t'as fait pour rester assis là aussi longtemps ? J'ai super mal aux fesses.

— Oui, les crampes au cerveau sont atroces.

L'ange avait quand même marqué un point en soulignant que le temps passait. Tohr était assis ici à observer le crâne et le mur gravé de noms derrière l'autel depuis tant de temps que son cul n'était pas tant engourdi qu'inséparable des marches.

Il était venu ici la nuit précédente, attiré par une main invisible, forcé à chercher l'inspiration, la clarté, un nouveau lien à la vie. Au lieu de quoi il n'avait trouvé que la pierre. La pierre froide. Et beaucoup de noms qui autrefois avaient eu un sens pour lui et qui désormais n'étaient rien d'autre qu'une liste de morts.

— C'est parce que tu regardes au mauvais endroit, lui dit Lassiter.

— Tu peux y aller maintenant.

— Chaque fois que tu dis ça, je verse une larme.

— C'est drôle, moi aussi.

L'ange se pencha, précédé par son odeur d'air frais.

— Ni ce mur ni ce crâne ne vont te donner ce que tu cherches.

Tohr plissa les yeux et souhaita être assez fort pour se battre avec Lassiter.

— Ah non ? Alors dans ce cas ils te font mentir. « C'est maintenant. Tout change ce soir. » Tu appelles cela à tort un présage, tu sais ça ? Tu ne dis que des conneries.

Lassiter sourit et rajusta paresseusement l'anneau d'or qui lui perçait le sourcil.

— Si tu crois qu'être malpoli va te valoir mon attention, tu te trompes, tu t'ennuieras avant que ça me fasse réagir.

— Pourquoi t'es là, bordel ? (L'épuisement de Tohr affleurait dans sa voix, l'affaiblissant et le mettant en rogne.) Pourquoi tu ne m'as pas laissé là où tu m'as trouvé ?

L'ange gravit les marches de marbre noir et se mit à faire les cent pas devant le mur luisant gravé de noms, s'arrêtant de temps à autre pour en étudier un ou deux.

— Le temps est un luxe, crois-moi ou pas, dit-il.

— Ça me paraît plutôt une malédiction.

— Sans le temps, tu sais ce que tu as ?

— L'Estompe. Là où je me dirigeais avant que tu ne débarques.

Lassiter passa un doigt sur une ligne de caractères sculptés et Tohr détourna rapidement le regard quand il comprit ce qu'ils signifiaient. C'était son nom.

— Sans le temps, reprit l'ange, tu n'as que la bourbe sans fond ni forme de l'éternité.

— Pour info, la philosophie, ça me gave.

— Ce n'est pas de la philosophie. C'est la réalité. Le temps est ce qui donne son sens à la vie.

— Va te faire foutre. Sérieusement… va te faire foutre.

Lassiter inclina la tête sur le côté, comme s'il avait entendu quelque chose.

— Enfin, marmonna-t-il. Ce salaud commençait à me courir sur le haricot.

— Pardon ?

L'ange revint vers lui, se pencha juste devant le visage de Tohr et dit distinctement :

— Écoute, beau gosse. Ta *shellane*, Wellsie, m'a envoyé ici. C'est pour cela que je ne t'ai pas laissé mourir.

Le cœur de Tohr cessa de battre dans sa poitrine tandis que l'ange levait les yeux et disait :

— T'as mis le temps.

La voix de Kolher était agacée, couvrant à peine le bruit de tonnerre que faisaient ses rangers alors qu'il s'avançait vers l'autel.

— Eh bien, la prochaine fois, dites à quelqu'un où vous êtes, putain…

— Qu'est-ce que tu as dit ? souffla Tohr.

Lassiter parla d'une voix parfaitement convaincue.

— Il ne fallait pas que tu regardes ce mur, plutôt un calendrier. Il y a un an, l'ennemi mettait une balle dans la tête de ta Wellsie. Réveille-toi, bordel, et remue-toi !

Kolher jura.

— Du calme, Lassi…

Tohrment se leva d'un bond du sol de la grotte, recouvrant presque la force qu'il possédait autrefois, et frappa Lassiter comme un rugbyman malgré la différence de poids, projetant l'ange sur la pierre. Entourant la gorge du type de ses mains, il plongea dans les yeux blancs et serra, dénudant les crocs.

Lassiter se contenta de lui rendre son regard et projeta mentalement sa voix directement dans le lobe temporal de Tohr.

— *Qu'est-ce que tu vas faire, enfoiré ? Est-ce que tu vas la venger ou la déshonorer, en maigrissant à vue d'œil ?*

L'énorme main de Kolher serra l'épaule de Tohr comme la patte d'un lion, s'incrustant et le tirant en arrière.

— Lâche-le.

— Ne… (Tohr respirait par à-coups.) Ne… jamais…

— Ça suffit, cracha Kolher.

Tohr fut projeté en arrière sur les fesses et sortit de sa transe meurtrière quand il rebondit comme un bâton jeté à terre. Ce qui le réveilla.

Il ignorait comment décrire cette sensation autrement. C'était comme si on avait appuyé sur un interrupteur et que ses lampes s'étaient brusquement rallumées.

Le visage de Kolher lui apparut, et Tohr le vit avec une netteté qu'il n'avait pas éprouvée depuis… une éternité.

— Ça va ? demanda son frère. T'as mal atterri.

Tohr tendit les mains et les passa sur les bras épais de Kolher, essayant d'éprouver la réalité. Il jeta un coup d'œil à Lassiter, puis dévisagea le roi.

— Je suis désolé… pour cela.

— Tu plaisantes ? On voulait tous l'étrangler.

— Tu sais, je vais finir par faire un complexe, par ici, dit Lassiter en toussant pendant qu'il reprenait son souffle.

Tohr agrippa les épaules du roi.

— Personne ne m'a rien dit d'elle, grogna-t-il. Personne n'a prononcé son nom, personne n'a parlé de… ce qui est arrivé.

Kolher mit la main sur la nuque de Tohr et le soutint.

— Par respect pour toi.

Le regard de Tohr se déplaça du crâne sur l'autel au mur gravé. L'ange avait eu raison. Un seul nom pouvait le réveiller, et il n'était pas inscrit ici.

Wellsie.

— Comment as-tu su que nous étions là ? demanda-t-il à son roi, en continuant à étudier le mur.

— Parfois les gens ont besoin de revenir aux origines. Là où tout a commencé.

— Il est temps, dit doucement l'ange déchu.

Tohr se regarda, examinant son corps atrophié sous ses vêtements pendouillants. Il n'était que le quart du mâle qu'il avait été autrefois, peut-être même moins. Et ce n'était pas seulement à cause du poids qu'il avait perdu.

— Oh, Seigneur… regarde-moi.

La réponse de Kolher fut nette et franche.

— Si tu le souhaites, nous sommes prêts à t'accueillir de nouveau.

Tohr regarda l'ange, notant pour la première fois l'aura dorée qui l'entourait. Envoyé du ciel. Envoyé par Wellsie.

— Je suis prêt, dit-il, à personne et tout le monde en même temps.

Vhen dévisagea Ehlena en face de lui et pensa : *Eh bien, au moins elle ne s'est pas précipitée vers la sortie quand j'ai lâché le mot en i !*

« Impuissant » n'était pas un mot à utiliser en présence d'une femelle convoitée. À moins de l'utiliser dans une phrase comme : « Merde, non, je ne suis PAS impuissant. »

Ehlena se rassit.

— Vous êtes… est-ce à cause du traitement ?

— Oui.

Elle détourna les yeux, comme si elle s'adonnait à du calcul mental, et la première pensée qui traversa l'esprit de Vhen fut : *Mais ma langue, ainsi que mes doigts, fonctionnent encore…*

Ce qu'il garda pour lui.

— La dopamine a de drôles d'effets sur moi. Au lieu de stimuler la production de testostérone, elle l'élimine de mon corps.

Un coin de sa bouche frémit.

— C'est parfaitement inconvenant, mais vu à quel point vous êtes mâle, sans dopamine…

— Je serais en mesure de vous faire l'amour, répondit-il calmement. C'est à cela que je ressemblerais.

Elle croisa son regard, se demandant si elle avait bien compris ce qu'il venait de dire.

Vhen passa la main sur sa crête.

— Je ne vais pas m'excuser d'en pincer pour vous, mais je ne vous manquerai pas de respect en essayant de faire quoi que ce soit à ce sujet. Vous voulez du café ? Il est déjà prêt.

— Euh… certainement. (Comme si une dose d'excitant pouvait lui éclaircir les idées !) Écoutez…

Il s'arrêta alors qu'il était en train de se lever.

— Oui ?

— Je… euh…

Comme elle ne poursuivait pas, il haussa les épaules.

— Laissez-moi seulement vous apporter du café. J'ai envie de vous servir. Cela me fait plaisir.

Sacrément plaisir même. Quand il se rendit à la cuisine, une satisfaction bruyante perça son engourdissement. Il la nourrissait avec ce qu'il lui avait préparé, il lui donnait à boire pour soulager sa soif, il lui procurait un abri contre le froid…

Le nez de Vhen perçut une odeur étrange, et il crut tout d'abord qu'il s'agissait du rôti qu'il avait laissé dehors, parce qu'il avait frotté la viande d'épices. Mais non… ce n'était pas cela.

Supposant qu'il avait d'autres sujets d'inquiétude que son odorat, il se dirigea vers les placards et sortit une tasse et une soucoupe. Après avoir versé le café, il fit mine de lisser les pans de sa veste…

Et se figea.

Levant la main à son nez, il inspira profondément et fut stupéfait. Ce n'était pas…

Sauf que cette odeur ne pouvait être qu'une seule chose, et qu'elle n'avait rien à voir avec son côté *symphathe* : les effluves exotiques qui émanaient de lui étaient son odeur d'union, la marque que les vampires mâles laissaient sur la peau et le sexe de leurs femelles pour que les autres mâles sachent quelle colère ils encourraient s'ils osaient approcher.

Vhen baissa le bras et regarda la porte de service, abasourdi.

Quand on atteignait un certain âge, on ne s'attendait plus à être surpris par son corps. Tout au moins, pas dans le bon sens. Des articulations chancelantes. Des poumons poussifs. Une mauvaise vue. Voilà ce qui survenait avec le temps. Mais vraiment, pendant les neuf cents et quelques années qui suivaient la transition, on avait ce qu'on avait.

Même si « bon » n'était peut-être pas le terme exact qu'il aurait utilisé pour cette évolution.

Sans raison, il se remémora sa première relation sexuelle. Elle avait eu lieu juste après sa transition et, à la fin, il avait été convaincu que la femelle et lui allaient être unis et vivre ensemble et heureux pour le reste de leur vie. Elle était d'une beauté parfaite, une femelle que le frère de sa mère avait amenée pour que Vhen l'utilise quand il aurait passé le changement.

Elle était brune.

Seigneur, il n'arrivait plus à se rappeler son nom.

En y repensant, avec ce qu'il avait appris de l'attirance entre mâles et femelles, il savait que l'immensité de son corps après la transition l'avait surprise. Elle ne s'était pas attendue à aimer ce qu'elle avait vu, à le désirer. Mais cela avait été le cas, ils s'étaient unis, et le sexe lui avait révélé les plaisirs de la chair, la puissance aliénante de l'adrénaline et le pouvoir de domination qu'il avait ressenti lors des rapports qui avaient suivi.

Il avait alors découvert qu'il avait une pointe – mais sa passion avait été tellement intense qu'elle ne l'avait pas remarquée, même s'ils avaient dû patienter un peu avant qu'il puisse se retirer.

Après coup, il avait été apaisé, rassasié. Mais la *happy end* n'avait pas eu lieu. La sueur séchant sur son corps, elle avait enfilé ses vêtements et s'en était allée. Juste au moment de partir, elle lui avait souri gentiment et lui avait dit qu'elle ne facturerait pas sa famille pour le sexe.

Son oncle l'avait achetée pour le nourrir.

Quand il analysait sa situation présente, il n'était pas vraiment surprenant qu'il ait fini ainsi. Le sexe était une chose à laquelle il avait été entraîné sacrément tôt, même si son premier coup d'essai, ou les six premiers, avaient été gratuits, pour ainsi dire.

Donc oui, si cette odeur exotique signifiait que sa nature vampire s'était liée à Ehlena, ce n'était pas une bonne nouvelle.

Vhen emporta le café et franchit avec précaution la porte de service pour déboucher dans la salle à manger. Quand il le plaça devant Ehlena, il eut envie de lui toucher les cheveux, mais se contenta de s'asseoir.

Elle leva la tasse à ses lèvres.

— Vous faites du bon café.

— Vous ne l'avez pas encore goûté.

— Je le sens. J'adore son odeur.

Ce n'est pas le café, songea-t-il. *Non, en aucun cas.*

— Et moi, j'adore votre parfum, dit-il un peu bêtement.

Elle fronça les sourcils.

— Je n'en porte pas. Je veux dire, en dehors du savon et du shampoing que j'utilise.

— Eh bien, ils me plaisent, dans ce cas. Et je suis heureux que vous soyez restée.

— Est-ce ce que vous aviez prévu ?

Leurs regards se croisèrent. Merde, elle était parfaite. Aussi radieuse que les bougies l'avaient été.

— Vous faire rester jusqu'au café ? Oui, je crois que j'espérais un rendez-vous galant.

— Je croyais que vous étiez d'accord avec moi.

Mince, cette tonalité haletante dans sa voix lui donnait envie de la serrer contre sa poitrine nue.

— D'accord avec vous ? Diable, si cela vous rendait heureuse, je dirais oui à tout. Mais à quoi faites-vous allusion ?

— Vous avez dit… que je ne devrais pas sortir avec quelqu'un.

Ah, oui.

— En effet.

— Je ne comprends pas.

Merde, il l'avait bien cherché. Vhen posa son coude insensible sur la table et se pencha vers elle. Quand il se rapprocha, elle écarquilla les yeux mais ne recula pas.

Il s'arrêta un instant, pour lui donner une chance de lui dire d'arrêter ses conneries. Pourquoi ? Il n'en avait pas la moindre idée. Son côté *symphathe* ne s'arrêtait que pour analyser ou pour mieux capitaliser sur une faiblesse. Mais elle lui donnait envie de se comporter décemment.

Cependant, Ehlena ne lui demanda pas d'arrêter.

— Je ne… comprends pas, chuchota-t-elle.

— C'est simple. Je pense que vous ne devriez pas sortir avec n'importe qui.

Vhen se rapprocha encore, jusqu'à discerner les petits éclats dorés de ses yeux.

— Mais je ne suis pas n'importe qui.

Chapitre 29

« *Je ne suis pas n'importe qui.* »

Plongeant dans le regard améthyste de Vhengeance, Ehlena se dit qu'il avait tout à fait raison. En cet instant paisible, alors qu'ils étaient liés par une tension sexuelle explosive et l'odeur d'une eau de Cologne exotique, Vhengeance incarnait tout et tout le monde.

— Tu vas me laisser t'embrasser, dit-il.

Ce n'était pas une question, mais elle hocha tout de même la tête, et il approcha sa bouche de la sienne.

Ses lèvres étaient douces et son baiser plus doux encore. Il l'interrompit trop tôt au goût d'Ehlena. Bien trop tôt.

— Si tu en veux plus, dit-il d'une voix grave et rauque, je suis tout prêt à te le donner.

Ehlena regarda fixement sa bouche et pensa à Stephan et à tous les choix qu'il n'avait plus. Être avec Vhengeance, voilà quelque chose qu'elle voulait. Cela n'avait aucun sens, mais, en ce moment même, cela n'avait pas d'importance.

— Oui. J'en veux plus.

Sauf qu'elle comprit soudain quelque chose. Il ne ressentait rien, pas vrai ? Alors qu'arriverait-il s'ils poussaient les choses plus loin ?

Oui, comment aborder le sujet sans le mettre mal à l'aise ? Et qu'en était-il de cette autre femelle qu'il voyait ? À l'évidence, il ne couchait pas avec elle, mais ils avaient un lien important.

Les yeux améthyste se posèrent sur ses lèvres.

— Tu veux savoir ce que j'en retirerai ?

Mon Dieu, sa voix était purement sexuelle.

— Oui, souffla-t-elle.

— J'aurai la chance de te voir telle que tu es en ce moment.

— À quoi… est-ce que je ressemble ?

Il effleura sa joue d'un doigt.

— Tu rougis.

Il frôla ses lèvres.

— Ta bouche est entrouverte parce que tu m'imagines t'embrasser une nouvelle fois.

Sa caresse légère descendit plus bas, jusque sur sa gorge.

— Ton cœur bat à tout rompre. Je le vois dans ta veine ici.

Il s'arrêta entre ses seins, sa propre bouche s'entrouvrit et ses crocs s'allongèrent.

— Si je continue, je pense que je découvrirai que tes mamelons ont durci, et je parie qu'il existe d'autres signes qui prouvent que tu es prête à m'accueillir.

Il se pencha contre son oreille et chuchota :

— Es-tu prête à m'accueillir, Ehlena ?

Nom de nom.

Ehlena sentit sa cage thoracique lui enserrer les poumons, une sensation agréable et entêtante de suffocation rendant encore plus stupéfiante la tension qui s'installa brusquement entre ses cuisses.

— Ehlena, réponds-moi.

Vhengeance lui mordilla le cou, passant une canine aiguisée sur sa veine.

Quand elle rejeta la tête en arrière, elle s'agrippa à la manche de son beau costume, froissant le tissu. Cela faisait si longtemps… une éternité… que personne ne l'avait tenue dans ses bras, qu'elle n'avait été autre chose qu'une soignante, qu'elle avait eu l'impression que ses seins, ses hanches et ses cuisses n'étaient rien d'autre que des parties de son anatomie qu'il fallait couvrir avant de sortir. Et voilà que ce magnifique mâle, et non des moindres, voulait être avec elle dans le seul but de lui procurer du plaisir.

Ehlena dut battre des paupières, sentant qu'il venait de lui faire un don, et elle se demanda jusqu'où pourrait aller ce qu'ils étaient sur le point de commencer. Avant que sa famille tombe en disgrâce aux yeux de la *glymera* et soit anéantie, elle avait été promise à un mâle. La cérémonie d'union avait été programmée, mais n'avait pas eu lieu après les revers de fortune de ses parents.

À cette époque, elle avait couché avec le mâle même si, en tant que femelle de valeur de la *glymera*, elle n'aurait pas dû car ils n'étaient pas encore liés de manière formelle. La vie lui avait paru trop courte pour attendre.

Désormais, elle savait qu'elle était encore plus courte.

— Tu as un lit ici ? demanda-t-elle.

— Et je tuerais pour t'y emmener.

Ce fut elle qui se leva et lui tendit les mains pour qu'il les prenne.

— Allons-y.

Ce qui rendait les choses acceptables, c'était que tout tournait autour d'Ehlena. L'absence de sensations de Vhen le sortait totalement de l'équation, les libérant tous les deux des implications malfaisantes inhérentes à sa nature.

Seigneur, quelle joie ! Il était dans l'obligation de donner son corps à la Princesse. Mais il choisissait de donner à Ehlena…

Eh bien, merde, il ne savait pas précisément, mais c'était bien plus qu'une histoire de sexe. Cela avait aussi beaucoup plus de valeur.

Empoignant sa canne, parce qu'il ne voulait pas avoir à s'appuyer sur elle pour garder son équilibre, il l'emmena dans la chambre, avec son lit de la taille d'une piscine, son couvre-lit de satin noir et son panorama.

Il ferma la porte d'un ordre mental, même s'il n'y avait personne d'autre dans l'appartement, et la première chose qu'il fit fut de positionner Ehlena face à lui et de lui détacher les cheveux. Les boucles blond vénitien lui tombaient juste sous les épaules et, même si ses mains ne pouvaient sentir les mèches soyeuses, son odorat sentait le parfum léger et naturel de son shampoing.

Elle était propre et fraîche, comme un ruisseau dans lequel il pouvait se baigner.

Il s'arrêta, un éclair de conscience inhabituel le retenant. Si elle connaissait sa nature, si elle savait ce qu'il faisait pour vivre, si elle savait ce qu'il faisait de son corps, elle ne le choisirait pas. Il en était certain.

— Ne t'arrête pas, implora-t-elle en levant le visage. S'il te plaît…

Dans un effort de volonté, il cloisonna son esprit, éloignant de la chambre les mauvaises choses, la vie brutale qu'il menait et les dangereuses réalités qu'il affrontait, les enfermant dehors.

Ainsi, il n'y avait qu'eux deux.

— Je ne m'arrêterai que si tu le veux, la rassura-t-il.

Et si c'était le cas, il s'arrêterait sans poser la moindre question. La dernière chose qu'il souhaitait faire était de lui transmettre ses propres sentiments en ce qui concernait le sexe.

Vhen se pencha, posa les lèvres sur les siennes et l'embrassa avec précaution. Comme il n'était pas maître de ses sensations, il ne voulait pas se montrer trop pressant, et supposait qu'elle lui ferait comprendre si elle en voulait plus…

C'est exactement ce qui se produisit, Ehlena passant les bras autour de lui et plaquant ses hanches contre les siennes.

Et… merde. Une impression inattendue s'empara de lui. Venu de nulle part, un flamboiement de sensations transperça son engourdissement ; la vague rayonnante était faible, mais c'était vraiment une chaleur qu'il ressentait. L'espace d'une seconde, il recula, saisi par la peur... mais sa vision demeura en trois dimensions et le seul rouge qu'il voyait émanait du réveil digital sur la table de nuit.

— Est-ce que ça va ? demanda-t-elle.

Il attendit l'espace de quelques battements de cœur.

— Oui... Oui, impeccable. (Il suivit du regard les contours de son visage.) Me laisseras-tu te dévêtir ?

Oh, mon Dieu, venait-il vraiment de dire cela ?

— Oui.

— Oh... bien...

Vhen déboutonna lentement le devant de son uniforme. Chaque centimètre de chair était une révélation, et il ne s'agissait pas tant de déshabiller que de dévoiler. Délicatement, il écarta de ses épaules le haut de sa tenue, qu'il fit glisser jusqu'à ses hanches et qu'il laissa tomber sur le sol. Quand elle se retrouva debout devant lui, vêtue en tout et pour tout de son soutien-gorge et de son collant blanc qui laissait deviner son slip, il se sentit étrangement honoré.

Mais ce ne fut pas tout. L'odeur de son sexe déclencha un bourdonnement entre ses oreilles qui lui donna l'impression d'avoir sniffé des rails de coke pendant dix jours. Elle le désirait. Presque autant qu'il désirait la combler.

Vhen lui enserra la taille de ses bras et la blottit contre lui. Elle ne pesait rien du tout, ce qui lui fut confirmé quand il la souleva sans effort et l'étendit sur le lit.

Quand il recula pour regarder Ehlena, elle ne fit pas comme les femelles avec lesquelles il avait couché. Elle ne s'étira pas et n'écarta pas les jambes, ne se caressa pas et ne se contorsionna pas pour prendre des postures aguichantes dignes d'une prostituée.

En outre, elle ne voulait pas le blesser et n'était en aucun cas malintentionnée : il n'y avait nulle trace de cruauté excitante et érotique dans son regard.

Elle se contentait de le dévisager avec émerveillement et une excitation sincère. C'était une femelle sans artifice ni calcul qui était un milliard de fois plus sexy que toutes celles avec lesquelles il avait jamais couché ou qu'il avait même côtoyées.

— Veux-tu que je reste habillé ? demanda-t-il.

— Non.

Vhen laissa tomber sa veste comme si ce n'était rien d'autre qu'un prospectus, jetant le chef-d'œuvre de Gucci sur le sol sans aucun soin. Ôtant ses mocassins d'un coup de pied, il défit sa ceinture et baissa son pantalon, l'abandonnant là où il atterrit. Sa chemise disparut en un tour de main, suivie par ses chaussettes.

Il hésita pour son caleçon, les pouces passés dans l'élastique, prêt à se dévoiler, mais ne parvint pas à bouger.

Son absence d'érection l'embarrassait.

Mince, Vhen n'aurait pas cru que cela lui poserait un problème, même si on pouvait arguer que c'était justement grâce à ça que cette situation était possible. Néanmoins, il avait l'impression de ne pas être à la hauteur.

Il ne se sentait pas du tout mâle, en réalité.

Il sortit les mains et les posa sur son sexe flasque.

— Je vais garder ça.

Ehlena s'approcha de lui, les yeux emplis de désir.

— Je veux être avec toi, peu importe comment tu viens.

Ou ne viens pas, dans le cas présent.

— Je suis désolé, dit-il doucement.

Il y eut un instant de gêne, car que pouvait-elle répondre ? Et pourtant, il attendait quand même, espérant… quelque chose de sa part.

Du réconfort ?

Merde, qu'est-ce qui déconnait chez lui ? Toutes ces pensées bizarres et ces réactions sillonnaient le paysage de son lobe temporal, ouvrant des voies vers des destinations dont il n'avait qu'entendu parler, des endroits comme la honte, la tristesse et l'inquiétude. Le manque d'assurance, aussi.

Peut-être que les hormones sexuelles qu'elle réveillait en lui étaient comme la dopamine, mais avec l'effet inverse. Elles faisaient de lui une gonzesse.

— Tu es magnifique dans cette lumière, dit-elle d'une voix rauque. Tes épaules et ta poitrine sont si larges, je n'imagine pas comment ce serait d'être aussi fort. Et ton ventre... j'aimerais que le mien soit aussi plat et dur. Tes jambes sont puissantes, elles aussi, tout en muscles, sans un gramme de graisse.

Quand il passa la main sur ses abdos en remontant jusqu'à l'un de ses pectoraux, il regarda le léger renflement du ventre d'Ehlena.

— Je trouve que tu es parfaite telle que tu es.

— Et je trouve aussi que tu es parfait tel que tu es, répondit-elle gravement

Vhen retint son souffle.

— Ah oui ?

— Tu es très sexy à mes yeux. Rien que te regarder... me donne envie de toi.

Eh bien... voilà pour le réconfort. Malgré ça, il lui fallut puiser au plus profond de son courage pour glisser de nouveau les pouces dans l'élastique de son caleçon et le baisser lentement sur ses cuisses.

Quand il s'étendit à côté d'elle, son corps tremblait, ce dont il se rendit compte en voyant ses muscles frémir.

Ce qu'elle pensait de lui était important. Ce qu'elle pensait de son corps. De ce qui allait arriver dans ce lit. Avec la Princesse ? Il se fichait comme d'une guigne qu'elle apprécie ou non ce qu'il lui faisait. Et les rares fois où il avait couché avec les filles du club, il n'avait pas voulu leur faire de mal, bien entendu, mais cela avait été une transaction de sexe contre argent.

Avec Xhex, ce n'avait été qu'une erreur. Ni bien ni mal. Cela avait seulement eu lieu et n'arriverait plus jamais.

Ehlena passa les mains sur ses bras jusqu'à ses épaules.

— Embrasse-moi.

Vhen plongea dans son regard et obtempéra, posant les lèvres sur les siennes, la caressant, puis il introduisit sa langue dans sa bouche et se mit à l'explorer langoureusement. Il continua à l'embrasser jusqu'à ce qu'elle ondule sur le lit et resserre tellement sa prise sur lui qu'un étrange écho de sensations surgit de nouveau en lui. Il s'arrêta net et ouvrit les yeux pour vérifier sa vision, mais tout était normal, sans trace de rouge.

Il retourna à ce qu'il appréciait, redoublant d'attention pour ne pas mésestimer sa force, la laissant venir à lui pour ne pas l'écraser de sa bouche.

Il voulait aller bien plus loin… et elle lut dans son esprit.

Ce fut Ehlena qui défit l'agrafe sur le devant de son soutien-gorge, libérant sa poitrine. Oh… merde, oui. Ses seins étaient parfaitement proportionnés et surmontés de pointes roses et tendues qu'il suça avec avidité l'une après l'autre.

Les gémissements d'Ehlena lui enflammèrent le corps, remplaçant le froid envahissant par la vie et l'énergie, la chaleur et le besoin.

— Je veux te lécher, gronda-t-il.

La supplication d'Ehlena se perdit dans un grognement et, comme si cette invitation ne suffisait pas, la position de la jeune femme, ses cuisses légèrement ouvertes, lui envoya un message encore plus clair.

Il fallait qu'il lui retire son collant avant de se mettre à la mordiller au travers.

Vhen fut aussi lent et mesuré qu'il put le supporter, délivrant la chair de sa mince barrière, la mordillant tout du long jusqu'aux chevilles, inspirant profondément.

Il ne lui ôta pas son slip.

Ce fut la douceur de Vhengeance qui surprit le plus Ehlena.

Malgré sa grande taille, il était incroyablement attentionné, explorant subtilement son corps, lui laissant tout loisir de refuser, de le détourner ou d'arrêter.

Ce dont elle n'avait en aucun cas l'intention.

Particulièrement quand sa large main remonta lentement l'intérieur de sa jambe nue et, subtilement, inexorablement, lui écarta un peu plus les cuisses. Quand ses doigts frôlèrent son slip, une décharge de sensations explosa dans son sexe, et ce mini-orgasme la laissa pantelante.

Vhengeance remonta et lui parla à l'oreille en grondant.

— J'aime entendre ton plaisir.

Il prit ses lèvres et caressa son sexe au travers du modeste coton qui le recouvrait. Les profonds coups de langue contrastaient avec les papillonnements, et elle rejeta la tête en arrière, n'ayant plus que lui à l'esprit. Elle cambra les hanches pour l'inciter à glisser sa main sous le fin tissu, et se mit à prier pour qu'il saisisse l'allusion, car elle était trop à bout de souffle et incapable de s'exprimer.

— De quoi as-tu envie ? lui demanda-t-il. Tu veux qu'il n'y ait plus rien entre nous ?

Quand elle hocha la tête, il glissa le majeur sous l'élastique, puis il n'y eut que la peau contre la peau et…

— Oh… mon Dieu, gémit-elle quand l'orgasme s'abattit sur elle.

Vhengeance sourit comme un félin, la caressant alors qu'elle jouissait, l'aidant à surmonter les vagues de plaisir qui la submergeaient. Quand elle se calma enfin, elle se sentit embarrassée. Elle n'avait pas couché avec quelqu'un depuis longtemps, et jamais avec quelqu'un comme lui.

— Tu es incroyablement belle, chuchota-t-il avant qu'elle puisse dire quoi que ce soit.

Ehlena tourna le visage contre son biceps et embrassa la peau lisse qui couvrait le muscle tendu.

— Cela fait longtemps pour moi.

Le visage de Vhen s'éclaira doucement.

— J'aime ça. J'aime beaucoup ça.

Il baissa la tête sur ses seins et embrassa un téton.

— J'aime que tu respectes ton corps. Tout le monde ne le fait pas. Oh, et à propos, je n'ai pas encore fini.

Ehlena lui enfonça les ongles dans la nuque quand il tira son slip le long de ses cuisses. La vue de sa langue rose qui lui agaçait le sein la captiva, surtout quand son regard améthyste accrocha le sien tandis qu'il décrivait des cercles et donnait des coups de langue sur son téton, comme s'il lui offrait une vision furtive de ce à quoi elle devait s'attendre plus bas.

Elle jouit de nouveau. Puissamment.

Cette fois-ci, Ehlena se laissa totalement emporter, et ce fut un soulagement d'être simplement nue avec lui. Tandis qu'elle reprenait ses esprits après ce nouvel orgasme époustouflant, elle ne flancha pas quand il parcourut son corps de baisers, descendant sur son ventre et plus bas encore jusqu'à…

Elle gronda si fort qu'il y eut un écho.

À l'instar de ses doigts, la sensation de sa bouche sur son sexe n'était que plus intense parce qu'il l'effleurait à peine. Les caresses légères rôdaient au-dessus de ce point vulnérable et brûlant de son corps, la faisant se tendre pour sentir son contact, faisant de chaque passage de ses lèvres et de sa langue une source de plaisir et de frustration.

— Encore, intima-t-elle en cambrant les hanches.

Il leva ses yeux améthyste.

— Je ne veux pas être trop brusque.

— Tu ne le seras pas. Je t'en prie… cela me tue…

Avec un grognement, il plongea et scella sa bouche contre son sexe, la suçant, l'aspirant en lui. L'orgasme l'emporta dans une explosion brutale et bouleversante. Sans cesser ses caresses pour autant, il la suivit dans chaque vague de plaisir, accompagnant de ses lèvres les sons gutturaux qui s'échappaient de la bouche d'Ehlena, l'emmenant au paroxysme de la jouissance.

Quand elle eut joui Dieu seul sait combien de fois, elle se figea et lui aussi. Tous deux étaient haletants, sa bouche luisante appuyée contre sa cuisse, trois doigts enfoncés en elle, leurs odeurs se mélangeant dans l'air surchauffé de la…

Elle fronça les sourcils. Une partie de la fragrance entêtante était constituée de… d'épices exotiques. Et tandis qu'elle inspirait profondément, il leva les yeux vers elle.

L'expression choquée d'Ehlena laissait aisément deviner la conclusion à laquelle elle était parvenue.

— Oui, moi aussi je le sens, dit-il d'un ton brusque.

Sauf qu'il n'avait pas pu se lier à elle, non ? Était-il possible que cela arrive si vite ?

— Pour certains mâles, ça arrive, dit-il. À l'évidence.

Brusquement, elle comprit qu'il était en train de lire dans son esprit, mais elle s'en fichait. Vu jusqu'où il était allé, pénétrer son cerveau lui paraissait moitié moins intime.

— Je ne m'attendais pas à cela, dit-elle.

— C'était pas prévu non plus.

Vhengeance retira ses doigts et les lécha à coups de langue délibérés pour les nettoyer.

Ce qui bien entendu excita de nouveau Ehlena.

Son regard demeura accroché à celui de Vhengeance tandis qu'il s'installait sur les oreillers qu'elle avait envoyés valser autour d'elle.

— Si tu ne sais pas du tout quoi dire, bienvenue au club.

— Il n'est pas nécessaire de dire quelque chose, murmura-t-elle. C'est comme ça.

— Oui.

Vhen roula sur le dos et, quand ils se retrouvèrent allongés à quinze centimètres l'un de l'autre, il lui manqua comme s'il avait quitté le pays.

Se tournant sur le flanc, elle posa la tête sur son bras et le dévisagea tandis qu'il fixait du regard le plafond.

— J'aimerais pouvoir te donner quelque chose, dit-elle, mettant de côté toute cette histoire d'union pour plus tard.

Trop parler allait gâcher ce qu'ils venaient de partager, et elle voulait en profiter encore un peu.

Il lui jeta un coup d'œil.

— Tu es folle ? Dois-je te rappeler ce que nous venons de faire ?

— Je veux seulement te rendre la pareille. (Elle grimaça.) Je ne sous-entends pas qu'il manquait quelque chose… Je veux dire… Zut.

Il sourit et lui caressa la joue.

— C'est gentil à toi, ne te sens pas gênée. Et ne sous-estime pas à quel point cela m'a plu.

— Je veux que tu saches quelque chose. Personne n'aurait pu me faire sentir mieux ou plus belle que tu ne l'as fait.

Il se tourna vers elle et s'installa dans la même position qu'elle, appuyant la tête sur son biceps épais.

— Tu vois pourquoi c'était agréable pour moi ?

Elle lui prit la main et embrassa sa paume, avant de froncer les sourcils.

— Tu te refroidis. Je le sens.

Elle s'assit et tira le couvre-lit sur lui, l'enveloppant d'abord avant de se blottir contre lui, étendue par-dessus les couvertures.

Ils restèrent ainsi un très long moment.

— Vhengeance ?

— Oui ?

— Prends ma veine.

Elle sut qu'elle l'avait choqué à la manière dont il retint son souffle.

— Excuse… Qu-quoi ?

Elle ne put s'empêcher de sourire, se disant qu'il n'était pas le genre de mâle à balbutier souvent.

— Prends ma veine. Laisse-moi te donner quelque chose.

Entre ses lèvres entrouvertes elle vit ses crocs s'allonger, jaillissant de sa mâchoire plutôt que sortant petit à petit.

— Je ne suis pas certain… que ce serait…

Tandis que son souffle devenait saccadé, sa voix se fit encore plus profonde.

Elle posa la main sur son cou et se massa lentement la jugulaire.

— Je trouve que c'est une idée formidable.

Quand les yeux de Vhengeance se mirent à luire en violet, elle s'allongea sur le dos et inclina la tête sur le côté, exposant sa gorge.

— Ehlena…

Il examina son corps avant de revenir à sa gorge.

Il haletait. Le rouge lui montait aux joues et une légère couche de transpiration recouvrait le haut de ses épaules qui dépassait des couvertures. Et ce n'était pas tout. L'odeur d'épices exotiques explosa jusqu'à saturer l'air, sa chimie interne réagissant au besoin qu'il avait d'elle et à ce qu'elle voulait faire pour lui.

— Oh… merde, Ehlena…

Brusquement, Vhengeance fronça les sourcils et regarda son corps. Sa main, celle qui avait été tendrement posée sur la joue d'Ehlena, disparut sous les couvertures et son expression changea : la chaleur et la résolution s'évanouirent brutalement, ne laissant qu'un genre de dégoût troublant.

— Je suis désolé, dit-il d'une voix enrouée. Je suis désolé… je ne peux pas…

Vhengeance sauta du lit en emportant le couvre-lit, le tirant de sous le corps d'Ehlena. Il se déplaçait vite – mais pas assez pour que son érection échappe à sa compagne.

Il bandait. Son sexe était épais, long et dur comme du bois.

Pourtant, il disparut dans la salle de bains et ferma soigneusement la porte.

Puis la verrouilla.

Chapitre 30

John annonça à Vhif et Blay qu'il avait l'intention de se pieuter dans sa chambre pour le reste de la nuit ; quand il fut certain qu'ils avaient avalé son mensonge, il se glissa hors de la maison en empruntant les quartiers du personnel et fila directement au *Zero Sum*.

Il devait faire vite, parce qu'il était évident que les deux autres allaient s'assurer qu'il allait bien et se lancer à sa recherche.

Dépassant l'entrée principale du club, il se rendit dans la ruelle où il avait autrefois vu Xhex fracasser la tête d'un connard à la grande gueule avec de la coke plein les poches. Une fois qu'il eut trouvé la caméra de sécurité au-dessus de la sortie de secours, John leva la tête et fixa des yeux l'objectif.

Quand la porte s'ouvrit, il n'eut pas besoin de jeter un coup d'œil pour savoir que c'était elle.

— Tu veux entrer ? dit-elle.

Il secoua la tête, pour une fois pas irrité par la barrière de la communication. Merde, il ne savait pas quoi lui dire. Il ignorait la raison de sa présence ici. Il fallait qu'il vienne, point.

Xhex sortit du club et s'adossa à la porte, croisant une botte à coque métallique sur l'autre.

— Tu l'as dit à quelqu'un ?

Il croisa son regard sans ciller et secoua la tête.

— Tu vas le faire ?

Il secoua une nouvelle fois la tête.

D'une voix douce, qu'il ne lui avait jamais entendue ou qu'il n'avait jamais espéré entendre, elle murmura :

— Pourquoi ?

Il se contenta de hausser les épaules. Franchement, il était surpris qu'elle n'ait pas essayé de lui enlever ses souvenirs. C'était plus habile. Plus propre…

— J'aurais dû effacer tes souvenirs, dit-elle, le poussant à se demander si elle lisait dans son esprit. J'avais juste la tête à l'envers l'autre nuit, tu es parti à toute allure et je ne l'ai pas fait. Bien entendu, maintenant ce sont des souvenirs à long terme, alors…

C'est pour cela que je suis venu, découvrit-il. *Je voulais la rassurer quant au fait que je garderais le silence.*

Le départ de Tohr avait scellé sa décision. Quand John était allé parler au frère et avait découvert que celui-ci avait de nouveau disparu, une fois de plus sans un mot, quelque chose s'était modifié en lui, comme si on avait fait rouler un rocher d'un bout à l'autre de son jardin, un changement permanent dans le paysage.

John était seul. C'est pourquoi ses décisions lui appartenaient. Il respectait Kolher et la Confrérie, mais il n'était pas un frère et n'en serait peut-être jamais un. Bien entendu, il était un vampire, mais il avait passé la majeure partie de sa vie loin de l'espèce, donc la répulsion à l'égard des *symphathes* était une chose qu'il n'avait jamais tout à fait comprise. Des sociopathes ? Merde, en ce qui le concernait, il n'y avait qu'à voir, à la maison, la manière dont Zadiste et V. s'étaient comportés avant d'être unis.

John n'allait pas dénoncer Xhex au roi pour qu'elle soit déportée dans cette colonie. Certainement pas.

La voix de Xhex était dure, désormais.

— Alors tu veux quoi ?

Vu le genre de pique-assiettes opportunistes et désespérés avec lesquels elle devait traiter nuit après nuit, il n'était pas du tout surpris par sa question.

Soutenant son regard, il secoua la tête et esquissa un geste comme pour se trancher la gorge.

— *Rien*, articula-t-il.

Xhex l'observa de ses yeux gris et froids, et il la sentit entrer dans sa tête, conscient de la poussée contre ses pensées. Il la laissa le sonder pour découvrir ce qu'il pensait, parce que c'était cela, bien plus que n'importe quels mots qu'il aurait pu prononcer, qui la rassurerait le plus.

— Il n'y en a qu'un sur un million, des types comme toi, John Matthew, dit-elle doucement. La plupart des gens chercheraient à tirer parti de ce merdier. Surtout vu le genre de vices que je peux entretenir dans ce club.

Il haussa les épaules.

— Alors où tu vas ce soir ? Et où sont tes potes ?

Il secoua la tête.

— Tu veux me parler de Tohr ?

Il la regarda brusquement, et elle ajouta :

— Désolée, mais il occupe ton esprit.

Quand John secoua de nouveau la tête, quelque chose lui effleura la joue et il leva les yeux. La neige commençait à tomber, de minuscules flocons tourbillonnant dans le vent.

— La première neige de l'hiver, dit Xhex en se redressant et s'éloignant de la porte. Et ça a l'air léger, ce que tu portes.

Il jeta un coup d'œil à ses vêtements et découvrit qu'effectivement il ne portait qu'un jean, une chemise et une veste. Au moins s'était-il rappelé d'enfiler des chaussures.

Xhex mit la main dans sa poche et lui tendit quelque chose. Une clé. Une petite clé en cuivre.

— Je sais que tu n'as pas envie de rentrer chez toi, et j'ai une piaule pas loin d'ici. Elle est sûre et souterraine. Va là-bas si tu veux, reste aussi longtemps que tu en as besoin.

Trouve l'intimité que tu cherches jusqu'à ce que tu aies repris tes marques.

Il était sur le point de secouer la tête en signe de refus, quand elle ajouta en langue ancienne :

— *Laisse-moi prendre soin de toi de cette manière.*

Il prit la clé sans lui toucher la main et articula :

— *Merci.*

Quand elle lui eut donné l'adresse, il tourna les talons, laissant Xheh dans la ruelle, sous la neige qui tourbillonnait dans le ciel nocturne. Au coin de Trade Street, il jeta un coup d'œil par-dessus son épaule. Elle était toujours immobile à côté de la sortie de secours, l'observant, les bras croisés et les bottes fermement plantées dans le sol.

Les flocons délicats atterrissant sur ses courts cheveux noirs et ses épaules nues et musclées ne l'attendrirent pas d'un iota. Elle n'était pas un ange qui se montrait gentil envers John Matthew pour des raisons simples. Elle était maléfique, dangereuse et imprévisible.

Et il l'aimait.

John agita la main et tourna au coin de la rue, rejoignant le défilé d'humains frigorifiés qui traînaient de bar en bar.

Xhex demeura à sa place même après que la silhouette massive de John eut disparu de son champ de vision.

Un sur un million, se répéta-t-elle. *Ce gamin est le seul sur un million.*

Quand elle retourna dans le club, elle sut que ce n'était qu'une question de temps avant que ses deux potes, et peut-être des membres de la Confrérie, se pointent pour tenter de le retrouver. Sa réponse serait qu'elle ne l'avait pas vu et ignorait totalement où il se trouvait.

Rien d'autre.

Il la protégeait ; elle le protégeait.

Point final.

Elle allait quitter le carré VIP quand son oreillette se déclencha. Lorsque le videur cessa de parler, elle poussa un juron et leva sa montre pour parler dans l'émetteur.

— Emmenez-le dans mon bureau.

Quand elle se fut assurée que les filles avaient dégagé les lieux, elle entra dans la partie réservée aux gens ordinaires et observa l'inspecteur De La Cruz traverser la foule des fêtards, escorté par ses hommes.

— Oui, Vhif? demanda-t-elle sans se retourner.

— Putain, tu dois avoir des yeux derrière la tête.

Elle lui jeta un coup d'œil par-dessus son épaule.

— Ça, tu devrais le garder à l'esprit.

L'*ahstrux nohtrum* de John était le genre de mâle que la plupart des femelles voulaient se taper. Et pas mal de mecs, aussi. Il avait fière allure, tout habillé de noir, depuis son tee-shirt jusqu'à son blouson de motard. Son accoutrement était stylé dans les moindres détails. La ceinture à œillets et les revers de son jean usé martelaient « The Cure ». Les cheveux noirs hérissés, le piercing de sa lèvre et les sept boucles qui remontaient le long de son oreille gauche étaient emo. Les New Rocks à semelles de dix centimètres d'épaisseur étaient goth. Le tatouage de sa nuque avait un style *biker*.

Quant aux armes qu'elle savait parfaitement dissimulées sous ses bras ? Elles avaient tout de l'attirail du mercenaire, et ses poings serrés évoquaient les sports de combat.

L'ensemble, sans tenir compte de l'origine des composants, était purement sexuel, et d'après ce qu'elle avait pu voir au club, il avait capitalisé sur ce pouvoir d'attraction jusqu'à récemment. Au point que les toilettes privées dans le fond avaient fini par ressembler à son bureau.

Mais après avoir été promu garde personnel de John, il avait levé le pied.

— Qu'est-ce qu'il y a ? demanda-t-elle.

— John est passé ici ?

— Non.

Vhif plissa ses yeux vairons.

— Tu ne l'as pas vu du tout ?

— Non.

Tandis que le type l'étudiait, elle savait qu'il ne se rendait compte de rien. Mentir était en deuxième position après tuer sur sa liste de compétences.

— Bon sang, marmonna-t-il en jetant des regards dans le club.

— Si je le vois, je lui dirai que tu le cherches.

— Merci. (Il reporta son attention sur elle.) Écoute, je ne sais pas quel bordel s'est passé entre vous, et c'est pas mes oignons...

Xhex leva les yeux au ciel.

— Ce qui explique visiblement pourquoi tu mets le sujet sur la table.

— C'est un mec bien. Garde ça à l'esprit, d'accord ?

Le regard bleu et vert de Vhif respirait une lucidité que seule une vie vraiment dure donnait à un mâle.

— Beaucoup de gens n'apprécieraient pas qu'il lui arrive des bricoles. Surtout moi.

Dans le silence qui suivit, elle dut mettre au crédit de Vhif que, contrairement à lui, la plupart des mecs n'avaient pas les couilles de lui tenir tête. La menace derrière ses mots calmes n'en était que plus évidente.

— T'es un type bien, Vhif, tu le sais. T'es droit dans tes bottes.

Elle lui posa la main sur l'épaule, puis se dirigea vers son bureau, songeant que le roi avait choisi intelligemment l'*ahstrux nohtrum* de John. Vhif était un pervers qui passait son temps à baiser, mais c'était un tueur sans pitié, et elle était heureuse qu'il veille sur son mec.

Qu'il veille sur John Matthew, s'entend.

Parce qu'il n'était pas son mec. Pas le moins du monde.

Quand Xhex atteignit son bureau, elle ouvrit la porte sans hésitation.

— Bonsoir, inspecteur.

José De La Cruz portait un nouveau costume bas de gamme. Il semblait aussi fatigué que son costume et son manteau.

— 'Soir, dit-il.

— Que puis-je faire pour vous ?

Elle s'assit derrière le bureau et lui fit un signe pour qu'il prenne le siège qu'il avait utilisé la dernière fois.

Mais il ne s'assit pas.

— Pourriez-vous me dire où vous vous trouviez à la fin de la nuit dernière ?

Pas tout à fait, songea-t-elle. *Parce qu'à un moment je suis allée tuer un vampire et que cela ne le regarde absolument pas.*

— J'étais ici, au club. Pourquoi ?

— Avez-vous des employés qui pourraient en témoigner ?

— Oui. Vous pouvez parler à iAm ou n'importe quel membre du personnel. À condition que vous me disiez ce qui se passe.

— La nuit dernière, nous avons retrouvé un vêtement appartenant à Grady sur une scène de meurtre.

Oh, merde, si quelqu'un d'autre avait buté cet enfoiré, elle allait être de mauvaise humeur.

— Mais pas son corps ?

— Non. Il s'agit d'un manteau avec un aigle sur le dos, qu'il était connu pour porter. Sa signature, semble-t-il.

— Intéressant. Alors pourquoi me demandez-vous où j'étais ?

— La veste est éclaboussée de sang. Nous ne savons pas encore s'il s'agit du sien, mais nous le découvrirons.

— Et je réitère ma question : pourquoi voulez-vous savoir où je me trouvais ?

De La Cruz posa les mains à plat sur son bureau et se pencha, ses yeux marron terriblement sérieux.

— Parce que j'ai l'intuition que vous aimeriez le voir mort.

— Je n'aime pas les hommes violents, je le reconnais. Mais tout ce que vous avez, c'est son blouson, pas son corps, et en outre j'étais ici la nuit dernière. Donc, si quelqu'un l'a descendu, ce n'est pas moi.

Il se redressa.

— Organisez-vous un enterrement pour Chrissy ?

— Oui, demain. Le faire-part a été publié dans le journal aujourd'hui. Elle n'avait pas beaucoup de famille, mais elle était appréciée sur Trade Street. Nous ne formons qu'une seule grande famille heureuse, ici. (Xhex eut un petit sourire.) Vous allez porter un brassard noir en son honneur, inspecteur ?

— Suis-je invité ?

— C'est un pays libre. Et vous viendriez de toute façon, n'est-ce pas ?

De La Cruz eut un sourire franc, son regard perdant l'essentiel de son agressivité.

— Oui, en effet. Ça vous ennuie si je rencontre vos alibis ? Si je prends des témoignages ?

— Pas du tout. Je les appelle tout de suite.

Tandis que Xhex parlait dans sa montre, l'inspecteur étudiait le bureau et, quand elle laissa retomber son bras, il déclara :

— Vous n'êtes pas très branchée décoration.

— J'aime que les choses soient réduites à l'essentiel.

— Hmm. Ma femme est très branchée décoration. Elle a le chic pour rendre les lieux accueillants. C'est agréable.

— Ce doit être une femme bien.

— Oh, absolument. Et en plus, elle fait la meilleure sauce au fromage que j'aie jamais mangée. (Il lui jeta un coup d'œil.) Vous savez, j'entends beaucoup parler de ce club.

— Ah vraiment ?

—Oui. En particulier à la brigade des mœurs.

—Ah.

—Et j'ai fait mon devoir concernant Grady. Il a été arrêté pendant l'été pour détention de drogue. L'affaire est en instance.

—Eh bien, je sais qu'il est sur le point d'être déféré devant la justice.

—Il a été viré de ce club peu avant son arrestation, n'est-ce pas ?

—Parce qu'il barbotait l'argent du bar.

—Et pourtant vous ne l'avez pas fait inculper ?

—Si j'appelais la police chaque fois que l'un de mes employés pique dans la caisse, je vous aurais dans mes numéros favoris.

—Mais j'ai entendu dire que ce n'était pas la seule raison pour laquelle on l'a dégagé.

—Ah bon ?

—Trade Street, comme vous l'avez dit, forme sa propre famille, mais cela ne signifie pas qu'on n'y parle pas. Et les gens disent qu'il a été viré parce qu'il dealait ici, au club.

—Eh bien, ça se tient, pas vrai ? Nous n'autoriserions jamais quiconque à dealer sur notre propriété.

—Parce qu'il s'agit du territoire de votre chef et qu'il n'apprécie pas la compétition.

Elle sourit.

—Il n'y a pas de compétition ici, inspecteur.

Et c'était la vérité. Vhengeance était le boss. Point barre. N'importe quel crétin merdeux qui essayait de refourguer sa camelote sous le toit du club se faisait démolir. Sérieusement.

—Pour être honnête, je ne suis pas certain de comprendre comment vous faites, murmura De La Cruz. Il y a des spéculations au sujet de cet endroit depuis des années, et pourtant personne n'a été en mesure de trouver une cause valable pour obtenir un mandat de perquisition.

Et c'était parce que les esprits humains, même ceux branchés sur des épaules de flics, étaient faciles à manipuler. Tout ce qui était vu ou dit pouvait être effacé en un clin d'œil.

— Il ne se passe rien de louche ici, dit-elle. C'est pour ça.

— Votre chef est dans les parages ?

— Non, il est sorti ce soir.

— Donc il vous confie ses affaires en son absence.

— Comme moi, il n'est jamais longtemps absent.

De La Cruz hocha la tête.

— Bonne politique. À ce sujet, je ne sais pas si vous êtes au courant, mais il semble qu'une guerre de territoires soit en cours.

— Une guerre de territoires ? Je croyais que les deux moitiés de Caldwell étaient en paix l'une avec l'autre. Que la rivière n'était plus une ligne de démarcation.

— Une guerre de territoires en lien avec la drogue.

— Je ne suis pas en mesure de savoir cela.

— C'est mon autre affaire en ce moment. Nous avons découvert deux dealers morts près de la rivière.

Xhex fronça les sourcils, surprise de ne pas en avoir déjà entendu parler.

— Eh bien, la drogue est un commerce violent.

— Ils ont tous les deux pris une balle dans la tête.

— Qu'est-ce que je disais ?

— Ricky Martinez et Isaac Rush. Vous les connaissez ?

— Entendu parler d'eux, et ils étaient tous les deux dans les journaux. (Elle posa la main sur l'exemplaire du *Caldwell Courier Journal* posé sur son bureau.) Je suis une fidèle lectrice.

— Donc vous avez dû voir cet article sur eux aujourd'hui.

— Pas encore, mais j'étais sur le point de prendre ma pause. Il me faut ma dose de *Dilbert*.

— La BD qui se déroule dans un bureau ? J'étais fan de *Calvin et Hobbes* pendant des années. J'ai détesté voir la série s'arrêter et je n'ai jamais vraiment accroché sur celles qui ont suivi. Je suppose que je suis ringard.

— Vous aimez ce que vous aimez. Il n'y a pas de mal à cela.

— C'est ce que dit ma femme. (Le regard de l'inspecteur erra de nouveau.) Donc, quelques personnes ont déclaré que tous les deux sont venus dans ce club la nuit dernière.

— Calvin et Hobbes ? L'un était un gamin, l'autre un tigre. Aucun n'aurait passé mes videurs.

De La Cruz sourit brièvement.

— Non, Martinez et Rush.

— Ah, eh bien, vous avez traversé ce club. Nous accueillons un nombre important de gens ici chaque nuit.

— C'est vrai. C'est l'un des clubs les plus prospères de la ville.

De La Cruz mit ses mains dans les poches de son pantalon, rejetant ainsi en arrière sa veste, qui bâilla sur sa poitrine.

— L'un des junkies qui habitent sous le pont a vu une vieille Ford avec une Mercedes noire et une Lexus chromée quitter la zone peu après que les deux se sont fait descendre, reprit-il.

— Les dealers ont les moyens de se payer de belles voitures. Je ne vois pas trop quoi faire de la Ford, en revanche.

— Que conduit votre chef ? Une Bentley, c'est bien ça ? Ou est-ce qu'il a acheté une nouvelle caisse ?

— Non, il a toujours sa Bentley.

— Voiture de prix.

— C'est juste.

— Vous connaissez quelqu'un qui roule en Mercedes noire ? Parce que des témoins en ont aussi vu une aux environs de l'appartement où la veste à l'aigle de Grady a été découverte.

— Je ne peux pas vous dire, je ne connais pas de propriétaire de Mercedes.

On frappa à la porte et Trez et iAm entrèrent, les deux Maures faisant ressembler l'inspecteur à une Honda garée entre deux Hummer.

— Eh bien, je vais vous laisser discuter, annonça Xhex, ayant une confiance absolue dans les deux meilleurs amis de Vhen. Je vous verrai à l'enterrement, inspecteur.

— Si ce n'est pas avant. Eh, vous avez déjà pensé à mettre une plante ici ? Ça pourrait faire une différence.

— Non, je suis trop douée pour tuer les choses. (Elle eut un mince sourire.) Vous savez où me trouver. À plus tard.

Quand elle referma la porte derrière elle, elle fit une pause et fronça les sourcils. Les guerres de territoires n'étaient pas bonnes pour les affaires, et si Martinez et Rush s'étaient fait avoir, c'était un signe indéniable que, malgré le climat du mois de décembre, les entrailles de Caldwell développaient un nouveau coup de chaleur.

Merde, c'était bien la dernière chose dont ils avaient besoin.

Des vibrations dans sa poche lui apprirent que quelqu'un tentait de la joindre, et elle répondit à l'instant où elle vit de qui il s'agissait.

— Vous avez déjà trouvé Grady ? dit-elle à voix basse.

La voix grave de Grand Rob était lourde de frustration.

— Cet enfoiré doit se cacher. Tom et moi, on est allés dans tous les clubs. On est allés chez lui et chez quelques-uns de ses potes.

— Continuez à chercher mais soyez prudents. On vient de découvrir sa veste sur une autre scène de crime. Les flics sont sérieusement sur sa piste.

— On n'arrêtera pas avant de pouvoir vous donner des infos.

— C'est bien, les gars. À présent, raccroche ce téléphone et continue les recherches.

— Pas de souci, chef.

Chapitre 31

Dans sa salle de bains en marbre plongée dans l'obscurité la plus totale, Vhengeance se cogna dans l'un des murs, trébucha sur le sol lisse et rebondit sur la console. Son corps était vivant, les sensations le transperçaient avec des picotements, enregistrant la douleur quand il se cogna la hanche, sa respiration saccadée lui brûlant les poumons, son cœur battant à tout rompre dans son sternum.

Il laissa tomber le couvre-lit de satin, ordonna aux lampes de s'allumer et baissa les yeux.

Son sexe était raide et épais, le gland turgescent, prêt à pénétrer Ehlena.

Nom… de Dieu.

Il regarda autour de lui. Sa vision était normale, les couleurs de la salle de bains étaient le noir, l'acier et le blanc, le rebord du jacuzzi s'élevait du sol, donc il percevait la profondeur des choses. Et bien que rien ne soit plat ni rouge rubis, ses sens étaient intensément éveillés, son sang brûlant tourbillonnait avec fracas dans ses veines, sa peau réclamait des caresses, son membre en érection était sur le point d'exploser en un orgasme foudroyant.

Il s'était totalement lié à Ehlena.

Et cela signifiait, du moins en cet instant où il avait tellement envie de coucher avec elle, que son côté vampire dominait le *symphathe* en lui.

L'envie qu'il avait d'elle triomphait de sa propre malfaisance.

Ce devaient être les hormones du lien, se dit-il. Les hormones du lien avaient modifié sa chimie interne.

Mais en prenant conscience de sa nouvelle réalité, il ne ressentait nulle joie, nul sentiment de triomphe, aucune impulsion de se jeter sur elle et de la prendre de toutes ses forces. Il ne pouvait que regarder fixement son sexe et penser au dernier endroit qu'il avait pénétré. Ce qu'il avait fait avec lui… et avec le reste de son corps.

Vhengeance voulait arracher cette saloperie.

Il était strictement hors de question qu'il partage cela avec Ehlena. Sauf que… il ne pouvait pas retourner dans la chambre dans cet état.

Vhen saisit son pénis dressé dans sa large main et se caressa. Oh… merde… que c'était bon…

Il s'imagina lécher Ehlena, sentir sa chaleur dans sa bouche et au fond de sa gorge. Il vit ses cuisses écartées, sa douceur humide et ses propres doigts glissant dans un mouvement de va-et-vient tandis qu'elle gémissait et se contorsionnait…

Ses testicules se contractèrent comme des poings, son dos se cambra et cette écœurante pointe s'amorça, même si elle n'avait rien à quoi s'accrocher. Un rugissement menaça de sortir de sa gorge, mais il le contint en se mordant la lèvre jusqu'au sang.

Vhen jouit sur sa main mais continua à se masturber, appuyé contre la console. Des vagues successives de jouissance l'emportèrent, mettant la pagaille sur le miroir et le lavabo, mais il lui en fallait toujours davantage, comme si son corps n'avait pas atteint le paroxysme du plaisir depuis, disons, cinq siècles.

Quand l'orage finit par passer, il découvrit… merde, il était blotti contre le mur, le visage appuyé sur le marbre dur, les épaules affaissées, les cuisses tressautant comme des câbles reliés à ses orteils.

De ses mains tremblantes, il nettoya à l'aide d'une des serviettes proprement pliées dans l'étagère, essuyant la console, le miroir et le lavabo. Puis il en déplia une autre et se lava les mains, le pénis, le ventre et les jambes, parce qu'il s'était sali autant qu'il avait sali cette satanée salle de bains.

Quand il posa enfin la main sur la poignée de la porte, il devait bien s'être écoulé une heure, et il s'attendait à moitié à ce qu'Ehlena soit partie. Il ne l'en blâmerait pas : une femelle à laquelle il avait, d'une certaine façon, fait l'amour lui offrait sa veine, et il s'enfuyait comme une mauviette dans la salle de bains et s'y enfermait.

Parce qu'il avait une érection.

Seigneur ! Cette soirée, qui n'avait même pas si bien commencé que cela, s'était achevée en carambolage géant.

Vhen se prépara et ouvrit la porte.

Quand la lumière inonda la chambre, Ehlena s'assit dans les draps, le visage inquiet… et seulement inquiet. Il n'y avait ni condamnation, ni calcul de ce qui le ferait se sentir encore plus mal. Rien qu'une véritable inquiétude.

— Est-ce que ça va ?

Eh bien, voilà une bonne question.

Vhengeance baissa la tête et, pour la première fois, souhaita se confier à quelqu'un. Même avec Xhex, qui avait pourtant enduré plus que lui, ça ne l'intéressait pas. Mais devant les yeux couleur caramel d'Ehlena, si grands et chaleureux sur son beau visage, il voulait confesser chaque geste déloyal, merdique, calculateur, mesquin, malfaisant qu'il avait commis.

Juste pour être honnête.

Oui, mais s'il lui balançait sa vie sur la table, où cela la mènerait-il ? Dans une position où elle devrait le dénoncer comme *symphathe* et probablement craindre pour sa propre vie. Magnifique résultat. Superbe.

— J'aimerais être différent, dit-il, ces mots se rapprochant au plus près de la vérité qui les séparerait à jamais. J'aimerais être un autre mâle.

— Moi pas.

C'était parce qu'elle ne le connaissait pas. Pas vraiment. Et pourtant il ne supportait pas l'idée de ne jamais la revoir après la nuit qu'ils venaient de vivre.

Ou l'idée qu'il la terrifie.

— Si je te proposais de revenir ici, demanda-t-il, et de me laisser coucher avec toi, accepterais-tu ?

Elle n'eut pas la moindre hésitation.

— Oui.

Il fronça les sourcils.

— Cela finira mal…

— Ce à quoi je ne vois pas d'inconvénient, puisque j'ai déjà mis le doigt dans l'engrenage avec toi à la clinique. Nous sommes quittes.

Vhen se força à sourire, mais ne put garder cette expression longtemps.

— Il faut que je sache… pourquoi. Pourquoi tu reviendrais.

Ehlena se rallongea sur les oreillers et, d'un geste lent, remonta la main sur le drap de satin qui lui couvrait le ventre.

— Je n'ai qu'une seule réponse à cela, mais je ne pense pas que tu aies envie de l'entendre.

L'engourdissement glacial regagnait rapidement du terrain sur son corps, chassant le bien-être que sa vague d'orgasmes lui avait apporté.

S'il vous plaît, faites que ce ne soit pas « par pitié », pensa-t-il.

— Dis-moi.

Elle demeura silencieuse un bon moment, détournant le regard vers le panorama scintillant et éclatant des deux moitiés de Caldwell.

— Tu me demandes pourquoi je reviendrais ? poursuivit-elle doucement. Et la seule réponse dont je dispose, c'est… comment pourrais-je ne pas revenir ? (Elle croisa son regard.) Cela n'a pas de sens pour moi, à un certain niveau, mais après tout les sentiments n'ont pas de sens, n'est-ce pas ? Et ce n'est pas nécessaire. Ce soir… tu m'as donné des choses que non seulement je n'avais pas reçues depuis longtemps, mais que je pense ne jamais avoir ressenties. (Elle secoua la tête.) J'ai embaumé un corps hier… le corps de quelqu'un de mon âge, le corps de quelqu'un qui n'avait probablement pas la moindre idée, quand il est sorti de chez lui ce soir-là, que ce serait sa dernière nuit. J'ignore où va cette histoire (elle fit un geste les reliant tous les deux) entre nous. Peut-être que ce n'est que pour une nuit ou deux ? Peut-être est-ce pour un mois ? Peut-être encore pour une durée qu'on peut compter en décennies ? Tout ce que je sais, c'est que la vie est trop courte pour ne pas revenir ici et profiter de ta compagnie. La vie est trop courte, et j'aime trop être avec toi pour que ça ait de l'importance. Tout ce qui m'importe, c'est de passer d'autres moments comme ceux-ci.

La poitrine de Vhengeance se gonfla quand il la dévisagea.

— Ehlena ?

— Oui ?

— Ne le prends pas mal.

Elle inspira profondément et il vit ses épaules nues se contracter.

— D'accord, je vais essayer.

— Tu continues de venir ici ? D'être telle que tu es ? (Un silence.) Je vais tomber amoureux de toi.

John découvrit l'appartement de Xhex assez facilement parce qu'il n'était qu'à dix pâtés de maisons du *Zero Sum*. Pourtant, le quartier semblait complètement différent. Les immeubles en grès brun de la rue étaient élégants et anciens, avec des arabesques autour des baies vitrées qui lui laissaient croire qu'ils dataient de l'époque victorienne – même s'il ignorait comment il savait une telle chose avec autant de certitude.

Elle n'habitait pas un immeuble à proprement parler, mais un appartement en sous-sol, dans un bâtiment sans ascenseur particulièrement séduisant. Sous les marches de pierre qui s'élevaient du trottoir se trouvait une alcôve. Il s'y glissa et utilisa la clé pour déverrouiller l'étrange serrure couleur cuivre. Une lumière s'alluma quand il franchit le seuil et il ne vit rien de passionnant : un sol de tomettes rouges, des murs de blocs de béton blanchis à la chaux. À l'extrémité se trouvait encore une porte avec une autre serrure bizarre.

Il s'attendait que Xhex vive dans un lieu exotique et rempli d'armes.

Et de bas et de talons aiguilles.

Mais ça, c'était un fantasme.

Tout au bout du couloir, il ouvrit l'autre porte et d'autres lumières s'allumèrent. La pièce n'avait pas de fenêtre et était vide, à l'exception d'un lit, et l'absence de décoration ne le surprit pas, étant donné l'aspect du couloir du sous-sol. Il y avait une salle de bains de l'autre côté de la chambre, mais pas de cuisine, pas de téléphone, pas de télé. La seule couleur de la pièce venait du plancher démodé en pin, dont le vernis était couleur miel. Les murs étaient blancs. Comme les corridors, mais en briques.

L'air était étonnamment frais, et il aperçut les bouches d'aération. Il y en avait trois.

John ôta sa veste et l'étala sur le sol. Puis il retira ses bottes, gardant ses épaisses chaussettes noires.

Dans la salle de bains, il se servit des toilettes et s'aspergea le visage d'eau.

Pas de serviette. Il utilisa les pans de sa lourde chemise noire.

S'allongeant sur le lit, il garda ses armes, même si ce n'était pas parce qu'il avait peur de Xhex.

Dieu, peut-être que cela le rendait stupide. La première chose qu'on lui avait apprise dans le programme d'entraînement de la Confrérie était qu'il ne fallait jamais faire confiance aux *symphathes*, et il était là, à risquer sa vie en séjournant chez l'un d'entre eux, probablement pour la journée, sans avoir dit à quiconque où il se trouvait.

Pourtant, c'était exactement ce dont il avait besoin.

Quand la nuit tomberait de nouveau, il déciderait quoi faire. Il ne voulait pas déposer les armes ; il aimait trop se battre. Cela lui semblait… juste, et pas uniquement pour la survie de l'espèce. Il avait le sentiment que c'était ce qu'il était censé faire, ce pour quoi il était né et avait été éduqué.

Mais il n'était pas certain de pouvoir retourner à la demeure et y vivre.

Alors qu'il était immobile depuis un moment, les lumières s'éteignirent, et il se contenta de regarder l'obscurité. Étendu sur le lit, la tête posée sur l'un des deux oreillers plutôt durs, il prit conscience que c'était la première fois qu'il se retrouvait véritablement seul depuis que Tohr était venu le chercher à son appartement merdique avec sa grosse Range Rover.

Avec une netteté parfaite, il se rappela à quoi ressemblait la vie dans ce trou à rats qui lui servait de studio, qui ne se situait pas dans un mauvais quartier de la ville, mais dans *le* quartier dangereux de Caldwell. Chaque nuit, il avait été terrifié parce qu'il était maigre, faible et sans défense, ne buvant que des boissons énergétiques à cause de son estomac fragile, pesant moins lourd qu'un aspirateur. La porte qui l'avait séparé des junkies, des prostituées et des rats gros comme des ânes lui avait semblé mince comme du papier.

Il avait souhaité faire le bien. Il le souhaitait toujours.

Il avait souhaité tomber amoureux et coucher avec une femme. Il le souhaitait toujours.

Il avait souhaité trouver une famille, avoir un père et une mère, faire partie d'un clan.

Il ne le souhaitait plus.

John commençait à comprendre que les émotions du cœur étaient comme les tendons du corps. On pouvait les étirer toujours davantage et ressentir la douleur de la torsion et de l'extension… Jusqu'à un certain point, l'articulation continuait de fonctionner et le membre se pliait, supportait le poids et restait fonctionnel une fois la tension relâchée. Mais cela ne durait pas éternellement.

Il avait craqué. Et il était persuadé qu'il n'existait pas d'équivalent émotionnel à la chirurgie arthroscopique.

Afin d'aider son esprit à se calmer et se reposer pour ne pas devenir dingue, il se concentra sur ce qui se passait autour de lui. La pièce était silencieuse, hormis le radiateur, mais celui-ci ne faisait pas trop de bruit. Et le bâtiment au-dessus de lui était vide, aucune trace d'un quelconque occupant.

Fermant les yeux, il se sentit plus en sécurité qu'il aurait sans doute dû.

Mais là encore, il avait l'habitude d'être seul. La période qu'il avait passée avec Tohr et Wellsie puis avec la Confrérie était une anomalie. Il était né à cet arrêt de bus, et il avait vécu seul à l'orphelinat, au milieu d'un paquet de gamins sans cesse ballottés. Puis il avait été tout seul dans le monde.

Il avait été brutalisé et s'en était sorti sans aide. Il avait été malade et s'était soigné lui-même. Il avait fait son chemin de son mieux et ne s'en était pas trop mal tiré.

Il était temps de revenir aux bases.

Et à sa nature même.

Cette période avec Wellsie et Tohr… et avec les frères… ressemblait à une expérience ratée qui, si elle avait paru prometteuse au départ, s'avérait au final un échec.

Chapitre 32

La nuit ou le jour, Flhéau s'en fichait.

Quand M. D et lui s'arrêtèrent sur le parking d'un moulin abandonné et que les phares de la Mercedes décrivirent un arc de cercle, il se fichait de rencontrer le roi des *symphathes* à midi ou à minuit, vu qu'il n'était étrangement plus intimidé par cet enfoiré.

Il verrouilla la 550 et traversa avec M. D une bande d'asphalte détérioré, quoique très robuste, étant donné l'état du moulin. Une neige légère tombait, donnant aux alentours l'air de sortir tout droit d'une publicité pour des vacances pittoresques à la montagne, tant qu'on ne regardait pas de trop près le toit qui s'affaissait ou le revêtement décrépit.

Le *symphathe* se trouvait déjà à l'intérieur. Flhéau le savait avec autant de certitude qu'il sentait les flocons sur ses joues et entendait les cailloux crisser sous ses bottes de combat.

M. D ouvrit la porte et Flhéau entra en premier pour montrer qu'il n'avait pas besoin qu'un subordonné lui dégage le passage. L'intérieur du moulin n'était que courants d'air glacials, le bâtiment rectangulaire ayant été dépouillé de toute chose utile bien longtemps.

Le *symphathe* attendait tout au fond, près de la roue massive toujours installée sur la rivière comme une grosse vieille dans un bain qui refroidissait.

— Mon ami, quel plaisir de vous revoir, déclara le roi, dont la voix de serpent se répercuta sur les poutres.

Flhéau s'approcha de lui lentement, prenant son temps, observant longuement les ombres projetées par les fenêtres vitrées. Personne hormis le roi. C'était bon signe.

— Avez-vous étudié ma proposition ? demanda ce dernier.

Flhéau n'était pas d'humeur à tourner autour du pot. Entre le merdier avec le livreur de pizza la nuit précédente et le fait qu'il avait un autre dealer à liquider dans une heure, ce n'était pas le moment de jouer.

— Ouais. Et vous savez quoi ? Je ne suis pas certain de vous devoir une faveur. Je pense que soit vous me donnez ce que je veux, soit… peut-être que j'enverrai mes hommes dans le Nord pour vous massacrer avec tous les autres tarés là-bas.

Le visage plat et pâle se fendit d'un sourire serein.

— Mais quel serait le résultat pour vous ? Ce serait détruire l'instrument même avec lequel vous souhaitez avoir le dessus sur votre ennemi. Voilà qui n'est pas logique, pour un leader.

Le sexe de Flhéau lui picota à son extrémité : le respect l'excitait, même s'il refusait de le reconnaître.

— Vous savez, je ne crois pas que le roi ait besoin d'aide. Pourquoi ne pas accomplir le meurtre vous-même ?

— Faire croire que le décès est arrivé en dehors de ma sphère d'influence offre des circonstances atténuantes et des avantages. Vous apprendrez, avec le temps, que les machinations dans l'ombre sont parfois plus efficaces que celles que l'on orchestre au vu et au su de son peuple.

Il marquait un point, même si, là encore, Flhéau ne voulut pas le reconnaître.

— Je ne suis pas aussi jeune que vous le pensez, rétorqua-t-il à la place.

Merde, il avait vieilli d'environ un milliard d'années au cours des quatre derniers mois.

— Et vous n'êtes pas aussi vieux que vous le croyez. Mais laissons de côté cette controverse pour une autre fois.

— Je ne cherche pas de thérapeute.

— Ce qui est dommage. Je suis plutôt doué pour me mettre dans la tête des autres.

Oui, Flhéau s'en rendait compte.

— Votre cible. S'agit-il d'un mâle ou d'une femelle ? demanda Flhéau.

— Cela importe-t-il ?

— Pas le moins du monde.

Le *symphathe* devint littéralement rayonnant.

— Il s'agit d'un mâle. Et, comme je vous l'ai dit, ce sont des circonstances inhabituelles.

— Comment cela ?

— Il sera difficile à atteindre. Sa garde personnelle est plutôt acharnée.

Le roi flotta jusqu'à une fenêtre et regarda dehors. Au bout d'un moment, il tourna la tête comme une chouette, effectuant une rotation sur la colonne vertébrale jusqu'à être pratiquement à l'envers, et ses yeux blancs étincelèrent de rouge pendant un instant.

— Croyez-vous pouvoir effectuer une telle pénétration ?

— Vous êtes homo ? laissa échapper Flhéau.

Le roi éclata de rire.

— Vous voulez dire, est-ce que je préfère les amants de mon sexe ?

— Oui.

— Est-ce que cela vous mettrait mal à l'aise ?

— Non.

Enfin, oui, parce que cela voudrait dire qu'il en pinçait sérieusement pour un mec qui penchait de ce côté.

— Vous ne mentez pas très bien, murmura le roi. Mais cela viendra avec l'âge.

Merde.

— Et je ne pense pas que vous soyez aussi puissant que vous le croyez.

Quand la spéculation sexuelle prit fin, Flhéau sut qu'il avait touché un point sensible.

— Prenez garde aux remous de la confrontation…

— Épargnez-moi les conneries à deux balles des pochettes-surprises, Votre Altesse. Si vous remplissiez cette robe avec deux couilles, vous vous débarrasseriez de ce type vous-même.

La sérénité revint sur le visage du roi, comme si Flhéau venait juste de prouver son infériorité par cet éclat.

— Et pourtant je charge quelqu'un d'autre de s'en occuper à ma place. C'est bien plus sophistiqué, même si je ne m'attends pas à ce que vous le compreniez.

Flhéau se dématérialisa, réapparut juste devant le roi et serra les mains autour de son cou mince. D'un seul coup, il le souleva brutalement contre le mur.

Leurs regards se croisèrent et, quand Flhéau ressentit une poussée dans son esprit, il ferma instinctivement l'entrée de son lobe frontal.

— Pas question d'ouvrir mon coffre ici, raclure. Désolé.

Le regard du roi se fit rouge sang.

— Non.

— Non quoi ?

— Ma préférence ne va pas aux amants de mon propre sexe.

C'était exactement la phrase à glisser, bien entendu : elle sous-entendait que Flhéau le collait parce que, des deux, c'était lui l'homo. Il lâcha le roi et se mit à marcher.

La voix de celui-ci était désormais moins reptilienne.

— Vous et moi sommes plutôt bien assortis. Je crois que nous devrions tous les deux obtenir ce que nous voulons de cette alliance.

Flhéau se retourna et lui fit face.

— Ce mâle, celui que vous voulez voir mort, où puis-je le trouver ?

— Le timing doit être correct. Le timing… fait tout.

Vhengeance observait Ehlena enfiler ses vêtements et, même si ce tableau n'était pas tout à fait ce dont il avait envie, le spectacle de celle-ci penchée en avant, remontant lentement ses collants, n'était pas si mal.

Pas mal du tout.

Elle éclata de rire en ramassant son soutien-gorge et le fit tournoyer autour de son doigt.

— Puis-je le remettre à présent ?

— Absolument.

— Tu vas encore me faire prendre mon temps ?

— J'ai simplement estimé qu'il n'y avait pas d'urgence avec le collant. (Il sourit d'un air vorace.) Je veux dire, ces choses-là filent, n'est-ce pas – oh, merde…

Ehlena n'attendit pas qu'il ait fini de parler, mais arqua le dos et passa le soutien-gorge autour de son torse. La petite danse qu'elle effectua en l'agrafant sur le devant le fit haleter… et c'était avant qu'elle remonte les bretelles sur ses épaules, laissant les bonnets coincés sous ses seins.

Elle s'approcha de lui.

— J'ai oublié comment ça se met. Peux-tu m'aider ?

Vhen gronda et l'attira près de lui, suçant la pointe de son sein et caressant l'autre de son pouce. Une fois qu'elle eut le souffle coupé, il remit les bonnets en place.

— Je suis ravi d'être ton technicien en lingerie mais, tu sais, il avait meilleure mine par terre. (Quand il joua des sourcils dans sa direction, le rire d'Ehlena était si libre et décontracté que son cœur s'arrêta.) J'aime ce bruit.

— Et j'aime le faire.

Elle enfila son uniforme par le bas, puis le remonta et le boutonna.

— Quel dommage, dit-il.

— Tu veux savoir un truc idiot ? Je l'ai mis même si je ne dois pas aller travailler ce soir.

— Vraiment ? Pourquoi ?

— Je voulais que les choses restent professionnelles, et pourtant me voilà, ravie que cela ne se soit pas passé ainsi.

Il se leva et la prit dans ses bras, plus du tout inquiet à l'idée d'être totalement nu.

— Tout le plaisir est pour moi.

Il l'embrassa doucement et, quand ils se séparèrent, elle déclara :

— Merci pour cette belle soirée.

Vhen lui remit une mèche derrière l'oreille.

— Que fais-tu demain ?

— Je travaille.

— Quand finis-tu ?

— À 4 heures.

— Tu viendras ?

Sans aucune hésitation, elle répondit :

— Oui.

Tandis qu'ils sortaient de la chambre et traversaient la bibliothèque, il ajouta :

— Je vais rendre visite à ma mère à présent.

— Ah bon ?

— Oui, elle m'a appelé et a demandé à me voir. Elle ne le fait jamais. (Cela lui paraissait si naturel de partager ces détails de sa vie. Enfin, certains d'entre eux, tout du moins.) Elle essaie de me rendre plus spirituel et j'espère qu'il ne s'agit pas d'une tentative pour me faire faire une retraite.

— Que fais-tu, au fait ? Comme travail ? (Ehlena rit.) J'en sais si peu sur toi.

Vhen regarda fixement la ville par-dessus l'épaule d'Ehlena.

— Oh, j'ai beaucoup d'activités différentes. Essentiellement dans le monde humain. Je n'ai qu'à veiller sur ma mère, maintenant que ma sœur est unie.

— Où est ton père ?

Dans une tombe glaciale, digne de ce salopard.

— Il est décédé.

— Je suis désolée.

Le regard chaleureux d'Ehlena lui transperça la poitrine d'un truc qui était à coup sûr de la culpabilité. Il ne regrettait pas d'avoir tué son vieux, mais il était désolé de lui dissimuler tant de choses.

— Merci, dit-il d'un ton raide.

— Je ne veux pas avoir l'air de mettre mon nez dans tes affaires. Au sujet de ta vie ou de ta famille. Je suis seulement curieuse, mais si tu préfères…

— Non, c'est juste que… je n'ai pas l'habitude de parler de moi. (Quoi de plus vrai !) Est-ce que… est-ce que c'est un téléphone qui sonne ?

Ehlena fronça les sourcils et s'écarta.

— C'est le mien. Dans mon manteau.

Elle partit à grandes enjambées dans la salle à manger et la tension de sa voix quand elle répondit était perceptible.

— Oui ? Oh, bonsoir ! Oui, non, je… maintenant ? Bien entendu. Et ce qu'il y a de drôle, c'est que je n'aurai pas besoin de mettre mon uniforme parce que… Oh. Oui. Hmm-mm. OK.

Il entendit le clapet du téléphone qu'on refermait quand il arriva à la porte en arcade de la salle à manger.

— Tout va bien ?

— Euh, oui. C'est juste le boulot. (Ehlena revint tout en enfilant son manteau.) Ce n'est rien. Sans doute un problème de personnel.

— Tu veux que je te dépose là-bas ?

Seigneur, il adorerait l'emmener au travail, et pas seulement parce que cela leur permettrait d'être ensemble un peu plus longtemps. Un mâle souhaitait faire des choses pour sa femelle. La protéger. Veiller à son…

OK, c'était quoi ce bordel ? Ce n'était pas que les pensées qu'il avait à son égard le rebutaient, mais c'était comme si son cerveau avait changé son CD. Et non, ce n'était pas ce foutu Barry Manilow.

Même s'il était certain d'entendre du Maroon 5 en ce moment même.

Bouh.

— Oh, je vais y aller, mais merci. (Ehlena marqua une pause devant l'une des portes coulissantes.) Ce soir a été une telle… révélation.

Vhen s'approcha d'elle à grands pas, prit son visage dans ses mains et l'embrassa fougueusement. Quand il s'écarta, il déclara d'une voix grave :

— Seulement grâce à toi.

Elle devint rayonnante, comme illuminée de l'intérieur, et brusquement il souhaita l'avoir nue contre lui rien que pour jouir en elle. L'instinct de marquage hurlait en lui, et le seul moyen qu'il avait de l'apaiser était de se répéter qu'il avait suffisamment laissé son odeur sur sa peau.

— Envoie-moi un texto quand tu seras à la clinique pour que je sache que tu es bien arrivée.

— D'accord.

Un dernier baiser, et elle passa la porte puis disparut dans la nuit.

Quand elle quitta Vhengeance, Ehlena était sur un nuage, et pas seulement parce qu'elle se dématérialisait jusqu'à la clinique de l'autre côté de la rivière. Pour elle, la nuit n'était pas glaciale, elle était fraîche. Son uniforme n'était pas froissé d'avoir été jeté sur un lit et écrasé, il était artistiquement débraillé. Ses cheveux n'étaient pas en bataille, ils étaient décontractés.

L'appel lui demandant de venir à la clinique n'était pas une intrusion, c'était une opportunité.

Rien ne pouvait la détrôner de cette élévation incandescente, telle une étoile dans le ciel nocturne velouté, inatteignable, intouchable, au-dessus des conflits terrestres.

Reprenant forme devant le garage de la clinique, elle cessa pourtant de tout voir en rose. Il lui semblait injuste de se sentir ainsi, étant donné ce qui était arrivé la nuit précédente : elle aurait parié sur sa vie que la famille de Stephan n'éprouvait pas le moindre semblant de joie en ce moment. Ils devaient à peine avoir achevé le rituel funéraire, bon sang… Il leur faudrait des années avant de sentir quelque chose qui ressemble de loin à ce qui chantait dans sa poitrine quand elle pensait à Vhen.

Si jamais cela arrivait. Elle avait l'impression que les parents de Stephan ne seraient peut-être plus jamais les mêmes.

Avec un juron, elle traversa rapidement le parking, ses chaussures laissant de petites empreintes noires sur la fine couche de neige qui était tombée plus tôt. En tant que membre du personnel, passer les points de contrôle jusqu'à la salle d'attente ne lui prit pas longtemps et, quand elle arriva aux admissions, elle ouvrit son manteau et se dirigea directement vers l'accueil.

L'infirmier derrière l'ordinateur leva la tête et sourit. Rhodes était l'un des rares mâles du personnel, et sans le moindre doute l'un des préférés de la clinique ; c'était le genre de type qui s'entendait bien avec tout le monde et qui prodiguait volontiers sourires, embrassades et poignées de main.

— Eh, jeune fille, comment va ?

Il fronça les sourcils tandis qu'elle s'approchait de lui, puis recula sa chaise, mettant de l'espace entre eux.

— Euh… salut.

Fronçant les sourcils à son tour, Ehlena regarda derrière elle, s'attendant à voir un monstre, vu la manière dont il reculait devant elle.

— Ça va ?

— Oh oui. Parfaitement. (Son regard devint aiguisé.) Et toi ?

— Je vais bien. Heureuse d'être venue aider. Où est Catya ?

— Elle t'attend dans le bureau de Havers, je crois que c'est ce qu'elle m'a dit.

— Je vais y aller, alors.

— OK. Cool.

Elle remarqua que sa tasse était vide.

— Tu veux que je t'apporte un autre café quand j'aurai fini ?

— Non, non, répondit-il très vite, levant les deux mains. C'est bon. Merci. Vraiment.

— T'es sûr que ça va ?

— Oui. Parfaitement. Merci.

Ehlena s'en alla, se sentant repoussante. D'habitude, Rhodes et elle étaient les meilleurs amis du monde, mais pas ce soir…

Oh, mon Dieu, comprit-elle. *Vhengeance a laissé son odeur sur moi. Ce doit être cela.*

Elle se retourna… mais que pouvait-elle dire, en vérité ?

Espérant que Rhodes était le seul à avoir saisi l'odeur, elle passa par le vestiaire pour laisser son manteau et se dirigea vers le bureau, saluant de la main les employés et les patients en chemin. Quand elle atteignit le bureau de Havers, la porte était ouverte et le médecin se tenait derrière son bureau. Catya était assise sur la chaise, dos au couloir.

Ehlena frappa doucement au chambranle.

— Bonsoir.

Havers leva la tête et Catya lui jeta un coup d'œil par-dessus son épaule. Tous deux avaient vraiment mauvaise mine.

— Entrez, dit le médecin d'un ton bourru. Et fermez la porte.

Le cœur d'Ehlena se mit à battre à tout rompre et elle fit ce qu'on lui demandait. Une chaise était vide à côté de Catya, et elle s'y assit, ses jambes ne pouvant plus la porter.

Elle était venue dans ce bureau bien souvent, généralement pour rappeler au médecin de manger, parce qu'une fois qu'il avait commencé à étudier les dossiers des patients, il perdait toute notion du temps. Mais là, il n'était pas question de lui.

Il y eut un long silence, pendant lequel le regard pâle de Havers ne croisa pas le sien tandis qu'il tripotait les branches de ses lunettes d'écaille.

Ce fut Catya qui prit la parole, et sa voix était tendue.

— La nuit dernière, avant que je parte, l'un des agents de sécurité qui surveillait les moniteurs des caméras m'a rapporté que tu es entrée dans la pharmacie. Seule. Il a dit qu'il t'avait vue prendre des cachets et partir avec. J'ai regardé la vidéo et vérifié les étagères en question : c'était de la pénicilline.

— Pourquoi ne l'avez-vous pas fait venir ? demanda Havers. J'aurais examiné Vhengeance immédiatement.

Les instants qui suivirent eurent l'air de sortir d'une série télé, quand la caméra zoome sur le visage du personnage : Ehlena avait l'impression de sortir d'elle-même, le bureau reculant au loin alors qu'elle était brutalement sous les projecteurs, scrutée à travers la lentille d'un microscope.

Les questions se bousculèrent dans sa tête. Avait-elle vraiment cru qu'elle pouvait agir ainsi impunément ? Elle était même au courant, pour les caméras de sécurité… et pourtant elle n'y avait pas songé quand elle était passée derrière le comptoir du pharmacien la nuit précédente.

Maintenant, tout allait changer. Sa vie, autrefois une lutte, allait devenir insupportable.

Le destin ? Non… la stupidité.

Comment diable avait-elle pu faire cela ?

— Je vais démissionner, déclara-t-elle d'une voix rauque. À compter de ce soir. Je n'aurais jamais dû faire cela… J'étais inquiète pour lui, à bout de nerfs à cause de Stephan et j'ai fait une grave erreur de jugement. Je suis profondément désolée.

Ni Havers ni Catya ne prononcèrent un mot, mais ils n'en avaient pas besoin. Tout tournait autour de la confiance, et elle avait violé la leur. Et même une flopée de règles de sécurité concernant les patients.

— Je vais vider mon casier. Et partir immédiatement.

Chapitre 33

Vhen ne voyait pas sa mère assez souvent.

Voilà la pensée qui lui vint à l'esprit quand il s'arrêta devant le refuge où il l'avait fait emménager presque un an plus tôt. Après que la demeure familiale de Caldwell avait été compromise par les éradiqueurs, il avait évacué tout le monde et avait installé les siens dans ce bâtiment de style Tudor très au sud de la ville.

C'était le seul point positif qui était ressorti de l'enlèvement de sa sœur – enfin, cela et le fait que Bella s'était trouvé un mâle de valeur en la personne du frère qui l'avait sauvée. L'avantage était que Vhen avait fait quitter la ville à sa mère et qu'ainsi elle et ses *doggen* bien-aimés avaient échappé à ce que la Société des éradiqueurs avait infligé à l'aristocratie au cours de l'été.

Vhen gara la Bentley devant la demeure et, avant qu'il soit sorti de la voiture, la porte de la maison s'ouvrit et la *doggen* de sa mère apparut dans la lumière, recroquevillée pour lutter contre le froid.

Les mocassins de Vhen avaient des semelles lisses, aussi fit-il très attention quand il avança sur la neige poudreuse.

— Est-ce qu'elle va bien ?

La *doggen* leva des yeux embués de larmes vers lui.

— Le moment est proche.

Vhen entra, ferma la porte et refusa de l'entendre.

— Impossible.

— Je suis sincèrement désolée, messire. (La *doggen* sortit un mouchoir blanc de la poche de son uniforme gris.) Sincèrement… désolée.

— Elle n'est pas assez âgée.

— Sa vie a été bien plus longue que ses années.

La *doggen* avait parfaitement su ce qui se passait dans la maison à l'époque où le père de Bella était avec eux. Elle avait ramassé le verre cassé et la porcelaine brisée. Elle avait pansé et soigné.

— En vérité, je ne supporte pas qu'elle nous quitte, dit la servante. Je serai perdue sans ma maîtresse.

Vhen lui posa une main engourdie sur l'épaule et la pressa doucement.

— Vous n'en êtes pas sûre. Elle n'est pas allée consulter Havers. Laissez-moi aller la voir, d'accord ?

La *doggen* acquiesça et Vhen monta lentement l'escalier jusqu'au premier étage, passant devant les portraits de famille peints à l'huile qu'il avait fait venir de leur ancienne maison.

Arrivé sur le palier, il se dirigea vers la gauche et frappa à une porte.

— *Mahmen ?*

— *Par ici, mon fils.*

La réponse en langue ancienne provenait de derrière une autre porte, et il revint sur ses pas pour entrer dans son dressing, apaisé par l'odeur familière de Chanel N° 5.

— Où es-tu ? demanda-t-il aux interminables mètres de vêtements suspendus.

— Je suis dans le fond, mon très cher fils.

Tandis que Vhen circulait dans les rangées de chemisiers, de jupes, de robes et de tenues de soirée, il inspirait profondément. Le parfum habituel de sa mère était sur tous les vêtements, suspendus par couleur et par genre, et la bouteille dont il provenait était posée sur la coiffeuse ornementée, au milieu de son maquillage, de ses lotions et de ses poudres.

Il la découvrit devant le miroir en pied à trois pans. En train de repasser.

Ce qui était plus qu'étrange et le poussa à l'observer en détail.

Madalina était souveraine, même dans sa robe de chambre rose, ses cheveux blancs remontés sur sa tête parfaitement proportionnée, sa posture exquise alors même qu'elle était perchée sur un haut tabouret, son énorme diamant en forme de poire étincelant à son doigt. Sur la planche à repasser derrière laquelle elle était assise se trouvaient un panier tressé, une bombe d'amidon à un bout et une pile de mouchoirs repassés à l'autre. Pendant qu'il la regardait, elle s'affairait sur un mouchoir, passant d'avant en arrière le fer à repasser sifflant sur le carré jaune pâle plié en deux.

— *Mahmen*, que fais-tu ?

D'accord, cela paraissait évident, mais sa mère était l'archétype de la châtelaine. Il ne se rappelait pas l'avoir déjà vue faire le ménage ou la lessive, ni quoi que ce soit de ce genre. On avait des *doggen* pour cela.

Madalina leva la tête pour le regarder, ses yeux bleu délavé fatigués, son sourire plus dû à un effort qu'à une joie véritable.

— Ils appartenaient à mon père. Nous les avons trouvés en triant les boîtes que l'on a déménagées du grenier de l'ancienne demeure.

L'« ancienne demeure » était celle où ils avaient vécu à Caldwell pendant près d'un siècle.

— Tu pourrais le faire faire par ta servante. (Il s'approcha et embrassa sa joue douce.) Elle adorerait t'aider.

— C'est ce qu'elle dit, en effet.

Après avoir posé la main sur le visage de Vhengeance, sa mère reprit son ouvrage, pliant de nouveau le carré de lin, prenant la bombe d'amidon et pulvérisant le mouchoir.

— Mais il s'agit d'une chose que je dois faire.

— Puis-je m'asseoir ? demanda-t-il, désignant de la tête la chaise à côté du miroir.

— Oh, bien entendu, où sont passées mes bonnes manières ! (Elle posa le fer et commença à descendre de son tabouret.) Et nous devons te faire porter quelque chose à…

Il leva la main.

— Non, *mahmen*, je viens de manger.

Elle inclina la tête vers lui et se réinstalla sur son perchoir.

— Je te suis reconnaissante de m'accorder cette audience, vu que je connais l'intensité de tes…

— Je suis ton fils. Comment peux-tu croire que je ne viendrais pas te voir ?

Le mouchoir repassé fut déposé sur ses semblables bien ordonnés, et elle prit le dernier dans le panier.

Le fer souffla de la vapeur tandis qu'elle faisait glisser son ventre brûlant sur le carré blanc. Pendant qu'elle effectuait ces gestes lentement, il scruta le miroir. Sous la robe de chambre en soie, ses omoplates saillaient et sa colonne vertébrale était clairement apparente sur sa nuque.

Quand il reporta son attention sur le visage de sa mère, il vit une larme glisser de son œil et tomber sur le mouchoir.

Oh… douce Vierge scribe, se dit-il. *Je ne suis pas prêt.*

Vhen enfonça sa canne dans le sol et s'approcha pour s'agenouiller devant elle. Tournant le tabouret vers lui, il lui ôta le fer des mains et l'éloigna, prêt à l'emmener chez Havers, à financer n'importe quel remède qui lui accorderait plus de temps.

— *Mahmen, qu'est-ce qui t'afflige ?* (Il prit l'un des mouchoirs repassés et lui tamponna les yeux.) *Libère le poids de ton cœur auprès de ton fils de sang.*

Ses larmes semblaient ne pouvoir se tarir, et il les attrapa une par une. Elle était ravissante même à son âge et avec ses larmes, une Élue déchue qui avait vécu une vie difficile et demeurait néanmoins pleine de grâce.

Quand elle finit par parler, sa voix était fluette.

— Je me meurs. (Elle secoua la tête avant qu'il puisse parler.) Non, laisse-nous être honnêtes l'un envers l'autre. Ma fin est venue.

Nous verrons cela, pensa Vhen en lui-même.

— Mon père (elle toucha le mouchoir avec lequel Vhen avait séché ses larmes), mon père… c'est étrange que je pense à lui nuit et jour à présent, mais c'est le cas. Il était le Primâle il y a longtemps, et il aimait ses enfants. Sa plus grande joie était son sang, et même si nous étions nombreux, il entretenait des liens avec chacun d'entre nous. Ces mouchoirs ? Ils ont été taillés dans ses robes. À dire vrai, la couture était un don chez moi. Il le savait, et m'a offert certaines de ses robes.

Elle tendit une main osseuse et caressa la pile qu'elle avait repassée.

— Quand j'ai quitté l'autre côté, il m'en a fait emporter quelques-unes. J'étais amoureuse d'un frère et certaine que ma vie ne serait accomplie que si j'étais avec lui. Bien entendu, ensuite…

Oui, c'était cet « ensuite » qui lui avait causé une telle douleur : elle avait été violée par un *symphathe*, était tombée enceinte de Vhengeance et avait été forcée de donner naissance à un monstre métis qu'elle avait néanmoins posé contre son sein et aimé comme tout fils aurait souhaité l'être. Et tout le temps où elle avait été emprisonnée par le roi *symphathe*, le frère qu'elle aimait l'avait cherchée – et en était mort.

Et ces tragédies n'étaient pas la fin.

— Quand je suis… revenue, mon père m'a appelée sur son lit de mort, poursuivit-elle. De toutes les Élues, de toutes ses compagnes et de tous ses enfants, il avait souhaité me voir moi. Mais je ne voulais pas y aller. Je ne supportais pas… je n'étais plus la fille qu'il connaissait. (Son regard croisa celui de Vhen, implorant.) Je ne voulais pas qu'il sache quoi que ce soit me concernant. J'étais souillée.

Seigneur, il connaissait ce sentiment, mais sa *mahmen* n'avait pas besoin de supporter ce fardeau en plus. Elle ignorait complètement quel genre d'emmerdes il affrontait et elle ne le saurait jamais, parce qu'il était évident que la principale raison pour laquelle il se prostituait était qu'elle n'endure pas la torture de voir son fils déporté.

— Quand j'ai refusé de répondre aux convocations, la Directrix est venue me trouver et m'a dit qu'il souffrait. Qu'il ne partirait pas dans l'Estompe avant que je sois venue le voir. Qu'il demeurerait sur le fil douloureux de la mort pour l'éternité à moins que je ne le soulage. La nuit suivante, j'y suis allée le cœur lourd. (Le regard de sa mère était devenu farouche.) À mon arrivée au temple du Primâle, il a voulu me serrer dans ses bras, mais je n'ai pas pu… le laisser faire. J'étais une étrangère avec un visage bien-aimé, c'était tout, et j'ai tenté de parler de choses polies et distantes. C'est alors qu'il m'a dit quelque chose que je n'avais pas complètement compris jusqu'à maintenant. Il m'a dit : « L'âme alourdie ne passera pas, même si le corps flanche. » Il était emprisonné par ce qui demeurait irrésolu à mon sujet. Il avait l'impression d'avoir échoué dans son rôle. Que s'il m'avait gardée de l'autre côté, ma destinée aurait été meilleure que ce qui avait filtré après mon départ.

La gorge de Vhen se serra, un soupçon brusque et horrible prenant position dans son cerveau.

La voix de sa mère était faible mais distincte.

— Je me suis approchée du lit, il a cherché à attraper ma main et j'ai tenu sa paume dans la mienne. Je lui ai ensuite dit que j'aimais mon fils, que j'allais également être unie à un mâle de la *glymera* et que tout n'était pas perdu. Mon père a cherché sur mon visage la vérité des paroles que j'ai prononcées et, quand il a été satisfait de ce qu'il voyait, il a fermé les yeux… et s'est éloigné. Je savais que si je n'étais pas venue…

(Elle prit une profonde inspiration.) En fait, je ne peux pas quitter cette terre si les choses sont ainsi.

Vhen secoua la tête.

— Tout va bien, *mahmen*. Bella et son enfant vont bien et sont en bonne santé. Je…

— Arrête.

La mère de Vhen leva la main et le saisit par le menton, comme elle le faisait quand il était très jeune et enclin à faire des bêtises.

— Je sais ce que tu as fait. Je sais que tu as tué mon *hellren*, Rempoon.

Vhen pesa le pour et le contre, se demandant s'il valait mieux poursuivre son mensonge, mais vu l'expression de sa mère, elle connaissait la vérité et rien de ce qu'il pourrait dire ne l'en dissuaderait.

— Comment, demanda-t-il, comment l'as-tu découvert ?

— Qui d'autre l'aurait fait ? Qui d'autre aurait pu le faire ? (Quand elle le relâcha et lui caressa la joue, il désira intensément sentir son contact chaleureux.) N'oublie pas, j'ai vu ton visage chaque fois que mon *hellren* se mettait en colère. Mon fils, mon fils si fort et si puissant. Regarde-toi.

La fierté sincère et aimante qu'elle éprouvait à son égard était une chose qu'il n'avait jamais comprise, étant donné les circonstances de sa conception.

— Je sais également, murmura-t-elle, que tu as tué ton père biologique. Il y a vingt-cinq ans.

Là, il était vraiment surpris.

— Tu n'étais pas censée le savoir. Rien de tout cela. Qui t'en a parlé ?

Elle ôta la main de son visage et désigna, sur sa coiffeuse, un bol en cristal dont il avait toujours supposé qu'il servait aux manucures.

— Les vieilles habitudes d'une Élue scribe ont du mal à passer. Je l'ai vu dans l'eau. Juste après les événements.

— Et tu l'as gardé pour toi ? s'étonna-t-il.

— Et je n'en pouvais plus. C'est la raison pour laquelle je t'ai fait venir ici.

L'affreux sentiment resurgit, découlant d'une situation où il était piégé entre ce que sa mère allait lui demander de faire et sa conviction absolue que sa sœur ne tirerait aucun profit d'apprendre tous les secrets de famille sales et malfaisants. Bella avait été protégée de cette méchanceté toute sa vie, et il n'y avait pas de raison aujourd'hui d'exposer tout cela au grand jour, surtout si leur mère était mourante.

Ce qui n'est pas le cas, se rappela-t-il.

— *Mahmen…*

— Ta sœur ne doit jamais l'apprendre.

Vhen se raidit, priant d'avoir bien entendu.

— Pardon ?

— Jure-moi que tu feras tout ce qui est en ton pouvoir pour t'assurer qu'elle ne le saura jamais.

Quand sa mère se pencha vers lui et lui saisit les bras, il sut qu'elle y enfonçait vraiment les doigts à la manière dont les os de ses mains et de ses poignets saillaient.

— Je ne veux pas qu'elle porte ces fardeaux, reprit-elle. Tu y as été forcé, et je te l'aurais épargné si je l'avais pu, mais je n'ai pas réussi. Et si elle l'ignore, alors la génération suivante n'aura pas à souffrir. Nalla ne portera pas non plus ce poids. Cette histoire peut mourir avec toi et moi. Jure-le-moi !

Vhen plongea son regard dans celui de sa mère. Jamais il ne l'avait autant aimée.

Il hocha la tête.

— *Regarde mon visage et sois assurée, j'en fais le serment. Bella et sa descendance ne le sauront jamais. Le passé mourra avec toi et moi.*

Les épaules de sa mère se détendirent sous la robe de chambre et son soupir tremblant exprima clairement son soulagement.

— Tu es le fils que les autres mères ne peuvent qu'espérer.

— Comment est-ce possible ? dit-il doucement.

— Comment ne le serait-ce pas ?

Madalina reprit ses esprits et lui enleva le mouchoir.

— Je dois le refaire, et ensuite, peut-être m'aideras-tu à rejoindre mon lit ?

— Bien entendu. Et je souhaiterais appeler Havers.

— Non.

— *Mahmen*…

— J'aimerais que ma disparition se fasse sans intervention médicale. Personne ne me sauvera à présent, de toute façon.

— Tu ne peux pas le savoir…

Elle leva une main élégante, celle avec le lourd diamant.

— Je serai morte avant le coucher du soleil demain. Je l'ai vu dans le bol.

Vhen eut le souffle coupé, ses poumons refusant de fonctionner. *Je ne suis pas prêt à cela. Je ne suis pas prêt. Je ne suis pas prêt…*

Madalina fut incroyablement méticuleuse avec le dernier mouchoir, alignant soigneusement les coins, faisant glisser le fer d'avant en arrière. Quand elle eut fini, elle posa le carré parfait sur les autres, s'assurant qu'ils étaient tous alignés.

— C'est fait, annonça-t-elle.

Vhen s'appuya sur sa canne pour se lever, lui offrit son bras, et ensemble ils se déplacèrent jusqu'à la chambre, tous deux chancelants.

— As-tu faim ? demanda-t-il quand il tira les couvertures et l'aida à s'allonger.

— Non, je suis bien ainsi.

Leurs mains travaillèrent à l'unisson pour disposer les draps, la couverture et le couvre-lit de sorte que tous soient précisément pliés et posés au milieu de sa poitrine. Quand il se redressa, il sut qu'elle ne sortirait plus jamais du lit, et il ne pouvait le supporter.

— Il faut que Bella vienne, dit-il d'une voix enrouée. Il faut qu'elle vienne te dire au revoir.

Sa mère hocha la tête et ferma les yeux.

— Elle doit venir tout de suite, et fais en sorte qu'elle amène l'enfant, s'il te plaît.

À Caldwell, dans la demeure de la Confrérie, Tohr faisait les cent pas dans sa chambre. Ce qui était une blague, vraiment, étant donné sa faiblesse. Vaciller était à peu près tout ce qu'il arrivait à faire.

Chaque minute et demie, il regardait l'horloge, le temps passant à un rythme alarmant, jusqu'à ce qu'il ait l'impression que le sablier du monde s'était brisé et que les secondes se répandaient partout comme du sable.

Il lui fallait plus de temps. Plus… Merde, est-ce que même cela l'aiderait ?

Il n'arrivait pas à comprendre comment il survivrait à ce qui allait se passer et savait que continuer à se mettre dans tous ses états n'y changerait rien. Par exemple, il ne parvenait pas à déterminer s'il valait mieux avoir un témoin. L'avantage était que cela rendait les choses moins personnelles de cette manière. L'inconvénient était que, s'il craquait, quelqu'un d'autre dans la pièce serait là pour y assister.

— Je vais rester.

Tohr jeta un coup d'œil à Lassiter, qui paressait dans la chaise longue à côté des fenêtres. L'ange avait les jambes croisées au niveau des chevilles, et l'une de ses bottes de combat oscillait, encore une mesure détestable du temps qui passait.

— Allez, poursuivit Lassiter, j'ai vu ton pauvre derrière nu. Qu'est-ce qui pourrait bien être pire ?

Les mots étaient bravaches, mais le ton étonnamment gentil…

Le coup frappé à la porte fut léger. Ce n'était donc pas un frère. Et vu qu'aucun arôme de nourriture ne se frayait un chemin sous la porte, ce n'était pas Fritz avec un plateau de bouffe destinée au trône de porcelaine.

L'appel à Fhurie avait fait effet, visiblement.

Tohr se mit à trembler de la tête aux pieds.

— OK, du calme. (Lassiter se leva et s'approcha de lui à toute allure.) Je veux que tu te poses là. Tu n'auras pas envie de faire cela à proximité d'un lit. Allez… non, ne me résiste pas. Tu sais que c'est la manœuvre. C'est de la biologie, pas un choix, donc il faut en soustraire la culpabilité.

Tohr se sentit traîné jusqu'à une chaise à dossier droit qui se trouvait près de la commode, juste à temps : ses genoux avaient perdu tout intérêt pour leur vocation, et tous deux cédèrent au point qu'il heurta si fort l'assise en bois qu'il sursauta.

— J'ignore comment faire.

La belle gueule de Lassiter apparut juste devant la sienne.

— Ton corps le fera pour toi. Sors ton esprit et ton cœur de l'équation et laisse ton instinct faire ce qui doit être fait. Ce n'est pas ta faute. C'est ainsi que tu survivras.

— Je ne veux pas survivre.

— Ça alors ! Et moi qui croyais que toutes ces conneries autodestructrices n'étaient qu'un passe-temps !

Tohr n'avait pas la force de frapper l'ange. Il n'avait pas la force de quitter la pièce. Il n'en avait même pas assez en réserve pour pleurer.

Lassiter se dirigea vers la porte et l'ouvrit.

— Salut, merci d'être venue.

Tohr était incapable de regarder l'Élue qui entrait, mais il lui était impossible d'ignorer sa présence : son odeur délicate et fleurie flotta jusqu'à lui.

La fragrance naturelle de Wellsie avait été plus forte que cela, un mélange de rose, de jasmin, et aussi de cette odeur épicée qui reflétait son caractère déterminé.

— Messire, dit une voix féminine. Je suis l'Élue Séléna, ici pour vous servir.

Il y eut un long silence.

— Va le voir, dit doucement Lassiter. Il faut qu'on en finisse.

Tohr mit le visage dans ses mains, la tête baissée. C'était tout ce qu'il pouvait faire pour respirer tandis que la femelle s'installait sur le sol à ses pieds.

Au travers de ses doigts grêles, il aperçut le blanc de sa robe flottante. Wellsie n'avait jamais beaucoup porté de robes. La seule qu'elle avait véritablement aimée avait été la robe noire et rouge dans laquelle elle s'était unie à lui.

Une image de cette cérémonie sacrée surgit dans son esprit, et il vit avec une netteté tragique le moment où la Vierge scribe avait serré sa main et celle de Wellsie et déclaré qu'il s'agissait d'une bonne union, d'une excellente union. Il avait ressenti une intense chaleur le lier à sa femelle par l'intermédiaire de la mère de l'espèce, et ce sentiment d'amour, de résolution et d'optimisme avait été multiplié par un million quand il avait plongé le regard dans celui de sa bien-aimée.

Il lui avait semblé qu'ils avaient une vie emplie de bonheur et de joie devant eux… et pourtant il était là, désormais, de l'autre côté d'une perte impensable, seul.

Non, pire que seul. Seul et sur le point d'accepter le sang d'une autre femelle dans son corps.

— Tout va trop vite, marmonna-t-il derrière ses mains. Je ne peux pas… il me faut plus de temps.

Que Dieu lui vienne en aide : si jamais cet ange prononçait un seul mot sur le fait que c'était le bon moment, il allait faire regretter à cet enfoiré que ses dents ne soient pas en verre blindé.

— Messire, dit doucement l'Élue. Je reviendrai si tel est votre souhait. Et je reviendrai à nouveau si cela ne vous convient pas. Et je reviendrai sans cesse, jusqu'à ce que vous soyez prêt. Je vous en prie… messire, je ne souhaite que vous venir en aide, pas vous blesser.

Il fronça les sourcils. Elle semblait très gentille, et il n'y avait pas la moindre note de sensualité dans les paroles qui avaient quitté ses lèvres.

— Dis-moi quelle est la couleur de tes cheveux, demanda-t-il entre ses mains.

— Ils sont noirs comme la nuit et attachés aussi serrés que mes sœurs et moi avons pu le faire. Je me suis permis de les entourer également d'un turban, même si vous ne me l'avez pas demandé. Je me suis dit… que peut-être cela vous aiderait un peu plus.

— Dis-moi quelle est la couleur de tes yeux.

— Ils sont bleus, messire. Bleu ciel.

Ceux de Wellsie avaient la couleur ambrée du porto.

— Messire, chuchota l'Élue. Il n'est pas besoin de me regarder. Permettez-moi de me tenir debout derrière vous, et prenez mon poignet de cette manière.

Il entendit le froissement d'un tissu léger, et l'odeur de la femelle se déplaça jusqu'à provenir de derrière lui. Baissant ses mains, Tohr aperçut les longues jambes gainées de jean de Lassiter. L'ange avait de nouveau les chevilles croisées, et cette fois-ci il était appuyé contre le mur.

Un bras mince drapé de blanc apparut devant lui.

Avec des mouvements lents, la manche fut progressivement remontée.

Le poignet dévoilé était fragile, la peau blanche et fine.

Les veines sous la surface étaient légèrement bleues.

Les crocs de Tohr jaillirent de son palais et un grognement s'échappa de ses lèvres. Ce connard d'ange avait raison. Le vide se fit brusquement dans sa tête, rien d'autre ne comptait que son corps et ce dont il l'avait privé depuis si longtemps.

Tohr s'agrippa fermement à l'épaule de Séléna, siffla comme un cobra et mordit le poignet de l'Élue jusqu'à l'os, verrouillant les mâchoires. Il y eut un cri d'angoisse et une lutte, mais il avait perdu la tête en buvant à longs traits salvateurs, attirant ce sang dans ses entrailles si vite qu'il n'eut pas le temps de le goûter.

Il manqua de tuer l'Élue.

Et il ne le sut que plus tard, après que Lassiter eut réussi à l'arracher à sa prise et à l'étendre d'un coup de poing dans la tête – parce qu'à l'instant où on l'avait séparé de cette source de nutriments, il avait essayé de reprendre la femelle.

L'ange déchu avait eu raison.

L'atroce biologie était le moteur ultime, surpassant même le plus loyal des cœurs.

Et le plus révérencieux des veufs.

Chapitre 34

Quand Ehlena rentra chez elle, elle se composa un visage, renvoya Lusie et s'enquit de l'état de son père, qui « progressait à pas de géant » dans son œuvre. Dès qu'elle put s'échapper, elle se rendit dans sa chambre pour aller sur Internet. Elle devait déterminer la somme d'argent dont ils disposaient, jusqu'au dernier sou, et ne pensait pas apprécier le résultat. Après s'être connectée à son compte en banque, elle fit défiler les chèques qui devaient encore être encaissés et fit le total de ce qu'elle devait payer la première semaine du mois. La bonne nouvelle, c'était qu'elle devait encore recevoir sa paie de novembre.

Elle disposait d'un peu moins de 11 000 dollars sur leur plan d'épargne.

Il ne restait rien à vendre. Et rien à dégraisser du budget mensuel.

Il faudrait que Lusie cesse de venir. Ce qui serait une plaie, parce qu'elle prendrait un autre patient pour remplir ce créneau, donc quand Ehlena trouverait un nouveau travail, il lui faudrait réembaucher quelqu'un.

Mais cela supposait qu'elle trouve un autre emploi. Il était évident que ce ne serait pas en tant qu'infirmière. Aucun employeur ne souhaitait voir « Licenciement pour faute grave » sur un CV.

Pourquoi avait-elle dérobé ces foutus cachets ?

Ehlena était assise devant l'écran, additionnant sans relâche tous les petits chiffres jusqu'à ce qu'ils se mélangent, et n'arrivait même plus à assimiler le résultat total.

—*Ma fille?*

Elle ferma rapidement l'ordinateur portable, son père ne faisant pas bon ménage avec le matériel électronique, et se ressaisit.

—Oui? Je veux dire, *oui*?

—*Je me demandais si tu aimerais lire un passage ou deux de mon œuvre? Tu sembles nerveuse, et je trouve que ce genre de passe-temps calme mon esprit.*

Il se tourna et lui tendit galamment son bras.

Ehlena se leva parce que, parfois, la seule chose à faire était d'accepter les conseils des autres. Elle ne voulait pas lire le moindre charabia qu'il avait couché sur le papier. Elle ne supportait pas de faire comme si tout allait bien. Elle souhaitait, même si ce n'était que pour une heure, avoir de nouveau son père pour affronter la difficile situation dans laquelle elle les avait plongés tous les deux.

—*Ce sera avec plaisir*, dit-elle d'une voix élégante et atone.

Le suivant dans son bureau, elle l'aida à s'installer dans son fauteuil et regarda les piles de papier désordonnées. Quel fouillis. Il y avait des classeurs reliés de cuir noir pleins à craquer, des dossiers énormes, des carnets à spirale dont les pages pendaient de leurs attaches comme la langue d'un chien. Des feuilles blanches disséminées çà et là, comme si les pages avaient tenté de s'enfuir et n'étaient pas allées plus loin.

C'était là son journal intime tout entier, du moins le prétendait-il. En réalité, ce n'étaient que des piles et des piles d'absurdités, la manifestation physique de son chaos mental.

—*Là. Assieds-toi, assieds-toi.*

Son père lui dégagea le siège à côté de son bureau, déplaçant les blocs sténographiés retenus entre eux par des bandes de ruban adhésif brun.

Une fois assise, elle posa les mains sur ses genoux et les serra fermement, tentant de ne pas craquer. Les débris dans la pièce dansaient sous ses yeux comme si un aimant en rotation entraînait ses propres pensées et calculs dans un tourbillon, et ce n'était pas là l'aide dont elle avait besoin.

Son père observa le bureau et sourit comme pour s'excuser.

— *Que d'activité pour un rendement si faible. C'est un peu comme cultiver des perles. Les heures que j'ai passées entre ces murs, les nombreuses heures pour atteindre mon but...*

Ehlena l'entendit à peine. Si elle ne pouvait payer le loyer, où iraient-ils ? Existait-il un endroit encore moins cher n'abritant ni rats ni cafards sifflants ? Comment son père se sentirait-il dans un environnement qui ne lui était pas familier ? Douce Vierge scribe, elle avait cru qu'ils avaient touché le fond la nuit où il avait brûlé la maison convenable qu'ils louaient. Que pouvait-il y avoir de pire ?

Elle se rendit compte de son trouble quand tout se brouilla autour d'elle.

La voix de son père poursuivait, traversant le silence paniqué d'Ehlena.

— *Je me suis efforcé de chroniquer fidèlement tout ce que j'ai vu...*

Ehlena n'en entendit pas plus.

Ce fut comme si elle se brisait. Assise sur la petite chaise, submergée par le bavardage déraisonné et inutile de son père, confrontée à ses propres actions et à la situation où une erreur de jugement les avait tous les deux conduits, elle se mit à pleurer.

Tant de choses étaient en cause, et pas seulement la perte de son travail. C'était Stephan. C'était ce qui s'était passé avec Vhengeance. C'était le fait que son père était un adulte qui ne saisissait plus les réalités.

C'était parce qu'elle était si seule.

Ehlena se recroquevilla et pleura, un souffle rauque s'échappant de ses lèvres jusqu'à ce qu'elle soit trop fatiguée pour faire autre chose que s'affaisser sur elle-même.

Elle finit pourtant par se calmer et, poussant un grand soupir, s'essuya les yeux avec la manche de son uniforme désormais inutile.

Quand elle leva la tête, son père était cloué sur place dans son fauteuil, une expression profondément choquée sur le visage.

— *En vérité... ma fille.*

Voilà, c'était cela. Ils avaient peut-être perdu tous les attributs matériels de leur ancienne position, mais les vieilles habitudes avaient la peau dure. La réserve de la *glymera* sous-tendait toujours leurs discussions, et une grande séance de pleurnicheries équivalait donc à la voir s'allonger sur le dos à la table du petit déjeuner et avoir un *alien* qui lui sortait du ventre.

— *Pardonne-moi, père,* dit-elle, se sentant atrocement idiote. *Je crois que je vais me retirer.*

— *Non... attends. Tu allais lire.*

Elle ferma les yeux, sa peau se contractant partout sur son corps. D'une certaine manière, toute sa vie était définie par la pathologie mentale de son père et, même si pour l'essentiel elle estimait que ses sacrifices étaient un dû, ce soir elle avait les nerfs trop à vif pour simuler l'importance cruciale d'une chose d'aussi peu de valeur que cette « œuvre ».

— *Père, je...*

L'un des tiroirs du bureau fut ouvert puis refermé.

— *Voilà, ma fille. Prends entre tes mains un peu plus qu'un seul passage.*

Elle ouvrit les yeux...

Et dut se pencher pour s'assurer qu'elle ne rêvait pas. Entre les mains de son père se trouvait une pile de feuillets blancs parfaitement alignés d'environ trois centimètres d'épaisseur.

— *Voilà mon œuvre,* dit-il simplement. *Un livre pour toi, ma fille.*

Au rez-de-chaussée de la demeure de style Tudor, Vhen attendait près de la fenêtre du salon, regardant la pelouse. Les nuages s'étaient dissipés et une demi-lune luisait avec force dans le ciel hivernal. Dans sa main engourdie, il tenait son nouveau téléphone portable, dont il venait tout juste de refermer le clapet avec un juron.

Il n'arrivait pas à croire qu'à l'étage, sa mère se trouvait sur son lit de mort et qu'en ce moment même, sa sœur et son *hellren* se hâtaient pour arriver avant le lever du soleil... et pourtant son épouvantable travail pointait le bout de son nez.

Un autre dealer assassiné. Ce qui en faisait trois au cours des dernières vingt-quatre heures.

Xhex avait été concise et franche, comme à son habitude. Contrairement à Ricky Martinez et Isaac Rush, dont les cadavres avaient été découverts près de la rivière, ce type-là avait fini dans sa voiture sur le parking d'un centre commercial, une balle à l'arrière du crâne. Ce qui signifiait qu'on avait dû conduire la voiture jusque-là avec le corps à l'intérieur : impossible d'être assez stupide pour buter un salopard dans un endroit qui disposait sans le moindre doute de caméras de sécurité. Pourtant, étant donné que le scanner de la police n'avait rien rapporté d'autre, ils devraient attendre les journaux et les informations télévisées du lendemain matin pour avoir plus de détails.

Mais c'était là le problème, et la raison pour laquelle il jurait.

Tous trois avaient effectué des achats auprès de lui au cours des deux dernières nuits.

Ce qui était la raison pour laquelle Xhex l'avait dérangé chez sa mère. Le commerce de la drogue n'était pas simplement dérégulé, il était totalement non régulé, et le point d'immobilisme qu'on avait atteint à Caldwell pour que ses collègues négociants de haut vol et lui fassent de l'argent était très délicat.

Vu son importance, il avait pour fournisseurs des trafiquants de Miami, des importateurs du port de New York, des laboratoires du Connecticut synthétisant de la méthadone et des fabricants d'ecstasy de Rhode Island. Tous étaient des hommes d'affaires, exactement comme lui, et la plupart d'entre eux étaient indépendants, c'est-à-dire qu'ils n'étaient pas affiliés à la mafia ici, aux États-Unis. Les relations étaient solides, et les hommes qu'il avait en face de lui étaient aussi précautionneux et scrupuleux que lui : ils ne se livraient qu'à des transactions financières et des échanges de denrées, comme dans n'importe quel autre segment légal de l'économie. Les cargaisons arrivaient à Caldwell dans diverses résidences puis étaient transférées au *Zero Sum*, où Rally avait la tâche de les tester, couper et emballer.

C'était une machine bien huilée qu'il lui avait fallu dix ans pour monter et qui requérait, pour continuer à fonctionner, une combinaison d'employés bien rémunérés, de menaces physiques, de véritables passages à tabac et le maintien de relations constantes.

Trois cadavres suffisaient à mettre à mal toute cette organisation, ne provoquant pas seulement un déficit économique, mais une lutte de pouvoir aux niveaux inférieurs dont personne n'avait besoin : quelqu'un butait les gens sur son territoire, et ses collègues allaient se demander s'il punissait ou, pire, si quelqu'un le punissait. Les prix allaient fluctuer, les relations être mises à l'épreuve, et les informations seraient faussées.

Il fallait remédier à cela.

Il devait passer des appels pour assurer de nouveau à ses importateurs et producteurs qu'il contrôlait Caldwell et que rien n'allait gêner la vente de leurs marchandises. Mais Seigneur, pourquoi maintenant ?

Le regard de Vhen se posa sur le plafond.

L'espace d'un instant, il se mit à fantasmer, imaginant tout abandonner, sauf que ce n'étaient que des conneries. Tant que la Princesse ferait partie de sa vie, il devrait rester dans les affaires, parce qu'il n'était en aucun cas question de laisser cette salope mettre à bas la fortune familiale. Dieu sait que le père de Bella en avait fait assez en prenant de mauvaises décisions financières.

Tant que la Princesse ne serait pas enterrée, Vhen demeurerait le baron de la drogue de Caldwell et passerait ces appels, même s'il ne le ferait pas depuis la maison de sa mère, pas pendant ce moment de recueillement familial. Les affaires attendraient que la famille ait été honorée.

Pourtant, une chose était claire. À partir de maintenant, Xhex, Trez et iAm allaient devoir être encore plus attentifs, car il était évident que, si quelqu'un était assez ambitieux pour tenter de descendre ses intermédiaires, il était plus que probable que cette personne se précipiterait sur un gros gibier comme Vhen. Le problème étant qu'il allait devoir se montrer aux abords du club. Faire preuve de présence était décisif pendant les périodes troublées, alors ses contacts dans le milieu chercheraient à savoir s'il allait fuir et se cacher. Mieux valait être perçu comme la personne qui ordonnait peut-être les assassinats que comme une mauviette qui s'esquivait de son territoire quand les choses se corsaient.

Sans raison, il ouvrit son téléphone et regarda les appels manqués, une fois de plus. Rien d'Ehlena. Pour le moment.

Elle était probablement simplement occupée à la clinique, prise dans l'effervescence de ses activités. Bien entendu. Et ce n'était pas comme si l'endroit risquait d'être mis à sac.

C'était un lieu à l'écart, très sécurisé, et il en aurait entendu parler, si un malheur était arrivé.

Non ?

Mince.

Fronçant les sourcils, il regarda sa montre. Il était l'heure de prendre deux cachets supplémentaires.

Il se rendit dans la cuisine et buvait un verre de lait en avalant sa pénicilline quand deux phares éclairèrent le devant de la maison. L'Escalade s'arrêta et les portières s'ouvrirent. Il posa son verre, enfonça sa canne dans le sol et alla saluer sa sœur, le compagnon de celle-ci et leur enfant.

Bella avait déjà les yeux rouges quand elle entra, parce qu'il avait été franc sur le drame qui se déroulait. Son *hellren* était juste derrière elle, portant leur fille endormie dans ses bras musclés, son visage couturé lugubre.

— Ma sœur, dit Vhen en prenant Bella dans ses bras.

Tout en la tenant contre lui, il serra la main de Zadiste.

— Je suis content que tu sois là, mon pote.

Z. hocha son crâne rasé.

— Moi aussi.

Bella recula et s'essuya les yeux.

— Est-elle au lit ?

— Oui, et sa *doggen* est avec elle.

Bella prit sa fille dans ses bras, puis suivit Vhen qui ouvrait le chemin jusqu'à l'étage. Devant les portes de la chambre, il frappa d'abord au chambranle et attendit que sa mère et sa fidèle servante soient prêtes.

— Où en est-elle ? chuchota Bella.

Vhen regarda sa sœur, se disant qu'il s'agissait de l'une des rares situations où il ne se sentait pas aussi fort pour elle qu'il l'aurait souhaité.

Il avait la voix enrouée.

— L'heure est venue.

Bella ferma les yeux, juste au moment où leur *mahmen* dit d'une voix tremblante :

— Entrez.

Quand Vhen ouvrit l'une des portes, il entendit Bella inspirer douloureusement mais, plus que cela, il sentit sa grille émotionnelle : la tristesse et la panique entrelacées jusqu'à former des contours solides. C'était une empreinte de sentiments qu'il ne voyait qu'aux enterrements. Et cela s'apparentait au tragique.

— *Mahmen*, dit Bella en s'approchant du lit.

Quand Madalina tendit les bras, son visage était baigné de bonheur.

— Mes amours, mes chers amours.

Bella se pencha et embrassa la joue de sa mère, puis lui tendit Nalla avec précaution. Puisque leur mère n'avait pas la force de tenir le bébé, un oreiller supplémentaire fut installé pour soutenir la tête et le cou de Nalla.

Le sourire de leur mère était étincelant.

— Regardez son visage… Ce sera une grande beauté, c'est sûr. (Elle leva une main squelettique vers Z.) Et le fier papa, qui veille sur ses femelles avec tant de force et de courage.

Zadiste s'approcha et prit la main tendue, s'inclinant et effleurant les doigts de Madalina de son front, comme il était de coutume entre mère et gendre.

— Je les protégerai toujours.

— Bien sûr. J'en suis certaine.

Leur mère sourit au guerrier farouche qui semblait totalement hors de contexte au milieu des dentelles qui entouraient le lit – mais, ses forces s'amenuisant, elle laissa retomber sa tête sur le côté.

— Ma plus grande joie, murmura-t-elle en dévisageant sa petite-fille.

Bella s'appuya contre le matelas et caressa doucement le genou de sa mère. Le silence de la pièce devint aussi doux qu'un duvet, un cocon de tranquillité qui les détendit tous et soulagea la tension.

Il n'y avait qu'un point positif dans tout cela : une mort aisée qui survenait dans l'ordre des choses était une bénédiction, au même titre qu'une vie longue et facile.

Leur mère n'avait pas profité de la seconde. Mais Vhen allait tenir sa promesse et s'assurer que la paix de cette pièce serait bien préservée après sa disparition.

Bella se pencha sur sa fille et chuchota :

— Petite endormie, réveille-toi pour *granhmen*.

Quand Madalina frôla la joue du bébé, Nalla s'éveilla en roucoulant. Des yeux jaunes aussi étincelants que des diamants se concentrèrent sur le vieux et beau visage devant elle, et l'enfant sourit et tendit une main potelée. Tandis que le bébé agrippait le doigt de sa grand-mère, Madalina leva les yeux et regarda Vhen par-dessus la tête de la nouvelle génération. Du regard, elle l'implora.

Et il lui donna exactement ce dont elle avait besoin. Posant le poing sur son cœur, il s'inclina très légèrement, renouvelant sa promesse.

Sa mère se mit à cligner des yeux, des larmes tremblant sur ses cils, et la vague de sa gratitude l'atteignit d'un coup. Même s'il n'en sentait pas la chaleur, il savait, à la manière dont il pouvait se permettre d'ouvrir son manteau de zibeline, que sa température interne venait de monter.

Il savait également qu'il ferait n'importe quoi pour tenir sa promesse. Une bonne mort n'était pas seulement rapide et sans douleur. Une bonne mort signifiait qu'on quittait son univers en ordre, que l'on passait dans l'Estompe avec la satisfaction que quelqu'un veillait sur ceux que l'on aimait, qu'ils étaient en sécurité, et que même s'ils devraient traverser la phase de deuil, on était certain de n'avoir rien laissé d'implicite ou d'inachevé.

Ou rien d'explicite, comme c'était le cas ici.

C'était le plus beau cadeau qu'il pouvait faire à sa mère, qui l'avait élevé bien mieux qu'il ne l'avait mérité, le seul moyen de payer sa dette quant aux cruelles circonstances de sa naissance.

Madalina sourit et laissa échapper un souffle long et reconnaissant.

Tout était en ordre.

Chapitre 35

John Matthew se réveilla, le H&K pointé sur la porte à l'autre bout de la chambre nue de Xhex. Son pouls était aussi calme que sa main sûre, et même quand la lumière s'alluma, il ne cligna pas des yeux. S'il n'aimait pas la mine de celui qui avait défait le verrou et tourné la poignée, il mettrait une balle en plein milieu de la poitrine qui se présenterait.

— Du calme, dit Xhex en entrant et en les enfermant. Ce n'est que moi.

Il remit le cran de sûreté et baissa le canon.

— Je suis impressionnée, murmura-t-elle en s'appuyant au chambranle. Tu te réveilles à la manière d'un combattant.

Son puissant corps détendu, il se dit qu'elle était la femelle la plus attirante qu'il ait jamais vue. Ce qui signifiait qu'il devait partir, à moins qu'elle ne désire ce que lui désirait. Les fantasmes, c'était bien, mais la chair était meilleure, et il ne se pensait pas capable de garder ses distances.

John attendit. Attendit encore. Aucun d'eux ne bougea.

Très bien. Il était temps pour lui de partir avant de se ridiculiser.

Il se mit à remuer les jambes pour descendre du lit de Xhex, mais elle secoua la tête.

— Non, reste où tu es.

D'accord ! Mais alors il lui fallait un camouflage.

Attrapant sa veste, il tira le tissu sur son entrejambe, parce que son arme n'était pas la seule à être prête à tirer. Comme d'habitude, il avait une érection, ce qui était la routine au réveil… de même qu'un problème dès qu'il se trouvait à proximité de Xhex.

— Je reviens tout de suite, dit-elle en laissant tomber sa veste noire et en se dirigeant vers la salle de bains.

La porte se ferma et il resta bouche bée.

Était-ce… cela ?

Il se lissa les cheveux, rajusta sa chemise et déplaça son sexe. Qui n'était plus seulement dur, mais aussi palpitant. Regardant l'érection qui pointait sous la braguette de son jean A&F, il tenta de lui faire comprendre que si Xhex restait, cela ne voulait pas nécessairement dire qu'elle avait la moindre envie de s'entraîner au rodéo sur ses hanches.

Xhex revint un peu plus tard et s'arrêta à côté de l'interrupteur.

— Tu n'as rien contre l'obscurité ?

Il secoua lentement la tête.

La pièce fut plongée dans le noir et il l'entendit s'approcher du lit.

Le cœur battant, le pénis en feu, John recula précipitamment pour lui laisser beaucoup de place. Quand elle s'allongea, il ressentit chaque ondulation du matelas, entendit le doux frôlement de ses cheveux lorsqu'ils touchèrent l'oreiller et reconnut sa fragrance.

Il n'arrivait pas à respirer.

Même quand elle poussa un soupir détendu.

— Tu n'as pas peur de moi, dit-elle calmement.

Il secoua la tête même si elle ne le voyait pas.

— Tu bandes.

Oh mon Dieu, songea-t-il. *Oui, à fond.*

Il eut un moment de panique, comme si un chacal avait bondi d'un buisson et grognait à son encontre. Bordel de merde, il était difficile de décider ce qui serait le pire : que Xhex le touche et qu'il perde son érection, comme avec l'Élue

Layla la nuit de sa transition, ou que Xhex ne le touche pas du tout.

Elle résolut son dilemme en se tournant vers lui et en posant la main sur sa poitrine.

— Du calme, dit-elle quand il sursauta.

Il se tint immobile pendant que la main de Xhex descendait jusqu'à son ventre et, quand elle saisit son sexe au travers du jean, il s'arc-bouta sur le lit, un grognement silencieux s'échappant de ses lèvres entrouvertes.

Il n'y eut pas de préambule, mais il n'en voulait pas. Elle défit sa braguette, fit jaillir son érection, puis il y eut un peu d'agitation et le bruit de son pantalon en cuir qui atterrissait sur le plancher.

Elle monta sur lui, plantant les mains sur ses pectoraux, l'enfonçant dans le matelas. Quand son sexe chaud, doux et humide se frotta contre lui, il cessa de craindre de perdre sa dureté. Son corps lui hurlait de la pénétrer, aucun détail du passé n'entravant ses instincts d'union.

Xhex se mit à genoux, prit son membre dans sa main et le redressa. Quand elle l'enfonça en elle, il ressentit une pression ferme et délicieuse sur son pénis, une décharge de sensations déclenchant un orgasme qui lui fit cabrer les hanches. Sans réfléchir, il lui saisit les cuisses…

Et se figea quand il sentit le métal, mais il était déjà allé trop loin. Il ne pouvait que serrer les mains tandis qu'il ne cessait de frissonner, perdant sa virginité à n'en plus finir.

C'était la chose la plus incroyable qu'il ait jamais ressentie. Il en avait une idée grâce à la masturbation. Il s'était branlé un millier de fois depuis sa transition. Mais ce qu'il vivait à l'instant balayait tout ce qu'il avait découvert auparavant. Xhex était indescriptible.

Et c'était avant qu'elle ne se mette à bouger.

Quand la tourmente provoquée par son fabuleux orgasme s'apaisa, elle lui accorda une minute pour reprendre son souffle, puis entreprit de faire onduler ses hanches de haut en bas. Il se mit à haleter. Les muscles intimes de Xhex saisissaient et relâchaient son sexe, dans un mouvement incessant qui l'amena de nouveau au bord du paroxysme.

Il comprenait désormais totalement et parfaitement la volonté de Vhif de se mettre à poil. C'était incroyable, surtout quand John s'abandonna totalement pour suivre les mouvements imprimés par le corps de Xhex. Même quand le rythme s'accéléra, se faisant pressant, il savait exactement ce qui se passait et où chaque partie d'eux se trouvait : les mains de Xhex sur sa poitrine, son poids sur lui, le frottement de leurs sexes et la manière dont son propre souffle lui déchirait la gorge.

Le corps de John se tendit des pieds à la tête quand il jouit de nouveau, le nom de Xhex franchissant ses lèvres comme quand il fantasmait sur elle – sur un ton seulement plus insistant.

Puis ce fut fini.

Xhex se libéra de lui et son sexe retomba sur son ventre. Comparé au chaud cocon de son corps, le coton doux de sa chemise ressemblait à du papier de verre, et la température ambiante était glaciale. Elle fit bouger le lit en s'allongeant à côté de lui et il se tourna vers elle dans l'obscurité. Il respirait bruyamment, mais il mourait d'envie de l'embrasser pendant la pause, avant qu'ils remettent cela.

John tendit la main et il sentit Xhex se raidir quand il posa la paume sur le côté de son cou, mais elle ne recula pas. Seigneur, sa peau était douce… oh, si douce. Même si les muscles qui remontaient des épaules ressemblaient à de l'acier, l'enveloppe qui les recouvrait était soyeuse comme du satin.

John redressa lentement le haut de son corps et se pencha sur elle, faisant glisser la main sur sa joue, tenant délicatement son visage, cherchant ses lèvres du pouce.

Il ne voulait pas foirer ça. Elle avait fait l'essentiel, et de manière spectaculaire. Plus que cela, elle lui avait fait don du sexe et lui avait montré que, malgré ce qu'on lui avait infligé, il était toujours mâle, toujours capable d'apprécier ce pour quoi son corps était né. S'il devait être celui qui déclencherait leur premier baiser, il était déterminé à le faire bien.

Il inclina la tête…

— C'est pas ce que tu crois.

Xhex le repoussa, descendit du lit et alla dans la salle de bains.

La porte se ferma et le sexe de John se recroquevilla sur sa chemise quand il entendit l'eau couler : elle se nettoyait de lui, elle se débarrassait de ce que son corps lui avait donné. Les mains tremblantes, il rajusta son jean, tentant d'ignorer l'humidité et l'odeur érotique.

Quand Xhex sortit, elle attrapa sa veste et alla ouvrir la porte. Dans la lumière qui se déversait du couloir, son ombre se détachait, grande, noire et puissante.

— Il fait jour dehors, au cas où tu n'aurais pas regardé ta montre. (Elle marqua une pause.) Et j'apprécie ta discrétion au sujet de ma… situation.

La porte se referma en silence derrière elle.

C'était donc le pourquoi de leur coucherie. Elle lui avait donné du sexe pour le remercier de conserver son secret.

Seigneur, comment avait-il pu croire qu'il y avait plus que cela ?

Entièrement habillés. Pas de baiser. Et il était presque sûr d'avoir été le seul à jouir : la respiration de Xhex n'avait pas changé, elle n'avait pas crié ni montré le moindre signe d'extase. Non qu'il y connaisse quoi que ce soit en matière de femelles et d'orgasmes, mais c'était ce qui lui arrivait quand il jouissait.

Ce n'était pas une baise par pitié. C'était par gratitude.

John se frotta le visage. Il était tellement idiot. De croire que cela avait le moindre sens.

Tellement, tellement idiot.

Tohr se réveilla, l'estomac repeint aux couleurs de la souffrance. La douleur était si atroce que, dans le sommeil de plomb qui avait suivi son repas de sang, il avait resserré ses bras autour de son ventre et s'était recroquevillé sur lui-même.

Se redressant avec précaution, il se demanda s'il avait un problème avec le sang…

Le grondement qui s'éleva était assez fort pour rivaliser avec un sanibroyeur.

La douleur… était-ce la faim ? Il regarda le creux entre ses hanches. Frotta la surface dure et plate. Entendit un autre grognement.

Son corps exigeait de la nourriture, des quantités massives de pitance.

Il jeta un coup d'œil à l'horloge. Dix heures du matin. John n'était pas venu lui apporter le Dernier Repas.

Tohr s'assit sans s'appuyer sur ses bras et se rendit dans la salle de bains sur des jambes curieusement stables. Il se lava le visage et découvrit qu'il n'avait rien à se mettre.

Enfilant un peignoir en éponge, il quitta sa chambre pour la première fois depuis qu'il y avait mis les pieds.

Les lumières dans le couloir aux statues le firent cligner des yeux comme s'il était éclairé par des projecteurs sur une scène, et il lui fallut une minute pour se faire… à tout.

Alignés de part et d'autre du couloir, les mâles de marbre étaient exactement comme il se les rappelait, dans leurs poses ô combien variées, gracieuses et statiques, et bizarrement lui revint le souvenir d'Audazs les achetant un à un, agrandissant sa collection. À l'époque où A. était d'humeur acheteuse, il avait envoyé Fritz aux ventes aux enchères de *Sotheby's* et *Christie's* à New York, et quand on avait livré chaque chef-d'œuvre dans sa caisse avec toute cette paille et tous ces emballages en tissu, le frère s'était amusé à tout déballer.

A. adorait l'art.

Tohr fronça les sourcils. Wellsie et l'enfant qu'elle portait seraient toujours ses plus grandes pertes. Mais il avait d'autres morts à venger, n'est-ce pas ? Les éradiqueurs ne lui avaient pas seulement pris sa famille, mais aussi son meilleur ami.

La colère lui remua profondément les entrailles… déclenchant une autre faim. Une faim de guerre.

Avec une concentration et une détermination qui lui étaient à la fois étrangères et familières, Tohr se dirigea vers le grand escalier et s'arrêta devant les portes entrouvertes du bureau. Il sentait la présence de Kolher, mais il n'avait pas vraiment envie de voir quelqu'un.

Du moins le pensait-il.

Pourquoi alors ne s'était-il pas contenté d'appeler la cuisine et de commander à manger ?

Tohr jeta un coup d'œil dans l'entrebâillement de la porte.

Kolher était endormi sur son bureau, ses longs cheveux noirs et brillants répandus sur la paperasse, un avant-bras replié sous sa tête en guise d'oreiller. De sa main libre, il agrippait toujours la loupe qu'il devait utiliser s'il voulait parvenir à lire quoi que ce soit.

Tohr entra dans la pièce. Regardant autour de lui, il vit le manteau de la cheminée et s'imagina parfaitement Zadiste appuyé dessus, le visage grave, les yeux étincelants. Fhurie se tenait toujours près de lui, s'asseyant généralement dans la chaise longue bleu pâle près de la fenêtre. V. et Butch avaient tendance à prendre ce sofa aux pieds élancés. Rhage changeait d'endroit selon son humeur…

Tohr fronça les sourcils en découvrant ce qui se trouvait à côté du bureau de Kolher.

L'horrible fauteuil vert avocat, avec ses traces d'usure sur les coussins en cuir… c'était le fauteuil de Tohr. Celui que

Wellsie voulait jeter parce qu'il était dans un sale état. Celui qu'il avait installé dans le bureau du centre d'entraînement.

— Nous l'avons déplacé ici pour que John revienne dans la maison.

Tohr se retourna brusquement. Kolher relevait la tête posée sur son bras, sa voix aussi assommée que son visage.

Le roi parlait lentement, comme s'il ne voulait pas effrayer son visiteur.

— Après… l'événement, John ne voulait pas quitter le bureau. Il refusait de dormir ailleurs que dans ce fauteuil. Quel bordel… Il déconnait à l'entraînement. Il se bagarrait. Finalement, j'ai mis le holà, déplacé cette saloperie ici et les choses se sont améliorées. (Kolher se tourna vers le fauteuil.) Il aimait s'asseoir là-dedans et me regarder travailler. Après sa transition et les attaques de l'été, il est allé se battre la nuit et pionçait dans la journée, donc il n'est pas beaucoup venu ici. Il me manque, en un sens.

Tohr grimaça. Il en avait fait voir de toutes les couleurs à ce pauvre gamin. Bien entendu, il avait été incapable de faire autre chose, mais John avait beaucoup souffert.

Et c'était toujours le cas.

Tohr avait honte en pensant que, quand il se réveillait dans son lit chaque matin et chaque après-midi, John apportait le plateau, s'asseyait pendant qu'il mangeait, puis restait, comme s'il savait que Tohr vomissait la plupart de ce qu'on lui servait dès qu'il était seul.

John avait dû faire face à la mort de Wellsie tout seul. Passer la transition tout seul. Traverser beaucoup de premières fois tout seul.

Tohr s'assit sur le canapé de V. et Butch. Il lui paraissait étonnamment solide, plus que dans son souvenir. Posant les mains sur l'assise, il la repoussa.

— On l'a renforcé quand tu n'étais pas là, dit doucement Kolher.

Il y eut un long moment de silence, la question que Kolher souhaitait poser résonnant dans l'air aussi puissamment que l'écho de cloches dans une chapelle privée.

Tohr se racla la gorge. La seule personne avec laquelle il aurait pu parler de ce qui lui occupait l'esprit était Audazs, mais celui-ci était mort et remplacé. Kolher était pourtant maintenant la personne dont il était le plus proche…

— C'était… (Tohr croisa les bras.) Ça s'est bien passé. Elle s'est tenue derrière moi.

Kolher hocha lentement la tête.

— Bonne idée.

— La sienne.

— Séléna est droite. Gentille.

— Je ne sais pas combien de temps cela va prendre, poursuivit Tohr, qui ne voulait surtout pas parler de la femelle. Tu sais, jusqu'à ce que je sois prêt à me battre. Je vais devoir m'entraîner un peu. Aller au stand de tir. Physiquement ? Aucune idée de la manière dont mon corps va réagir.

— Ne te soucie pas du temps. Retrouve la forme, c'est tout.

Tohr regarda ses mains et serra les poings. Il n'avait que la peau sur les os, si bien que ses articulations saillaient comme une carte en relief des Adirondacks – rien que des pics déchiquetés et des vallées caverneuses.

Il me faudra du temps pour récupérer, se dit-il. Et même une fois qu'il serait fort physiquement, il manquerait encore des atouts à ses cartes mentales. Peu importait son poids ou ses aptitudes au combat, rien ne changerait cela.

On frappa durement à la porte et il ferma les yeux, priant pour qu'il ne s'agisse pas de l'un des frères. Il ne voulait pas faire tout un foin de son retour parmi les vivants.

Ouais. Super. Génial.

— Comment va, Vhif ? lança le roi.

— On a trouvé John. En quelque sorte.

Tohr rouvrit les yeux et se retourna, fronçant les sourcils en direction du gamin sur le seuil. Avant que Kolher puisse parler, il demanda :

— Il avait disparu ?

Vhif parut surpris de le voir sur pied, mais il recouvrit rapidement ses esprits quand Kolher tonna :

— Pourquoi on ne m'a pas prévenu qu'il avait disparu ?

— Je l'ignorais. (Vhif entra et le rouquin des entraînements, Blay, était avec lui.) Il nous a dit à tous les deux qu'il n'était pas de rotation et qu'il allait pioncer. Nous l'avons pris au mot et, avant que vous ne m'arrachiez les couilles, je suis resté dans ma chambre en permanence parce que j'ai cru qu'il était dans la sienne. Dès que j'ai découvert qu'il n'y était pas, nous sommes partis à sa recherche.

Kolher poussa un juron à voix basse puis interrompit les excuses de Vhif.

— Nan, c'est bon, fiston. Tu ne savais pas. Tu ne pouvais rien faire. Où est-ce qu'il est, putain ?

Tohr n'entendit pas la réponse à cause du rugissement dans sa tête. John seul dans Caldwell ? Parti sans prévenir personne ? Et s'il arrivait quelque chose ?

Il interrompit la conversation.

— Attendez, où est-il ?

Vhif montra son téléphone.

— Il ne l'a pas dit. Son texto dit juste qu'il va bien, où qu'il soit, et qu'il nous retrouvera demain soir.

— Quand est-ce qu'il revient à la maison ? interrogea Tohr.

— Je suppose (Vhif haussa les épaules) qu'il ne reviendra pas.

Chapitre 36

La mère de Vhengeance rejoignit l'Estompe à 11 heures du matin.

Elle était entourée de son fils, de sa fille, de sa petite-fille endormie et de son gendre farouche, et accompagnée par sa *doggen* bien-aimée.

C'était une belle mort. Une très belle mort. Elle ferma les yeux et, une heure plus tard, haleta à deux reprises et laissa échapper un long souffle, comme si son corps soupirait de soulagement alors que son âme s'envolait de son enveloppe corporelle. Et il se passa quelque chose d'étrange… Nalla s'éveilla à ce moment précis et le bébé regarda non pas sa *granhmen*, mais au-dessus du lit. Ses petites mains potelées se tendirent et elle sourit et gazouilla comme si quelqu'un venait de lui caresser la joue.

Vhen regarda fixement le corps. Sa mère avait toujours cru qu'elle ressusciterait dans l'Estompe, les racines de sa foi plantées dans la riche terre de son éducation d'Élue. Il espérait que c'était vrai. Il voulait croire qu'elle vivait encore quelque part.

C'était la seule chose qui soulageait la douleur dans sa poitrine, même légèrement.

Quand la *doggen* se mit à pleurer doucement, Bella étreignit sa fille et Zadiste. Vhen resta à l'écart, assis seul au pied du lit et observant le visage de leur mère perdre ses couleurs.

Le picotement qui naquit alors dans ses mains et ses pieds lui rappela que l'héritage de son père, tout comme celui de sa mère, était toujours en lui.

Il se leva, s'inclina devant les autres et se retira. Dans la salle de bains attenante à la chambre qui lui était réservée dans cette maison, il regarda sous l'évier et remercia la Vierge scribe d'avoir eu l'intelligence de cacher deux flacons dans le fond. Allumant le plafonnier, il ôta son manteau de zibeline et sa veste Gucci de ses épaules. Quand la lueur rouge au-dessus de sa tête lui flanqua la frousse, il crut que le stress du décès avait fait ressortir son côté malfaisant. Il éteignit la lumière, fit couler la douche et attendit que la vapeur s'élève avant de continuer.

Il avala deux autres cachets de pénicilline en martelant le sol de son mocassin.

Quand il fut en état de le supporter, il remonta sa manche et ignora consciencieusement son reflet dans le miroir. Après avoir rempli une seringue, il utilisa sa ceinture en guise de garrot, tirant sur le cuir noir et le maintenant contre ses côtes.

Il glissa l'aiguille d'acier dans l'une des veines infectées et appuya sur le piston…

— Qu'est-ce que tu fabriques ?

La voix de sa sœur lui fit relever la tête. Dans le miroir, elle regardait fixement l'aiguille dans son bras et ses veines rouges et abîmées.

Sa première pensée fut de lui hurler de se casser de là. Il ne voulait pas qu'elle voie cela, et pas seulement parce que cela impliquait d'autres mensonges. C'était un moment d'intimité.

Au lieu de cela, il retira calmement la seringue, l'encapuchonna et la jeta. Tandis que la douche sifflait, il baissa sa manche, puis remit sa veste et son manteau de zibeline.

Il arrêta l'eau.

— Je suis diabétique, dit-il.

Merde, il avait dit à Ehlena qu'il était atteint de la maladie de Parkinson. Bon sang.

Enfin, ce n'était pas comme si ces deux-là allaient se rencontrer prochainement.

Bella leva la main à sa bouche.

— Depuis quand ? Est-ce que ça va ?

— Je vais bien. (Il se força à sourire.) Et toi, ça va ?

— Attends, depuis combien de temps ça dure ?

— Cela fait environ deux ans que je me fais des injections. (Au moins, ce n'était pas un mensonge.) Je vois Havers régulièrement (*Ding ! Ding !* Encore une vérité.) Je m'en sors bien.

Bella regarda son bras.

— Est-ce que c'est pour cela que tu as toujours froid ?

— Mauvaise circulation sanguine. C'est à cause de ça que j'ai besoin d'une canne. Mon équilibre n'est pas terrible.

— Je croyais que tu avais dit que c'était à cause d'une blessure ?

— Le diabète ralentit la guérison.

— Oh, d'accord. (Elle hocha tristement la tête.) J'aurais aimé le savoir.

Quand elle le regarda avec ses grands yeux bleus, il détesta lui mentir, mais il n'eut qu'à penser au visage paisible de sa mère.

Vhen passa un bras autour de sa sœur et la conduisit hors de la salle de bains.

— Ce n'est pas un drame. Je gère.

L'air était plus frais dans la chambre, mais il ne le sut que parce que Bella s'entoura de ses bras et se recroquevilla.

— Quand aura lieu la cérémonie ? demanda-t-elle.

— Je vais appeler la clinique et faire venir Havers ici à la tombée de la nuit pour qu'il l'embaume. Puis nous devrons décider où l'enterrer.

— Au complexe de la Confrérie. C'est là que je veux la voir.

— Si Kolher nous laisse venir la *doggen* et moi, c'est bon.

— Bien entendu. Z. est au téléphone avec le roi en ce moment.

— Je ne pense pas que beaucoup de gens de la *glymera* encore en ville souhaitent lui dire au revoir.

— Je vais chercher son carnet d'adresses en bas et préparer un faire-part.

Quelle conversation concrète et pratique, illustrant que la mort faisait effectivement partie de la vie !

Quand Bella laissa échapper un léger sanglot, Vhen l'attira contre sa poitrine.

— Viens ici, ma sœur.

Tandis qu'ils demeuraient enlacés, la tête de Bella reposant sur la poitrine de Vhen, il songea à toutes les fois où il avait essayé de la sauver du monde. Mais la vie s'était écoulée malgré tout.

Seigneur, quand elle était petite, avant sa transition, il avait été tellement sûr de pouvoir la protéger et prendre soin d'elle. Quand elle avait faim, il s'assurait qu'elle avait à manger. Quand elle avait besoin de vêtements, il lui en achetait. Quand elle n'arrivait pas à dormir, il restait avec elle jusqu'à ce qu'elle ferme les yeux. À présent qu'elle était adulte, il avait l'impression que son répertoire se cantonnait aux consolations. Même si c'était peut-être la manière dont les choses fonctionnaient. Quand on était enfant, une bonne berceuse était tout ce qu'il fallait pour apaiser l'angoisse de la journée et avoir le sentiment d'être en sécurité.

En la tenant dans ses bras en cet instant, il souhaita qu'il existe de tels remèdes pour adultes.

— Elle va me manquer, dit Bella. Nous ne nous ressemblions pas beaucoup, mais je l'ai toujours aimée.

— Tu étais sa grande joie. Tu l'as toujours été.

Bella recula.

— Toi aussi.

Il lui replaça une mèche rebelle derrière l'oreille.

— Est-ce que ta famille et toi voulez vous reposer ici ?

Bella hocha la tête.

— Où veux-tu que nous nous installions ?

— Demande à la *doggen* de *mahmen*.

— J'y vais.

Bella pressa sa main engourdie et quitta sa chambre.

Quand il se retrouva seul, il se dirigea vers le lit et sortit son téléphone portable. Ehlena ne lui avait pas envoyé de texto la nuit précédente, et quand il récupéra le numéro de la clinique dans son carnet d'adresses, il essaya de ne pas s'inquiéter. Peut-être avait-elle pris le service de jour. Seigneur, il l'espérait.

Il y avait peu de risques qu'un malheur soit arrivé. Très peu de risques.

Mais il l'appellerait juste après.

— *Clinique, bonjour,* répondit une voix en langue ancienne.

— Je suis Vhengeance, fils de Rempoon. Ma mère vient de décéder et j'ai besoin de prendre des dispositions pour que son corps soit préservé.

La femelle au bout du fil eut le souffle coupé. Aucune des infirmières ne l'aimait, mais elles avaient toujours adoré sa mère. Tout le monde l'aimait…

C'est-à-dire, tout le monde l'avait aimée.

Il passa la main sur sa crête.

— Y a-t-il moyen que Havers vienne chez nous à la tombée de la nuit ?

— Oui, parfaitement, et puis-je vous dire en notre nom à tous que nous sommes profondément chagrinés par son décès et lui souhaitons un passage sûr dans l'Estompe ?

— Je vous remercie.

— Attendez un instant.

Quand la femelle reprit le téléphone, elle annonça :

— Le docteur viendra immédiatement après le coucher du soleil. Avec votre permission, il amènera quelqu'un pour l'assister…

— Qui ?

Il ne savait pas ce qu'il ressentirait s'il s'agissait d'Ehlena. Il ne voulait pas qu'elle affronte un nouveau corps si rapidement, et le fait qu'il s'agissait de sa mère à lui rendrait peut-être les choses plus difficiles.

— Ehlena ?

L'infirmière hésita.

— Euh, non, pas Ehlena.

Il fronça les sourcils, son instinct de *symphathe* alarmé par le ton de la femelle.

— Est-ce qu'Ehlena est venue à la clinique la nuit dernière ? (Un autre silence.) Répondez-moi.

— Je regrette, je ne peux pas…

Sa voix se mua en grondement.

— Est-elle venue, oui ou non ? La question est simple. Oui ou non ?

L'infirmière s'agita.

— Oui, oui, elle est venue…

— Et ?

— Rien. Elle…

— Alors quel est le problème ?

— Il n'y en a pas.

L'exaspération dans la voix lui apprit que c'était ce genre de joyeux échanges qui participaient au fait qu'elles ne l'aimaient pas beaucoup.

Il tenta de prendre une voix plus calme.

— Visiblement, il y a un problème, et vous allez me dire ce qui se passe ou je continuerai à appeler jusqu'à ce que quelqu'un me parle. Et si personne ne le fait, je vais me pointer à l'accueil et vous rendre tous fous jusqu'à ce qu'un membre du personnel craque et me parle.

Il y eut un silence vibrant d'indignation.

— Très bien. Elle ne travaille plus ici.

Vhen prit une inspiration sifflante et sa main se posa immédiatement sur le sachet plastique rempli de pénicilline qu'il conservait dans sa poche de poitrine.

— Pourquoi ?

— Cela, je ne vous le divulguerai pas, quoi que vous fassiez.

Elle lui raccrocha au nez.

Ehlena était assise à la table minable de la cuisine, le manuscrit de son père posé devant elle. Elle l'avait lu à deux reprises dans son bureau, puis avait mis son père au lit et était venue ici, où elle l'avait de nouveau parcouru.

Le titre était *Dans la forêt tropicale avec les singes de l'inconstance.*

Douce Vierge scribe, si elle avait cru éprouver de la compassion pour le mâle auparavant, elle ressentait désormais de l'empathie à son égard. Les trois cents pages manuscrites étaient une visite guidée dans sa maladie mentale, une étude nette où l'on se mettait à sa place, parlant du moment où la maladie s'était déclarée et l'avait emmené avec elle.

Elle jeta un coup d'œil au papier alu qui couvrait les fenêtres. Les voix qui le torturaient provenaient d'une infinité de sources, parmi lesquelles les ondes radio émises par les satellites qui tournaient en orbite autour de la Terre.

Elle savait tout cela.

Mais dans le livre, son père décrivait l'aluminium comme une représentation tangible de sa psychose : le papier alu et la schizophrénie tenaient le monde réel à l'écart, l'isolaient… et, avec ces deux-là, il était plus en sécurité que sans eux. La vérité était qu'il aimait sa maladie autant qu'il la redoutait.

Bien des années plus tôt, après que sa famille l'avait trahi en affaires et l'avait ruiné aux yeux de la *glymera*, il n'avait plus cru en sa capacité à décrypter les intentions et les motivations des autres. Il avait fait confiance aux mauvaises personnes et… cela lui avait coûté sa *shellane*.

Le problème était qu'Ehlena avait mal interprété le décès de sa mère. Juste après leur ruine, sa mère s'était tournée vers le laudanum pour tenir le coup, et le soulagement temporaire s'était mué en béquille alors que sa vie se délitait… L'argent, le rang social, les maisons, les possessions l'avaient laissée dans le même état que ces charmantes colombes qui s'envolent d'un champ à l'autre, à la recherche d'un lieu plus sûr.

Puis les fiançailles d'Ehlena avaient été rompues, le mâle prenant de la distance avant de déclarer publiquement qu'il mettait fin à leur relation parce qu'Ehlena l'avait séduit et attiré dans son lit pour profiter de lui.

Cela avait été le coup de grâce pour sa mère.

Ehlena et ce mâle avaient pris la décision en commun, mais ce dernier avait présenté Ehlena comme une femelle sans valeur, une catin déterminée à corrompre un mâle qui n'avait eu que des intentions des plus honorables. Cette rumeur une fois répandue au sein de la *glymera*, Ehlena ne pourrait jamais se marier, même si sa famille avait autrefois eu un certain rang.

La nuit où le scandale avait éclaté, la mère d'Ehlena s'était rendue dans sa chambre et on l'avait découverte morte des heures plus tard. Ehlena avait toujours supposé qu'il s'agissait d'une overdose de laudanum, mais non. D'après le manuscrit, elle s'était tranché les poignets et s'était vidée de son sang sur les draps.

Son père s'était mis à entendre des voix dès qu'il avait vu sa femelle décédée sur leur lit conjugal, son corps pâle auréolé de rouge sombre.

Tandis que sa maladie mentale progressait, il s'était retiré de plus en plus loin dans la paranoïa, mais, étrangement, il s'y sentait à l'abri. La vraie vie était, dans son esprit, pleine de gens qui allaient ou non le trahir. Mais les voix dans sa tête étaient toutes là pour s'emparer de lui. Avec tous ces singes qui sautaient de branche en branche dans la forêt de sa maladie, faisant pleuvoir des bâtons et des morceaux de fruits durs sur lui sous la forme de pensées, il connaissait ses ennemis. Il les voyait, les sentait et les estimait à leur juste valeur, et ses armes pour les combattre étaient un réfrigérateur bien rangé, de l'aluminium sur les fenêtres, des phrases stéréotypées et ses écrits.

Dans le monde réel ? Il était perdu, impuissant, à la merci des autres, sans discernement pour juger ce qui était dangereux et ce qui ne l'était pas. À l'opposé, la maladie était l'endroit où il souhaitait être, parce qu'il connaissait, comme il l'expliquait, les confins de la forêt, les pistes autour des troncs et les tribulations des singes.

Là-bas, sa boussole indiquait un véritable nord.

Ehlena était-elle surprise ? Tout n'était pas que souffrance pour lui. Avant de tomber malade, il avait été un grand plaideur en droit ancien, un mâle réputé pour son amour du débat et sa soif d'adversaires de taille. Dans sa maladie, il retrouvait exactement le genre de conflits qu'il avait appréciés quand il était sain d'esprit. Les voix dans sa propre tête, comme il l'expliquait avec une ironie dirigée contre lui-même, étaient tout aussi intelligentes et éloquentes que lui. Pour lui, ses épisodes de violence n'étaient rien d'autre que l'équivalent mental d'un bon combat de boxe et, puisqu'il finissait toujours par s'en sortir, il se sentait toujours victorieux.

Il avait également conscience qu'il ne quitterait jamais la forêt. C'était, comme il le disait à la fin de son livre, sa dernière adresse avant de rejoindre l'Estompe. Et son unique regret était qu'il n'y avait de place que pour un seul résident, que son séjour au milieu des singes signifiait qu'il ne pouvait être avec elle, sa fille.

Il était attristé par cette séparation et le fardeau qu'il représentait pour elle.

Il savait qu'il était difficile de s'y prendre avec lui. Il avait conscience de ses sacrifices. Il pleurait sa solitude.

C'était là tout ce qu'elle avait souhaité l'entendre dire et, alors qu'elle tenait les pages, elle se fichait que tout soit écrit et non prononcé. Au contraire, c'était mieux ainsi parce qu'elle pouvait le relire autant de fois qu'elle le souhaitait.

Son père en savait tellement plus qu'elle ne l'avait cru.

Et il était bien plus heureux qu'elle ne l'aurait jamais deviné.

Elle passa la main sur la première page. L'écriture, bleue parce qu'un avocat digne de ce nom n'écrivait jamais en noir, était aussi nette et ordonnée que par le passé, et aussi élégante et gracieuse que les conclusions qu'il tirait et les aperçus qu'il offrait.

Mon Dieu… pendant si longtemps elle avait vécu avec lui, mais désormais elle savait où il vivait.

Et tous les gens étaient comme lui, n'est-ce pas ? Chacun dans sa propre forêt tropicale, seul quel que soit le nombre de gens autour de lui.

La santé mentale ne dépendait-elle que du fait d'avoir moins de singes ? Ou peut-être le même nombre, seulement plus doux ?

Le bruit étouffé d'un téléphone qui sonnait lui fit relever la tête. Tendant la main vers son manteau, elle en sortit l'objet et répondit.

— Allô ? (Le silence lui apprit de qui il s'agissait.) Vhengeance ?

— Tu t'es fait virer.

Ehlena posa le coude sur la table et se couvrit le front de sa main.

— Je vais bien. J'allais me coucher. Et toi ?

— C'est à cause des cachets que tu m'as apportés, n'est-ce pas ?

— Le dîner était délicieux. Du fromage frais, des bâtonnets de carotte…

— Arrête ça ! s'exclama-t-il.

Elle baissa le bras et fronça les sourcils.

— Je te demande pardon ?

— Pourquoi as-tu fait cela, Ehlena ? Pourquoi diable…

— Très bien, tu vas revoir le ton que tu emploies, ou cette conversation touchera à sa fin.

— Ehlena, tu as besoin de ce travail.

— Ne me dis pas de quoi j'ai besoin.

Il poussa un juron. Puis d'autres.

— Tu sais, marmonna-t-elle, si j'ajoutais un bruit de mitraillette à tout cela, on se croirait dans un film de la série *Die Hard*. Comment l'as-tu découvert, au fait ?

— Ma mère est décédée.

Ehlena en eut le souffle coupé.

— Qu… ? Oh, mon Dieu, quand ? Je veux dire, je suis désolée…

— Il y a environ une demi-heure.

Elle secoua lentement la tête.

— Vhengeance, je suis tellement désolée.

— J'ai appelé la clinique pour… prendre des dispositions. (Il soupira avec le même épuisement que celui qu'elle ressentait.) Enfin… bon. Tu ne m'as pas envoyé de texto pour dire que tu étais arrivée sans problème à la clinique. Donc je me suis renseigné, et voilà.

— Mince, j'en avais l'intention mais…

Eh bien, elle était occupée à se faire virer.

— Mais ce n'était pas la seule raison pour laquelle j'ai voulu t'appeler.

— Ah non ?

— J'ai seulement… j'ai besoin d'entendre ta voix.

Ehlena inspira profondément, le regard rivé aux lignes d'écriture de son père. Elle pensa à tout ce qu'elle avait appris, en bien et en mal, dans ces feuillets.

— Étrange, dit-elle. C'est pareil pour moi ce soir.

— Vraiment ? Pour de bon ?

— Absolument, tout à fait… oui.

Chapitre 37

Kolher était de mauvaise humeur, et il le savait parce que le bruit du *doggen* en train de cirer la balustrade en haut du grand escalier lui donnait envie de foutre le feu à cette satanée baraque.

Il pensait à Beth. Ce qui expliquait pourquoi, alors qu'il était assis derrière son bureau, sa poitrine lui faisait mal.

Ce n'était pas qu'il ne comprenait pas pourquoi elle s'était mise en colère contre lui. Ni qu'il ne pensait pas mériter une punition quelconque. C'était seulement qu'il détestait que Beth ne dorme pas à la maison et qu'il doive envoyer un message à sa *shellane* pour avoir la permission de l'appeler.

Le fait qu'il n'avait pas dormi depuis des jours devait aussi contribuer à son énervement.

Et il avait aussi probablement besoin de se nourrir. Mais comme le sexe, cela faisait si longtemps qu'il ne l'avait pas fait qu'il se rappelait à peine ce que c'était.

Il observa le bureau et souhaita pouvoir se guérir lui-même de son besoin de hurler en sortant ; ses seules possibilités consistaient à aller à la salle de sport ou à s'enivrer. Il revenait de la première et n'était pas vraiment intéressé par la seconde.

Il regarda de nouveau son téléphone. Beth n'avait pas répondu à son texto, et il le lui avait envoyé depuis plus de trois heures. Ce qui était normal. Elle était probablement occupée, ou en train de dormir.

Du diable si c'était normal.

Il se leva, glissa son RAZR dans la poche arrière de son pantalon en cuir et se dirigea vers les doubles portes. Le *doggen* dans le couloir ajoutait une tonne d'huile de coude à l'opération de lustrage et de polissage, et l'odeur fraîche de citron qui accompagnait ses efforts était tenace.

— Messire, dit le *doggen* en s'inclinant profondément.

— Tu fais du très bon travail.

— Tel est mon plaisir. (Le mâle devint rayonnant.) C'est ma joie de vous servir, vous et la maisonnée.

Kolher posa une main sur l'épaule du serviteur puis descendit les marches au pas de course. Quand il atteignit le sol de mosaïque du vestibule, il tourna à gauche, vers la cuisine, et fut content de découvrir qu'il n'y avait personne. Ouvrant le réfrigérateur, il se trouva confronté à toutes sortes de restes et sortit une dinde à moitié entamée sans le moindre enthousiasme.

Il se tourna vers les placards…

— Salut.

Il sursauta et tourna la tête par-dessus son épaule.

— Beth ? Qu'est-ce que… Je croyais que tu étais au Refuge.

— Oui. Mais je viens de rentrer.

Il fronça les sourcils. Comme elle était métisse, Beth était en mesure de supporter la lumière du soleil, mais il angoissait à mort chaque fois qu'elle se déplaçait dans la journée. Il n'allait toutefois pas aborder le sujet maintenant. Elle connaissait son sentiment à ce sujet et, en outre, elle était à la maison, et c'était tout ce qui importait.

— Je me préparais à manger, dit-il, même si la dinde posée sur la planche à découper parlait pour lui. Tu veux te joindre à moi ?

Mon Dieu, il adorait son odeur. Des roses nocturnes. Cette fragrance, plus somptueuse que n'importe quel parfum, lui rappelait plus la maison que n'importe quelle cire au citron.

— Et si je préparais quelque chose pour nous deux ? proposa-t-elle. Tu sembles sur le point de t'écrouler.

Il faillit décliner son offre mais finit par accepter. Même la plus petite demi-vérité risquait de souligner les problèmes entre eux, et son profond épuisement n'était pas un petit mensonge.

— Ce serait formidable. Merci.

— Assieds-toi, dit-elle, s'approchant de lui.

Il avait envie de l'étreindre.

Ce qu'il fit.

Les bras de Kolher s'agrippèrent à elle et l'attirèrent contre sa poitrine. Prenant conscience de son geste, il fit mine de la lâcher, mais elle ne bougea pas, gardant leurs corps enlacés. Avec un frisson, il baissa la tête dans ses cheveux soyeux et odorants et la serra contre lui, imprimant sa douceur sur les contours de ses muscles tendus.

— Tu m'as tellement manqué, dit-il.

— Tu m'as manqué aussi.

Alors qu'elle était appuyée contre lui, il n'était pas assez idiot pour croire que cet instant allait tout réparer, mais il prenait ce qu'on lui offrait.

Reculant, il releva ses lunettes de soleil sur sa tête pour qu'elle voie ses yeux inutiles. Pour lui, son visage était flou et magnifique, même si l'odeur de pluie provoquée par ses larmes ne lui plaisait pas. Il lui caressa les joues de ses pouces.

— Me laisseras-tu t'embrasser ? demanda-t-il.

Quand elle hocha la tête, il prit délicatement le visage de sa *shellane* entre ses mains et posa ses lèvres sur les siennes. La douceur de leur baiser était à la fois profondément bouleversante et familière, mais semblait pourtant appartenir au passé. Il avait l'impression que cela faisait une éternité qu'ils ne s'étaient pas embrassés, et cette séparation n'était pas la seule chose qu'il avait entraînée. C'était un tout. La guerre. Les frères. La *glymera*. John et Tohr. Cette maison.

Secouant la tête, il dit :

— La vie s'est mise en travers de notre vie.

— Tu as tout à fait raison. (Elle lui passa la main sur le visage.) Elle s'est également mise en travers de ta santé. Donc je veux que tu t'asseyes là-bas et que tu me laisses te nourrir.

— C'est censé être l'inverse. Le mâle nourrit sa femelle.

— Tu es le roi. (Elle sourit.) Tu fais les lois. Et ta *shellane* souhaite s'occuper de toi.

— Je t'aime. (Il la serra de nouveau fort dans ses bras et se cramponna à sa compagne.) Tu n'as pas besoin de répondre…

— Je t'aime aussi.

C'était lui qui titubait, désormais.

— Il est temps de manger, déclara-t-elle, le tirant vers la table campagnarde en chêne et lui approchant une chaise.

Quand il s'assit, il grimaça, souleva les hanches et sortit son portable de sa poche. Celui-ci ricocha sur la table, butant contre la salière et la poivrière.

— Sandwich ? demanda Beth.

— Ce serait super.

— On va t'en faire deux.

Kolher remit ses lunettes de soleil, la lumière du plafonnier lui faisant mal à la tête. Comme ce ne fut pas suffisant, il ferma les yeux et, même s'il ne voyait pas Beth se déplacer, les bruits qu'elle faisait dans la cuisine le calmèrent comme une berceuse. Il l'entendit tirer les tiroirs, faisant s'entrechoquer les ustensiles. Puis le réfrigérateur fut ouvert avec un soupir, il y eut du mouvement, suivi d'un bruit de verre cogné contre du verre. Le tiroir à pain suivit et le sachet plastique autour du pain de seigle qu'il aimait bruissa. Il y eut le craquement du couteau sur la laitue…

— Kolher ?

Le son léger de son nom lui fit ouvrir les paupières et relever la tête.

—Qu… ?

—Tu t'es endormi. (La main de sa *shellane* lui caressa les cheveux.) Mange. Ensuite je t'emmène au lit.

Les sandwichs étaient exactement comme il les aimait : bourrés de viande, avec peu de laitue et de tomate, et beaucoup de mayonnaise. Il mangea les deux et, alors qu'il aurait dû retrouver des forces, l'épuisement qui enserrait son corps se fit encore plus présent.

—Allez, viens.

Beth lui prit la main.

—Non, attends, dit-il en se levant. Je dois te dire ce qui va se passer ce soir à la tombée de la nuit.

—Très bien.

La tension affleurait dans sa voix, comme si elle se préparait.

—Assieds-toi. S'il te plaît.

La chaise fut tirée de sous la table avec un grincement et elle s'installa lentement.

—Je suis content que tu sois franc avec moi, murmura-t-elle. Quel que soit le sujet.

Kolher lui caressa les doigts, tentant de l'apaiser, sachant que ce qu'il avait à dire ne ferait que l'inquiéter encore plus.

—Quelqu'un… eh bien, probablement plus d'une personne, mais au moins une que nous connaissons, veut me tuer. (Elle serra la main dans la sienne et il continua à la caresser pour essayer de la détendre.) Je vois le Conseil de la *glymera* ce soir, et je m'attends à… des problèmes. Tous les frères vont venir avec moi, et nous n'allons pas nous comporter stupidement, mais je ne vais pas mentir et te dire que c'est une garden-party.

— Ce… quelqu'un… fait visiblement partie du Conseil, n'est-ce pas ? Est-ce qu'il est nécessaire que tu y ailles en personne ?

— Celui qui a tout déclenché n'est pas un problème.

— Comment cela ?

— Vhengeance l'a fait assassiner.

Elle contracta de nouveau les mains.

— Seigneur… (Elle prit une profonde inspiration. Puis une autre.) Oh… mon Dieu.

— La question que nous nous posons tous à présent est : « Qui d'autre est impliqué ? » C'est en partie la raison pour laquelle il est essentiel que je me rende à cette réunion. C'est aussi une démonstration de force, et c'est important. Je ne fuis pas. Pas plus que les frères.

Kolher se prépara à l'entendre le supplier de ne pas y aller et se demanda ce qu'il ferait alors.

Sauf que la voix de Beth était calme.

— Je comprends. Mais j'ai une exigence.

Il leva les sourcils derrière ses lunettes de soleil.

— Qui est ?

— Je veux que tu portes un gilet pare-balles. Non que je doute des frères, c'est juste que cela me mettrait un tout petit peu plus à l'aise.

Kolher cligna des yeux. Puis il leva les mains de Beth à ses lèvres et les embrassa.

— Je peux le faire. Pour toi, je peux certainement le faire.

Elle hocha la tête et se leva.

— D'accord. D'accord… bien. Maintenant viens, allons au lit. Je suis aussi épuisée que tu en as l'air.

Kolher se mit debout, la serra contre lui et, ensemble, ils sortirent dans le vestibule, traversant la mosaïque du pommier en fleur.

— Je t'aime, dit-il. Je suis tellement amoureux de toi.

Les bras de Beth se resserrèrent autour de sa taille et elle posa le visage contre sa poitrine. L'odeur âcre et enfumée de peur qu'elle dégageait brouillait sa fragrance naturelle de rose. En dépit de sa peur, elle hocha la tête et dit :

— Ta reine ne fuit pas non plus, tu sais.

— Je sais. Je le sais… parfaitement.

Dans sa chambre au refuge de sa mère, Vhen se souleva pour s'adosser aux oreillers. Tandis qu'il arrangeait son manteau de zibeline sur ses genoux, il dit dans le téléphone :

— J'ai une idée. Si nous recommencions cet appel depuis le début ?

Le doux rire d'Ehlena le fit se sentir étrangement enjoué.

— D'accord. Est-ce que tu vas me rappeler ou…

— Dis-moi où tu es.

— Là-haut, dans la cuisine.

Ce qui expliquait peut-être le léger écho.

— Est-ce que tu peux aller dans ta chambre ? Te détendre ?

— Est-ce que cela va être une longue conversation ?

— Eh bien, je vais changer de ton, écoute bien. (Il baissa la voix, se transformant en véritable séducteur.) S'il te plaît, Ehlena. Va dans ton lit et emmène-moi avec toi.

Elle retint son souffle, puis rit de nouveau.

— Quel progrès !

— Je sais, oui… au cas où tu trouverais que je ne me conforme pas bien aux ordres. Maintenant, si tu me rendais la pareille ? Va dans ta chambre et mets-toi à l'aise. Je n'ai pas envie d'être seul et j'ai l'impression que toi non plus.

Au lieu d'une réponse, il entendit le crissement gratifiant d'une chaise que l'on repoussait. Quand elle se déplaça, ses pas assourdis étaient adorables, mais pas les marches grinçantes qui suivirent, car le bruit le fit se demander où elle vivait précisément avec son père. Il espérait qu'il s'agissait d'une maison ancienne avec de vieux parquets pittoresques, pas d'un lieu décrépit.

Il entendit le grincement d'une porte que l'on ouvrait, suivi d'un silence, et il était prêt à parier qu'elle vérifiait que son père allait bien.

— Est-ce qu'il dort profondément ? demanda-t-il.

Les charnières grincèrent de nouveau.

— Comment as-tu su ?

— Parce que tu es d'une nature généreuse.

Il y eut une autre porte qu'on ouvrait puis le cliquetis d'un verrou que l'on tournait.

— M'accorderais-tu une minute ?

Une minute ? Merde, il lui donnerait l'éternité s'il le pouvait.

— Prends ton temps.

Quand elle posa le téléphone sur un couvre-lit ou un édredon, il entendit un bruit étouffé. D'autres protestations de porte. Un silence. Un autre grincement et le gargouillis atténué d'une chasse d'eau. Des bruits de pas. Des draps que l'on tirait. Le bruissement de quelqu'un qui s'approchait et...

— Allô ?

— Tu es à l'aise ? demanda-t-il, conscient de sourire comme un crétin – sauf que, mon Dieu, l'idée qu'elle se trouvait là où il avait souhaité qu'elle soit était merveilleuse.

— Oui. Et toi ?

— Crois-moi sur parole.

Mais là encore, avec la voix d'Ehlena au bout du fil, il aurait très bien pu être en train de se faire arracher les ongles sans perdre sa bonne humeur.

Le silence qui suivit était doux comme la zibeline de son manteau et tout aussi chaleureux.

— Est-ce que tu veux parler de ta mère ? demanda-t-elle gentiment.

— Oui. Même si j'ignore que dire, hormis qu'elle est partie tranquillement entourée de sa famille, et que c'est tout ce que l'on pouvait désirer. Son heure était venue.

— Mais elle te manquera.

— Oui. Elle me manquera.

— Y a-t-il quelque chose que je puisse faire ?

— Oui.

— Dis-moi.

— Laisse-moi prendre soin de toi.

Elle rit doucement.

— Très bien. Et si je t'expliquais quelque chose ? Dans ce genre de situation, c'est de toi qu'on est censé prendre soin.

— Mais nous savons tous les deux que c'est moi qui t'ai coûté ton travail…

— Arrête. (Il y eut un autre bruissement, comme si elle venait de se relever de ses oreillers.) J'ai fait le choix de t'apporter ces cachets et je suis une adulte capable de faire une erreur de jugement. Tu ne me dois rien parce que j'ai merdé.

— Je ne suis absolument pas d'accord avec toi. Mais mettons cela de côté. Je vais parler à Havers quand il viendra ici pour…

— Non, certainement pas. Bon Dieu, Vhengeance, ta mère vient de décéder. Tu n'as pas à t'inquiéter de…

— J'ai fait pour elle tout ce qui était en mon pouvoir. Laisse-moi t'aider. Je peux parler à Havers…

— Cela ne changera rien. Il ne me fera plus confiance, et je ne peux pas l'en blâmer.

— Mais les gens font des erreurs.

— Et certaines d'entre elles sont irrémédiables.

— Je n'y crois pas.

Même si, en tant que *symphathe*, il n'était pas tout à fait le plus qualifié sur le plan moral. Et de loin.

— Surtout en ce qui te concerne, reprit-il.

— Je ne suis pas différente des autres.

— Écoute, je ne voudrais pas rechanger de ton, la mit-il en garde. Tu as fait quelque chose pour moi. Je veux faire quelque chose pour toi. Ce n'est qu'un échange de bons procédés.

— Mais je vais trouver un autre travail, et cela fait longtemps que je me débrouille toute seule. Il se trouve que c'est l'une de mes spécialités.

— Je n'en doute pas. (Il s'arrêta pour faire son effet, abattant sa meilleure carte.) Mais voilà, tu ne peux pas me laisser cela sur la conscience. Cela va me ronger de l'intérieur. Ton mauvais choix résultait du mien.

Elle rit doucement.

— Pourquoi ne suis-je pas surprise que tu connaisses mes faiblesses ? Je te suis vraiment reconnaissante, mais si Havers contourne les règles pour moi, quel genre de message cela va-t-il envoyer ? Catya, ma supérieure, et lui l'ont déjà annoncé au reste du personnel. Il ne peut plus reculer désormais, pas plus que je ne voudrais qu'il le fasse simplement parce que tu l'y as forcé.

Et merde, se dit Vhengeance. Il avait eu l'intention de manipuler l'esprit de Havers, mais cela ne prendrait pas en compte les autres personnes qui travaillaient à la clinique.

— Très bien, alors laisse-moi t'aider jusqu'à ce que tu sois retombée sur tes pieds.

— Merci, mais…

Il eut envie de jurer.

— J'ai une idée. Si tu me rejoignais chez moi ce soir et qu'on se disputait à ce propos ?

— Vhen…

— Excellent. Je dois m'occuper de ma mère en début de soirée, puis j'ai une réunion à minuit. Que penses-tu de 3 heures du matin ? Parfait, je te vois plus tard.

Il y eut un insoupçonnable silence, puis elle gloussa.

— Tu obtiens toujours ce que tu veux, n'est-ce pas ?

— À peu près.

— Très bien. Trois heures cette nuit.

— Je suis tellement heureux d'avoir changé de ton, pas toi ?

Tous deux se mirent à rire, et la tension s'évacua comme par enchantement.

Quand il entendit de nouveau un bruissement, il estima que cela signifiait qu'elle se rallongeait et se détendait de nouveau.

— Donc, puis-je te parler de ce que mon père a fait ? demanda-t-elle brusquement.

— Tu peux me le dire, puis m'expliquer pourquoi tu n'as pas mangé davantage au dîner. Et après cela nous allons discuter du dernier film que tu as vu, des livres que tu as lus et de ce que tu penses du réchauffement climatique.

— Vraiment, tout ça ?

Seigneur, il adorait son rire.

— Oui. C'est en illimité de toute façon. Oh, et je veux connaître ta couleur préférée.

— Vhengeance… tu n'as vraiment pas envie d'être seul, pas vrai ?

Les mots étaient prononcés avec douceur et d'un air presque absent, comme si l'idée lui avait échappé.

— En ce moment même… j'ai seulement envie d'être avec toi. C'est tout ce que je sais.

— Je ne serais pas prête non plus. Si mon père disparaissait cette nuit, je ne serais pas prête à le laisser partir.

Il ferma les yeux.

— C'est… (Il dut s'éclaircir la voix.) C'est exactement ce que je ressens. Je n'étais pas prêt.

— Ton père est également… décédé. Donc je sais que c'est encore plus dur.

— Eh bien, oui, il est mort, même s'il ne me manque pas du tout. C'est elle seule qui a toujours compté pour moi. Elle disparue… j'ai l'impression que je viens de rentrer chez moi et de découvrir que quelqu'un a fait brûler la maison.

Je veux dire, je n'allais pas la voir toutes les nuits ni même toutes les semaines, mais j'ai toujours eu la possibilité d'y aller, de m'asseoir et de sentir son Chanel N° 5, d'entendre sa voix et de la voir à l'autre bout de la table. Cette possibilité… me donnait un point d'ancrage, ce que j'ignorais avant de la perdre. Merde… ce que je dis n'a aucun sens.

— Si, totalement. C'est pareil pour moi. Ma mère a disparu et mon père… il est là sans être là. Donc j'ai l'impression d'être sinistrée, moi aussi. À la dérive.

C'est pourquoi les gens s'unissent, se dit soudain Vhengeance. Au diable le sexe et le rang social. Si les gens étaient intelligents, ils le faisaient pour bâtir une maison sans mur, avec un toit invisible et un sol sur lequel personne ne pouvait marcher ; et pourtant la structure formait un abri qu'aucun orage ne pouvait abattre, qu'aucune allumette ne pouvait incendier, qu'aucun passage des ans ne pouvait dégrader.

Cette pensée le frappa. Un lien comme celui-ci aidait à traverser ce genre de nuits.

Bella avait découvert cet abri avec Zadiste. Et peut-être le frère aîné devrait-il suivre l'exemple de sa sœur.

— Eh bien, dit Ehlena d'un air gêné. Je peux répondre à la question sur ma couleur préférée, si tu veux. Peut-être que cela donnera un tour moins grave à notre discussion.

Vhen se secoua pour revenir dans la conversation.

— Et quelle est-elle ?

Ehlena se racla un peu la gorge.

— Ma couleur préférée est… l'améthyste.

Vhen sourit à en avoir mal aux joues.

— Je trouve que c'est une magnifique couleur pour toi. Une couleur parfaite.

Chapitre 38

Quinze personnes qui connaissaient Chrissy et une qui ne la connaissait pas assistèrent à son enterrement – et Xhex scrutait le cimetière venteux, à la recherche d'une dix-septième personne se dissimulant parmi les arbres, les stèles et les pierres tombales.

Pas étonnant qu'on appelle ce satané cimetière « la Pineraie ». On trouvait des branches touffues partout, qui offraient une large couverture à quelqu'un ne souhaitant pas être vu. Bon sang de bonsoir.

Elle avait trouvé le cimetière dans les Pages Jaunes. Les deux premiers qu'elle avait contactés n'avaient plus d'espace libre. Le troisième n'avait qu'un emplacement dans son mur d'Éternité, comme l'avait appelé le type, pour les urnes. Elle avait fini par découvrir cette Pineraie et avait acquis le rectangle de terre autour duquel tous se tenaient.

Le cercueil rose avait coûté dans les 5 000 dollars. La parcelle 3 000 de plus. Le prêtre, le père, quel que soit le nom que les humains lui donnaient, avait suggéré qu'une donation de 100 dollars serait appropriée.

Pas de problème. Chrissy le méritait.

Xhex scrutait de nouveau ces foutus pins, dans l'espoir de trouver l'enfoiré qui l'avait tuée. Bobby Grady allait forcément venir. La plupart des agresseurs qui tuaient l'objet de leur obsession lui restaient émotionnellement liés. Et même si la police était à sa recherche et qu'il devait le savoir, le besoin de la voir mise en terre l'emporterait sur la logique.

Xhex reporta son attention sur l'officiant. L'humain était vêtu d'un manteau noir, son col blanc apparaissant au niveau de la gorge. Entre ses paumes, au-dessus du joli cercueil de Chrissy, il tenait une bible qu'il lisait d'une voix lente et révérencieuse. Des rubans de satin étaient passés en travers des pages dorées sur tranche pour marquer les passages qu'il utilisait le plus, leurs extrémités flottant au bas du livre, agitant du rouge, du jaune et du blanc dans le froid. Xhex se demanda à quoi ressemblait sa liste de « favoris ». Mariages. Baptêmes – si elle avait bien saisi le mot. Enterrements.

Elle se demanda s'il priait pour les pécheurs. Si ses souvenirs sur le christianisme étaient bons, il lui semblait que c'était son devoir… Il ignorait que Chrissy avait été une prostituée, mais même s'il l'avait su, il était de son devoir d'employer un ton et une expression respectueux.

Cela réconforta Xhex, même si elle n'aurait su dire pourquoi.

Venue du nord, une rafale froide souffla, et elle reprit sa surveillance. Chrissy ne resterait pas ici quand ils auraient terminé. Comme tant de rituels, tout cela n'était que du spectacle. La terre étant gelée, elle devrait attendre jusqu'au printemps, hébergée dans un frigo à viande au funérarium. Mais au moins elle avait sa pierre tombale, en granit rose, bien entendu, installée à l'endroit où elle serait enterrée. Xhex avait choisi une épitaphe simple, juste le nom de Chrissy et ses dates de naissance et décès, mais un joli motif de parchemin était gravé aux extrémités.

C'était la première cérémonie funèbre humaine à laquelle Xhex assistait, et elle lui était totalement étrangère – tout cet ensevelissement, d'abord dans la boîte puis sous la terre. L'idée de rester coincée sous le sol suffisait à lui faire tirer sur le col de sa veste en cuir. Non. Ce n'était pas pour elle. À cet égard, elle était à cent pour cent *symphathe*.

Les bûchers étaient l'unique issue envisageable.

Sur la tombe, l'officiant se pencha avec une pelle en argent et remua la terre, puis en prit une poignée et prononça devant le cercueil :

— Car tu es poussière et tu retourneras à la poussière.

L'homme laissa tomber les grains de terre et, quand le vent vif les emporta, Xhex poussa un soupir, car ces gestes et paroles avaient du sens à ses yeux. Selon la tradition *symphathe*, les morts étaient déposés sur le haut de bûchers en bois qui étaient enflammés par-dessous, la fumée s'élevant et s'éparpillant exactement comme la terre, à la merci des éléments. Et que demeurait-il ? Les cendres, à l'endroit où le corps avait reposé.

Bien entendu, les *symphathes* étaient brûlés parce que personne ne croyait qu'ils étaient morts pour de bon quand ils « mouraient ». Parfois ils étaient vraiment morts. Parfois ils ne faisaient que le prétendre. Et mieux valait s'en assurer.

Mais le mensonge élégant se nichait dans les deux traditions, n'est-ce pas ? Être emporté, libéré du corps, disparu et pourtant faire partie du tout.

Le prêtre referma la bible et inclina la tête et, quand tout le monde suivit son exemple, Xhex regarda de nouveau autour d'elle, priant pour que ce salopard de Grady soit par là.

Mais, pour ce qu'elle en voyait ou sentait, il ne s'était pas encore montré.

Merde, regardez toutes ces pierres tombales… plantées sur les collines brunies par l'hiver. Même si les repères étaient tous différents – grands et minces ou petits et près du sol, blancs, gris, noirs, roses, dorés –, ils étaient ordonnés selon un plan bien établi, et les rangées de morts étaient disposées comme des maisons dans une banlieue, parcourues de routes d'asphalte et d'arbres secoués par le vent.

L'une des stèles attira son regard. C'était la statue d'une femme en robe qui contemplait les cieux, dont le visage et la pose étaient aussi sereins et paisibles que le ciel couvert sur lequel elle portait son attention. Le granit dans lequel elle était taillée était gris pâle, la même couleur que le temps menaçant et, l'espace d'un instant, il lui fut difficile de faire la différence entre l'ornement mortuaire et l'horizon.

Sortant de sa contemplation, Xhex se tourna vers Trez et, quand elle croisa son regard, il secoua imperceptiblement la tête. De même avec iAm. Aucun d'eux n'avait perçu la présence de Bobby.

Pendant ce temps-là, l'inspecteur De La Cruz l'observait, elle, et elle le savait non parce qu'elle lui rendait la pareille, mais parce qu'elle sentait ses émotions changer chaque fois qu'il posait les yeux sur elle. Il comprenait ce qu'elle ressentait. Vraiment. Et une part de lui respectait son désir de vengeance. Mais il était déterminé.

Quand le prêtre recula et que des conversations discrètes reprirent, Xhex se rendit compte que le service funèbre était terminé et elle regarda Marie-Terese qui, la première, rompit les rangs et s'approcha de l'officiant pour lui serrer la main. Elle était spectaculaire dans sa tenue de deuil, son voile de dentelle noire la faisant vraiment ressembler à une mariée, les perles et la croix dans ses mains lui donnant l'air pieux d'une nonne.

Visiblement, le prêtre approuvait sa tenue, son beau visage grave et ce qu'elle lui disait, car il s'inclina et lui tint la main. Grâce au contact entre eux, la grille émotionnelle du prêtre se mua en amour, un amour pur, absolu et chaste.

Xhex comprit alors pourquoi la statue avait autant attiré son attention. Marie-Terese ressemblait beaucoup à la femelle en robe. Étrange.

—Beau service, hein.

Elle se retourna pour regarder l'inspecteur De La Cruz.

—On dirait. Je ne saurais vraiment pas dire.

—Donc vous n'êtes pas catholique.

—Non.

Xhex fit un geste de la main à Trez et iAm tandis que la foule se dispersait. Les garçons emmenaient tout le monde déjeuner avant d'aller au travail, une manière supplémentaire d'honorer Chrissy.

— Grady n'est pas venu, dit l'inspecteur.

— Non.

De La Cruz sourit.

— Vous savez, vous parlez comme vous décorez.

— J'aime la simplicité, c'est tout.

— Les faits, rien que les faits, madame. Je croyais que c'était ma réplique.

Il regarda brièvement le dos des gens qui s'éloignaient en direction des trois voitures garées ensemble dans l'allée. L'une après l'autre, la Bentley de Vhen, un monospace Honda et la Toyota Camry vieille de cinq ans de Marie-Terese démarrèrent.

— Alors, où est votre patron ? murmura De La Cruz. Je m'attendais à le voir ici.

— C'est un oiseau de nuit.

— Ah bon.

— Écoutez, inspecteur, je dois y aller.

— Vraiment ? (Il fit un geste du bras.) Avec quoi ? Ou alors ça vous plaît de marcher par ce temps ?

— Je suis garée plus loin.

— Ah vraiment ? Vous ne pensiez pas rester dans le coin ? Vous savez, pour surveiller les arrivées tardives…

— Et pourquoi ferais-je une chose pareille ?

— Pourquoi, en effet ?

Il y eut un long, un très long silence, pendant lequel Xhex regarda fixement la statue qui lui rappelait Marie-Terese.

— Vous voulez me déposer à ma voiture, inspecteur ?

— Oui, bien sûr.

La berline banalisée était aussi pratique que la garde-robe de l'inspecteur mais, comme le lourd manteau de celui-ci, son habitacle était chaud, et à l'instar du physique de l'inspecteur elle était puissante, le moteur grondant comme celui qu'on aurait trouvé sous un capot de Corvette.

De La Cruz lui jeta un coup d'œil tout en mettant les gaz.

— Où est-ce qu'on va ?

— Au club, si cela ne vous dérange pas.

— C'est là que vous avez laissé votre voiture ?

— J'ai une bécane là-bas.

— Ah.

Tandis que De La Cruz les emmenait sur la route venteuse, elle contempla les pierres tombales et, pendant un bref instant, pensa au nombre de corps qu'elle avait abandonnés derrière elle.

Y compris celui de John Matthew.

Elle avait fait de son mieux pour ne pas penser à ce qu'ils avaient fait et à la manière dont elle avait quitté son grand corps durci étendu sur le lit. Son regard, quand il l'avait vue passer la porte, était empli d'un chagrin qu'elle ne pouvait se permettre d'intérioriser. Ce n'était pas qu'elle s'en fichait. Bien au contraire, cela lui importait trop.

C'était pourquoi elle avait dû partir, et aussi la raison pour laquelle cette situation, être seule avec lui, ne devait pas se reproduire. Elle avait déjà vécu cela, et les résultats avaient été pires que tragiques.

— Ça va ? demanda De La Cruz.

— Ça va, inspecteur. Et vous ?

— Bien. Merci d'avoir demandé.

Les portes du cimetière se dressèrent devant eux, menaçantes, leurs entrelacs de fer forgé bloqués de chaque côté de l'allée.

— Je vais revenir ici, annonça De La Cruz quand ils freinèrent puis plongèrent dans la rue suivante. Parce que je pense que Grady va finir par se pointer. Il le faut bien.

— Eh bien, vous ne me verrez pas.

— Ah non ?
— Non. Vous pouvez me croire.
Elle était bien trop douée pour se cacher.

Quand le téléphone d'Ehlena bipa dans son oreille, elle dut l'écarter de sa tête.
— Qu'est-ce qu… Oh. La batterie est à plat. Attends.
Le rire grave de Vhengeance lui fit marquer un temps d'arrêt tandis qu'elle attrapait le chargeur, rien que pour en écouter ses grondements jusqu'au dernier.
— Très bien. Je suis branchée. (Elle se réinstalla contre ses oreillers.) À présent, où en étions… ah, oui. Donc, je me demande quel genre d'homme d'affaires tu es précisément.
— Un qui réussit.
— Ce qui explique la garde-robe.
Il rit de nouveau.
— Non, mon bon goût explique la garde-robe.
— Alors le succès est ce qui te permet de la payer.
— En fait, ma famille est fortunée. Restons-en là.
Elle se concentra délibérément sur son propre couvre-lit pour ne pas se rappeler la pièce miteuse et basse de plafond dans laquelle elle se trouvait. Cela valait mieux… Ehlena tendit la main et éteignit la lampe posée sur les caisses de lait entreposées à côté de son lit.
— Qu'est-ce que c'était ? demanda-t-il.
— La lumière. Je, euh, je viens de l'éteindre.
— Oh, mince, je t'ai tenue éveillée trop longtemps.
— Non, c'est juste que… je voulais qu'il fasse noir, c'est tout.
La voix de Vhen se fit si basse qu'elle l'entendit à peine.
— Pourquoi ?
Bien sûr, comme si elle allait lui dire que c'était parce qu'elle ne voulait pas penser à son logement.
— Je… voulais être encore plus à l'aise.

— Ehlena.

Le désir imprégnait sa voix de baryton, transformant son badinage galant en… quelque chose de très sexuel. Et en un instant elle se retrouva sur son lit dans l'appartement-terrasse, nue, les lèvres de Vhen sur sa peau.

— Ehlena…

— Quoi ? demanda-t-elle d'une voix rauque.

— Est-ce que tu portes toujours ton uniforme ? Celui que je t'ai retiré ?

— Oui.

Son murmure n'était plus qu'un souffle, mais représentait bien plus qu'une simple réponse à la question qu'il venait de poser. Elle savait ce qu'il désirait, et elle aussi en avait envie.

— Les boutons de devant, murmura-t-il. Défais-en un pour moi.

— Oui.

Quand elle libéra le premier, il dit :

— Et un autre.

— Oui.

Ils continuèrent jusqu'à ce que son uniforme soit entièrement ouvert, et elle était très heureuse que la lumière soit éteinte – non parce qu'elle aurait été embarrassée, mais parce qu'ainsi elle avait l'impression qu'il était juste là, avec elle.

Vhengeance grogna, et elle l'entendit se lécher les lèvres.

— Si j'étais là, tu sais ce que je ferais ? Je passerais mes doigts sur tes seins. Je trouverais un téton et je décrirais des cercles autour pour qu'il soit prêt.

Elle fit ce qu'il décrivait et se mit à haleter sous ses propres caresses. Puis elle comprit…

— Prêt pour quoi ?

Il eut un long éclat de rire grave.

— Tu veux me l'entendre dire, n'est-ce pas ?

— Oui.

— Prêt pour ma bouche, Ehlena. Est-ce que tu te rappelles la sensation ? Parce que je me rappelle précisément ton goût. Garde ton soutien-gorge et pince-toi pour moi… comme si je te suçais au travers de tes jolis bonnets de dentelle blanche.

Ehlena pressa la pointe de son sein entre son pouce et son index. L'effet était un pis-aller comparé à sa bouche tiède et humide, mais assez agréable, surtout parce que c'était lui qui le lui avait demandé. Elle répéta la caresse et se cambra sur le lit, prononçant son nom en gémissant.

— Oh, Seigneur… Ehlena.

— Et maintenant… quoi… ?

Alors qu'un soupir s'échappait de ses lèvres, son sexe, humide, palpitait entre ses cuisses, attendant désespérément la suite.

— J'ai envie d'être là avec toi.

— Tu es avec moi. Vraiment.

— Encore. Touche encore ta poitrine. (Quand elle frissonna et prononça son nom, il proféra rapidement l'ordre suivant.) Remonte ta jupe pour moi. Pour qu'elle soit autour de ta taille. Pose le téléphone, et fais vite. Je suis impatient.

Elle laissa tomber le téléphone sur le lit et glissa sa jupe sur ses cuisses et au-dessus de ses hanches. Elle dut tâtonner autour d'elle pour retrouver son portable, puis le remit à l'oreille en vitesse.

— Allô ?

— Mon Dieu, que c'était bon à entendre… J'entendais le tissu remonter sur ton corps. Je veux que tu commences par les cuisses. Commence par là. Garde ton collant et caresse-toi en remontant.

Le collant fit office de conducteur de ses gestes, amplifiant les sensations, exactement comme sa voix.

— Souviens-toi de moi quand je te le faisais, dit-il d'une voix profonde. Souviens-toi.

— Oui, oh, oui…

Elle haletait si fort qu'elle faillit ne pas entendre son grognement :

— J'aimerais pouvoir sentir ton odeur.

— Plus haut ? demanda-t-elle.

— Non.

Quand les lèvres d'Ehlena laissèrent échapper son nom en signe de protestation, il se mit à rire sensuellement, doucement, à voix basse, à la fois satisfait et prometteur.

— Remonte de l'extérieur de ta cuisse jusqu'à la hanche et au dos, puis redescends.

Elle fit ce qu'il demandait et il lui parla pendant qu'elle se caressait :

— J'ai adoré être avec toi. J'ai hâte que l'on se retrouve. Tu sais ce que je suis en train de faire ?

— Quoi ?

— Je me lèche les lèvres. Parce que je m'imagine en train de t'embrasser partout sur les cuisses, puis passer la langue de haut en bas là où je meurs d'envie d'être. (Elle gémit de nouveau en prononçant son nom et fut récompensée.) Descends là, Ehlena. Par-dessus le collant. Va là où j'ai envie d'être.

Quand elle le fit, elle sentit toute la chaleur qu'ils avaient générée au travers du fin Nylon, et son sexe se fit plus impatient que jamais.

— Retire-le, ordonna-t-il. Le collant. Retire-le et garde-le avec toi.

Ehlena posa de nouveau le téléphone et ôta ses bas en toute hâte, se fichant bien de les filer. Elle se démena pour retrouver son portable et à peine l'avait-elle récupéré qu'elle le supplia de continuer.

— Glisse la main sous ta culotte. Et dis-moi ce que tu trouves.

Il y eut un silence.

— Oh, mon Dieu… Je suis toute moite.

Quand Vhengeance gémit cette fois-ci, elle se demanda s'il avait une érection : elle avait vu qu'il en était capable, mais l'impuissance ne signifiait pas qu'on ne pouvait pas bander. Cela voulait seulement dire que, pour une raison quelconque, on ne pouvait pas aller au bout d'une relation sexuelle.

Seigneur, elle aurait aimé pouvoir lui donner des ordres à lui aussi, des ordres qui pourraient lui procurer du plaisir. Elle ignorait simplement jusqu'où aller.

— Caresse-toi et pense que c'est moi, grogna-t-il. C'est ma main.

Elle fit ce qu'il demandait. Un violent orgasme l'emporta, le nom de Vhengeance quittant ses lèvres en une explosion aussi silencieuse que possible.

— Débarrasse-toi de ta culotte.

Compris, se dit-elle en l'arrachant de ses cuisses et la jetant Dieu seul sait où.

Elle se rallongea, prête à recommencer, quand il dit :

— Peux-tu tenir le téléphone entre l'oreille et l'épaule ?

— Oui.

Tant pis, s'il voulait qu'elle se contorsionne, elle était d'accord.

— Prends le collant dans tes deux mains, tire-le fermement, puis passe-le entre tes jambes d'avant en arrière.

Elle rit avec un soupçon d'érotisme, puis s'enquit doucement :

— Tu veux que je me masturbe avec, c'est ça ?

Le souffle de Vhen se répercuta contre son oreille.

— Merde, oui.

— Mâle pervers.

— Je pourrai peut-être me nettoyer la langue en toi. Qu'est-ce que tu en dis ?

— Oui.

— J'aime ce mot dans ta bouche.

Quand elle se mit à rire, il ajouta :

— Alors, qu'est-ce que tu attends, Ehlena ? Il faut que tu fasses bon usage de ces collants.

Elle coinça le téléphone dans son cou, de façon à le bloquer tout en étant dans une position confortable, puis, se sentant comme une catin tout en adorant cela, elle s'empara de son collant blanc, roula sur le flanc et fit passer le Nylon entre ses jambes.

— Bien tiré, dit-il, haletant.

Elle eut le souffle coupé à ce contact, la ligne dure et lisse s'insinuant dans son sexe à tous les bons endroits.

— Frotte-toi dessus, dit Vhengeance d'un air satisfait. Laisse-moi entendre comme c'est bon.

Elle fit exactement ce qu'il demandait, mouillant le collant en même temps qu'une chaleur brûlante se répandait dans son sexe. Elle persévéra, surfant sur la vague de sensations et le flot de ses paroles jusqu'à jouir tant et plus. Dans l'obscurité, les yeux fermés, la voix de Vhengeance dans son oreille, c'était presque aussi bien qu'être avec lui.

Quand elle fut alanguie et affalée, le souffle court, elle se blottit contre le téléphone.

— Tu es si belle, dit-il doucement.

— Seulement parce que tu me rends ainsi.

— Oh, tu as tellement tort. (Sa voix baissa d'un ton.) Viendras-tu me voir plus tôt ce soir ? Je ne peux pas attendre jusqu'à 4 heures.

— Oui.

— Bien.

— Quand ?

— Je serai avec ma mère et ma famille jusqu'aux environs de 22 heures. Tu viendras ensuite ?

— Oui.

— J'ai un rendez-vous, mais nous aurons une bonne heure d'intimité.

— Parfait.

Il y eut un long silence, un dont elle avait l'inquiétante impression qu'il aurait fort bien pu être comblé d'un « Je t'aime » réciproque s'ils en avaient eu le courage.

— Dors bien, souffla-t-il.

— Toi aussi, si tu y arrives. Et écoute, si tu ne peux pas dormir, appelle-moi. Je suis là.

— D'accord. Promis.

Il y eut un silence supplémentaire, comme si chacun attendait que l'autre raccroche en premier.

Ehlena se mit à rire, même si l'idée de le laisser partir lui faisait mal au cœur.

— D'accord, à trois. Un, deux…

— Attends.

— Quoi ?

Il resta silencieux pendant un temps infini.

— Je n'ai pas envie de raccrocher.

Elle ferma les yeux.

— Moi non plus.

Vhengeance expira lentement, longuement.

— Merci. De rester avec moi.

Le mot qui lui vint à l'esprit n'avait pas beaucoup de sens et elle ne savait pas vraiment pourquoi elle le prononça, mais elle le fit :

— Toujours.

— Si tu veux, tu peux fermer les yeux et m'imaginer à côté de toi. Dans mes bras.

— Je vais faire exactement cela.

— Parfait. Dors bien.

Ce fut lui qui mit fin à l'appel.

Quand Ehlena éloigna le téléphone de son oreille et raccrocha, le clavier s'alluma, luisant d'un bleu brillant. L'objet était chaud après avoir été tenu si longtemps, et elle caressa l'écran plat de son pouce.

Toujours. Elle voulait être toujours là pour lui.

Le clavier devint noir, la lumière s'éteignit d'une façon irrévocable qui la fit paniquer. Mais elle pouvait toujours le rappeler, pas vrai ? Elle aurait l'air pathétique et en manque, mais il demeurait sur la planète, même s'il n'était pas au téléphone avec elle.

La possibilité d'appeler était là.

Mon Dieu, sa mère était décédée aujourd'hui. Et de toutes les personnes de son entourage avec qui il aurait pu passer son temps, il l'avait choisie elle.

Tirant les draps et le couvre-lit sur ses jambes, Ehlena se roula en boule à côté du téléphone, le tenant dans ses mains, et s'endormit.

Chapitre 39

Tapant du pied en rythme dans le ranch miteux qu'il avait décidé d'utiliser comme manufacture de drogue, Flhéau était assis bien droit sur un siège sur lequel il n'aurait jamais, de sa vie, permis à son rottweiler de chier. C'était un fauteuil club, une saleté bon marché bien rembourrée qui était malheureusement ultra confortable.

Pas exactement le trône qu'il cherchait, mais un sacré bon endroit pour poser ses fesses.

De l'autre côté de son ordinateur portable ouvert, la pièce face à lui faisait quatre mètres sur quatre et était décorée de camelote qu'on n'avait pas les moyens de remplacer : les bras des canapés étaient usés, un tableau du Christ délavé pendait de travers, les taches sur la moquette pâle étaient petites et rondes, ce qui suggérait de la pisse de chat.

M. D comatait le dos contre la porte d'entrée, l'arme à la main, son chapeau de cow-boy tiré sur les yeux. Deux autres éradiqueurs étaient installés sous les arcades de la pièce, chacun appuyé à un chambranle, les jambes allongées.

Grady était sur le canapé, une boîte Domino's Pizza ouverte à côté de lui, où ne demeuraient que des taches de graisse et des restes de fromage qui dessinaient des rayons sur le carton blanc. Il avait mangé une grande pizza à la viande à lui seul et était à présent en train de lire le *Caldwell Courier Journal* de la veille.

Le fait qu'il était aussi détendu donnait envie à Flhéau d'autopsier ce fils de pute vivant. C'était quoi ce bordel ?

Le fils de l'Oméga attendait un peu plus d'angoisse de la part de ceux qu'il enlevait, putain !

Flhéau regarda sa montre et décida de n'accorder qu'une demi-heure supplémentaire de récupération à ses hommes. Ils avaient deux autres rendez-vous avec des revendeurs de drogue aujourd'hui, et ce soir serait la première fois que ses hommes parcourraient les rues avec la marchandise.

Ce qui signifiait que l'affaire du roi *symphathe* allait devoir attendre jusqu'au lendemain : Flhéau allait remplir le contrat, mais les intérêts financiers de la Société étaient prioritaires.

Flhéau regarda derrière l'un de ses éradiqueurs endormis, dans la cuisine, où une longue table pliante était installée. Disséminés sur son plateau en mélaminé se trouvaient de petits sachets plastique, comme ceux qui étaient fournis quand on achetait des boucles d'oreilles bon marché au centre commercial. Certains contenaient de la poudre blanche, d'autres des cailloux bruns, et d'autres encore des pilules. Les solvants utilisés, comme la levure et le talc, formaient des tas moelleux, et les emballages en Cellophane dans lesquels était arrivée la drogue jonchaient le sol.

Sacré butin. Grady estimait qu'il valait environ 250 000 dollars et disparaîtrait, avec quatre hommes dans les rues, en deux jours environ.

Flhéau aimait cette équation et il avait passé les dernières heures à examiner son *business model*. S'il voulait obtenir plus de matière première, il aurait un problème d'approvisionnement ; il ne pouvait pas continuer l'abattage, parce qu'il allait se retrouver à court de cibles. Le problème était de s'insérer dans la chaîne de commercialisation : il y avait les importateurs étrangers, comme les Sud-Américains, les Japonais ou les Européens ; puis les grossistes, comme Vhengeance ; puis les détaillants importants, comme les types que Flhéau descendait. Vu comme il allait être difficile d'atteindre les grossistes, et long de développer des liens avec les importateurs, la logique voulait qu'il devienne lui-même producteur.

La géographie restreignait ses choix, parce que le climat de Caldwell jouissait d'une belle saison de dix minutes, mais les drogues comme l'ecstasy et la méthadone n'exigeaient pas de soleil. Et on trouvait des explications sur la manière d'établir et de faire fonctionner des laboratoires de méthadone et des usines d'ecstasy sur Internet. Bien entendu, il y aurait des problèmes pour s'approvisionner en ingrédients, parce qu'il existait des lois et des mécanismes de repérage pour contrôler les ventes des différents composants chimiques. Mais il avait pour lui le contrôle des esprits. Les humains étaient si faciles à manipuler qu'il y aurait toujours un moyen de gérer ce genre de problèmes.

Tandis qu'il regardait fixement l'écran lumineux, il décida que le prochain gros boulot de M. D serait d'installer quelques-uns de ces centres de production. La Société des éradiqueurs disposait de suffisamment de propriétés ; merde, l'une des fermes serait parfaite. Le personnel serait un problème, mais de toute façon il fallait recruter.

Pendant que M. D établirait les usines, Flhéau nettoierait le marché. Vhengeance devait disparaître. Même si la Société ne dealait que de l'ecstasy et de la méthadone, moins il y aurait de revendeurs de ces produits, mieux ce serait, et cela signifiait qu'il fallait descendre le grossiste principal, même si y parvenir serait une prise de tête. Le *Zero Sum* disposait de ces deux Maures, de cette salope masculine et d'assez de caméras de sécurité et de systèmes d'alarme pour faire bander le Metropolitan Museum of Art. Vhen devait également être un enfoiré intelligent, sans quoi il n'aurait pas tenu aussi longtemps. Le club devait être ouvert depuis quoi, cinq ans ?

Un froissement de papier sonore poussa Flhéau à regarder de nouveau par-dessus son Dell. Grady s'était redressé de sa position détendue et tenait le *CCJ* dans des poings aussi serrés que des nœuds sur une corde d'amarrage, sa bague sans pierre cisaillant la chair de son doigt.

— Que se passe-t-il ? demanda Flhéau d'une voix traînante. Tu as lu que la pizza donnait du cholestérol ou une connerie du genre ?

Non que l'enfoiré vivrait assez longtemps pour s'inquiéter de ses artères coronariennes.

— Ce n'est rien… rien, ce n'est rien.

Grady jeta le journal et s'effondra dans les coussins du canapé. Son visage insignifiant pâlit ; il mit la main sur son cœur, comme si celui-ci faisait de l'aérobic dans sa cage thoracique, et de l'autre il coiffa en arrière ses cheveux qui n'avaient pas besoin d'aide pour lui dégager le front.

— C'est quoi ton problème, putain ?

Grady secoua la tête, ferma les yeux et remua les lèvres comme s'il se parlait à lui-même.

Flhéau regarda de nouveau l'écran de l'ordinateur.

Au moins ce crétin était contrarié. Cela lui suffisait.

Chapitre 40

Le soir suivant, Vhen descendit avec précaution l'escalier du refuge familial, reconduisant Havers jusqu'à la porte principale par laquelle le médecin de l'espèce était arrivé à peine quarante minutes plus tôt. Bella et l'infirmière qui avait assisté Havers les suivaient également. Personne ne parlait ; on n'entendait que le bruit inhabituellement fort des pas sur la moquette épaisse.

Tandis qu'il marchait, Vhen ne sentait rien d'autre que la mort. L'odeur des herbes rituelles s'attardait profondément dans son nez, comme si elle s'était abritée du froid dans ses sinus, et il se demandait combien de temps cela prendrait avant de ne plus en respirer une bouffée à chaque inspiration.

De quoi donner envie d'utiliser une sableuse pour tout retapisser.

À dire vrai, il avait désespérément besoin d'air frais, sauf qu'il n'osait pas avancer plus vite. Entre sa canne et la rampe sculptée, il s'en sortait bien, mais après avoir vu sa mère enveloppée de lin, son corps n'était pas le seul à être engourdi : sa tête l'était également. La dernière chose dont il avait besoin était de tomber cul par-dessus tête dans le vestibule de marbre.

Vhen descendit la dernière marche, fit passer sa canne dans sa main droite et se précipita pour ouvrir la porte. Le vent froid qui s'engouffra à l'intérieur était autant une bénédiction qu'une malédiction. Sa température interne tomba en flèche, mais il réussit à prendre une profonde inspiration glaciale, et la promesse piquante de la neige remplaça en partie la puanteur qui s'accrochait à lui.

Se raclant la gorge, il tendit la main au médecin de l'espèce.

— Tu as traité ma mère avec un profond respect. Je t'en remercie.

Derrière ses lunettes d'écaille, les yeux de Havers exprimaient une compassion franche, plus que professionnelle, et il tendit la main au mâle endeuillé.

— Elle était exceptionnelle. L'espèce a perdu une de ses lumières spirituelles.

Bella s'approcha pour serrer le médecin dans ses bras, et Vhen inclina la tête à l'égard de l'infirmière qui avait assisté Havers, sachant qu'elle préférait sans doute ne pas avoir à le toucher.

Quand tous deux passèrent la porte pour se dématérialiser jusqu'à la clinique, Vhen prit un moment pour observer le ciel. La neige allait vraiment revenir, et pas seulement quelques flocons comme la nuit précédente.

Sa mère l'avait-elle vue la nuit dernière ? s'interrogea-t-il. Ou avait-elle manqué ce qui s'était révélé être sa dernière occasion d'apercevoir les délicats cristaux miraculeux tomber des cieux ?

Dieu, personne ne disposait d'un nombre illimité de nuits, ni ne pouvait observer indéfiniment la multitude des flocons.

Sa mère avait adoré la neige. Quand celle-ci apparaissait, elle se rendait dans le petit salon, éteignait la lumière à l'intérieur et allumait à l'extérieur, puis s'asseyait pour regarder dehors dans la nuit. Elle restait ainsi aussi longtemps que la neige tombait. Des heures durant.

Que voyait-elle ? se demanda-t-il. *Que voyait-elle dans la neige qui tombait ?* Il ne lui avait jamais posé la question.

Seigneur, pourquoi les choses devaient-elles avoir une fin ?

Vhen referma la porte sur le spectacle hivernal et s'adossa à l'épais panneau de bois. Debout devant lui, sous le lustre, sa sœur avait les yeux caves et était apathique alors qu'elle tenait sa fille dans ses bras.

Elle n'avait pas lâché Nalla depuis le décès, mais le bébé s'en fichait. La fillette dormait dans les bras de la mère, le front plissé par la concentration comme si elle grandissait si vite qu'elle ne trouvait pas de repos, même dans son sommeil.

— Je te tenais comme cela autrefois, dit Vhen. Et tu dormais ainsi. Aussi profondément.

— Vraiment ?

Bella sourit et frotta le dos de Nalla.

Ce soir, la layette était noire et blanche avec un logo « AC/DC live », et Vhen ne put s'empêcher de sourire. Il n'était pas surprenant que sa sœur ait mis de côté toutes les petites choses mignonnettes ornées de canards et de lapins en faveur d'une garde-robe qui déchirait. Si jamais il avait des enfants…

Vhen fronça les sourcils et buta sur cette pensée.

— Que se passe-t-il ? demanda sa sœur.

— Rien.

C'était tout simplement la première fois de sa vie qu'il songeait à avoir une descendance.

Peut-être était-ce à cause de la mort de sa mère.

Peut-être était-ce à cause d'Ehlena, souligna une autre voix en lui.

— Tu veux quelque chose à manger ? demanda-t-il. Avant que Z. et toi rentriez ?

Bella regarda en haut de l'escalier, d'où s'échappait le bruit d'une douche.

— Volontiers.

Vhen lui posa la main sur l'épaule, et ensemble ils empruntèrent le couloir orné de tableaux de paysages et traversèrent une salle à manger aux murs lie-de-vin. Contrastant avec le reste de la maison, la cuisine était simple au point de n'être qu'utilitaire, mais il y avait une jolie table à laquelle s'asseoir, et il installa sa sœur et son bébé dans l'un des sièges à haut dossier et accoudoirs.

— Qu'est-ce qui te ferait plaisir ? dit-il en se dirigeant vers le réfrigérateur.

— Tu as des céréales ?

Il se dirigea vers le placard où étaient rangés les crackers et les boîtes de conserve, espérant que… des Frosties, oui. Une grosse boîte de Frosties se trouvait coincée entre un paquet de crackers et un sachet de croûtons de pain.

Quand il sortit les céréales, il tourna la boîte face à lui et regarda Tony le Tigre.

Passant un doigt sur les contours du dessin, il dit doucement :

— Tu aimes toujours les Frosties ?

— Oh, oui. Ce sont mes préférées.

— Bien. Cela me rend heureux.

Bella eut un petit rire.

— Pourquoi ?

— Tu ne… t'en souviens pas ? (Il s'arrêta net.) Pourquoi, d'ailleurs ?

— Me souvenir de quoi ?

— C'était il y a longtemps. Je te regardais en manger et… c'était agréable, c'est tout. La façon dont tu aimais ça. J'appréciais la façon dont tu aimais ça.

Il prit un bol, une cuillère, le lait écrémé et apporta le tout à sa sœur, mettant le couvert devant elle.

Tandis qu'elle changeait le bébé de côté pour libérer sa main droite, il ouvrit la boîte et le mince sachet plastique puis se mit à verser.

— Dis-moi stop.

Le petit crépitement des pétales de maïs heurtant le bol sortait tout droit d'une vie quotidienne normale et résonnait bien trop fort. Comme les bruits de pas dans l'escalier.

C'était comme si le silence du cœur de leur mère avait monté le son du reste du monde jusqu'à ce qu'il ait l'impression d'avoir besoin de boules Quies.

— C'est bon, dit Bella.

Il échangea la boîte de céréales pour la brique de lait et en fit couler un filet sur les pétales.

— Tu me dis.

— C'est bon.

Vhen s'assit tout en refermant le bec verseur, et se garda bien de lui demander si elle voulait qu'il prenne Nalla. Si gênant que ce soit pour manger, elle ne lâcherait pas ce bébé avant un moment, et cela lui convenait. Mieux que cela. La voir se réconforter grâce à la génération suivante lui faisait du bien.

— Miam, murmura Bella à la première bouchée.

Dans le silence qui s'installa entre eux, Vhen s'autorisa à retourner dans une autre cuisine, à une autre époque, longtemps auparavant, quand sa sœur était beaucoup plus jeune et qu'il était considérablement moins souillé. Il se remémora ce bol spécial de Frosties dont elle n'avait aucun souvenir, celui qu'elle avait fini et qu'elle voulait remplir à nouveau, mais pour lequel elle avait dû se battre contre tout ce que son enfoiré de père lui avait inculqué au sujet de femelles qui devaient être minces et ne jamais se resservir. Vhen s'était silencieusement réjoui quand elle avait traversé la cuisine de l'ancienne maison et rapporté le paquet de céréales jusqu'à sa place ; quand elle s'était resservie, il avait versé des larmes de sang et avait dû s'éclipser pour aller aux toilettes.

Il avait assassiné son père pour deux raisons : sa mère et Bella.

L'une de ses récompenses avait été la liberté timide de Bella de manger davantage quand elle avait faim. L'autre avait été de savoir qu'il n'y aurait plus de bleus sur le visage de sa mère.

Il se demanda ce que Bella penserait si elle savait ce qu'il avait fait. Le détesterait-elle ? Peut-être. Il ne savait pas avec certitude à quel point elle se souvenait des mauvais traitements, en particulier de ceux infligés à leur *mahmen*.

— Est-ce que ça va ? s'enquit-elle brusquement.

Il passa la main sur sa crête.

— Oui.

— Tu es parfois difficile à déchiffrer. (Elle lui offrit un petit sourire, comme si elle voulait s'assurer que ses mots n'étaient pas blessants.) Je ne sais jamais si tu vas bien.

— Ça va.

Elle regarda la cuisine.

— Qu'est-ce que tu vas faire de cette maison ?

— La garder encore au moins six mois. Je l'ai achetée il y a un an et demi à un humain et je dois la conserver encore un peu ou je vais me faire avoir sur la plus-value.

— Tu as toujours été doué avec l'argent. (Elle se pencha pour reprendre une cuillerée.) Puis-je te demander quelque chose ?

— Tout ce que tu veux.

— Est-ce que tu as quelqu'un ?

— Quelqu'un comment ?

— Tu sais… une femelle. Ou un mâle.

— Tu crois que je suis gay ?

Quand il éclata de rire, elle devint rouge pivoine et il eut envie de la serrer à l'étouffer.

— Eh bien, cela ne me dérange pas, si c'est le cas, Vhengeance.

Elle hocha la tête d'une manière qui lui donna l'impression qu'elle lui avait tapoté la main pour le rassurer.

— Je veux dire, tu n'as jamais ramené de femelle, jamais. Et je ne veux pas présumer… que tu… euh… Eh bien, je me suis rendue à ta chambre pour voir comment tu allais dans la journée et je t'ai entendu parler à quelqu'un. Je n'étais pas en train d'écouter aux portes, pas du tout… oh, zut.

— C'est bon.

Il lui sourit puis se rendit compte qu'il n'existait pas de réponse facile à sa question. Tout du moins quant au fait de savoir s'il avait quelqu'un.

Ehlena était… Mais qu'était-elle à ses yeux ?

Il fronça les sourcils. La réponse qui lui vint à l'esprit était profondément ancrée en lui. Très profondément. Et, étant donné la superstructure de mensonges sur laquelle sa vie était construite, il n'était pas certain qu'y creuser des galeries était une bonne idée : sa mine était déjà sacrément instable pour y enfoncer des axes si loin sous la surface.

Bella reposa lentement sa cuillère.

— Mon Dieu… tu as quelqu'un, n'est-ce pas ?

Il se força à répondre de manière à diminuer le nombre de complications. Même si cela équivalait à ne retirer qu'une seule ordure du tas.

— Non. Non, je n'ai personne. (Il jeta un coup d'œil à son bol.) Est-ce que tu en reprends ?

Elle sourit.

— Oui.

Tandis qu'il la servait, elle dit :

— Tu sais, le second bol est toujours le meilleur.

— Je ne pourrais pas être plus d'accord avec toi.

Bella tapota les pétales de maïs avec le dos de sa cuillère.

— Je t'aime, mon frère.

— Je t'aime aussi, ma sœur. Je t'aimerai toujours.

— Je pense que *mahmen* est dans l'Estompe et nous observe. Je ne sais pas si tu crois à ce genre de choses, mais elle y croyait, et j'y suis venue après la naissance de Nalla.

Il savait qu'ils avaient failli perdre Bella sur la table d'accouchement, et il se demanda ce qu'elle avait vu lors de ces instants où son âme n'était ni ici ni là-bas. Il n'avait jamais beaucoup réfléchi à la vie après la mort, mais il était prêt à parier qu'elle avait raison. Si quelqu'un veillait sur ses descendants depuis l'Estompe, ce serait leur aimable et pieuse mère.

Cela lui procura réconfort et détermination.

De là-haut, sa mère n'aurait jamais à s'inquiéter de son problème. Pas à cause de lui.

— Oh, regarde, il neige, s'exclama Bella.

Il regarda par la fenêtre. Dans la lumière des lampes à pétrole le long de l'allée, de petits points blancs virevoltaient.

— Elle aurait adoré cela, murmura-t-il.

— *Mahmen* ?

— Tu te rappelles qu'elle avait l'habitude de s'asseoir dans un fauteuil et de regarder les flocons tomber ?

— Elle ne les regardait pas tomber.

Vhen fronça les sourcils.

— Bien sûr que si. Pendant des heures, elle…

Bella secoua la tête.

— Elle appréciait le paysage après leur chute.

— Comment le sais-tu ?

— Je le lui ai demandé, une fois. Tu sais, pourquoi elle s'asseyait et regardait dehors si longtemps. (Bella réinstalla Nalla dans ses bras et effleura une mèche rebelle du bébé.) Elle disait que c'était parce que, quand la neige recouvrait le sol, les branches et les toits, elle se souvenait de l'époque où elle était de l'autre côté avec les Élues, où tout allait bien. Elle disait… qu'une fois la neige tombée, elle revenait au moment où elle se trouvait avant sa chute. Je n'ai jamais compris ce que cela voulait dire, et elle ne me l'a jamais expliqué.

Vhen regarda de nouveau dehors. Au rythme auquel tombaient les flocons, il faudrait un moment avant que le paysage soit blanc.

Pas étonnant que sa mère ait regardé pendant des heures.

Kolher se réveilla dans l'obscurité, mais c'était une obscurité délicieuse, familière et heureuse. Sa tête reposait sur son oreiller, son dos sur le matelas, ses couvertures étaient remontées jusqu'à son menton et l'odeur de sa *shellane* lui imprégnait les narines.

Il avait dormi voluptueusement pendant un long moment ; il le savait parce qu'il avait besoin de remuer. Et son mal de tête s'était envolé. Envolé… Mon Dieu, il vivait avec la douleur depuis si longtemps que ce n'était qu'en son absence qu'il comprenait à quel point les choses allaient mal.

Étirant son corps massif, il banda les muscles de ses jambes et de ses bras jusqu'à ce que ses épaules craquent, que ses vertèbres s'alignent et qu'il se sente merveilleusement bien.

Se retournant, il trouva Beth à tâtons, glissa un bras autour de sa taille et se blottit contre elle, enfouissant son visage dans la chevelure douce sur sa nuque. Elle dormait toujours sur le côté droit, et se pelotonner en cuillère lui convenait parfaitement : il aimait entourer son corps plus petit du sien, bien plus grand, parce qu'ainsi il avait l'impression d'être assez fort pour la protéger.

Il garda néanmoins les hanches à distance. Son sexe était droit et décidé, mais il était déjà heureux d'être allongé avec elle et n'allait pas gâcher ce moment en la gênant.

— Hmmm, dit-elle en lui caressant le bras. Tu es réveillé.

— Oui.

Et bien plus.

Elle remua pour se retourner dans ses bras et lui faire face.

— Est-ce que tu as bien dormi ?

— Oh que oui.

Il sentit qu'on lui tirait gentiment les cheveux et il sut qu'elle jouait avec leurs extrémités bouclées. Il était heureux de les garder aussi longs. Même s'il devait attacher sa lourde chevelure quand il allait se battre, et qu'il lui fallait une éternité pour la sécher – si longtemps, en fait, qu'il devait utiliser un sèche-cheveux, ce qui ne faisait pas trop viril – Beth l'adorait. Il se rappela les nombreuses fois où elle l'avait déployée sur ses seins nus…

Bon, lever le pied serait une bonne idée. Encore des pensées de ce genre et il devrait lui faire l'amour ou perdre la tête.

— J'adore tes cheveux, Kolher.

Dans l'obscurité, sa voix calme ressemblait au contact de ses doigts, délicat et foudroyant.

— J'adore que tu les touches, répondit-il d'une voix rauque. Que tu y mettes les doigts, que tu en fasses ce que tu veux.

Ils passèrent Dieu seul sait combien de temps allongés face à face, Beth entrelaçant ses doigts aux lourdes ondulations.

— Merci, dit-elle doucement. De m'avoir prévenue pour ce soir.

— J'aurais préféré avoir de bonnes nouvelles à t'apporter.

— Je suis quand même contente que tu me l'aies dit. Je préfère le savoir.

Il trouva son visage à tâtons et, tandis qu'il effleurait du bout des doigts ses joues et son nez jusqu'à ses lèvres, il la voyait avec ses mains et la reconnaissait avec son cœur.

— Kolher…

Elle posa la main sur son érection.

— Oh, putain…

Ses hanches avancèrent, le bas de son dos s'arc-boutant.

Elle rit doucement.

— Ton langage amoureux est digne d'un camionneur.

— Je suis désolé, je…

Son souffle se coinça dans sa gorge quand elle le caressa par-dessus le caleçon qu'il avait enfilé par respect pour elle.

— Pu… je veux dire…

— Non, cela me plaît. C'est toi.

Elle l'allongea et grimpa sur ses hanches… bon sang. Il savait qu'elle s'était couchée avec une chemise de nuit en flanelle, mais où que soit la chose, elle ne lui couvrait pas les jambes, parce que son sexe doux et chaud frôla son membre dressé.

Kolher grogna et perdit tout contrôle. D'un bond, il la plaqua sur le dos, fit glisser sur ses cuisses le Calvin Klein qu'il portait rarement et la pénétra d'un coup de reins vigoureux. Quand elle poussa un cri et lui laboura le dos de ses ongles, ses crocs sortirent complètement et se mirent à lui élancer.

— J'ai besoin de toi, dit-il. J'ai besoin de ça.

— Moi aussi.

Il ne lui épargna rien de sa puissance, mais elle aimait de temps à autre faire l'amour de cette manière crue et sauvage, le corps de Kolher marquant durement le sien.

Le rugissement qu'il poussa en jouissant en elle secoua la peinture à l'huile accrochée au-dessus de leur lit et fit s'entrechoquer les bouteilles de parfum sur la coiffeuse, et il continua à aller et venir, plus fauve qu'amant civilisé. Mais quand l'odeur de Beth lui parvint, il sut qu'elle avait envie de lui exactement comme il était : chaque fois qu'il avait un orgasme, elle jouissait avec lui, son sexe agrippant le sien et l'attirant, le gardant en elle.

D'une voix essoufflée, elle ordonna :

— Prends ma veine…

Il siffla comme un prédateur et s'inclina sur son cou, la mordant profondément.

Le corps de Beth sursauta sous le sien et, entre leurs hanches, il sentit une chaleur humide qui n'avait rien à voir avec sa semence. Dans sa bouche, le sang de Beth était le don de la vie, épais sur sa langue et dans sa gorge, emplissant son estomac d'une chaleur infernale, allumant sa chair de l'intérieur.

Ses hanches reprirent leur ondulation tandis qu'il se nourrissait, procurant autant de plaisir à Beth qu'à lui-même, et quand il eut bu tout son soûl, il lécha les marques de morsure, puis recommença à lui faire l'amour, soulevant l'une de ses jambes pour la pénétrer plus profondément pendant qu'il allait et venait férocement. Quand ils eurent de nouveau atteint le paroxysme du plaisir, il posa la main derrière sa tête et amena ses lèvres contre sa gorge.

Il n'eut pas le temps de dire quoi que ce soit. Elle le mordit et, à l'instant où ses pointes acérées lui percèrent la peau et où il sentit la douce piqûre de la douleur, un nouvel orgasme l'emporta, plus violent que les autres : savoir qu'il lui procurait ce dont elle avait besoin et envie, qu'elle vivait grâce à ce qui palpitait dans ses veines, était d'un érotisme infini.

Quand sa *shellane* eut fini et refermé les plaies en les léchant, il roula sur le dos et les maintint unis, dans l'espoir que…

Oh, oui, il fut bien chevauché. Quand elle prit la direction des opérations, il posa les mains sur ses seins et découvrit qu'elle portait toujours sa chemise de nuit, aussi la fit-il passer par-dessus sa tête et la jeta-t-il au diable vauvert. Ses seins à présent dénudés étaient si lourds et emplissaient si pleinement ses mains qu'il ne put que se courber et prendre l'une de ses pointes dans la bouche. Il la suça tandis qu'elle faisait onduler son bassin jusqu'à ce que, les sensations devenant trop incontrôlables, il doive se laisser retomber sur le lit.

Beth poussa un cri, emportant Kolher dans sa jouissance, et ensemble ils atteignirent le paroxysme du plaisir. Elle s'effondra à son côté et ils restèrent allongés, essoufflés.

— C'était incroyable, murmura-t-elle.

— Foutrement incroyable.

Il tâtonna dans l'obscurité jusqu'à trouver sa main et ils demeurèrent ainsi un moment.

— J'ai faim, dit-elle.

— Moi aussi.

— Allez, laisse-moi descendre nous chercher quelque chose.

— Je ne veux pas que tu partes. (Il la tira par la main, l'attirant contre lui, l'embrassant.) Tu es la meilleure femelle qu'un mâle puisse avoir.

— Moi aussi je t'aime.

Comme s'ils ne formaient plus qu'un, leurs estomacs grondèrent de concert.

— OK, il est peut-être temps de manger. (Kolher lâcha sa *shellane* tandis qu'ils riaient.) Attends, laisse-moi allumer la lumière pour que tu retrouves ta chemise de nuit.

Instantanément, il sut que quelque chose n'allait pas. Beth cessa de glousser et devint mortellement silencieuse.

— *Leelane* ? Est-ce que ça va ? Est-ce que je t'ai fait mal ? (Oh Seigneur, il avait été si brutal…) Je suis désolé…

Elle l'interrompit d'une voix étranglée.

— Ma lampe est allumée, Kolher. Je lisais avant de m'endormir.

Chapitre 41

John prit son temps dans la douche de Xhex, se lavant scrupuleusement, non parce qu'il était sale, mais parce qu'il se disait que lui aussi pouvait rentrer dans son jeu et faire comme si tout ce qui s'était passé ne signifiait rien.

Après le départ de Xhex bien des heures plus tôt, sa première pensée avait été mauvaise. Il n'allait pas mentir : tout ce qu'il voulait était marcher sous le soleil et en finir avec cette blague pourrie qu'était sa vie.

Il avait échoué sur bien des points. Il ne parlait pas. Il était nul en maths. Son sens de la mode, si on le laissait se débrouiller tout seul, était anémique. Il n'était pas particulièrement doué avec les émotions. Il perdait généralement au gin-rami et toujours au poker. Et il avait encore beaucoup d'autres défauts.

Mais être lamentable au lit était le pire de tous.

Pendant qu'il était allongé sur la couche de Xhex et envisageait le suicide, il se demandait pourquoi être un désastre en matière de baise lui semblait la plus importante de toutes ses défaillances.

Peut-être était-ce parce que le dernier chapitre de sa vie sexuelle l'avait emmené dans un territoire encore plus escarpé et hostile. Ou parce que le désastre le plus récent restait si vif dans sa mémoire.

Peut-être était-ce la goutte d'eau qui faisait tout déborder.

À la manière dont il voyait les choses, il avait baisé deux fois, et les deux fois on l'avait pris. La première, violemment et contre sa volonté puis, quelques heures plus tôt, avec son consentement total et absolu. Les conséquences de ces deux expériences avaient été atroces, et, durant le temps qu'il avait passé sur le lit de Xhex, il avait tenté de se libérer de ses blessures et avait globalement échoué. Forcément.

Mais quand la nuit était tombée, il s'était calmé en comprenant qu'il laissait les autres lui embrouiller la tête. Il n'avait rien fait de mal, dans un cas comme dans l'autre. Donc à quoi pensait-il en souhaitant achever sa propre vie alors que ce n'était pas lui le problème ?

La réponse ne consistait pas à se transformer en équivalent vampire de prostituée.

Merde, non. La réponse était de n'être plus jamais, jamais, une victime.

Dorénavant, quand il s'agirait de baiser, ce serait lui qui prendrait.

John sortit de la douche, sécha son corps vigoureux et se tint devant le miroir, évaluant ses muscles et sa puissance. Quand il souleva ses testicules, son sexe lourd pesait agréablement dans sa main.

Non. Il ne serait plus la victime des autres. Il était temps de grandir, bordel.

John s'habilla rapidement et se sentit étrangement plus grand quand il attacha ses armes et se dirigea vers son téléphone.

Il ne voulait plus être un enfoiré faible et pleurnichard.

Son texto à Vhif et Blay fut bref et délicat : « Retrouvez-moi au *Zero Sum*. Je vais me défoncer et j'espère que vous aussi. »

Après l'avoir envoyé, il regarda les appels en absence. Beaucoup de gens avaient essayé de le joindre sur son portable pendant la journée, essentiellement Blay et Vhif, qui visiblement avaient appelé environ toutes les deux heures. Il y avait également un numéro privé qui avait essayé à trois reprises.

Au final, il avait deux messages vocaux et, sans curiosité particulière, il accéda à son répondeur et écouta, s'attendant à ce que le numéro inconnu soit une erreur.

Mais ce n'était pas le cas.

La voix de Tohrment était fatiguée et basse :

— Salut, John, c'est moi, Tohr. Écoute… Je, euh, je ne sais pas si tu auras ce message, mais peux-tu m'appeler si c'est le cas ? Je m'inquiète pour toi. Je m'inquiète pour toi et je veux te dire que je suis désolé. Je sais que je suis vraiment à côté de la plaque depuis un bon moment, mais je reviens. Je suis allé… je suis allé au Tombeau. C'est là que j'étais. Il fallait que j'y retourne pour voir… Merde, je ne sais pas… Je devais voir où tout avait commencé avant de pouvoir me secouer et revenir à la réalité. Et ensuite je, euh, je me suis nourri hier soir. Pour la première fois depuis… (la voix se brisa et il y eut une vive inspiration) depuis que Wellsie est morte. Je ne pensais pas pouvoir m'en remettre, mais si. Cela va me prendre du temps pour…

À cet endroit le message s'interrompit et la voix automatique lui demanda s'il souhaitait archiver ou effacer. Il appuya pour passer au message suivant.

C'était à nouveau Tohr :

— Salut, excuse, j'ai été coupé. Je voulais juste te dire que j'étais désolé de t'avoir mis la tête à l'envers. Ce n'était pas juste. Tu la pleurais toi aussi, et je n'étais pas là pour t'aider, et j'aurai toujours ce poids sur la conscience. Je t'ai abandonné quand tu avais besoin de moi. Et… je suis vraiment désolé. Mais j'ai cessé de fuir. Je n'irai nulle part. Je suppose… je suppose que je suis ici et que c'est là que je suis. Merde, je dis n'importe quoi. Écoute, rappelle-moi et dis-moi que tu vas bien, s'il te plaît. Au revoir.

Il y eut un bip puis la voix automatique s'éleva de nouveau : « Archiver ou effacer ? »

Quand John ôta le téléphone de son oreille et regarda l'objet, il eut un instant d'hésitation. L'enfant sommeillant au fond de lui aurait voulu appeler son père.

Un texto de Vhif apparut sur l'écran, l'arrachant à sa crise infantile.

John effaça le second message vocal de Tohr, et quand on lui demanda s'il voulait réécouter le premier message, il l'effaça également.

Le texto de Vhif disait seulement : « On sera là. »

Parfait, se dit John en ramassant sa veste en cuir et en sortant.

Pour quelqu'un qui n'avait pas de travail et beaucoup de factures, Ehlena n'aurait pas dû être de bonne humeur.

Quand elle se dématérialisa pour aller au Commodore, néanmoins, elle était heureuse. Avait-elle des problèmes ? Oui, aucun doute : si elle ne trouvait pas rapidement un travail, son père et elle risquaient de perdre leur toit. Mais elle avait posé sa candidature pour un poste de femme de ménage dans une famille de vampires pour dépanner, et envisageait de s'essayer au monde humain. Le secrétariat médical était une idée, le seul problème étant qu'elle n'avait pas d'identité humaine digne de ce nom, et s'en procurer une lui coûterait cher. Toutefois, Lusie était payée jusqu'à la fin de la semaine, et son père était ravi que son « histoire », comme il l'appelait, ait plu à sa fille.

Et puis il y avait Vhen.

Elle ignorait le tour que prendrait leur relation, mais ça pouvait marcher entre eux, et le sentiment d'espoir et d'optimisme que cela créait la stimulait dans les autres aspects de sa vie, même cette satanée recherche d'emploi.

Prenant forme sur la terrasse du bon appartement, elle sourit en voyant les flocons tourbillonner dans le vent et se demanda pourquoi, dès qu'ils tombaient, le froid ne paraissait pas si froid.

Quand elle se retourna, elle aperçut une forme massive derrière la vitre. Vhengeance l'attendait et l'observait, et le fait qu'il était aussi impatient qu'elle la fit sourire, ses dents de devant lui picotant dans le froid.

Avant qu'elle n'arrive, la porte devant lui s'ouvrit en glissant, et il parcourut la distance qui les séparait, le vent d'hiver s'insinuant dans son manteau de zibeline et l'écartant de son corps. Ses yeux d'améthyste brillants lancèrent un éclair. Sa démarche n'était que puissance. Son aura était indéniablement mâle.

Le cœur d'Ehlena fit un bond quand il s'arrêta devant elle. À la lueur de la ville, son visage était à la fois dur et tendre, et même si cela le gelait sans doute jusqu'à la moelle, il ouvrit son manteau, l'invitant à partager sa maigre chaleur corporelle.

Ehlena s'y blottit et l'entoura de ses bras, inspirant profondément son odeur.

La bouche de Vhengeance s'approcha de son oreille :

— Tu m'as manqué.

Elle ferma les yeux, se disant que ces petits mots étaient aussi agréables qu'un « Je t'aime ».

— Tu m'as manqué, toi aussi.

Quand il rit doucement d'un air satisfait, elle entendit et sentit sa poitrine gronder. Il l'attira plus près.

— Tu sais, quand tu es contre moi comme ça, je n'ai pas froid.

— J'en suis heureuse.

— Moi aussi.

Il les fit pivoter pour qu'ils contemplent tous deux la neige qui tapissait la terrasse, les gratte-ciel du centre-ville et les deux ponts avec leurs rayures de phares jaunes et rouges.

— Je ne suis jamais parvenu à apprécier cette vue de manière aussi personnelle et intime. Avant toi… je ne l'avais vue qu'au travers de la vitre.

Maintenue dans la chaleur enveloppante de son corps et de son manteau, Ehlena éprouva un sentiment de triomphe qu'ils aient réussi à surmonter ensemble le froid.

La tête appuyée contre le cœur de Vhengeance, elle dit :

— C'est magnifique.

— Oui.

— Et pourtant… je ne sais pas, toi seul me parais réel.

Vhengeance recula et lui releva le menton d'un doigt. Quand il sourit, elle vit que ses crocs étaient plus longs et cela l'excita instantanément.

— Je me disais exactement la même chose, répondit-il. En cet instant, je ne vois rien d'autre que toi.

Il baissa la tête et l'embrassa, longtemps, pendant que les flocons de neige dansaient autour d'eux comme s'ils étaient une force centrifuge, entraînant leur propre univers dans un lent tournoiement.

Quand elle glissa les bras autour de sa nuque et qu'ils se laissèrent emporter, Ehlena ferma les yeux.

Elle ne vit pas plus que Vhengeance ne ressentit la présence qui se matérialisa sur le toit de l'appartement…

Et les regarda haineusement de ses yeux rouges et luisants, de la couleur du sang fraîchement répandu.

Chapitre 42

— S'il te plaît, essaie de ne pas cligner des yeux… OK, c'est bon.

Doc Jane passa à l'œil gauche de Kolher, dirigeant le faisceau de la lampe de diagnostic directement au fond de son cerveau, d'après ce qu'il en comprenait. Tandis que le rayon lumineux le transperçait, il dut lutter contre l'envie irrépressible de rejeter la tête en arrière.

— Ça ne te plaît vraiment pas, murmura-t-elle en éteignant la lampe.

— Non.

Il se frotta les yeux et remit ses lunettes de soleil, incapable de voir quoi que ce soit hormis deux trous noirs.

Beth parla.

— Mais ce n'est pas inhabituel. Il n'a jamais supporté la lumière.

Quand sa voix s'estompa, il lui prit la main et la serra pour tenter de la rassurer – ce qui, si cela fonctionnait, aurait dû également le rassurer.

En parlant de choses qui fâchent. Une fois qu'il avait été clair que ses yeux avaient pris des vacances imprévues, Beth avait appelé Doc Jane, qui se trouvait dans la nouvelle clinique au sous-sol. Le médecin aurait voulu effectuer immédiatement la consultation à domicile, mais Kolher avait insisté pour se déplacer chez elle. La dernière chose qu'il souhaitait était que Beth apprenne de mauvaises nouvelles dans leur chambre conjugale et, presque aussi important, dans ce lieu sacré pour lui. En dehors de Fritz qui venait faire le ménage, personne n'entrait dans leur chambre. Pas même les frères.

En outre, Doc Jane voudrait effectuer des tests. Les médecins voulaient toujours effectuer des tests.

Persuader Beth avait pris du temps, mais Kolher avait enfilé ses lunettes de soleil, passé un bras autour des épaules de sa *shellane* et ensemble ils avaient quitté leur chambre, descendu l'escalier privé et étaient parvenus à la galerie du premier étage. En chemin, il avait trébuché à plusieurs reprises, se prenant les rangers dans les coins des tapis, oubliant où se trouvaient les marches, et l'avancée brouillonne avait été une révélation. Il ne soupçonnait pas qu'il comptait à ce point sur sa vision défectueuse.

Sainte... douce Vierge scribe, avait-il pensé. *Et si je devenais aveugle à titre permanent ?*

Je ne le supporterais pas. Tout simplement.

Heureusement, à mi-chemin du tunnel qui menait au centre d'entraînement, sa tête lui avait élancé à plusieurs reprises et la lumière provenant du plafond avait soudain transpercé ses lunettes de soleil. Ou plutôt, ses yeux s'en étaient rendu compte. Il s'était arrêté, avait cligné des yeux et remonté ses lunettes sur son front, mais avait dû immédiatement les remettre en place quand il avait levé la tête vers les tubes fluorescents.

Ainsi, tout n'était pas perdu.

Doc Jane se plaça devant lui et croisa les bras, resserrant les pans de sa blouse blanche. Elle était parfaitement solide, sa forme fantomatique aussi substantielle que lui ou Beth, et il sentait presque ses pensées fusant à toute allure tandis qu'elle l'examinait.

— Tes pupilles ne répondent virtuellement plus, mais c'est avant tout parce qu'elles sont quasiment contractées...

Bon sang, j'aurais aimé établir des mesures de référence pour toi. Tu dis que la cécité s'est manifestée brusquement ?

— Je suis allé me coucher et je me suis réveillé incapable de voir quoi que ce soit. J'ignore précisément quand c'est arrivé.

— Autre chose ?

— En dehors du fait que je n'avais plus de migraine ?

— Est-ce que tu en avais, ces derniers temps ?

— Oui. À cause du stress.

Doc Jane fronça les sourcils. Ou tout du moins il sentit qu'elle le faisait. Pour lui, son visage était une brume pâle avec des cheveux blonds et courts, aux traits indistincts.

— J'aimerais que tu passes un scanner chez Havers.

— Pourquoi ?

— Pour vérifier plusieurs choses. Donc, attends, tu t'es simplement réveillé et ta vue avait disparu…

— Pourquoi veux-tu un scanner ?

— Je veux m'assurer qu'il n'y ait rien d'anormal dans ton cerveau.

La main de Beth se resserra sur la sienne comme si elle essayait de le pousser à se détendre, mais la panique le rendit grossier.

— De quel genre ? Bordel de merde, Doc, parle-moi.

— Une tumeur.

Beth et lui en eurent le souffle coupé, et Doc Jane poursuivit rapidement :

— Les vampires n'ont pas de cancer. Mais il y a eu des cas de grosseurs bénignes et cela pourrait expliquer les migraines. À présent, réexplique-moi : tu t'es réveillé et… ta vue avait tout simplement disparu. S'est-il passé quelque chose d'inhabituel avant que tu t'endormes ? Après ?

— Je… (Putain de merde.) Je me suis réveillé et je me suis nourri.

— Combien de temps s'était écoulé depuis la fois précédente ?

Beth répondit :

— Trois mois environ.

— Un long moment, murmura le médecin.

— Alors tu penses que ce pourrait être ça ? demanda Kolher. Je ne me suis pas assez nourri et j'ai perdu la vue, mais quand j'ai pris sa veine, celle-ci est revenue et…

— Je pense que tu as besoin d'un scanner.

Elle ne disait aucune absurdité, rien contre quoi argumenter. Donc, quand il entendit qu'on ouvrait le clapet d'un téléphone et qu'on composait un numéro, il la boucla, même si cela le tuait.

— Je vais voir quand Havers peut te recevoir.

Ce qui serait dans un rien de temps, à n'en pas douter. Kolher et le médecin de l'espèce avaient eu des différends, à l'époque de Marissa, mais le mâle avait toujours été disponible en cas de nécessité.

Quand Doc Jane se mit à parler, Kolher interrompit la conversation.

— Ne dis pas à Havers pourquoi on le fait. Toi, et toi seule, auras accès aux résultats. On est d'accord ?

Des spéculations sur son aptitude à régner étaient bien la dernière chose dont ils avaient besoin.

Beth parla.

— Dis-lui que c'est pour moi.

Doc Jane hocha la tête et mentit sans problème et, tandis qu'elle organisait tout, Kolher attira Beth contre lui.

Aucun d'eux ne dit quoi que ce soit : de quoi auraient-ils pu parler ? Ils étaient morts de trouille : la vision de Kolher était pourrie, mais il avait besoin du peu dont il disposait. Sans ça, qu'allait-il faire ?

— Je dois me rendre à cette réunion du Conseil à minuit, dit-il à voix basse.

Beth se raidit, et il secoua la tête.

— Politiquement parlant, je dois y aller. Les choses sont trop instables en ce moment pour que je ne m'y pointe pas, ou que j'essaie de la décaler à une autre nuit. Je dois venir en position de force.

— Et si tu perds la vue en plein milieu ? siffla-t-elle.

— Alors je ferai semblant de voir jusqu'à en être sorti.

— Kolher…

Doc Jane raccrocha le téléphone.

— Il peut te voir immédiatement.

— Combien de temps cela prendra-t-il ?

— Environ une heure.

— Parfait. J'ai une obligation à minuit.

— Et si on voyait ce que dit le scan…

— Je dois…

Doc Jane l'interrompit avec une autorité qui lui rappela que, pour la circonstance, il était un patient, pas le roi.

— « Devoir » est un terme relatif. Voyons ce qu'il se passe là-dedans et ensuite tu décideras quel « devoir » tu as à accomplir.

Ehlena aurait pu rester éternellement sur la terrasse avec Vhengeance, mais il lui chuchota qu'il leur avait préparé à manger, et être assise face à lui à la lueur des bougies lui paraissait tout aussi génial.

Après un dernier et long baiser, ils entrèrent, toujours enlacés, elle blottie contre lui, le bras de Vhengeance autour de sa taille, sa main à elle posée sur son dos à lui, entre ses omoplates. Il faisait chaud dans l'appartement, si bien qu'elle ôta son manteau et le posa sur l'un des canapés de cuir noir à dossier bas.

— J'ai pensé que nous mangerions dans la cuisine.

Dommage pour les bougies, mais c'était sans importance. Tant qu'elle était avec lui, elle rayonnait suffisamment pour illuminer tout l'appartement.

Vhengeance lui prit la main et lui fit traverser la salle à manger pour passer la porte de service à battants. La cuisine était en granit noir et acier inoxydable, très citadine et élégante, et à l'une des extrémités du comptoir, qui faisait un surplomb, étaient disposés deux couverts devant deux tabourets hauts. Une bougie blanche était allumée, sa flamme paresseuse surmontant le piédestal de cire, qui fondait doucement.

— Oh, cela sent délicieusement bon. (Elle se hissa sur l'un des tabourets.) De l'italien. Et tu disais que tu ne savais cuisiner qu'un seul plat ?

— Oui, j'ai vraiment trimé pour le dîner.

Il se tourna vers le four avec une courbette et en sortit un plat dans lequel…

Ehlena éclata de rire.

— Des pizzas.

— Uniquement le meilleur pour toi.

— DiGiorno ?

— Bien sûr. Et j'ai pris des suprêmes. J'ai pensé que tu retirerais ce que tu n'aimes pas. (Il se servit de pincettes en argent pour déposer les pizzas dans les assiettes, puis reposa la plaque du four sur la cuisinière.) J'ai également du vin rouge.

Quand il s'approcha avec la bouteille, elle ne put que le dévisager et sourire.

— Tu sais, dit-il en versant du vin dans son verre, j'aime la façon dont tu me regardes.

Elle se cacha le visage derrière ses mains.

— Je ne peux pas m'en empêcher.

— N'essaie pas. J'ai l'impression d'être plus grand.

— Et ce n'est pas comme si tu étais tout petit.

Elle tenta de se ressaisir, mais avait seulement envie de rire bêtement tandis qu'il remplissait son propre verre, reposait la bouteille et prenait place à côté d'elle.

— Bon appétit, dit-il en prenant son couteau et sa fourchette.

— Oh, mon Dieu, je suis contente que tu fasses cela, toi aussi.

— Fasse quoi ?

— Que tu manges ta pizza avec un couteau et une fourchette. Les autres infirmières au travail me le font vraiment… (Elle n'acheva pas sa phrase.) Enfin, bref, je suis contente de voir que je ne suis pas seule.

Ils attaquèrent tous les deux leur dîner, la pâte croustillant sous l'assaut de leurs couteaux.

Vhengeance attendit qu'elle ait pris la première bouchée pour dire :

— Laisse-moi t'aider dans ta recherche d'emploi.

Il avait parfaitement prévu son coup, parce qu'elle ne parlait jamais la bouche pleine, aussi disposait-il d'assez de temps pour continuer.

— Laisse-moi vous soutenir ton père et toi jusqu'à ce que tu trouves un autre travail qui te paie autant que ce que tu gagnais à la clinique. (Elle se mit à secouer la tête, mais il leva la main.) Attends, réfléchis à ma proposition. Si je ne m'étais pas comporté en crétin, tu n'aurais pas commis la faute qui t'a fait licencier. Ce n'est donc que justice si je fais amende honorable et, si cela peut t'aider, aborde le sujet d'un point de vue légal. D'après le droit ancien, je te suis redevable, et je suis tout sauf irrespectueux des lois.

Elle s'essuya la bouche.

— Cela me paraît juste… bizarre.

— Parce que pour une fois quelqu'un t'aide, au lieu du contraire ?

Eh bien, oui, en fait.

— Je ne veux pas abuser de toi.

— Mais c'est moi qui ai proposé et, crois-moi, j'en ai les moyens.

C'est vrai, se dit-elle en regardant son manteau, l'argenterie avec laquelle il mangeait, l'assiette en porcelaine et…

— Tu as d'excellentes manières à table, murmura-t-elle sans raison.

Il s'arrêta.

— C'est grâce à ma mère.

Ehlena posa la main sur son épaule musclée.

— Puis-je te redire que je suis désolée ?

Il s'essuya la bouche avec une serviette.

— Tu peux faire mieux pour moi.

— Quoi donc ?

— Laisse-moi prendre soin de toi. Afin que ta recherche d'emploi te permette de trouver quelque chose que tu veux faire plutôt que te précipiter ventre à terre sur un job pour payer les factures. (Il leva les yeux au plafond et posa la main sur sa poitrine comme s'il avait des vapeurs.) Cela soulagerait tellement mes souffrances. Toi et toi seule as le pouvoir de me sauver.

Ehlena émit un petit rire, sans pouvoir garder l'air joyeux. Sous la surface, elle sentait qu'il avait mal, et cette douleur transparaissait dans les ombres sous ses yeux et la ligne dure de sa mâchoire. Visiblement, il faisait un effort pour être normal en sa présence et, même si elle lui en était reconnaissante, elle ignorait comment le faire lâcher prise sans faire pression sur lui.

Ils étaient vraiment des étrangers l'un pour l'autre… Malgré tout le temps qu'ils avaient passé ensemble au cours des derniers jours, que savait-elle exactement de lui ? De sa lignée ? Quand elle était avec lui ou qu'ils discutaient au téléphone, elle avait l'impression de savoir tout ce qu'il fallait mais, en étant réaliste, qu'avaient-ils en commun ?

Il fronça les sourcils en baissant ses mains et se remit à couper sa pizza.

— Ne fais pas cela.

— Pardon ?

— Ne cogite pas. Ce n'est bon ni pour toi ni pour moi. (Il prit une gorgée de vin.) Je ne vais pas me montrer impoli et lire dans ton esprit, mais je ressens ce que tu éprouves, et c'est de la distance. Ce n'est pas ce que je recherche. Pas quand il s'agit de toi. (Son regard améthyste se posa franchement sur elle.) Fais-moi confiance, je prendrai soin de toi, Ehlena. N'en doute jamais.

En le regardant, elle le crut à cent pour cent. Absolument. Catégoriquement.

— Non. Je te fais confiance.

Une expression fugitive passa sur le visage de Vhengeance, mais il la dissimula.

— Bien. À présent, finis ton dîner et admets qu'accepter mon aide est la chose à faire.

Ehlena recommença à manger, dégustant lentement sa pizza. Quand elle eut fini, elle reposa ses couverts sur le bord droit de l'assiette, s'essuya la bouche et prit une gorgée de vin.

— D'accord. (Elle lui jeta un coup d'œil.) Je vais te laisser m'aider.

Un sourire s'épanouit sur son visage, parce qu'il était parvenu à ses fins, mais elle mit rapidement un terme à sa satisfaction digne d'un coq de basse-cour.

— Mais avec des conditions.

Il éclata de rire.

— Tu mets des restrictions à un cadeau que l'on te fait ?

— Ce n'est pas un cadeau. (Elle le dévisagea, terriblement sérieuse.) C'est uniquement jusqu'à ce que je trouve un travail, pas le boulot de mes rêves. Et je veux te rembourser.

Il perdit un peu de sa superbe.

— Je ne veux pas de ton argent.

— Et il en va de même pour moi avec le tien. (Elle replia sa serviette.) Je sais que tu n'as pas de problèmes financiers, mais il n'y a que de cette manière que j'accepterai.

Il se renfrogna.

— Mais tu ne me verseras pas d'intérêts. Je n'accepterai pas un centime d'intérêt.

— Nous sommes d'accord.

Elle lui tendit la main et attendit.

Il jura. Et jura encore.

— Je ne veux pas que tu me rembourses.

— Tant pis pour toi.

Quand la bouche de Vhengeance eut émis quelques jurons bien sentis, il mit la main dans la sienne et la serra.

— Tu es dure en affaires, tu sais, dit-il.

— Mais tu me respectes pour cela, non ?

— Eh bien oui. Et cela me donne envie de te déshabiller.

— Oh…

Ehlena rougit de la tête aux pieds quand il glissa de son tabouret et la domina de toute sa hauteur, lui prenant délicatement le visage dans ses mains.

— Me laisseras-tu t'emmener au lit ?

Vu la façon dont ses yeux violets brillaient en la regardant, elle était prête à le laisser lui faire l'amour par terre dans la cuisine s'il le demandait.

— Oui.

Un grondement résonna dans sa poitrine quand il l'embrassa.

— Devine quoi ?

— Quoi ? souffla-t-elle.

— C'était la bonne réponse.

Vhengeance la souleva du tabouret et déposa un baiser rapide et doux sur ses lèvres. Sa canne à la main, il l'emmena de l'autre côté de l'appartement, traversant des pièces qu'elle ne voyait pas, surplombant un panorama qu'elle ne chercha pas à admirer. Elle subissait l'attente insoutenable des caresses à venir.

Elle était impatiente… et se sentait en même temps coupable. Que pouvait-elle lui donner ? Elle était de nouveau là, à le désirer sexuellement, mais sans solution pour le soulager. Même s'il disait en tirer quelque chose, elle avait l'impression d'être...

— À quoi penses-tu ? demanda-t-il quand ils entrèrent dans la chambre.

Elle le regarda.

— Je veux être avec toi mais... je ne sais pas. J'ai l'impression de me servir de toi ou de...

— Tu ne te sers pas de moi. Crois-moi, je suis très habitué à ce qu'on se serve de moi. Ce qui se passe entre nous n'a rien à voir... (Il s'interrompit.) Non, je ne peux pas en dire plus parce que... Merde, j'ai besoin que ce moment avec toi soit simple. Juste toi et moi. J'en ai assez du reste du monde, Ehlena. Tellement assez.

Il s'agit de cette autre femelle, comprit-elle. Et, s'il ne voulait pas que quelqu'un partage ce moment, cela lui convenait.

— J'ai seulement besoin que ce soit bien, dit Ehlena. Entre toi et moi. Je veux que tu aies du plaisir, toi aussi.

— C'est le cas. Je n'arrive pas moi-même à y croire parfois, mais c'est le cas.

Vhen referma la porte derrière eux, appuya sa canne contre le mur et retira son manteau de zibeline. Son costume croisé en dessous était un autre chef-d'œuvre d'un goût exquis, cette fois-ci gris perle avec de fines rayures noires. Sa chemise était noire et les deux premiers boutons étaient défaits.

De la soie, songea-t-elle. *Cette chemise doit être en soie. Aucun autre tissu n'a cet éclat luminescent.*

— Tu es si belle ainsi, dit-il en la dévisageant. Debout dans la lumière.

Elle regarda son pantalon noir Gap et son pull à col roulé vieux de deux ans.

— Tu dois être aveugle.

— Pourquoi ? lui demanda-t-il en s'approchant d'elle.

— Eh bien, je me sens idiote de dire cela. (Elle lissa le devant de son pantalon de prêt-à-porter.) Mais j'aimerais avoir de plus beaux vêtements. Alors je serais belle.

Vhengeance marqua un temps d'arrêt.

Puis il la choqua en s'agenouillant devant elle.

Quand il leva les yeux, un sourire léger flottait sur ses lèvres.

— Tu ne comprends pas, Ehlena.

De ses mains douces, il lui caressa le mollet et lui fit avancer le pied, le posant sur sa cuisse. Quand il défit les lacets de ses baskets Keds bon marché, il chuchota :

— Peu importe ce que tu mets… à mes yeux, tu porteras toujours des diamants à tes pieds.

Quand il lui ôta sa chaussure et la regarda, elle observa son beau visage dur, ses yeux spectaculaires, sa mâchoire large et ses pommettes hautes.

Elle était en train de tomber amoureuse de lui.

Et, comme dans le cas de n'importe quelle chute, elle ne pouvait rien faire pour l'arrêter. Elle avait déjà sauté.

Vhengeance inclina la tête.

— Je suis seulement heureux que tu m'acceptes.

Les mots étaient si paisibles et humbles, à l'opposé de l'étonnante largeur de ses épaules.

— Comment pourrais-je faire autrement ?

Il secoua lentement la tête.

— Ehlena…

Il prononça son nom d'une voix rauque, comme si d'autres mots se cachaient derrière, des mots qu'il ne supportait pas de prononcer. Elle ne comprenait pas, mais elle savait ce qu'elle voulait faire.

Ehlena ôta le pied de la cuisse de Vhengeance, se mit à genoux et l'entoura de ses bras. Elle le serra tandis qu'il se blottissait contre elle, caressant sa nuque et la douce chevelure de sa crête.

Il paraissait si fragile tandis qu'il s'abandonnait contre elle, et elle prit conscience que si quelqu'un tentait de lui faire du mal, même s'il était parfaitement capable de se défendre, elle commettrait un meurtre. Pour le protéger, elle tuerait.

Cette conviction était aussi palpable que les os sous sa peau : même les puissants avaient parfois besoin de protection.

Chapitre 43

Vhen était le genre de mâle à tirer fierté de son œuvre, qu'il s'agisse d'enfourner des pizzas et de les faire cuire à la perfection, de verser du vin… ou de satisfaire Ehlena jusqu'à ce qu'elle ne soit plus qu'une femelle nue, alanguie et resplendissante, et profondément comblée.

—Je ne sens plus mes orteils, murmura-t-elle tandis que, partant de son entrejambe, il remontait en la couvrant de baisers.

—Est-ce une mauvaise chose ?

—Absolument pas.

Quand il s'arrêta pour lécher l'un de ses seins, elle ondula, et il sentit le mouvement contre son propre corps. Il était désormais habitué à ce que les sensations percent son brouillard engourdi, et il savourait l'écho de la chaleur et du frottement, ne s'inquiétant plus que son côté malfaisant s'échappe de sa cage de dopamine. Même si ce qu'il ressentait n'était pas aussi vif que quand il n'était pas sous traitement, cela suffisait pour que son corps soit indéniablement excité.

Vhen avait du mal à y croire, mais il lui avait semblé à maintes reprises pouvoir atteindre l'orgasme. Entre le goût d'Ehlena quand il léchait son sexe et la manière dont elle remuait les hanches sur le matelas, il avait failli péter les plombs.

Sauf qu'il valait mieux que son pénis reste en dehors de l'histoire. Sérieusement, comment allait-elle réagir ? *Je ne suis pas impuissant parce que, ô miracle, tu as déclenché mon instinct de marquage, donc le vampire en moi l'emporte sur le* symphathe. *Oui ! Bien sûr, cela signifie que tu vas devoir te coltiner ma pointe en même temps que le morceau de viande qui pend entre mes jambes depuis vingt-cinq ans. Mais allez, c'est excitant, non ?*

Oui, il était pressé d'amener Ehlena à la jouissance.

Absolument.

En outre, cela lui suffisait. La satisfaire, la combler sexuellement, suffisait…

—Vhen… ?

Il leva la tête de son sein. Vu le ton rauque de sa voix et la lueur érotique dans ses yeux, il était prêt à accepter n'importe quoi.

—Oui ?

Il lui lécha le téton.

—Ouvre la bouche pour moi.

Il fronça les sourcils, mais s'exécuta, se demandant pourquoi…

Ehlena tendit la main et toucha l'une de ses canines entièrement sorties.

—Tu as dit que tu aimais me donner du plaisir, et cela se voit. Elles sont longues… aiguisées… et blanches…

Tandis qu'elle remuait les cuisses comme si tout ce qu'elle mentionnait l'excitait, il sut où tout cela les menait.

—Oui, mais…

—Donc cela me ferait plaisir que tu en fasses usage sur moi. Tout de suite.

—Ehlena…

L'éclat particulier de son teint commença à quitter son visage.

—As-tu quelque chose contre mon sang ?

—Mon Dieu, non.

—Alors pourquoi ne veux-tu pas te nourrir sur moi ? (S'asseyant, elle posa un oreiller devant ses seins, ses cheveux blond vénitien tombant devant elle et dissimulant son visage.) Oh. Bien sûr. Tu t'es déjà nourri sur… elle ?

— Seigneur, non !

Il aurait préféré sucer le sang d'un éradiqueur. Putain, il aurait bu à une carcasse pourrissante de cerf sur le bord d'une autoroute plutôt que de prendre la veine de la Princesse.

— Tu ne prends pas sa veine ?

Il regarda Ehlena droit dans les yeux et secoua la tête.

— Je ne la prends pas. Et je ne la prendrai jamais.

Ehlena poussa un soupir et écarta ses cheveux de son visage.

— Je suis désolée. J'ignore si j'ai le droit de te poser ce genre de questions.

— Si. (Il lui prit la main.) Tu en as parfaitement le droit. Ce n'est pas… que tu ne puisses pas demander…

Il s'interrompit, ses univers entrant en collision les uns avec les autres, et toutes sortes de débris retombant autour de lui. Bien entendu, elle pouvait poser la question… C'était juste qu'il ne pouvait pas lui répondre.

Ou peut-être que si ?

— Tu es celle que je veux, dit-il simplement, collant au plus près de la vérité qu'il lui était possible. Tu es la seule que je veux prendre. (Il secoua la tête, comprenant ce qu'il venait de dire.) Avec qui je veux être. C'est ce que je voulais dire. Écoute, pour ce qui est de boire. Est-ce que je veux boire à ta veine ? Oh que oui. Mais…

— Alors il n'y a pas de « mais ».

Bien sûr que si. Il avait l'impression qu'il allait la monter s'il prenait sa veine. Son sexe y était d'ailleurs déjà prêt, et ils ne faisaient qu'en parler.

— Cela me suffit, Ehlena. Te donner du plaisir me suffit.

Elle se renfrogna.

— Alors tu dois avoir un problème avec mes origines.

— Pardon ?

— Crois-tu que mon sang soit faible ? Parce que, pour ce que cela vaut, je peux faire remonter mon lignage dans l'aristocratie. Mon père et moi traversons des moments difficiles, mais pendant des générations et la majeure partie de sa vie à lui, nous étions membres de la *glymera*. (Vhen grimaça, et elle se leva du lit, utilisant l'oreiller pour dissimuler son corps.) J'ignore exactement d'où descendent les tiens, mais je peux t'assurer que ce qui coule dans mes veines est acceptable.

— Ehlena, ce n'est pas le problème.

— Tu en es sûr ?

Elle se dirigea vers l'endroit où elle avait retiré ses vêtements. Elle remit d'abord sa culotte et son soutien-gorge, puis ramassa son pantalon noir.

Il ne parvenait pas à comprendre pourquoi servir son besoin de sang était si important pour elle… Que pouvait-elle en tirer ? Mais peut-être était-ce ce qui les opposait ? Fondamentalement, elle n'abusait pas des gens, donc ses calculs ne prenaient pas en compte ce qu'elle en tirait. Pour lui, même quand il s'agissait de la satisfaire, il obtenait quelque chose de tangible en échange : la voir onduler quand ses lèvres l'excitaient lui donnait le sentiment d'être puissant et fort, un véritable mâle, pas un monstre asexué et sociopathe.

Elle n'était pas comme lui. Et c'était la raison pour laquelle il l'aimait.

Oh… Seigneur. Venait-il…

Oui, sans aucun doute.

Cette découverte poussa Vhen à se lever du lit, s'approcher d'elle et lui prendre la main tandis qu'elle finissait de boutonner son pantalon. Elle s'arrêta et le regarda.

— Ce n'est pas toi, dit-il. Tu peux me croire sur ce point.

Il l'attira contre lui.

— Alors prouve-le, répliqua-t-elle d'une voix douce.

Reculant, il la dévisagea longuement. Ses crocs palpitaient dans sa bouche ; il le savait parfaitement. Et il sentait la faim au creux de son estomac, aiguisée, exigeante.

— Ehlena…

— Prouve-le.

Il ne pouvait pas dire non. Il n'avait tout simplement pas la force de la rejeter. C'était mal à bien des niveaux, mais elle était tout ce qu'il voulait et désirait, tout ce dont il avait besoin.

Vhen repoussa avec précaution les cheveux de sa gorge.

— Je ferai attention.

— Ce n'est pas nécessaire.

— Je le ferai quand même.

Prenant son visage dans ses mains, il lui inclina la tête sur le côté et exposa la fragile veine bleue qui allait jusqu'à son cœur. Quand elle se prépara à ce qu'il frappe, son pouls s'accéléra, et il sentit les pulsations augmenter jusqu'à ce que la veine tremble.

— Je ne me sens pas digne de ton sang, dit-il en glissant l'index sur son cou. Cela n'a rien à voir avec ton lignage.

Ehlena lui prit le visage.

— Vhengeance, de quoi s'agit-il ? Aide-moi à comprendre ce qui se passe en ce moment. J'ai l'impression… quand je suis avec toi, j'ai l'impression d'être plus proche de toi que de mon propre père. Mais il y a d'énormes trous. Je sais qu'ils recèlent quelque chose. Parle-moi.

Ce serait le moment de tout déballer, se dit-il.

Et il fut tenté. Ce serait un tel soulagement de cesser de mentir. Le problème était qu'il n'y avait rien de plus égoïste que de lui infliger cela. Si elle apprenait ses secrets, elle enfreindrait la loi avec lui – ou alors elle enverrait son amant dans la colonie. Et si elle choisissait la seconde possibilité, il ferait voler en éclats la promesse faite à sa mère, parce que sa couverture serait complètement détruite.

Il ne lui convenait pas. Il ne lui convenait absolument pas, et il le savait.

Vhen avait l'intention de lâcher Ehlena.

Il avait l'intention de baisser les mains, de reculer et de la laisser se rhabiller. Il était doué en persuasion. Il la convaincrait et lui montrerait qu'il n'était pas grave qu'il ne boive pas…

Sauf que sa bouche s'ouvrit. Elle s'ouvrit alors qu'un sifflement remontait du plus profond de sa gorge et traversait la mince barrière d'air qui séparait ses crocs de la veine palpitante et pleine de vie.

Brusquement, elle perdit son souffle et les muscles de ses épaules se contractèrent, comme s'il avait affermi sa prise sur son visage. Oh, mais c'était effectivement ce qu'il avait fait. Il était engourdi jusqu'à la moelle, sans la moindre sensation, mais cela n'avait rien à voir avec ses médicaments. Chaque muscle de son corps s'était rigidifié.

—J'ai besoin de toi, gronda-t-il.

Vhen frappa durement et elle poussa un cri, son dos s'arc-boutant quand il l'emprisonna de toutes ses forces. Merde, elle était parfaite. Elle avait un goût de vin épais et capiteux, et à chaque gorgée qu'il prenait, il la buvait jusqu'à la lie.

Et l'emmenait vers le lit.

Ehlena ne pouvait plus reculer. Lui non plus.

Amorcée par le sang, sa nature vampirique surpassa tout le reste, le besoin du mâle de marquer, d'établir un territoire sexuel et de dominer prenant le dessus et le poussant à lui arracher son pantalon, lui relever une jambe, lui frôler l'entrée de sa chaude intimité avec son sexe érigé…

Et à s'enfoncer en elle.

Ehlena laissa échapper un autre cri intense quand il la pénétra. Elle était incroyablement étroite et, de peur de la blesser, il s'immobilisa pour que son corps s'adapte au sien.

— Est-ce que ça va ? demanda-t-il, d'une voix si gutturale qu'il ignorait si elle le comprenait.

— Ne t'arrête… pas…

Ehlena enroula les jambes autour de ses fesses, basculant les hanches pour qu'il la prenne pleinement.

Le grognement qui sortit de la bouche de Vhen se répercuta dans toute la chambre… jusqu'à ce qu'il reprenne sa gorge.

Même emporté par la fureur du sang et du sexe, Vhen resta attentionné – à l'inverse de ce qu'il était avec la Princesse. Il allait et venait doucement, s'assurant qu'Ehlena s'accommodait de son sexe imposant. Quand il s'agissait de son maître chanteur, il souhaitait infliger de la douleur. Avec Ehlena, il se ferait castrer avec un couteau rouillé plutôt que de lui faire du mal.

Le problème était qu'elle ondulait avec lui tandis qu'il la buvait, et le frottement sauvage de leurs corps le submergea rapidement, ses hanches ne faisant plus de va-et-vient prudent, mais l'assaillant avec force, l'obligeant à lâcher sa veine au risque de lui arracher la gorge. Après quelques coups de langue sur ses marques de morsure, il enfouit la tête dans les cheveux d'Ehlena et s'enfonça profondément avec de puissants coups de reins.

L'orgasme la foudroya et, quand il sentit les spasmes du plaisir presser son membre, sa propre jouissance menaça de l'emporter… ce qu'il ne pouvait laisser arriver. Avant que sa pointe ne s'enclenche, il se retira, sa semence jaillissant sur le sexe et le ventre d'Ehlena.

Quand ce fut fini, il s'effondra sur elle, et il lui fallut un moment avant de pouvoir parler.

— Ah… merde… Je suis désolé, je dois être lourd.

Les mains d'Ehlena remontèrent le long de son dos.

— En fait, tu es merveilleux.

— J'ai… joui.

— Oui, en effet. (Sa voix était souriante.) Pour de bon.

— Je n'étais pas certain de… le pouvoir, tu sais. C'est pour cela que je me suis retiré… je ne m'attendais pas à… oui.

Menteur. Sale menteur.

Le bonheur dans la voix d'Ehlena le rendit malade.

— Eh bien, j'en suis heureuse. Et si cela arrive de nouveau, ce sera génial. Et sinon, c'est tout aussi bien. Ce n'est pas une compétition.

Vhen ferma les yeux, la poitrine douloureuse. Il s'était retiré pour qu'elle ne découvre pas qu'il avait une pointe et parce que jouir en elle était une trahison, compte tenu de tout ce qu'elle ignorait à son sujet.

Quand elle poussa un soupir et se blottit contre lui, il se sentit comme le dernier des salauds.

Chapitre 44

Passer un scanner n'avait rien d'extraordinaire. Kolher avait simplement dû s'allonger sur une table froide et était resté immobile tandis que l'appareil blanc murmurait et toussait poliment en tournant autour de sa tête.

C'était l'attente des résultats qui était pénible.

Pendant l'examen, Doc Jane demeura seule de l'autre côté de la séparation en verre, et d'après ce qu'il comprenait, elle avait passé un moment à regarder l'écran de l'ordinateur en fronçant les sourcils. À présent que le scan était fini, c'était toujours le cas. Pendant ce temps-là, Beth était entrée et s'était installée à côté de lui dans la petite pièce carrelée.

Dieu seul sait ce que Doc Jane avait découvert.

— Je n'ai pas peur de passer sur le billard, dit-il à sa *shellane*. Tant que c'est cette femelle qui dirige les opérations.

— Est-ce qu'elle pratiquerait une opération sur le cerveau ?

Bonne question.

— Je l'ignore.

Il jouait d'un air absent avec le Rubis des Ténèbres de Beth, roulant la lourde pierre entre ses doigts.

— Rends-moi un service, chuchota-t-il.

La prise de Beth se resserra sur sa main.

— Tout ce que tu veux. De quoi as-tu besoin ?

— Chante-moi le générique de *Qui veut gagner des millions*.

Il y eut un silence. Puis Beth éclata de rire et lui frappa l'épaule.

— Kolher…

— En fait, déshabille-toi et chante-le en faisant la danse du ventre. (Quand sa *shellane* se pencha pour l'embrasser sur le front, il la regarda au travers de ses lunettes de soleil.) Tu crois que je plaisante ? Allez, on a tous les deux besoin de distraction. Et je te promets que je te donnerai un bon pourboire.

— Tu n'as jamais de liquide.

Il se passa la langue sur la lèvre supérieure.

— J'ai l'intention de payer en nature.

— Tu es scandaleux. (Beth lui sourit.) Et ça me plaît.

La dévisageant, il eut vraiment peur. À quoi ressemblerait sa vie s'il était totalement aveugle ? Ne plus jamais contempler la longue chevelure noire de sa *shellane* ou son sourire éclatant était…

— OK, déclara Doc Jane en entrant. Voici ce que je sais.

Kolher se retint de hurler quand le médecin fantomatique mit les mains dans les poches de sa blouse blanche et parut ordonner ses pensées.

— Je ne vois pas de trace de tumeur ou d'hémorragie. Mais il y a des anomalies dans les différents lobes. Je n'ai jamais vu un scanner de vampire auparavant, donc j'ignore ce qui correspond structurellement à la « normalité ». Je sais que tu souhaites que je sois la seule à le voir, mais je n'y entends rien et j'aimerais que Havers étudie les clichés. Avant que tu refuses, je te rappelle qu'il a juré de protéger ta vie privée. Il ne peut révéler…

— Fais-le venir, dit Kolher.

— Je n'en ai pas pour longtemps. (Doc Jane lui effleura l'épaule, puis celle de Beth.) Il est juste dehors. Je lui ai demandé d'attendre au cas où il y aurait un problème avec l'appareil.

Kolher observa le médecin traverser la petite salle des moniteurs et sortir dans le couloir. Un instant plus tard, elle était de retour avec le grand et mince praticien.

Havers s'inclina devant eux à travers la vitre puis se dirigea vers les écrans.

Tous deux prirent une pose identique : penchés, les mains dans les poches, en pleine réflexion.

— Est-ce qu'ils leur apprennent à faire ça en fac de médecine ? demanda Beth.

— C'est marrant, je me posais la même question.

Un long moment. Une longue attente. Les deux médecins, de l'autre côté de la paroi vitrée, parlaient beaucoup et pointaient l'écran de leurs stylos. Ils finirent par se redresser et opiner.

Ils entrèrent ensemble.

— Le scan est normal, déclara Havers.

Kolher expira si bruyamment qu'il siffla presque. « Normal. » « Normal », alors c'était positif.

Puis Havers posa un tas de questions, et Kolher répondit à toutes sans en avoir particulièrement conscience.

— Avec la déférence que je dois à votre médecin particulier, annonça Havers avec une courbette à l'égard de Doc Jane, je souhaiterais prélever du sang à votre veine pour analyse et effectuer une rapide auscultation.

Doc Jane intervint :

— Je pense que c'est une bonne idée. Un second avis est toujours recommandé quand les choses ne sont pas claires.

— Allez-y, soupira Kolher en déposant un rapide baiser sur la main de Beth avant de la relâcher.

— Seigneur, pourriez-vous avoir l'amabilité de retirer vos lunettes ?

Havers lui examina rapidement les yeux avec une lampe, puis se déplaça pour vérifier ses oreilles, et enfin son cœur. Une infirmière entra avec le matériel de prélèvement, mais ce fut Doc Jane qui effectua la prise de sang.

Quand tout fut fini, Havers remit ses mains dans les poches de sa blouse et fronça les sourcils d'un air docte.

— Tout semble normal. Enfin, normal pour vous. Vos pupilles ne réagissent pas, mais c'est logique : il s'agit d'un mécanisme de protection étant donné que vos rétines sont extrêmement photosensibles.

— Alors, quel est votre diagnostic ? demanda Kolher.

Doc Jane haussa les épaules.

— Tiens un journal de tes migraines. Et si la cécité réapparaît, reviens à la clinique immédiatement. Peut-être qu'un scanner pendant la crise nous aidera à déterminer le problème.

Havers inclina de nouveau la tête en direction de Doc Jane.

— Je transmettrai les résultats sanguins à votre médecin.

— Ça me convient.

Kolher regarda sa *shellane*, prêt à partir, mais Beth observait les médecins.

— Aucun de vous ne semble particulièrement ravi, déclara-t-elle.

Doc Jane parla lentement et avec soin, comme si elle choisissait ses mots avec précision.

— Chaque fois qu'apparaît une infirmité que nous n'arrivons pas à expliquer, cela m'inquiète. Je ne dis pas que nous sommes dans une situation désespérée. Mais je n'ai pas la conviction que nous sommes sortis de l'auberge tout simplement parce que le scanner est normal.

Kolher glissa en bas de la table d'examen et prit sa veste en cuir des mains de Beth. Il se sentait foutrement mieux maintenant qu'il pouvait se rhabiller et abandonner le rôle du patient auquel ses yeux merdiques l'avaient contraint.

— Je ne vais pas perdre mon temps avec ces histoires, dit-il aux blouses blanches. Je vais continuer à travailler.

Un chœur de protestations comme quoi il devait se reposer s'éleva, qu'il ignora en quittant la salle d'examen. Car, tandis que Beth et lui parcouraient le couloir à grandes enjambées, un étrange sentiment d'urgence s'était emparé de lui.

Il avait l'impression inébranlable qu'il devait faire vite, qu'il ne lui restait pas beaucoup de temps.

John prit son temps pour arriver au *Zero Sum*. Après avoir quitté l'appartement de Xhex, il avait tranquillement déambulé dans la 10e Rue et avait marché sous la neige jusqu'à un tex-mex. À l'intérieur, il avait choisi une table près de la sortie de secours et, en désignant les images sur le menu plastifié, il s'était offert deux assiettes de travers de porc, avec de la purée et de la salade de chou.

La serveuse qui avait pris sa commande et déposé la bouffe portait une jupe assez courte pour être qualifiée de sous-vêtement, et elle semblait prête à lui servir autre chose que son dîner. Il envisagea sérieusement cette possibilité. Elle avait des cheveux blonds, pas trop de maquillage et de jolies jambes. Mais elle sentait le graillon, et il n'aimait pas la manière dont elle lui parlait très lentement, comme si elle le croyait simple d'esprit.

John paya en liquide, laissa un bon pourboire et se dépêcha de sortir avant qu'elle essaie de lui refiler son numéro. Dehors, dans le froid, il descendit Trade Street avec force détours. Ce qui signifiait qu'il s'était aventuré dans chaque ruelle qu'il croisait.

Pas d'éradiqueurs. Pas d'humains en train de déconner non plus.

Il finit par arriver au *Zero Sum*. Quand il franchit les portes de verre et d'acier et aperçut un barrage de lumière, de musique et de gens bizarres vêtus de façon criarde, son air de dur à cuire se dissipa légèrement. Xhex serait là…

Ouais. Et alors ? Est-ce qu'il était lâche au point de ne pas pouvoir se trouver dans le même club qu'elle ?

Plus maintenant. John se ressaisit et se dirigea à grandes enjambées jusqu'au cordon de velours, passa devant les videurs et monta jusqu'à l'espace VIP. Dans le fond, à la table de la Confrérie, Vhif et Blay étaient assis comme deux rugbymen coincés sur le banc pendant que leur équipe est en train d'en baver sur le terrain : ils étaient nerveux, remuaient les doigts et jouaient avec les serviettes qui accompagnaient les bouteilles de Corona.

Quand il s'approcha, tous deux levèrent les yeux et s'immobilisèrent, comme si quelqu'un venait de mettre un film sur pause.

— Salut, dit Vhif.

John s'assit à côté de son pote et signa :

— *Salut.*

— Comment ça va ? demanda Vhif quand la serveuse s'approcha pile au bon moment. Trois autres Corona…

John l'interrompit.

— *Je veux autre chose. Dis-lui… que je veux une bonne dose de Jack Daniel's avec des glaçons.*

Vhif leva les sourcils, mais il passa la commande et regarda la femme s'éloigner vers le bar.

— Tu passes à la vitesse supérieure, hein ?

John haussa les épaules et aperçut une blonde à deux alcôves de là. À la seconde où elle le surprit en train de la dévisager, elle se mit à parader, rassemblant ses cheveux épais et brillants dans son dos et exhibant ses seins jusqu'à ce qu'ils pointent sous sa robe noire microscopique.

Il était prêt à parier qu'elle ne sentait pas le graillon.

— Hem… John, qu'est-ce qui t'arrive, bordel ?

— *Qu'est-ce que tu veux dire ?* signa-t-il sans lâcher la femme du regard.

— Tu regardes cette nana comme si tu voulais te la faire.

Blay toussa légèrement.

— Tu ne mâches vraiment pas tes mots, tu le sais, ça ?

— J'appelle un chat un chat, c'est tout.

La serveuse s'approcha et déposa sur la table le whisky et les bières, et John but cul sec, envoyant l'alcool au fond de sa gorge, si bien que celui-ci tomba directement dans son estomac.

— Est-ce que ça va être une de ces nuits ? murmura Vhif. Où tu finis dans les toilettes ?

— *Oh que oui*, signa John. *Mais pas parce que je serai en train de vomir.*

— Alors pourquoi… Oh.

On aurait dit que quelqu'un avait botté le cul de Vhif.

Ouais, c'est exactement ça, se dit John tandis qu'il scrutait le carré VIP au cas où une meilleure candidate se présenterait.

À côté d'eux se trouvaient trois hommes d'affaires, chacun en compagnie d'une femme, ayant tous l'air prêts pour une séance photo pour *Vanity Fair*. En face, les traditionnels frimeurs musclés, qui s'enfilaient les rails et se rendaient aux toilettes deux par deux. Enfin, au bar se tenaient deux arrivistes avec leur seconde épouse refaite, et une autre bande de cocaïnomanes qui mataient les filles.

Il était toujours en train d'étudier la foule quand Vhengeance en personne traversa le carré VIP. La foule l'aperçut et un frisson d'excitation parcourut les lieux, parce que même si l'assistance ignorait qu'il était le propriétaire du club, peu de gens d'un mètre quatre-vingts possédaient une canne rouge, un manteau de zibeline noire et une crête dans les parages.

De plus, même dans la lumière faiblarde, on voyait qu'il avait les yeux violets.

Comme d'habitude, il était flanqué de deux mâles qui faisaient sa taille et avaient l'air d'avaler du plomb au petit déjeuner. Xhex n'était pas avec eux, mais ça allait. C'était bon.

— J'ai tellement envie d'être ce type quand je serai grand, lança Vhif d'une voix traînante.

— Ne te coupe pas les cheveux, dit Blay. Ils sont trop b… Je veux dire, les crêtes, ça demande beaucoup d'entretien.

Tandis que Blay avalait sa bière, Vhif promena un instant son regard vairon sur le visage de son meilleur ami, avant de se détourner.

Après avoir fait signe à la serveuse de lui apporter un autre verre, John pivota et étudia, de l'autre côté de la cascade, la partie du club réservée au commun des mortels. Là-bas sur la piste de danse se trouvaient quantité de femmes qui cherchaient exactement ce qu'il souhaitait leur donner. Il n'avait qu'à se lever et choisir parmi les volontaires.

Super plan, sauf que, bizarrement, il se mit à penser aux journaux à scandale. Avait-il vraiment envie de courir le risque de féconder une humaine au hasard ? Il ne savait pas grand-chose sur les femelles, même si tout un chacun était censé connaître leur période d'ovulation.

Fronçant les sourcils, il se retourna, saisit son verre et reporta son attention sur les filles qui travaillaient ici.

Des professionnelles. Qui savaient à quel genre de jeu il voulait jouer. C'était bien mieux.

Il se concentra sur une femelle aux cheveux noirs qui avait un visage de madone. Il lui semblait que son prénom était Marie-Terese. Elle était la chef des filles, mais elle était également disponible : à cet instant précis, elle roulait des hanches et lançait des œillades à un type en costume trois-pièces qui semblait très intéressé par ses avantages.

— *Viens avec moi*, signa-t-il à Vhif.

— Où… OK, d'accord. (Vhif éclusa sa bière et se leva.) Je suppose qu'on sera bientôt de retour, Blay.

— Oui. Euh… amusez-vous bien.

John le mena jusqu'à la brune, dont le regard bleu marqua un temps de surprise quand tous deux apparurent devant elle. D'un air d'excuse sensuel, elle s'écarta de sa cible.

— Vous avez besoin de quelque chose ? questionna-t-elle sans y aller par quatre chemins.

Son ton était amical, car elle savait que John et ses potes étaient des clients particuliers du Révérend. Même si, naturellement, elle ignorait pourquoi.

— *Demande-lui combien c'est*, signa-t-il à Vhif. *Pour nous deux.*

Vhif s'éclaircit la voix.

— Il veut savoir combien c'est.

— Ça dépend de qui vous voulez. Les filles ont… (John la désigna.) Moi ?

John acquiesça.

Quand la brune plissa les yeux et serra les lèvres, John imagina sa bouche sur lui, et son sexe apprécia l'image, se dressant instantanément et de façon vigoureuse. Oui, elle avait une très belle bou…

— Non, répondit-elle. C'est impossible.

Vhif parla avant que les mains de John s'activent.

— Pourquoi ? Notre argent vaut bien celui d'un autre.

— Je choisis avec qui je fais affaire. Certaines des autres filles sont peut-être moins regardantes. Vous pouvez leur demander.

John était prêt à parier que ce refus avait un rapport avec Xhex. Dieu sait que la responsable de la sécurité et lui avaient échangé beaucoup de regards, et Marie-Terese ne voulait sans doute pas interférer avec cette histoire.

Tout du moins était-ce ce qu'il se disait, pour éviter de penser que même une prostituée ne supportait pas l'idée de coucher avec lui.

— *OK, très bien*, signa John. *Qui suggérez-vous ?*

Quand Vhif eut parlé, elle répondit :

— Je vous suggérerais de retourner à votre whisky et de laisser les filles tranquilles.

— *Ça ne risque pas d'arriver, et je veux une professionnelle.*

Vhif traduisit, et Marie-Terese fronça les sourcils.

— Je vais être honnête avec vous. Ça a tout d'un « va te faire foutre ». Comme si vous envoyiez un message. Vous voulez coucher avec quelqu'un, parfait, allez trouver une nana sur la piste de danse ou dans l'une des alcôves. Ne faites pas ça avec quelqu'un qui travaille avec elle, d'accord ?

Et voilà. Cela a bien un rapport avec Xhex.

L'ancien John aurait fait ce qu'elle suggérait. Merde, l'ancien John n'aurait pas eu cette conversation, pour commencer. Mais les choses avaient changé.

— *Merci, mais je pense que nous demanderons à l'une de vos collègues. Bonne soirée.*

John se détourna tandis que Vhif parlait, mais Marie-Terese lui attrapa le bras.

— Très bien. Si vous tenez à être un enfoiré, allez voir Gina, là-bas en rouge.

John inclina légèrement la tête, puis suivit son conseil, se dirigeant vers la femme aux cheveux noirs, vêtue d'une robe en vinyle rouge si étincelante qu'on aurait presque pu la qualifier de stroboscope.

Contrairement à Marie-Terese, elle était d'accord avant même que Vhif ait eu besoin de demander.

— Cinq cents, dit-elle avec un large sourire. Chacun. Je suppose que ce sera ensemble ?

John hocha la tête, légèrement étonné que ce soit aussi facile. Mais là encore, c'était la raison pour laquelle ils payaient. La facilité.

— Et si nous allions au fond ?

Gina se plaça entre lui et Vhif, les prenant chacun par un bras, et les fit passer devant Blay, concentré sur sa bière.

Tandis qu'ils longeaient le couloir qui menait aux toilettes privées, John avait l'impression d'être malade : fébrile et détaché de ce qui l'entourait, il remuait la tête, agrippé au bras mince de la prostituée qu'il était sur le point de baiser.

Si elle le lâchait, il était presque sûr qu'il allait se mettre à léviter.

Chapitre 45

Quand Xhex gravit les marches pour rejoindre le carré VIP, elle n'en crut tout d'abord pas ses yeux. On aurait dit que John et Vhif se rendaient dans le fond avec Gina. À moins, bien entendu, qu'il se trouve deux autres mecs leur ressemblant en tout point, dont l'un avait un tatouage en langue ancienne sur la nuque et l'autre des épaules aussi larges que celles de Vhen.

Mais c'était vraiment Gina dans cette robe aguichante.

La voix de Trez lui parvint dans son oreillette.

— Vhen est là et on t'attend.

Ouais, eh bien ils allaient devoir attendre encore un peu.

Xhex se détourna et s'éloigna du cordon de velours, tout du moins jusqu'à ce qu'un type dans un faux costume Prada lui barre la route.

— Salut, poupée, où tu vas si vite ?

Ça, c'était idiot de sa part. Le frimeur défoncé à la coke manquait sérieusement d'à-propos en la choisissant elle.

— Dégage de mon chemin avant que je le fasse moi-même.

— C'est quoi ton problème ? (Il tendit la main pour lui toucher la hanche.) On n'arrive pas à supporter un vrai mec… aïe !

Xhex avait saisi la main qui la tripotait et en écrasait les articulations, la faisant tourner dans son poing jusqu'à ce que le bras du type soit dans le mauvais sens.

— Bien, dit-elle. Il y a environ une heure vingt, tu as acheté pour 700 dollars de coke. En dépit de la quantité que tu as sniffée dans les toilettes, je suis prête à parier qu'il t'en reste assez pour te faire arrêter pour possession de drogue. Alors dégage de mon chemin, et si tu t'avises encore une fois de me toucher, je te casserai un par un les doigts de la main avant de passer aux autres.

Elle le repoussa en le lâchant, l'envoyant bouler au beau milieu de ses petits copains.

Xhex reprit sa route, quittant le carré VIP et dépassant la piste de danse. Sous l'escalier qui menait à la mezzanine, elle se dirigea vers une porte où était inscrit « Réservé à la sécurité » et tapa un code. Le couloir de l'autre côté la fit passer devant le vestiaire du personnel, puis elle parvint à destination, le bureau de la sécurité. Après avoir tapé un autre code, elle entra dans une pièce de six mètres carrés où tous les enregistrements des équipements de surveillance arrivaient sur des ordinateurs.

Tout ce qui se passait sur le terrain, hormis le bureau de Vhen et l'officine de Rally, qui avaient leurs propres systèmes de sécurité, était enregistré ici, et les écrans gris-bleu montraient des images d'un peu partout dans le club.

— Salut, Chuck, dit-elle à l'homme derrière la console. Ça t'ennuie de me laisser seule une minute ?

— Pas de souci. Faut que j'aille aux toilettes, de toute façon.

Ils échangèrent leurs places et elle se laissa choir dans le fauteuil du capitaine Kirk, comme l'appelaient les gars.

— Je ne serai pas longue.

— Moi non plus, chef. Vous voulez un truc à boire ?

— C'est bon, merci.

Chuck hocha la tête et sortit, puis elle scruta les écrans qui montraient les toilettes privées du carré VIP.

Oh… mon Dieu.

Le trio de l'enfer était collé-serré avec Gina au milieu, John qui descendait vers ses seins en l'embrassant et Vhif qui se plaquait derrière elle, glissant les mains sur ses hanches.

Coincée entre les deux mâles, Gina n'avait pas l'air de travailler. Elle ressemblait plutôt à une femme qui prend sérieusement son pied.

Bon sang.

Mais au moins, il s'agissait de Gina. Étant donné que cette femme venait de rejoindre l'équipe, Xhex n'avait pas de lien particulier avec elle, donc c'était presque comme si John s'était tapé une fille ramassée sur la piste.

Xhex se renfonça dans le fauteuil et se força à passer en revue les autres écrans. Partout sur le mur, des images clignotantes montraient des gens en train de boire, se faire des rails, baiser, danser, parler, regarder dans le vide, et elle en prenait plein les yeux.

C'est mieux ainsi, se dit-elle. *C'est… mieux. John a perdu ses illusions romantiques et va de l'avant. C'est mieux…*

— Xhex, où tu es ? fit la voix de Trez dans son oreillette.

Elle leva le bras et parla dans sa montre.

— Donne-moi une minute, putain !

La réponse du Maure fut calme, comme à son habitude.

— Ça va ?

— Je… écoute, je suis désolée. Je viens dans une seconde.

Oui, de même que Gina. Seigneur.

Xhex quitta le fauteuil du capitaine Kirk, son regard revenant sur l'écran qu'elle avait délibérément ignoré.

Les choses avaient rapidement progressé.

John ondulait des hanches.

Au moment même où Xhex grimaçait et faisait mine de partir, celui-ci leva les yeux vers la caméra de sécurité. Difficile de déterminer s'il savait que la caméra était là ou si son regard s'était posé là par hasard.

Merde. Son visage était sombre, sa mâchoire serrée, son regard sans âme au point de la rendre triste.

Xhex tenta de ne pas voir la nature de ce changement en lui et échoua. C'est elle qui lui avait infligé cela.

Peut-être n'était-elle pas l'unique raison pour laquelle le cœur de John était désormais de pierre, mais elle y avait largement contribué.

Il détourna le regard.

Elle s'éloigna.

Chuck passa la tête dans l'entrebâillement de la porte.

— Il vous faut plus de temps ?

— Non, merci. J'en ai assez vu.

Elle tapa l'épaule de l'homme et sortit, puis tourna à droite. Au bout du couloir se trouvait une porte blindée noire. Tapant encore un autre code, elle emprunta le passage jusqu'au bureau de Vhen, et quand elle entra, les trois mâles assis autour du bureau l'examinèrent tous d'un air méfiant.

Elle s'appuya contre le mur noir face à eux.

— Quoi ?

Vhen s'adossa à son fauteuil, croisant ses bras recouverts de fourrure.

— Est-ce que tu es sur le point d'avoir tes chaleurs ?

Tandis qu'il parlait, Trez et iAm exécutèrent tous les deux un geste de la main qui, chez les Ombres, conjurait le malheur.

— Seigneur, non. Pourquoi tu poses la question ?

— Parce que, sans vouloir t'offenser, tu es de très mauvaise humeur.

— Non.

Quand les mâles échangèrent des regards, elle aboya :

— Ça suffit !

Oh, génial, voilà qu'ils faisaient exprès de ne pas se regarder.

— Est-ce qu'on peut en finir avec cette réunion ? demanda-t-elle en essayant d'employer un ton plus modéré.

Vhen décroisa les bras et se redressa.

— Oui. Je suis sur le point de sortir pour aller à la réunion du Conseil.

— Tu veux qu'on vienne avec toi ? proposa Trez.

— Du moment que nous n'avons pas d'échange important prévu après minuit.

Xhex secoua la tête.

— Le dernier de la liste cette semaine a eu lieu à 21 heures et s'est déroulé sans problème. Même si notre acheteur était extrêmement nerveux, et c'était avant que la police apprenne qu'on avait découvert un autre dealer mort.

— Donc, parmi les six principaux sous-traitants qui se fournissent chez nous, il n'en reste que deux ? Merde, c'est une guerre de territoires, ça.

— Et celui qui fout la merde va certainement essayer de se frayer un chemin jusqu'au sommet de la chaîne alimentaire.

Trez prit la parole.

— Ce qui est la raison pour laquelle iAm et moi pensons que tu devrais être accompagné 24 heures sur 24, 7 jours sur 7 jusqu'à ce que les choses se calment.

Vhen parut ennuyé mais ne fit pas opposition.

— Est-ce qu'on a le moindre renseignement sur l'identité de celui qui abandonne tous ces cadavres ?

— Eh bien, en fait, répondit Trez, les gens pensent que c'est toi.

— Illogique. Pourquoi est-ce que j'irais tuer mes propres acheteurs ?

C'était désormais Vhen que les autres dévisageaient.

— Oh, voyons, dit-il. Je ne suis pas mauvais à ce point ! Bon, d'accord, mais seulement quand quelqu'un cherche à me baiser. Et je suis désolé, mais les quatre qui sont morts ? Des hommes d'affaires réglo. Pas de conneries. C'étaient de bons clients.

— Tu as parlé à tes fournisseurs ? demanda Trez.

— Oui. Je leur ai dit de tenir bon et leur ai confirmé que j'espérais faire venir la même quantité de produit. Ceux que nous avons perdus seront rapidement remplacés par d'autres, parce que les dealers sont comme les mauvaises herbes. Ils repoussent toujours.

Il y eut des discussions sur le marché et les prix, puis Vhen déclara :

—Avant que nous n'ayons plus le temps, parlez-moi du club. Qu'est-ce qui se passe en bas ?

Oui, excellente question, se dit Xhex. *Et que dit notre enquête ? John Matthew, selon toute vraisemblance. À genoux devant Gina.*

—Xhex, est-ce que tu es en train de grogner ?

—Non.

Elle se força à se concentrer et donna un bref aperçu des incidents survenus cette nuit. Trez fit son compte-rendu pour le *Masque de fer*, à la tête duquel il avait été placé, puis iAm parla de finances et du restaurant *Sal's*, une autre des possessions de Vhen. L'un dans l'autre, c'était une nuit ordinaire… si l'on partait du principe qu'ils enfreignaient des lois humaines, ce qui, s'ils étaient pris, leur vaudrait une condamnation criminelle.

Mais l'esprit de Xhex n'était toujours qu'à moitié dans la partie et, quand il fut l'heure de partir, elle fut la première à atteindre la porte, même si elle avait l'habitude de s'attarder.

Elle sortit du bureau pile au bon moment.

Si elle voulait recevoir un coup de massue.

À cet instant précis, Vhif apparut au bout du couloir menant aux toilettes privées, les lèvres rouges et enflées, les cheveux en bataille, précédé par l'odeur de sexe, d'orgasme et de cochonneries exécutées avec finesse.

Elle se figea, même si c'était parfaitement stupide.

Gina suivit ; elle semblait avoir besoin de boire quelque chose. Une boisson énergisante, par exemple. Elle était languide, non parce qu'elle avait une attitude délibérée pour proposer du sexe, mais parce qu'elle s'était fait correctement baiser, et le léger sourire sur ses lèvres était bien trop intime et honnête au goût de Xhex.

John fut le dernier à sortir, la tête droite, le regard clair, les épaules en arrière.

Il avait été magnifique. Elle était prête à parier… qu'il avait été magnifique.

Il tourna la tête et croisa son regard. Disparus le regard timide, la rougeur, la gêne servile. Il lui fit un signe et détourna les yeux, décontracté… et prêt à remettre le couvert, vu la manière dont il évaluait une autre des prostituées.

Un chagrin déstabilisant et inconnu déchira la poitrine de Xhex, dérangeant le rythme régulier de son cœur. Dans sa volonté de le sauver du chaos qu'avait traversé son précédent amant, elle avait détruit une part de lui ; en le repoussant, elle l'avait dépouillé d'un bien précieux.

Son innocence avait disparu.

Xhex leva sa montre à sa bouche.

— J'ai besoin d'air.

La réponse de Trez fut franchement favorable.

— Bonne idée.

— Je serai de retour avant que vous vous rendiez à la réunion du Conseil.

Quand Flhéau quitta l'antre de son père, il s'accorda à peine dix minutes pour revenir entièrement à la vie avant de s'engouffrer dans la Mercedes et se rendre jusqu'au ranch merdique où les drogues avaient été emballées. Il était si assommé qu'il trouva étonnant de ne rien percuter, et il y parvint presque : tandis qu'il se frottait les yeux et tentait de composer un numéro sur son téléphone, il ne freina pas assez vite à un feu rouge, et ce ne fut que parce que les saleuses de Caldwell étaient sorties tôt que ses pneus eurent quelque chose à agripper.

Il posa le téléphone et se concentra sur la manœuvre. Mieux valait de toute façon ne pas parler à M. D tant qu'il était dans un brouillard paternel, comme il l'appelait.

Merde, le chauffage lui embrouillait encore plus l'esprit.

Flhéau baissa les vitres et coupa le souffle chaud qui montait du siège conducteur de la berline et, quand il s'arrêta devant la maison miteuse, il était bien plus alerte. Se garant derrière le bâtiment pour que la Mercedes soit dissimulée par la véranda et le garage, il entra par la porte de la cuisine.

— Vous êtes où ? cria-t-il. Quelles sont les nouvelles ?

Silence.

Il jeta un coup d'œil au garage et, ne voyant que la Lexus, il supposa que M. D, Grady et les deux autres étaient sans doute en train de rentrer de leur mission auprès de ce nouveau dealer. Ce qui signifiait qu'il avait le temps de manger un morceau. Pendant qu'il se dirigeait vers le frigo qu'on remplissait pour lui, il appela au téléphone le petit Texan. Une sonnerie. Deux sonneries.

Il sortait un sandwich à la dinde tout prêt et en vérifiait la date de péremption quand la messagerie de M. D se déclencha.

Flhéau se redressa et regarda son téléphone. Il ne parlait jamais à une messagerie. Jamais.

Bon, peut-être que le rendez-vous avait été retardé et qu'ils étaient encore en pleine action.

Flhéau mangea et patienta, s'attendant à ce qu'on le rappelle immédiatement. Comme ce ne fut pas le cas, il se rendit dans le salon et alluma l'ordinateur portable, afin d'accéder au logiciel GPS qui localisait chaque téléphone de la Société des éradiqueurs sur la carte de Caldwell. Il se mit à la recherche de celui de M. D et découvrit... qu'il se déplaçait rapidement en direction de l'est. Et les deux autres éradiqueurs se trouvaient avec lui.

Alors pourquoi est-ce qu'il ne répondait pas au téléphone, bordel ?

Suspicieux, Flhéau rappela et déambula dans le trou à rats tandis qu'il laissait sonner tant et plus. D'après ce qu'il constatait, rien n'était bizarre dans la maison. Le salon demeurait le même, la chambre principale et les deux autres étaient normales, toutes les fenêtres verrouillées et les volets fermés.

Il appelait le Texan pour la troisième fois quand il emprunta le couloir côté rue…

Flhéau s'arrêta net et tourna la tête vers la seule porte qu'il n'avait pas encore ouverte, celle d'où s'échappait une brise glaciale.

Il n'avait pas besoin de l'ouvrir pour savoir ce qui s'était passé, mais il entrouvrit cette saloperie tout de même. La fenêtre était brisée et le rebord était maculé de traces noires – de gomme, pas de sang d'éradiqueur.

Un rapide coup d'œil par le trou, et Flhéau aperçut dans la mince couche de neige les traces de pas qui se dirigeaient vers la rue. Visiblement, la poursuite n'avait pas duré longtemps. Il y avait quantité de voitures à dérober dans ce quartier calme, et ce genre de truc était un jeu d'enfant pour n'importe quel voyou digne de ce nom.

Grady s'était fait la belle.

Et c'était une surprise. Il n'était pas le plus gros poisson, mais la police était à ses trousses. Pourquoi risquerait-il qu'une autre bande d'enfoirés veuille sa peau ?

Flhéau retourna dans le salon et fronça les sourcils quand il regarda le canapé, où Grady avait abandonné la boîte Domino's Pizza graisseuse et… le *Caldwell Courier Journal* qu'il lisait.

Qui était ouvert à la rubrique nécrologique.

Repensant aux articulations abîmées de Grady, Flhéau s'approcha et ramassa le journal…

Un parfum émanait des pages. De l'eau de Cologne. Ah, donc M. D avait un cerveau et avait également regardé…

Flhéau passa en revue les annonces. Un tas d'humains entre soixante-dix et quatre-vingts ans, un âgé de la soixantaine, deux autour de cinquante ans. Aucun d'entre eux ne portait un nom apparaissant sur les papiers de Grady. Trois personnes résidant hors de la ville mais avec de la famille ici, à Caldwell…

Ce fut alors qu'il trouva : Christianne Andrews, vingt-quatre ans. La cause de la mort n'était pas précisée, mais la date du décès indiquait dimanche, et le service funèbre avait eu lieu aujourd'hui au cimetière de la Pineraie. Était-ce la clé ? « Ni fleurs ni couronne. Merci d'adresser vos dons au fonds pour les victimes de violence domestique de Caldwell. »

Flhéau bondit sur l'ordinateur et étudia le compte-rendu du GPS. La Focus de M. D crachotait jusqu'à… ça alors ! Le cimetière de la Pineraie, où feue la belle Christianne allait reposer pour l'éternité dans les bras des anges.

Désormais, l'histoire de Grady était claire : le salopard battait régulièrement sa copine jusqu'à pousser trop loin l'amour vache un soir. Elle y reste, la police découvre son corps et se met à chercher le petit ami dealer qui se défoule de son stress professionnel sur sa petite femme. Pas étonnant qu'ils soient à sa recherche.

Et l'amour triomphait de tout… même du bon sens des criminels.

Flhéau sortit et se dématérialisa jusqu'au cimetière, prêt à recevoir non seulement l'humain débile, mais aussi ces stupides tueurs qui auraient dû mieux surveiller le crétin.

Il reprit forme à une dizaine de mètres d'une voiture garée, ce qui faillit attirer l'attention du type assis à l'intérieur. Se cachant en vitesse derrière la statue d'une femme en robe, Flhéau observa ce qui se passait dans la berline : vu l'odeur, un humain se trouvait dedans. Un humain et beaucoup de café.

Un flic en planque. Qui espérait sans doute que ce fils de pute de Grady fasse exactement ce qu'il était en train de faire : rendre hommage en personne à la fille qu'il avait assassinée.

Ouais, eh bien, ils allaient être deux à l'attendre.

Flhéau sortit son téléphone et dissimula l'écran lumineux de sa main. Le texto qu'il envoya à M. D était un ordre de faire marche arrière, et il espérait vraiment que celui-ci le recevrait à temps. La police étant sur place, Flhéau allait s'occuper de Grady en solo.

Puis il réglerait son compte à celui qui avait laissé l'humain seul assez longtemps pour qu'il s'échappe.

Chapitre 46

Au pied du grand escalier, Kolher terminait de se préparer pour la réunion avec la *glymera* en enfilant une veste en Kevlar.

— C'est léger.

— Le poids n'est pas forcément synonyme d'efficacité, dit V. en s'allumant un joint et en refermant son briquet en or.

— T'en es sûr ?

— Quand il s'agit des gilets pare-balles, oui. (Viszs expira, la fumée obscurcissant momentanément son visage avant de flotter jusqu'au plafond décoré.) Mais si ça te soulage, on peut t'attacher une porte de garage sur la poitrine. Ou une voiture, pour ce que ça change.

Un bruit de pas lourds se répercuta dans le magnifique vestibule aux couleurs de pierres précieuses tandis que Rhage et Zadiste descendaient ensemble, deux parfaits tueurs avec les dagues de la Confrérie glissées dans les fourreaux sur leurs poitrines. Quand ils arrivèrent devant Kolher, un tintement s'éleva du hall d'entrée, et Fritz s'effaça pour laisser entrer Fhurie, qui s'était dématérialisé depuis les Adirondacks, de même que Butch, qui avait seulement traversé la cour.

Une décharge traversa Kolher tandis qu'il regardait ses frères. Même si deux d'entre eux refusaient toujours de lui adresser la parole, il sentait le sang guerrier qu'ils partageaient courir dans leurs veines, et il savoura l'envie collective de combattre l'ennemi, qu'il s'agisse d'un éradiqueur ou d'un membre de leur propre espèce.

Un bruit léger dans l'escalier lui fit lever la tête.

Tohr descendait du premier avec précaution, comme s'il ne faisait pas vraiment confiance aux muscles de ses jambes pour le soutenir. D'après ce que Kolher entrevoyait, le frère était vêtu d'un pantalon de camouflage sanglé sur des hanches étroites, ainsi que d'un col roulé noir qui pendouillait sous ses bras. Il n'avait pas de dagues sur la poitrine, mais deux pistolets étaient insérés dans la ceinture en cuir qui retenait son pantalon.

Lassiter était juste à côté de lui, mais pour une fois l'ange ne se la jouait pas. Même s'il ne regardait pas où il mettait les pieds. Bizarrement, il observait la fresque du plafond, des guerriers luttant dans les nuages.

Tous les frères levèrent les yeux vers Tohr, qui poursuivit sa descente sans un regard pour personne et se contenta d'avancer jusqu'à ce qu'il ait atteint le sol en mosaïque. Il ne s'arrêta pas pour autant. Dépassant la Confrérie, il se dirigea vers la porte qui donnait sur la nuit, et attendit.

Le seul écho de ce qu'il avait été autrefois résidait dans sa mâchoire, son menton levé d'un air déterminé. En ce qui le concernait, il sortait, point barre.

Ouais, ça n'allait pas.

Kolher s'approcha de lui et dit doucement :

— Je suis désolé, Tohr…

— Il n'y a pas de raison d'être désolé. Allons-y.

— Non.

Il y eut un mouvement de gêne, comme si les autres frères détestaient ce moment autant que Kolher.

— Tu n'es pas assez fort.

Kolher avait envie de poser la main sur l'épaule de Tohr, mais il savait que celui-ci ne ferait que se dégager violemment, vu la tension qui émanait de son corps faible.

— Attends seulement d'être prêt. Cette guerre… cette putain de guerre n'est pas près de s'arrêter.

L'horloge à balancier à l'étage se mit à sonner, son tintement rythmique s'échappant du bureau de Kolher, passant par-dessus la balustrade dorée jusqu'aux oreilles de l'assemblée. Il était 23 h 30. L'heure d'y aller s'ils souhaitaient passer au peigne fin le lieu de la réunion avant l'arrivée des membres de la *glymera*.

Kolher poussa un juron à voix basse et regarda par-dessus son épaule les six guerriers vêtus de noir qui formaient un bloc. Leurs corps vibraient de puissance, leurs armes n'étaient pas seulement dans leurs holsters et leurs fourreaux, mais aussi dans leurs mains, leurs pieds, leurs bras, leurs jambes, leurs esprits. Leur résistance mentale était contenue dans leur sang, l'entraînement et la force brute dans leur chair.

Les deux étaient nécessaires pour se battre. La volonté seule ne permettait pas d'aller bien loin.

— Tu restes, annonça Kolher. Et ce n'est pas négociable.

Avec un juron, il traversa l'entrée et sortit. Laisser Tohr en arrière pouvait sembler injuste, mais il n'avait pas le choix. Le frère était abîmé au point de représenter un danger pour lui-même, et il constituait une mauvaise diversion. S'il se trouvait sur place ? Chaque frère ferait attention à lui, si bien que le groupe tout entier se prendrait la tête : pas exactement ce qu'il y avait de mieux pour assister à une réunion où le roi risquait de se faire assassiner. Pour la seconde fois de la semaine.

Quand les portes extérieures de la maison se refermèrent sur Tohr dans un bruit de tonnerre, Kolher et les frères furent exposés aux rafales vivifiantes qui parcouraient la montagne entourant le complexe, déboulaient dans la cour et se faufilaient entre les voitures.

— Nom de Dieu, marmonna Rhage tandis qu'ils regardaient l'horizon.

Au bout d'un moment, Viszs tourna la tête vers Kolher, son profil se découpant sur le ciel gris.

— Il faut qu'on…

Le claquement d'une détonation résonna, et le joint entre les lèvres de V. fut arraché de sa bouche. Ou peut-être simplement vaporisé.

— Qu'est-ce que c'est que ce bordel ! s'exclama celui-ci en reculant.

Ils se retournèrent d'un bloc, prêts à dégainer même s'il était strictement impossible que leurs ennemis se trouvent à proximité de la forteresse de pierre grise.

Tohr se tenait calmement sur le seuil de la demeure, solidement campé sur ses pieds, les deux mains serrant la crosse du pistolet qu'il avait utilisé.

V. se rua sur lui, mais Butch lui enserra la poitrine, l'empêchant de jeter Tohr à terre.

Ce qui n'empêcha pas la bouche de V. de fonctionner.

— À quoi tu penses, bordel ?

Tohr abaissa le canon.

— Je ne suis peut-être pas encore en mesure de me battre au corps à corps, mais je suis meilleur tireur que vous tous.

— T'es complètement cinglé, cracha V. Voilà ce que tu es.

— Tu crois vraiment que je t'aurais mis une balle dans le crâne ? (La voix de Tohr était posée.) J'ai déjà perdu l'amour de ma vie. Décapiter un de mes frères n'est pas le genre de distraction que je recherche. Comme je l'ai dit, je suis ce qu'on fait de mieux un flingue à la main, et ce n'est pas le genre d'atout que vous pouvez vous permettre de négliger ce soir. (Tohr rengaina le SIG.) Et avant que vous me demandiez « Pourquoi, bordel ? », il fallait que je fasse valoir mon point de vue, et cela valait mieux que de t'arracher ton bouc affreux d'une balle. Même si je tuerais pour effectuer le rasage que réclame ton menton.

Il y eut un long silence.

Puis Kolher éclata de rire. Ce qui, bien sûr, était idiot. Mais l'idée qu'il n'avait pas à laisser Tohr derrière eux comme un chien privé du droit de venir avec le reste de la famille était un tel soulagement qu'il ne pouvait que se tordre de rire.

Rhage fut le premier à se joindre à lui, rejetant la tête en arrière, ses cheveux blonds brillants accrochant la lumière venant de la demeure, ses dents ultra blanches étincelant. Tandis qu'il riait, sa grande main se posa sur son cœur, comme s'il espérait que celui-ci n'allait pas lâcher.

Butch suivit, le flic hurlant de rire et perdant sa prise sur le torse de son meilleur ami. Fhurie sourit pendant une seconde, puis ses larges épaules se mirent à trembler, ce qui ébranla Z., jusqu'à ce qu'un large sourire apparaisse sur son visage couturé.

Tohr ne sourit pas mais l'air satisfait qu'il affichait contenait une lueur de son ancien caractère. Tohr avait toujours été un type sérieux, du genre à veiller à ce que chacun soit détendu et en forme plutôt que balancer des blagues et jouer les grandes gueules. Mais cela ne voulait pas dire qu'il n'était pas capable de se moquer d'eux.

C'était pour cela qu'il avait été si parfait en tant que chef de la Confrérie. Il avait les qualités nécessaires pour ce boulot : la tête froide et le cœur chaud.

Au milieu des rires, Rhage regarda Kolher. Sans dire un mot, tous deux s'étreignirent et, quand ils s'écartèrent, Kolher présenta à son frère l'équivalent mâle d'une excuse : une bonne claque sur l'épaule. Puis il se tourna vers Z., qui hocha la tête. Ce qui était son raccourci pour accepter les excuses du roi.

Difficile de savoir qui avait commencé, mais quelqu'un passa le bras sur les épaules de quelqu'un d'autre, puis un autre fit de même, et ils finirent regroupés comme une équipe de foot. Le cercle qu'ils formaient dans le vent froid était hétérogène, composé de différents gabarits, de poitrines plus ou moins larges et de bras aux longueurs inégales. Mais grâce au lien qui les attachait, ils formaient une entité.

Serré entre ses frères, Kolher estima que ce qu'il avait autrefois considéré comme acquis était rare et exceptionnel : la Confrérie était de nouveau réunie.

— Eh, vous voulez partager votre histoire d'amour fraternel avec moi ?

La voix de Lassiter leur fit relever la tête. L'ange se tenait sur les marches de la demeure, son halo projetant une douce lumière dans la nuit.

— Est-ce que je peux le frapper ? demanda V.

— Plus tard, répondit Kolher en rompant le cercle. Et plein, plein de fois.

— Pas exactement ce à quoi je pensais, marmonna l'ange tandis qu'ils se dématérialisaient les uns après les autres et que Butch prenait la voiture pour les retrouver.

Xhex reprit forme dans un bosquet de pins qui se trouvait à environ cent mètres de la tombe de Chrissy. Elle n'avait pas choisi cet endroit parce qu'elle s'attendait à voir Grady devant la pierre tombale en train de renifler dans la manche de sa veste à l'aigle, mais parce qu'elle souhaitait se sentir encore plus mal qu'en ce moment et n'arrivait pas à imaginer de meilleur endroit que celui où la pauvre fille allait finir au printemps.

Mais, à sa grande surprise, elle n'était pas seule. Pour deux raisons.

La berline garée juste derrière le virage, avec une vue dégagée sur la tombe, était sans conteste celle de l'inspecteur De La Cruz ou de l'un de ses subordonnés. Mais elle sentait également une autre présence.

Une puissance malveillante, en fait.

Tous ses instincts *symphathes* l'avertissaient d'agir avec prudence. Pour ce qu'elle en savait, ce truc était un éradiqueur avec une injection d'acide nitrique dans le moteur, et dans un rapide élan d'autoprotection elle s'isola, se fondant dans le décor…

Eh bien, eh bien, eh bien… voilà qu'arrivait autre chose.

Venu du nord, un groupe d'hommes s'approcha. Deux d'entre eux étaient grands, et le troisième bien plus petit. Ils étaient tous vêtus de noir et étaient aussi pâles et blonds que des Norvégiens.

Formidable. À moins qu'un nouveau gang soit apparu en ville, avec des voyous « qui le valaient bien » donnant dans le Préférence de *L'Oréal*, cette bande de blondasses ne pouvaient être que des tueurs.

La police de Caldwell, la Société des éradiqueurs et un truc pire encore, tous à rôder autour de la tombe de Chrissy ? Par quel hasard ?

Xhex attendit, observant les éradiqueurs se séparer et trouver des arbres pour se cacher.

Il n'y avait qu'une seule explication : Grady avait intégré les rangs des éradiqueurs. Pas surprenant, étant donné qu'ils recrutaient parmi les criminels, surtout les violents.

Xhex laissa passer les minutes, analysant la situation et attendant le passage à l'action inévitable, vu la distribution de ce film. Elle devait retourner au club, mais les affaires allaient devoir se régler sans elle, parce qu'il était hors de question qu'elle s'en aille.

Grady devait être en chemin.

Du temps s'écoula, et de nombreuses rafales de vent froid balayèrent les nuages bleu foncé et gris qui glissèrent devant la lune.

Et alors, juste comme ça, les éradiqueurs s'en allèrent.

La présence malveillante s'éclipsa également.

Peut-être avaient-ils abandonné, mais cela semblait peu probable. D'après ce qu'elle savait des éradiqueurs, ils étaient bien des choses, mais pas des gens atteints de troubles de l'attention. Ce qui signifiait soit qu'un événement plus important avait lieu, soit qu'ils avaient changé leurs…

Elle entendit un raclement sur le sol.

Jetant un coup d'œil par-dessus son épaule, elle aperçut Grady.

Il était recroquevillé pour lutter contre le froid, les bras enfoncés dans une parka noire trop grande pour lui, traînant les pieds dans la mince couche de neige. Il regardait tout autour de lui, cherchant parmi les tombes la plus récente, et s'il continuait ainsi il finirait par trouver celle de Chrissy rapidement.

Bien entendu, cela signifiait également qu'il allait remarquer le flic dans sa voiture banalisée. Ou que le flic allait le remarquer.

Parfait. Il était temps de passer à l'action.

Partant du principe que les tueurs étaient partis, Xhex pouvait gérer la police.

Elle n'allait pas rater cette occasion. Certainement pas.

Éteignant son téléphone, elle se mit à l'œuvre.

Chapitre 47

— Bon sang, il faut qu'on y aille, s'exclama Vhen assis derrière son bureau.

Après avoir essayé de joindre Xhex une fois de plus, il jeta son portable neuf comme s'il n'était qu'un déchet, ce qui était visiblement en train de devenir une mauvaise habitude.

— Je ne sais pas où elle est passée, mais il faut qu'on y aille.

— Elle va revenir. (Trez enfila son manteau en cuir et se dirigea vers la porte.) Et mieux vaut qu'elle soit dehors que dedans, vu son humeur. Je vais m'arranger avec le responsable d'équipe et lui dire de passer par moi en cas d'emmerde, puis j'irai à la Bentley.

Quand il partit, iAm vérifia les deux H&K placés sous ses bras avec une efficacité redoutable, son regard noir tranquille, ses mains fermes. Satisfait, le mâle ramassa son manteau de cuir gris acier et l'enfila.

Le fait que les manteaux des deux frères se ressemblent était normal. iAm et Trez aimaient les mêmes choses. Toujours. Même s'ils n'étaient pas jumeaux par la naissance, ils s'habillaient de la même façon, étaient équipés d'armes identiques et partageaient systématiquement les mêmes pensées, valeurs et principes.

Ils ne différaient que sous un seul aspect. Tandis qu'iAm se tenait près de la porte, il demeurait aussi silencieux et immobile qu'un doberman de garde. Mais son manque de conversation ne signifiait pas qu'il était moins dangereux que son frère, car son regard en disait long, même quand ses lèvres étaient scellées : iAm ne ratait jamais rien.

Y compris, visiblement, les antibiotiques que Vhen sortit de sa poche et avala. De même que l'aiguille stérile qui fit ensuite son apparition.

— C'est bien, déclara le mâle tandis que Vhen baissait sa manche et remettait sa veste de costume.

— Qu'est-ce qui est bien ?

iAm le regarda depuis l'autre bout du bureau, d'un air de dire : « Joue pas au crétin, tu sais exactement de quoi je parle. »

Il faisait souvent cela. D'un seul coup d'œil, il en disait long.

— Peu importe, marmonna Vhen. T'excite pas comme si j'avais changé d'habitudes.

Il s'occupait peut-être de l'infection de son bras, mais pour les autres aspects de sa vie, les emmerdes pendaient comme des franges pourries.

— T'en es sûr ?

Vhen leva les yeux au ciel et se mit debout, glissant un sachet de M&M's dans la poche de sa zibeline.

— Crois-moi.

iAm était sur le point de rétorquer un « Oh vraiment », quand son regard se dirigea sur la poche du manteau.

— « Le chocolat fond dans la bouche, pas dans la main. »

— Oh, ferme-la. Écoute, il faut ingérer les cachets en mangeant. T'as un jambon-gruyère sous le coude ? Parce que moi pas.

— Je t'aurais fait préparer des *linguine* à la sauce spéciale Sal's et je te les aurais apportées. Préviens-moi la prochaine fois.

Vhen sortit du bureau.

— Ça t'ennuierait d'être moins prévenant ? Je me sens comme une merde.

— C'est ton problème, pas le mien.

iAm parla dans sa montre tandis qu'ils quittaient le bureau, et Vhen ne perdit pas de temps entre la sortie de secours du club et la voiture. Une fois Vhen dans la Bentley, iAm disparut, voyageant sous la forme d'une ombre ondulant sur le terrain, secouant les pages d'un magazine, bousculant une canette abandonnée, soulevant de la poudreuse.

Il se rendrait en premier sur le lieu de la réunion et ouvrirait l'endroit quand Trez arriverait.

Vhen avait organisé la réunion là-bas pour deux raisons. Tout d'abord, il était le *menheur*, donc le Conseil devait aller où il l'exigeait, et il savait que les membres seraient mal à l'aise, estimant que ces lieux n'étaient pas dignes d'eux. C'était toujours un plaisir. De plus, c'était une propriété qu'il venait d'acquérir, donc elle se trouvait sur son territoire.

C'était impératif.

Le restaurant *Salvatore*, à l'origine de la célèbre sauce Sal's, était une institution de la cuisine italienne à Caldwell, ouverte depuis plus de cinquante ans. Quand le petit-fils du fondateur, Sal III comme on l'appelait, s'était pris d'un goût douteux pour les paris et avait contracté 120 000 dollars de dettes par l'intermédiaire des bookmakers de Vhen, les choses s'étaient réglées par un échange de bons procédés : le petit-fils avait cédé l'établissement à Vhen, et Vhen ne l'avait pas castré.

Ce qui, en termes profanes, signifiait que le mec ne s'était pas fait péter les coudes et les genoux au point d'avoir besoin d'articulations artificielles.

Oh, et la recette secrète de la sauce Sal's était venue avec le restaurant, une exigence formulée par iAm : pendant les négociations qui avaient duré en tout et pour tout une minute et demie, l'Ombre avait pris la parole et annoncé le marché : soit la recette était divulguée, soit l'arrangement passait à la trappe. Et il avait exigé une dégustation test pour s'assurer que l'information était correcte.

Depuis cette heureuse transaction, le Maure dirigeait l'endroit et en tirait des bénéfices. Là encore, c'était l'illustration de ce qui se passait quand on ne jetait pas le moindre centime dans des paris sportifs foireux. La fréquentation du restaurant augmentait, la qualité de la nourriture était revenue à son meilleur niveau et l'endroit avait eu droit à un sacré lifting, sous forme de nouvelles tables, chaises, nappes, tapis et bougeoirs.

Lesquels remplaçaient fidèlement les mêmes objets.

« On ne discute pas avec la tradition », avait coutume de dire iAm.

Le seul changement était invisible : un filet d'acier avait été appliqué sur chaque centimètre carré des murs et du plafond, et toutes les portes sauf une étaient renforcées par le même matériau.

Personne n'entrait ni ne sortait de là en se dématérialisant, sauf si la direction était au courant et validait.

En vérité, Vhen était le propriétaire, mais c'était le projet d'iAm, et le Maure avait de quoi être fier de ses efforts. Même les vieux Italiens aimaient la nourriture qu'il servait.

Quinze minutes plus tard, la Bentley s'arrêta sous la porte cochère d'un grand bâtiment d'un étage en briques rouges. Les lumières autour de l'édifice étaient éteintes, y compris les néons qui éclairaient l'enseigne du restaurant, et le parking vide baignait dans la lueur orange des vieux lampadaires à gaz.

Trez attendit dans l'obscurité, le moteur tournant toujours et les portières blindées verrouillées, visiblement en train de communiquer avec son frère à la façon des Ombres. Au bout d'un moment, il hocha la tête et coupa le moteur.

— Tout va bien.

Il sortit, contourna la Bentley et ouvrit la portière arrière tandis que Vhen empoignait sa canne et extirpait son corps engourdi du siège en cuir. Pendant qu'ils traversaient le pavement et ouvraient grand les lourdes portes noires, le Maure avait l'arme dégainée et la maintenait contre sa cuisse.

Pénétrer chez *Sal's* était comme franchir la mer Rouge. Au sens propre.

Frank Sinatra les accueillit, son *Wives and Lovers* s'échappant des haut-parleurs encastrés dans le plafond tapissé de velours rouge. Sous leurs pieds, le tapis rouge venait juste d'être changé et luisait avec le même éclat et la même profondeur que le sang humain. Tout autour, des murs rouges étaient floqués d'un motif de feuilles d'acanthe noir, et l'éclairage ressemblait à celui d'un cinéma, c'est-à-dire qu'il provenait essentiellement du sol. Pendant les heures d'ouverture normales, l'accueil et le vestiaire étaient pris en charge par de magnifiques jeunes femmes brunes vêtues d'un short et de collants rouge et noir, et tous les serveurs portaient des costumes noirs avec des cravates rouges.

De l'autre côté se trouvaient des téléphones publics datant des années 1950 et deux distributeurs de cigarettes remontant à la période *Kojak*. Comme à l'ordinaire, ça sentait l'origan, l'ail et la bonne nourriture. Au fond, on respirait également les effluves de cigarettes et de cigares même si, de par la loi, on n'était pas censé s'en griller une dans ce genre d'établissement. Mais c'était là que se trouvaient les tables réservées et celles où l'on jouait au poker, et la direction autorisait les habitués à fumer.

Vhen avait toujours été un peu tendu à l'idée d'être entouré de rouge, mais il savait que tant qu'il regardait dans les deux salles à manger et percevait correctement les tables avec leurs nappes blanches et leurs fauteuils en cuir, tout allait bien.

— La Confrérie est déjà là, annonça Trez pendant qu'ils se rendaient vers le salon privé où se tiendrait la réunion.

Quand ils pénétrèrent dans la pièce, aucun des autres mâles présents ne parlait, ne riait, ni même ne se raclait la gorge. Les frères étaient alignés épaule contre épaule devant Kolher, qui était installé devant l'unique porte non doublée d'acier, afin de s'enfuir en se dématérialisant en un clin d'œil si la situation tournait mal.

— 'Soir, dit Vhen en choisissant la tête de la longue table mince autour de laquelle vingt sièges étaient disposés.

Des salutations fusèrent, mais la ligne compacte des guerriers portait uniquement son attention sur la porte par laquelle il était entré.

Oui, si on emmerdait leur pote Kolher, on risquait de se prendre un bon coup de pied au cul !

Et, chose improbable, ils avaient visiblement embarqué leur mascotte. Sur la gauche, un type lumineux ressemblant à un oscar se tenait droit dans sa tenue de combat, ses cheveux noirs et blonds lui donnant un air de rocker des années 1980 à la recherche d'un groupe de secours. Lassiter l'ange déchu n'avait néanmoins pas l'air moins farouche que les frères. Peut-être que cela venait de ses piercings. Ou du fait que ses yeux étaient entièrement blancs. Merde, ce type avait l'air aussi dur à cuire que les autres.

Intéressant. Vu la manière dont il observait la porte avec les autres, Kolher se trouvait à l'évidence sur la liste des espèces protégées de cet ange.

iAm apparut dans le fond de la pièce, un pistolet dans une main, un plateau de cappuccinos dans l'autre.

Plusieurs frères acceptèrent ce qu'il leur offrait, même si les tasses délicates risquaient de finir en miettes s'ils devaient se battre.

— Merci, mec. (Vhen prit également un cappuccino.) Où sont les biscuits ?

— Ils arrivent.

Les ordres pour cette réunion avaient été clairement donnés à l'avance. Les membres du Conseil devaient arriver devant le restaurant. Si quelqu'un ne faisait qu'effleurer la poignée de l'autre porte, il courait le risque de se faire tirer dessus. iAm ferait entrer les aristocrates et les escorterait jusqu'au salon. Quand ils partiraient, ce serait également en passant par-devant, et on leur fournirait une couverture pour qu'ils se dématérialisent en toute tranquillité. Ces mesures de sécurité avaient été prises soi-disant parce que Vhen était « inquiet à cause des éradiqueurs ». En vérité, tout tournait autour de la protection de Kolher.

iAm revint avec les biscuits.

On les mangea.

On rapporta d'autres cappuccinos.

Frank Sinatra interpréta *Fly me to the Moon*. Puis ce fut une chanson parlant d'un bar qui fermait et du chanteur qui devait prendre une autre route.

Puis celle qui parlait des trois pièces dans la fontaine. Et du fait qu'il en pinçait pour quelqu'un.

Du côté de Kolher, Rhage déplaça son poids massif dans ses rangers, faisant crisser le cuir de sa veste. Près de lui, le roi roula des épaules et l'une des articulations claqua. Butch fit craquer ses doigts. V. s'alluma une clope. Fhurie et Z. échangèrent un regard.

Vhen jeta un coup d'œil à iAm et Trez qui se trouvaient sur le seuil. Puis regarda de nouveau Kolher.

— Surprise, surprise.

Utilisant sa canne, il se leva et effectua un tour de pièce, sa nature *symphathe* respectant cette tactique offensive des autres membres du Conseil consistant à ne pas se montrer. Il n'aurait pas cru qu'ils auraient les couilles de...

Une sonnette se fit entendre à la porte principale du restaurant.

Vhen tourna la tête et entendit le léger glissement métallique quand les frères débloquèrent le cran de sûreté de leurs armes.

De l'autre côté de la rue, face aux portes fermées du cimetière de la Pineraie, Flhéau s'avança jusqu'à une Honda Civic garée dans l'obscurité. Quand il posa la main sur le capot, celui-ci était chaud, et il n'eut pas besoin de faire le tour jusqu'au côté conducteur pour savoir que la vitre en était cassée. Il s'agissait de la voiture dont Grady s'était servi pour venir sur la tombe de son ex.

Quand il entendit le bruit de bottes se rapprocher sur l'asphalte, il empoigna l'arme cachée dans son holster de poitrine.

M. D ôta son chapeau en s'approchant.

— Pourquoi vous nous avez rappelés… ?

Flhéau leva calmement le flingue au niveau de la tête de l'éradiqueur.

— Dis-moi pourquoi je ne vais pas creuser immédiatement un trou dans ta putain de cervelle !

Les tueurs encadrant M. D reculèrent. Loin.

— Parce que c'est moi qui ai découvert qu'il avait disparu, répondit-il avec son accent nasillard. C'est pour ça. Ces deux-là ne soupçonnaient pas une seconde ce qu'il était en train de faire.

— Tu étais le chef. C'est toi qui l'as perdu.

Le regard pâle de M. D ne flancha pas.

— Je comptais votre fric. Vous voulez que quelqu'un d'autre le fasse ? J'crois pas.

Merde, il marquait un point. Flhéau abaissa son arme et toisa les deux autres. Contrairement à M. D, qui était parfaitement calme, ceux-là n'arrêtaient pas de gigoter. Ce qui lui apprit exactement qui avait perdu de vue Grady.

— Combien d'argent ça a rapporté ? demanda Flhéau, regardant toujours les deux types d'un air furieux.

— Beaucoup. Il est là, dans l'Escort.

— Eh bien, ça alors, je suis de meilleure humeur, murmura Flhéau en rangeant son arme. Quant à la raison pour laquelle je vous ai rappelés, c'est que Grady est sur le point de finir en prison, et avec mes félicitations. J'ai envie qu'il devienne la petite amie de quelqu'un pendant un certain temps et profite de la vie derrière les barreaux avant de le tuer.

— Mais qu'en est-il…

— Nous avons les coordonnées des deux autres dealers et nous pouvons vendre le produit nous-mêmes. Nous n'avons pas besoin de lui.

Le bruit d'une voiture qui s'approchait des portes en fer à l'intérieur du cimetière leur fit tourner la tête à droite. Il s'agissait de la voiture banalisée qui avait été garée au coin de la rue près de la tombe fraîche. Le tacot s'arrêta, de la vapeur sortant du tuyau d'échappement en petits nuages, comme si le moteur pétait. Un type laid aux cheveux noirs en sortit. Après avoir déverrouillé la chaîne, il s'arc-bouta contre l'un des battants pour l'écarter. Puis il franchit la porte, ressortit de voiture et referma l'endroit.

Il était seul.

Il tourna à gauche, ses feux arrière disparaissant à mesure qu'il s'éloignait.

Flhéau jeta un coup d'œil à la Civic, qui était la seule autre issue pour Grady.

Que s'était-il passé, bordel ? Le flic avait dû voir Grady, parce qu'il était passé juste devant la voiture banalisée…

Flhéau se raidit puis pivota sur ses talons, ses semelles épaisses projetant le sel répandu sur la route.

Il y avait autre chose dans le cimetière. Quelque chose qui venait tout juste de se dévoiler.

Et ce truc correspondait exactement à ce *symphathe* du Nord.

Ce qui était la raison pour laquelle le flic s'était éloigné. On lui avait implanté l'idée.

— Retournez au ranch avec l'argent, dit-il à M. D. Je vous retrouve là-bas.

— Oui, m'sieur. Tout de suite.

Flhéau n'entendit pas vraiment la réponse. Il était trop captivé par ce qui se passait autour de la tombe de cette fille morte trop tôt.

Chapitre 48

Xhex était heureuse que l'esprit humain soit malléable comme l'argile : il n'avait pas fallu longtemps au cerveau de José De La Cruz pour comprendre l'ordre qu'elle lui avait donné et, dès que ce fut fait, celui-ci avait posé son café froid dans le porte-gobelet et démarré sa voiture banalisée.

Là-bas au milieu des arbres, Grady avait cessé d'avancer comme un zombie, paraissant terriblement surpris que la berline se soit trouvée là. Mais elle ne craignait pas que ce type perde la tête. La douleur de la perte, le désespoir et le regret emplissaient l'air autour de lui, et cette grille émotionnelle l'appellerait bientôt vers une tombe toute neuve, avec bien plus de détermination que n'importe quelle pensée qu'elle implanterait dans la tête de ce salopard.

Xhex attendit en même temps que lui… et sans surprise, dès que De La Cruz fut parti, ses bottes reprirent leur danse, portant Grady jusqu'à l'endroit où Xhex souhaitait le voir.

Quand il arriva devant la stèle de marbre, un bruit étranglé franchit ses lèvres, suivi par le premier de nombreux sanglots. Comme une mauviette, il se mit à pleurer, sa respiration s'élevant en nuages blancs alors qu'il s'accroupissait à l'endroit où la femme qu'il avait tuée allait passer le siècle à venir à se décomposer.

S'il avait aimé Chrissy tant que cela, pourquoi n'y avait-il pas pensé avant de la descendre ?

Xhex sortit de sous un chêne et abandonna sa couverture, se dévoilant au paysage. Quand elle s'approcha du meurtrier de Chrissy, elle mit la main dans le bas de son dos et dégaina la lame en acier inoxydable qu'elle portait le long de la colonne vertébrale. L'arme était aussi longue que son avant-bras.

— Salut, Grady, dit-elle.

Grady se laissa tomber d'un coup, comme si on lui avait enfoncé un bâton de dynamite dans le cul et qu'il espérait l'éteindre dans la neige.

— Qu'est-ce que…

Il chercha des yeux les mains de Xhex. N'en repérant qu'une, il s'écarta d'elle à quatre pattes en crabe, traînant ses fesses sur le sol.

Xhex le suivit, gardant un bon mètre de distance entre eux. Vu la manière dont Grady continuait à surveiller par-dessus son épaule, il s'enfuirait à la première occasion, et elle irait au ralenti jusqu'à ce qu'il…

Bingo.

Grady plongea sur la gauche, mais elle lui tomba dessus aussitôt, lui attrapant le poignet alors qu'il tentait de s'échapper, et laissa l'élan qu'il avait pris le jeter dans ses bras. Il termina la tête contre le sol, le bras coincé dans le dos, entièrement à sa merci. Ce dont, bien entendu, elle était totalement dépourvue. D'une entaille rapide, elle lui transperça le triceps de son couteau, traversant l'épaisse parka duveteuse et la peau mince et douce.

Il ne s'agissait que de le distraire, ce qui fonctionna. Il se mit à hurler et fit un geste pour couvrir la blessure.

Ce qui laissa largement le temps à Xhex de lui saisir la botte gauche et la lui tourner jusqu'à ce qu'il ne fasse plus si attention que cela à son bras. Grady poussa un cri et tenta de soulager la pression en changeant de position, mais elle lui planta un genou au bas du dos et le maintint en place, tandis qu'elle lui brisait la cheville en la faisant pivoter jusqu'à ce qu'elle craque. Elle changea de position et, d'une nouvelle entaille, immobilisa son autre côté en lui tranchant les tendons de la cuisse.

Ce qui diminua les jérémiades de moitié.

Assailli par la douleur, Grady perdit son souffle et se tut… jusqu'à ce qu'elle se mette à le traîner vers la tombe, se débattant de la même manière qu'il avait crié, avec plus de bruit que d'effet. Quand il fut là où elle souhaitait le voir, elle trancha les tendons de son autre bras afin qu'il soit incapable de se protéger de ses mains, quels que soient ses efforts. Puis elle le retourna pour qu'il ait une vue dégagée du ciel et le souleva par sa parka.

Elle esquissa un geste vers la ceinture de Grady tout en lui montrant son couteau.

Les hommes étaient bizarres. Peu importait à quel point ils étaient dans les choux, dès qu'on approchait un objet long, pointu et brillant de leur cerveau primaire, on faisait des étincelles.

— Non… !

— Oh que si. (Elle approcha la lame de son visage.) Assurément oui.

Il lutta obstinément malgré les blessures dignes d'une dissection qu'elle lui avait infligées, et elle marqua un temps d'arrêt pour savourer le spectacle.

— Tu seras mort avant que je te quitte, dit-elle tandis qu'il remuait dans tous les sens. Mais toi et moi allons passer un moment en tête à tête jusqu'à mon départ. Pas longtemps, cela dit. Je dois retourner travailler. Heureusement que je suis rapide.

Elle posa sa botte sur le sternum de Grady pour l'immobiliser, défit le bouton et la braguette et lui baissa le pantalon jusqu'aux cuisses.

— Combien de temps ça t'a pris pour la tuer, Grady ? Combien ?

Complètement paniqué, il se mit à gémir et à donner des coups, tachant de sang la neige immaculée.

— Combien de temps, espèce de salaud ? (Elle trancha l'élastique de son caleçon Emporio Armani.) Combien de temps est-ce qu'elle a souffert ?

Un instant plus tard, Grady hurla si fort que son cri n'avait plus rien d'humain, ressemblant plutôt au croassement retentissant d'un corbeau.

Xhex s'arrêta et contempla la statue de la femme en robe qu'elle avait observée si longtemps pendant les funérailles de Chrissy. Pendant un moment, le visage de pierre sembla avoir changé de position, la jolie femelle ne levant plus le regard vers Dieu, mais le tournant vers Xhex.

Sauf que c'était tout simplement impossible.

Alors que Kolher se tenait debout derrière le mur formé par ses frères, ses oreilles percevaient les bruits éloignés de la porte du restaurant qu'on ouvrait et refermait, distinguant le subtil grincement des charnières au milieu des vocalises de Sinatra. Ce qu'ils attendaient venait de se pointer, et son corps, ses sens et son cœur se modifièrent comme s'il approchait d'un virage serré et se préparait à le négocier.

Ses yeux trouvèrent une meilleure mise au point, la pièce rouge, les tables blanches et les dos de ses frères se faisant un peu plus nets quand iAm reparut sur le seuil, accompagné d'un mâle extrêmement bien habillé.

Bon, ce type avait le mot « *glymera* » tatoué partout sur son corps élégant. Avec ses cheveux blonds ondulés séparés par une raie de côté, il faisait un remarquable Gatsby le Magnifique, son visage proportionné et équilibré à la perfection, au point d'être carrément beau. Son manteau de laine noire était taillé pour aller à une personne élancée, et il tenait un mince porte-documents.

Kolher ne l'avait jamais vu auparavant, mais il paraissait bien jeune pour la situation à laquelle il allait être confronté. Très jeune.

Il n'était rien d'autre qu'un agneau sacrificiel hors de prix et très stylé.

Vhengeance s'approcha du gamin, le *symphathe* empoignant sa canne comme s'il allait dégainer l'épée dissimulée à l'intérieur si Gatsby faisait seulement mine d'inspirer profondément.

— Tu ferais mieux de parler. Tout de suite.

Kolher fit un pas en avant, jouant des coudes pour se placer entre Rhage et Z., qui n'approuvaient ni l'un ni l'autre ce changement de place. D'un rapide geste de la main, il les empêcha de manœuvrer pour se placer devant lui.

— Quel est ton nom, fils ?

La dernière chose dont ils avaient besoin était d'un cadavre, et rien n'était jamais acquis avec Vhen.

Gatsby l'agneau s'inclina gravement et se redressa. Quand il parla, ce fut d'une voix étonnamment profonde et assurée compte tenu du nombre d'armes automatiques pointées sur sa poitrine.

— Je suis Saxton, fils de Tyhm.

— J'ai déjà vu ton nom. Tu établis des généalogies.

— En effet.

Donc le Conseil allait gratter dans les lignées inférieures, hein ? Même pas le fils d'un membre du Conseil.

— Qui t'a envoyé, Saxton ?

— Le lieutenant d'un homme mort.

Kolher ne savait absolument pas comment la *glymera* avait pris la mort de Montrag et s'en fichait. Tant que le message était passé auprès de ceux qui trempaient dans le complot, c'était tout ce qui lui importait.

— Pourquoi ne nous exposerais-tu pas ce pour quoi tu es là ?

Le mâle déposa son porte-documents sur la table et ouvrit le fermoir en or. À l'instant même où il fit ce geste, Vhen dégaina son épée rouge et en posa la pointe juste sur sa gorge pâle. Saxton se figea et regarda autour de lui sans bouger la tête.

— Tu ferais mieux de te déplacer lentement, fils, murmura Kolher. Il y a beaucoup de mecs à la gâchette facile dans cette pièce, et tu es leur cible préférée ce soir.

Sa voix étrangement profonde et calme répondit en termes mesurés.

— C'est pour cela que je lui ai dit que nous devions le faire.

— Faire quoi ?

Rhage avait parlé, tête brûlée comme toujours ; malgré l'épée de Vhen, Hollywood était prêt à sauter sur Gatsby, qu'il sorte ou non une arme quelconque des replis de cuir.

Saxton jeta un coup d'œil à Rhage, puis reporta son attention sur Kolher.

— Le lendemain de l'assassinat de Montrag…

— Le choix des mots est intéressant, commenta Kolher d'une voix lente, se demandant ce que savait précisément ce type.

— Bien sûr qu'il s'agissait d'un assassinat. Quand on est victime d'un meurtre, en général, on garde ses yeux.

Vhen sourit, dévoilant une série de dents aiguisées comme des dagues.

— Cela dépend de qui est ton meurtrier.

— Continue, lui intima Kolher. Et Vhen, calme-toi avec ton cure-dent, si ça ne t'ennuie pas.

Le *symphathe* recula légèrement, mais garda son arme pointée, et Saxton l'évalua du regard avant de reprendre.

— La nuit où Montrag a été assassiné, on a remis ceci à mon patron. (Saxton ouvrit sa serviette et en sortit une enveloppe marron.) Montrag l'avait envoyée.

Il la posa face contre la table pour montrer que le sceau de cire n'avait pas été brisé et recula.

Kolher examina l'enveloppe.

— V., ça t'ennuierait de nous en faire les honneurs ?

V. s'approcha et ramassa l'enveloppe de sa main gantée. Il y eut un léger bruit de déchirure, suivi du crissement du papier que l'on faisait glisser.

Puis le silence.

V. remit les documents en place, coinça l'enveloppe à sa ceinture dans son dos et dévisagea Gatsby.

— On est censés croire que tu ne l'as pas lu ?

— Je ne l'ai pas lu. Mon patron non plus. Personne ne l'a lu depuis que la responsabilité de sa garde nous est échue à lui et moi.

— Sa garde ? Tu es juriste et pas seulement assistant juridique ?

— Je suis en apprentissage pour devenir avocat en droit ancien.

V. se pencha et montra les crocs.

— Tu es certain de ne pas avoir lu ce truc, n'est-ce pas ?

Saxton dévisagea le frère comme s'il était soudain fasciné par les tatouages sur la tempe de V. Au bout d'un moment, il secoua la tête et parla à voix basse.

— Je n'ai pas envie de rejoindre une liste de gens qu'on a retrouvés morts énucléés sur la moquette. Pas plus que mon patron. Le sceau là-dessus a été apposé par la main même de Montrag. Ce qu'il a mis à l'intérieur n'a pas été lu depuis qu'il a fait couler la cire chaude dessus.

— Comment sais-tu que c'est Montrag qui a rempli l'enveloppe ?

— Il s'agit de son écriture sur l'enveloppe. Je le sais parce que j'ai vu beaucoup de ses notes sur d'autres documents. En outre, elle nous a été remise par son *doggen* personnel, à sa demande.

Tandis que Saxton parlait, Kolher déchiffrait attentivement les émotions du mâle, respirant par le nez. Pas de malhonnêteté. Il avait la conscience tranquille. Le beau gosse était attiré par V., mais en dehors de cela ? Il n'y avait rien. Pas même de la peur. Il était prudent, mais calme.

— Si tu mens, dit doucement V., nous le découvrirons et te retrouverons.

— Je n'en doute pas une seule seconde.

— Ça alors, un avocat intelligent.

Viszs recula pour reprendre sa place dans la ligne, reposant la main sur la crosse de son arme.

Kolher souhaitait savoir ce que contenait l'enveloppe, mais il supposa que ce ne devait pas être racontable devant des étrangers.

— Donc, où se trouvent ton patron et ses copains, Saxton ?

— Aucun d'entre eux ne viendra. (Saxton regarda les chaises vides.) Ils sont tous terrifiés. Après ce qui est arrivé à Montrag, ils se sont claquemurés dans leurs maisons et ne sont pas près d'en sortir.

Bien, se dit Kolher. Puisque la *glymera* faisait étalage de son talent pour la lâcheté, il avait un sujet d'inquiétude en moins.

— Merci d'être venu, fils.

Saxton comprit parfaitement qu'on le renvoyait ; il referma son porte-documents, s'inclina de nouveau et fit demi-tour pour sortir.

— Fils ?

Saxton s'arrêta et pivota sur lui-même.

— Seigneur ?

— Tu as dû convaincre ton patron de faire cela, n'est-ce pas ? (Un silence discret lui répondit.) Alors tu lui as donné un excellent conseil et je te crois : pour ce que tu en sais, ni toi ni ton employeur n'avez jeté un coup d'œil là-dedans ni vu de quoi il s'agissait. Mais laisse-moi te dire une chose. À ta place, je chercherais un nouveau boulot. Les choses vont empirer avant d'aller mieux, et le désespoir change les gens les plus honorables en lâches. Ils t'ont déjà jeté dans la gueule du loup une fois. Ils recommenceront.

Saxton sourit.

— Si jamais vous avez besoin d'un juriste personnel, tenez-moi au courant. Après tout l'entraînement aux fidéicommis, droits de succession et généalogies que j'ai reçu cet été, j'aimerais diversifier mes activités.

Une autre courbette, et le type sortit, accompagné d'iAm, la tête haute et la démarche calme.

— Qu'est-ce qu'on a là, V. ? s'enquit calmement Kolher.

— Rien de bon, seigneur. Rien de bon.

Avant que sa vision qui s'émoussait de nouveau ne revienne à son état habituel, Kolher eut juste le temps de saisir le regard glacial que V. posa sur Vhengeance.

Chapitre 49

Quand la voiture de police banalisée avait quitté le cimetière de la Pineraie, Flhéau s'était exclusivement concentré sur la présence *symphathe* qui venait de se dévoiler derrière les portes.

— Barrez-vous de là, ordonna-t-il à ses hommes.

En se dématérialisant, il revint à proximité de la tombe de la morte dans le fin fond du…

Le cri ressemblait à celui d'un chanteur d'opéra hors de contrôle, une soprano perdant sa voix, montant bien au-dessus de toute expression lyrique pour se transformer en hurlement. Quand Flhéau eut repris forme, il pestait d'avoir raté le spectacle… parce que cela en aurait valu la peine.

Grady était allongé sur le dos, le pantalon baissé, saignant de différents endroits, et plus particulièrement d'une entaille récente à l'œsophage. Il était vivant, telle une mouche coincée sur le rebord d'une fenêtre chauffée par le soleil, remuant lentement ses bras et ses jambes recroquevillés.

Son assassin qui était accroupi se redressa : c'était la salope de lesbienne du *Zero Sum*. Et contrairement à la mouche agonisante, qui était paumée sur tous les sujets sauf sur celui de sa propre mort, elle sut exactement à quel moment Flhéau entra en scène. Elle pivota en position de combat, le visage tendu, le couteau ruisselant de sang dans sa main ferme, les cuisses contractées, prête à bondir.

Elle était foutrement excitante. Surtout quand elle fronça les sourcils en le reconnaissant.

— Je te croyais mort, dit-elle. Et je croyais que tu étais un vampire.

Il sourit.

— Surprise. Et toi aussi, tu as ton petit secret, pas vrai ?

— Non, je ne t'ai jamais apprécié, et ça n'a pas changé.

Flhéau secoua la tête et étudia ouvertement son corps.

— Tu es vraiment sexy habillée de cuir, tu le sais ?

— Et toi tu serais mieux si tu étais définitivement allongé.

Il se mit à rire.

— C'était bas et mesquin.

— Comme ma cible. Je te laisse résoudre l'équation.

Flhéau sourit et, imaginant quelques scènes trash, transforma son attirance en une érection bien visible, parce qu'il savait qu'elle le sentirait : il se l'imagina à genoux devant lui, son pénis dans sa bouche, ses mains cramponnées à sa tête tandis qu'il la baisait jusqu'à ce qu'elle s'étouffe.

Xhex leva les yeux au ciel.

— C'est du mauvais porno.

— Non. C'est notre future vie sexuelle.

— Désolée, mais je ne suis pas fan.

— On verra ça. (Flhéau désigna de la tête l'humain, dont les mouvements avaient ralenti comme s'il était congelé par le froid.) Je crains que tu ne me doives quelque chose.

— Si tu parles d'une blessure à l'arme blanche, je suis à ton service.

— Ceci (il pointa Grady du doigt) était à moi.

— Tu devrais revoir tes exigences à la hausse. Ceci (elle imita son geste) est une merde de chien.

— La merde est un bon fumier.

— Alors laisse-moi t'allonger sous un rosier et nous verrons comment tu te portes.

Grady laissa échapper un gémissement et tous deux lui jetèrent un coup d'œil. L'enfoiré franchissait les dernières étapes le menant à la mort, son visage avait la couleur du sol gelé autour de sa tête, et l'hémorragie liée à ses blessures ralentissait.

Brusquement, Flhéau comprit ce qu'on lui avait fourré dans la bouche et il regarda Xhex.

— Putain… je serais vraiment capable d'en pincer pour une femelle comme toi, mangeuse de péchés.

Xhex passa sa lame sur le bord affûté de la pierre tombale, transférant le sang de Grady du métal à la pierre comme si elle indiquait sa vengeance.

— Tu as des couilles, éradiqueur, étant donné ce que je lui ai fait. Ou tu n'as pas envie de garder les tiennes, peut-être ?

— Je suis différent.

— Plus petit que lui ? Seigneur, que c'est décevant. À présent, si tu veux bien m'excuser, je me tire.

Elle leva son couteau, fit un signe, puis disparut.

Flhéau regarda l'air à l'endroit où elle s'était trouvée, jusqu'à ce que Grady se mette à gargouiller faiblement comme une évacuation d'eau qui aspirait sa dernière flaque.

— Tu l'as vue ? dit Flhéau au crétin. Quelle femelle ! Il faut vraiment que je m'en trouve une comme ça.

Le dernier souffle de Grady s'échappa de la blessure de sa gorge, n'ayant pas d'autre issue étant donné que sa bouche était occupée à lui faire une auto-fellation.

Flhéau mit les mains sur ses hanches et observa le cadavre qui refroidissait.

Xhex… il allait devoir s'assurer que leurs chemins se croiseraient de nouveau. Et il espérait qu'elle dirait aux frères qu'elle l'avait vu : un ennemi perturbé valait mieux qu'un ennemi calme. Il savait que la Confrérie se demanderait comment diable l'Oméga avait réussi à transformer un vampire en éradiqueur, mais ce n'était qu'une petite partie de l'histoire.

Il devait encore leur servir la chute.

Pendant que Flhéau s'éloignait en flânant dans la nuit froide, il rajusta son pantalon et décida qu'il avait besoin de s'envoyer en l'air. Dieu sait qu'il était d'humeur.

Tandis qu'iAm verrouillait la porte principale du *Sal's*, Vhengeance rengaina son épée rouge et regarda Viszs. Le frère le dévisageait d'un air mauvais.

— Alors, qu'est-ce qu'il y avait dedans ? demanda Vhen.

— Toi.

— Montrag essaie de sous-entendre que je suis responsable du complot pour assassiner Kolher ?

Non que cela eût de l'importance. Vhen avait déjà prouvé de quel côté il était en faisant égorger cet enfoiré.

Viszs secoua lentement la tête, puis regarda iAm qui rejoignait son frère.

Vhen s'exclama d'un ton brusque :

— Ils n'ignorent rien à mon sujet.

— Eh bien, voilà, mangeur de péchés. (V. jeta l'enveloppe sur la table.) Apparemment, Montrag connaissait ta nature. Ce qui est sans le moindre doute la raison pour laquelle il est venu te trouver afin que tu assassines Kolher. Personne n'aurait cru qu'il ne s'agissait pas de ton idée, et la tienne seule, si ta nature avait dû être révélée.

Vhen fronça les sourcils et sortit ce qui ressemblait à un affidavit sur la manière dont son beau-père avait été tué. Qu'est-ce que c'était que ce bordel ? Le père de Montrag s'était trouvé dans la maison après le meurtre ; cela, Vhen le savait. Mais ce type était parvenu non seulement à faire parler mais aussi témoigner le *hellren* de sa mère ? Et ensuite, s'était dépêché de taire cette information ?

Vhen repensa à cette rencontre dans le bureau de Montrag, quelques jours auparavant… et à son petit commentaire disant qu'il savait quel genre de mâle était Vhen.

D'accord, il avait été au courant, et pas pour les histoires de drogue.

Vhen remit le document dans l'enveloppe. Merde, s'il y avait une fuite, la promesse qu'il avait faite à sa mère allait être réduite en miettes.

— Alors, qu'est-ce qu'il y a là-dedans, pour être précis ? demanda l'un des frères.

Vhen fourra l'enveloppe dans sa zibeline.

— Un affidavit signé de mon beau-père juste avant de mourir me traitant de *symphathe*. C'est un document authentique, vu la signature de sang au bas du document. Mais combien es-tu prêt à parier que Montrag n'a pas envoyé son unique version ?

— C'est peut-être un faux, marmonna Kolher.

Peu probable, se dit Vhen. *Trop de détails sont exacts au sujet de ce qui s'est passé cette nuit-là.*

Brièvement, il se remémora la nuit où il avait accompli son devoir. Sa mère avait dû être emmenée à la clinique de Havers parce qu'elle avait eu un de ses nombreux « accidents ». Quand il était devenu évident qu'elle allait être gardée en observation pour la journée, Bella était restée avec elle, et Vhen avait pris sa décision.

Il était rentré à la maison, avait réuni les *doggen* dans les quartiers du personnel et affronté la douleur collective de tous ceux qui servaient sa famille. Il se rappelait clairement avoir dévisagé les mâles et les femelles de la maison, avoir croisé leurs regards l'un après l'autre. Beaucoup étaient entrés dans la maison pour son beau-père, mais ils restaient pour sa mère. Et ils comptaient sur lui pour faire cesser ce qui n'avait duré que trop longtemps.

Il leur avait demandé de quitter la demeure pendant une heure.

Ils n'avaient pas contesté, et chacun d'entre eux l'avait serré dans ses bras en sortant. Tous savaient ce qu'il allait faire, et c'était également leur souhait.

Vhen avait attendu que le dernier *doggen* soit parti, puis il s'était rendu dans le bureau de son beau-père et avait trouvé le mâle plongé dans ses documents. Dans sa fureur, Vhen s'était occupé de lui à l'ancienne, rendant coup pour coup, égalant d'abord la douleur infligée à sa mère avant de guider ce fils de pute vers sa récompense royale et imméritée.

Quand la sonnette de l'entrée avait retenti, Vhen avait supposé que les *doggen* revenaient et le prévenaient pour qu'ils puissent affirmer de manière crédible qu'ils n'avaient pas vu le tueur à l'œuvre. Parce qu'il avait besoin de porter un coup ultime, il avait écrasé son poing sur le crâne de son beau-père assez fort pour déplacer la colonne vertébrale de ce salopard qui battait sa *shellane*.

En vitesse, Vhen s'était dégagé du corps, avait ouvert la porte d'entrée de la demeure d'un ordre mental et était sorti en empruntant les portes-fenêtres du fond. Faire revenir les *doggen* à la maison pour qu'ils « découvrent » le cadavre était parfait, puisque cette sous-espèce, d'une nature docile, n'aurait jamais été impliquée dans un incident violent. En outre, à ce moment-là, sa nature *symphathe* hurlait, et il avait besoin de reprendre le contrôle.

Ce qui, à cette époque, ne comprenait pas l'usage de dopamine. Il avait dû employer la douleur pour apprivoiser le mangeur de péchés en lui.

Tout avait semblé fonctionner comme prévu… jusqu'à ce qu'il apprenne à la clinique que le père de Montrag avait découvert le corps. Mais ce n'était pas un gros problème, finalement. D'après ce que le mâle avait raconté, Rehm était entré, avait trouvé Rempoon et appelé Havers. Au moment où le médecin était arrivé, le personnel était revenu. Ils s'étaient reproché leur absence collective au prétexte que c'était le solstice d'été et qu'ils étaient à l'extérieur pour préparer les cérémonies qui auraient lieu la semaine suivante.

Le père de Montrag avait bien joué, de même que le fils. Toutes les perturbations émotionnelles que Vhen avait relevées à l'époque ou durant l'entretien quelques jours plus tôt, il les avait mises sur le compte de la mort récente et de l'assassinat, qui étaient tous les deux prévus.

Mon Dieu, ce que Montrag avait fait en poussant Vhen à préparer l'assassinat de Kolher était évident, si évident. Le meurtre accompli, il aurait été prêt à sortir l'affidavit révélant que Vhen était à la fois un meurtrier et un *symphathe* et, une fois Vhen déporté, à prendre le contrôle non seulement du Conseil mais de l'espèce tout entière.

Sympa.

Dommage que les choses n'aient pas fonctionné comme il l'avait prévu. On avait vraiment envie de verser une larme, putain.

— Oui, il doit y avoir d'autres affidavits, murmura Vhen. Personne n'enverrait son unique exemplaire dans la nature.

— Ça vaudrait le coup de faire une visite dans cette maison, dit Kolher. Si les héritiers et les exécuteurs testamentaires de Montrag mettent la main sur un truc pareil, on va tous avoir des problèmes, vous me suivez ?

— Il est mort sans descendance mais, oui, il lui reste une lignée quelque part. Et je vais m'assurer qu'ils n'apprennent rien à ce sujet.

Personne n'allait lui faire rompre le serment qu'il avait fait à sa mère.

Cela n'arriverait pas.

Chapitre 50

Alors qu'Ehlena faisait ses courses au supermarché ouvert 24 heures sur 24 où elle se rendait toujours, elle aurait dû être de meilleure humeur. Ses adieux avec Vhen n'auraient pas pu être plus agréables. Quand il avait dû partir pour sa réunion, il avait pris une douche rapide avant de la laisser lui choisir ses vêtements et même lui nouer sa cravate. Puis il l'avait enlacée et ils étaient restés ainsi, blottis l'un contre l'autre.

Elle avait fini par le pousser dans le couloir et avait attendu avec lui l'arrivée de l'ascenseur. Quand le tintement avait résonné et que la porte avait coulissé, Vhen l'avait tenue ouverte pour embrasser Ehlena, à trois reprises. Il avait enfin reculé et, au moment où l'ascenseur s'était refermé, avait désigné son téléphone puis elle-même.

Le fait qu'il allait l'appeler rendait la séparation plus facile. Et elle adorait l'idée d'avoir choisi le costume noir, la chemise blanche impeccable et la cravate rouge sang qu'il portait.

Donc, oui, elle aurait dû être plus heureuse. D'autant que ses soucis financiers avaient été résolus par la banque Vhengeance & Associés.

Mais Ehlena était incroyablement nerveuse.

Elle s'arrêta au rayon des jus de fruits, devant les rangées impeccables de jus d'airelle et autres, et regarda par-dessus son épaule. À sa gauche étaient alignées d'autres bouteilles de jus de fruits à perte de vue, et à droite des barres de céréales et des cookies. Plus loin se trouvaient les caisses, dont la plupart étaient fermées et, derrière celles-ci, les vitres en verre sombre du magasin.

Quelqu'un la suivait.

Et ce depuis qu'elle était retournée dans l'appartement de Vhen, s'était rhabillée et avait quitté la terrasse en se dématérialisant après avoir verrouillé les lieux.

Elle déposa quatre bouteilles de jus d'airelle et de framboise dans son Caddie, puis se dirigea vers le rayon des céréales en traversant celui des serviettes et du papier toilette. À la boucherie, elle choisit un poulet rôti qui semblait avoir été empaillé plutôt que cuit, mais en cet instant il lui fallait des protéines qu'elle n'aurait pas besoin de mettre elle-même au four. Puis elle prit des steaks pour son père. Du lait, du beurre, des œufs.

Le seul inconvénient de faire ses courses après minuit était que toutes les caisses automatiques étaient fermées, et qu'elle dut faire la queue derrière un type dont le Caddie était rempli de plats préparés. Pendant que la caissière scannait le code-barres des steaks hachés, Ehlena regarda dehors, se demandant si elle perdait la tête.

— Vous savez comment cuisiner ça ? lui demanda le type en lui montrant l'une des boîtes minces.

Visiblement, il avait mal interprété son expression absorbée, croyant être concerné, et cherchait quelqu'un pour lui tenir chaud, au sens propre : son regard était fiévreux et scrutait sa silhouette. Elle ne put qu'imaginer ce que Vhen infligerait à ce mec.

Cela la fit sourire.

— Lisez donc l'emballage.

— Vous pourriez le faire pour moi.

Elle garda un ton calme et ennuyé.

— Désolée, mais je ne pense pas que cela plairait à mon petit ami.

L'humain parut légèrement déconfit, haussa les épaules et tendit son repas surgelé à la fille de la caisse.

Dix minutes plus tard, Ehlena poussait son chariot à travers les portes automatiques et fut accueillie par un froid mordant et désagréable qui la força à se blottir dans sa parka. Heureusement, le taxi qu'elle avait pris pour venir au magasin l'avait attendue, et elle en fut soulagée.

— Vous avez besoin d'aide ? lança le chauffeur par la vitre baissée.

— Non, merci.

Elle scruta les environs tout en déposant les sacs sur la banquette arrière, se demandant ce que ferait le chauffeur si un éradiqueur surgissait de derrière un camion et décidait de leur sauter dessus.

Quand Ehlena s'installa à côté de ses courses et que le chauffeur mit le moteur en route, elle observa le toit du magasin et la demi-douzaine de voitures garées aussi près que possible de l'entrée. M. Repas Surgelé enfumait son minibus, le visage éclairé par le plafonnier tandis qu'il s'allumait une cigarette.

Rien. Personne.

Elle se força à se détendre dans le siège. Tout cela n'était que le fruit de son imagination, personne ne l'espionnait, personne ne la suivait…

Ehlena porta la main à sa gorge, brusquement submergée de terreur. Oh, mon Dieu… et si elle souffrait de la même maladie que son père ? Et si cette crise de paranoïa était la première d'une longue série ? Et si…

— Ça va ? demanda le chauffeur en la dévisageant dans le rétroviseur. Vous semblez inquiète.

— C'est seulement le froid.

— Attendez, laissez-moi mettre le chauffage.

Quand elle sentit de l'air chaud lui souffler au visage, elle jeta un coup d'œil par le pare-brise arrière. Pas de voiture en vue. Et les éradiqueurs étaient incapables de se dématérialiser, donc… était-elle atteinte de schizophrénie ?

Seigneur, elle aurait presque préféré qu'il s'agisse d'un éradiqueur.

Ehlena demanda au chauffeur de la déposer aussi près de l'arrière de la maison que possible et lui donna un petit pourboire pour le remercier de sa gentillesse.

— Je vais attendre que vous soyez rentrée, dit-il.

— Merci.

Et, bon sang, elle le pensait vraiment.

Deux sacs plastique dans chaque main, elle marcha rapidement jusqu'à la porte et dut déposer son chargement parce que, comme une idiote, elle avait été tellement occupée à s'angoisser qu'elle n'avait pas sorti ses clés. Au moment où elle plongeait la main dans son sac, le taxi démarra.

Elle leva la tête et aperçut les phares tourner au coin de la rue. Qu'est-ce que…

— Salut.

Ehlena se figea. La présence se trouvait juste derrière elle. Et elle savait exactement de qui il s'agissait.

Quand elle pivota, elle vit une grande femelle aux cheveux noirs, vêtue de robes superposées et dont les yeux luisaient. Ah oui… c'était l'autre…

— Moitié, finit la femelle. Je suis l'autre moitié de Vhengeance. Et je suis désolée que ton chauffeur ait dû partir si précipitamment.

D'instinct, Ehlena masqua ses pensées avec l'image d'un rayon du supermarché : un étalage d'un mètre cinquante de haut et d'un mètre de large rempli de boîtes de Pringles rouges.

La femelle fronça les sourcils comme si elle n'avait pas la moindre idée de ce qu'elle découvrait dans le cortex qu'elle tentait d'envahir, mais elle sourit.

— Tu n'as rien à craindre de moi. J'ai seulement pensé partager quelques détails au sujet du mâle que tu t'es envoyé dans son appartement.

Au diable la façade de biscuits apéritifs : ce n'était pas suffisant. Pour rester calme, Ehlena dut faire appel à tout son entraînement professionnel. *Il s'agit d'un traumatisme*, s'intima-t-elle. *On vient de m'amener le corps ensanglanté d'un vampire, et je dois mettre de côté mes peurs et mes émotions pour gérer la situation.*

— Est-ce que tu as entendu ce que je viens de dire ? susurra la femelle, dont la prononciation ne ressemblait à rien de ce qu'Ehlena avait déjà entendu : les « s » se terminaient en sifflements. Je vous ai observés par la fenêtre, jusqu'à ce qu'il se retire à la fin. Tu veux savoir pourquoi il a fait ça ?

Ehlena garda la bouche fermée et se demanda comment attraper la bombe au poivre dans son sac à main. Néanmoins, elle ne pensait pas que cela fût très efficace…

Merde, est-ce que c'étaient bien… des scorpions vivants à ses oreilles ?

— Il n'est pas comme toi. (La femelle sourit d'un air de satisfaction malfaisante.) Et pas seulement parce que c'est un baron de la drogue. Il n'est pas non plus un vampire. (Quand le front d'Ehlena se plissa, la femelle se mit à rire.) Tu ignorais ces deux points ?

Visiblement, ses Pringles et son entraînement ne remplissaient pas parfaitement leur rôle.

— Je ne vous crois pas.

— Le *Zero Sum*, en centre-ville. Il lui appartient. Tu connais ? Sans doute pas, vu que tu ne sembles pas du genre à aller là-bas, ce qui est sans doute la raison pour laquelle il aime te baiser. Laisse-moi t'apprendre ce qu'il y vend : des humaines et des drogues de toutes sortes. Et tu sais pourquoi ? Parce qu'il est comme moi, et non comme toi. (La femelle se rapprocha, ses yeux étincelant.) Et est-ce que tu sais ce que je suis ?

Une salope complètement allumée, se dit Ehlena.

— Je suis une *symphathe*, petite fille. C'est ce que nous sommes, lui et moi. Et il m'appartient.

Ehlena se demanda si elle allait mourir ce soir, là, sur le seuil de la cuisine, ses quatre sacs de courses à ses pieds. Pas seulement parce que cette menteuse était en réalité une *symphathe*, mais parce que quelqu'un d'assez malade pour suggérer une chose pareille était à coup sûr capable de tuer.

La femelle poursuivit d'une voix stridente.

— Tu veux le connaître pour de bon ? Rends-toi à ce club et retrouve-le là-bas. Force-le à t'avouer la vérité et découvre ce que tu as laissé pénétrer ton corps, petite. Et souviens-toi de cela : il m'appartient tout entier, sexuellement et émotionnellement, tout en lui est à moi.

Un doigt à quatre phalanges caressa la joue d'Ehlena, puis la femelle disparut sans crier gare.

Ehlena tremblait tellement qu'elle se tétanisa totalement l'espace d'un instant, les frissons assaillant ses muscles si profondément qu'elle restait statique. Le froid la sauva. Quand une rafale glaciale balaya le trottoir et la bouscula, Ehlena recouvra ses esprits avant de s'écrouler sur ses courses.

Elle finit par mettre la main sur la clé de la maison, mais l'introduire dans la serrure lui fut aussi difficile que dans l'ambulance, le petit bout de métal ripant tant et plus.

Enfin.

Elle défit le verrou et jeta les sacs à l'intérieur avant de s'enfermer et de tout verrouiller, y compris les serrures intérieures et la chaîne de sécurité.

Les jambes faibles, elle alla s'asseoir à la table de la cuisine. Quand son père haussa la voix pour s'enquérir du bruit, elle répondit qu'il s'agissait du vent et se mit à prier pour qu'il ne vienne pas la voir.

Dans le silence qui suivit, Ehlena ne sentit plus la moindre présence à l'extérieur de la maison, mais l'idée qu'une personne pareille soit au courant pour elle et Vhen, connaisse son adresse… Oh, Seigneur, cette folle les avait épiés.

Se levant d'un bond, elle courut jusqu'à l'évier et ouvrit le robinet au cas où elle vomirait. Dans l'espoir de calmer ses nausées, elle mit les mains en coupe, prit un peu d'eau fraîche et en avala quelques gorgées avant de s'asperger le visage.

Boire et se rafraîchir lui éclaircirent un peu les idées.

Les revendications émises par la femelle étaient totalement bizarres, bien au-delà de la réalité… et, vu son regard étincelant, elle avait une dent contre eux.

Vhen n'était rien de tout cela. Un baron de la drogue, un *symphathe*, un maquereau. Voyons.

Il était évident qu'on n'apprenait rien, pas même la couleur préférée d'un mâle, auprès d'une ex du genre harceleuse. D'autant que Vhen avait clairement établi qu'ils n'étaient pas ensemble et avait laissé entendre dès le départ que cette fille posait problème. Pas étonnant qu'il n'ait pas voulu s'étendre sur le sujet. Personne ne souhaitait reconnaître avoir eu une relation avec une folle complètement hystéro qui clamait « Je refuse qu'on me snobe ».

Que devait-elle faire à présent ? Eh bien, c'était évident. Elle allait prévenir Vhen. Pas en lui faisant part de sa trouille sur un ton théâtral, mais plutôt en lui exposant clairement et posément les faits et lui révélant la nature instable de cette personne.

Envisager les choses de la sorte convenait à Ehlena.

Jusqu'à ce qu'elle tente de sortir son téléphone de son sac et se rende compte qu'elle tremblait toujours. La réponse de son cerveau était peut-être logique, son raisonnement fonctionnait peut-être à merveille, mais l'adrénaline bouillonnait follement dans ses veines et ne paraissait pas vraiment intéressée par toutes les choses sensées qu'elle se répétait à elle-même.

Que faisait-elle ? Ah… oui. Vhengeance. Appeler Vhengeance.

Elle composa son numéro et commença à se détendre un peu. Ils allaient démêler toute cette histoire.

Elle fut un instant surprise de tomber sur son répondeur, avant de se rappeler qu'il avait dû se rendre à une réunion. Elle faillit raccrocher, mais elle n'était pas du genre à tourner autour du pot, et il n'y avait aucune raison d'attendre.

« Salut, Vhen, je viens de recevoir la visite de cette… femelle. Elle déblatérait tout un tas d'idioties à ton sujet. Je… eh bien, j'ai estimé que tu devais le savoir. Pour être honnête, elle est flippante. En tout cas, tu pourras peut-être me rappeler pour qu'on en parle ? Cela me ferait plaisir. À plus tard. »

Elle raccrocha et regarda fixement le téléphone, dans l'espoir qu'il la rappelle rapidement.

Kolher avait fait une promesse à Beth, et il la tint. Même si cela le tuait.

Quand les frères et lui avaient fini par quitter le *Sal's*, il était rentré directement à la maison, de même que son escadron de gardes du corps. Il était agité et désireux de jouer des poings, excité et agacé, mais il avait dit à sa *shellane* qu'il n'irait pas sur le terrain après son petit épisode de cécité, et il allait tenir parole.

La confiance était un sentiment qui se construisait, et vu le cratère qu'il avait creusé dans les fondements mêmes de leur relation, il lui faudrait beaucoup de travail rien que pour retrouver le niveau du sol.

En outre, s'il ne pouvait pas se battre, il pouvait faire autre chose pour se calmer.

Quand la Confrérie investit le vestibule, le bruit des bottes résonna et Beth jaillit de la salle de billard comme si elle n'avait attendu que ce signal. D'un bond, elle fut dans ses bras avant qu'il ait le temps de cligner des yeux, et cela lui plut.

Après une rapide étreinte, elle recula pour l'examiner.

— Est-ce que ça va ? Que s'est-il passé ? Qui est venu ? Comment…

Les frères se mirent à parler tous en même temps, mais pas au sujet de la réunion. Ils se disputaient les territoires où aller chasser durant les trois heures où ils seraient par monts et par vaux.

— Allons dans le bureau, dit Kolher par-dessus le vacarme. On ne s'entend pas.

Tandis que Beth et lui se dirigeaient vers l'escalier, il lança à ses frères :

— Merci d'avoir surveillé mes arrières une fois encore.

Le groupe cessa de parler et se tourna pour lui faire face. Après une seconde de silence, ils formèrent un demi-cercle au pied de l'escalier, chacun serrant le poing. Avec un cri de guerre retentissant, ils posèrent le genou droit par terre et frappèrent le sol de mosaïque de leurs larges mains. Le bruit évoquait tonnerre, tambours et explosions, se répercutant dehors, emplissant toutes les pièces de la demeure.

Kolher les dévisagea, voyant leurs têtes inclinées, leurs larges dos courbés et leurs bras musclés tendus. Chacun s'était rendu à la réunion prêt à prendre une balle à sa place, et il en serait toujours ainsi.

Derrière la mince silhouette de Tohr, Lassiter, l'ange déchu, se tenait le dos droit, s'abstenant de lâcher la moindre blague devant ce nouveau serment d'allégeance. Au lieu de cela, il observait encore une fois ce satané plafond. Kolher leva les yeux vers le mur de guerriers qui se découpait contre le ciel bleu et ne vit rien d'autre que les images qu'on lui avait décrites.

Revenant à ses moutons, il déclara en langue ancienne :

— *Un roi n'a pas d'alliés plus puissants, d'amis plus précieux, de guerriers honorables meilleurs que ceux qui sont assemblés ici devant moi, mes frères, mon sang.*

Un grondement d'assentiment s'éleva tandis que les guerriers se remettaient debout, puis Kolher fit un signe de tête à chacun. La gorge soudain serrée, il ne put leur offrir d'autres paroles, mais ils ne semblaient pas en avoir besoin. Ils le dévisageaient avec respect, gratitude et détermination, et il accepta leur don inestimable en les remerciant avec gravité et résolution. C'était là l'engagement séculaire entre un roi et ses sujets, les serments prêtés des deux côtés avec le cœur et tenus par un esprit aiguisé et un corps puissant.

— Mon Dieu, je vous adore, les gars, s'exclama Beth.

Tous se mirent à rire, puis Hollywood demanda :

— Tu veux qu'on poignarde le sol pour toi encore une fois ? Les poings c'est pour le roi, mais la reine a droit aux dagues.

— Je ne voudrais pas que vous arrachiez ce superbe carrelage. Mais merci.

— Un mot de toi, et il ne sera plus que décombres.

Beth rit.

— Calme-toi, mon cœur.

Les frères s'approchèrent et embrassèrent le Rubis des Ténèbres à son doigt, et chaque fois que l'un d'entre eux lui rendait hommage, elle lui caressait doucement les cheveux. Hormis pour Zadiste, à qui elle sourit tendrement.

— Excusez-nous, les garçons, dit Kolher. On souhaiterait avoir un petit instant d'intimité, vous me suivez ?

Une cascade d'approbation masculine se fit entendre, que Beth accepta sans sourciller – mais en rougissant –, puis ils purent enfin s'esquiver.

Pendant que Kolher se rendait à l'étage avec sa *shellane*, il avait l'impression que les choses revenaient à la normale. OK, d'accord, il y avait des complots pour l'assassiner, des embrouilles politiques et des éradiqueurs partout, mais ça, c'était la routine. Et à cet instant précis, ses frères étaient épaule contre épaule, sa compagne bien-aimée se trouvait à son bras et les gens et les *doggen* dont il se souciait étaient aussi en sécurité que possible.

Beth appuya la tête contre sa poitrine et mit la main sur sa taille.

—Je suis heureuse que tout le monde aille bien.

—C'est drôle, j'étais en train de me dire la même chose.

Il la fit entrer dans le bureau et ferma les deux portes, la chaleur du feu agissant comme un baume… et une tentation. Quand elle se dirigea vers le bureau couvert de papiers, il suivit le balancement de ses hanches puis, d'un geste du poignet, verrouilla la porte.

Tandis qu'il s'approchait d'elle, Beth tentait de mettre un peu d'ordre dans les documents.

—Alors, que s'est-il pas…

Kolher colla les hanches contre ses fesses et chuchota :

—J'ai besoin d'être en toi.

Sa *shellane* poussa un petit cri et appuya la tête contre son épaule.

—Oh, mon Dieu… oui…

Grognant, il glissa une main sur son sein et, retenant son souffle, elle sentit qu'il frottait son sexe contre elle.

—Je n'ai pas envie de prendre mon temps.

—Moi non plus.

—Allonge-toi sur le bureau.

La regarder se pencher et arquer le dos lui fit presque perdre la tête. Et quand elle écarta les jambes, il laissa échapper un juron.

Kolher éteignit la lampe du bureau afin que seule la lumière dansante du feu les illumine, et ses mains furent brutales quand il les posa sur les hanches de Beth, se délectant de ce qui allait suivre. S'accroupissant derrière elle, il passa les crocs le long de sa colonne vertébrale et la força à ne prendre appui que sur un pied pour lui ôter sa chaussure à talon et descendre la jambe de son jean. Il était trop impatient pour s'occuper de l'autre côté, mais quand il leva les yeux et aperçut sa culotte noire toute simple…

Très bien. Changement de plan.

Il allait attendre pour la prendre.

Tout du moins, en ce qui concernait son pénis.

Toujours accroupi, il retira ses armes avec soin et rapidité, s'assurant que le cran de sûreté était enclenché sur les pistolets et que ses dagues étaient attachées à leurs fourreaux. Si la porte n'avait pas été verrouillée, il les aurait déposées dans le coffre-fort, malgré l'urgence de son désir pour sa femelle. Avec Nalla, personne dans la maison ne voulait courir le risque que la fille de Z. et Bella s'empare d'une arme, quelle qu'elle soit. Jamais.

Désarmé, il ôta ses lunettes de soleil et les jeta sur le bureau, puis fit remonter ses mains derrière les cuisses douces de sa compagne. L'ouvrant largement, il se dressa et se plaça entre ses jambes, dirigeant la bouche vers le coton couvrant la fente qu'il allait bientôt pénétrer.

Il pressa ses lèvres contre son sexe, sentant la chaleur irradier au travers de son vêtement, rendu fou par son odeur, son membre si dur dans son pantalon en cuir qu'il ne savait pas avec certitude s'il avait joui ou non. La mordiller et la lécher au travers de la culotte ne suffisait pas… Il attrapa le coton entre ses dents et en frotta sa chair, sachant parfaitement que la couture latérale massait exactement le point qu'il mourait d'envie de sucer.

Il entendit un bruit sourd quand elle déplaça les mains sur le bureau, suivi d'un bruissement de feuillets voletant jusqu'au sol.

—Kolher…

— Quoi donc ? murmura-t-il contre elle, la caressant de son nez. Tu n'aimes pas ?

— Ferme-la et recommence à…

Il l'interrompit en glissant la langue sous la culotte… et se força à se calmer. Elle était si humide, douce et consentante que c'était la seule chose qu'il parvenait à faire pour s'empêcher de la traîner sur le tapis et de la pénétrer profondément d'un coup.

Et, dans ce cas, ils n'auraient pas l'occasion d'en profiter.

Écartant le coton de la main, il embrassa sa chair rosie, puis entreprit d'explorer sa chaude intimité. Elle était, oh… tellement prête pour lui, et il le sut grâce au miel qu'il avalait tandis qu'il la léchait langoureusement.

Mais ce n'était pas assez, et devoir écarter la culotte détournait son attention.

De ses crocs, il perça celle-ci, puis la déchira en plein milieu, laissant les deux moitiés pendre à ses hanches. Il fit remonter ses mains jusqu'à ses fesses et les maintint fortement pour passer aux choses sérieuses et s'occuper de sa femelle avec sa bouche. Il savait précisément ce qu'elle aimait le plus : quand il suçait, léchait et la pénétrait de sa langue.

Fermant les yeux, il assimila toute la scène, son odeur, son goût, elle tremblant contre lui quand elle atteignit le paroxysme du plaisir et se liquéfia. Derrière la fermeture Éclair de son pantalon, son pénis exigeait son attention, la sensation râpeuse des boutons étant loin de satisfaire ses exigences, mais il s'en foutait. Son érection allait devoir se calmer un moment, parce que la situation était trop agréable pour y mettre fin.

Quand les genoux de Beth se mirent à s'entrechoquer, il l'allongea sur le sol et lui plia une jambe, poursuivant ses caresses en rythme tout en remontant sa polaire jusqu'à son cou et passant une main sous son soutien-gorge. Quand un nouvel orgasme l'emporta, elle saisit l'un des pieds du bureau, tirant de toutes ses forces et enfonça son pied libre dans le tapis. Les assiduités de Kolher les poussèrent de plus en plus loin sous la table où il remplissait ses devoirs royaux, jusqu'à ce qu'il doive se baisser pour faire passer ses épaules.

La tête de Beth finit par passer de l'autre côté du bureau ; elle se tenait à la chaise délicate dans laquelle il s'asseyait et l'entraînait avec elle.

Quand elle cria une nouvelle fois son nom, il fit glisser son immense corps au-dessus du sien et jeta un regard furieux à cette chaise stupide et ridicule.

— Il faut que je m'asseye sur un truc plus lourd.

Ce fut sa dernière phrase cohérente. Son corps découvrit l'entrée de celui de Beth avec une aisance qui trahissait toute l'intimité qu'ils avaient partagée et… oh, oui, c'était aussi bon que la première fois. L'enveloppant de ses bras, il la prit brutalement, et ils ne faisaient plus qu'un quand l'orage qui tempêtait dans son corps rendit la tension dans ses testicules insupportable au point de les rendre douloureuses. Ensemble, sa *shellane* et lui se mouvaient comme un seul être, donnant, recevant, allant toujours plus vite, jusqu'à ce qu'ils jouissent puis reprennent maintes fois leurs va-et-vient les emportant inexorablement au sommet de la passion…

Le visage de Kolher heurta soudain quelque chose.

Totalement animal, il grogna et tenta de frapper l'objet de ses crocs.

C'étaient les rideaux.

Il avait réussi à les emmener sous le bureau, derrière la chaise et jusqu'au mur.

Beth éclata de rire, suivie par Kolher, et ils se retrouvèrent enlacés. Roulant sur le côté, Kolher tint sa compagne contre sa poitrine, lui remettant son col roulé et sa polaire en place pour qu'elle n'ait pas froid.

— Alors, que s'est-il passé à la réunion ? finit-elle par demander.

— Aucun membre du Conseil ne s'est pointé.

Il hésita, se demandant où placer les limites au sujet de Vhen.

— Pas même Vhen ?

— Il était là, mais les autres ne sont pas venus. Le Conseil a visiblement peur de moi, ce qui n'est pas plus mal. (Soudain, il lui prit les mains.) Écoute, euh, Beth…

La tension se sentit dans sa réponse.

— Oui ?

— On a bien parlé d'honnêteté ?

— Absolument.

— Il s'est passé quelque chose. C'est en rapport avec Vhengeance… sa vie… mais ça m'embête de t'en expliquer les tenants et les aboutissants parce que ce sont ses oignons. Pas les miens.

Elle poussa un soupir.

— Si cela n'implique ni toi ni la Confrérie…

— Uniquement parce que cela nous met dans une position délicate.

Et Beth serait dans la même situation inconfortable si elle apprenait de quoi il était question. En fait, protéger l'identité d'un *symphathe* identifié ne représentait que la moitié du problème. La dernière fois que Kolher s'était renseigné, Bella ignorait parfaitement la nature de son frère. Donc Beth devrait également le cacher à son amie.

Sa *shellane* fronça les sourcils.

— Si je te demande précisément en quoi cela représente un problème pour vous, je saurai de quoi il s'agit, n'est-ce pas ?

Kolher hocha la tête et attendit.

Elle lui passa une main sur la mâchoire.

— Et tu me le dirais, n'est-ce pas ?

— Oui.

Cela ne lui plairait pas, mais il le ferait. Sans hésiter.

— D'accord… Je ne vais pas poser la question. (Elle se pencha pour l'embrasser.) Mais je suis heureuse que tu m'aies donné le choix.

— Tu vois, on peut encore me former.

Il prit son visage dans ses mains et effleura sa bouche de la sienne à plusieurs reprises, percevant le sourire qui éclairait les lèvres de Beth grâce aux sensations qui émanaient de sa caresse.

— À ce propos, que dirais-tu de manger ? demanda-t-elle.

— Oh, comme je t'aime.

— Je te rapporte ça.

— Je pense qu'il vaudrait mieux que je commence par t'essuyer.

Il ôta sa chemise noire et lui caressa avec soin les cuisses jusqu'au sexe.

— Tu fais plus que m'essuyer, dit-elle d'une voix languissante quand il frôla son entrejambe de la main.

Il se redressa, esquissant un geste pour la reprendre.

— Est-ce que tu m'en veux ? Mmmm…

Elle se mit à rire et le retint.

— On mange. Puis on refera l'amour.

Il lui mordilla la bouche, se disant qu'il n'y avait rien de plus surfait que manger. C'est alors que le ventre de Beth gargouilla, réveillant instantanément son envie de la nourrir, son instinct pour la protéger et subvenir à ses besoins supplantant les pulsions sexuelles.

Posant sa large main sur son ventre plat, il dit :

— Laisse-moi aller…

— Non, j'ai envie de te servir. (Elle lui toucha de nouveau le visage.) Reste ici. Je ne serai pas longue.

Quand elle se releva, il roula sur le dos et remonta son pantalon en cuir sur son sexe utilisé à bon escient, mais très courbaturé.

Beth se pencha pour ramasser son jean, lui procurant une sacrée vue et le poussant à se demander s'il pourrait attendre seulement cinq minutes avant de la pénétrer de nouveau.

— Tu sais comment je me sens ? murmura-t-elle tout en enfilant son jean.

— Comme si tu avais fait l'amour avec ton *hellren* et que tu étais sur le point de faire d'autres cascades ?

Mon Dieu, il adorait la faire rire.

— Eh bien, oui, répondit-elle. Mais, en matière de nourriture… j'ai envie d'un plat mijoté maison.

— Il est déjà fait ?

Par pitié, faites que…

— Il reste du bœuf du… Regardez-moi cette tête !

— Je préférerais que tu sois moins longtemps dans la cuisine et plus longtemps sur ma…

OK, il n'allait vraiment pas finir cette phrase.

Mais elle parut remplir le blanc toute seule.

— Hmmm, je ferai vite.

— Fais cela, *leelane*, et je te donnerai un dessert qui te fera tourner la tête.

Elle se déhancha exprès en traversant la pièce, une petite danse sexy qui le fit gronder, et sur le seuil s'arrêta pour le regarder, illuminée par l'éclairage plus brillant du couloir.

Sa vision floue lui fit alors le plus beau des cadeaux d'adieu ; dans la lumière, il voyait ses longs cheveux noirs tomber sur ses épaules, son visage rosi et toutes les courbes de son corps élancé.

— Tu es si belle, dit-il d'une voix calme.

Beth se mit littéralement à rayonner, l'odeur de sa joie et de son bonheur s'intensifiant jusqu'à ce qu'il ne sente plus qu'un parfum de roses nocturnes qui n'appartenait qu'à elle.

Beth posa les doigts sur la bouche qu'il avait capturée un peu plus tôt et lui envoya un baiser doux et lent.

— Je reviens tout de suite.

— À plus.

Même si, vu comme il était excité, ils ne feraient probablement que passer plus de temps sous le bureau.

Après le départ de Beth, il resta étendu un moment, son ouïe développée l'écoutant descendre le grand escalier. Puis il se releva, remit la chaise de bonne femme à sa place et s'installa derrière le bureau. Il fit un geste pour attraper ses lunettes de soleil et épargner à ses yeux la lumière tamisée du feu, puis laissa sa tête retomber en arrière…

Le coup frappé à la porte lui élança les tempes de frustration. Merde, il était impossible d'avoir deux secondes de tranquillité, hein… et, à en croire l'odeur de tabac turc, il savait de qui il s'agissait.

— Entre, V.

Quand le frère franchit le seuil, l'odeur du tabac se mêla à la fumée subtile du feu de cheminée à l'autre bout de la pièce.

— On a un problème, déclara Viszs.

Kolher ferma les yeux et se frotta le nez, souhaitant désespérément que sa migraine n'ait pas décidé de s'établir pour la nuit, comme si sa tête lui servait d'hôtel.

— Parle.

— Quelqu'un nous a envoyé un e-mail au sujet de Vhengeance. Il nous a donné vingt-quatre heures pour le déporter à la colonie *symphathe*, sinon ils vont détruire sa couverture auprès de la *glymera* et expliquer que toi ainsi que nous tous connaissions son identité et n'avons pris aucune mesure.

Kolher ouvrit les yeux brusquement.

— C'est quoi ce bordel ?

— Je suis déjà en train de faire des recherches au sujet de l'adresse e-mail. En faisant une incursion sur le Net, je devrais être en mesure d'accéder au compte et de découvrir de qui il s'agit.

— Merde… Personne d'autre ne devait lire ce document, dommage. (Kolher déglutit avec peine, la pression dans sa tête le rendant nauséeux.) Bon, contacte Vhen, dis-lui ce qu'on nous a envoyé et vois sa réponse. La *glymera* est éparpillée et effrayée, mais si ce genre de connerie leur parvient, nous serons obligés d'agir, autrement nous aurons une émeute sur les bras, et pas seulement de l'aristocratie, mais aussi des civils.

— Compris. Je reviens vers toi.

— Fais vite.

— Eh, ça va ?

— Ouais. Va appeler Vhen. Putain de merde.

Quand la porte se referma, Kolher poussa un grognement. La douce lueur des flammes aggravait la douleur de ses tempes, mais il n'avait pas l'intention d'éteindre le feu : l'obscurité totale n'était pas envisageable, pas après la piqûre de rappel de cet après-midi, quand il s'était retrouvé dans la nuit.

Fermant les paupières, il tenta d'outrepasser la douleur. Un peu de repos. C'était tout ce dont il avait besoin.

Rien qu'un peu de repos.

Chapitre 51

Quand Xhex revint au *Zero Sum*, elle passa par la porte de derrière et garda les mains dans ses poches. Grâce à sa nature vampire, elle ne laissait pas d'empreintes digitales, mais des mains ensanglantées restaient des mains ensanglantées.

Son pantalon aussi était maculé du sang de Grady.

Mais c'était la raison pour laquelle, même en ces temps modernes, le club disposait d'une chaudière à bois à l'ancienne.

Elle ne salua personne, se contenta de se glisser dans le bureau de Vhen et de le traverser jusqu'à la chambre. Heureusement, elle disposait de beaucoup de temps pour se changer et se laver, car la police de Caldwell ne découvrirait pas le corps de Grady avant un bon moment. Elle avait donné à De La Cruz l'ordre de s'absenter toute la nuit, même si, avec un type pareil, il n'était pas exclu que sa conscience supplante la pensée qu'elle avait imprimée en lui. Néanmoins, elle avait au moins deux heures devant elle.

Dans l'appartement de Vhen, elle verrouilla la porte et se dirigea immédiatement vers la douche. Après avoir mis l'eau chaude à couler, elle retira ses armes et déposa tous ses vêtements ainsi que ses bottes dans le vide-ordures qui tombait directement dans la chaudière.

Que l'inventeur du lave-linge aille au diable ! Voilà le genre de panier à linge dont les gens comme elle avaient besoin.

Elle emporta son long couteau sous l'eau avec elle et nettoya son corps et l'arme avec un soin identique. Elle portait toujours ses cilices. Le savon piquait à l'endroit où ils s'enfonçaient dans ses cuisses, et elle attendit que la souffrance s'estompe avant de retirer l'un puis l'autre…

La douleur des entailles poisseuses était tellement énorme qu'elle lui engourdit les jambes et bondit dans sa poitrine, faisant palpiter son cœur. Quand un soupir s'échappa de ses lèvres, elle tituba contre le marbre, sachant qu'elle risquait fort de s'évanouir.

Bizarrement, elle resta consciente.

Observant l'eau rougie autour du siphon, elle repensa au cadavre de Chrissy. Dans cette morgue humaine, le sang de la jeune femme était noir et marron sous sa chair grise marbrée. Celui de Grady avait pris la couleur du vin, mais il était certain que, d'ici à quelques heures, il ressemblerait en tous points à la fille qu'il avait tuée : allongé sur une table en acier, le liquide qui avait autrefois parcouru ses veines se solidifiant comme du béton.

Elle avait bien fait son travail.

Les larmes jaillirent de partout et nulle part, et elle les méprisa.

Honteuse de sa faiblesse, Xhex se couvrit le visage de ses mains, même si personne ne pouvait la voir.

Quelqu'un avait tenté de venger sa mort, autrefois.

Sauf qu'elle n'était pas morte ; elle ne faisait que prier pour que la mort vienne alors que son corps était trituré par toutes sortes d'« instruments ». Et toute la comédie chevaleresque du héros sur son destrier blanc ne s'était pas soldée par une fin heureuse pour son vengeur. Mheurtre avait été rendu fou. Il avait cru sauver une vampire, mais surprise ! En réalité, il risquait sa vie pour ramener une *symphathe* à la maison.

Oups. Elle avait peut-être oublié de prévenir son amant de ce petit détail.

Elle aurait souhaité avoir dévoilé sa nature. Vu ce qu'elle était, il avait le droit de savoir, et peut-être qu'alors il aurait toujours appartenu à la Confrérie. Il serait peut-être uni à une gentille femelle. Il n'aurait certainement pas perdu sa santé mentale avant de s'enfuir Dieu seul sait où.

La vengeance était dangereuse, n'est-ce pas ? Dans le cas de Chrissy, ça allait. Tout avait fonctionné comme prévu. Mais parfois, ce que l'on cherchait à honorer n'en valait pas la peine.

Xhex n'en avait pas valu la peine, et ce n'était pas seulement l'esprit de Mheurtre qui avait trinqué : Vhen payait toujours pour les erreurs qu'elle avait commises.

Elle pensa à John Matthew et aurait voulu à tout prix ne pas avoir couché avec lui. Elle avait pris Mheurtre avec désinvolture. John Matthew ? À en juger par la douleur qui se réveillait dans sa poitrine chaque fois qu'elle songeait à lui, elle soupçonnait qu'il représentait bien plus que cela… ce qui était la raison pour laquelle elle essayait de sortir de son esprit ce qui s'était passé entre eux dans son appartement en sous-sol.

Le problème résidait dans le comportement de John à son égard. La tendresse qu'il avait montrée avait menacé de la briser, car ses émotions n'étaient qu'amour délicat, tendre et respectueux… alors même qu'il connaissait sa nature. Elle l'avait rembarré violemment parce que, à moins qu'il mette un terme à ses conneries, elle courait le risque de presser ses lèvres contre les siennes, et de se perdre entièrement.

John Matthew était le puits de son âme, comme disaient les *symphathes*, ou son *pyrocante*, pour les vampires. Sa faiblesse suprême.

Et elle était extrêmement faible quand il s'agissait de lui.

Une vague de souffrance la traversa quand elle le revit sur l'écran de contrôle, promenant ses mains sur le corps de Gina. L'image la submergea de douleur, comme le faisaient ses cilices, et elle ne put s'empêcher de penser qu'elle méritait ce qui s'apparentait fort à l'observer se noyer dans des relations sexuelles abrutissantes et vides.

Elle arrêta l'eau de la douche, ramassa les bandes hérissées de pointes et le couteau sur le sol de marbre glissant et sortit, balançant tout son matériel dans un lavabo pour qu'il sèche.

Attrapant l'une des serviettes noires hyper luxueuses de Vhen, elle se prit à souhaiter qu'elle…

— Soit en papier de verre, c'est ça ? suggéra Vhen depuis la porte.

Xhex s'arrêta, la serviette en travers du dos, et regarda dans le miroir. Vhen était appuyé au chambranle, son manteau de zibeline lui donnant l'air d'un gros ours, sa crête et son regard améthyste attentif attestant de ses origines guerrières malgré ses vêtements de métrosexuel.

— Comment ça s'est passé ce soir ? demanda-t-elle, posant un pied sur la console et passant le tissu éponge noir jusqu'à sa cheville.

— Je pourrais peut-être te poser la même question. Qu'est-ce qui t'arrive, bordel ?

— Rien. (Elle leva l'autre jambe.) Alors, comment était ta réunion ?

Vhen ne détacha pas son regard du sien, non parce qu'il respectait le fait qu'elle était nue comme un ver, mais parce qu'il s'en fichait véritablement, dans un cas comme dans l'autre. Merde, il aurait eu le même comportement si Trez ou iAm lui avait montré ses fesses : elle avait depuis longtemps cessé d'être une femelle à ses yeux, même s'ils se nourrissaient mutuellement.

Peut-être était-ce ce qu'elle appréciait chez John Matthew ? Il la regardait, la touchait et la traitait comme une femelle. Comme si elle était précieuse.

Non parce qu'elle n'était pas aussi forte que lui, mais parce qu'elle était rare et exceptionnelle…

Seigneur, préservez-la des œstrogènes.

Et tout cela appartenait désormais au passé, de toute façon.

— La réunion ? répéta-t-elle.

— Bien. Qu'il en soit ainsi. Quant au Conseil ? Ils ne se sont pas montrés, mais ça oui. (Vhen sortit une longue enveloppe plate de sa poche intérieure et la jeta sur la console.) Je te laisserai la lire plus tard. Inutile de dire que mon secret est connu depuis un bon moment. Beau-papa a babillé sur le chemin de l'Estompe, et c'est un miracle que tout cela ne soit pas sorti plus tôt.

— Le fils de pute.

— Il s'agit d'un affidavit, au fait. Pas le genre de gribouillis fait au dos d'une serviette. (Vhen secoua la tête.) Je vais devoir aller dans la maison de Montrag et voir s'il existe d'autres copies.

— Je peux m'en charger.

Vhen plissa les yeux.

— Ne le prends pas mal, mais je vais ignorer ton offre. Tu n'as pas l'air bien.

— C'est uniquement parce que tu ne m'as pas vue sans vêtements depuis un moment. Laisse-moi enfiler mon pantalon de cuir, et tu verras de nouveau que je suis une dure.

Le regard de Vhen se posa sur les blessures à vif autour de ses cuisses.

— Difficile de croire que tu m'as fait la morale sur ce que j'infligeais à mon bras vu ce à quoi ressemblent tes cannes.

Elle se couvrit avec la serviette.

— J'irai chez Montrag aujourd'hui.

— Pourquoi prenais-tu une douche ?

— Parce que j'étais couverte de sang.

Le sourire qui étira la bouche de Vhen et dévoila ses crocs était belliqueux.

— Tu as retrouvé Grady.

— Oui.

— Génial.

— Nous devons nous attendre à une visite de la police d'ici très peu de temps.

— Je l'attends avec impatience.

Xhex essuya ses cilices et son couteau, puis dépassa Vhen et entra dans les soixante centimètres de placard qui lui appartenaient. Sortant un nouveau pantalon en cuir et un débardeur noir, elle le regarda par-dessus son épaule.

— Ça t'ennuierait de m'accorder un peu d'intimité ?

— Tu vas remettre ces saloperies ?

— Comment se porte ta réserve de dopamine ?

Vhen eut un petit rire et se dirigea vers la porte.

— Je m'occuperai de fouiller la demeure de Montrag. Tu as fait suffisamment de sales boulots pour les autres ces derniers temps.

— C'est supportable.

— Mais ça ne veut pas dire que tu y sois obligée. (Il mit la main dans sa poche et sortit son téléphone portable.) Merde, j'ai oublié de le rallumer.

Quand l'écran s'afficha, il le regarda et ses émotions… vacillèrent.

Pour de vrai.

Peut-être était-ce parce qu'elle ne portait pas ses cilices et que sa nature *symphathe* n'était jamais longue à se manifester, mais elle fut incapable de s'empêcher de l'examiner, curieuse de la faiblesse qui s'était emparée de lui.

Mais ce qu'elle remarqua ne fut pas tant sa grille émotionnelle… que son odeur différente.

— Tu t'es nourri sur quelqu'un, dit-elle.

Vhen se figea, se trahissant par son immobilité.

— N'essaie même pas de mentir, murmura-t-elle. Je le sens.

Vhen haussa les épaules, et elle se prépara à l'entendre dire que ce n'était pas bien grave. Il ouvrit même la bouche, son visage dur arborant l'expression d'ennui qu'il utilisait pour tenir les gens à distance.

Sauf qu'il ne dit pas un mot. Il ne semblait même pas en mesure de lancer une contre-attaque.

— Waouh. (Xhex secoua la tête.) C'est du sérieux, hein ?

Ignorer la question était visiblement le mieux qu'il pouvait faire.

— Quand tu seras prête, retrouvons-nous avec Trez et iAm pour échanger les dernières nouvelles avant la fermeture.

Vhen pivota et sortit pour regagner son bureau.

C'est étrange, se dit-elle en ramassant l'une des bandes métalliques et se préparant à l'attacher autour de sa cuisse, *je ne me serais jamais attendue à le voir ainsi. Jamais.*

Ce qui la poussa à se demander de qui il s'agissait. Et ce que la femelle savait au sujet de Vhen.

Vhen se dirigea vers son bureau et s'assit, le téléphone à la main. Ehlena l'avait appelé et avait laissé un message, mais au lieu de perdre son temps à l'écouter, il fit apparaître son numéro et…

L'appel qu'il reçut était le seul qui l'aurait empêché de terminer ce qu'il était en train de faire. Il répondit et demanda :

— À quel frère suis-je en train de parler ?

— Viszs.

— Qu'est-ce qui t'arrive, mon grand ?

— Rien de bon, je te le garantis.

Le ton monocorde évoqua à Vhen les accidents de voiture. Ceux qui nécessitaient d'utiliser des machines de levage pour désincarcérer les corps.

— Dis-moi.

Le frère parla longuement. Un e-mail. Sa couverture bousillée. La déportation.

Le silence avait dû se prolonger, parce que Vhen entendit qu'on l'appelait.

— T'es là ? Vhengeance ? Houhou ?

— Oui, je suis là.

En quelque sorte. Il était un peu distrait par le rugissement assourdi dans sa tête, comme si l'immeuble dans lequel il se trouvait était en train de s'effondrer autour de lui.

— Est-ce que tu as entendu ma question ?

— Euh… non.

Le rugissement devint si fort qu'il eut la certitude qu'on venait de bombarder le club, que les murs s'écroulaient et que le plafond tombait.

— J'ai tenté de pister l'e-mail et je suis presque certain qu'il a été émis à partir d'une adresse IP dans le nord du pays près de la colonie, voire même depuis la colonie. Je ne crois vraiment pas que cela vienne d'un vampire. Est-ce que tu connais quelqu'un là-bas susceptible d'essayer de détruire ta couverture ?

Donc la Princesse s'était lassée de jouer au maître chanteur.

— Non.

C'était désormais le tour de V. d'être silencieux.

— Tu en es certain ?

— Oui.

La Princesse avait décidé de le rappeler à la maison. Et s'il n'y allait pas, elle enverrait un e-mail à tous les membres de la *glymera* et impliquerait Kolher et la Confrérie en dévoilant son secret. Si on ajoutait ça à l'affidavit qui était sorti du chapeau ce soir ?

Alors sa vie actuelle était terminée.

Non que la Confrérie ait besoin de le savoir.

— Vhen ?

D'une voix morne, il répondit :

— C'est juste une conséquence des conneries de Montrag. Ne vous inquiétez pas.

— Qu'est-ce qui s'est passé, bordel ?

La voix tranchante de Xhex émanant du seuil de la chambre l'aida à reprendre ses esprits et il l'observa. Quand il croisa son regard, le corps musclé et les yeux gris lui étaient aussi familiers que son propre reflet, et il en allait de même pour elle… donc elle comprit exactement, à son expression, ce qui se passait.

Ses joues perdirent lentement leurs couleurs.

— Qu'est-ce qu'elle a fait ? Qu'est-ce que cette pute t'a fait ?

— Il faut que je te laisse, V. Merci d'avoir appelé.

— Vhengeance ? l'interrompit le frère. Écoute, mon pote, pourquoi ne me laisses-tu pas continuer à pister…

— C'est une perte de temps. Personne là-bas n'est au courant. Fais-moi confiance.

Vhen mit fin à l'appel et, avant que Xhex monte au créneau, il appela sa messagerie et écouta le message d'Ehlena. Mais il savait ce qu'elle allait dire. Il le savait parfaitement…

« Salut, Vhen, je viens de recevoir la visite de cette… femelle. Elle déblatérait tout un tas d'idioties à ton sujet. Je… eh bien, j'ai estimé que tu devais le savoir. Pour être honnête, elle est flippante. En tout cas, tu pourras peut-être me rappeler pour qu'on en parle ? Cela me ferait plaisir. À plus tard. »

Il effaça le message, raccrocha et reposa le téléphone sur le bureau, l'alignant avec le sous-main de cuir noir de sorte que l'appareil soit exactement à la verticale.

Xhex s'approcha et au même moment on cogna à la porte.

— Accorde-nous une minute, Trez, l'entendit-il dire. Emmène Rally avec toi et ne laisse personne entrer.

— Qu'est-ce qui s'est…

— Tout de suite. S'il te plaît.

Vhengeance regardait fixement le téléphone, vaguement conscient qu'on remuait autour de lui et qu'on refermait la porte.

— Tu as entendu ça ? demanda-t-il calmement.

— Entendu quoi ? répondit Xhex en se rapprochant et s'agenouillant à côté de son fauteuil.

— Ce bruit.

— Vhen, qu'est-ce qu'elle a fait ?

Il la regarda dans les yeux, mais ne vit que sa mère sur son lit de mort. C'était étrange, le regard des deux femelles exprimait la même prière. Et toutes deux étaient sur la liste des personnes qu'il voulait protéger. Comme Ehlena. Ainsi que sa sœur. Et Kolher et la Confrérie.

Vhengeance tendit la main et prit le menton de son lieutenant.

— Ce n'est qu'une histoire avec la Confrérie, et je suis vraiment fatigué.

— C'est ça, oui, et non, tu n'es pas fatigué.

— Puis-je te demander quelque chose ?

— Quoi ?

— Si je te demandais de t'occuper d'une femelle à ma place, est-ce que tu y veillerais ?

— Oui, putain, bien entendu. Merde, cela fait plus de vingt ans que je veux tuer cette salope.

Il la lâcha, puis tendit la main.

— Jure-le sur ton honneur.

Xhex lui serra la main comme le ferait un mâle, le serment solennel l'emportant sur le contact.

— Tu as ma parole. Tout ce que tu veux.

— Merci. Voilà, Xhex, je vais me pieuter…

— Mais d'abord, tu dois me mettre sur la piste.

— Tu vas la fermer ?

Elle s'assit sur les talons.

— Qu'est-ce qui se passe, putain ?

— C'est seulement Viszs qui m'apprenait une nouvelle anicroche.

— Merde, est-ce que Kolher rencontre d'autres problèmes avec la *glymera* ?

— Tant qu'il y aura une *glymera*, il en aura.

Elle fronça les sourcils.

— Pourquoi est-ce que tu penses à une publicité de plage sortie des années 1980 ?

— Parce que les médailles sur la poitrine reviennent à la mode. Je le pressens. Et cesse d'essayer d'entrer dans ma tête.

Il y eut un long silence.

— Je vais mettre ça sur le compte de la disparition de ta mère.

— Excellente idée. (Il appuya sa canne sur le sol.) À présent, j'ai besoin de dormir un peu. Je suis debout depuis environ deux jours de suite.

— D'accord. Mais la prochaine fois, essaie de me bloquer avec un truc moins flippant que *La croisière s'amuse* aux Bahamas.

Une fois seul, Vhen regarda autour de lui. Le bureau en avait vu de belles : de l'argent qui changeait de mains, de la drogue, beaucoup de crétins ensanglantés qui l'avaient entubé.

Par la porte donnant sur la chambre, il observa l'appartement où il avait passé un certain nombre de nuits. Il apercevait à peine la douche.

À l'époque où il supportait le venin de la Princesse, quand il était en état d'aller la voir, de procéder à leurs tractations et d'être encore assez en forme pour rentrer directement à la maison, il se lavait toujours dans cette salle de bains. Il refusait de contaminer la demeure familiale avec les saletés qui lui collaient à la peau, et il lui fallait beaucoup de savon, d'eau chaude et d'huile de coude avant de retourner voir sa mère et sa sœur. L'ironie étant que chaque fois qu'il rentrait à la maison, sa mère lui demandait invariablement s'il était allé à la salle de sport parce que son visage « rayonnait de santé ».

Il n'avait jamais été assez propre. Mais après tout, les mauvaises actions ne ressemblaient pas à la boue : il était impossible de s'en débarrasser.

Il laissa sa tête retomber en arrière et déambula en esprit dans le *Zero Sum*, se représentant la salle où Rally effectuait ses pesées, le carré VIP et sa cascade, la piste de danse ouverte et les bars. Il connaissait chaque recoin du club et était au courant de tout ce qui s'y passait, ce que les filles faisaient à genoux et sur le dos, la manière dont les bookmakers calculaient les cotes et le nombre d'overdoses que Xhex avait gérées.

Tellement de sales affaires.

Il songea à Ehlena qui avait perdu son travail pour lui apporter des antibiotiques parce qu'il était trop crétin pour les demander à Havers. Voilà, c'était une bonne action. Et il ne le savait pas seulement grâce à ce qu'il avait lui-même appris au contact de gens comme sa mère, mais aussi parce qu'il connaissait la nature profonde d'Ehlena. Elle était intrinsèquement bonne, et c'était pour cette raison qu'elle accomplissait de bonnes actions.

Ce qu'il avait fait ici n'était pas et n'avait jamais été bien, parce que telle était sa propre nature.

Vhen pensa au club. En vérité, les lieux importants d'une vie, de même que les vêtements que l'on portait, la voiture que l'on conduisait et les amis et associés que l'on côtoyait, étaient le produit de son style de vie. Et il avait une vie sombre, violente et louche. Il mourrait de la même manière.

Il méritait d'aller là-bas.

Mais, en faisant sa sortie, il allait rétablir les choses. Pour une fois dans sa vie, il allait accomplir de bonnes actions pour les meilleures raisons du monde.

Et il le ferait pour la courte liste des gens qu'il… aimait.

Chapitre 52

À l'autre bout de la ville dans la demeure de la Confrérie, Tohr était installé dans la salle de billard, les fesses posées sur un fauteuil qu'il avait tourné de manière à voir la porte d'entrée. Dans sa main droite, il tenait sa nouvelle montre noire, qu'il réglait à la bonne heure, et à proximité de son coude gauche se trouvait un grand milk-shake au café. Il en avait presque terminé avec la montre et n'en était qu'au quart de sa boisson.

Son estomac ne gérait pas bien les tonnes de nourriture qu'il y déversait, mais il s'en fichait comme d'une guigne. Il lui fallait reprendre du poids, et vite, donc son ventre n'avait qu'à suivre le programme.

Avec un dernier « bip », la montre fut réglée et il la passa à son poignet, observant le « 4:57 » qui luisait sur le cadran.

Il regarda de nouveau la porte d'entrée. Au diable la montre et la bouffe. En réalité, il attendait que John passe cette satanée porte avec Vhif et Blay.

Il voulait que son garçon soit à l'abri à la maison. Même si John n'était plus un enfant, et n'était plus le sien depuis qu'il l'avait laissé en plan un an plus tôt.

— Tu sais, je n'arrive pas à croire que tu ne regardes pas ce truc.

La voix de Lassiter le poussa à s'emparer de son verre et à boire à la paille pour ne pas à nouveau rembarrer ce salaud. L'ange adorait la télé, mais souffrait d'un énorme trouble de l'attention. Il changeait tout le temps de chaîne. Dieu seul savait ce qu'il regardait à ce moment précis.

— Enfin, c'est une femme, qui découvre le monde toute seule. Elle est cool et ses vêtements sont sympas. C'est vraiment une bonne série.

Tohr regarda par-dessus son épaule. L'ange déchu était vautré dans le canapé, la télécommande à la main, appuyé sur un coussin brodé par Marissa qui disait « Des crocs en souvenir ». Et derrière lui sur l'écran plat on apercevait…

Tohr s'étrangla avec son milk-shake.

— Qu'est-ce que tu racontes ? C'est Mary Tyler Moore[1], espèce d'abruti.

— C'est comme ça qu'elle s'appelle ?

— Oui. Et ne le prends pas mal, mais tu ferais mieux de pas devenir accro à cette série.

— Pourquoi ?

— C'est comme qui dirait un cran au-dessous des films de bonne femme. Autant te vernir les ongles de pied.

— Je m'en fous. J'aime bien.

L'ange ne semblait pas comprendre que Mary Tyler Moore dans un talk-show, ce n'était pas comme regarder une émission d'arts martiaux sur une chaîne du câble. Si un seul des frères voyait cela, Lassiter allait se faire botter le cul.

— Salut, Rhage, lança Tohr en direction de la salle à manger. Viens voir ce que fait la boule à facettes.

Hollywood entra, une assiette remplie à ras bord de rosbif et de purée de pommes de terre à la main. De façon générale, il ne croyait pas aux légumes, considérant qu'il s'agissait d'une « perte d'espace calorique », donc les haricots verts qui avaient

1. Mary Tyler Moore est une actrice américaine, très connue pour avoir interprété un des premiers personnages féminins célibataires et indépendants de la télévision dans les années 1970, dans la série *The Mary Tyler Moore Show.* (*NdT*)

été servis avec le plat lors du Premier Repas brillaient par leur absence.

— Qu'est-ce qu'il regarde… ? Oh, mince ! Mary Tyler Moore. Je l'adore. (Rhage se posa dans l'un des fauteuils club à côté de l'ange.) Super fringues.

Lassiter lança un regard qui en disait long à Tohr.

— Et Rhoda est plutôt mignonne.

Tous deux se tapèrent dans la main.

— Je suis d'accord.

Tohr retourna à son milk-shake.

— Vous êtes tous les deux la honte du sexe fort.

— Pourquoi, parce qu'on n'est pas tous à fond sur *Godzilla* ? rétorqua Rhage.

— Au moins je garde la tête haute en public. Vous devriez regarder cette merde dans un placard.

— Je ne ressens pas le besoin de cacher mes préférences. (Rhage haussa les sourcils, croisa les jambes et leva le petit doigt de sa fourchette.) Je suis comme je suis.

— S'il te plaît, ne me tends pas ce genre de perche, marmonna Tohr, dissimulant un sourire en reprenant sa paille.

Le silence se fit et il releva la tête, prêt à continuer le…

Rhage et Lassiter le dévisageaient.

— Oh, putain, ne me regardez pas comme ça.

Rhage fut le premier à reprendre ses esprits.

— Je ne peux pas m'en empêcher. Tu es tellement sexy dans ce pantalon trop grand. Il faut que je m'en trouve un, rien n'est plus excitant que porter un truc qui ressemble à deux couches-culottes cousues autour de ton entrejambe.

Lassiter hocha la tête.

— C'est sublime. Compte sur moi pour en avoir un.

— Tu as récupéré ce truc dans un magasin de bricolage ? (Rhage inclina la tête sur le côté.) Au rayon des poubelles ?

Avant que Tohr puisse répliquer, Lassiter enchaîna.

— Merde, j'espère seulement que moi aussi j'aurai l'air de trimballer une cargaison dans mon short aussi bien que toi. Est-ce que tu t'es entraîné ? Ou est-ce que c'est simplement un manque de cul ?

Tohr ne put s'empêcher de rire.

— Je suis entouré de trous du cul. Crois-moi.

— Ce qui expliquerait pourquoi tu as l'air aussi sûr de toi alors que tu n'en as pas.

Rhage ajouta :

— En y repensant, tu es monté comme Mary Tyler Moore. Je suis donc surpris que tu ne l'apprécies pas plus.

Tohr prit une lente gorgée de milk-shake.

— Je vais prendre du poids rien que pour te mettre une raclée et te le faire payer.

Rhage conserva son sourire, mais son regard devint grave.

— Je t'attends. Je t'attends de pied ferme.

Tohr reprit son observation de la porte d'entrée, se renfermant sur lui-même, mettant fin aux plaisanteries parce que d'un seul coup cela lui semblait mal.

Lassiter et Rhage ne suivirent pas son exemple. Ensemble, ils formaient un couple de pipelettes épouvantables, rebondissant sur les propos de l'autre, sur ce qui passait à la télé, sur ce que mangeait Rhage, sur les piercings de l'ange, sur…

Tohr aurait changé de place s'il avait pu surveiller la porte d'entrée depuis un autre…

Le système de sécurité laissa échapper un « bip » quand on ouvrit la porte extérieure de la demeure. Il y eut un silence, suivi d'un autre « bip » puis d'un son de cloche.

Quand Fritz se précipita pour répondre à l'appel, Tohr se redressa, un geste pathétique vu l'état de son corps. La taille de son torse n'allait pas, d'un coup de baguette magique, améliorer le fait qu'il ne pesait guère plus que la chaise où ses fesses inexistantes étaient posées.

Vhif entra le premier, habillé de noir, les piercings remontant le long de son oreille gauche et sur sa lèvre inférieure saisissant la lumière. Blaylock suivit, vêtu avec élégance d'un pull cachemire à col cheminée et d'un pantalon de costume. Tandis que tous deux se dirigeaient vers l'escalier, leurs expressions étaient aussi différentes que leurs tenues. Vhif avait visiblement passé une bonne soirée, son sourire proclamant sa satisfaction sexuelle. Blay, de son côté, avait l'air de revenir de chez le dentiste, la mâchoire serrée, les yeux baissés sur le sol de mosaïque.

Peut-être que John n'allait pas rentrer. Mais alors où allait-il…

Au moment où John pénétra dans le vestibule, Tohr ne put s'en empêcher : il se leva de son siège, titubant, et se rattrapa au dossier.

Le visage de John n'affichait pas la moindre expression. Il avait les cheveux ébouriffés – mais le vent n'était pas responsable de ce désordre –, et le côté de son cou était marqué d'égratignures, qui semblaient avoir été infligées par les ongles d'une femelle. L'odeur qui émanait de lui était constituée de Jack Daniel's, de différents parfums et de sexe.

Il semblait plus vieux d'un siècle comparé à l'époque où il restait assis à côté du lit de Tohr à imiter *Le Penseur* à peine quelques nuits plus tôt. Ce n'était pas un gamin. C'était un mâle adulte qui se débarrassait de sa tension nerveuse d'une manière éprouvée, comme la plupart des mecs.

Tohr retomba dans son fauteuil, s'attendant à être ignoré, mais quand John atteignit la première marche, il y posa la botte et tourna la tête comme s'il savait que quelqu'un l'observait. Son expression ne changea absolument pas quand il croisa le regard de Tohr. Il se contenta de lever la main d'un air absent et poursuivit sa route.

— Je craignais que tu ne rentres pas à la maison, dit Tohr à voix haute.

Vhif et Blay s'arrêtèrent. Rhage et Lassiter la bouclèrent, laissant les voix de Mary et Rhoda emplir le silence.

John marqua à peine une pause pour signer :

— *Ce n'est pas la maison. C'est un bâtiment. Et j'ai besoin d'un endroit pour crécher.*

John n'attendit pas de réponse et la tension de ses épaules laissait entendre que cela ne l'intéressait pas. À l'évidence, Tohr aurait pu dégoiser au point de s'user la langue sur le fait que les gens d'ici aimaient John, celui-ci n'aurait rien entendu.

Tandis que tous trois disparaissaient en haut de l'escalier, Tohr finit son milk-shake, rapporta le grand verre à la cuisine et le mit dans le lave-vaisselle sans qu'un *doggen* lui demande s'il voulait autre chose à boire ou à manger. Mais Beth était en train de remuer une casserole de ragoût et semblait espérer lui en glisser une assiette, aussi ne s'attarda-t-il pas.

Le trajet jusqu'à l'étage fut long et difficile, mais pas parce qu'il se sentait affaibli physiquement. Il avait bien foiré avec John, et maintenant il récoltait les fruits de son comportement. Bon sang…

Le fracas et le vacarme qui se firent entendre dans le bureau fermé donnèrent l'impression que quelqu'un s'était fait attaquer, et le corps de Tohr, si frêle soit-il, répondit d'instinct, dévalant le couloir et ouvrant la porte à la volée.

Kolher était recroquevillé derrière le bureau, les bras tendus devant lui, l'ordinateur, le téléphone et la paperasse éparpillés comme s'il les avait poussés, son fauteuil renversé. Les lunettes de soleil que le roi portait en permanence se trouvaient dans l'une de ses mains, et il regardait fixement droit devant lui.

— Seigneur…

— Est-ce que la lumière est allumée ? (Kolher respirait difficilement.) Est-ce que cette putain de lumière est allumée ?

Tohr se précipita et attrapa l'un des bras du roi.

—Dans le couloir, oui. Et il y a le feu dans la cheminée. Qu'est-ce que...

Le corps puissant de Kolher se mit à trembler si fort que Tohr dut tirer le frère pour qu'il se lève. Ce qui exigeait plus de muscles qu'il n'en avait. Merde, ils allaient tomber tous les deux s'il n'allait pas chercher d'aide. Pinçant les lèvres, il siffla fort et longtemps, puis redoubla d'efforts pour ne pas lâcher son roi.

Rhage et Lassiter furent les premiers à arriver en courant, et déboulèrent par la porte.

—Qu'est-ce que...

—Allumez la lumière! hurla de nouveau Kolher. Que quelqu'un allume cette foutue lumière!

Quand Flhéau s'assit en face du comptoir en granit de la cuisine vide de l'immeuble ancien, son état d'esprit s'améliora grandement. Non qu'il ait oublié que la Confrérie s'était barrée avec les caisses d'armes et les jarres des éradiqueurs. Ou que les appartements à la Ferme aux Chevaux étaient compromis. Ou qu'un *symphathe* l'attendait dans le Nord, sans doute en train de s'énerver parce qu'il ne s'était pas encore rendu là-bas pour assassiner quelqu'un.

C'était seulement que le fric détournait son attention. Et beaucoup de fric, ça détournait sérieusement l'attention.

Il observa M. D apporter un autre sac en papier. D'autres liasses de billets en sortirent, chacune attachée par un élastique de mauvaise qualité. Quand l'éradiqueur eut fini, le granit était presque entièrement recouvert.

Sacrée façon de se calmer, se dit Flhéau en levant la tête quand M. D eut fini de traîner les sacs.

—Combien en tout?

—Soixante-douze mille sept cent quarante. J'ai fait des liasses de 100 dollars.

Flhéau prit l'un des paquets. Il n'était pas aussi propre et bien aligné que l'argent sorti d'une banque. C'étaient des billets sales, froissés, sortis de poches de jeans, de portefeuilles quasi vides et de manteaux tachés. Il sentait presque l'odeur du désespoir sur les billets.

— Quelle quantité de marchandise nous reste-t-il ?

— Suffisamment pour deux nuits comme celle-ci, mais pas plus. Et il ne reste que deux dealers. En dehors du grand patron.

— Ne t'inquiète pas pour Vhengeance. Je m'occuperai de lui. Dans l'intervalle, ne tuez pas les autres revendeurs, emmenez-les au centre de persuasion. Il nous faut leurs contacts. Je veux savoir où et comment ils font leurs achats.

Bien entendu, ils négociaient probablement avec Vhengeance, mais il existait peut-être quelqu'un d'autre. Un humain qui serait plus malléable.

— Demain matin à la première heure, tu iras nous ouvrir un coffre et déposer tout cela. Il s'agit d'une mise de fonds, et nous n'allons pas la perdre.

— Oui, m'sieur.

— Qui a vendu avec toi ?

— M. N et M. I.

Génial. Les crétins qui avaient laissé Grady s'enfuir. Néanmoins, il fallait reconnaître qu'ils avaient été efficaces dans la rue et que Grady avait connu une fin créative et désagréable. En outre, Flhéau avait eu la chance de voir Xhex en action. Donc tout n'était pas perdu.

Il allait vraiment faire une visite au *Zero Sum*.

Quant à N. et I., ils ne méritaient même pas la mort, mais pour l'instant il avait besoin de ces enfoirés pour se faire du blé.

— À la tombée de la nuit, je veux que ces deux éradiqueurs vendent ce qui reste.

— Je pensais que vous vouliez…

— Pour commencer, tu ne penses pas. Ensuite, il nous en faut plus. (Il jeta les billets abîmés sur la pile.) J'ai des projets qui coûtent cher.

— Oui, m'sieur.

Reconsidérant brusquement les choses, Flhéau se pencha et ramassa la liasse qu'il venait de jeter. Il était dur de s'en défaire, même si tout lui appartenait, et bizarrement, la guerre lui parut moins intéressante d'un seul coup.

Se penchant, il attrapa l'un des sacs en papier et le remplit.

— Tu vois la Lexus ?

— Oui, m'sieur.

— Prends-en soin. (Il mit la main dans sa poche et jeta les clés de l'engin à M. D.) C'est ta nouvelle caisse. Si tu dois être mon homme de main, tu dois avoir l'air de savoir ce que tu fais.

— Oui, m'sieur !

Flhéau leva les yeux au ciel, se disant qu'il en fallait vraiment peu pour motiver les idiots.

— Ne fous rien en l'air pendant mon absence, d'accord ?

— Vous allez où ?

— À Manhattan. Je serai joignable sur mon portable. À plus.

Chapitre 53

Quand le jour froid se leva et que les nuages tachetèrent le ciel bleu pâle, José De La Cruz franchit en voiture les portes du cimetière de la Pineraie et roula au milieu de rangées de pierres tombales. Les allées étroites et sinueuses lui rappelaient « Destins », ce jeu de société auquel son frère et lui jouaient quand ils étaient enfants. Chaque joueur avait une petite voiture avec six trous et commençait avec un pion pour le représenter. À mesure que le jeu avançait, on récupérait d'autres pions qui représentaient la femme et les enfants. Le but était de provoquer divers événements, comme gagner de l'argent, se marier ou contracter des dettes, afin de remplir les trous de la voiture, tous ces vides avec lesquels on commençait.

Il regarda autour de lui, se disant que dans le jeu « Les Vrais Destins », on finissait tout seul enfoncé dans un trou de terre. Pas vraiment le genre de choses qu'on souhaitait apprendre à ses enfants tout de suite.

Quand il arriva à l'emplacement de la tombe de Chrissy, il gara sa voiture à l'endroit où il était resté jusque vers 1 heure du matin. Devant lui se trouvaient trois voitures de police, quatre types en uniforme et parka, et un long ruban jaune délimitant une scène de crime passait entre les pierres tombales.

Il emporta son café, même si celui-ci était tiédasse, et en approchant il aperçut les semelles d'une paire de bottes entre les jambes de ses collègues.

L'un des flics regarda par-dessus son épaule, et son expression avertit José de l'état du corps : si on avait proposé un sac vomitif à ce type, il l'aurait détruit en l'utilisant.

— Bonjour… inspecteur.

— Charlie, comment va ?

— Euh… ça va.

Oui, bien sûr.

— Tant mieux.

Les autres policiers lui jetèrent un coup d'œil et hochèrent la tête, chacun affichant une expression de dégoût estomaqué.

La photographe qui prenait des clichés de la scène était quant à elle connue pour ses problèmes. Tandis qu'elle se penchait et commençait à mitrailler, un petit sourire apparut sur son visage, comme si elle appréciait la vue. Peut-être allait-elle glisser un cliché dans son portefeuille ?

Grady avait mangé sévère. Au sens propre.

— Qui l'a découvert ? demanda José en s'accroupissant pour examiner le corps.

Des estafilades nettes. En grand nombre. C'était l'œuvre d'un professionnel.

— Un jardinier, répondit l'un des flics. Y a environ une heure.

— Où se trouve-t-il à présent ? (José se releva et s'écarta pour que la tarée qui haïssait les mecs poursuive son travail.) Je veux lui parler.

— Il est dans la remise et boit un café. Il en avait besoin. Ça l'a sacrément secoué.

— Eh bien, ça se comprend. La plupart des cadavres dans le coin ne se trouvent pas sur les tombes.

Les quatre flics en uniforme le regardèrent d'un air de dire « Oui, et pas non plus dans cet état ».

— J'en ai fini avec le corps, déclara la photographe en remettant le cache sur l'objectif. Et j'ai déjà pris les trucs dans la neige.

José contourna avec précaution la scène pour ne pas déranger les différentes empreintes, leurs plaquettes chiffrées ou le sentier qui avait été creusé dans le sol. Ce qui était arrivé paraissait évident. Grady avait tenté d'échapper à celui qui le poursuivait, mais sans succès. D'après les traces de sang, il avait été blessé, probablement pour l'immobiliser, puis déplacé vers la tombe de Chrissy, où on l'avait démembré et tué.

José revint à l'endroit où se trouvait le corps et jeta un coup d'œil à la pierre tombale, remarquant une trace brune qui avait coulé sur le devant. Du sang séché. Et il était prêt à parier qu'on l'avait étalé là volontairement tant qu'il était chaud : une partie avait coulé à l'intérieur des lettres gravées de « CHRISTIANNE ANDREWS ».

— T'as pris ça ? demanda-t-il.

La photographe lui lança un regard assassin. Puis ôta le cache, photographia et remit le cache.

— Merci, dit-il. Nous t'appellerons s'il nous faut autre chose.

Ou si on découvrait d'autres mecs massacrés de cette manière.

Elle jeta un regard à Grady.

— Au plaisir.

On dirait bien, pensa José en prenant une gorgée de café et en faisant la grimace. Vieux, froid et mauvais. Et pas seulement la photographe. Putain, le café de station-service était vraiment ce qu'il y avait de pire, et s'il ne s'était pas trouvé sur une scène de crime, il aurait balancé cette lavasse et aurait détruit le gobelet.

José étudia les alentours. Des arbres derrière lesquels se cacher. Pas de lumière en dehors de celles de la route. Une grille verrouillée la nuit.

Si seulement il était resté un peu plus longtemps… il aurait arrêté le tueur avant qu'il castre Grady, lui donne son dernier repas et profite sans le moindre doute du spectacle de sa mort.

— Bordel de merde.

Un fourgon gris avec l'écusson du comté sur la portière conducteur s'arrêta, et un type avec un petit sac noir en sortit et s'approcha en courant.

— Désolé du retard.

— Pas de souci, Roberts. (José serra la main du légiste.) Cela nous arrangerait d'avoir une heure approximative du décès dès que tu pourras nous le dire.

— Bien entendu, mais ce ne sera qu'une estimation.

— Tout ce que tu seras en mesure de nous communiquer, ce serait génial.

Quand le mec s'accroupit et se mit au travail, José observa de nouveau les lieux, puis s'approcha pour examiner les empreintes de pas. Trois différentes sortes, dont l'une correspondait aux chaussures de Grady. Les deux autres devraient être relevées et analysées par les agents de la scientifique qui allaient arriver d'un instant à l'autre.

L'une des deux empreintes inconnues était plus petite que les autres.

Et il était prêt à parier sa maison, sa voiture et son plan d'épargne pour les études de ses deux filles qu'elle se révélerait appartenir à une femme.

Dans son bureau de la demeure de la Confrérie, Kolher était assis bien droit dans son fauteuil, les mains crispées sur les bras de celui-ci. Beth se trouvait dans la pièce avec lui, et son odeur lui apprenait qu'elle était morte de trouille. D'autres personnes étaient là également, en train de parler et de faire les cent pas.

Il ne voyait rien d'autre que l'obscurité.

— Havers arrive, annonça Tohr depuis la porte.

Sa voix réduisit la pièce au silence comme s'il avait appuyé sur un bouton, interrompant toutes les conversations et les mouvements.

— Doc Jane est au téléphone avec lui en ce moment même. Ils vont l'amener dans l'une des ambulances aux vitres teintées, parce que ce sera plus rapide que si Fritz allait le chercher.

Kolher avait insisté pour attendre quelques heures avant même d'appeler Doc Jane. Il avait espéré que sa vue reviendrait. Il l'espérait toujours.

Il priait pour cela, plutôt.

Beth avait été forte, à ses côtés, lui tenant la main alors qu'il se débattait contre les ténèbres. Mais, un peu plus tôt, elle s'était excusée. À son retour, il avait senti l'odeur de ses larmes, même si elle les avait très certainement essuyées.

C'était ce qui l'avait décidé à appeler les blouses blanches.

— Dans combien de temps ? demanda-t-il d'une voix rauque.

— Environ vingt minutes.

Quand le silence s'installa de nouveau, Kolher savait que les frères se trouvaient autour de lui. Il avait entendu Rhage déballer une autre sucette. Et V. allumer une cigarette au raclement du briquet et à l'odeur du tabac turc. Butch mâchait du chewing-gum, les légers claquements étaient rapides comme l'éclair, comme si ses molaires étaient l'équivalent de chaussures qu'on tapait sur le sol. Z. était là, Nalla dans ses bras, son agréable odeur douce et ses roucoulements intermittents provenant du coin le plus reculé de la pièce. Même Fhurie était avec eux, ayant choisi de passer la journée ici, et il se tenait près de son frère et de sa nièce.

Kolher savait où ils se trouvaient tous… et pourtant il était seul. Absolument seul, emporté au fond de son corps, emprisonné dans la cécité.

Il resserra sa prise sur les bras du fauteuil pour ne pas se mettre à hurler. Il voulait être fort pour sa *shellane*, ses frères et son espèce. Il voulait faire deux ou trois blagues, en rire comme s'il s'agissait d'un épisode qui passerait vite, montrer qu'il avait toujours des couilles.

Il se racla la gorge. Mais au lieu de commencer à raconter une histoire drôle vaseuse, il demanda :

— Est-ce que ça correspond à ce que tu as vu ?

Les mots avaient une tonalité gutturale et tout le monde sut à qui il les adressait.

La réponse de V. fut lente à venir.

— J'ignore de quoi tu parles.

— Arrête tes conneries.

Kolher était dans les ténèbres, entouré de ses frères, sans qu'aucun d'entre eux n'arrive à l'atteindre. C'était ça, que Viszs avait vu.

— Arrête tes conneries !

— Tu es certain de vouloir jouer à ça maintenant ? lâcha V.

— Est-ce qu'il s'agit de ta vision ? (Kolher lâcha le fauteuil et abattit le poing sur la table.) Est-ce que c'est ta vision, putain ?

— Oui.

— Le docteur arrive, annonça brusquement Beth, lui passant la main sur l'épaule. Doc Jane et Havers vont en discuter. Ils découvriront ce qui se passe. Vraiment.

Kolher se tourna en direction de la voix de Beth. Quand il tendit la main pour attraper la sienne, ce fut elle qui trouva sa paume.

S'agissait-il du futur ? se demanda-t-il. Devoir s'appuyer sur elle pour qu'elle l'emmène quand il devait aller quelque part ? Qu'elle le guide comme un impotent ?

Garde ton calme. Garde ton calme. Garde…

Il se répéta ces trois mots comme un mantra jusqu'à ne plus se sentir au bord de l'explosion.

Et pourtant la menace revint dès qu'il entendit Doc Jane et Havers entrer dans la pièce. Il sut de qui il s'agissait parce que tous les autres arrêtèrent de nouveau ce qu'ils étaient en train de faire : plus de tabac, plus de chewing-gum, plus d'emballages de sucettes.

Tout était silencieux, à l'exception de leurs respirations.

Puis la voix du médecin mâle s'éleva.

— Seigneur, puis-je examiner vos yeux ?

— Oui.

Il y eut un bruit de vêtements froissés… Havers était sans doute en train de retirer son manteau. Puis un léger coup sourd, comme si on avait posé quelque chose sur le bureau. Du métal contre du métal : on déverrouillait la sacoche du médecin.

La voix égale de Havers suivit :

— Avec votre permission, je vais vous toucher le visage.

Kolher hocha la tête, puis grimaça au moment du contact et, l'espace d'un instant, il eut un espoir en entendant le cliquetis d'une lampe. Par habitude, il se tendit, se préparant à ce que la lumière frappe sa rétine que Havers allait examiner en premier. Mon Dieu, il se rappelait avoir plissé les yeux devant la lumière dès la première fois qu'on avait pratiqué cet examen sur lui et, après sa transition, cela avait fortement empiré. Au fil des années…

— Doc, vous pouvez continuer mon examen ?

— J'ai… seigneur, j'ai terminé. (Il y eut un cliquetis, sans doute Havers qui éteignait la petite lampe.) Tout du moins pour cette partie-là.

Silence. Puis la main de Beth se resserra sur la sienne.

— Qu'est-ce qu'on fait ensuite ? demanda Kolher. Qu'est-ce qu'on peut faire ensuite ?

Encore ce silence, qui en un sens rendait l'obscurité encore plus noire.

D'accord. Le choix était restreint. Même s'il ignorait pourquoi il était surpris. Viszs… n'avait jamais tort.

Chapitre 54

À la tombée de la nuit, Ehlena écrasa les cachets de son père au fond de sa tasse puis, quand la poudre fut assez fine et régulière, elle se dirigea vers le réfrigérateur, sortit le jus de fruits et le versa. Pour une fois, elle était heureuse que son père exige de l'ordre, car elle n'était pas à ce qu'elle faisait.

Vu la confusion qui régnait dans son esprit, elle avait encore de la chance de savoir dans quel État elle habitait. New York, non ?

Elle regarda l'horloge. Il ne restait pas beaucoup de temps. Lusie arriverait d'ici à vingt minutes, de même que la voiture de Vhen.

La voiture de Vhen. Pas Vhen en personne.

Environ une heure après son appel au sujet de son ex, il lui avait laissé un message vocal. Il ne l'avait pas appelée. Il avait accédé directement à sa messagerie.

Sa voix avait été grave et sourde : « Ehlena, je suis désolé que l'on t'ait approchée de cette manière, et je vais m'assurer que cela ne recommence jamais. J'aimerais te voir à la tombée de la nuit, si tu es disponible. Je t'enverrai ma voiture à 21 heures, à moins que cela ne te convienne pas. (Un silence.) Je suis vraiment désolé. »

Elle connaissait le message par cœur, l'ayant écouté une dizaine de fois. Il paraissait tellement différent. Comme s'il parlait une autre langue.

Bien entendu, elle n'avait pas dormi de la journée et, au final, elle supposait qu'elle pouvait l'interpréter de deux façons : soit il était horrifié qu'elle ait dû rencontrer cette femelle, soit sa réunion avait été très merdique.

Peut-être les deux.

Elle refusait de croire que cette dingue au regard fou ait la moindre crédibilité. Diable, cette femelle lui rappelait beaucoup trop son père quand il était dans une de ses phases délirantes : obnubilé, obsédé, happé par une autre réalité. Elle avait voulu lui faire du mal et avait choisi ses mots en conséquence.

Néanmoins, ce serait une bonne chose de parler à Vhen. Ehlena aurait apprécié du réconfort, mais au moins elle n'avait pas besoin d'attendre plus longtemps pour le voir.

Quand elle fut certaine que la cuisine se trouvait exactement dans la même disposition que quand elle était montée, elle prit l'escalier jusqu'au sous-sol et se dirigea vers la chambre de son père.

Elle le découvrit dans son lit, les yeux fermés, le corps immobile.

— Père ?

Il ne bougea pas.

— *Père ?*

Le jus de fruits se répandit quand elle posa brusquement la tasse sur la table.

— Père !

Il ouvrit les yeux en bâillant.

— *En vérité, ma fille, comment te portes-tu ?*

— Est-ce que tu vas bien ?

Elle l'observa, même s'il était presque entièrement dissimulé sous la couverture en velours. Il était pâle et avait les cheveux en bataille, mais il paraissait respirer sans problème.

— Y a-t-il quelque chose…

— *L'anglais est plutôt vulgaire à l'oreille, n'est-ce pas ?*

Ehlena marqua un temps d'arrêt.

— *Pardonne-moi. Je… Vas-tu bien ?*

— *Oui, parfaitement. Je suis resté éveillé tard dans la journée pour réfléchir à un autre projet, ce qui est la raison pour laquelle je me suis attardé plus que de coutume dans ce lit. Je crois sincèrement que je devrais laisser les voix dans ma tête errer sur les pages. Je pense que leur offrir un autre débouché que ma personne me sera bénéfique.*

Ehlena permit à ses genoux de flancher et s'assit sans grâce sur le lit.

— *Ton jus de fruits, père ? Le prendras-tu à présent ?*

— *Ah, que c'est aimable. La bonne est prévenante de le préparer à ta place.*

— *Oui, elle est très prévenante.*

Ehlena lui tendit ses médicaments et le regarda boire, tandis que son pouls ralentissait.

Ces derniers temps, sa vie n'avait été qu'une succession de « Bang ! », « Paf ! » et « Crac ! » dignes d'une bande dessinée, tandis qu'elle rebondissait d'une page à l'autre de la sienne jusqu'à en avoir le vertige. Elle supposait qu'il lui faudrait un peu de temps avant que chaque petite chose cesse d'exploser dans son esprit pour se transformer en immense drame.

Quand son père eut fini, elle l'embrassa sur la joue, lui dit qu'elle sortait un moment, puis remonta la tasse à l'étage. Au moment où Lusie frappa à la porte une dizaine de minutes plus tard, Ehlena avait à peu près recouvré ses esprits. Elle allait voir Vhen, profiter de sa compagnie, puis reprendre sa recherche d'emploi à son retour à la maison. Tout allait bien se passer.

En ouvrant la porte, elle releva les épaules, déterminée.

— Comment vas-tu ?

— Je vais bien. (Lusie jeta un coup d'œil par-dessus son épaule.) Est-ce que tu sais qu'une Bentley est garée devant chez vous ?

Ehlena leva les sourcils et se pencha. Il y avait effectivement une Bentley toute neuve, rutilante et spectaculaire devant sa pauvre petite maison de location, et qui paraissait aussi décalée qu'un diamant sur la main d'une clocharde.

La portière conducteur s'ouvrit et un mâle à la peau noire d'une beauté incroyable sortit de derrière le volant.

— Ehlena ?

— Euh… oui.

— Je suis venu vous chercher. Je m'appelle Trez.

— Je… Donnez-moi une minute.

— Prenez votre temps.

Son sourire dévoila des crocs et elle en fut rassurée. Elle n'aimait pas se trouver en compagnie d'humains. Elle ne leur faisait pas confiance.

Elle rentra précipitamment et enfila son manteau.

— Lusie… serais-tu en mesure de continuer à venir ici ? Je pense que j'aurai les moyens de te payer.

— Bien entendu. Je ferais n'importe quoi pour ton père. (Lusie rougit.) Enfin, pour vous deux. Est-ce que ça veut dire que tu as trouvé un nouveau travail ?

— Mes soucis d'argent se sont révélés moins importants que je ne m'y attendais. Et je déteste qu'il se retrouve seul ici.

— Eh bien, je prendrai soin de lui.

Ehlena sourit et eut envie de la serrer dans ses bras.

— C'est ce que tu fais toujours. Quant à ce soir, j'ignore avec précision combien de temps je…

— Prends ton temps. Ça ira pour nous.

Sur un coup de tête, Ehlena étreignit brièvement la femelle.

— Merci… merci.

S'emparant de son sac à main, elle se sauva avant de se comporter comme une idiote et, quand elle sortit dans le froid, le chauffeur contourna la Bentley pour l'aider à monter. Vêtu d'un imperméable en cuir noir, il ressemblait plus à un homme de main qu'à un chauffeur, mais quand il lui sourit de nouveau, un éclair vert étincelant traversa ses yeux sombres.

— Ne vous inquiétez pas. Je vais vous emmener là-bas sans problème.

Elle le croyait.

— Où allons-nous ?

— En centre-ville. Il vous attend.

Ehlena se sentit gênée quand il referma la portière sur elle, même si elle savait qu'il s'agissait de courtoisie et que cela n'avait rien à voir avec le fait de la servir. Elle n'avait tout simplement plus l'habitude qu'un mâle de valeur s'occupe d'elle.

Seigneur, cela sentait bon dans la Bentley.

Tandis que Trez contournait la voiture et s'installait derrière le volant, elle caressa le cuir du siège, incapable de se rappeler avoir déjà vu quelque chose d'aussi luxueux.

Et quand la voiture sortit du chemin et atteignit la rue, elle sentit à peine les nids-de-poule qui d'ordinaire la forçaient à s'agripper à la poignée dans les taxis. Une conduite sans heurt dans une voiture hors de prix.

Où allaient-ils ?

Alors qu'un léger souffle tiède se diffusait sur la banquette arrière, elle se repassa mentalement le message vocal de Vhen à de nombreuses reprises. Le doute clignotait dans sa tête, comme les feux de freinage des voitures devant eux, s'éteignant et se rallumant, ralentissant sa litanie optimiste.

Les choses empirèrent. Le centre-ville n'était pas un endroit qu'elle connaissait très bien, et sa tension monta d'un cran quand ils traversèrent le secteur où se trouvaient les immeubles luxueux. Là où elle avait retrouvé Vhen au Commodore.

Peut-être qu'il l'emmenait danser.

Oui, c'était plus que probable, surtout sans lui avoir dit au préalable d'enfiler une robe…

Plus ils descendaient Trade Street, plus elle caressait le siège à côté d'elle, même si ce n'était pas pour le contact. Les lieux devenaient de plus en plus miteux, l'alignement des restaurants respectables et des bureaux du *Caldwell Courier Journal* laissant place aux studios de tatouage et aux bars qui donnaient l'impression d'accueillir des ivrognes grisonnants sur leurs tabourets et de disposer des assiettes de cacahuètes sales sur leurs comptoirs. Puis vinrent les clubs, du genre bruyants et voyants, où elle ne se rendait jamais au grand jamais parce qu'elle n'aimait pas le bruit, les lumières ni les gens qui les fréquentaient.

Quand elle aperçut le panneau noir sur noir annonçant le *Zero Sum*, elle sut qu'ils allaient s'arrêter devant le club, et son cœur fit une embardée.

Bizarrement, elle eut la même réaction que quand elle avait vu Stephan à la morgue : *Ce n'est pas vrai. C'est impossible. Les choses ne sont pas censées se passer ainsi.*

Pourtant la Bentley ne s'arrêta pas et, l'espace d'un instant, elle espéra.

En vain. Ils empruntèrent la ruelle au coin du bâtiment et s'arrêtèrent devant une entrée privée.

— Ce club lui appartient, dit-elle d'une voix blanche. N'est-ce pas ?

Trez ne releva pas, mais ce n'était pas nécessaire. Quand il contourna la voiture et lui ouvrit la portière, elle était raide et figée sur la banquette arrière, regardant fixement l'édifice en briques. D'un air absent, elle remarqua que de la saleté coulait du toit et que les murs étaient éclaboussés par la neige qui en était tombée. Abîmé. Sale.

Elle se rappela s'être retrouvée au pied du Commodore et avoir levé les yeux vers tout ce verre et ce chrome d'une propreté irréprochable. C'était la façade qu'il avait choisi de lui montrer.

Celle-ci, avec sa saleté, était celle qu'il était forcé de lui montrer.

— Il vous attend, dit doucement Trez.

La porte de service du club était largement ouverte, et un autre Maure fit son apparition. Derrière lui, tout était sombre, mais elle percevait des basses lancinantes.

Ai-je réellement besoin de voir cela ? se demanda-t-elle.

Eh bien, elle devait engueuler Vhen, c'était certain, à supposer que ce carnage prenne la route qui semblait se profiler. Puis elle se rendit compte que si tout cela était vrai, elle avait un problème bien plus important. Elle avait couché… avec un *symphathe.*

Elle avait laissé un *symphathe* se nourrir sur elle.

Ehlena secoua la tête.

— Je n'ai pas besoin de cela. Ramenez-moi à la…

Une femelle apparut, bien bâtie et aussi dure qu'un mâle, et pas seulement physiquement. Son regard était glacial et profondément calculateur.

Elle s'approcha et se pencha dans la voiture.

— Rien ne vous fera de mal là-dedans. Je le jure.

Qu'importe, j'ai déjà mal, se dit Ehlena. Elle avait des douleurs dans la poitrine comme en cas de crise cardiaque.

— Il attend, ajouta la femelle.

Ce qui fit sortir Ehlena de la voiture fut sa colonne vertébrale, et pas seulement parce qu'elle se redressa. Non, elle ne fuyait jamais. De toute sa vie, elle n'avait jamais esquivé les ennuis, et elle n'allait pas commencer aujourd'hui.

Elle franchit la porte et sut avec certitude qu'elle se trouvait dans un lieu où elle ne choisirait jamais de se rendre. Tout était sombre, la musique frappait ses oreilles comme des poings, et les exhalaisons d'une multitude de peaux surchauffées lui donnaient envie de se boucher le nez.

La femelle ouvrit la marche, et les Maures flanquèrent Ehlena, leurs larges corps lui frayant un chemin au milieu de la jungle humaine à laquelle elle ne souhaitait absolument pas se mêler. Des serveuses vêtues d'uniformes noirs moulants transportaient d'infinies variations sur le thème de l'alcool, une femme à moitié nue se frottait contre un homme en costume, et toutes les personnes qu'Ehlena dépassa regardaient ailleurs, comme si leur consommation ou leur vis-à-vis ne les satisfaisait pas.

On la conduisit jusqu'à une porte noire renforcée, et quand Trez eut parlé dans sa montre, la chose s'ouvrit et il s'écarta, comme s'il s'attendait à ce qu'elle entre, comme s'il s'agissait d'un salon ordinaire.

Oui… mais non.

Examinant l'obscurité devant elle, elle ne vit rien d'autre qu'un plafond noir, des murs noirs et un sol noir luisant.

C'est alors que Vhengeance entra dans son champ de vision. Il était exactement comme elle le connaissait, un grand mâle vêtu d'un manteau de zibeline, avec une crête, des yeux améthyste et une canne rouge.

Néanmoins, c'était un parfait étranger.

Vhengeance observa la femelle qu'il aimait et aperçut, sur son visage pâle aux traits tirés, le fruit de ses œuvres.

Du dégoût.

— Vas-tu entrer ? demanda-t-il, ayant besoin de terminer le boulot.

Ehlena jeta un coup d'œil à Xhex.

— Vous faites partie de la sécurité, n'est-ce pas ? (Xhex fronça les sourcils mais hocha la tête.) Alors vous entrez avec moi. Je refuse d'être seule avec lui.

Quand ses paroles le frappèrent, Vhen aurait tout aussi bien pu avoir la gorge tranchée, mais il ne réagit pas tandis que Xhex passait devant, suivie d'Ehlena.

La porte se referma, la musique fut étouffée et le silence devint aussi bruyant qu'un hurlement.

Ehlena regarda son bureau, sur lequel il avait délibérément placé 25 000 dollars en liquide et une brique de cocaïne enveloppée dans de la Cellophane.

— Tu m'as dit que tu étais un homme d'affaires, dit-elle. Je suppose que c'est ma faute d'avoir cru qu'il s'agissait d'affaires légales.

Tout ce qu'il pouvait faire était la dévisager : il avait perdu sa voix et son souffle était trop court pour soutenir ses mots. La seule chose à faire, tandis qu'elle se tenait raide et en colère devant lui, était d'apprendre par cœur son apparence, la manière dont ses cheveux blond vénitien étaient tirés en arrière, ses yeux couleur caramel, son manteau noir tout simple et la manière dont elle gardait ses mains dans ses poches, dans une position de refus total.

Il ne voulait pas se souvenir d'elle de cette manière, mais puisque c'était la dernière fois qu'il la verrait, il ne pouvait s'empêcher de s'attarder sur chaque détail.

Le regard d'Ehlena passa de la drogue et de l'argent à Vhen.

— C'est donc vrai ? Tout ce que ton ex a dit.

— C'est ma demi-sœur. Et oui. Tout est vrai.

La femelle qu'il aimait recula d'un pas, sortant une main de sa poche et la portant à sa gorge, effrayée. Il savait exactement à quoi elle pensait : au fait qu'il s'était nourri à sa veine, à eux, nus et seuls dans son appartement. Elle remaniait ses souvenirs, parvenant à la conclusion que ce n'était pas un vampire qu'elle avait eu au cou.

C'était un *symphathe*.

— Pourquoi m'as-tu fait venir ici ? demanda-t-elle. Tu aurais très bien pu me le dire au téléphone… Non, ce n'est pas grave. Je rentre à la maison. Ne me recontacte jamais.

Il s'inclina légèrement et dit d'une voix étouffée :

— Comme tu le souhaites.

Elle se retourna et resta debout devant la porte.

— Est-ce que quelqu'un va me laisser sortir d'ici, bordel ?

Une fois que Xhex l'eut rejointe et libérée, Ehlena partit en courant.

Quand la porte se referma, Vhen la verrouilla d'un ordre mental et demeura figé à l'endroit où elle l'avait laissé.

Détruit. Il était profondément détruit. Et pas parce qu'il offrait son être et son corps à une sociopathe sadique qui appréciait chaque minute passée à le torturer.

Quand sa vision se voila de rouge, il sut que ce n'était pas son côté malfaisant qui sortait. Aucun risque. Il s'était injecté assez de dopamine au cours des douze dernières heures pour tuer un cheval, car autrement il n'aurait pas été certain de laisser Ehlena repartir. Il lui avait fallu emprisonner son côté néfaste une dernière fois… pour la bonne cause.

Donc, non, ce rouge ne serait pas suivi d'une vision en deux dimensions et de sensations regagnant son corps.

Vhen sortit de sa poche l'un des mouchoirs que sa mère avait repassés et pressa le tissu plié sur ses yeux. Les larmes rouge sang qui lui échappaient concernaient bien plus qu'Ehlena et lui. Bella avait perdu sa mère à peine quarante-huit heures plus tôt.

Et elle allait perdre son frère d'ici à la fin de la nuit.

Il prit une grande inspiration, si profonde que ses côtes se tendirent. Puis il mit le mouchoir de côté et continua à enterrer sa vie.

Une chose était sûre : la Princesse allait payer. Pas pour les saloperies qu'elle lui avait faites et celles à venir. On s'en foutait.

Non, elle avait osé approcher sa femelle. Pour cela, il allait la massacrer, même si cela devait le tuer.

Chapitre 55

— Ça vous a plu ? Le rembarrer comme ça ?

Ehlena s'arrêta devant la porte de service du club et regarda la femelle de la sécurité par-dessus son épaule.

— Étant donné que ce ne sont absolument pas vos affaires, je ne vais pas répondre à cette question.

— Pour info, ce mâle s'est mis dans une situation impossible pour moi, sa mère et sa sœur. Et vous vous croyez trop bien pour lui ? Génial. D'où vous sortez pour être aussi parfaite ?

Ehlena se retourna pour affronter la femelle, même si ce n'était pas, et de loin, un combat à armes égales, vu comment était bâtie la vigile.

— Je ne lui ai jamais menti, ça vous va comme « perfection » ? En fait, ce n'est pas parfait, c'est normal.

— Il fait ce qui lui est nécessaire pour survivre. C'est tout à fait normal, pas seulement pour les vôtres, mais pour les *symphathes* également. Rien que parce que vous vous la coulez douce…

Ehlena se planta devant la femelle.

— Vous ne me connaissez pas !

— Je n'en ai pas envie !

— Pareil pour vous !

Elle ne prononça pas le « pétasse », mais c'était tout comme.

— Euh, bon, OK. (Trez s'interposa et les sépara.) On va se calmer et rentrer les griffes, d'accord ? Laissez-moi vous raccompagner. Toi (il désigna l'autre femelle), tu vas voir s'il va bien.

La vigile lança un regard furieux à Ehlena.

— Surveillez vos arrières.

— Pourquoi ? Parce que vous allez vous pointer devant ma porte ? Enfin… comparée à cette chose de la nuit dernière, vous êtes une poupée Barbie.

Trez et la femelle se figèrent.

— Qu'est-ce qui s'est pointé devant votre porte ? demanda la vigile.

Ehlena se tourna vers Trez.

— Puis-je rentrer chez moi à présent ?

— De quoi s'agissait-il ? insista-t-il.

— Une harpie avec un sale comportement.

Comme un seul homme, ils déclarèrent :

— Il faut que vous déménagiez.

— Excellente suggestion. Merci.

Ehlena les repoussa tous deux et se dirigea vers la porte. Quand elle appuya sur la poignée, celle-ci était bien entendu verrouillée, si bien qu'elle ne put qu'attendre une fois de plus qu'on la laisse sortir. Eh bien, au diable tout cela ! Se mordant la lèvre inférieure, elle saisit la poignée et la tourna brusquement, prête à user de la force pour partir.

Heureusement, Trez s'approcha et la libéra, tel un oiseau de sa cage, et elle déboula dans l'air froid, fuyant la chaleur, le bruit et la foule qui l'étouffaient.

Ou peut-être était-ce son cœur brisé qui l'étouffait.

Pour ce que ça changeait.

Elle attendit près d'une autre porte, celle de la Bentley, souhaitant ne pas avoir besoin d'une voiture pour rentrer chez elle, sachant qu'il lui faudrait un bon moment avant d'être assez calmée pour respirer correctement et encore plus pour se dématérialiser.

Sur le chemin du retour, elle ne prêta aucune attention aux rues qu'ils empruntèrent, aux feux auxquels ils s'arrêtèrent ou aux autres voitures autour d'eux. Elle était simplement assise sur la banquette arrière de la Bentley, quasi inanimée, le visage tourné vers la vitre, les yeux dans le vague, plongée dans ses pensées.

Un *symphathe*. Qui couchait avec sa demi-sœur. Un maquereau. Un dealer. Un tueur, sans aucun doute…

Alors qu'ils s'éloignaient du centre-ville, elle se mit à respirer de plus en plus difficilement. Ce qui lui faisait mal, c'était qu'elle n'arrivait pas à oublier l'image de Vhengeance agenouillé devant elle, ses Keds bon marché à la main, son regard améthyste si tendre et gentil, sa voix si agréable qu'elle surpassait la musique du violon. « *Tu ne comprends pas, Ehlena. Peu importe ce que tu mets… à mes yeux, tu porteras toujours des diamants à tes pieds.* »

Ce serait l'une des deux images dont elle se souviendrait le concernant, et qu'elle pourrait comparer. Elle le revoyait à genoux devant elle, puis dans ce club quelques instants auparavant, alors que son secret venait d'être dévoilé.

Elle avait voulu croire à un conte de fées. Et elle l'avait eu. Mais, comme ce pauvre Stephan, le fantasme était mort, et son délabrement était épouvantable, un cadavre abîmé et froid qu'elle envelopperait de raisonnements et de rajustements qui n'auraient pas l'odeur d'herbes, mais de larmes.

Fermant les yeux, elle s'enfonça dans le siège mou comme du beurre.

Finalement, la voiture ralentit et s'arrêta, et elle chercha la poignée de la portière. Trez arriva en premier et lui ouvrit.

— Puis-je dire quelque chose ? murmura-t-il.

— Bien entendu.

Parce qu'elle ne l'écouterait pas, quoi qu'il dise. Le brouillard qui entourait son univers était trop épais, à l'image de ce que son père cherchait à faire du sien : le restreindre à ce qui était le plus proche d'elle… la douleur.

— Il n'a pas fait cela sans raison.

Ehlena leva la tête vers le mâle. Il était si sérieux, si sincère.

— Bien sûr que non. Il voulait que je croie à ses mensonges et sa couverture a été détruite. Il n'y avait plus rien à cacher.

— Ce n'est pas ce que je voulais dire.

— M'aurait-il dit le moindre mot de tout cela s'il n'avait pas été démasqué ? (Silence.) Alors voilà où nous en sommes.

— Cela concerne plus de choses que vous n'en savez.

— Vous croyez ? Peut-être que cela le concerne moins que vous avez besoin de le croire. Qu'en dites-vous ?

Elle se détourna et franchit une porte qu'elle pouvait ouvrir et verrouiller elle-même. S'appuyant contre le chambranle, elle promena son regard sur son intérieur crasseux et familier et eut envie de craquer.

Elle ignorait comment surmonter cela. Vraiment.

Après le départ de la Bentley, Xhex se rendit directement dans le bureau de Vhen. Ayant frappé une fois sans obtenir de réponse, elle composa le code et ouvrit la porte.

Vhen était assis à son bureau, tapant sur son ordinateur portable. Près de lui se trouvait son nouveau téléphone portable, un sachet plastique rempli de gros cachets couleur de craie et un paquet de M&M's.

— Est-ce que tu savais que la Princesse était allée la voir ? demanda Xhex.

Il ne répondit pas, et elle poussa un juron.

— Pourquoi ne m'as-tu rien dit ?

Vhen continua simplement à taper, le léger bruit des touches rappelant une conversation à voix basse dans une bibliothèque.

— Parce que ce n'était pas pertinent.

— Du diable si ce n'était pas pertinent ! J'ai failli cogner cette femelle parce…

Un regard améthyste mauvais quitta l'écran.

— Ne touche jamais à Ehlena !

— On s'en fout, Vhen, elle vient de te plaquer, et grave. Tu crois que c'était drôle à regarder ?

Il la pointa du doigt.

— C'est pas tes oignons. Et tu ne la toucheras jamais, au grand jamais. C'est bien compris ?

Quand son regard étincela en signe d'avertissement, comme si quelqu'un lui avait fourré une lampe de poche dans les fesses et l'avait allumée, elle se dit que, bon, d'accord… visiblement, elle était au bord d'une falaise et, si elle allait plus loin, elle allait faire le grand saut sans parachute.

— Je cherche juste à te dire que j'aurais préféré savoir avant que tu souhaitais qu'elle te largue.

Vhen se contenta de reprendre sa dactylo.

— C'était donc ça, l'appel d'hier soir, souffla-t-elle. C'est à ce moment-là que tu as découvert que la salope avait rendu visite à ta copine.

— Oui.

— Tu aurais dû me le dire.

Avant qu'elle obtienne une réponse, elle entendit un bruit dans son oreillette puis la voix de l'un de ses videurs :

— L'inspecteur De La Cruz est venu vous voir.

Xhex leva le poignet et parla dans le transmetteur.

— Emmenez-le dans mon bureau. J'arrive tout de suite. Et faites sortir les filles du carré VIP.

— La police ? marmonna Vhen tout en tapant.

— Oui.

— Je suis content que tu aies démoli Grady. Je ne supporte pas les mecs qui tabassent leurs femmes.

— Je peux faire quelque chose ? demanda-t-elle d'un ton raide, se sentant exclue.

Elle voulait l'aider, l'apaiser, prendre soin de lui, mais elle voulait faire tout cela à sa manière, autrement dit violemment : elle n'irait certainement pas lui faire couler un bain moussant et lui chercher un chocolat chaud ; elle souhaitait tuer la Princesse.

Vhen leva de nouveau la tête.

— Comme je te l'ai dit la nuit dernière, je vais te demander de veiller sur quelqu'un.

Xhex dut dissimuler son envie de meurtre. S'il lui demandait d'assassiner la Princesse, il n'avait aucune raison de faire venir sa copine ici, de lui démontrer par a + b qu'il lui avait menti et de la laisser le jeter comme un morceau de viande avariée.

Merde, c'était sans doute la copine. Il allait lui demander de s'assurer qu'il n'arriverait rien à Ehlena. Et, connaissant Vhen, il allait probablement essayer aussi de soutenir financièrement la femelle – vu les vêtements simples de cette fille, son absence de bijoux et son pragmatisme, elle ne paraissait pas venir d'un milieu fortuné.

Que c'était drôle ! La forcer à accepter de l'argent d'un mâle qu'elle haïssait allait être une vraie partie de plaisir.

— Tout ce que tu veux, répondit Xhex d'une voix tendue en sortant.

Se frayant un chemin dans le club, elle se mit à prier pour que personne ne la prenne à rebrousse-poil, d'autant qu'il y avait un flic dans la boîte.

Quand elle arriva enfin à son bureau, elle musela sa frustration et ouvrit la porte, se collant un sourire sur le visage.

— Bonsoir, inspecteur.

De La Cruz se retourna. Il tenait dans ses mains une petite pousse de lierre qui n'était pas plus grande que sa paume.

— J'ai un cadeau pour vous.

— Je vous ai déjà dit que je n'étais pas douée avec les êtres vivants.

Il déposa la plante sur le bureau.

— Peut-être qu'on devrait y aller en douceur.

S'asseyant sur sa chaise, elle observa la petite chose vivante et fragile et sentit un éclair de panique la traverser.

— Je ne pense pas…

— Avant que vous disiez que je ne peux rien vous donner parce que je travaille pour la Ville (il sortit un reçu de sa poche), sachez qu'elle n'a pas coûté 3 dollars. C'est moins cher qu'un café chez *Starbucks*.

Il déposa le ticket blanc à côté du pot en plastique vert foncé.

Xhex se racla la gorge.

— Eh bien, même si j'apprécie votre préoccupation pour ma décoration d'intérieur…

— Ça n'a aucun rapport avec le choix de votre mobilier. (Il sourit et s'assit.) Est-ce que vous savez pourquoi je suis là ?

— Vous avez découvert l'homme qui a assassiné Chrissy Andrews ?

— Oui. Et passez-moi l'expression, mais nous l'avons découvert devant la pierre tombale de celle-ci, la bite coupée et fourrée dans la bouche.

— Waouh. Aïe.

— Ça vous ennuierait de me dire où vous vous trouviez la nuit dernière ? Ou est-ce que vous souhaitez prendre un avocat d'abord ?

— Pourquoi en aurais-je besoin ? Je n'ai rien à cacher. Et j'étais là toute la nuit. Demandez à n'importe quel videur.

— Toute la nuit ?

— Oui.

— J'ai découvert des empreintes de pas autour de la scène de crime. Des empreintes de rangers de petite taille. (Il regarda par terre.) Un peu comme celles que vous portez.

— Je me suis rendue sur sa tombe. Bien entendu. J'ai perdu une amie.

Elle leva ses semelles pour qu'il les voie, sachant qu'elles étaient de facture et de forme différentes de celles qu'elle portait la nuit précédente. D'une taille différente, également, rembourrées à l'intérieur pour en faire un bon 42 au lieu d'un petit 40.

— Hmmm.

Son inspection terminée, De La Cruz recula et posa les coudes sur les bras de son siège en acier, ses doigts se touchant.

— Puis-je être honnête avec vous ?

— Oui.

— Je pense que vous l'avez tué.

— Ah bon ?

— Oui. C'était un crime violent, et tout laisse à penser qu'il a été perpétré en guise de vengeance. Vous voyez, le légiste croit, tout comme moi, que Grady était en vie quand on l'a… disons, opéré. Et ce n'était pas un massacre à la tronçonneuse. On l'a paralysé de manière professionnelle, comme si le meurtrier avait l'habitude de tuer.

— C'est un quartier difficile, et Chrissy avait beaucoup d'amis durs à cuire. N'importe lequel d'entre eux aurait pu faire cela.

— Il y avait essentiellement des femmes à l'enterrement.

— Et vous pensez les femmes incapables d'une chose pareille ? C'est plutôt sexiste, inspecteur.

— Oh, je sais que les femmes peuvent tuer. Croyez-moi. Et… vous ressemblez au genre de femmes qui en sont capables.

— Vous établissez mon profil ? Simplement parce que je porte un pantalon en cuir et que je travaille comme responsable de la sécurité d'un club ?

— Non. J'étais avec vous quand vous avez identifié le corps de Chrissy. J'ai vu de quelle manière vous la regardiez : c'est ce qui me fait penser que vous l'avez tué. Vous avez un mobile, la vengeance, et vous pouviez le faire, parce que n'importe qui aurait pu s'éclipser d'ici pendant une heure, faire le boulot et revenir. (Il se leva et se dirigea vers la porte, s'arrêtant la main posée sur la poignée.) Je vous conseille de trouver un bon avocat. Il va vous en falloir un.

— Vous misez sur le mauvais cheval, inspecteur.

Il secoua lentement la tête.

— Je ne pense pas. Vous voyez, la première chose que me disent la plupart des gens quand je les interroge au sujet d'un cadavre, que ce soit vrai ou pas, c'est que ce n'est pas eux qui ont tué. Vous n'avez rien dit d'approchant.

— Peut-être que je ne ressens pas le besoin de me défendre.

— Peut-être que vous n'avez pas de remords parce que Grady était un connard qui a tabassé à mort une jeune femme, et que ce crime vous révulse tout autant que n'importe lequel d'entre nous. (Le regard de l'inspecteur De La Cruz parut triste et épuisé quand il tourna la poignée.) Pourquoi ne pas nous avoir laissés le cueillir ? Nous l'aurions chopé et fait enfermer. Vous auriez dû nous laisser nous en occuper.

— Merci pour la plante verte, inspecteur.

Celui-ci hocha la tête, comme si on venait d'établir les règles du jeu et de décider du terrain.

— Prenez un avocat. Rapidement.

Quand la porte se referma, Xhex s'appuya contre le dossier de sa chaise et regarda le lierre. *Jolie couleur verte*, pensa-t-elle. Et elle appréciait la forme des feuilles, la symétrie pointue était agréable à l'œil, et les petites nervures formaient un joli motif.

Dire qu'elle allait finir par tuer cette pauvre chose innocente.

Elle leva les yeux quand on frappa à la porte.

— Entrez.

Marie-Terese franchit le seuil dans un nuage d'Euphoria de Calvin Klein et vêtue d'un jean large et d'une chemise blanche. À l'évidence, son service n'avait pas encore débuté.

— J'ai eu un entretien avec deux filles.

— Tu as apprécié l'une d'entre elles ?

— L'une cache quelque chose. Je ne sais pas trop quoi. L'autre, ça va, même si on lui a massacré sa plastie mammaire.

— Est-ce qu'il faudrait qu'on l'envoie chez le docteur Malik ?

— Je pense. Elle est assez mignonne pour faire sortir les billets. Tu veux la rencontrer ?

— Pas tout de suite, mais oui. Pourquoi pas demain soir ?

— Je la ferai venir, dis-moi seulement à quelle heure…

— Puis-je te demander quelque chose ?

Marie-Terese hocha la tête sans hésiter.

— N'importe quoi.

Dans le silence qui suivit, Xhex résista à l'envie d'évoquer la petite session de gang bang de John et Gina dans les toilettes. Mais qu'y avait-il à savoir ? Ce n'était qu'une transaction courante dans ce club.

— C'est moi qui l'ai envoyé voir Gina, dit doucement Marie-Terese.

Xhex leva les yeux vers elle.

— Qui ça ?

— John Matthew. Je l'ai envoyé la voir. J'ai supposé que ce serait plus facile.

Xhex se mit à tripoter le *Caldwell Courier Journal* posé sur son bureau.

— Je ne vois pas de quoi tu parles.

L'expression de Marie-Terese disait clairement qu'elle ne l'entendait pas de cette oreille, mais elle ne poussa pas les choses plus loin, à son honneur.

— Quelle heure demain soir ?

— Pour quoi ?

— Rencontrer la nouvelle.

Ah, oui.

— Disons 22 heures.

— Ça me semble bien.

Marie-Terese fit demi-tour.

— Eh, tu veux me rendre un service ? (Quand la jeune femme se retourna, Xhex lui tendit le petit lierre.) Tu peux la prendre chez toi pour me faire plaisir ? Euh, je ne saurais pas… la faire vivre.

Marie-Terese jeta un coup d'œil à la chose, haussa les épaules et vint la prendre.

— J'aime bien les plantes.

— Ce qui signifie que ce machin vient de remporter le gros lot. Parce que moi pas.

Chapitre 56

Vhengeance appuya sur Ctrl-P et recula pour ramasser les feuilles crachées une à une par son imprimante. Quand la machine laissa échapper un dernier feuillet puis un soupir, il posa la pile devant lui, sépara les pages convenablement, inscrivit ses initiales en haut à droite de chacune, puis signa à trois reprises. La même signature, le même gribouillis avec les mêmes lettres cursives.

Il n'appela pas Xhex pour lui servir de témoin. Il ne demanda pas à Trez de le faire.

Ce fut iAm qui entra, signa du nom qu'il utilisait à des fins humaines sur les bonnes lignes pour authentifier le testament et la transmission du patrimoine foncier et des avoirs fiduciaires. Quand ce fut fait, il signa de son véritable nom sur une lettre écrite en langue ancienne, ainsi que sur l'attestation de lignage.

Quand tout fut fini, Vhen déposa l'ensemble dans une mallette noire Louis Vuitton et la remit à iAm.

— Je veux que tu la fasses sortir d'ici dans trente minutes. Emmène-la même si tu dois l'assommer. Et assure-toi que ton frère est avec toi et que tout le personnel est parti.

iAm ne répondit rien. Au lieu de cela, il sortit le couteau qu'il gardait dans son dos, s'ouvrit la paume et tendit la main, son sang épais et bleu coulant sur le clavier de l'ordinateur portable. Il était aussi résolu que Vhen le souhaitait, totalement impassible et sérieux.

Ce qui était la raison pour laquelle on le choisissait pour les sales affaires.

Vhen déglutit avec difficulté quand il se leva et prit la paume qu'on lui tendait. Ils se donnèrent une poignée de main pour sceller leur vœu de sang, puis leurs corps se rencontrèrent dans une étreinte rude et forte.

iAm déclara doucement en langue ancienne :

— *Je te connais bien. Je t'ai aimé comme ma propre chair et mon propre sang. Je t'honorerai à jamais.*

— Prends soin d'elle, d'accord ? Elle va être déchaînée pendant un moment.

— Trez et moi ferons tout ce qu'il faut.

— Rien de tout cela n'était sa faute. Ni le début, ni la fin. Xhex va devoir le croire.

— Je sais.

Ils se séparèrent et Vhen eut du mal à lâcher l'épaule de son vieil ami, surtout parce qu'il s'agissait de son seul adieu : Xhex et Trez se seraient opposés à ce qu'il allait faire, ils auraient tenté de négocier d'autres solutions, luttant bec et ongles pour trouver une autre issue. iAm était plus fataliste. Plus réaliste, également, parce qu'il n'y avait pas d'autre dénouement possible.

— Vas-y, dit Vhen d'une voix brisée.

iAm posa sa main ensanglantée sur son cœur, s'inclina puis sortit sans se retourner.

Les mains de Vhen tremblaient quand il retroussa sa manche et regarda sa montre. Le club fermait désormais à 4 heures. L'équipe de nettoyage arrivait à 5 heures pile. Ce qui signifiait qu'après le départ de tout le monde, il disposait d'environ une demi-heure.

Il prit son téléphone et se dirigea vers sa chambre, composant un numéro qu'il appelait régulièrement.

Quand il verrouilla la porte, la voix de sa sœur était chaleureuse à l'autre bout de la ligne.

— Salut, mon frère.

— Salut.

Il s'assit sur le lit, se demandant ce qu'il pourrait bien dire.

Dans le fond, Nalla pleurnicha une petite demande plaintive, et Vhen se figea. Il se représentait parfaitement ces deux-là, le bébé contre l'épaule de sa sœur, un petit avenir fragile enveloppé d'une couverture douce bordée d'un ruban de satin.

Pour les mortels, le seul infini possible était incarné par les enfants, pas vrai ?

Il n'en aurait jamais.

— Vhengeance ? Tu es là ? Ça va ?

— Oui. J'ai appelé parce que… je voulais te dire… (Adieu.) Je t'aime.

— C'est tellement gentil. C'est difficile, hein, de se retrouver sans *mahmen*.

— Oui. C'est difficile.

Il ferma les yeux et, comme par hasard, Nalla se mit à pleurer pour de bon, telle une chouette ululant dans le téléphone.

— Toutes mes excuses pour la sirène, dit Bella. Elle ne dormira pas, sauf si je marche, et mes pieds commencent à faiblir.

— Écoute… est-ce que tu te souviens de cette berceuse que je te chantais ? Quand tu étais petite.

— Oh, mon Dieu, celle sur les quatre saisons ? Oui ! Je n'y avais pas pensé depuis des années… Tu la chantais quand je n'arrivais pas à dormir. Même quand j'étais plus âgée.

Oui, c'était cela, se dit Vhen. Celle qui découlait directement des mythes anciens, qui parlait des quatre saisons de l'année et de la vie, celle qui leur avait permis de franchir beaucoup de journées sans sommeil, lui chantant, elle se reposant.

— Comment est-ce que ça commence, déjà ? demanda Bella. Je n'arrive pas…

Vhen se mit à chanter, d'abord gêné, les mots sortant avec peine de sa mémoire rouillée, les notes imparfaites parce que sa voix avait toujours été trop grave pour la douceur de cette mélodie.

— Oh… c'est cela, chuchota Bella. Attends, laisse-moi te mettre sur haut-parleur…

Il y eut un « bip » puis un écho et, quand il continua à chanter, les cris de Nalla se tarirent, les flammes éteintes par une douce pluie de mots anciens.

Le manteau vert pâle du printemps… le voile aux fleurs éclatantes de l'été… le châle froid de l'automne… la couverture glacée de l'hiver… Les saisons non seulement de la terre, mais de chaque être vivant, le sommet que l'on recherche et la victoire obtenue, suivie de la chute du pinacle et la douce lumière blanche de l'Estompe qui était le lieu d'éternité.

Il chanta la berceuse en entier à deux reprises, et son dernier voyage avec les mots fut le meilleur. Il s'arrêta là, parce qu'il ne voulait pas prendre le risque que la tentative suivante soit moins bonne.

La voix de Bella était rauque de larmes.

— Tu as réussi. Tu l'as endormie.

— Tu pourras la lui chanter si tu veux.

— Oui. Bien sûr. Merci de me l'avoir remémorée. J'ignore pourquoi je n'ai pas pensé à l'essayer avant ce soir.

— Peut-être que tu l'aurais fait, en fin de compte.

— Merci, Vhen.

— *Repose-toi bien, ma sœur.*

— Je te parle demain, OK ? Tu m'as l'air un peu absent.

— Je t'aime.

— Oh… Je t'aime, moi aussi. Je t'appelle demain.

Il y eut un silence.

— Fais attention. Prends soin de toi, de ton enfant et de ton *hellren*.

— Je le ferai, mon cher frère. Au revoir.

Vhen raccrocha et resta assis, le téléphone à la main. Pour garder l'écran allumé, il appuyait sur les touches toutes les deux minutes.

Cela le tuait de ne pas appeler Ehlena. De ne pas lui envoyer de texto, la contacter. Mais c'était préférable comme ça : mieux valait qu'elle le haïsse plutôt qu'elle porte son deuil.

À 4 h 30, il reçut le message d'iAm qu'il attendait. Seulement trois mots.

« Tout est vide. »

Vhen se leva du lit. L'effet de la dopamine s'amenuisait, mais il lui en restait assez dans le corps pour qu'il chancelle sans sa canne et doive recouvrer son équilibre. Quand il fut certain d'être assez stable, il ôta son manteau de zibeline et sa veste, puis se désarma, abandonnant sur le lit les armes qu'il portait d'habitude sous les bras.

Il était temps d'y aller, d'utiliser le système qu'il avait fait installer après avoir acheté l'immeuble de briques du club et l'avoir rénové de fond en comble.

L'endroit tout entier était câblé pour faire du bruit. Et pas du genre Dolby.

Il revint dans son bureau, s'assit derrière la table et déverrouilla le tiroir en bas à droite. À l'intérieur se trouvait un boîtier noir pas plus grand qu'une télécommande et, à part lui, seul iAm connaissait sa nature et son usage. iAm était également le seul au courant pour les os planqués sous le lit de Vhen, des os d'un mâle humain, à peu près de la taille de Vhen. Là encore, c'était iAm qui les avait récupérés.

Vhen prit la télécommande et se leva, regardant autour de lui une dernière fois. Des piles bien soignées de papiers sur le bureau. De l'argent dans le coffre-fort. Des drogues dans la pièce de Rally.

Il sortit. Le club était bien éclairé à présent qu'il était fermé, et le carré VIP était jonché des détritus de la nuit, comme une putain trop bien utilisée : on voyait des empreintes de pas sur le sol noir luisant, les marques laissées par l'eau sur les tables, des serviettes roulées en boule et abandonnées çà et là sur les banquettes. Les serveuses nettoyaient après chaque client, mais on ne voyait pas tout dans l'obscurité quand on était humain.

En face de lui, la cascade avait été arrêtée, aussi disposait-on d'une vue dégagée sur la partie réservée au tout-venant – qui n'avait pas meilleure mine. La piste de danse était maculée de traces de pieds. Il y avait des cuillères à cocktail et des papiers de sucettes partout, et même une culotte abandonnée dans un coin. Au plafond, on pouvait voir le réseau de poutrelles, de câbles, de fils électriques et de spots du système d'éclairage laser et, sans musique, les immenses haut-parleurs hibernaient comme des ours.

Dans cet état, le club ressemblait au magicien d'Oz incarné : toute la magie utilisée ici nuit après nuit, le bourdonnement et l'excitation n'étaient en fait qu'un mélange d'électronique, d'alcool et de produits chimiques, une illusion pour les gens qui passaient la porte d'entrée, un fantasme qui leur permettait d'être tout ce qu'ils n'étaient pas dans leur vie quotidienne. Peut-être désiraient-ils ardemment être puissants parce qu'ils se sentaient faibles, sexy parce qu'ils se trouvaient laids, chic et riches parce qu'ils ne l'étaient pas, ou jeunes parce qu'ils atteignaient à toute allure l'âge mûr. Peut-être souhaitaient-ils brûler la douleur d'un échec amoureux, se venger de s'être fait larguer ou faire semblant de ne chercher personne alors qu'ils attendaient désespérément de se trouver quelqu'un.

Bien sûr, ils sortaient pour « s'amuser », mais Vhen était tout à fait certain que, sous cette surface radieuse, on trouvait beaucoup d'obscurité et de saleté.

Le club tel qu'il était en ce moment même était une parfaite métaphore de sa vie. Il avait été le sorcier, bernant ceux qui lui étaient le plus proche pendant si longtemps, se mêlant aux gens normaux grâce à un mélange de médicaments et de ruse.

Cette époque était révolue.

Vhen fit un dernier tour et franchit la porte d'entrée. L'enseigne écrite en noir sur noir du *Zero Sum* n'était pas éclairée, ce qui indiquait qu'il était fermé pour la nuit. Fermé pour de bon, plutôt.

Il jeta un coup d'œil à gauche et à droite. Personne dans la rue, ni voiture ni piéton à l'horizon.

Il s'éloigna et regarda dans la ruelle près de l'entrée de service qui menait au carré VIP, puis fit un rapide demi-tour et inspecta l'autre ruelle. Pas de sans-abri. Pas de parasite.

Debout dans le vent froid, Vhen prit un moment pour fouiller mentalement les bâtiments autour du club, à la recherche de grilles émotionnelles indiquant que des humains s'y trouvaient. Rien. Tout était vraiment vide.

Il était prêt à passer à l'action. Il traversa la rue et descendit deux pâtés de maisons, puis s'arrêta, fit glisser le couvercle de la télécommande et entra un code à huit chiffres.

Dix… neuf… huit…

On découvrirait les os calcinés, et il se demanda un bref instant à qui ceux-ci appartenaient. iAm ne le lui avait pas dit, et lui n'avait pas demandé.

Sept… six… cinq…

Bella irait bien. Elle avait Zadiste, Nalla, les frères et leurs *shellane*. Cela serait brutal pour elle, mais elle survivrait, et mieux valait cela plutôt qu'elle apprenne une vérité qui la détruirait : elle n'avait pas besoin de savoir que leur mère avait été violée et que son frère était un métis mangeur de péchés.

Quatre…

Xhex resterait à l'écart de la colonie. iAm s'en assurerait, parce qu'il la forcerait à respecter le serment qu'elle lui avait fait la nuit précédente : elle avait promis de prendre soin de quelqu'un, et la lettre que Vhen avait rédigée en langue ancienne et qu'iAm avait contresignée était un ordre de prendre soin d'elle. Oui, il l'avait piégée. Elle supposait certainement qu'il allait lui demander d'assassiner la Princesse, ou peut-être de veiller sur Ehlena. Mais il était un *symphathe*, non ? Et elle avait commis l'erreur de lui donner sa parole sans savoir à quoi elle s'engageait.

Trois…

Du regard, il suivit les contours du toit du club et imagina à quoi ressembleraient les décombres, pas seulement celles du club, mais ce qu'il laissait derrière lui, dans les vies des gens, alors qu'il se rendrait dans le Nord.

Deux…

Le cœur de Vhen lui faisait atrocement mal, et il savait que c'était parce qu'il pleurait la perte d'Ehlena. Même si, techniquement, c'était lui qui allait mourir.

Un…

La première explosion retentit sous la piste de danse et en déclencha deux autres, sous le bar du carré VIP et sur le balcon de la mezzanine. Avec un fracas épouvantable et un tremblement de terre retentissant, le bâtiment fut secoué jusqu'aux fondations, pulvérisé dans une déflagration de briques et de ciment.

Vhengeance recula en titubant et se cogna dans la vitrine d'un studio de tatouage. Après avoir repris son souffle, il observa la légère brume de poussière retomber comme de la neige.

Rome était tombée. Et pourtant il était difficile de partir.

La première sirène retentit moins de cinq minutes plus tard, et il attendit que les girophares descendent Trade Street à tombeau ouvert.

Quand ce fut fait, il ferma les yeux, se calma… et se dématérialisa pour aller dans le Nord.

Dans la colonie.

Chapitre 57

— Ehlena ? (La voix de Lusie lui parvint du haut de l'escalier.) Je vais y aller.

Ehlena se secoua et jeta un coup d'œil à l'heure dans le coin de l'écran de son ordinateur portable. Il était 4 h 30 ? Déjà ? Mon Dieu, on aurait dit que… eh bien, elle ne savait même plus si elle était assise à son bureau de fortune depuis des heures ou des jours. Le site des petites annonces du *Caldwell Courier Journal* était resté ouvert depuis tout ce temps, mais elle n'avait fait que décrire des cercles de l'index sur le tapis de la souris.

— J'arrive. (Elle se leva en s'étirant puis se dirigea vers l'escalier.) Merci d'avoir nettoyé après le repas de père.

La tête de Lusie apparut en haut des marches.

— Je t'en prie. Écoute, quelqu'un est venu te voir.

Le cœur d'Ehlena tressauta dans sa poitrine.

— Qui ?

— Un mâle. Je l'ai laissé entrer.

— Oh, Seigneur, dit Ehlena à voix basse.

Tandis qu'elle remontait du sous-sol au pas de course, elle se dit qu'au moins son père dormait profondément après avoir mangé. La dernière chose dont elle avait besoin à l'heure actuelle était qu'il soit bouleversé par la présence d'un étranger dans la maison.

Quand elle arriva dans la cuisine, elle était prête à dire à Vhen, Trez ou qui que ce soit d'autre d'aller au…

Un mâle blond à l'allure très raffinée se tenait près de la table miteuse, une mallette noire à la main. Lusie était à côté de lui. Elle enfila son manteau en laine puis ramassa son sac en patchwork pour rentrer.

— Que puis-je faire pour vous ? demanda Ehlena, les sourcils froncés.

Le mâle s'inclina légèrement, posant galamment sa paume sur sa poitrine et, quand il parla, les intonations de sa voix étaient profondes et cultivées.

— Je cherche Alyne, fils de sang d'Uys. Êtes-vous sa fille ?

— Oui, en effet.

— Puis-je le voir ?

— Il se repose. De quoi s'agit-il et qui êtes-vous ?

Le mâle regarda Lusie à la dérobée, puis mit la main dans sa poche de poitrine et en sortit une carte d'identité en langue ancienne.

— Je m'appelle Saxton, fils de Tyhm. Je suis avocat, engagé par le domaine de Montrag, fils de Rehm. Celui-ci a récemment rejoint l'Estompe sans héritier direct et, d'après mes recherches de lignée, votre père est son plus proche parent et donc son unique bénéficiaire.

Ehlena leva les sourcils.

— Pardon ? (Il lui répéta ce qu'il venait de dire, sans qu'elle comprenne mieux pour autant.) Je… euh… quoi ?

Quand l'avocat répéta une nouvelle fois son message, l'esprit d'Ehlena se mit à bouillonner, tentant de relier les informations. Rehm était un nom qui lui était parfaitement familier. Elle l'avait vu dans les archives des affaires de son père… et dans son manuscrit. Ce n'était pas un type sympa, et de loin. Elle se rappelait vaguement le fils, mais rien de particulier, juste quelques réminiscences en tant que femelle de valeur lors de son arrivée parmi les débutantes de la *glymera*.

— Je suis désolée, murmura-t-elle, mais c'est une véritable surprise.

— Je comprends. Puis-je parler avec votre père ?

— Il ne… reçoit pas, en fait. Il ne va pas bien. Je suis son représentant légal. (Elle s'éclaircit la voix.) Conformément au droit ancien, je l'ai fait déclarer incompétent en raison de… problèmes mentaux.

Saxton, fils de Tyhm, s'inclina légèrement.

— Je suis désolé de l'apprendre. Puis-je vous demander si vous seriez en mesure de me présenter les pièces d'identité de vos lignées à tous les deux ? Ainsi que la déclaration d'incompétence ?

— Tout est en bas. (Elle regarda Lusie.) Je suppose que tu dois y aller.

Lusie jeta un coup d'œil à Saxton et sembla arriver à la même conclusion qu'Ehlena. Le mâle paraissait tout à fait normal et tout en lui évoquait l'avocat, depuis son costume et son manteau jusqu'à sa mallette. Sa pièce d'identité était également réglo.

— Je peux rester si tu préfères, proposa Lusie.

— Non, ça va aller et, en outre, l'aube approche.

— Très bien, dans ce cas…

Ehlena raccompagna Lusie dehors puis rejoignit l'avocat.

— Vous voulez bien m'excuser une minute ?

— Prenez votre temps.

— Est-ce que… euh, aimeriez-vous boire quelque chose ? Un café ?

Elle espérait qu'il refuserait, étant donné qu'elle ne pouvait rien lui offrir de mieux qu'un mug, et qu'il avait plutôt l'air habitué à la porcelaine de Limoges.

— Ça va, je vous remercie.

Son sourire était honnête et dénué de tout sous-entendu sexuel : il préférait sans doute le genre de femelle que l'on rencontrait dans l'aristocratie et qu'elle serait peut-être devenue si leur situation financière avait été différente.

La situation financière… et d'autres choses.

— Je reviens tout de suite. Asseyez-vous, je vous en prie.

Même si son pantalon bien repassé risquait de se rebeller s'il faisait une tentative pour se poser sur l'une de leurs minables petites chaises.

Dans sa chambre, elle sortit son coffre de sous le lit. En le remontant, elle se sentait engourdie, complètement assommée par les aventures qui lui tombaient dessus comme des avions enflammés dégringolant du ciel. Seigneur, le fait qu'un avocat se soit présenté à sa porte à la recherche d'héritiers perdus lui paraissait… hum. Bref. Et elle n'allait pas entretenir de faux espoirs. Vu la manière dont les choses s'étaient déroulées ces derniers temps, cette « occasion en or » allait prendre la même direction que tout le reste.

Droit dans les chiottes.

De retour au rez-de-chaussée, elle déposa le coffre sur la table.

— Tout est là-dedans.

Quand elle s'assit, Saxton fit de même, posant sa mallette sur le sol défoncé et reportant son regard gris sur la boîte. Après avoir composé le code, elle souleva le lourd couvercle et sortit une large enveloppe couleur crème ainsi que trois rouleaux de parchemin d'où s'échappaient des rubans de satin.

— Voici le document d'incompétence, déclara-t-elle en ouvrant l'enveloppe et en sortant le papier.

Après que Saxton eut étudié la missive et hoché la tête, elle dévoila le certificat de lignée de son père, cet arbre généalogique illustré dans une belle encre noire. En bas, les rubans jaune, bleu pâle et rouge foncé étaient retenus par un sceau de cire noire portant les armes du père du père de son père.

Saxton prit sa mallette, l'ouvrit et en sortit des lunettes de bijoutier. Il les fit glisser sur son visage et examina ainsi chaque centimètre du parchemin.

— Ceci est authentique, déclara-t-il. Et les autres ?

— Celui de ma mère et le mien.

Elle déroula chaque document et il effectua la même inspection.

Quand il eut fini, il se redressa et ôta ses verres.

— Puis-je étudier de nouveau les papiers certifiant l'incompétence ?

Elle les lui passa et il se mit à lire, un froncement réduisant l'espace entre ses sourcils parfaitement arqués.

— Quelle est la situation médicale exacte de votre père, si ma question ne vous dérange pas ?

— Il souffre de schizophrénie. Il est très malade et requiert des soins permanents, pour être honnête.

Le regard de Saxton examina lentement la cuisine, relevant les taches sur le sol, le papier aluminium sur les fenêtres et l'électroménager vieux et à bout de souffle.

— Avez-vous un emploi ?

Ehlena se raidit.

— Je ne vois pas en quoi cela est pertinent.

— Désolé. Vous avez parfaitement raison. C'est simplement que… (Il rouvrit sa mallette et sortit un document relié d'une cinquantaine de pages et une feuille de calcul.) Une fois que j'aurai certifié que vous et votre père êtes les plus proches parents de Montrag – et, au vu de ces parchemins, c'est ce que je m'apprête à faire –, vous n'aurez plus jamais de soucis d'argent.

Il tourna les documents qui semblaient légaux vers elle et sortit un stylo en or de sa poche de veste.

— Votre revenu net est désormais considérable.

Du bout de son stylo, Saxton désigna le dernier nombre en bas à droite de la feuille.

Ehlena baissa les yeux et battit des paupières plusieurs fois.

Puis elle se pencha entièrement, jusqu'à ce que ses yeux ne soient plus qu'à dix centimètres du papier et… de ce nombre.

— Est-ce que… Combien de chiffres est-ce que je regarde ? chuchota-t-elle.

— Huit à gauche de la virgule.

— Et cela commence par un trois ?

— Oui. Il y a également un domaine, dans le Connecticut. Vous pourrez vous y installer quand vous le souhaiterez une fois que j'aurai fini les certificats, que je rédigerai intégralement pendant la journée et transmettrai immédiatement au roi pour obtenir son approbation. (Il recula.) Légalement, l'argent, les propriétés et les effets personnels, y compris les œuvres d'art, les antiquités et les voitures, appartiendront à votre père jusqu'à ce qu'il rejoigne l'Estompe. Mais avec les documents attestant de votre tutelle, vous serez responsable de l'ensemble à son profit. Je suppose que vous êtes son héritière dans son testament ?

— Euh… Pardon, quelle était votre question ?

Saxton sourit aimablement.

— Est-ce que votre père a un testament ? Êtes-vous sa légataire ?

— Non… non, il n'a pas de testament. Nous n'avons plus de biens.

— Avez-vous des frères et sœurs ?

— Non. Il n'y a que moi. Enfin, lui et moi depuis la mort de *mahmen*.

— Cela vous conviendrait-il que je rédige un testament pour lui en votre faveur ? Si votre père mourait dans l'intervalle, tout vous reviendrait quoi qu'il arrive, mais si nous avions ce document, cela faciliterait les choses pour le notaire que vous emploierez, parce que vous n'aurez pas besoin d'obtenir la signature du roi pour la transmission des biens.

— Ce serait… Attendez, vos services coûtent cher, non ? Je ne pense pas que nous puissions…

— Vous avez les moyens de me payer. (Il tapota de nouveau la feuille de calcul de son stylo.) Croyez-moi.

Au cours des longues heures sombres qui avaient suivi le début de sa cécité, Kolher était tombé dans l'escalier – devant tous ceux qui s'étaient réunis dans la salle à manger pour le Dernier Repas. Son petit numéro de peau de banane l'avait fait basculer cul par-dessus tête jusqu'au sol de mosaïque du vestibule.

Le seul moyen de rendre les choses encore plus désastreuses aurait été de saigner partout.

Oh… attendez.

Quand il mit la main dans ses cheveux pour les repousser, il sentit un liquide poisseux et sut que ce n'était pas de la bave.

— Kolher !

— Mon frère…

— Qu'est-ce que…

— Nom de…

Beth fut la première entre tous à le rejoindre, posant les mains sur ses épaules tandis que du sang tiède dégoulinait du nez de Kolher.

D'autres mains se tendirent vers lui dans l'obscurité, les mains de ses frères, les mains des *shellane* présentes, des mains douces, inquiètes, compatissantes.

D'un coup de poing furieux, il les repoussa et tenta de se relever. Sans le moindre sens de l'orientation pour se stabiliser, il finit avec une ranger sur la dernière marche, ce qui le jeta brusquement à terre. Saisissant la rampe, il parvint à remettre ses bottes d'aplomb et recula, ne sachant s'il se dirigeait vers la porte d'entrée, la salle de billard, la bibliothèque ou la salle à manger. Il était totalement perdu dans un espace qu'il connaissait parfaitement.

— C'est bon, aboya-t-il. Je vais bien.

Tout le monde se tut autour de lui, son ordre nullement amoindri par sa cécité, son autorité royale à toute épreuve même s'il ne voyait strictement rien…

Il se cogna le dos dans un mur et une applique en cristal au-dessus de sa tête tintinnabula sous le choc, le bruit délicat résonnant dans le silence.

Nom de… Dieu. Il ne pouvait pas continuer ainsi, à jouer les auto-tamponneuses, se cogner dans les objets, tomber. Mais ce n'était pas comme s'il avait voix au chapitre.

Depuis qu'il n'avait plus la lumière, il attendait que ses yeux se remettent à fonctionner. À mesure que le temps passait, que Havers ne proposait aucune réponse concrète, que Doc Jane était mystifiée, ce qu'il savait être la vérité dans son cœur commençait à faire son chemin jusqu'à son cerveau : l'obscurité dans laquelle il se retrouvait était la nouvelle terre qu'il foulait.

Ou sur laquelle il trébuchait, en l'occurrence.

Quand l'applique se stabilisa au-dessus de sa tête, chaque partie de son corps hurlait, et il se mit à prier que personne, pas même Beth, n'essaie de le toucher, de lui parler ou de lui dire que tout irait bien.

Plus rien n'irait bien. Il ne recouvrerait pas la vue, quoi que les médecins essaient de faire, quel que soit le nombre de fois où il se nourrirait et se reposerait, peu importait à quel point il ferait attention à lui. Bordel de merde, même avant que V. ne lui dévoile sa vision, Kolher l'avait senti venir : sa vue déclinait depuis des siècles, l'acuité s'estompait par degrés avec le temps. Et il avait ces migraines depuis des années, avec une gravité accrue au cours des douze derniers mois.

Il avait su que ce serait l'aboutissement. Toute sa vie, il l'avait su et avait passé outre, mais la réalité était bien présente.

— Kolher.

Mary, la *shellane* de Rhage, fut celle qui brisa le silence, sa voix égale et paisible, absolument pas contrariée ou nerveuse. Le contraste avec le chaos de son esprit le fit se tourner vers elle, même s'il était incapable de lui répondre parce qu'il n'avait plus de voix.

— Kolher, je veux que tu tendes la main gauche. Tu trouveras le chambranle de la bibliothèque. Déplace-toi dans cette direction et fais quatre pas en arrière pour entrer dans la pièce. Je vais parler avec toi, et Beth va venir avec moi.

Les mots étaient calmes et censés, comme une carte pour traverser une jungle épineuse, et il suivit les instructions avec tout le désespoir d'un voyageur perdu. Il tendit la main… et oui, il sentit le dessin irrégulier de la moulure encadrant la porte. Se déplaçant sur le côté, il utilisa ses deux mains pour trouver son chemin de l'autre côté de la porte, puis fit quatre pas en arrière.

Il entendit de légers bruits de pas. Deux démarches distinctes. Puis on ferma les portes de la bibliothèque.

Il sentait où se trouvaient les femelles d'après les sons imperceptibles de leur respiration, et aucune d'elles ne l'oppressait, ce qui était une bonne chose.

— Kolher, je pense qu'il nous faut effectuer des changements temporaires. (La voix de Mary venait de la droite.) Au cas où ta vue ne reviendrait pas prochainement.

Bien amené, se dit-il.

— Comme quoi ? marmonna-t-il.

Beth répondit, et il prit conscience que toutes deux en avaient à l'évidence déjà discuté.

— Une canne pour t'aider à garder l'équilibre, et du personnel pour que tu puisses te remettre au travail.

— Et peut-être de l'aide d'un genre différent, ajouta Mary.

Pendant qu'il s'imprégnait de leurs paroles, le battement de son cœur bourdonnait à ses oreilles, et il tenta de ne pas trop l'écouter. C'est ça, bonne chance. Quand il se couvrit de sueur froide, celle-ci coulant au-dessus de sa lèvre et sous ses aisselles, il ignorait si c'était à cause de la peur ou de l'effort pour s'empêcher de craquer devant elles.

Sans doute les deux. En fait, ne pas voir était problématique, mais ce qui le tuait véritablement était sa claustrophobie. Sans repères visuels, il était coincé dans l'espace restreint et surpeuplé sous sa peau, emprisonné dans son corps sans moyen d'en sortir – et il réagissait mal à ce genre de choses. Cela lui rappelait beaucoup trop le moment où il avait été enfermé dans un petit réduit par son père quand il était jeune… enfermé alors qu'il observait ses parents se faire assassiner par des éradiqueurs…

Le souvenir mordant lui affaiblit les genoux et il perdit l'équilibre, tanguant jusqu'à ce que ses bottes quittent le sol. Ce fut Beth qui le rattrapa et l'allongea sur un canapé.

Il tenta de respirer, lui serra fortement la main, et ce contact fut tout ce qui l'empêcha de se mettre à pleurer comme une demi-portion.

Le monde a disparu… le monde a disparu… le monde a…

— Kolher, dit Mary, si tu te remets au travail, cela t'aidera, et nous te faciliterons la tâche en attendant. Il existe des solutions pour rendre l'environnement plus sûr et t'aider à t'acclimater…

Il ne l'écoutait pas. Sa seule pensée était qu'il ne se battrait plus jamais, qu'il ne se déplacerait plus jamais facilement dans la maison, qu'il n'aurait jamais une vision même floue de ce qu'il avait dans son assiette, de qui partageait sa table ou de ce que Beth portait. Il ignorait comment se raser, choisir des vêtements dans son placard, trouver le shampooing ou le savon. Comment s'entraînerait-il ? Il serait incapable d'enfiler les poids, de démarrer le tapis de course, de… merde, lacer ses baskets…

— J'ai l'impression d'être mort, dit-il d'une voix étranglée. Si les choses doivent être ainsi… j'ai l'impression que la personne que j'étais… est morte.

La voix de Mary était juste en face de lui.

— Kolher, j'ai vu des gens traverser exactement ce contre quoi tu te débats. Mes patients autistes et leurs parents devaient apprendre à voir les choses sous un autre angle.

Mais ce n'était pas la fin. Ce n'était pas la mort, simplement une vie d'un genre différent.

Tandis que Mary parlait, Beth lui caressait l'intérieur de l'avant-bras, passant la main sur le tatouage représentant son lignage. Ce contact le fit penser à ses nombreux aïeux, mâles et femelles, dont le courage avait été éprouvé par des défis venus de l'intérieur et de l'extérieur.

Il fronça les sourcils, brusquement gêné de sa faiblesse. Si son père et sa mère avaient été en vie à cet instant, il aurait eu honte qu'ils le voient se comporter ainsi. Et Beth… sa bien-aimée, sa compagne, sa *shellane*, sa reine, n'aurait pas dû le voir ainsi non plus.

Kolher, fils de Kolher, ne devait pas plier sous le poids qu'il supportait. Il devait l'endosser. C'était ce que faisaient les membres de la Confrérie. C'était ce que faisait un roi. C'était ce que faisait un mâle de valeur. Il devait supporter son fardeau, s'élever au-dessus de la douleur et de la peur, se montrer fort non seulement pour ceux qu'il aimait mais aussi pour lui-même.

Au lieu de cela, il dégringolait l'escalier comme un ivrogne.

Il se racla la gorge. Et dut recommencer.

— Je dois… je dois parler à quelqu'un.

— D'accord, dit Beth. Nous pouvons t'amener qui tu…

— Non, j'irai moi-même. Si vous voulez bien m'excuser.

Il se leva et avança… dans la table basse. Ravalant un juron tout en se frottant le tibia, il demanda :

— Est-ce que vous pourriez me laisser ici ? S'il vous plaît.

— Puis-je… (La voix de Beth se brisa.) Puis-je te nettoyer le visage ?

Distraitement, il s'essuya la joue et sentit quelque chose d'humide. Du sang. Il saignait encore.

— C'est bon. Je vais bien.

Il y eut un bruit léger quand les deux femelles se dirigèrent vers la porte, puis le cliquetis du pêne quand l'une d'entre elles tourna la poignée.

— Je t'aime, Beth, dit précipitamment Kolher.

— Moi aussi.

— Tout… va bien se passer.

Un autre cliquetis, et la porte fut à nouveau fermée.

Kolher s'assit sur le sol là où il se trouvait parce qu'il ne se faisait pas assez confiance pour faire le tour de la bibliothèque afin de trouver un meilleur endroit. Quand il s'installa, le crépitement du feu lui donna une sorte de cadre de référence… et il découvrit qu'il arrivait à se représenter la pièce en esprit.

S'il tendait la main à droite… oui. Il effleura l'un des pieds lisses de la table à côté du canapé. Il remonta jusqu'au petit plateau et tâtonna la surface pour trouver… oui, les sous-verre que Fritz empilait là. Et un petit livre en cuir… ainsi qu'un pied de lampe.

C'était réconfortant. D'une manière un peu étrange, il avait eu l'impression que le monde avait disparu simplement parce qu'il ne le voyait pas. Mais, en réalité, tout était à sa place.

Fermant les yeux, il envoya une requête.

Il dut attendre longtemps avant d'obtenir une réponse, un long, très long moment avant qu'il soit enlevé et se retrouve debout sur un sol dur, près d'une fontaine qui bruissait doucement. Il s'était demandé s'il serait également aveugle ici, de l'autre côté, et c'était le cas. Néanmoins, comme pour l'agencement de la bibliothèque, il savait à quoi ressemblait l'endroit, même s'il ne le voyait pas. Plus loin à droite se trouvait un arbre plein d'oiseaux pépiants et, devant lui, derrière la fontaine d'où jaillissait une eau cristalline, était la loggia ornée de colonnes faisant partie des quartiers personnels de la Vierge scribe.

— Kolher, fils de Kolher.

Il n'entendit pas la mère de l'espèce approcher, mais elle se déplaçait en lévitant de sorte que ses robes noires ne touchaient jamais le sol sous elle.

— Dans quel but es-tu venu me voir ?

Elle savait parfaitement pourquoi il était là, et il ne jouait plus à son petit jeu.

— Je veux savoir si vous m'avez infligé cela.

Les oiseaux se turent, comme choqués de sa témérité.

— Fait quoi ?

Sa voix était la même que quand elle lui était apparue au Tombeau avec Viszs : distante et désintéressée. Ce qui était du genre à agacer un type quand il avait du mal à descendre son propre escalier.

— Ma vue, putain. Est-ce que vous me l'avez ôtée parce que je suis allé me battre ? (Il arracha ses lunettes de soleil et les jeta sur le sol lisse.) Est-ce que vous m'avez fait ça ?

Autrefois, elle l'aurait fouetté jusqu'au sang pour une telle insubordination et, alors qu'il attendait sa punition, il se mit presque à espérer qu'elle lui botte les fesses d'un éclair.

Mais il n'y eut pas de châtiment.

— Ce qui devait être devait être. Que tu sois allé te battre n'a rien à voir avec la perte de ta vue, pas plus que moi. À présent, retourne dans ton monde et laisse-moi dans le mien.

Il savait qu'elle s'était détournée parce que sa voix s'estompait à mesure qu'elle s'éloignait dans la direction opposée.

Kolher fronça les sourcils. Il était venu en espérant une bagarre, et il en voulait toujours une. Au lieu de cela ? Il n'avait aucun mobile pour l'engager, pas même son irrespect volontaire.

Le changement de référentiel était si radical que, l'espace d'un instant, il oublia tout ce qui concernait sa cécité.

— C'est quoi votre problème ?

Il n'obtint pas de réponse et entendit juste une porte que l'on refermait doucement.

En l'absence de la Vierge scribe, les oiseaux demeuraient silencieux, seul le murmure délicat de l'eau qui coulait le reliait à la réalité. Jusqu'à ce que quelqu'un d'autre s'approche.

D'instinct, il se tourna vers le bruit de pas et se mit en position de combat, surpris de découvrir qu'il n'était pas aussi sans défense qu'il l'avait cru. Sa vue hors d'usage, son ouïe complétait l'image qui n'était plus créée par ses yeux; il savait qu'une personne était là d'après le froissement de sa robe, un étrange « clic, clic, clic » et... merde, il entendait même son pouls.

Fort. Régulier.

Qu'est-ce qu'un mâle fabriquait ici ?

— Kolher, fils de Kolher.

Ce n'était pas une voix de mâle, mais celle d'une femelle. Et pourtant, l'impression qu'il en avait était masculine. Ou peut-être était-elle simplement puissante ?

— Qui es-tu ? demanda-t-il.

— Souffhrance.

— Qui ?

— On s'en fiche. Dis-moi : est-ce que tu as l'intention de faire quelque chose de ces poings ? Ou est-ce que tu vas rester planté là ?

Il baissa les bras immédiatement, étant donné qu'il était parfaitement incorrect de lever la main sur une femelle.

L'uppercut l'atteignit à la mâchoire si fort qu'il lui fit tourner la tête et les épaules. Abasourdi, plus de surprise que de douleur, il lutta pour recouvrer l'équilibre. À la seconde même, il entendit un sifflement et fut touché de nouveau, le coup le cueillant juste sous la mâchoire et projetant son crâne en arrière.

Mais ce furent les deux seuls coups précis qu'elle lui assena. Son instinct défensif et ses années d'entraînement entrèrent en jeu alors même qu'il ne voyait rien, son ouïe fonctionnant à la place de ses yeux, lui disant où se trouvaient les bras et les jambes. Il s'empara d'un poignet étonnamment fin et fit pivoter la femelle…

Elle lui cogna le tibia avec son talon, et la douleur remonta en flèche dans sa jambe, ce qui le mit en rogne, quand quelque chose ressemblant à une corde passa devant son visage. Il s'en saisit et se prit à espérer qu'il s'agissait d'une tresse reliée à une…

Tirant fermement, il sentit le corps de la femelle se tordre vers l'arrière. Oui, la tresse était reliée à sa tête. Parfait.

La déséquilibrer fut facile, mais bon sang, c'était une coriace ! Soutenant son poids sur une jambe, elle parvint à sauter et tourner, lui heurtant l'épaule de son genou.

Il l'entendit atterrir et se redresser, mais il lui empoignait toujours les cheveux, tenant les rênes. Elle ressemblait à de l'eau, pourtant, toujours fluide, toujours en mouvement, le frappant tant et plus jusqu'à ce qu'il soit forcé de la malmener pour la mettre à terre et l'y maintenir.

C'était un moment où la force brute l'emportait sur la grâce.

Haletant, il regarda le visage qu'il ne voyait pas.

— C'est quoi ton problème, putain ?

— Je m'ennuie.

Sur ce, elle lui donna un coup de tête en plein dans le nez.

La douleur lui donna l'impression d'être sur un manège, et il relâcha brièvement sa prise. C'était tout ce dont elle avait besoin pour se libérer une nouvelle fois. Désormais, c'était lui qui se retrouvait par terre, à plat ventre : elle avait passé l'avant-bras autour de sa gorge et le tirait si fort en arrière qu'elle avait dû s'agripper à son propre poignet pour avoir plus d'appui.

Kolher lutta pour faire parvenir l'air dans ses poumons. Nom de Dieu, elle allait le tuer si elle continuait ainsi. Elle était déjà en train de le tuer.

La réponse lui parvint du plus profond de lui-même, de ses os, des doubles hélices de son ADN. Il n'allait pas mourir là, à cet instant. Certainement pas, putain. Il était un survivant. Il était un guerrier. Et qui que soit cette pétasse, elle n'allait pas lui tendre un ticket pour l'Estompe.

Kolher poussa un cri de guerre malgré la barre d'acier qui enserrait son cou, et se déplaça si vite qu'il n'avait plus conscience de ce qu'il faisait. Tout ce dont il se rendit compte, une fraction de seconde plus tard, c'était que la femelle était face contre le marbre, les deux bras tordus dans son dos.

Sans la moindre raison, il repensa à cette nuit, quelque temps auparavant, où il avait déboîté les bras de cet éradiqueur dans la ruelle, avant de tuer cet enfoiré.

Il allait lui infliger exactement la même chose…

Le rire surgissant au-dessous de lui l'arrêta. La femelle… riait. Et pas comme quelqu'un qui aurait perdu l'esprit. Elle passait véritablement un bon moment, même si elle devait être sur le point de s'évanouir à cause de la douleur qu'il lui infligeait.

Kolher relâcha à peine sa prise.

— Tu es complètement tarée, tu le sais, ça?

Son corps musclé trembla sous le sien tandis qu'elle continuait à rire.

— Je sais.

— Si je te lâche, est-ce qu'on va recommencer?

— Peut-être. Peut-être pas.

Bizarre, mais il appréciait cette indécision et, au bout d'un moment, il la lâcha comme il l'aurait fait avec un étalon de mauvaise humeur: d'un coup et en s'écartant brusquement de son chemin. Quand il se remit d'aplomb, il s'attendait à ce qu'elle revienne à la charge, et l'espérait plus ou moins.

La femelle demeura à sa place, sur le sol de marbre, et il entendit de nouveau le cliquetis.

— Qu'est-ce que c'est ? demanda-t-il.

— J'ai l'habitude de passer l'ongle de mon annulaire sous celui de mon pouce.

— Oh. Génial.

— Eh, est-ce que tu vas revenir ici prochainement ?

— Je ne sais pas. Pourquoi ?

— Parce que je ne me suis pas autant amusée depuis… longtemps.

— Qui es-tu, déjà ? Et pourquoi ne t'ai-je jamais vue ici auparavant ?

— Disons qu'Elle n'a jamais su que faire de moi.

Vu le ton de la femelle, l'identité de « Elle » était évidente.

— Eh bien, Souffhrance, je peux revenir pour qu'on remette ça.

— Bien. Fais vite. (Il l'entendit se relever.) Au fait, tes lunettes se trouvent juste à côté de ton pied gauche.

Il y eut un froissement de tissu et le bruit d'une porte que l'on refermait doucement.

Kolher ramassa ses lunettes de soleil, puis laissa ses jambes faire une pause, s'asseyant sur le marbre. Bizarrement, il appréciait la douleur dans sa jambe, la sensation de brûlure de son épaule et les vifs élancements de chacun de ses bleus. Tout cela était familier, faisait partie de son histoire et de son présent, et c'était ce dont il aurait besoin dans cet avenir étranger et effroyablement sombre.

Son corps lui appartenait toujours, de même qu'il fonctionnait toujours. Il était en mesure de se battre et peut-être, avec de l'entraînement, pourrait-il retourner parmi les siens.

Il n'était pas mort.

Il était encore en vie. Oui, il ne voyait pas, mais il pouvait encore toucher sa *shellane* et lui faire l'amour. Et il pouvait encore penser, marcher, parler, entendre. Ses bras et jambes fonctionnaient à merveille, de même que ses poumons et son cœur.

L'adaptation ne serait pas facile. Un seul combat époustouflant n'effacerait pas des mois et des mois d'apprentissage gêné, de frustrations, de colères et de faux pas.

Mais il avait une perspective. Contrairement au nez ensanglanté qu'il avait obtenu en tombant dans l'escalier, celui qu'il arborait désormais ne ressemblait pas au symbole de ce qu'il avait perdu. Il représentait plutôt tout ce qui était à venir.

Quand Kolher reprit forme dans la bibliothèque de la demeure de la Confrérie, il souriait et, en se redressant, se mit à glousser quand l'une de ses jambes hurla de douleur.

En se concentrant, il boita de deux pas vers la gauche et… trouva le canapé. Il avança de dix pas et… trouva la porte. Il ouvrit la porte, fit quinze pas droit devant lui et… trouva la balustrade du grand escalier.

Il entendait qu'on dînait dans la salle à manger, le léger tintement de l'argenterie sur la porcelaine emplissant le vide là où d'ordinaire on entendait les bavardages. Et il sentait… oh, oui, de l'agneau. Excellent.

Se déplaçant de trente-cinq pas prudents vers la gauche, il se mit à rire, surtout quand il s'essuya le visage et que le sang recouvrit sa paume.

Il sut précisément quand ils l'aperçurent tous. Les fourchettes et les couteaux tombèrent sur les assiettes, les chaises raclèrent en reculant, et l'air fut empli de jurons.

Kolher se contenta de rire.

— Où est ma Beth chérie ?

— Oh, Seigneur, dit-elle en s'approchant de lui. Kolher… que s'est-il passé… ?

— Fritz, s'exclama-t-il tout en attirant sa reine contre lui. Vous pourriez me servir une assiette ? J'ai faim. Et apportez-moi une serviette, que je m'essuie. (Il serra Beth.) Emmène-moi à mon siège, mon amour, veux-tu ?

Le silence impressionnant résonnait littéralement de la question : « Oh, putain, qu'est-ce qui se passe ? »

Ce fut Hollywood qui demanda :

— Qui s'est servi de ton visage comme d'un ballon de foot ?

Kolher se contenta de hausser les épaules et frotta le dos de sa *shellane*.

— J'ai un nouvel ami.

— Tu parles d'un ami.

— Une amie.

— Une ?

L'estomac de Kolher laissa échapper un grondement.

— Écoutez, puis-je participer au repas, oui ou merde ?

Tout le monde reprit ses esprits à l'idée de nourriture et on entendit toutes sortes de discussions et de mouvements, puis Beth le conduisit au bout de la pièce. Quand il s'assit, on lui déposa dans la main une serviette humide, et une odeur céleste de romarin et d'agneau apparut devant lui.

— Pour l'amour de Dieu, asseyez-vous, leur dit-il en s'essuyant le visage et le cou.

Quand il entendit les grincements de chaises qu'on tirait, il trouva son couteau et sa fourchette et chercha à tâtons dans son assiette, identifiant l'agneau, les pommes de terre nouvelles et… les petits pois. Ouais, les boules étaient des petits pois.

L'agneau était délicieux. Exactement comme il l'aimait.

— T'es sûr que c'était une amie ? demanda Rhage.

— Oui, répondit-il en pressant la main de Beth. J'en suis sûr.

Chapitre 58

Vingt-quatre heures à Manhattan suffisaient à faire du fils du mal lui-même un mâle neuf.
Au volant de sa Mercedes, le coffre et la banquette arrière remplis de sacs Gucci, Louis Vuitton, Armani et Hermès, Flhéau était comme un coq en pâte. Il avait dormi dans une suite au Waldorf, baisé trois femmes – dont deux en même temps – et mangé comme un roi.

Quand il quitta l'autoroute du Nord par la sortie qui permettait de rejoindre la colonie *symphathe*, il regarda l'heure sur sa montre Cartier toute neuve et rutilante, achetée en remplacement de cette fausse Jacob & Co., clinquante, qui avait été totalement indigne de lui.

Ce que lui montrait la petite aiguille n'était pas trop mal, mais la date posait un problème : il allait avoir de sacrées emmerdes avec le roi *symphathe*, mais il s'en foutait complètement. Pour la première fois depuis sa transformation par l'Oméga, il se sentait lui-même. Il portait un pantalon en laine de chez Marc Jacobs, une chemise Louis Vuitton en soie, un gilet en cachemire Hermès et des mocassins Dunhill. Il s'était vidé les couilles, avait l'estomac encore rempli par le dîner qu'il avait mangé au *Cirque*, et savait qu'il retournerait dans la Grosse Pomme et recommencerait en un clin d'œil.

À condition que ses hommes restent en piste.

Au moins, les choses semblaient se dérouler sans accroc de ce côté-là. M. D avait appelé environ une heure plus tôt et lui avait appris que le produit s'écoulait toujours aussi vite.

Ce qui était à la fois une bonne et une mauvaise nouvelle. Ils avaient plus de fric, mais leur réserve de marchandise s'amenuisait rapidement.

Néanmoins, les éradiqueurs avaient l'habitude d'user de persuasion, raison pour laquelle ils n'avaient pas éliminé le dernier type qui avait souhaité les rencontrer pour effectuer un achat de gros, mais le tenaient sous leur coupe.

M. D et les autres allaient le prendre en main.

Cela poussa Flhéau à repenser à son séjour en ville.

La guerre contre les vampires aurait toujours lieu à Caldwell, à moins que les frères choisissent de partir. Mais Manhattan était l'une des capitales mondiales de la drogue, et New York était près, très près. À peine une heure de voiture.

Bien entendu, son petit voyage dans le Sud ne s'était pas limité à une question de shopping sur la 5e Avenue. Il avait passé l'essentiel de la nuit à aller de club en club, évaluant le terrain, cherchant à déterminer qui allait où – parce que cela lui apprenait ce que les gens achetaient. Les teufeurs aimaient l'ecstasy. Les nouveaux riches prenaient de la coke et de l'ecsta. Les étudiants préféraient l'herbe et les champi, mais on pouvait aussi leur proposer de la morphine et de la méthadone. Les goths et les émos avaient un faible pour l'ecstasy et les lames de rasoir. Et les junkies qui traînaient dans toutes les ruelles autour des clubs appréciaient le crack, les amphètes et l'héroïne.

S'il parvenait à s'établir d'abord à Caldwell, il pourrait ensuite faire de même à Manhattan avec de meilleurs retours sur investissement. Et il n'avait aucune raison de ne pas voir les choses en grand.

Tournant dans l'allée boueuse qu'il avait déjà empruntée, il mit la main sous son siège et sortit un calibre .40 SIG tout neuf qu'il avait acheté la nuit précédente en ville.

Il n'avait pas de raison d'enfiler une tenue de combat. Un bon assassin n'avait pas besoin de transpirer pour faire son boulot.

La ferme blanche se trouvait toujours au milieu du paysage enneigé, une parfaite ébauche de carte de Noël humaine. Dans la nuit qui s'attardait, de la fumée pâle s'échappait de l'une des cheminées, la vapeur blanchâtre amplifiant la douce lumière de la lune, créant des ombres qui se déplaçaient sur le toit. De l'autre côté des fenêtres, la lueur dorée des bougies dansait comme si une légère brise traversait les pièces. Ou peut-être s'agissait-il seulement de ces satanées araignées.

Merde, malgré son apparence chaleureuse de doux foyer, l'endroit était véritablement ceinturé d'effroi.

Quand il gara la Mercedes près du panneau de l'ordre monastique et sortit, la neige pelucha le dessus de ses Dunhill toutes neuves. Il les secoua en jurant et se demanda pourquoi diable ces putains de *symphathes* n'avaient pas été mis en quarantaine à Miami.

Mais non, les mangeurs de péchés avaient été largués à un cheveu du Canada.

Enfin, personne ne les aimait, donc c'était logique.

La porte de la ferme s'ouvrit et le roi apparut, sa robe blanche flottant autour de lui, ses yeux rouges et luisants bizarrement superbes.

— Vous êtes en retard. De plusieurs jours.

— On s'en fout, vos bougies tiennent le coup.

— Mon temps aurait-il moins de valeur que de la cire perdue ?

— Je n'ai pas dit ça.

— Mais vos actes parlent pour vous.

Flhéau grimpa les marches le pistolet à la main, résistant à l'envie de vérifier que sa braguette était bien fermée tandis que le roi scrutait chacun de ses mouvements. Et pourtant, quand il se retrouva nez à nez avec ce type, le courant fit de nouveau des étincelles entre eux, claquant dans l'air froid.

Bordel de merde. Il ne mangeait pas de ce pain-là. Vraiment pas.

— Bon, on s'occupe de nos affaires ? marmonna Flhéau, plongeant dans les yeux rouge sang tout en luttant contre son attirance.

Le roi sourit et leva sa main à quatre phalanges sur les diamants de sa gorge.

— Oui, je pense que nous le devrions. Venez par là, et je vous mènerai à votre cible. Il est au lit…

— Je croyais que tu ne portais que du rouge, Princesse. Et qu'est-ce que tu fous là, Flhéau ?

Alors que le roi se raidissait, Flhéau pivota sur lui-même, devancé par son arme. Remontant la pelouse… avançait un mâle massif au regard améthyste étincelant, arborant une crête tellement familière qu'on ne pouvait pas la manquer : Vhengeance, fils de Rempoon.

Ce salopard n'était pas du tout surpris de se trouver sur un territoire *symphathe*. Au contraire, il paraissait chez lui. Et de méchante humeur.

Princesse ?

Un rapide coup d'œil par-dessus son épaule montra à Flhéau… rien qu'il n'ait déjà vu auparavant. Un type mince, une robe blanche, des cheveux remontés comme… ceux d'une fille, en fait.

Dans ces circonstances, il aurait été agréable d'être défoncé. Mieux valait avoir envie de baiser une femelle menteuse qu'affronter le fait qu'il était un… ouais, inutile d'aller par là, même en pensée.

Tournant la tête, Flhéau sut que cette interruption étrange était parfaitement minutée. Dégager Vhen du milieu de la drogue libérerait beaucoup d'espaces commerciaux dans Caldwell.

Au moment où son index appuyait sur la détente, le roi se précipita et s'empara du canon.

— Pas lui ! Pas lui !

Quand la détonation retentit dans la nuit et que la balle finit sa trajectoire dans un tronc, Vhengeance regarda Flhéau et la Princesse se battre pour avoir le contrôle de l'arme. À cet instant, il se foutait complètement de savoir lequel des deux allait gagner, si lui ou quelqu'un d'autre allait se faire descendre en cours de route, ou pourquoi diable un gamin qui s'était fait tuer était encore bien vivant. Sa vie s'achevait là où elle avait été conçue, dans cette colonie. Qu'il meure ce soir, demain matin ou dans un siècle, qu'il soit tué par la Princesse ou Flhéau, l'issue était inéluctable, donc les détails n'importaient pas.

À moins que cette attitude d'abandon et de laisser-aller soit un état d'esprit ? Après tout, il était un mâle lié sans compagne, donc métaphoriquement il avait fait sa valise, quitté sa chambre d'hôtel mortelle et se trouvait dans l'ascenseur qui le mènerait à l'accueil de l'enfer.

En tout cas, c'était ainsi que son côté vampire pensait. L'autre moitié de sa lignée lui criait de se réveiller : une action à la conséquence mortelle représentait toujours une motivation pour son côté néfaste, et il ne fut pas surpris quand sa nature *symphathe* repoussa le reste de la dopamine qu'il s'était injectée. En un éclair, sa vision perdit le spectre multicolore et s'aplatit, la robe de la Princesse virant au rouge, les diamants de sa gorge saignant comme des rubis. Visiblement, elle s'habillait en blanc, mais comme il ne l'avait jamais vue autrement qu'à travers ses yeux de mangeur de péchés, il avait supposé qu'elle portait les couleurs de la veine.

Comme s'il s'intéressait à sa garde-robe…

Son côté malfaisant libéré, Vhen ne put s'empêcher d'entrer dans la danse. Tandis que les sensations submergeaient son corps, tirant ses bras et ses jambes de sa carapace d'engourdissement, il bondit sur le porche. La haine le brûla de l'intérieur, et même s'il n'avait aucun intérêt à se ranger du côté de Flhéau, il voulait que la Princesse se fasse baiser, et bien.

Passant derrière elle, il l'attrapa par la taille et la jeta sur le sol. Ce qui donna à Flhéau une ouverture pour dégager le pistolet et l'écarter.

Le petit merdeux s'était transformé en un grand mâle. Mais ce n'était pas le seul changement. Il empestait le mal douceâtre, celui qui animait les éradiqueurs. Visiblement, il avait été ramené d'entre les morts par l'Oméga, mais pourquoi ? Comment ?

Vhen se fichait pas mal de ces questions. Mais presser la cage thoracique de la Princesse si fort qu'elle luttait pour respirer l'égayait. Alors qu'elle lui enfonçait ses ongles dans les avant-bras au travers de sa chemise en soie, il était persuadé qu'elle aurait plongé les dents en lui si elle avait pu, mais il n'allait pas lui donner cette chance. Il serrait à mort son chignon, gardant sa tête sous contrôle.

— Tu fais un remarquable bouclier, salope, lui dit-il à l'oreille.

Tandis qu'elle essayait de parler, Flhéau rajusta ses vêtements qui avaient l'air neufs tout en pointant le SIG sur la tête de Vhen.

— Content de te revoir, Révérend. J'allais venir te chercher, et tu viens juste de m'épargner le déplacement. Mais je dois dire que te voir te cacher derrière cette femelle, ce mâle, ce truc… ne rend pas justice à ta réputation de grand méchant.

— C'est pas un mec, et si ça ne me foutait pas dans une rogne terrible, je déchirerais le devant de sa robe pour le prouver. Et mets-moi au courant des dernières infos, d'accord ? La dernière fois que j'ai entendu parler de toi, tu étais mort.

— Pas longtemps, on dirait. (Le type sourit, dévoilant de longs crocs blancs.) C'est vraiment une femelle, hein ?

La Princesse se débattit, et Vhen la contint en lui détachant presque la tête de la colonne vertébrale. Quand elle se mit à haleter et grogner, il répondit :

— Oui, en effet. Tu ignorais que les *symphathes* sont quasiment hermaphrodites ?

— Tu ne peux pas savoir à quel point je suis soulagé qu'elle ait menti.

— Vous formez un couple diabolique.

— Je pense la même chose. À présent, si tu laissais partir ma copine ?

— Ta copine ? Tu vas un peu vite en besogne, non ? Et je m'abstiendrai de suivre ton programme et de la relâcher. J'aime bien l'idée que tu nous butes tous les deux.

Flhéau fronça les sourcils.

— Je croyais que tu étais un battant. Je suppose que tu es une mauviette. J'aurais dû me rendre à ton club et te descendre là-bas.

— En fait, depuis environ dix minutes, je suis déjà mort. Donc je m'en fous. Même si je suis curieux de savoir pourquoi tu veux me tuer.

— Pour tes relations, et pas les amicales.

Vhen arqua les sourcils. C'était Flhéau qui assassinait les dealers ? Pourquoi diable ? Ou alors… l'enfoiré avait tenté de vendre de la drogue sur le territoire du *Zero Sum* l'année précédente et s'était fait jeter dehors pour cela. À l'évidence, à présent qu'il avait rejoint l'Oméga, il ressuscitait ses vieilles habitudes lucratives.

Avec une parfaite logique rétrospective, tout se mit en place. Les parents de Flhéau avaient été les premiers à être assassinés l'été précédent au cours des attaques d'éradiqueurs. Tandis que les familles étaient retrouvées mortes les unes après les autres dans leurs demeures supposément secrètes et protégées, le Conseil, la Confrérie et les civils s'étaient demandé comment la Société avait découvert d'un seul coup toutes ces adresses.

C'était simple : Flhéau avait été changé par l'Oméga et avait mené l'assaut.

Vhen resserra sa prise sur la cage thoracique de la Princesse au moment où ses derniers lambeaux d'engourdissement disparaissaient.

— Donc tu essaies de t'insinuer dans mes affaires, hein ? C'est toi qui descendais tous les revendeurs.

— En l'occurrence, je n'ai fait que me frayer un chemin dans la chaîne alimentaire. Et comme tu reposes à six pieds sous terre, je suis au sommet, du moins à Caldwell. Alors lâche-la, que je te colle une balle dans la tête et que nous puissions avancer…

Une vague de terreur se déversa sur le porche, ondulant sur Vhen, la Princesse et Flhéau.

Vhen bougea les yeux et se figea : tiens, tiens, tiens, ça alors ! Les choses allaient être bien plus rapides qu'il n'avait cru.

Remontant la pelouse enneigée dans des robes rouge rubis, sept *symphathes* s'avançaient, disposés en flèche. Au centre du groupe, marchant avec une canne et portant une coiffe de rubis et de pointes noires, se trouvait un mâle tout tordu.

L'oncle de Vhen. Le roi.

Il paraissait beaucoup plus vieux, mais qu'importaient son âge et sa faiblesse, son âme était aussi noire et puissante qu'autrefois, faisant frissonner Vhen et cesser la Princesse de se débattre. Même Flhéau eut le bon sens de reculer.

La garde personnelle s'arrêta au pied des marches du porche, leurs robes soulevées par le vent froid que Vhen sentait désormais sur son propre visage.

Le roi parla d'une voix faible, ses « s » nasillards et interminables.

— Bienvenue chez toi, mon très cher neveu. Et toutes mes salutations, visiteur.

Vhen dévisagea son oncle. Il n'avait pas vu le mâle depuis… mon Dieu, longtemps. Très longtemps. L'enterrement de son père. Visiblement, les années n'avaient pas été tendres mais plutôt impitoyables envers le roi, et cela fit sourire Vhen quand il pensa que la Princesse devait coucher avec ce corps déformé à la peau flasque.

— Bonsoir, mon oncle, répondit Vhen. Voici Flhéau, au fait. Au cas où vous l'ignoreriez.

— Nous n'avons pas été présentés correctement, non, même si je connais la raison de sa présence sur mes terres. (Le roi posa son regard rouge et humide sur la Princesse.) Ma chère enfant, croyais-tu que je n'avais pas conscience de tes rencontres régulières avec Vhengeance ? Et crois-tu que j'ignorais tes manigances plus récentes ? Je crains d'avoir été entiché de toi, et donc satisfait d'autoriser tes rendez-vous galants avec ton frère…

— Demi-frère, interrompit vivement Vhen.

— … néanmoins, cette trahison avec l'éradiqueur, je ne peux l'admettre. En vérité, je ne suis pas peu impressionné par ton ingéniosité, étant donné que j'ai révoqué le legs de mon trône à ta personne. Mais je ne suis plus ému par mon ancienne adoration. Tu m'as sous-estimé et, pour cet irrespect, j'infligerai une punition digne de tes désirs et tes envies.

Le roi hocha la tête et, d'instinct, Vhen se retourna. Trop tard. Un *symphathe*, une épée levée à la main, se trouvait juste derrière lui, son bras déjà à mi-chemin… et même s'il ne pointait pas la lame, ce n'était qu'un moindre mal marginal, puisque la garde de l'objet le frappa juste sur le dessus du crâne.

L'impact fut la seconde explosion de la nuit et, contrairement à la première, cette fois-ci il ne tenait plus debout quand la lumière et le bruit s'estompèrent.

Chapitre 59

Ehlena était encore éveillée à 10 heures du matin. Coincée à l'intérieur par la lumière du jour, elle faisait les cent pas dans sa chambre, les bras serrés autour d'elle, ses chaussettes assez peu efficaces pour lui tenir les pieds au chaud.

Mais elle était tellement gelée au plus profond d'elle-même qu'elle aurait pu s'enfermer dans un four et avoir froid. Le choc semblait avoir remis sa température interne à zéro, la faisant passer de normale à glaciale.

Au bout du couloir, son père dormait profondément et, de temps à autre, elle jetait un coup d'œil dans sa chambre pour vérifier que tout allait bien. Une partie d'elle-même souhaitait qu'il se réveille, parce qu'elle voulait l'interroger au sujet de Rehm, de Montrag, de leurs lignées, de…

Sauf qu'il valait mieux le laisser en dehors de tout cela. Le rendre nerveux à cause d'un événement qui pouvait très bien ne pas aboutir était la dernière chose dont ils avaient besoin. Bien sûr, elle avait cherché dans le manuscrit et découvert ces noms, mais ils n'étaient évoqués qu'une seule fois parmi beaucoup d'autres parents. En outre, les souvenirs de son père ne pouvaient servir de documentation. Contrairement à ce que prouverait Saxton.

Dieu seul sait ce qui allait sortir de tout cela.

Ehlena s'arrêta au milieu de sa chambre, brusquement trop fatiguée pour continuer à déambuler constamment. Mais ce ne fut pas une bonne idée. Dès qu'elle cessa de marcher, son esprit s'orienta sur Vhen, aussi recommença-t-elle à tourner en rond les pieds gelés. Mince, elle n'aurait souhaité la mort de personne, mais elle était presque heureuse que Montrag soit décédé, créant une sacrée distraction avec toute cette histoire de testament. Sans cela, elle serait en train de perdre la tête, elle en était persuadée.

Vhen…

Elle traîna son corps fatigué à l'extrémité du lit et baissa les yeux. Posé sur la couverture, paisible et calme comme son père dans son sommeil, se trouvait le manuscrit qu'il avait rédigé. Elle pensa à tout ce qu'il avait couché sur ces pages, comprenant désormais parfaitement ce qu'il ressentait. On l'avait dupé et trahi tout comme elle, induit en erreur par des apparences d'honnêteté et de sérieux, parce que lui-même était incapable de se conduire avec autant de préméditation et de cruauté envers les autres. Tout comme elle. Pourrait-elle jamais faire de nouveau confiance à sa capacité à comprendre les gens ?

La paranoïa lui retournait la tête et le ventre. Où étaient les vérités au milieu des mensonges de Vhen ? Y en avait-il seulement eu ? Tandis que des images de lui défilaient sous ses yeux, elle examina ses souvenirs, se demandant où se situait la frontière entre réalité et fiction. Il fallait qu'elle en sache plus… Mais le seul qui aurait pu remplir les blancs était un type qu'elle n'approcherait jamais plus.

Examinant un avenir plein de questions incessantes et sans réponse, elle leva ses mains tremblantes à son visage et tira ses cheveux en arrière. Serrant fortement, elle les tira comme pour s'arracher de la tête toutes ces pensées tourbillonnantes et folles.

Seigneur, et si la trahison de Vhen était l'équivalent de ce que la ruine financière avait été pour son père ? L'événement qui la ferait basculer dans la folie ?

Et c'était la seconde fois qu'un mâle la couvrait de honte. Son fiancé aussi avait agi ainsi, la seule différence étant qu'il avait menti à tout le monde sauf à elle.

On aurait pu croire qu'elle avait appris la leçon sur la confiance grâce à cette première expérience. Mais, visiblement, ce n'était pas le cas.

Ehlena cessa de marcher, attendant... diable, elle ignorait quoi, que sa tête explose ou un truc du genre.

Mais non. Et le désherbage cognitif qu'elle avait tenté en se tirant les cheveux n'avait pas eu plus de succès. Tout ce que cela lui donnait, c'était une migraine et une coiffure à la Vin Diesel.

Se détournant du lit, elle aperçut son ordinateur portable.

Avec un juron, elle traversa l'espace réduit et s'assit devant le Dell. Lâchant ses cheveux, elle posa le doigt sur la souris et fit disparaître l'écran de veille.

Internet Explorer.

Favoris : www.CaldwellCourierJournal.com.

Elle avait besoin d'une bonne dose de réalité, de concret. Vhen appartenait au passé, et l'avenir n'avait rien à voir avec un avocat habile aux idées brillantes. En ce moment même, elle ne pouvait se fier qu'à sa recherche d'emploi : si Saxton et ses documents passaient à la trappe, son père et elle seraient à la rue dans moins d'un mois si elle ne trouvait pas de travail.

C'était ça la réalité, rien ne pourrait l'empêcher.

Pendant que le site du *CCJ* chargeait, elle se dit qu'elle n'était pas son père, et que Vhen était un mâle avec lequel elle avait eu une liaison pendant, quoi... quelques jours ? Oui, il lui avait menti. Mais c'était un joueur super sexy aux vêtements voyants et, en y repensant, elle n'aurait pas dû lui faire confiance dès le départ. Surtout vu son expérience des mâles.

C'était sa faute à lui, son erreur à elle. Et même si le fait de découvrir qu'elle s'était laissé séduire par stupidité ne lui donnait pas envie de jouer les pom-pom girls, l'idée qu'il existait une logique interne, l'aidait à se sentir un peu moins folle…

Ehlena fronça les sourcils et se pencha pour regarder l'écran. Sur la page d'accueil du site s'étalait la photo d'un bâtiment ravagé par une bombe. Le titre indiquait : « Une explosion détruit un club ». En plus petit en dessous, on lisait : « Le *Zero Sum* est-il la dernière victime de la guerre des drogues ? »

Elle lut l'article d'une traite : les autorités menaient l'enquête. On ignorait si quelqu'un se trouvait dans le club au moment de l'explosion. On suspectait de multiples détonations.

Un encadré sur le côté détaillait le nombre de dealers suspectés qu'on avait trouvés morts un peu partout dans Caldwell au cours de la semaine passée. Quatre assassinats, tous l'œuvre d'un professionnel. La police examinait chacun de ces meurtres, et parmi les suspects se trouvait le propriétaire du *Zero Sum*, un certain Richard Reynolds, dit le Révérend, qui était apparemment porté disparu à l'heure actuelle. Il était noté que Reynolds était sur la liste de la brigade des stups de Caldwell depuis des années, même s'il n'avait jamais été formellement inculpé.

Le sous-entendu était évident : Vhen était la véritable cible de l'explosion parce qu'il tuait les autres.

Elle remonta jusqu'aux images du club dévasté. Personne ne survivait à cela. Personne. La police allait annoncer sa mort. Il leur faudrait peut-être une semaine ou deux, mais ils finiraient par découvrir un corps et déclarer qu'il s'agissait du sien.

Elle ne versa pas de larme, ne laissa échapper aucun sanglot. Elle était trop perdue pour cela. Elle resta assise en silence, s'entourant de ses bras, regardant fixement l'écran lumineux.

Une pensée s'imposa à elle, bizarre mais inéluctable : seule une chose aurait pu être pire que ce qu'elle avait affronté en entrant dans ce club pour apprendre la vérité au sujet de Vhen. Cette chose aurait été de lire cet article avant de se rendre en centre-ville.

Non qu'elle souhaitât la mort de Vhen, mon Dieu… non. Même après tout ce qu'il lui avait caché, elle ne voulait pas qu'il meure violemment. Mais elle l'aimait avant de découvrir ses mensonges.

Elle… l'aimait.

Son cœur avait vraiment appartenu à Vhen.

Des larmes emplissaient ses yeux et débordaient de ses paupières, rendant l'écran flou et indistinct, estompant les images du club détruit par l'explosion. Elle était tombée amoureuse de Vhengeance. C'était arrivé de manière soudaine et brutale, mais les sentiments s'étaient épanouis de la même manière.

Transpercée de douleur, elle se remémora son corps tiède dominant le sien, son odeur d'union, ses larges épaules tendues et solides quand ils avaient fait l'amour. Il était magnifique dans ces moments, un amant si généreux. Il avait sincèrement apprécié lui donner du plaisir…

Sauf que c'était ce qu'il avait voulu lui faire croire et, vu qu'il était un *symphathe*, il était doué pour la manipulation. Néanmoins, mon Dieu, elle ne put s'empêcher de se demander ce qu'il gagnait à sortir avec elle. Elle n'avait pas d'argent, pas de statut social, rien dont il pouvait tirer profit, et il ne lui avait jamais rien demandé, ne s'était jamais servi d'elle…

Ehlena s'empêcha de glisser dans une vision idyllique de leur relation. Il ne méritait pas son amour, et pas parce qu'il était un *symphathe*. Si étrange que cela paraisse, elle aurait vécu avec cette vérité – même si cela prouvait seulement qu'elle ne savait que très peu de chose sur les mangeurs de péchés.

Non, c'était le mensonge et le fait qu'il soit un dealer qui avaient tué ses sentiments.

Un dealer de drogue. Dans un flash, elle revit arriver ces patients en overdose à la clinique de Havers, ces jeunes vies mises en danger sans raison valable. Certains avaient été ranimés, mais pas tous, et une seule mort causée par ce que Vhen avait vendu était de trop.

Ehlena s'essuya les joues et se frotta les mains sur son pantalon. Elle ne pleurerait plus. Elle ne pouvait s'offrir le luxe d'être faible. Elle devait s'occuper de son père.

Elle passa la demi-heure suivante à répondre à des offres d'emploi.

Parfois l'obligation d'être fort suffisait à faire de vous ce que vous deviez être.

Quand ses yeux jetèrent enfin l'éponge et se mirent à loucher de fatigue, elle éteignit l'ordinateur et s'étendit sur son lit à côté du manuscrit de son père. Elle ferma les paupières, mais le sommeil la fuyait. Son corps la sommait peut-être de lâcher prise, mais son cerveau ne semblait pas d'humeur à suivre.

Allongée dans le noir, elle tenta de se calmer en se remémorant l'ancienne demeure dans laquelle elle avait vécu avec ses parents avant que tout ne change. Elle s'imagina traverser les pièces grandioses, contempler les magnifiques antiquités, s'arrêter pour sentir un bouquet de fleurs qu'on venait de couper dans le jardin.

Sa ruse fonctionna. Lentement, son esprit investit les lieux paisibles et élégants, ses pensées galopantes rétrogradant avant de freiner puis de s'arrêter dans son crâne.

Juste au moment où le repos s'emparait d'elle, une conviction étrange la frappa en pleine poitrine, la certitude envahissant tout son corps.

Vhengeance était en vie.

Vhengeance était en vie.

Se débattant contre l'assoupissement qui l'emportait, Ehlena lutta pour réfléchir de manière rationnelle, désireuse d'identifier le pourquoi et le comment de cette idée, mais le sommeil s'infiltra en elle, l'emmenant loin de tout.

Kolher était assis derrière son bureau, passant lentement les mains sur la surface. Téléphone, OK. Coupe-papier en forme de dague, OK. Papiers, OK. Encore des papiers, OK. Où était son…

Il y eut un petit choc, puis quelque chose se répandit. Voilà, le pot à crayons et les stylos.

Partout sur le bureau, OK.

Pendant qu'il ramassait ce qu'il avait renversé, il entendit Beth s'approcher pour l'aider, le bruit de ses pas étouffé par la moquette.

— Tout va bien, *leelane*, dit-il. Je les ai.

Il la sentit se pencher sur le bureau et fut heureux qu'elle n'intervienne pas. Si puéril que cela paraisse, il avait besoin de nettoyer lui-même son bazar.

Tâtonnant, il trouva le dernier stylo. Tout du moins le pensait-il.

— Il y en a par terre ? demanda-t-il.

— Un. À côté de ton pied gauche.

— Merci.

Il se pencha sous le bureau, palpa le sol autour de lui et referma le poing sur le corps lisse en forme de cigare de ce qui devait être un Montblanc.

— Il aurait été plus difficile à trouver.

En se redressant, il fit attention à repérer le rebord du bureau et à s'assurer que sa tête en était loin avant de s'asseoir. Ce qui était une amélioration comparé à ce qu'il avait fait plus tôt dans la journée. Bon, d'accord, il était baisé pour le pot à crayons, mais il s'améliorait à tout rétablir. Ce n'était pas parfait, mais il ne jurait pas et ne saignait pas.

Donc, comparées à sa situation quelques heures plus tôt en se rendant au Dernier Repas, les choses s'amélioraient.

Kolher termina sa démonstration manuelle sur le bureau, trouvant la lampe, qui se situait tout à gauche, ainsi que le sceau royal et la cire qu'il utilisait pour marquer les documents.

— Ne pleure pas, dit-il d'une voix douce.

Beth renifla légèrement.

— Comment le sais-tu ?

Il se tapota le nez.

— Je l'ai senti. (Il recula sa chaise et désigna ses genoux.) Viens t'asseoir ici. Laisse ton mâle te serrer dans ses bras.

Il entendit sa *shellane* contourner le bureau, l'odeur de ses larmes devenant plus forte à mesure qu'elle s'approchait de lui, ses pleurs redoublant d'intensité. Comme il le faisait toujours, il trouva sa taille, passa le bras autour d'elle et l'attira contre lui, le siège délicat grinçant tandis qu'il s'ajustait à ce poids supplémentaire. Avec un sourire, Kolher trouva les longs cheveux ondulés de Beth et les caressa.

— C'est tellement agréable de te tenir ainsi.

Beth frissonna et se pencha contre lui, et il en fut heureux. Contrairement aux moments où il devait se servir de ses mains en guise d'yeux ou pour ramasser quelque chose qu'il avait fait tomber, avec le corps tiède de Beth dans ses bras, il se sentait fort. Grand. Puissant.

Il avait besoin de tout cela en ce moment même et, vu la manière dont elle chancela contre sa poitrine, elle aussi.

— Sais-tu ce que je vais faire quand nous aurons fini la paperasse ? murmura-t-il.

— Quoi donc ?

— Je vais t'emmener au lit et t'y garder toute la journée. (Quand l'odeur de Beth s'intensifia, il eut un rire satisfait.) Cela ne te dérangerait pas, hein ? Même si je fais en sorte que tu sois nue et que tu le restes.

— Pas le moins du monde.

— Bien.

Ils restèrent enlacés longtemps, jusqu'à ce que Beth relève la tête de son épaule.

— Tu veux travailler à présent ?

Il tourna la tête de telle façon que, s'il avait pu voir, il aurait regardé le bureau.

— Oui, je… merde. Il le faut. Je ne sais pas pourquoi. Je dois le faire. Allons-y doucement… Où est le sac à courrier de Fritz ?

— Juste à côté du vieux fauteuil de Tohr.

Quand Beth se pencha, ses fesses frottèrent son sexe d'une manière fort satisfaisante et, avec un grognement, il lui empoigna les hanches et lui donna un coup de reins.

— Hmmm, n'y a-t-il rien d'autre à ramasser par terre ? Peut-être que je devrais jeter d'autres stylos. Balancer le téléphone.

Le rire rauque de Beth était plus sexy que de la lingerie affriolante.

— Si tu veux que je me penche, tu n'as qu'à demander.

— Mon Dieu, je t'aime.

Quand elle se redressa, il lui fit pivoter la tête et l'embrassa sur les lèvres, s'attardant contre la douceur de sa bouche, la léchant à la dérobée… et durcissant comme du bois.

— Finissons-en rapidement avec la paperasse, que je puisse t'emmener là où je veux.

— Et ce serait où ?

— Sur moi.

Beth rit de nouveau et ouvrit la sacoche en cuir que Fritz utilisait pour ramasser les requêtes envoyées par la poste. Il y eut un bruit d'enveloppes et une profonde inspiration de sa *shellane*.

— Très bien, dit-elle. Qu'avons-nous là ?

Il y avait quatre demandes en vue d'une union qui devaient être signées et cachetées, et en temps normal cela lui aurait pris une minute et demie en tout et pour tout. Mais désormais, l'opération qui consistait à faire couler la cire et la presser exigeait une certaine coordination avec Beth – mais c'était amusant de le faire alors qu'elle était sur ses genoux. Puis il y eut un tas de relevés bancaires pour la maison. Suivi par des factures, des factures et encore des factures. Toutes seraient adressées à V. pour paiement en ligne, Dieu merci, étant donné que Kolher était fâché avec les chiffres.

— Une dernière chose, annonça Beth. Une grosse enveloppe venant d'un cabinet d'avocats.

Quand elle tendit la main, sans doute pour attraper le coupe-papier en argent, il glissa les mains le long de ses cuisses et les remonta à l'intérieur.

— J'adore quand tu retiens ton souffle de cette manière, dit-il en lui mordillant la nuque.

— Tu as entendu ça ?

— Crois-moi sur parole.

Il poursuivit ses caresses, se demandant s'il n'allait pas tout simplement la retourner et l'installer sur son membre en érection. Dieu sait qu'il pouvait verrouiller la porte depuis sa place.

— Qu'y a-t-il dans l'enveloppe, *leelane* ?

Il glissa une main directement entre ses cuisses, couvrant son sexe, le massant. Cette fois-ci, elle haleta son prénom, ce qui était sexy en diable.

— Qu'as-tu donc là, femelle ?

— C'est... une déclaration de... lignée, dit Beth d'une voix rauque, se mettant à onduler des hanches. Dans le cadre d'un testament.

Kolher déplaça son pouce sur son point sensible et lui mordilla l'épaule.

— Qui est mort ?

Après un halètement, elle répondit :

— Montrag, fils de Rehm. (À ce nom, Kolher se figea et Beth remua, comme si elle avait tourné la tête vers lui.) Est-ce que tu le connaissais ?

— C'était lui qui souhaitait ma mort. Ce qui signifie que, conformément au droit ancien, tout ce qui lui appartenait est désormais à moi.

— Quel salaud ! (Beth poussa d'autres jurons, et on entendit le bruit de pages que l'on tournait.) Eh bien, il avait beaucoup de… Waouh. Oui. Très riche… Oh ! Il s'agit d'Ehlena et de son père.

— Ehlena ?

— C'est une infirmière à la clinique de Havers. La femelle la plus gentille que j'aie jamais rencontrée. C'est elle qui a aidé Fhurie lors de l'évacuation de l'ancien bâtiment lors des attaques. Bien sûr elle… en fait, son père… est le parent le plus proche, mais il est très malade.

Kolher fronça les sourcils.

— Qu'est-ce qu'il a ?

— Il est ici fait mention d'incapacité mentale. Elle est sa tutrice légale et sa soignante, ce qui doit être difficile. Je ne pense pas qu'ils aient beaucoup d'argent. Saxton, l'avocat, a écrit une note personnelle… Oh, c'est intéressant…

— Saxton ? Je l'ai rencontré l'autre nuit. Que dit-il ?

— Il dit qu'il est tout à fait sûr que les certificats de lignage d'Ehlena et de son père sont authentiques, et il est prêt à mettre sa réputation en jeu pour se porter garant. Il espère que tu faciliteras l'attribution du domaine, étant donné que leurs conditions de vie misérables l'inquiètent. Il dit… il dit qu'ils sont dignes de l'aubaine qui s'est présentée inopinément. Le « inopinément » est souligné. Puis il ajoute… qu'ils n'ont pas vu Montrag depuis un siècle.

Saxton ne lui avait pas donné l'impression d'être bête. Loin de là. Même si toute cette histoire d'assassinat n'avait pas été confirmée au *Sal's*, cette note manuscrite ressemblait diablement à une manière subtile de presser Kolher de ne pas exercer ses droits spéciaux de monarque… en faveur de parents choqués de découvrir qu'ils se trouvaient sur la liste des héritiers les plus proches, dans le besoin, et qui n'avaient rien à voir avec le complot.

— Que vas-tu faire ? demanda Beth en lui dégageant le front.

— Montrag méritait ce qui lui est arrivé, mais ce serait sympa s'il en sortait quelque chose de positif. Nous n'avons pas besoin de ces biens et si cette infirmière et son père…

Beth appuya la bouche contre la sienne.

— Je t'aime tant.

Il éclata de rire et la maintint contre ses lèvres.

— Tu veux me le montrer ?

— Quand tu auras cacheté ce consentement ? Sans problème.

Pour valider le testament, ils durent jouer une nouvelle fois avec la flamme, le bâton de cire et le sceau royal, mais il était pressé cette fois-ci, incapable d'attendre une seconde de plus pour pénétrer sa femelle. Sa signature n'était pas encore sèche et le cachet était tiède quand il reprit la bouche de Beth…

Le coup frappé à la porte le fit grogner tandis qu'il jetait un regard furieux en direction du bruit.

— Dégage.

— J'ai des nouvelles.

La voix étouffée de Viszs était basse et tendue. Ce qui ajoutait l'adjectif « mauvaises » à ce qu'il venait de dire.

Kolher ouvrit les battants d'un ordre mental.

— Parle. Mais fais vite.

L'inspiration choquée de Beth lui donna une idée de l'expression de V.

— Que s'est-il passé ? murmura-t-elle.

— Vhengeance est mort.

— Quoi ? s'écrièrent-ils tous deux en même temps.

— Je viens de recevoir un appel d'iAm. Le *Zero Sum* a été réduit en cendres par une bombe et, d'après le Maure, Vhen s'y trouvait quand elle a explosé. Impossible qu'il y ait le moindre survivant.

Il y eut un blanc, le temps de prendre conscience des implications de cette nouvelle.

— Est-ce que Bella est au courant ? demanda Kolher d'un air sombre.

— Pas encore.

Chapitre 60

John Matthew roula sur son lit et se réveilla quand quelque chose de dur lui titilla la joue. Avec un juron, il leva la tête. Oh, oui, Jack Daniel's et lui avaient fait quelques rounds, et les conséquences des coups assenés par le whisky ne l'épargnaient pas : il avait trop chaud alors qu'il était nu, sa bouche était sèche comme de l'écorce, et il devait aller aux toilettes avant que sa vessie n'explose.

S'asseyant, il se frotta les cheveux et les yeux… et réussit à réveiller sa gueule de bois.

Quand sa tête se mit à lui élancer, il attrapa la bouteille dont il s'était servi comme d'un oreiller. Il restait à peine un centimètre d'alcool au fond, mais c'était suffisant pour dégager cette salope. Prêt à se soulager, il leva la main pour déboucher le Jack et découvrit qu'il n'avait pas mis le bouchon. Heureusement qu'il s'était endormi avec la bouteille à la verticale.

Cul sec, il fit descendre le liquide dans son estomac et s'intima de respirer pour traverser les vagues de nausée qui naissaient dans ses entrailles. Quand il ne resta que quelques gouttes dans la bouteille, il abandonna le soldat mort sur le matelas et regarda son corps. Son pénis était assoupi contre sa cuisse et il ne se souvenait pas de la dernière fois qu'il s'était réveillé sans érection. Mais bon, il avait couché avec… trois ? quatre ? Combien y avait-il eu de femmes ? Mon Dieu, il n'en avait qu'une vague idée.

Il avait utilisé un préservatif une fois. Avec la prostituée. Les autres chevauchées s'étaient faites à cru.

Comme dans un film glauque, il se revit avec Vhif en train de s'occuper en binôme de certaines de ces femmes, avant de prendre les autres en solo. Il ne se souvenait pas de ce qu'il avait ressenti, ne se rappelait rien des orgasmes qu'il avait eus, ne connaissait pas leurs visages, revoyait à peine la couleur de leurs cheveux. Mais il savait que, dès qu'il était rentré dans sa chambre, il avait pris une longue douche chaude.

Toutes ces saloperies dont il ne se souvenait pas avaient souillé sa peau.

Avec un grognement, il balança ses jambes hors du lit et laissa la bouteille tomber sur le sol à ses pieds. Le trajet jusqu'à la salle de bains fut une vraie partie de plaisir, son équilibre tellement annihilé qu'il titubait… eh bien, comme un ivrogne, en l'occurrence. Et marcher n'était pas son seul problème. Devant les toilettes, il dut se tenir au mur et se concentrer sur son but.

De retour dans son lit, il tira le drap sur la partie inférieure de son corps, en dépit du fait qu'il avait l'impression d'avoir de la fièvre : même s'il était seul, il ne voulait pas être étendu comme une star du porno à la recherche d'actrices.

Merde… sa tête lui faisait atrocement mal.

Fermant les yeux, il regretta de ne pas avoir éteint la lumière dans la salle de bains.

Mais il cessa brusquement de se soucier de sa cuite. Avec une netteté terrible, il se remémora Xhex assise sur ses hanches, le chevauchant à un rythme fluide et puissant. Oh, Seigneur, c'était tellement intense, bien plus qu'un simple souvenir. Tandis que les images défilaient, il sentit la prise du corps de Xhex sur son sexe et la manière dont elle lui maintenait les épaules sur le lit, revivant cette sensation d'être dominé.

Il connaissait chaque mouvement et chaque glissement, toutes les odeurs, même la manière dont elle respirait.

Avec elle, il se souvenait de tout.

S'allongeant sur le côté, il ramassa Jack par terre, comme si par miracle les elfes des alcoolos lui avaient rempli ce machin. Aucune chance…

Le cri qui retentit à proximité ressemblait à celui qu'on pousserait en se faisant poignarder, et le hurlement déchirant le dessoûla comme si on l'avait jeté dans un bain glacé. John saisit son arme, bondit du lit et courut jusqu'au couloir aux statues. De chaque côté de sa chambre, Vhif et Blay firent de même, dans l'attitude précipitée de personnes prêtes à se battre.

Tout au bout du couloir, les membres de la Confrérie se tenaient sur le seuil des quartiers de Zadiste et Bella, leurs visages sombres et tristes.

— Non ! (La voix de Bella était aussi stridente que son cri.) Non !

— Je suis vraiment désolé, dit Kolher.

Au milieu des frères, Tohr jeta un coup d'œil à John. Le visage du mâle était blanc, ses traits tirés, et son regard était vide.

— *Que s'est-il passé ?* signa John.

Les mains de Tohr remuèrent lentement.

— *Vhengeance est mort.*

John inspira profondément à plusieurs reprises. *Vhengeance… mort ?*

— Seigneur Dieu, marmonna Vhif.

Depuis le seuil de sa chambre, les sanglots de Bella se répercutaient dans le couloir, et John eut envie d'aller la voir. Il se rappelait la douleur. Il avait été dans cette situation horrible et abrutissante quand Tohr avait foutu le camp, juste après que la Confrérie avait fait exactement ce qu'elle était en train de faire en ce moment : annoncer la pire nouvelle qu'on puisse entendre.

Il avait hurlé comme Bella, pleuré comme elle.

John rendit son regard à Tohr. Les yeux du frère brûlaient comme s'il voulait lui passer un message, offrir une étreinte, rectifier le tir par rapport à des regrets.

Pendant une fraction de seconde, John faillit s'approcher de lui.

Mais il fit demi-tour, tituba jusqu'à sa chambre et s'enferma en verrouillant la porte. Quand il s'assit sur le lit, il s'appuya sur ses bras et rejeta la tête en arrière. Le chaos du passé tourbillonnait dans sa tête, mais au centre de sa poitrine un seul mot l'emportait : « non ».

Il ne pouvait reprendre ce genre de relations avec Tohr. Il avait été étrillé trop souvent. En outre, il n'était plus un enfant, et Tohr n'avait jamais été son père, donc toute cette histoire de « Papa, sauve-moi » ne les concernait plus.

Jamais plus ils ne seraient proches, ils se contenteraient d'être des soldats d'un même escadron.

Dégageant les histoires de Tohr de sa tête, il pensa à Xhex.

Elle avait mal à l'heure actuelle. Très mal.

Il détestait ne rien pouvoir faire pour elle.

Sauf qu'il se remémora que, même si c'était le cas, elle n'aurait pas voulu de ce qu'il avait à offrir. Elle le lui avait très clairement fait sentir.

Xhex était assise sur le lit double de sa cabane près de l'Hudson River, la tête basse, le poids de ses épaules soutenu par ses mains. Près d'elle, sur la mince couverture, se trouvait la lettre qu'iAm lui avait donnée. Après l'avoir sortie de son enveloppe, elle l'avait lue une fois, l'avait repliée exactement comme elle était à l'origine, puis s'était retirée dans sa petite chambre.

Tournant la tête, elle regarda la rivière stagnante et trouble par la fenêtre couverte de givre. Il faisait un froid mordant aujourd'hui, la température ralentissait le courant de l'eau et gelait les berges caillouteuses.

Vhen était un vrai salopard.

Quand elle lui avait juré qu'elle prendrait soin d'une femelle, elle n'avait pas considéré sa promesse sous tous les angles. Dans sa lettre, il faisait appel à son engagement et indiquait que la femelle dont il avait été question, c'était elle-même : elle ne devait pas partir à sa recherche, ni mettre la vie de la Princesse en danger, par quelque moyen que ce soit. En outre, au cas où elle tenterait une action en sa faveur, il n'accepterait pas son aide et choisirait de demeurer dans la colonie quels que soient les actes qu'elle commette pour le sauver. Enfin, il ordonnait que, si elle allait à l'encontre des demandes de Vhen et de sa propre parole, iAm la suive jusqu'à la colonie, mettant ainsi en danger la vie de l'Ombre.

Enfoiré.

C'était une fin de partie parfaite, digne d'un mâle comme Vhen : elle serait peut-être tentée de contourner sa promesse et de penser qu'il existait un moyen de raisonner son chef, mais elle portait déjà le fardeau de la mort de Mheurtre, et désormais celle de Vhengeance. Ajouter celle d'iAm à la liste la tuerait.

De plus, Trez suivrait son frère, montant à quatre le nombre de victimes.

Piégée par la situation, elle serra le rebord du matelas si fort que ses avant-bras tremblèrent.

Le couteau atterrit dans sa main ; plus tard seulement elle se souviendrait qu'elle s'était levée et, nue, avait traversé la chambre jusqu'à son pantalon en cuir pour retirer la lame de son fourreau.

De retour sur le lit, elle pensa aux mâles qu'elle avait perdus au cours de sa vie. Elle revit les longs cheveux noirs de Mheurtre, ses yeux profondément enfoncés et la barbe naissante sur sa mâchoire carrée… Elle entendit son accent venu de l'Ancienne Contrée et se rappela son odeur qui mêlait toujours la poudre et le sexe. Puis elle revit le regard améthyste de Vhengeance, sa crête, ses vêtements superbes… son parfum Must de Cartier, et se souvint de sa brutalité élégante.

Enfin, elle se représenta les yeux bleu foncé et la coupe de cheveux militaire de John Matthew… le sentit bouger au plus profond de ses entrailles… entendit sa respiration bruyante tandis que son corps de guerrier lui donnait ce qu'elle désirait mais avait été incapable de supporter.

Ils avaient tous disparu, même si au moins deux d'entre eux vivaient toujours sur cette planète. Mais il n'est pas nécessaire que les gens soient morts pour qu'ils ne fassent plus partie de votre vie.

Elle regarda la lame extrêmement aiguisée et luisante, l'orientant de manière qu'elle réfléchisse la faible lumière du jour en un éclair qui l'aveugla momentanément. Elle était douée avec les couteaux. En fait, c'était son arme de prédilection.

On frappa à sa porte, ce qui lui fit relever la tête.

— Ça va là-dedans ?

C'était iAm – qui non seulement avait été le coursier de Vhen, mais était visiblement chargé de jouer la baby-sitter. Elle avait tenté de le jeter hors de chez elle, mais il était simplement devenu une ombre, prenant une forme qu'elle ne pouvait saisir et encore moins virer à coups de pied au cul.

Trez était assis dans la pièce principale de la cabane, mais en parlant d'inversion des rôles… Quand elle s'était enfermée dans sa chambre, il était resté sur place dans une chaise au dossier rigide, regardant la rivière dans un silence pesant. Dans le sillage de la tragédie, les frères avaient échangé leurs personnalités, iAm devenant le seul à parler : pour autant qu'elle s'en souvienne, Trez n'avait pas dit un mot depuis qu'ils avaient appris la nouvelle.

Tout ce silence n'avait pourtant rien à voir avec le deuil de Trez. Sa grille émotionnelle était marquée de colère et de frustration, et elle avait l'impression que Vhen, dans toute sa sagesse de salaud, avait trouvé un moyen de condamner Trez à l'inaction, lui aussi. Tout comme elle, le Maure cherchait un moyen de s'en sortir et, connaissant Vhen, il n'y en aurait pas. Il avait fait preuve de sa maîtrise en manipulation, comme toujours.

Et il avait beaucoup réfléchi à sa stratégie de sortie. D'après iAm, tout était prévu, non seulement sur le plan personnel, mais aussi financier. iAm héritait de *Sal's*, Trez du *Masque de fer*, et elle obtenait un paquet de fric. Il avait également pourvu aux besoins d'Ehlena, même si iAm avait dit qu'il s'en occuperait. Le plus gros du domaine familial revenait à Nalla, des millions et des millions de dollars étaient échus à l'enfant, de même que les biens familiaux que, en vertu de la primogéniture, Vhengeance, et non Bella, avait possédés.

Il avait fait une sortie magnifique, nettoyant entièrement les affaires de drogues et de paris clandestins du *Zero Sum*. Le *Masque de fer* embauchait des filles, mais aucun autre trafic ne se déroulait là-bas, pas plus que chez *Sal's*. Le Révérend disparu, ils étaient tous à peu près propres.

—Xhex, dis quelque chose, que je sache que tu es en vie.

iAm n'avait aucun moyen de passer la porte ou de se dématérialiser pour vérifier qu'elle respirait encore. La pièce était protégée par de l'acier, parfaitement impénétrable. Un grillage fin entourait même le chambranle pour qu'il ne rentre pas sous forme d'ombre.

—Xhex, on l'a déjà perdu cette nuit. Si tu t'ajoutes à la liste, tu ne l'emporteras pas au paradis.

—Je vais bien.

—Aucun de nous ne va bien.

Elle ne répondit pas, et entendit iAm pousser un juron et s'écarter de la porte.

Plus tard, elle pourrait peut-être les aider tous les deux. Après tout, ils étaient les seules personnes à savoir ce qu'elle ressentait. Même Bella, qui avait perdu son frère, ignorait quelle torture raffinée tous trois allaient devoir vivre pour le restant de leurs jours. Bella croyait Vhen mort, elle pourrait donc faire son deuil, aller de l'avant et reprendre tant bien que mal sa vie.

Mais pour Xhex, iAm et Trez ? Ils allaient être coincés dans l'enfer consistant à connaître la vérité sans être en mesure de la changer, le résultat étant que la Princesse était libre de torturer Vhengeance aussi longtemps que son cœur battrait.

Quand Xhex pensa à l'avenir, sa prise se resserra sur la garde de sa dague.

Et se fit plus ferme quand elle abaissa l'arme vers sa peau.

Serrant fortement les dents pour ne pas laisser échapper sa douleur, Xhex fit couler son propre sang au lieu de ses larmes.

Mais quelle était la différence, après tout ?

Chapitre 61

Le cerveau de Vhen se reconnecta par intermittence, revenant à lui par vagues lentes. Sa conscience s'éveillait, s'enfuyait et revenait, partant de la base de son crâne pour remonter jusqu'à son lobe frontal.

Ses épaules lui brûlaient toutes les deux. Sa tête lui faisait atrocement mal à la suite du coup de garde d'épée que lui avait assené un *symphathe* pour l'assommer. Et le reste de son corps lui paraissait étrangement léger.

De l'autre côté de ses paupières fermées, la lumière clignotait autour de lui, d'un rouge profond. Ce qui signifiait que son corps avait totalement évacué la dopamine et qu'il était désormais celui qu'il serait pour toujours.

Respirant par le nez, il huma… une odeur de terre. De la terre propre et humide.

Il lui fallut un moment avant d'être prêt à jeter un coup d'œil, mais il avait besoin d'un autre point de référence que la douleur dans ses épaules. Ouvrant les yeux, il battit des paupières. Des bougies aussi grandes que ses jambes étaient disposées aux extrémités de ce qui semblait être une sorte de grotte, et leurs flammes tremblotantes, rouge sang, se reflétaient sur des murs qui semblaient liquides.

Non, pas liquides. Des choses rampaient sur la pierre noire… rampaient partout…

Il regarda brusquement le bas de son corps et fut soulagé de découvrir que ses pieds ne touchaient pas le sol mouvant. Un regard vers le haut et… des chaînes le maintenaient en suspension depuis le plafond ondulant, des chaînes qui étaient attachées à… des barres insérées dans son torse, sous ses épaules.

Il était suspendu au milieu de la grotte, son corps nu oscillant entre les parois luisantes et palpitantes de la pierre.

Des araignées. Des scorpions. Sa prison était envahie de gardes venimeux.

Fermant les yeux, il fit appel à son côté *symphathe*, tentant de découvrir d'autres individus, déterminé à sortir de l'endroit où il se trouvait, à atteindre des esprits et des émotions qu'il manipulerait pour se libérer : il avait beau être venu dans la colonie pour y rester, cela ne signifiait pas pour autant qu'il devait rester suspendu comme un lustre.

Sauf qu'il ne sentait qu'une toile d'électricité statique.

Les centaines de milliers de choses qui l'entouraient formaient une couverture psychique impénétrable, le castrant de sa nature *symphathe*, ne laissant rien passer dans ou hors de la grotte.

La colère, plus que la peur, lui contracta la poitrine, et il tendit la main vers l'une des chaînes et tira dessus, se servant de ses pectoraux massifs. La douleur le fit trembler de la tête aux pieds quand son corps remua en l'air, mais impossible de secouer sa laisse ou de déloger le mécanisme de verrouillage qui traversait sa chair.

Quand il se remit à la verticale, il entendit un mouvement, comme si une porte s'était ouverte derrière lui.

Quelqu'un entra, et il sut de qui il s'agissait, compte tenu du bloc psychique qu'on lui opposait.

— Mon oncle, dit-il.

— En effet.

Le roi des *symphathes* le contourna en s'aidant de sa canne, les araignées au sol cassant brièvement la couverture qu'elles formaient pour lui ouvrir le chemin avant d'engloutir ses pas. Sous la robe impériale couleur de sang, le corps de son oncle était faible, mais le cerveau posé sur cette épine dorsale tordue était incroyablement fort.

Ce qui prouvait bien que la force physique n'était pas la meilleure arme d'un *symphathe*.

— Comment te portes-tu dans ce repos flottant ? demanda le roi, sa coiffe de rubis accrochant la lueur des bougies.

— Complimenté.

Le roi arqua les sourcils au-dessus de ses yeux rouges.

— Comment cela ?

Vhen regarda autour de lui.

— Vous m'avez mis dans une sacrée prison. Ce qui signifie que je suis trop puissant pour votre tranquillité, ou que vous êtes plus faible que vous ne le souhaiteriez.

Le roi sourit avec la sérénité de quelqu'un qui ne se sent absolument pas menacé.

— Sais-tu que ta sœur souhaitait être roi ?

— Demi-sœur. Et cela ne me surprend pas.

— Pendant un moment, je lui ai accordé ce qu'elle souhaitait dans mon testament, mais j'ai compris que j'étais d'une sensibilité malvenue et j'ai tout modifié. C'était à cela que servait ta dîme. Elle l'utilisait pour conclure des échanges avec des humains, entre autres. (L'expression du roi suggérait que cela revenait à inviter des rats dans sa cuisine.) Cela suffit à montrer qu'elle n'est pas du tout digne de ce rôle. La peur est bien plus utile pour motiver ses sujets ; l'argent en comparaison est hors de propos si l'on cherche à gagner du pouvoir. Quant à me tuer ? Elle a supposé qu'elle pourrait emporter ma succession de cette manière, ce qui surestimait largement ses capacités.

— Qu'avez-vous fait d'elle ?

Encore ce sourire serein.

— Ce qu'il fallait.

— Combien de temps allez-vous me garder ici ?

— Jusqu'à sa mort. Le fait qu'elle sache que je te détiens et que tu es vivant fait partie de son châtiment. (Le roi observa les araignées, et un sentiment proche d'une véritable affection passa sur son visage blanc d'acteur de kabuki.) Mes amies te surveilleront bien, ne sois pas inquiet.

— Je ne le suis pas.

— Tu le seras. Je te le promets. (Le regard du roi se posa de nouveau sur Vhen, une expression démoniaque se dessinant sur ses traits androgynes.) Je n'aimais pas ton père et ai été assez content que tu le tues. Cela dit, tu n'auras pas l'occasion de me supprimer. Tu vivras uniquement tant que ta sœur vivra, puis je suivrai ton exemple et diminuerai le nombre de mes parents.

— Demi. Sœur.

— Tu as toujours été tellement résolu à mettre de la distance entre les liens qui vous unissent, toi et la Princesse. Pas étonnant qu'elle t'adore autant. Elle a toujours éprouvé la plus grande fascination pour ce qu'elle ne pouvait obtenir. Ce qui, une fois encore, est la seule raison pour laquelle tu es en vie.

Le roi s'appuya sur sa canne et reprit lentement le chemin par lequel il était venu. Juste avant de sortir du champ de vision de Vhen, il s'arrêta.

— T'es-tu déjà rendu sur la tombe de ton père ?

— Non.

— C'est l'endroit que je préfère au monde. Me tenir sur le sol où son bûcher funéraire a changé son corps en cendres… c'est charmant. (Le roi sourit d'une joie froide.) Le fait qu'il ait été assassiné de tes mains ne rend les choses que plus douces, puisqu'il a toujours estimé que tu étais faible et sans valeur. Cela a dû lui faire sacrément mal d'être vaincu par un inférieur. Repose-toi bien, Vhengeance.

Vhen ne répondit pas. Il était trop occupé à percer les murailles mentales de son oncle, à la recherche d'une entrée.

Le roi sourit, comme s'il approuvait ses tentatives, et poursuivit sa route.

— Je t'ai toujours apprécié. Même si tu n'es qu'un métis.

Il y eut un cliquetis, comme une porte que l'on refermait.

Toutes les bougies s'éteignirent.

Un sentiment de désorientation serra la gorge de Vhengeance. Seul, flottant dans l'obscurité, sans point d'ancrage… La terreur s'empara de lui. Être aveugle était le pire…

Les barres qui lui traversaient le corps se mirent à trembler légèrement, comme si une brise soufflait sur les chaînes et les faisait vibrer.

Oh… mon Dieu, non !

Le chatouillis commença sur ses épaules et s'intensifia d'un coup, descendant sur son ventre et ses cuisses, s'écoulant jusqu'au bout de ses doigts, recouvrant son dos, s'épanouissant de son cou à son visage. Il utilisa ses mains autant qu'il en était capable, tentant de balayer cette horde, mais quelle que fût la quantité qu'il jetait à terre, d'autres le submergeaient. Elles étaient sur lui, se déplaçaient sur lui, le recouvraient d'un carcan toujours mouvant de légers contacts.

La démangeaison autour de ses narines et de ses oreilles fut ce qui eut raison de lui.

Il aurait voulu crier. Mais il les aurait avalées.

De retour à Caldwell, dans l'immeuble en grès où il allait s'installer pour de bon, Flhéau prenait une douche avec une application paresseuse, prenant son temps pour passer le gant de toilette entre ses orteils et derrière ses oreilles, faisant particulièrement attention à ses épaules et à son dos. Il n'avait pas besoin de se précipiter.

Plus il attendrait, meilleur ce serait.

En outre, c'était une sacrée salle de bains où s'attarder. Tout le nec plus ultra : du marbre de Carrare sur le sol et les murs, des équipements en or et ce remarquable miroir gravé au-dessus des lavabos encastrés.

Les serviettes qui pendaient des étendoirs sculptés venaient de chez *Wal-Mart*.

Oui, et elles seraient remplacées dès que possible. M. D n'avait que ces saletés au ranch, et Flhéau n'allait pas perdre de temps à se promener dans Caldwell rien que pour trouver du linge de meilleure qualité pour s'essuyer les fesses, pas alors qu'il avait un nouveau jouet sur lequel faire de l'exercice. Mais quand il aurait effectué son entraînement ce matin, il irait sur Internet commander des meubles, de la literie, des tapis, des ustensiles de cuisine.

Tout devrait néanmoins être livré à ce ranch merdique où M. D et les autres résideraient désormais. Les livreurs n'étaient pas les bienvenus par ici.

Flhéau laissa la lumière de la salle de bains allumée et entra dans la chambre principale. Le plafond était haut, comme de coutume avant-guerre, ce qui signifiait qu'il était si élevé qu'on croyait y distinguer le ciel. Le sol était un plancher superbe incrusté de cerisier, et les murs étaient couverts d'un papier aux étonnantes arabesques vert sombre, comme les pages de garde d'un livre ancien.

Les fenêtres venaient d'être scellées avec des couvertures bas de gamme qu'on avait simplement clouées aux moulures – une véritable honte. Mais tout comme les serviettes, cela allait changer. De même que le lit, qui n'était qu'un matelas *king size* posé à même le sol, dont le tissu blanc et molletonné était nu, comme un naturiste essayant de faire bronzer ses parties intimes.

Flhéau fit tomber la serviette de ses hanches, dévoilant son érection.

— J'adore que tu sois une menteuse.

La Princesse leva la tête, ses cheveux noirs brillants ornés de reflets bleus.

— Vas-tu me laisser partir ? La baise n'en sera que meilleure, je te le promets.

— La qualité ne m'inquiète pas.

— Tu en es sûr ? (Ses bras tirèrent sur les chaînes d'acier qui avaient été fixées au sol.) Tu n'as pas envie que je te touche ?

Flhéau sourit en regardant le corps nu de la Princesse, un corps qui désormais lui appartenait. Elle était son cadeau, donné par le roi *symphathe* en gage de bonne foi, un sacrifice qui était également la punition pour sa trahison.

— Tu n'iras nulle part, dit-il. Et la baise va être fantastique.

Il allait se servir d'elle jusqu'à ce qu'elle craque, puis la ferait sortir et trouver des vampires à éliminer. Ils formaient un couple parfait. Et s'il se lassait d'elle ou si elle ne lui convenait pas sexuellement ni en tant que baguette de sourcier ? Il se débarrasserait d'elle.

La Princesse lui décocha un regard furieux, ses yeux rouge sang aussi perçants qu'une malédiction stridente lancée à plein volume.

— Tu vas me laisser partir.

Flhéau baissa la main et se mit à caresser son pénis.

— Seulement pour t'enterrer.

Le sourire de la Princesse était d'une malfaisance absolue, à tel point que Flhéau sentit ses couilles se contracter comme s'il allait jouir.

— Nous verrons cela, dit-elle d'une voix basse et grave.

Elle avait été droguée par la garde personnelle du roi avant que Flhéau quitte la colonie avec elle, et quand elle avait été étendue sur le matelas, ses jambes avaient été écartées autant que possible.

Ce qui fit que, quand son sexe se mit à luire, il put le voir.

— Je ne te laisserai jamais partir, dit-il en s'agenouillant sur le matelas et en lui saisissant les chevilles.

Sa peau était douce et blanche comme neige, son sexe aussi rose que ses tétons.

Il allait laisser beaucoup de marques sur son corps mince comme un fil. Et vu la manière dont elle ondulait des hanches, elle allait aimer cela.

— Tu es à moi, gronda-t-il.

Pris d'une inspiration soudaine, il imagina le collier de son rottweiler autour du cou mince de la Princesse. La médaille de King lui irait à merveille, de même qu'une laisse.

Parfait. Parfait, putain.

Chapitre 62

Un mois plus tard…

Ehlena s'éveilla au bruit de la porcelaine qui s'entrechoquait et à l'odeur de l'Earl Grey. Quand elle ouvrit les yeux, elle aperçut une *doggen* en uniforme, luttant sous le poids d'un énorme plateau d'argent. Dessus se trouvaient un bagel tout frais surmonté d'une cloche en cristal, un pot de confiture de fraise, du fromage frais dans une petite assiette et, ce qu'elle préférait, un soliflore.

Chaque nuit, c'était une fleur différente. Ce soir, il s'agissait d'un brin de houx.

— Oh, Sashla, tu n'as vraiment pas besoin de faire cela. (Ehlena s'assit, repoussant des draps si fins et de si bonne qualité qu'ils étaient plus doux que la brise estivale sur sa peau.) C'est adorable de ta part, mais franchement…

La servante s'inclina et sourit timidement.

— Madame doit s'éveiller avec un repas digne de ce nom.

Ehlena leva les bras quand on posa un pupitre sur ses jambes et le plateau dessus. Elle admira l'argenterie amoureusement briquée et la nourriture préparée avec attention, et sa première pensée fut que son père venait de recevoir la même chose, servie par un majordome du nom d'Eran.

Elle caressa les fins entrelacs à la base du couteau.

— Vous êtes bons pour nous. Vous tous. Vous nous avez si bien accueillis dans cette maison majestueuse, et nous vous en remercions.

Quand elle leva la tête, la *doggen* avait des larmes plein les yeux, et elle se dépêcha de les tamponner avec un mouchoir.

— Madame… votre père et vous avez transformé cette maison. Nous sommes très heureux que vous soyez nos maîtres. Tout… est différent à présent que vous êtes là.

La servante n'irait pas plus loin, mais à la manière dont elle et les autres membres du personnel avaient tressailli au cours des deux premières semaines, Ehlena avait déduit que Montrag n'était pas le maître de maison le plus facile à vivre.

Ehlena tendit la main et pressa brièvement celle de la femelle.

— Je suis heureuse que les choses se soient bien finies pour nous tous.

Quand la bonne se détourna pour reprendre ses devoirs, elle parut fébrile, mais heureuse. Sur le pas de la porte, elle s'arrêta.

— Oh, et les affaires de Madame Lusie sont arrivées. Nous l'avons installée dans la suite des invités à côté de votre père. En outre, le serrurier sera là dans une demi-heure, comme vous l'avez demandé.

— C'est parfait à tout point de vue, merci.

Tandis qu'on refermait la porte en silence et que la *doggen* s'éloignait en chantonnant un air de l'Ancienne Contrée, Ehlena ôta la cloche de son assiette et prit du fromage. Lusie avait accepté de s'installer avec eux pour travailler en tant qu'infirmière et assistante personnelle du père d'Ehlena, ce qui était formidable. Dans l'ensemble, il s'était relativement facilement adapté à ce nouveau domaine, son comportement et sa stabilité mentale étaient meilleurs qu'ils ne l'avaient été depuis des années, mais une surveillance étroite apaisait beaucoup l'inquiétude latente d'Ehlena.

Prendre soin de lui demeurait une priorité.

Ici dans la demeure, par exemple, il n'exigeait pas de recouvrir les fenêtres de papier alu. Au lieu de cela, il préférait regarder les jardins qui étaient magnifiques, même après avoir été mis au repos pour l'hiver et, en y repensant, elle se demandait si son besoin d'écarter le monde n'était pas dû à l'endroit où ils vivaient. Il était également beaucoup plus détendu et apaisé, travaillant sans interruption dans une autre chambre à côté de la sienne. Néanmoins, il entendait toujours des voix, préférait l'ordre à n'importe quel désordre, et avait besoin de ses médicaments. Mais, comparé à ces dernières années, c'était le paradis.

Tout en mangeant, Ehlena observa la chambre qu'elle avait choisie et se souvint de l'ancienne demeure de ses parents. Les rideaux étaient du même genre que ceux qui agrémentaient la maison familiale, d'immenses tentures orangées, crème et rouges tombant de tringles recouvertes de tissu drapé et frangées. La soie tendue sur les murs était d'un luxe comparable, la tapisserie dévoilant un motif de roses qui allait à merveille avec les rideaux, de même qu'il se coordonnait avec le tapis brodé sur le sol.

Ehlena était légalement chez elle dans cet intérieur, mais se sentait pourtant complètement déracinée – et pas seulement parce que sa vie ressemblait à un voilier qui aurait chaviré en eaux froides pour se redresser brusquement en pleine zone tropicale.

Vhengeance était avec elle. Sans cesse.

Sa dernière pensée avant de dormir et sa première en se réveillant étaient qu'il était en vie. Et elle rêvait de lui, le voyait les bras le long du corps, la tête basse, se détachant sur un fond d'un noir chatoyant. En un sens, cette assurance qu'il était en vie était en totale contradiction avec cette autre image de lui – qui semblait suggérer qu'il était mort.

C'était comme être hantée par un fantôme.

Ou plutôt torturée.

Frustrée, elle poussa le plateau, se leva et prit sa douche. Les vêtements qu'elle enfila n'avaient rien d'extraordinaire, c'étaient ceux qu'elle avait achetés chez *Target* et en solde sur le site de *Macy's* avant que tout ne change. Les chaussures… il s'agissait des Keds que Vhen avait tenues dans ses mains.

Mais elle refusait d'y penser.

Cela lui posait problème de se précipiter et dépenser beaucoup d'argent. Il lui semblait que rien de tout cela ne lui appartenait, ni la maison, ni le personnel, ni les voitures, ni tous les zéros sur son compte en banque. Elle était toujours convaincue que Saxton viendrait à la tombée de la nuit en disant qu'il était désolé, que c'était une erreur, que tout aurait dû revenir à quelqu'un d'autre.

Oups.

Ehlena prit le plateau en argent et sortit voir son père dont les appartements se situaient à l'extrémité de l'aile. Quand elle arriva devant sa porte, elle frappa du bout de sa chaussure.

— *Père ?*

— *Entre, je t'en prie, ma fille !*

Elle posa le plateau sur une table en acajou et ouvrit la porte qui menait à la chambre qu'il utilisait comme bureau. On avait éloigné son vieux bureau du lit, situé dans la pièce attenante, et son père était à son travail comme toujours, avec des papiers partout.

— *Comment te portes-tu ?* demanda-t-elle en s'approchant pour l'embrasser sur la joue.

— *Je me porte bien, très bien même. Le* doggen *vient juste de m'apporter mon jus de fruits et mon repas.* (Sa main élégante et osseuse désigna un plateau en argent semblable à celui qu'on avait monté à Ehlena.) *J'adore les nouveaux* doggen, *pas toi ?*

— *Oui, père, je…*

— *Ah, Lusie, ma chère !*

Quand son père se leva et lissa sa veste d'intérieur en velours, Ehlena jeta un coup d'œil par-dessus son épaule. Lusie était entrée vêtue d'une robe gris perle et d'un pull en mailles tricoté main. Elle avait des Birkenstock aux pieds et d'épaisses chaussettes retroussées qui étaient probablement de sa fabrication. Ses longs cheveux ondulés dégageaient son visage et étaient attachés par une pince basique à la base de sa nuque.

Au milieu des bouleversements qui avaient secoué leur vie, elle était restée égale à elle-même. Aimable et… réconfortante.

— *J'ai apporté les mots croisés.* (Elle désigna un *New York Times* plié en quatre, de même qu'un crayon.) *J'ai besoin d'aide.*

— *Et je suis à votre disposition, comme toujours.* (Le père d'Ehlena contourna le bureau et tira galamment une chaise à l'intention de Lusie.) *Installez-vous là et voyons combien de cases nous parviendrons à remplir.*

Lusie sourit à Ehlena en s'asseyant.

— *Je n'y arriverais pas sans lui.*

Ehlena plissa les yeux en apercevant les pommettes légèrement rougies de la femelle, puis se tourna vers son père, dont le visage avait un éclat particulier.

— *Je vous laisse à vos énigmes*, dit-elle avec un sourire.

Quand elle sortit, elle obtint deux « au revoir » en réponse, et elle ne put s'empêcher de penser que la stéréo sonnait très agréablement à l'oreille.

Au rez-de-chaussée, dans le vestibule monumental, elle tourna à gauche dans la salle à manger d'apparat, et s'arrêta pour admirer les verres en cristal et la porcelaine dans leurs vitrines, de même que les candélabres miroitants.

Mais aucune bougie ne surmontait ces bras d'argent gracieux.

Pas de bougie dans la maison. Pas d'allumette ni de briquet non plus. Et avant qu'ils emménagent, Ehlena avait demandé aux *doggen* de remplacer le fourneau au gaz par un appareil électrique. De la même manière, les deux télévisions qui se trouvaient dans la partie de la maison réservée à la famille avaient été données au personnel, et les écrans de sécurité avaient été déplacés d'un bureau ouvert dans l'office à une pièce fermée par une porte verrouillée.

Pourquoi tenter le diable ? D'autant que tous les écrans électroniques sans distinction, y compris ceux des téléphones portables et des calculatrices, rendaient encore son père nerveux.

La première nuit de leur installation dans la demeure, elle s'était donné beaucoup de mal pour faire faire le tour du propriétaire à son père et lui montrer les caméras de sécurité, les capteurs et les rayons, non seulement dans la maison, mais sur le terrain. Puisqu'elle ignorait précisément comment il réagirait à leur changement d'adresse ou à toutes ces mesures de sécurité, elle lui avait fait faire la visite juste après qu'il avait pris ses médicaments. Heureusement, il avait considéré ce meilleur logement comme un retour à la normale, et avait adoré l'idée qu'un système surveillait tout le domaine.

Peut-être était-ce encore une raison pour laquelle il ne ressentait pas le besoin de couvrir les fenêtres. Il avait désormais l'impression d'être observé dans le bon sens.

Franchissant la porte battante, Ehlena entra dans l'office et déboucha dans la cuisine. Après avoir discuté avec le majordome qui avait commencé à cuisiner le Dernier Repas et complimenté une domestique qui avait merveilleusement astiqué la rampe du grand escalier, Ehlena se dirigea vers le bureau qui se trouvait de l'autre côté de la maison.

Le trajet était long, traversant de nombreuses pièces ravissantes, et en chemin elle effleurait de sa main les antiquités, les encadrements de porte sculptés et les meubles tapissés de soie. Cette belle maison allait rendre la vie de son père tellement plus facile que, en conséquence, elle aurait beaucoup plus de temps et d'énergie pour s'occuper d'elle-même.

Mais elle ne le souhaitait pas. La dernière chose dont elle avait besoin, c'étaient des heures vides sans rien d'autre que les conneries qui envahissaient son esprit et lui tenaient compagnie. Et même si elle commençait à trouver son équilibre, elle souhaitait être productive. Elle n'avait peut-être plus besoin d'argent pour assurer un toit à ce qui restait de sa famille, mais elle avait toujours travaillé et aimait les buts et le sentiment d'utilité que lui avait procurés son emploi à la clinique.

Sauf qu'elle avait coupé les ponts, et même plus.

Comme les quelque trente autres pièces de la demeure, le bureau était décoré dans le style des palais européens, avec de subtils motifs damassés sur les murs et les canapés, de nombreux pompons sur les rideaux, et beaucoup de tableaux aux couleurs profondes et lumineuses qui constituaient des fenêtres ouvertes sur d'autres mondes encore plus parfaits. Quelque chose clochait cependant. Le sol était nu, les canapés, le bureau ancien, ainsi que chaque table et chaque siège étaient directement posés sur le parquet ciré, dont le centre était légèrement plus foncé que les côtés, comme s'il avait autrefois été recouvert.

Quand elle avait posé la question aux *doggen*, ils lui avaient expliqué que le tapis avait subi un dommage irréparable, et qu'on en avait donc commandé un nouveau à l'antiquaire de la maison, à Manhattan. Ils n'étaient pas rentrés dans les détails sur ce qui s'était passé, mais vu à quel point ils étaient tous soucieux de leur travail, elle ne pouvait que supposer ce que Montrag aurait fait s'il y avait eu la moindre carence en matière d'efficacité, et ce quel qu'en soit le degré. Un plateau de thé renversé ? À n'en pas douter, ils auraient eu un sérieux problème.

Ehlena contourna le bureau pour s'asseoir. Sur le sous-main en cuir se trouvait l'édition du jour du *Caldwell Courier Journal*, un téléphone et une jolie lampe française, de même qu'une ravissante statue en cristal d'un oiseau en plein vol. Son vieil ordinateur, qu'elle avait tenté de rendre à la clinique avant que son père et elle arrivent dans la maison, se nichait à la perfection dans le grand tiroir plat sous le plateau ; elle le gardait toujours là, juste au cas où son père entrerait.

Elle avait les moyens de se payer un nouvel ordinateur mais, là encore, elle n'y songeait pas. De même que pour ses vêtements, ce qu'elle possédait lui convenait et elle y était habituée.

En outre, ce qui lui était familier la stabilisait peut-être un peu. Et, bon sang, qu'elle en avait besoin !

Posant les coudes sur le bureau, elle regarda à l'autre bout de la pièce la tache sur le mur, à l'endroit où un paysage maritime spectaculaire aurait dû se trouver. Mais le tableau formait un angle avec la pièce et la porte du coffre-fort ainsi dévoilée ressemblait à une femelle banale qui se serait cachée derrière un masque élégant.

— Madame, le serrurier est là.

— Faites-le entrer.

Ehlena se leva et se dirigea vers le coffre-fort pour en toucher le panneau lisse et mat, ainsi que son cadran noir et argent. Elle ne l'avait découvert que parce qu'elle avait été tellement impressionnée par la représentation du soleil couchant au-dessus de l'océan qu'elle avait mis la main sur le cadre sur un coup de tête. Quand le tableau tout entier avait avancé, elle avait été horrifiée à l'idée d'avoir endommagé l'entoilage, puis avait regardé derrière le cadre et… surprise !

— Madame ? Voici, Roff, fils de Rossf.

Ehlena sourit et se dirigea vers un mâle vêtu d'une salopette noire et portant une boîte à outils noire. Quand elle lui tendit la main, il ôta sa casquette et s'inclina profondément, comme si elle était quelqu'un d'exceptionnel. Ce qui était plus qu'étrange. Après des années passées à n'être qu'une simple civile, les formalités la mettaient mal à l'aise, mais elle avait appris qu'elle devait laisser les autres honorer l'étiquette sociale.

Leur demander de ne pas le faire, qu'il s'agisse de *doggen*, de travailleurs ou de conseillers, ne faisait qu'empirer les choses.

— Merci d'être venu, dit-elle.

— C'est un plaisir de vous être utile. (Il regarda le coffre-fort.) C'est celui-ci ?

— Oui, je n'en ai pas le code. (Ils se dirigèrent vers le problème.) J'espérais qu'il existerait un moyen de le forcer.

La mimique qu'il tenta de dissimuler n'était pas encourageante.

— Eh bien, madame, je connais ce genre de coffre-fort, et ce ne sera pas facile. Je vais devoir apporter une perceuse industrielle pour traverser les tiges et ouvrir la porte, et ce sera bruyant. En outre, quand j'en aurai fini, le coffre-fort sera inutilisable. Je ne veux pas vous manquer de respect, mais n'y a-t-il aucun moyen de récupérer le code ?

— J'ignore où chercher. (Elle jeta un regard aux étagères de livres, puis au bureau.) Nous venons d'emménager et il n'y avait pas d'instructions.

Le mâle suivit son exemple et parcourut la pièce du regard.

— D'ordinaire, les propriétaires mettent ce type de données dans une cachette. Si vous arriviez à la découvrir, je pourrais vous montrer comment réinitialiser le code, si bien que vous auriez la possibilité de réutiliser le coffre-fort. Comme je vous l'ai dit, si je dois y aller à la perceuse, il faudra le remplacer.

— Eh bien, j'ai regardé dans le bureau quand j'ai examiné les lieux, juste après notre arrivée.

— Avez-vous découvert des compartiments cachés ?

— Euh… non. Mais je ne faisais que parcourir des papiers et essayer de faire de la place pour mes affaires.

Le mâle désigna le meuble de la tête.

— Dans de nombreux bureaux de ce genre, il existe au moins un tiroir avec un double fond qui dissimule un petit espace. Je ne voudrais pas m'avancer, mais peut-être puis-je essayer de vous aider à le trouver ? En outre, les moulures d'une pièce comme celle-ci peuvent également recéler des espaces creux.

— J'apprécierais qu'une autre paire d'yeux se penche sur le problème, je vous remercie.

Ehlena avança et, un par un, ôta les tiroirs du bureau, les posant par terre côte à côte. Tandis qu'elle opérait, le mâle sortit une lampe de poche et regarda dans les trous ainsi révélés.

Elle hésita en arrivant au grand tiroir en bas à gauche, ne voulant pas montrer ce qu'elle y avait stocké. Mais ce n'était pas comme si le serrurier pouvait voir ces satanés trucs.

Marmonnant un juron, elle tira la poignée de cuivre sans un regard pour toutes les coupures du *Caldwell Courier Journal* qu'elle conservait, chacune pliée en deux pour dissimuler les articles qu'elle avait lus et conservés, même si pour l'instant il était hors de question qu'elle les relise.

Elle posa ce tiroir-là le plus loin possible.

— Eh bien, c'est le dernier.

Le mâle ayant la tête sous le bureau, sa voix résonna.

— Je crois qu'il y a… Il me faudrait mon mètre dans ma boîte à…

— Attendez, je vais vous le chercher.

Quand elle lui passa l'objet, il parut surpris et gêné de son aide.

— Merci, madame.

Elle s'agenouilla à côté de lui quand il baissa de nouveau la tête.

— Est-ce qu'il y a un souci ?

— On dirait que… Oui, celui-ci est plus étroit que les autres. Laissez-moi juste… (Il y eut un grincement et le mâle tendit le bras.) Je l'ai !

Quand il s'assit, il tenait une boîte en bois brut dans ses mains abîmées par le labeur.

— Je pense que le couvercle se soulève, mais je vais vous laisser faire.

— Waouh, j'ai l'impression d'être Indiana Jones, mais sans le fouet. (Ehlena souleva le couvercle et...) Ah, pas de code. Rien qu'une clé. (Elle sortit le morceau d'acier, le regarda, puis le reposa.) Autant la laisser là où nous l'avons découverte.

— Laissez-moi vous montrer comment remettre le tiroir caché.

Le mâle partit vingt minutes plus tard, après que tous deux eurent cogné sur tous les murs, les étagères et les moulures de la pièce sans rien découvrir. Ehlena supposait qu'elle effectuerait des recherches une dernière fois et que, si elle finissait toujours bredouille, elle ferait revenir le serrurier avec son artillerie lourde pour ouvrir le coffre-fort.

Retournant vers le bureau, elle remit les tiroirs dans leurs compartiments, s'arrêtant quand elle arriva au dernier qui recélait tous les articles de journaux.

Peut-être était-ce le fait de ne pas avoir à s'inquiéter de son père. Ou peut-être était-ce le fait qu'elle avait du temps libre.

Plus probablement, elle avait juste un moment de faiblesse, l'empêchant de repousser le besoin de savoir.

Ehlena sortit toutes les coupures, les dépliant et les étalant sur le bureau. Tous les articles parlaient de Vhengeance et de l'explosion du *Zero Sum* et, quand elle ouvrirait l'édition du jour, elle découvrirait sans le moindre doute un autre article à ajouter à sa collection. Les journalistes étaient fascinés par cette histoire, et sa couverture médiatique avait été dense durant ce dernier mois, pas seulement dans les journaux imprimés, mais aussi à la télévision.

Pas de suspect. Pas d'arrestation. Le squelette d'un mâle découvert dans les débris du club. Les autres affaires qu'il possédait désormais dirigées par ses associés. Le commerce de la drogue de Caldwell suspendu. Plus d'assassinats de dealers.

Ehlena prit un article sur le dessus. Il ne faisait pas partie des plus récents, mais elle l'avait tellement regardé que le papier journal était taché. À côté du texte, on voyait une photographie floue de Vhengeance, prise par un agent de police sous couverture deux ans plus tôt. Le visage de Vhengeance était dans l'ombre, mais on distinguait le manteau de zibeline, la canne et la Bentley.

Les quatre dernières semaines avaient sublimé ses souvenirs de Vhengeance, depuis les moments qu'ils avaient passés ensemble jusqu'à la manière dont leur aventure s'était achevée avec cette petite visite au *Zero Sum*. Au lieu de dissoudre les images dans sa tête, le temps ne faisait que les rendre plus nettes, comme un whisky prenant de la force avec l'âge. Et c'était étrange. Bizarrement, de toutes les choses qui avaient été dites, les bonnes comme les mauvaises, ce qui lui revenait le plus souvent était ce que cette femelle agent de sécurité lui avait hurlé alors qu'elle sortait du club.

« *… ce mâle s'est mis dans une situation impossible pour moi, sa mère et sa sœur. Et vous vous croyez trop bien pour lui ? Génial. D'où vous sortez pour être aussi parfaite ?* »

Sa mère. Sa sœur. Elle.

Tandis que les mots résonnaient dans sa tête une nouvelle fois, Ehlena laissa son regard errer dans le bureau jusqu'à la porte. La maison était silencieuse, son père occupé avec Lusie et les mots croisés, le personnel travaillant allégrement.

Pour la première fois en un mois, elle était toute seule.

Tout bien considéré, elle devrait prendre un bain chaud et s'installer avec un bon livre… mais au lieu de cela elle sortit son ordinateur portable, souleva l'écran et alluma l'engin. Elle avait le sentiment que, si elle allait au bout de ce qu'elle souhaitait faire, elle finirait au fond d'un trou noir.

Mais elle ne pouvait s'en empêcher.

Elle avait enregistré les recherches cliniques qu'elle avait effectuées sur Vhen et sa mère, et étant donné que tous deux avaient été déclarés morts, les documents relevaient techniquement du domaine public ; elle avait donc moins l'impression d'envahir leur intimité en ouvrant les fichiers.

Elle étudia d'abord les archives concernant la mère de Vhen, y retrouvant des informations qui lui étaient familières puisqu'elle les avait déjà parcourues quand elle avait éprouvé de la curiosité au sujet de la femelle qui l'avait engendré. Mais cette fois-ci elle prit son temps, à la recherche de données bien spécifiques. Même si Dieu seul savait quoi.

Les notes récemment incluses n'avaient rien de particulier, que des commentaires de Havers sur les bilans de santé annuels de la femelle et ses traitements occasionnels en cas de maladie. Parcourant les pages les unes après les autres, elle commença à se demander si elle n'était pas en train de perdre son temps… jusqu'à ce qu'elle arrive à une opération du genou pratiquée sur Madalina cinq ans plus tôt. Dans le bilan préopératoire, Havers avait mentionné quelque chose au sujet de la dégradation de l'articulation à la suite d'une blessure chronique.

Une blessure chronique ? Sur une femelle de valeur de la *glymera* ? Cela ressemblait plutôt à ce qu'on trouverait sur un footballeur, bon Dieu, pas sur la mère de haute naissance de Vhengeance.

Cela n'avait aucun sens.

Ehlena remonta de plus en plus loin, parcourant d'autres événements sans intérêt… puis, vingt-trois ans en arrière, elle commença à repérer des admissions. Successives. Os cassés. Bleus. Commotions.

Si Ehlena ne disposait pas de plus d'informations… elle aurait juré qu'il s'agissait de violences domestiques.

Chaque fois, c'était Vhengeance qui avait amené sa mère et était resté avec elle.

Ehlena retourna à l'une des dernières admissions, où toutes les indications évoquaient une femelle violentée par son *hellren*. Madalina avait été accompagnée de sa fille, Bella. Pas par Vhen.

Ehlena regarda fixement la date comme si une révélation soudaine allait venir de ces chiffres. Quand elle s'aperçut qu'elle était bloquée là-dessus depuis cinq minutes, elle eut l'impression que les ombres de la maladie paternelle se déplaçaient une fois encore sur le sol et les murs de son esprit. Pourquoi diable cela l'obsédait-elle ?

Pourtant, malgré cette idée qui la taraudait, elle suivit une intuition qui ne ferait qu'empirer son obsession. Elle orienta ses recherches sur Vhen.

Arrière, arrière, arrière, les admissions… Il avait commencé à avoir besoin de dopamine pile au moment où sa mère avait cessé de se présenter avec des blessures.

Peut-être s'agissait-il d'une coïncidence ?

Se sentant à moitié folle, Ehlena passa sur Internet et fouilla la base de données de l'état civil de l'espèce. Tapant le nom de Madalina, elle découvrit son acte de décès, puis sauta jusqu'à celui de son *hellren*, Rempoon…

Ehlena se pencha en avant dans son fauteuil, un sifflement lui échappant des lèvres. Ne voulant pas y croire, elle retourna au dossier de Madalina.

Le *hellren* de celle-ci était mort la dernière fois qu'elle s'était présentée blessée à la clinique.

Avec le sentiment qu'elle était sur le point d'obtenir des réponses, Ehlena considéra ces dates similaires à la lumière de ce que la femelle de la sécurité avait dit au sujet de Vhengeance. Et s'il avait tué le mâle pour protéger sa mère ? Et si ce vigile le savait ? Et si…

Du coin de l'œil, elle aperçut l'image de Vhengeance dans le *Caldwell Courier Journal*, le visage dans l'ombre, sa belle voiture et sa canne de proxénète en évidence.

Avec un juron, elle referma l'ordinateur portable, le remit dans le tiroir et se leva. Elle n'était peut-être pas en mesure de contrôler son inconscient, mais elle pouvait prendre en main ses heures de veille et ne pas encourager cette folie.

Au lieu de se rendre encore plus cinglée, elle allait monter dans la chambre de maître que Montrag avait occupée et fouiller pour tenter de découvrir le code du coffre-fort. Plus tard, elle prendrait le Dernier Repas avec son père et Lusie.

Puis elle devrait déterminer ce qu'elle ferait du restant de sa vie.

— « … suggère que les récents assassinats de dealers du quartier touchent peut-être à leur fin à la suite de la mort probable de Richard Reynolds, propriétaire d'un club et soupçonné d'être un baron de la drogue. » (Il y eut un froissement de papier quand Beth reposa le *Caldwell Courier Journal* sur le bureau.) C'est la fin de l'article.

Kolher remua les jambes pour répartir de manière plus confortable le poids de sa reine sur ses genoux. Il était allé voir Souffhrance deux heures plus tôt et son corps était démoli, ce qui était vraiment agréable.

— Merci de m'avoir fait la lecture.

— Je t'en prie. À présent, laisse-moi m'occuper du feu une seconde. On a une bûche sur le point de rouler sur le tapis.

Beth l'embrassa et se leva, le fauteuil grinçant de soulagement. Tandis qu'elle traversait la pièce en direction de la cheminée, l'horloge se mit à carillonner.

— Oh, c'est bien, dit Beth. Écoute, Mary devrait arriver d'ici une minute. Elle t'apporte quelque chose.

Kolher hocha la tête et tendit la main, faisant glisser le doigt sur le plateau du bureau jusqu'à trouver son verre de vin rouge. À son poids, il savait qu'il l'avait presque terminé et, vu son humeur, il allait en reprendre. Cette histoire au sujet de Vhen l'ennuyait. Sérieusement.

Après avoir avalé son bordeaux, il reposa le verre et se frotta les yeux sous les lunettes de soleil qu'il portait encore.

Cela paraissait peut-être étrange de les garder, mais il s'en fichait – il n'aimait pas l'idée que les autres plongent dans ses pupilles troubles sans qu'il puisse les voir le dévisager en retour.

— Kolher ? (Beth s'approcha de lui et, à sa voix tendue, il sut qu'elle tentait de ne pas exprimer sa peur.) Est-ce que ça va ? Tu as mal à la tête ?

— Non. (Kolher attira sa reine sur ses genoux, le petit fauteuil craquant de nouveau, ses pieds grêles tremblant.) Je vais bien.

Elle lui écarta les cheveux du visage.

— On ne dirait pas.

— C'est juste que… (Il trouva l'une de ses mains et la prit dans la sienne.) Merde, je ne sais pas.

— Bien sûr que si.

Il fronça les sourcils.

— Ça n'a rien à voir avec moi. Enfin, pas vraiment.

Il y eut un long silence, puis ils demandèrent en même temps :

— De quoi s'agit-il ?

— Comment va Bella ?

Beth s'éclaircit la voix comme si elle était surprise de sa question.

— Bella… va du mieux qu'elle peut. Nous ne la laissons pas beaucoup seule, et c'est une bonne chose que Zadiste ait pris du temps pour rester avec elle. C'est tellement dur de les avoir perdus tous les deux en quelques jours. Je veux dire, sa mère et son frère…

— Cette histoire sur Vhen est un mensonge.

— Je ne comprends pas.

Il tendit la main en direction du *Caldwell Courier Journal* qu'elle lui avait lu et tapota l'article qu'elle venait de finir.

— Il est difficile de croire que quelqu'un l'ait fait exploser. Vhen n'était pas un crétin, et ces Maures qui le protégeaient ? Sa responsable de la sécurité ? Impossible qu'ils aient laissé un enculé avec une bombe approcher du club. En outre, Rhage dit que V. et lui sont allés au *Masque de fer* l'autre nuit pour ramener John à la maison, et que tous les trois travaillent là-bas ; iAm, Trez et Xhex sont toujours ensemble. D'ordinaire, les gens se dispersent après une tragédie. Mais eux font exactement le contraire, comme s'ils attendaient son retour.

— Mais on a retrouvé un squelette dans les ruines, non ?

— Ça pourrait être n'importe qui. Bien sûr, c'était un mâle, mais qu'est-ce que la police sait de plus ? Rien. Si je souhaitais disparaître du monde humain – merde, même du monde vampire –, je disposerais un corps et ferais péter le bâtiment.

Il secoua la tête, pensant à Vhen étendu dans son lit dans la grande demeure des Adirondacks, malade à en crever… et pourtant suffisamment en forme pour ordonner à son homme de main de s'occuper du type qui avait souhaité la mort de Kolher.

— Merde, ce fils de pute a été là pour moi. Il a eu toutes les occasions du monde de m'enculer quand Montrag l'a rencontré. Je lui suis redevable.

— Attends… pourquoi donc aurait-il simulé sa propre mort ? Il aimait tellement Bella et son bébé. Bon sang, il a pratiquement élevé sa sœur, je ne peux pas croire qu'il la blesserait ainsi. Et puis, où irait-il ?

Dans la colonie, se dit Kolher.

Il aurait voulu raconter à sa reine tout ce qui le tracassait mais hésitait, parce qu'il risquait alors de sévèrement compliquer les choses. Au bout du compte, qu'en était-il de cet e-mail sur Vhen ? Son intuition disait à Kolher que celui-ci avait menti à ce sujet. Le fait qu'ils aient reçu l'e-mail puis que la nuit suivante ce dernier soit « mort » était une trop grosse coïncidence. Mais Montrag disparu, qui aurait pu…

Il y eut un craquement sonore, suivi d'une chute et d'un atterrissage douloureux.

Beth glapit, Kolher jura.

— Qu'est-ce que c'est que ce bordel ?

Il tâtonna, sentant les esquilles du vieux bois français délicat tout autour d'eux.

— Est-ce que ça va, *leelane* ? demanda-t-il d'une voix tendue.

Beth éclata de rire et se leva.

— Oh, mon Dieu… nous avons cassé le fauteuil.

— Pulvérisé serait un terme plus approprié…

Quand on frappa à la porte, Kolher lutta pour se lever, poussant des grognements de douleur. À laquelle d'ailleurs il commençait à s'habituer. Souffhrance visait toujours ses tibias et sa jambe gauche lui faisait un mal de chien. Mais il lui rendait la monnaie de sa pièce. Après la dernière session, il était fort possible qu'elle soit en train de soigner une commotion cérébrale.

— Entrez ! s'exclama-t-il.

À l'instant où la porte s'ouvrit, il sut de qui il s'agissait… et qu'elle n'était pas seule.

— Qui est avec toi, Mary ? demanda-t-il, posant la main sur le couteau qu'il portait à la hanche.

L'odeur n'était pas humaine… mais ce n'était pas non plus un vampire.

Il entendit un léger cliquetis et un long soupir ravi de sa *shellane*, comme si elle voyait quelque chose qui lui faisait très plaisir.

— Voici George, annonça Mary. Éloigne ton arme, s'il te plaît. Il ne te fera aucun mal.

Kolher garda sa dague à la main et écarta les narines. L'odeur était…

— C'est un chien ?

— Oui. Il est entraîné pour aider les aveugles.

Kolher eut un léger mouvement de recul à ce mot, refusant toujours l'idée d'être associé à ce qualificatif.

— J'aimerais l'amener jusqu'à toi, poursuivit Mary de sa voix posée. Mais pas tant que tu n'auras pas écarté ton arme.

Beth demeura silencieuse, et Mary resta à l'écart, ce qui était sage de leur part. Les neurones de Kolher tiraient dans toutes les directions. Le mois écoulé avait apporté de nombreux triomphes et de nombreux échecs merdiques : quand il était revenu de sa première rencontre avec Souffhrance, il savait que le chemin serait difficile, mais il était plus long et plus escarpé qu'il n'aurait cru.

Ses principaux problèmes résidaient dans le fait qu'il détestait devoir se reposer autant sur Beth et ses frères, et qu'il trouvait étonnamment épuisant de réapprendre des choses simples. Comme… bordel de merde, se préparer des toasts était désormais un vrai vaudeville. Il avait réessayé hier et avait réussi à casser le beurrier en verre. Et naturellement, nettoyer ce carnage lui avait pris une éternité.

Néanmoins, se servir d'un chien pour se déplacer était… au-dessus de ses forces.

La voix de Mary traversa la pièce, l'équivalent vocal d'une démarche tranquille et non menaçante.

— Fritz a appris à tenir le chien et ensemble lui et moi sommes préparés à travailler avec George et toi. Il y a une période d'essai de deux semaines après quoi, si tu ne l'apprécies pas ou si cela ne se passe pas bien, nous pouvons rendre l'animal. Il n'y a aucune obligation, Kolher.

Il était sur le point de leur dire de rembarquer le chien quand il entendit un léger couinement et de nouveau le cliquetis.

— Non, George, déclara Mary. Tu ne peux pas t'approcher de lui.

— Il veut venir vers moi ?

— Nous l'avons entraîné en utilisant une de tes chemises. Il connaît ton odeur.

Il y eut un silence long, très long, puis Kolher secoua la tête.

— J'ignore si j'aime les chiens. En outre, qu'en est-il de Bouh… ?

— Il est juste là, dit Beth. Il est assis à côté de George. Il est descendu dès que le chien est entré dans la maison et n'a pas quitté George depuis lors. Je pense qu'ils s'apprécient tous les deux.

Merde, même le chat était contre lui.

Le silence se prolongea.

Kolher rengaina lentement sa dague et fit deux grandes enjambées à gauche pour s'écarter du bureau. Il avança et s'arrêta au milieu du bureau.

George gémit un peu, puis on entendit de nouveau le léger cliquetis du harnais.

— Laisse-le venir, dit Kolher d'un air sombre, ayant l'impression d'être piégé et détestant cela.

Il entendit l'animal avancer, le bruit de ses pattes et le tintement de son collier se rapprochant, puis…

Un museau velouté lui poussa la main, et une langue râpeuse lécha sa peau. Puis le chien se cala sous sa main et s'appuya contre sa cuisse.

Les oreilles étaient soyeuses et chaudes, le poil de la fourrure bouclait légèrement au niveau du cou.

C'était un grand chien avec une large tête carrée.

— De quelle race est-il ?

— C'est un golden retriever. C'est Fritz qui l'a choisi.

Le *doggen* intervint depuis la porte, comme s'il avait peur d'entrer dans la pièce saturée de tension.

— J'ai pensé que ce serait la race parfaite, seigneur.

Kolher passa la main sur les flancs du chien, découvrant le harnais qui lui entourait le poitrail et la poignée à laquelle la personne aveugle se tenait.

— Que sait-il faire ?

Mary prit la parole.

— Tout ce dont tu as besoin. Il peut apprendre le plan de la maison et, si tu lui ordonnes de t'emmener jusqu'à la bibliothèque, il le fera. Il peut t'aider à te retrouver dans la cuisine, à répondre au téléphone, à trouver des objets. C'est un animal intelligent et, si vous vous entendez, tous les deux, vous serez aussi indépendants que tu le souhaites.

Foutue femelle. Elle savait exactement ce qui lui posait problème. Mais est-ce qu'un animal était la réponse ?

George gémit doucement, comme s'il souhaitait ardemment obtenir le boulot.

Kolher lâcha le chien et recula, son corps entier se mettant à trembler.

— J'ignore si je peux faire cela, dit-il d'une voix rauque. J'ignore si je peux… être aveugle.

Beth se racla un peu la gorge, comme si elle étouffait en même temps que lui.

Au bout d'un moment, à sa manière gentille mais ferme, Mary énonça la vérité si difficile à entendre :

— Kolher, tu es aveugle.

Le « alors habitue-toi » qu'elle n'avait pas prononcé résonna dans sa tête, braquant les projecteurs sur une réalité qu'il avait traversée en titubant. Bien entendu, il avait cessé de se réveiller chaque jour en espérant que sa vue reviendrait, il se battait avec Souffhrance et faisait l'amour à sa *shellane*, aussi ne se sentait-il pas faible physiquement, et il travaillait et continuait à faire ses trucs de roi et tout ça. Mais cela ne voulait pas dire pour autant que les choses étaient géniales : il se déplaçait clopin-clopant, se cognant dans les meubles, faisait tomber des trucs… se raccrochant à sa *shellane*, qui n'était pas sortie de la maison depuis un mois à cause de lui... faisant appel à ses frères quand il devait sortir... Il était le genre de fardeau qu'il ne supportait pas.

Donner une chance à ce chien ne voulait pas dire qu'il était ravi d'être aveugle, songea-t-il. Mais cela l'aiderait peut-être à retrouver une certaine autonomie.

Kolher se tourna de façon que George et lui regardent dans la même direction, puis se rapprocha du chien. Se penchant sur le côté, il trouva la poignée et s'en empara.

— Et maintenant, on fait quoi ?

Après un silence choqué, comme s'il avait mis son public sur le cul, on se mit à discuter et à expliquer, même s'il n'en écouta et retint qu'un quart. Mais à l'évidence cela suffisait, parce que George et lui firent bientôt un petit tour dans le bureau.

Il fallut remonter la poignée au maximum afin que Kolher n'ait pas besoin de se pencher sur le côté pour la tenir, et le chien était bien plus doué que son protégé. Mais au bout d'un moment, tous deux s'aventurèrent hors du bureau et prirent le couloir. Puis ils empruntèrent le grand escalier et le remontèrent.

Seuls.

Quand Kolher revint dans son bureau, il fit face au groupe qui s'était réuni – à présent assez conséquent, étant donné que tous les frères, de même que Lassiter, avait vraisemblablement rejoint Beth, Fritz et Mary. Kolher saisit l'odeur de chacun d'entre eux... de même qu'une sacrée dose d'espoir et d'inquiétude.

Il ne leur en voulait pas de ce besoin de se préoccuper de lui, mais il n'appréciait pas toute cette attention.

— Comment as-tu choisi la race, Fritz ? demanda-t-il parce qu'il éprouvait le besoin de combler le silence et qu'il n'y avait pas de raison d'ignorer l'éléphant rose dans la pièce.

Ou le chien fauve, en l'occurrence.

La voix du vieux majordome tremblota, comme si, de même que les autres, il luttait contre une vague d'émotion.

— Je, euh… je l'ai choisi… (Le *doggen* se racla la gorge.) Je l'ai choisi plutôt qu'un labrador parce qu'il perd plus de poils.

Kolher cligna ses yeux aveugles.

— En quoi est-ce une bonne chose ?

— Parce que votre personnel aime passer l'aspirateur. J'ai pensé que ce serait un cadeau agréable pour eux.

— Oh, oui… bien entendu.

Kolher eut un petit gloussement, puis se mit à rire. Les autres se joignirent à lui, évacuant en partie la tension qui régnait dans la pièce.

— Pourquoi n'y ai-je pas pensé ?

Beth s'approcha et l'embrassa.

— On va juste voir comment tu le sens, d'accord ?

Kolher caressa la tête de George.

— Ouais. OK. (Il éleva la voix.) Ça suffit les conneries. Qui est sur le pont ce soir pour le combat ? V., il me faut un rapport financier. Est-ce que John est toujours ivre mort dans son lit ? Tohr, je veux que tu contactes les familles restantes au sein de la *glymera* et que tu voies si nous pouvons faire revenir des élèves…

Kolher aboyait ses ordres, et il fut agréable d'écouter les réponses, d'entendre les gens s'asseoir, de savoir que Fritz s'en allait débarrasser la table du Premier Repas et de sentir Beth s'installer dans le vieux fauteuil de Tohr.

— Oh, et il va me falloir un autre truc sur lequel m'asseoir, dit-il quand George et lui passèrent derrière le bureau.

— Ça alors, t'as réduit cette saleté en poussière ! s'étonna Rhage d'une voix traînante.

— Je peux te fabriquer un truc ? proposa V. Je suis doué en ébénisterie.

— Pourquoi pas une chaise longue ? l'interrompit Butch.

— Tu veux ce fauteuil ? proposa Beth.

— Si quelqu'un pouvait juste m'attraper ce truc dans le coin près de la cheminée ? ordonna Kolher.

Quand Fhurie le lui apporta, Kolher s'assit et tira la chaise en avant… pour se cogner les deux genoux dans le tiroir du bureau.

— Ouh, ça doit faire mal, marmonna Rhage.

— Il nous faut un truc plus bas, suggéra quelqu'un.

— Ça conviendra, trancha Kolher d'une voix tendue, lâchant la poignée du harnais et frottant ses membres douloureux. Je me fiche de savoir sur quoi je suis assis.

Quand la Confrérie se remit au travail, il se surprit à poser la main sur la grosse tête du chien et à caresser son poil soyeux… à jouer avec une oreille… à gratouiller les longues boucles sur le large poitrail de l'animal.

Rien de tout cela ne signifiait qu'il garderait le chien, bien entendu.

C'était juste agréable, point barre.

Chapitre 63

La nuit suivante, Ehlena observa son nouvel ami, Roff le serrurier, percer ce satané coffre-fort encastré. Le crissement de l'outil électrique lui transperçait les oreilles et l'odeur aigre du métal chauffé lui rappelait les machines à stériliser le sol qu'on utilisait à la clinique de Havers. Mais l'impression qu'elle faisait quelque chose, n'importe quoi, compensait le tout.

— Presque fini, cria le serrurier par-dessus le vacarme.

— Prenez votre temps, répondit-elle.

C'était devenu une affaire personnelle entre elle et ce coffre-fort, et cette saleté allait être ouverte ce soir, quoi qu'il advienne. Après avoir fouillé partout dans la chambre du maître avec l'aide du personnel, jusque dans les vêtements de Montrag, ce qui avait été horrible, elle avait rappelé le serrurier et observait désormais la mèche s'enfoncer dans le métal.

Au bout du compte, elle se fichait de ce que recélait ce foutu machin, mais il lui était essentiel de contourner la barrière que représentait son ignorance du code – et aussi un soulagement de se sentir de nouveau elle-même. Elle avait toujours été celle qui pourfendait les difficultés… un peu comme la perceuse.

— J'y suis, déclara Roff en retirant l'outil. Enfin ! Venez voir.

Quand le crissement se transforma en silence et que le mâle eut fait une pause, elle s'approcha et ouvrit le panneau. L'intérieur était noir comme la nuit.

— Rappelez-vous, dit Roff qui commençait à remballer ses outils, nous avons dû couper l'électricité et le circuit qui reliait le coffre au système de sécurité. Normalement, une lampe s'allume.

— C'est vrai.

Elle jeta quand même un coup d'œil. On aurait dit une grotte.

— Merci beaucoup.

— Si vous souhaitez que je vous trouve un coffre de remplacement, je peux.

Le père d'Ehlena avait toujours eu des coffres-forts, certains d'entre eux encastrés dans les murs, d'autres installés à la cave, du volume d'un éléphant.

— Je suppose que… il nous en faudra un.

Roff examina le bureau puis lui sourit.

— Oui, madame. Je le pense, en effet. Mais je m'en occuperai pour vous. Je vais m'assurer que vous aurez ce qu'il vous faut.

Elle se retourna et lui tendit la main.

— Vous avez été très aimable.

Il rougit du col de sa salopette à la racine des cheveux.

— Madame… c'est un plaisir de travailler pour vous.

Ehlena le raccompagna jusqu'à la porte d'entrée puis retourna dans le bureau avec une lampe de poche qu'elle avait récupérée auprès du majordome.

Allumant la lampe d'un clic, elle jeta un coup d'œil dans le coffre. Des dossiers. Des tonnes de dossiers. Quelques boîtes plates en cuir qu'elle reconnut – elle possédait des écrins du même type à l'époque où elle avait encore les bijoux de sa mère. Encore des documents. Des actions. Des liasses de billets. Deux livres de comptes.

Approchant une petite table, elle vida le tout, faisant des piles. Quand elle atteignit le fond, elle découvrit une petite caisse qu'elle dut soulever en grognant.

Il lui fallut environ trois heures pour parcourir les papiers et, quand elle eut fini, elle était parfaitement abasourdie.

Montrag et son père avaient été deux mafieux en col blanc.

Se levant de sa chaise, elle monta dans la chambre qu'elle occupait et ouvrit le tiroir de la commode ancienne dans laquelle elle rangeait ses vêtements. Le manuscrit de son père était retenu par un simple élastique en caoutchouc, qu'elle ôta d'un geste. Feuilletant les pages… elle découvrit la description de l'accord commercial qui avait tout changé pour sa famille.

Ehlena descendit avec la page manuscrite et s'empara des documents et livres de comptes sortis du coffre. Parcourant les livres qui faisaient état des centaines de transactions d'affaires, dans l'immobilier et autres investissements, elle découvrit celle dont la date, les montants et le sujet correspondaient à ce que son père avait décrit.

Tout était là. C'était le père de Montrag qui avait trahi le sien, et le fils avait été de mèche.

Se laissant retomber dans le fauteuil, elle fixa le bureau d'un regard dur.

Le karma était vraiment une saloperie, n'est-ce pas ?

Ehlena revint aux livres de comptes pour voir s'ils avaient profité d'autres personnes de la *glymera*. Ce n'était pas le cas, pas depuis que Montrag et son père avaient ruiné sa famille, et elle ne put s'empêcher de se demander s'ils s'étaient tournés vers les transactions humaines pour diminuer le risque que leur statut d'escrocs et de charlatans soit découvert.

Elle baissa les yeux sur la caisse et s'en empara. Puisque c'était visiblement la nuit pour laver le linge sale, autant aller au bout. Il n'était pas verrouillé par un code mais par une clé.

Par-dessus son épaule, elle observa le bureau.

Cinq minutes plus tard, après avoir ouvert avec succès le compartiment caché dans le tiroir du bas, elle emporta la clé qu'elle avait découverte la nuit précédente jusqu'à la caisse. Elle ne doutait pas un instant qu'elle permettrait de l'ouvrir.

Et, bien entendu, ce fut le cas.

Mettant la main à l'intérieur, elle ne trouva qu'un seul document, et tandis qu'elle dépliait les épaisses pages crème, elle ressentit exactement la même sensation que quand elle avait parlé à Vhengeance au téléphone pour la première fois et qu'il lui avait demandé : « Êtes-vous là, Ehlena ? »

Cela va tout changer, se dit-elle sans raison valable.

Et, bien entendu, ce fut le cas.

C'était un affidavit rédigé par le père de Vhengeance, désignant son meurtrier, écrit alors que le mâle mourait de ses blessures fatales.

Elle le lut à deux reprises. Puis une troisième fois.

Le témoin était Rehm, père de Montrag.

Son cerveau se lança dans une analyse et elle se rua sur son ordinateur portable, sortant le Dell du tiroir et faisant apparaître les recherches cliniques qu'elle avait effectuées sur la mère de Vhen… Eh bien, curieusement, la date à laquelle l'affidavit avait été dicté par le mourant était la même que la dernière nuit où on avait amené la mère de Vhen à la clinique après avoir reçu des coups.

Elle prit l'affidavit et le relut. Vhengeance était un *symphathe* et un tueur, d'après ce qu'avait dit son beau-père. Rehm l'avait su. Montrag l'avait su.

Son regard se posa sur les livres de comptes. D'après ce qui se trouvait dans ces archives, le père et le fils avaient été des opportunistes. Il était difficile de croire qu'ils n'auraient pas utilisé ce genre d'information à un moment ou un autre. Très difficile.

— Madame ? Je vous ai apporté votre thé.

Ehlena regarda la *doggen* sur le seuil.

— Je dois savoir une chose.

— Bien entendu, madame. (La bonne s'approcha avec un sourire.) À quelle question souhaitez-vous que je réponde ?

— Comment Montrag est-il mort ?

On entendit un bruit de ferraille retentissant quand la servante laissa tomber le plateau sur la table devant le canapé.

— Madame… êtes-vous sûre de souhaiter parler d'une telle chose ?

— Dis-moi comment.

La *doggen* regarda tous les papiers éparpillés autour du coffre-fort éventré. À en juger par la résignation dans son regard, Sashla savait que des secrets avaient été levés, des secrets qui ne présentaient pas son ancien maître sous son meilleur jour.

La voix de la servante était assourdie par le tact et la déférence.

— Je ne souhaite pas parler en mal des morts, ni me montrer irrespectueuse à l'égard du seigneur Montrag. Mais vous êtes à la tête de la maison et comme vous l'avez exigé…

— C'est bon. Tu ne fais rien de mal. Et il faut que je sache. Si cela peut t'aider, dis-toi que c'est un ordre direct.

Cela parut soulager la femelle et elle opina avant de se mettre à parler d'une voix hésitante. Quand elle se tut, Ehlena baissa les yeux sur le parquet brillant.

Au moins, elle savait désormais pourquoi il n'y avait plus de tapis.

Xhex faisait partie de l'équipe de nuit au *Masque de fer*, comme cela avait été le cas au *Zero Sum*. Ce qui signifiait que quand sa montre affichait 3 h 45, il était temps pour elle d'évacuer les toilettes tandis que les barmen prenaient les dernières commandes et que ses videurs traînaient les clients ivres et drogués dans la rue.

En apparence, le *Masque* n'avait rien en commun avec le *Zero Sum*. Au lieu du verre et de l'acier, tout n'était qu'ambiance néovictorienne, en noir et bleu foncé. On trouvait beaucoup de rideaux de velours et des alcôves profondes et intimes, et au diable les conneries techno-pop ; la musique était un suicide acoustique, le rythme le plus dépressif qui soit. Pas de piste de danse. Pas de carré VIP. Plus d'espaces pour le sexe. Moins de drogues.

Mais la tendance à l'échappatoire était la même, les filles travaillaient toujours et l'alcool disparaissait aussi vite qu'une coulée de boue.

Trez dirigeait les lieux d'une manière très discrète – fini l'époque du bureau dissimulé et de la présence clinquante du propriétaire. C'était un manager, pas un baron de la drogue, et les contrats et les procédures ici n'impliquaient ni de jouer des poings ni de brandir un pistolet. Au final, il y avait beaucoup moins de présence policière compte tenu de l'absence de vente de drogue en gros ou au détail – en outre, les goths étaient plus moroses et introspectifs de nature, contrairement aux crétins branchés et flambants qui constituaient les habitués du *Zero Sum*.

Mais ce chaos manquait à Xhex… Beaucoup de choses lui manquaient.

Avec un juron, elle se rendit aux principales toilettes pour femmes, situées près du plus grand des deux bars, et découvrit une humaine penchée sur le miroir fumé au-dessus des lavabos. D'un air concentré, elle passait les doigts sous ses yeux, non pour nettoyer l'eye-liner, mais pour l'étaler encore plus sur sa peau blanche comme du papier. Dieu sait qu'elle avait largement assez de maquillage pour ce faire, tellement qu'elle semblait avoir reçu deux coups.

— On ferme, annonça Xhex.

— OK, pas de souci. À demain.

La fille s'écarta de son reflet sorti tout droit de *La Nuit des morts-vivants* et se précipita dehors.

C'était ce qui était étrange avec les goths. C'est vrai, ils étaient bizarres, mais ils étaient en fait bien plus détendus que les étudiants frustrés et les Paris Hilton d'opérette. En outre, leurs tatouages étaient bien plus beaux.

Oui, le *Masque de fer* était beaucoup moins compliqué… ce qui signifiait que Xhex disposait de bien assez de temps pour approfondir sa relation avec l'inspecteur De La Cruz. Elle s'était déjà rendue à deux reprises au commissariat de Caldwell pour un interrogatoire, de même que nombre de ses videurs – y compris Grand Rob et Tom le Muet, les hommes qu'elle avait lancés sur la piste de Grady.

Naturellement, tous deux avaient menti sous serment avec brio, affirmant qu'ils travaillaient avec elle au moment de la mort de Grady.

Il était clair à présent qu'elle allait passer devant un grand jury, mais les accusations ne tiendraient pas. Sans le moindre doute, les experts scientifiques s'étaient occupés de récupérer des fibres et des cheveux sur Grady, mais ils ne trouveraient pas grand-chose de cette manière étant donné que l'ADN vampire, tout comme le sang, se désintégrait rapidement. En outre, elle avait brûlé les vêtements et les bottes qu'elle portait cette nuit-là, et le couteau qu'elle avait utilisé était en vente libre dans tous les magasins d'articles de chasse.

De La Cruz n'avait que des preuves circonstancielles.

Non que cela ait de l'importance. Si les choses devenaient intenables, elle disparaîtrait. Peut-être qu'elle irait dans l'Ouest. Peut-être qu'elle retournerait dans l'Ancienne Contrée.

Bordel de merde, elle aurait déjà dû quitter Caldwell. Se trouver à la fois si près et si loin de Vhen la tuait.

Après avoir vérifié que chaque cabinet de toilette était vide, Xhex sortit et tourna pour arriver devant les toilettes des hommes. Elle frappa violemment à la porte et passa la tête.

Les bruits de tissu froissé, les halètements et les coups sourds signifiaient qu'il restait au moins un homme et une femme. Peut-être deux de chaque ?

— On ferme, cria-t-elle.

Visiblement, elle était arrivée pile à l'heure, car au même instant le cri de jouissance haut perché d'une femme se répercuta sur le carrelage, suivi de nombreuses inspirations pour reprendre son souffle.

Mais elle n'était pas d'humeur à entendre ça. Cela lui rappelait le bref moment qu'elle avait passé avec John… Mais bon, qu'est-ce qui ne le lui rappelait pas ? Depuis que Vhen avait disparu et qu'elle avait cessé de dormir, elle avait eu beaucoup, beaucoup, beaucoup d'heures pendant la journée pour regarder fixement le plafond de sa cabane et faire le compte de ses échecs.

Elle était retournée à l'appartement en sous-sol. Et elle se disait qu'elle allait devoir le vendre.

— Allez, dehors, dit-elle. On ferme.

Rien. Seulement une respiration.

Écœurée par la troupe de théâtre post-coïtale dans les toilettes pour handicapés, elle serra le poing et l'abattit sur le distributeur de serviettes en papier.

— Bougez-vous de là. Tout de suite.

Ce qui les fit réagir.

La première à sortir ressemblait à ce qu'elle estimait être une femme au charme éclectique. Elle était vêtue dans la tradition gothique, avec des bas déchirés, des bottes qui pesaient une tonne et beaucoup de lanières de cuir, mais elle était belle comme Miss Univers et avait un corps de poupée Barbie.

Et on s'était correctement occupé d'elle.

Elle avait les joues rouges et ses cheveux trop noirs étaient en bataille, résultat à n'en pas douter d'une partie de jambes en l'air contre le mur carrelé.

Vhif fut le suivant à quitter le cabinet, et Xhex se raidit, sachant parfaitement qui était le dernier de ce trio infernal de la baise.

Vhif hocha la tête dans sa direction avec froideur en la dépassant, et elle savait qu'il n'irait pas loin. Pas avant…

John Matthew sortit, boutonnant sa braguette. Sa chemise était remontée sur ses abdos et il ne portait pas de sous-vêtement. Dans la lumière des néons, la peau lisse et sans poil sous son nombril était si tendue qu'elle apercevait les muscles qui couraient de son torse à ses jambes.

Il ne la regarda pas, mais pas parce qu'il était timide et embarrassé. Sa présence l'indifférait, et ce n'était pas intentionnel. Sa grille émotionnelle était… vide.

Arrivé aux lavabos, John ouvrit le robinet d'eau chaude et appuya sur le distributeur de savon accroché au mur. Recouvrant de mousse les mains qui avaient caressé cette femme partout, il roula des épaules, comme si elles étaient raides.

Sa mâchoire était couverte d'une barbe de plusieurs jours. Il avait des poches sous les yeux. Et il ne s'était pas coupé les cheveux depuis un moment, si bien que les pointes commençaient à boucler sur sa nuque et autour de ses oreilles. Par-dessus le marché, il empestait l'alcool, l'odeur s'échappant de ses pores mêmes, donnant l'impression que son foie avait beau travailler de toutes ses forces, il n'arrivait pas à filtrer cette saloperie de son sang assez vite.

Ce n'était ni bien, ni prudent : elle savait qu'il se battait toujours. Elle l'avait vu venir ici avec des hématomes récents et parfois des bandages.

— Combien de temps ça va durer ? demanda-t-elle d'une voix atone. Tes conneries à base de biture et de cul ?

John ferma le robinet et se dirigea vers le distributeur d'essuie-main qu'elle avait cabossé de façon spectaculaire. Il se trouvait à moins de cinquante centimètres d'elle quand il arracha deux carrés de papier et se sécha les mains avec autant de soin qu'il les avait lavées.

— Merde, John, c'est une sale manière de gâcher ta vie.

Il jeta les serviettes usagées dans la poubelle en acier. Quand il arriva à la porte, il la regarda pour la première fois depuis qu'elle l'avait abandonné dans son lit. Son visage ne montra pas le moindre signe qu'il la reconnaissait, se souvenait d'elle ou n'importe quoi d'autre. Le regard bleu qui autrefois pétillait était désormais opaque.

—John… (La voix de Xhex se fêla légèrement.) Je suis désolée.

Avec une lenteur étudiée, il lui tendit son majeur et sortit.

Seule dans les toilettes, Xhex se dirigea vers le miroir fumé et se pencha comme la goth d'à côté. Quand elle déplaça son poids vers l'avant, elle sentit les cilices s'enfoncer dans ses cuisses et fut surprise de les remarquer.

Elle n'en avait plus besoin, ne les portait plus que par habitude.

Depuis que Vhen s'était sacrifié, elle endurait une telle douleur qu'elle n'avait pas besoin d'aide supplémentaire pour contrôler son côté malfaisant.

Son téléphone portable se mit à sonner dans la poche de son pantalon en cuir, et le « bip » l'épuisa. Quand elle sortit l'engin, elle regarda le numéro… et ferma les yeux avec force.

Elle s'y attendait. Depuis qu'elle avait pris ses dispositions pour que tous les appels arrivant sur l'ancien téléphone de Vhen soient redirigés vers le sien.

Prenant l'appel, elle dit d'une voix posée :

—Bonsoir, Ehlena.

Il y eut un long silence.

—Je ne m'attendais pas à ce qu'on me réponde.

—Alors pourquoi avoir composé ce numéro ? (Encore un long silence.) Écoutez, si c'est au sujet de l'argent qui est arrivé sur votre compte en banque, je ne peux rien y faire. Cela faisait partie de son testament. Si vous n'en voulez pas, faites-en don à une association humanitaire.

—Quel… quel argent ?

— Peut-être qu'il n'a pas encore été versé. Je croyais que le testament avait été validé par le roi. (Encore un long silence.) Ehlena ? Vous êtes là ?

— Oui… (La voix était étouffée.) Je suis là.

— Si ce n'était pas pour l'argent, alors pourquoi avoir appelé ?

Le silence n'était pas surprenant compte tenu de tout ce qui venait d'être dit. Mais la réponse de la femelle fut un choc invraisemblable.

— J'ai appelé parce que je ne crois pas à sa mort.

Chapitre 64

Ehlena attendit une réponse de la responsable de la sécurité de Vhen. Plus celle-ci mettait de temps à réagir, plus elle était persuadée d'avoir raison.

— Il n'est pas mort, n'est-ce pas ? insista-t-elle avec conviction. J'ai raison.

Quand Xhex parla enfin, sa voix profonde et sonore était étonnamment réservée.

— Afin de tout vous révéler, je tiens à vous prévenir que vous parlez avec un autre *symphathe*.

Ehlena resserra sa prise sur son téléphone portable.

— Bizarrement, ce n'est pas un scoop.

— Pourquoi ne pas me dire ce que vous pensez savoir ?

Réponse intéressante, se dit Ehlena. *Pas de « Il n'est pas mort ». Et de loin. Mais bon, si cette femelle est une* symphathe, *cela peut nous mener n'importe où.*

Ce qui signifiait qu'elle n'avait aucune raison de se taire.

— Je sais qu'il a tué son beau-père parce que celui-ci battait sa mère. Et je sais que son beau-père était au courant pour sa nature *symphathe*. Je sais également que Montrag, fils de Rehm, avait aussi connaissance de cette histoire de *symphathe*, et que Montrag a été victime d'un meurtre rituel dans son bureau.

— Et qu'en concluez-vous ?

— Je pense que Montrag a révélé l'identité de Vhengeance et que celui-ci a dû se rendre dans la colonie. Cette explosion au club visait à cacher sa nature aux autres personnes de son entourage. Je crois que c'est pour cela qu'il a choisi de me faire venir au *Zero Sum* de cette façon. Pour se débarrasser de moi en toute sécurité. Quant à Montrag… Je pense que Vhen s'est occupé de lui avant de partir. (Long, long, très long silence.) Xhex… vous êtes là ?

La femelle éclata d'un rire dur et bref.

— Vhen n'a pas tué Montrag. Moi si. Et cela n'avait aucun lien direct avec l'identité de Vhen. Mais comment êtes-vous au courant au sujet du mâle décédé ?

Ehlena s'avança dans son fauteuil.

— Je pense que nous devrions nous rencontrer.

Cette fois-ci, le rire fut plus long et un peu plus naturel.

— Vous avez des couilles en acier, vous savez ça ? Je viens de vous dire que j'avais tué un mec et vous voulez qu'on se voie ?

— Je veux des réponses. Je veux la vérité.

— Désolée de paraphraser Jack Nicholson, mais êtes-vous certaine d'être prête à supporter la vérité ?

— Je suis au téléphone, non ? Je suis en train de vous parler, pas vrai ? Écoutez, je sais que Vhengeance est en vie. Que vous ayez envie de le reconnaître ou pas, cela ne change rien à mes yeux.

— Ma grande, tu ignores dans quelle merde tu mets les pieds.

— Va te faire foutre ! Je l'ai nourri. Mon sang est en lui. Donc je sais qu'il respire encore.

Un gloussement bref finit par interrompre le silence qui s'éternisait.

— Je commence à comprendre pourquoi il t'aimait autant.

— Alors on va se voir ?

— Oui. Bien sûr. Où ça ?

— Le refuge de Montrag dans le Connecticut. Si c'est toi qui l'as tué, tu connais l'adresse. (Une bouffée de satisfaction envahit Ehlena quand elle n'obtint qu'un silence de mort au bout du fil.) Est-ce que j'aurais oublié de mentionner que mon père et moi sommes les plus proches parents de Montrag? Nous avons hérité de tout ce qu'il possédait. Oh, le tapis que tu as endommagé a été bazardé. Tu n'aurais pas pu tuer cet enfoiré dans le vestibule sur le marbre?

—Nom… de Dieu. Tu n'es pas seulement une petite infirmière, pas vrai?

—*Niet.* Alors, tu te décides?

—Je serai là dans une demi-heure. Et ne t'inquiète pas, tu n'auras pas à m'héberger pour la journée. Les *symphathes* n'ont pas de problème avec le soleil.

—À tout à l'heure.

Quand Ehlena raccrocha, l'énergie bourdonnait dans ses veines et elle se précipita pour ranger, ramassant tous les livres de comptes, les boîtes et les documents, remplissant le coffre désormais inutilisable. Après avoir remis le paysage d'aplomb contre le mur, elle éteignit son ordinateur, avertit les *doggen* qu'elle attendait un visiteur et…

Le tintement de la sonnette à l'entrée résonna dans la maison, et elle fut heureuse d'arriver la première à la porte. Elle ne pensait pas que le personnel se sentirait à l'aise en présence de Xhex.

Ouvrant largement les immenses battants, elle recula un peu. Xhex était telle que dans son souvenir, une femelle dure en pantalon de cuir noir avec des cheveux courts comme un mâle. Quelque chose avait pourtant changé depuis qu'elle avait vu la responsable de la sécurité pour la dernière fois. Elle paraissait… plus mince, plus âgée. Quelque chose.

—Ça t'ennuie qu'on aille dans le bureau? demanda Ehlena, souhaitant les enfermer derrière des portes avant que le majordome et les bonnes n'arrivent.

—Tu as du courage, tu sais. Vu ce que j'ai fait la dernière fois que je suis entrée dans cette pièce.

—Tu aurais eu l'occasion de t'occuper de moi. Trez savait où j'habitais avant que nous atterrissions ici. Si tu avais été si énervée que ça au sujet de ma relation avec Vhen, tu aurais fini par venir me chercher. On y va ?

Quand Ehlena tendit le bras en direction de la pièce en question, Xhex eut un petit sourire et avança.

Une fois qu'elles eurent trouvé un peu d'intimité, Ehlena demanda :

— Alors, à quel point ai-je raison ?

Xhex déambula dans la pièce, s'arrêtant pour étudier les tableaux, les livres sur les étagères et la lampe dont le pied était un vase oriental.

— Tu as raison. Il a bien tué son beau-père à cause de ce que cet enfoiré faisait chez lui.

— C'était ce que tu voulais me faire comprendre en disant qu'il s'était mis dans une situation impossible pour sa mère et sa sœur ?

— En partie. Son beau-père terrorisait la famille, surtout Madalina. Le problème était qu'elle croyait le mériter et, en outre, c'était moins grave que ce que lui avait infligé le père de Vhen. C'était une femelle de valeur. Je l'appréciais, même si je ne l'ai vue qu'une ou deux fois. Je n'étais pas son genre, et de loin, mais elle était aimable avec moi.

— Est-ce que Vhengeance est dans la colonie ? Est-ce qu'il a mis en scène sa propre mort ?

Xhex s'arrêta devant le paysage marin et regarda par-dessus son épaule.

— Il ne souhaiterait pas que nous parlions ainsi.

— Donc il est en vie.

— Oui.

— Dans la colonie.

Xhex haussa les épaules et reprit sa flânerie, ses enjambées calmes et détendues ne dissimulant en rien la puissance innée de son corps.

— S'il avait souhaité que tu sois impliquée dans toute cette histoire, il aurait agi très différemment.

— Est-ce que tu as tué Montrag pour empêcher que l'affidavit soit divulgué ?

— Non.

— Pourquoi l'as-tu tué alors ?

— Ça ne te regarde pas.

— Mauvaise réponse. (Quand Xhex tourna la tête, Ehlena redressa les épaules.) Connaissant ta nature, je pourrais aller voir le roi immédiatement et détruire ta couverture. Donc je pense qu'il vaudrait mieux que tu t'expliques.

— Tu menaces une *symphathe* ? Attention, je mords.

Le lent sourire qui suivit ces paroles fit palpiter de peur le cœur d'Ehlena, lui rappelant qu'elle n'avait pas l'habitude d'affronter ce type de situation et de personnage. Ce n'était pas tant toutes ces histoires de *symphathes*, mais le fait que les yeux gris métallique et froids de Xhex avaient regardé beaucoup de morts – parce qu'elle avait tué ces gens.

Mais Ehlena n'allait pas reculer.

— Tu ne me feras pas de mal, dit-elle d'un ton profondément convaincu.

Xhex dénuda ses longs crocs immaculés, poussant un sifflement.

— Ah vraiment ?

— Non…

Ehlena secoua la tête, une image de Vhen qui tenait ses Keds dans les mains surgissant dans son esprit. Savoir ce qu'il avait fait pour protéger sa mère et sa sœur… lui permettait de croire ce qu'elle avait perçu en lui à ce moment-là.

— Il t'aura dit de ne pas me toucher. Il m'aura protégée en partant. C'est pourquoi il a fait cela au *Zero Sum*.

Vhengeance n'avait pas été parfait, loin de là. Mais elle avait plongé dans ses yeux, respiré son odeur d'union et senti ses mains douces sur son corps. Et au *Zero Sum*, elle avait vu sa douleur et entendu la tension et le désespoir dans sa voix. Mais alors qu'elle avait cru que c'était du cinéma ou par déconvenue d'avoir été découvert, elle savait à présent qu'il s'agissait de tout autre chose.

Elle le connaissait, bon sang. Même après toutes les merdes qu'il avait révélées, même après ses mensonges par omission, elle le connaissait.

Ehlena leva le menton et dévisagea la tueuse tendue à l'autre bout de la pièce.

— Je veux tout savoir et tu vas me le dire.

Xhex parla une demi-heure d'affilée, et fut surprise de constater à quel point c'était agréable. Elle était également surprise d'apprécier autant le choix que Vhen avait fait avec cette femelle. Pendant tout le temps où elle avait déballé les horreurs, Ehlena était restée assise sur l'un des canapés en soie, parfaitement calme et ferme – même si Xhex avait lâché pas mal de bombes.

— Donc la femelle qui est venue chez moi, dit Ehlena, est celle qui le fait chanter ?

— Oui. C'est sa demi-sœur. Elle est mariée à leur oncle.

— Mon Dieu, combien d'argent lui a-t-elle pris au cours des vingt dernières années ? Pas étonnant qu'il ait dû garder le club ouvert.

— Elle ne cherchait pas que l'argent. (Xhex regarda Ehlena droit dans les yeux.) Elle en a fait un prostitué.

Le visage d'Ehlena perdit toutes ses couleurs.

— Qu'est-ce que tu veux dire ?

— À ton avis ? (Xhex jura et se remit à faire les cent pas, explorant la pièce somptueuse sous tous les angles pour la centième fois.) Écoute… il y a vingt-cinq ans j'ai déconné et, pour me protéger, Vhen a conclu un marché avec la Princesse. Chaque mois il allait dans le Nord, lui donnait l'argent… et couchait avec elle. Il détestait ça et la méprisait. En outre, elle le rendait malade, au sens propre : elle l'empoisonnait quand il faisait ce qu'il avait à faire, c'est pour cela qu'il avait besoin d'antivenin. Mais tu sais… même si cela lui coûtait énormément, il continuait de faire le voyage pour qu'elle ne révèle pas nos identités. Il a payé pour mon erreur mois après mois, année après année.

Ehlena secoua lentement la tête.

— Mon Dieu… sa demi-sœur…

— Ne va surtout pas l'en blâmer. Il reste très peu de *symphathes*, donc la consanguinité est monnaie courante, mais plus que tout il n'avait pas le choix, parce que je l'ai impliqué dans une situation inextricable, un piège. Si tu crois une seule seconde qu'il se serait porté volontaire pour une saloperie pareille, c'est que tu es complètement dingue.

Ehlena leva une main comme pour calmer le jeu.

— Je comprends. C'est juste que… je me sens mal pour toi et pour lui.

— Épargne-moi tes sentiments pour moi.

— Ne me dis pas comment me comporter.

Xhex ne put s'empêcher de rire.

— Tu sais, dans d'autres circonstances, je t'apprécierais.

— C'est marrant, je pense la même chose. (La femelle sourit, mais d'un sourire triste.) Il est détenu par la Princesse, alors ?

— Oui. (Xhex se détourna du canapé, refusant de lui dévoiler ce que ses yeux luttaient sans aucun doute pour retenir.) C'est la Princesse qui a révélé son identité, pas Montrag.

— Mais Montrag allait divulguer cet affidavit, non ? C'est pour cela que tu l'as tué.

— Ce n'était qu'une fraction de ce qu'il allait faire. Ce n'est pas à moi de te dévoiler le reste de ses plans, mais disons simplement que Vhen n'en était même pas le plus gros poisson.

Ehlena fronça les sourcils et s'appuya sur les coussins. Elle avait tripoté sa queue-de-cheval et des mèches s'étaient échappées de l'élastique si bien que, comme elle était assise sur le canapé devant la lampe, la lumière formait un halo autour d'elle.

— Le monde doit-il toujours être aussi dur, je me le demande, murmura-t-elle.

— D'après mon expérience, oui.

— Pourquoi ne pas être partie le chercher ? interrogea calmement la femelle. Et ce n'est pas une critique, vraiment. C'est juste que cela ne semble pas te correspondre.

Le fait qu'Ehlena ait ainsi formulé sa question rendit Xhex un peu moins sur la défensive.

— Il m'a fait jurer de ne pas le faire. Il l'a même mis par écrit. Si je retourne dans mon univers, deux de ses meilleurs amis mourront – parce qu'ils partiront sur ma piste. (Haussant les épaules d'un air gêné, Xhex sortit cette fichue lettre de la poche de son pantalon.) Je dois garder cela sur moi parce que c'est la seule chose qui m'aide à me tenir tranquille. Autrement, je serais dans cette putain de colonie à l'heure qu'il est.

Le regard d'Ehlena resta rivé à l'enveloppe pliée.

— Est-ce que… est-ce que je peux la voir, s'il te plaît ? (Ses jolies mains tremblaient quand elle les tendit.) S'il te plaît.

La grille émotionnelle de la femelle était un enchevêtrement de lambeaux de chagrin et de peur liés par la tristesse. Elle avait traversé tant d'épreuves ces quatre dernières semaines qu'elle était au bout du rouleau, tendue au-delà de ses limites et bien plus… mais au plus profond, au centre, au cœur d'elle-même… l'amour brûlait.

L'amour brûlait avec vivacité.

Xhex posa la lettre dans la main d'Ehlena et la tint un petit moment. D'une voix étranglée, elle déclara :

— Vhengeance… est mon héros depuis des années. C'est un bon mâle en dépit de sa nature *symphathe*, et il est digne de ce que tu ressens pour lui. Il mérite tellement mieux que ce qu'il a obtenu de la vie… et, pour être honnête, je ne peux imaginer ce que cette femelle lui inflige en ce moment même.

Quand Xhex lâcha l'enveloppe, Ehlena se mit à battre des paupières rapidement, comme si elle cherchait à empêcher les larmes de couler.

Xhex ne supportait pas de regarder la femelle, aussi alla-t-elle se planter devant le tableau qui représentait un magnifique coucher de soleil sur une mer calme. Les couleurs choisies étaient si chatoyantes et belles qu'on aurait dit que le paysage projetait une chaleur diffuse qui se répandait sur le visage et les épaules.

— Il méritait une vraie vie, murmura Xhex. Avec une *shellane* qui l'aime, quelques enfants et… au lieu de quoi on va le maltraiter et le torturer pendant…

Elle était incapable d'aller plus loin, sa gorge tellement serrée que respirer devenait difficile. Debout devant le coucher de soleil étincelant, Xhex faillit craquer et se mettre à pleurer : la pression qu'elle subissait pour garder en elle le passé, le présent et le futur grimpa à un tel niveau de combustion, écumant et crépitant, qu'elle regarda ses bras et ses mains pour voir s'ils avaient gonflé.

Mais non, ils étaient comme à l'ordinaire.

Coincés dans la peau qu'elle habitait.

Il y eut un léger froissement de papier, et la lettre fut glissée dans l'enveloppe.

— Eh bien, il n'y a qu'une chose à faire, déclara Ehlena.

Xhex se concentra sur le soleil incandescent au centre du tableau et se força à s'éloigner du point de rupture.

— Qui est ?

— Nous allons y aller et le sortir de là.

Xhex lui jeta un regard furieux par-dessus son épaule.

— Au risque de parodier un film d'action… il est impossible que toi et moi affrontions une tribu de *symphathes*. En outre, tu as lu la lettre. Tu sais à quoi j'ai consenti.

Ehlena tapota l'enveloppe posée sur son genou.

— Mais il est écrit que tu ne peux pas y aller pour lui, pas vrai ? Donc… et si je te demandais d'y aller avec moi ? Alors ce serait pour moi, n'est-ce pas ? Si tu es une *symphathe*, tu dois apprécier la combine à sa juste valeur.

Xhex tourna et retourna les implications de ce qui venait d'être dit dans sa tête et eut un bref sourire.

— Bien pensé. Mais, ne le prends pas mal, tu es une civile. Je vais avoir besoin de bien plus de renforts que ça.

Ehlena se leva du canapé.

— Je sais tirer et j'ai reçu une formation pour « prioriser » les patients, comme on dit dans notre jargon, donc je sais gérer les blessures de guerre. En outre, tu auras besoin de moi si tu veux contourner la promesse qui te lie les mains. Alors qu'en dis-tu ?

Xhex était totalement d'accord pour tirer dans le tas, mais si Ehlena se faisait tuer pendant l'opération de libération de Vhen, ça ne le ferait pas.

— Très bien, j'irai seule, déclara Ehlena en jetant la lettre sur le canapé. Je le retrouverai et je…

— Du calme, dure à cuire.

Xhex prit une profonde inspiration, ramassa la dernière missive de Vhen et s'autorisa à réfléchir à ce qu'il était possible de faire. Et s'il y avait un moyen de… ?

Surgie de nulle part, la détermination se déversa en elle, ses veines soudain parcourues par un flux autre que la douleur. *Oui, je vois comment organiser cela.*

— Je sais qui aller voir. (Elle rayonna.) Je sais comment gérer ça.

— Qui ?

Elle tendit la main à Ehlena.

— Si tu veux aller là-bas, je suis d'accord, mais ce sera à ma façon.

L'infirmière de Vhen baissa ses yeux caramel avant de les lever sur le visage de Xhex.

— Je viens avec toi. C'est ma seule condition. Je viens.

Xhex hocha lentement la tête.

— Je comprends. Mais tout le reste, c'est moi qui m'en charge.

— Marché conclu.

Quand leurs mains se touchèrent, la poigne d'Ehlena était forte et ferme. Ce qui, étant donné les difficultés qui les attendaient, augurait bien de la manière dont elle tiendrait la crosse d'une arme.

— Nous allons le sortir de là, souffla Ehlena.

— Que Dieu nous aide.

Chapitre 65

— OK, voilà le truc, George. Tu vois ces saloperies ? C'est un problème, un vrai problème. Je sais qu'on a fait ça à plusieurs reprises, mais on va pas se reposer sur nos lauriers.

Quand Kolher tapota la dernière marche de l'escalier de la maison de sa ranger, il se représenta le tapis rouge qui montait du vestibule jusqu'au premier étage.

— La bonne nouvelle ? Tu vois ce que tu fais. La mauvaise nouvelle ? Si je tombe, je risque de t'entraîner avec moi. C'est pas ce qu'on cherche.

Il caressa la tête du chien d'un air absent.

— On y va ?

Il lui donna le signal pour avancer et se mit à gravir les marches, George à son côté, le léger roulement d'épaules du chien se propageant dans la poignée tandis qu'ils montaient. Au sommet, George s'arrêta.

— Le bureau, intima Kolher.

Ensemble, ils avancèrent tout droit, puis George s'arrêta de nouveau. Kolher s'orienta grâce au crépitement dans la cheminée et fut en mesure de marcher avec le chien jusqu'au bureau. Dès qu'il se fut assis dans son nouveau fauteuil, George s'assit également, juste à côté de lui.

— Je n'arrive pas à croire que tu fasses cela, lança Viszs depuis le seuil.

— Je m'en fous.

— Dis-moi que tu veux que nous soyons ici avec toi.

Kolher passa la main sur le flanc de George. Seigneur, ce chien avait un pelage soyeux.

— Pas tout de suite.

— T'en es sûr ? (Kolher laissa son sourcil levé parler pour lui.) OK, d'accord. C'est bon. Mais je serai juste derrière la porte.

Et V. ne serait pas seul, c'était certain. Quand le téléphone de Bella avait sonné en plein milieu du Dernier Repas, cela avait été une surprise : tous ceux qui auraient pu l'appeler se trouvaient avec elle dans la pièce. Elle avait répondu et, après un long silence, Kolher avait entendu qu'on repoussait une chaise et des bruits de pas se rapprocher de lui.

— C'est pour toi, avait-elle dit d'une voix tremblante. C'est… Xhex.

Cinq minutes plus tard, il avait accepté de rencontrer le second de Vhengeance et, même s'ils n'avaient parlé de rien de particulier, il n'était pas besoin d'être un génie pour comprendre pourquoi la femelle avait appelé et ce qu'elle voudrait. Après tout, Kolher n'était pas seulement le roi, il était aussi le gardien de la Confrérie.

Un gardien qui pensait que Kolher était complètement dingue de la rencontrer, mais c'était le point positif d'être le dirigeant de l'espèce : on pouvait faire ce qu'on voulait.

En bas, on ouvrit la porte d'entrée et la voix de Fritz se répercuta tandis qu'il escortait les deux invitées dans la demeure. Le vieux majordome n'était pas seul quand il entra avec les femelles, ayant été lui-même escorté par Rhage et Butch quand il avait pris la Mercedes pour aller les chercher.

Des voix et de nombreux pieds empruntèrent l'escalier.

George se tendit, relevant l'arrière-train, son souffle se modifiant légèrement.

— C'est bon, mon pote, lui murmura Kolher. Tout va bien.

Le chien se calma immédiatement, ce qui poussa Kolher à regarder l'animal, même s'il ne voyait rien. Il y avait quelque chose de… très agréable dans cette confiance absolue.

Le coup frappé à la porte lui fit tourner la tête.

— Entrez.

Sa première impression de Xhex et Ehlena fut qu'elles émettaient une détermination grave. La deuxième fut qu'Ehlena, qui se trouvait à droite, était particulièrement nerveuse.

D'après le léger froissement, il supposa qu'elles s'inclinaient devant lui, et les deux « Votre Majesté » qui suivirent confirmèrent son intuition.

— Asseyez-vous, dit-il. Et je veux que tous les autres sortent de cette pièce.

Aucun des frères n'osa grommeler. Le mode protocole venait d'être enclenché : quand ils se trouvaient en présence d'étrangers, ils le traitaient comme leur seigneur souverain et roi. Ce qui signifiait pas de conneries et pas d'insubordination.

Peut-être auraient-ils besoin de visiteurs plus souvent dans cette fichue maison !

Quand on ferma les portes, Kolher interrogea :

— Dites-moi pourquoi vous êtes ici.

Dans le silence qui suivit, il imagina que les femelles échangeaient probablement un regard pour déterminer qui parlerait en premier.

— Laissez-moi deviner, trancha-t-il. Vhengeance est en vie et vous voulez le sortir de son trou à rats.

Quand Kolher, fils de Kolher, parla, Ehlena ne fut absolument pas surprise que le roi sache pourquoi elles étaient venues. Assis de l'autre côté d'un bureau remarquablement délicat, il était exactement comme dans son souvenir, quand il l'avait quasiment jetée par terre à la clinique : à la fois cruel et intelligent, un chef en pleine possession de ses moyens physiques et intellectuels.

C'était un mâle qui savait comment fonctionnait le monde. Et il avait l'habitude de posséder les forces nécessaires pour accomplir des choses difficiles.

—Oui, seigneur, répondit-elle. C'est ce que nous voulons.

Ses lunettes de soleil se tournèrent vers elle.

—Ainsi tu es l'infirmière de la clinique de Havers. Qui s'est avérée être la plus proche parente de Montrag.

—Oui, en effet.

—Ça t'ennuie si je te demande comment tu t'es retrouvée impliquée là-dedans ?

—C'est personnel.

—Ah. (Le roi hocha la tête.) Compris.

Xhex prit la parole d'une voix grave et respectueuse.

—Il a fait quelque chose de bien pour toi. Vhengeance a fait quelque chose de très bien pour toi.

—Tu n'as pas besoin de me le rappeler. C'est la raison pour laquelle vous êtes toutes les deux dans ma maison.

Ehlena jeta un coup d'œil à Xhex, tâchant de comprendre sur le visage de la femelle à quoi ils faisaient allusion. Elle n'obtint rien, ce qui n'avait rien d'étonnant.

—Voici ma question, dit Kolher. Si nous le ramenons, comment allons-nous contourner cet e-mail que nous avons reçu ? Il a dit que ce n'était rien, mais il a visiblement menti. Quelqu'un là-haut a menacé de dévoiler son identité et, s'il s'échappe… quelqu'un va appuyer sur la détente.

Xhex parla de nouveau.

—Je garantis personnellement que l'individu qui a lancé cette menace sera incapable d'utiliser un ordinateur quand j'en aurai fini avec elle.

—Cooool.

Quand le roi sourit et laissa échapper le mot, il se pencha sur le côté et sembla caresser quelque chose… Avec un mouvement de surprise, Ehlena découvrit qu'un golden retriever était assis à côté de lui, la tête du chien dépassant à peine le dessus du bureau. Mince alors. C'était un choix de race étrange, en un sens, étant donné que le compagnon du roi avait l'air aussi gentil et facile à approcher que son propriétaire ne l'était pas... et pourtant Kolher était doux avec l'animal, sa grande et large main effleurant lentement son dos.

— Est-ce le seul trou qui doive être rebouché dans son identité ? demanda le roi. Si cette fuite est éliminée, est-ce que d'autres pourraient menacer de la dévoiler ?

— Montrag est mort et enterré, murmura Xhex. Et je ne vois pas qui d'autre serait au courant. Bien entendu, le roi *symphathe* pourrait se lancer à sa poursuite, mais tu peux l'en empêcher. Vhen est également l'un de tes sujets.

— C'est sacrément vrai, et nous l'entendrons comme « possession vaut titre ». (Le sourire de Kolher refit une brève apparition.) En outre, le chef des *symphathes* ne va pas vouloir m'emmerder, parce que si je suis irrité, je pourrais transférer sa jolie petite maison jusqu'en territoire « on se gèle les couilles ». Il tient son apanage de moi, comme on disait dans l'Ancienne Contrée, ce qui signifie qu'il ne dirige que parce que je le tolère.

— Donc est-ce qu'on va le faire ? demanda Xhex.

Il y eut un long silence et, tandis qu'elles attendaient que le roi parle, Ehlena observa la jolie pièce d'inspiration française pour éviter le regard de Kolher. Elle ne voulait pas qu'il sache à quel point elle était anxieuse et craignait que son visage ne reflète sa faiblesse : elle était totalement hors de son élément ici, devant le chef de l'espèce, à présenter un projet qui impliquait d'aller au cœur d'un endroit incroyablement malfaisant. Mais elle ne pouvait pas prendre le risque qu'il doute d'elle ou l'exclue, parce que, peu importe sa nervosité, elle ne reculerait pas. Avoir peur ne voulait pas dire qu'on se détournait du but. Merde, si elle pensait une chose pareille, son père aurait été interné dans la seconde et elle aurait très bien pu finir comme sa mère.

Faire le nécessaire était parfois effrayant, mais son cœur l'avait amenée ici, dans cette demeure, et lui ferait traverser… ce qui suivrait, et ce qu'il faudrait pour libérer Vhengeance.

Ehlena… es-tu là ?

Oui, totalement.

—Autre chose, ajouta Kolher, qui changea de position en grimaçant comme s'il avait une blessure de combat. Le roi là-haut… il ne va pas apprécier qu'on débarque sur son territoire et qu'on se barre avec l'un des siens.

—Avec tout le respect que je te dois, l'interrompit Xhex, l'oncle de Vhen peut aller se faire foutre.

Ehlena leva les sourcils. Vhengeance était le neveu du roi ? Kolher haussa les épaules.

—Il se trouve que je suis d'accord, mais ce que je veux dire, c'est qu'il y aura un conflit. Un conflit armé.

—Je suis douée pour cela, déclara Xhex aussi tranquillement que s'ils parlaient cinéma. Très douée.

Ehlena ressentit le besoin de s'immiscer dans la conversation.

—Et moi aussi. (Quand les épaules du roi se raidirent, elle essaya de ne pas se montrer trop véhémente, parce que la dernière chose dont elles avaient besoin était de se faire jeter dehors pour irrespect.) Je veux dire, je n'attends rien de plus, et j'y suis préparée.

—Tu y es préparée ? Ne le prends pas mal, mais un civil parasite n'est pas une bonne chose s'il doit y avoir du grabuge.

—Avec tout le respect que je vous dois, répliqua-t-elle en écho aux paroles de Xhex, j'irai.

—Même si ça veut dire que je retirerai mes hommes ?

—Oui. (Il y eut une profonde inspiration, comme si le roi réfléchissait à un moyen de la calmer gentiment.) Vous ne comprenez pas, seigneur. Il est mon…

— Ton quoi ?

Sur un coup de tête, pour renforcer son statut, elle répondit :

— Il est mon *hellren*.

À l'extrémité de son champ de vision, elle aperçut Xhex tourner la tête vers elle, mais elle s'était déjà jetée à l'eau et ne pouvait pas se mouiller davantage.

— Il est mon compagnon et… il s'est nourri sur moi il y a un mois. S'ils l'ont caché, je le trouverai. En outre, s'ils lui ont fait ce qu'ils (oh, Seigneur) lui ont sans doute fait, il aura besoin de soins. Et je pourrai les lui prodiguer.

Le roi joua avec l'oreille du chien, frottant son pouce sur la douce fourrure fauve. L'animal appréciait visiblement la caresse, et s'appuya contre la jambe de son maître avec un soupir.

— Nous avons un infirmier militaire, fit valoir Kolher. Et un médecin.

— Mais vous n'avez pas la *shellane* de Vhengeance, pas vrai ?

— Mes frères ! appela brusquement Kolher. Ramenez vos fesses ici.

Quand les portes du bureau furent ouvertes en grand, Ehlena regarda par-dessus son épaule, se demandant si elle avait poussé le bouchon trop loin et était sur le point d'être « escortée » hors de la demeure. À n'en pas douter, chacun des dix mâles imposants qui entrèrent serait en mesure de le faire. Elle les avait tous déjà vus à la clinique, sauf celui qui avait des cheveux blonds et noirs, et n'était pas du tout étonnée de découvrir qu'ils étaient armés jusqu'aux dents.

À son grand soulagement, ils ne l'emportèrent pas pour la mettre dehors, mais s'installèrent dans la pièce bleu pâle raffinée, la remplissant jusqu'au plafond. Il lui parut un peu bizarre que Xhex ne regarde aucun d'entre eux, restant concentrée sur Kolher – même si cela avait peut-être un sens.

Si résolus que soient les frères, seule l'opinion du roi importait véritablement.

Kolher observa ses guerriers, les yeux dissimulés par ses lunettes de soleil, si bien qu'il était impossible de savoir ce qu'il pensait.

Le silence la tuait, et le cœur d'Ehlena tonnait dans ses oreilles.

Finalement, le roi parla.

— Messieurs, ces deux charmantes dames veulent faire un petit voyage dans le Nord. Je suis prêt à les laisser partir là-bas pour nous ramener Vhen, mais elles n'iront pas seules.

La réponse des frères fut immédiate.

— Je viens.

— Compte sur moi.

— Quand est-ce qu'on part ?

— Il était temps, putain.

— Oh, mec, ils repassent *Au fil de la vie* demain soir. Est-ce qu'on peut partir après vingt-deux heures, que je le regarde en entier ?

Toutes les têtes se tournèrent vers le type aux cheveux blonds et noirs qui était dans un coin de la pièce, ses larges bras croisés.

— Quoi ? demanda-t-il. Écoutez, ce n'est pas Mary Tyler Moore, OK ? Alors vous pouvez bien me l'accorder.

Viszs, celui qui avait une main couverte d'un gant noir, lui jeta un regard furieux depuis l'autre bout du bureau.

— C'est pire que Mary Tyler Moore. Et te traiter d'idiot serait insulter les imbéciles de ce monde.

— Tu te moques de moi ? Bette Midler est géniale. Et j'adore l'océan. Alors vas-y, fais-moi un procès.

Viszs jeta un coup d'œil au roi.

— Tu m'as dit que je pouvais le frapper. Tu l'as promis.

— Dès que vous serez rentrés, dit Kolher en se levant, nous le pendrons sous les aisselles dans le gymnase et tu te serviras de lui comme d'un punching-ball.

— Merci, petit Jésus.

Blond et Noir secoua la tête.

— Je vous jure, un de ces jours, je vais me barrer.

Comme un seul homme, les frères désignèrent la porte ouverte et laissèrent le silence parler de lui-même.

— Vous faites chier, les mecs.

— OK, ça suffit.

Kolher contourna le bureau et...

Ehlena se redressa d'un bond. Le roi tenait la poignée d'un harnais qui entourait le poitrail du chien, son visage était droit, le menton levé, de telle façon qu'il ne pouvait absolument pas regarder le sol.

Il était aveugle. Et pas au sens où sa vision était seulement diminuée. Son comportement actuel prouvait qu'il ne voyait strictement rien. *Quand est-ce arrivé ?* se demanda-t-elle. *Il semblait y voir un peu, la dernière fois que je l'ai croisé.*

Le respect envahit la poitrine d'Ehlena quand elle et toutes les autres personnes de la pièce se tournèrent vers lui.

— Cela va être délicat, annonça Kolher. Il faut que nous envoyions assez de combattants pour servir à la fois de couverture et d'unité de recherche, mais nous ne voulons pas créer plus de troubles qu'il n'est absolument nécessaire. Je veux deux équipes, la seconde en stand-by. Nous allons également avoir besoin d'un soutien automobile au cas où Vhengeance serait handicapé et que nous ayons à le ramener...

— De quoi parlez-vous ? s'enquit une voix féminine depuis le seuil.

Ehlena regarda par-dessus son épaule et la reconnut : Bella, la compagne du frère Zadiste, qui aidait fréquemment les patientes du Refuge. La femelle se tenait dans l'encadrement décoré de la porte, son bébé dans les bras, le visage pâli, les yeux caverneux.

— Que se passe-t-il avec Vhengeance ? demanda-t-elle en élevant la voix. Qu'en est-il de mon frère ?

Tandis qu'Ehlena commençait à relier les points, Zadiste s'approcha de sa *shellane*.

— Je crois que vous avez besoin de parler tous les deux, déclara prudemment Kolher. En privé.

Z. opina et escorta sa compagne et leur enfant hors de la pièce. Alors que tous deux empruntaient le couloir, on entendait toujours Bella poser des questions, le timbre de sa voix rehaussé par une panique grandissante.

Puis une exclamation sembla indiquer qu'on venait de révéler une nouvelle explosive à cette pauvre femelle.

Ehlena baissa les yeux sur le beau tapis bleu. Mon Dieu… elle savait parfaitement ce que Bella ressentait à cet instant précis. Les répercussions du choc, la refonte de tout ce qu'elle prenait pour acquis, le sentiment de trahison.

Difficile de passer par là. Difficile de s'en remettre, également.

On ferma une porte et les voix furent étouffées, puis Kolher parut embrasser la pièce du regard comme pour donner à tout le monde la possibilité de mesurer sa détermination.

— La confrontation aura lieu demain soir, parce qu'il ne reste pas assez de jour pour envoyer une voiture là-haut. (Le roi désigna Ehlena et Xhex du menton.) Vous resterez toutes les deux ici jusque-là.

Donc cela voulait dire qu'elle irait ? Louée soit la Vierge scribe. Quant à passer la journée ici, elle devrait appeler son père, mais puisque Lusie se trouvait dans la maison, son absence ne serait pas problématique.

— Pas de problème pour moi…

— Je dois y aller, dit Xhex d'une voix tendue. Mais je serai de retour à…

— Ce n'est pas une invitation. Vous restez ici pour que je sache où vous êtes et ce que vous faites. Et si tu t'inquiètes pour les armes, nous en avons pléthore – merde, nous avons récupéré quatre caisses chez les éradiqueurs il y a tout juste un mois. Tu veux le faire ? Tu restes sous notre toit jusqu'à la tombée de la nuit.

Il était parfaitement évident que le roi ne se fiait pas à Xhex, vu sa voix autoritaire et la manière farouche dont il lui souriait.

— Alors, quelle route prends-tu, mangeuse de péchés ? demanda-t-il doucement. La mienne ou l'autoroute ?

— Très bien, rétorqua Xhex. Comme tu veux.

— Toujours, murmura Kolher. Toujours.

Une heure plus tard, Xhex était debout les bras tendus devant elle, les pieds écartés de quarante-cinq centimètres. Dans ses mains se trouvait un SIG Sauer calibre .40 qui puait le talc pour bébé, et elle collait des balles dans une cible de forme humaine à vingt mètres dans la salle de tir de la Confrérie. Malgré la puanteur, l'arme était de toute première catégorie, avec une bonne détente et une excellente visée.

Tandis qu'elle mettait le pistolet à l'épreuve, elle sentait les mâles derrière elle l'observer. À leur crédit, ils ne regardaient pas ses fesses.

Nan, les frères n'étaient pas intéressés par son derrière. Aucun d'eux ne l'appréciait particulièrement, même si, vu leur expression de respect réticent pendant qu'elle rechargeait l'arme, ils voyaient sa capacité à mettre dans le mille comme un atout.

Dans le pas de tir d'à côté, Ehlena prouvait qu'elle n'avait pas menti en disant qu'elle savait se servir d'une arme. Elle avait choisi un automatique avec une puissance de feu moindre, ce qui était sensé vu qu'elle n'avait pas la même force dans le haut du corps que Xhex. Elle visait extrêmement bien pour un amateur et, mieux encore, elle manipulait l'arme avec le genre de confiance paisible qui sous-entendait qu'elle ne tirerait pas dans les genoux de quelqu'un par inadvertance.

Xhex ôta son casque de protection et se tourna vers la Confrérie, gardant le revolver baissé contre sa cuisse.

— J'aimerais essayer l'autre, mais cette paire-là me conviendra parfaitement. Et je veux récupérer mon couteau.

On lui avait retiré l'arme quand on les avait conduites à la demeure dans cette Mercedes noire.

— Tu l'auras quand tu en auras besoin, dit quelqu'un.

Contre sa volonté, ses yeux évaluèrent rapidement celui qui avait répliqué. C'était le tas de muscles. Ce qui signifiait que John Matthew n'était pas entré en douce.

Vu la taille du complexe de la Confrérie, elle supposait qu'il pouvait se trouver n'importe où, y compris dans la ville voisine, bon sang : après la réunion dans le bureau du roi, il était tout simplement sorti et elle ne l'avait pas revu depuis lors.

Ce qui était une bonne chose. Elle avait besoin d'être concentrée sur ce qui les attendait tous demain soir, pas sur sa vie amoureuse minable et castrée. Heureusement, tout semblait se mettre en place. Elle avait appelé iAm et Trez et leur avait laissé des messages leur annonçant qu'elle prenait un jour de repos, et ils avaient rappelé pour dire que ce n'était pas un problème. Ils allaient certainement reprendre de ses nouvelles, mais, avec un peu de chance et le soutien des frères, elle serait sortie de la colonie avant que leurs pulsions de baby-sitter les submergent.

Vingt minutes plus tard, elle avait fini de tester l'autre SIG et ne fut pas du tout surprise quand on lui confisqua les deux armes. Le retour à la demeure fut long et tendu, et elle regarda Ehlena pour voir comment celle-ci allait. Il était difficile de désapprouver la ferme détermination qui transparaissait sur le visage de l'infirmière : la femelle de Vhen allait chercher son mâle, et rien ne se mettrait en travers de sa route.

Ce qui était formidable… mais cette détermination rendait pourtant Xhex nerveuse. Elle était prête à parier qu'il y avait la même expression dans le regard de Mheurtre quand il était venu la chercher dans la colonie.

Et vu comment les choses avaient tourné…

Mais bon, conformément à son caractère, il était parti en solitaire, sans le moindre renfort. Au moins, elles avaient été assez intelligentes pour aller chercher une aide conséquente, et on ne pouvait que prier pour que cela fasse la différence.

De retour à la maison, Xhex se servit à manger dans la cuisine et fut conduite au premier étage, dans une chambre d'amis qui se trouvait dans un long couloir orné de statues.

Manger. Boire. Douche.

La pièce ne lui étant pas familière, elle laissa la lumière de la salle de bains allumée, se mit au lit dans le plus simple appareil et ferma les yeux.

Quand on ouvrit la porte environ une demi-heure plus tard, elle fut choquée mais pas surprise en voyant la grande ombre se tenir dans la lumière du couloir.

— Tu es ivre, dit-elle.

John Matthew entra sans y être invité, et verrouilla la porte sans sa permission. Il était effectivement ivre, mais ce n'était pas un scoop.

Le fait qu'il soit excité sexuellement n'était pas non plus une grande nouvelle.

Quand il posa la bouteille qu'il tenait sur la commode, elle sut qu'il dirigeait les mains vers la braguette de son jean, et elle avait environ cent mille raisons de lui dire d'arrêter ses conneries et de dégager de là.

Au lieu de quoi, Xhex écarta la couverture de son corps et mit les mains derrière la tête. Ses seins étaient parcourus de picotements, entre autres à cause du froid.

Parmi toutes les raisons qu'elle pouvait avancer pour ne pas se soumettre à ce qu'ils allaient faire prédominait une réalité, anéantissant les fondements d'un choix sain : avant la fin de la nuit prochaine, il y avait un risque que l'un d'entre eux, voire tous deux, ne rentrent pas à la maison.

Même avec la Confrérie pour les soutenir, se rendre dans la colonie était une mission suicide, et elle était prête à parier que beaucoup de gens faisaient l'amour sous le toit de la demeure en ce moment même. Parfois il fallait goûter à la vie juste avant de frapper à la porte de la Grande Faucheuse.

John retira son jean et sa chemise et abandonna ses vêtements là où ils tombèrent. Quand il s'approcha d'elle, son corps était magnifique dans la lumière diffuse, son pénis dur et prêt, et son corps très musclé était tout ce qu'une femelle pouvait désirer avoir dans son lit.

Mais ce n'est pas ce qui lui importait quand il grimpa sur le lit et se plaça au-dessus d'elle. Elle voulait voir ses yeux.

Aucune chance, cependant. Son visage était dans l'ombre, la lumière de la salle de bains faisant contre-jour. Pendant un moment, elle faillit allumer la lampe de chevet, mais elle comprit qu'elle n'avait pas envie d'apercevoir toute cette froideur insensible que recélait sans aucun doute son regard.

Je ne vais pas obtenir ce que je cherche de la sorte, pensa Xhex. *Cela n'aurait rien à voir avec la vie.*

Et elle avait raison.

Pas de prélude. Pas de préliminaires. Elle ouvrit les jambes, il s'enfonça en elle, et son corps se détendit et l'accepta grâce à la biologie. Tandis qu'il la baisait, il avait la tête contre la sienne sur l'oreiller, mais tournée de l'autre côté.

Xhex n'eut pas d'orgasme. Lui si. À quatre reprises.

Quand il s'écarta de son corps et s'allongea sur le dos, respirant difficilement, le cœur de Xhex était complètement et irrémédiablement brisé : cette saleté s'était déjà craquelée quand elle l'avait abandonné dans son appartement au sous-sol, mais à chaque coup de reins qu'il avait donné ce soir, son cœur avait éclaté un peu plus avant de finir par disparaître.

Quelques minutes plus tard, John se leva, remit ses vêtements, empoigna sa bouteille d'alcool et sortit.

Au moment où la porte se referma, Xhex tira la couverture sur elle.

Elle ne fit rien pour contrôler les tremblements qui secouaient son corps et n'essaya pas de s'arrêter de pleurer. Les larmes débordaient du coin de ses yeux, glissant et roulant sur ses tempes. Certaines atterrirent dans ses oreilles. D'autres dégoulinèrent dans son cou et furent absorbées par l'oreiller. D'autres encore embuèrent sa vision, comme si elles ne souhaitaient pas la quitter.

Se sentant ridicule, elle posa les mains sur son visage et les retint de son mieux, les essuyant sur la couverture.

Elle pleura pendant des heures.

Seule.

Chapitre 66

Le soir suivant, Flhéau se trouvait à environ vingt-cinq kilomètres au sud de Caldwell quand il engagea la Mercedes dans un chemin de terre et éteignit les phares de la berline. Conduisant lentement dans l'allée boueuse accidentée, il se servit de la lune pour se repérer, traversant un champ de maïs broussailleux à l'abandon.

— Sortez vos armes, ordonna-t-il.

Dans le siège passager, M. D empoigna son calibre .40 et, sur la banquette arrière, les deux tueurs levèrent les fusils qu'on leur avait donnés avant que Flhéau les emmène tous hors de la ville.

Une centaine de mètres plus loin, Flhéau enfonça la pédale de frein et passa sa main gantée sur le volant gainé de cuir. L'avantage des grosses Mercedes, c'était que quand on s'en extirpait, on ressemblait à un homme d'affaires, et pas à un dealer qui se la pétait. En outre, on pouvait caser sa garde rapprochée sur le siège arrière.

— Allons-y.

D'un geste synchronisé, ils déverrouillèrent leurs portières et sortirent, se retrouvant face à une autre grosse Mercedes de l'autre côté du terrain enneigé.

Une AMG bordeaux. Sympa.

Et Flhéau n'était pas le seul à avoir apporté des accessoires de type flingues et munitions à cette réunion. Quand toutes les portières de l'AMG s'ouvrirent, trois types avec des calibres .40 et un autre qui paraissait désarmé sortirent.

Si les berlines évoquaient la civilité, tout du moins un semblant, leurs passagers incarnaient en revanche le côté violent du trafic de drogue – qui n'avait vraiment que dalle en commun avec les calculatrices, les comptes offshore et le blanchiment d'argent.

Flhéau approcha de l'homme qui n'arborait pas d'arme et avait les deux mains sorties de son manteau Joseph Abboud. Tout en approchant, il fouilla l'esprit de l'importateur sud-américain qui, du moins d'après le dealer qu'il avait torturé de manière fort agréable et profitable, avait vendu le produit en gros à Vhengeance.

— Vous vouliez me rencontrer ? demanda l'homme avec un accent.

Flhéau mit la main dans la poche intérieure de son manteau et sourit.

— Vous n'êtes pas Ricardo Benloise. (Il jeta un coup d'œil à l'autre Mercedes.) Et je n'apprécie pas que vous et votre chef vous foutiez de ma gueule. Dites à cet enfoiré de sortir tout de suite de la voiture, ou je me casse, ce qui signifie qu'il ne fera pas affaire avec le type qui a nettoyé les rues de Caldwell et qui fournira le marché que le Révérend détenait.

L'humain parut perplexe l'espace d'un instant, puis regarda ses trois camarades qui se tenaient derrière lui. Au bout d'un moment, son regard finit par se diriger vers la Mercedes bordeaux et il inclina légèrement la tête.

Il y eut un silence, puis la portière passager s'ouvrit et un homme plus âgé et plus petit sortit. Il était habillé avec recherche, son manteau noir tombant parfaitement sur ses épaules minces, ses mocassins brillants laissant des traces de pas dans la neige.

Il s'approcha avec un calme absolu, comme s'il était sûr à cent pour cent que ses hommes sauraient gérer n'importe quel incident.

— Vous comprendrez mes précautions, déclara Benloise avec un accent qui paraissait à la fois français et sud-américain. C'est un moment opportun pour être prudent.

Flhéau sortit la main de sa veste, laissant son arme à sa place.

— Vous n'avez rien à redouter.

— Vous en paraissez très sûr.

— Étant donné que c'est moi qui ai éliminé la concurrence, j'en suis tout à fait sûr.

Le regard du vieil homme détailla Flhéau, l'évaluant, et ce dernier sut qu'il ne verrait rien d'autre que de la force.

Supposant qu'il n'y avait pas de temps à perdre, Flhéau joua cartes sur table.

— Je veux récupérer ce que le Révérend gérait en termes de volumes, et je veux le faire tout de suite. J'ai beaucoup d'hommes et le territoire m'appartient. J'ai besoin d'un bon fournisseur de poudre, professionnel, c'est pourquoi j'ai voulu vous rencontrer. Rien de plus simple. Je prends la place du Révérend et, puisque vous travailliez avec lui, je fais affaire avec vous.

Le vieil homme sourit.

— Rien n'est simple. Mais bon, vous êtes jeune et vous découvrirez cela par vous-même, si vous vivez assez longtemps.

— Je vais être dans le coin un bon moment. Faites-moi confiance.

— Je ne fais confiance à personne, pas même à ma famille. Et je crains de ne pas savoir de quoi vous parlez. Je suis importateur d'art colombien, et je n'ai aucune idée de la manière dont vous avez obtenu mon nom ou pourquoi vous l'avez relié à un commerce illégal. (Le vieil homme s'inclina légèrement.) Je vous souhaite une bonne soirée et vous suggère de trouver des moyens légaux pour exercer vos talents qui sont, je n'en doute pas, fort nombreux.

Flhéau fronça les sourcils quand Benloise retourna dans l'AMG, laissant ses hommes derrière lui.

Qu'est-ce que c'était que ce bordel ? À moins que cela ne se finisse en averse de plomb…

Alors que Flhéau mettait la main sur son arme, il s'attendit à une détonation… mais non. L'homme qui avait tenté de se faire passer pour Benloise se contenta d'approcher et lui tendit la main.

— Ravi de vous avoir rencontré.

Quand Flhéau baissa les yeux, il aperçut quelque chose dans la main du type. Une carte.

Flhéau lui serra la main, prit ce qu'on lui donnait et retourna à sa propre Mercedes. Une fois derrière le volant, il observa l'AMG s'éloigner par le chemin, son pot d'échappement fumant dans le froid.

Il regarda la carte. Il s'agissait d'un numéro.

— Qu'est-ce que vous avez là, m'sieur ? demanda M. D.

— Je crois que nous allons peut-être faire des affaires.

Il sortit son portable et composa le numéro, puis démarra la voiture et partit dans la direction opposée de celle de l'équipe de Benloise.

Ce dernier décrocha.

— C'est tellement plus agréable de parler dans une voiture chauffée, vous ne trouvez pas ?

Flhéau se mit à rire.

— Certes.

— Voilà ce que je vous propose. Un quart de ce que j'envoyais chaque mois au Révérend. Si vous êtes capable de vendre cette quantité sans encombre dans les rues, alors nous étudierons une augmentation du volume. Est-ce que nous sommes d'accord ?

C'est un tel plaisir d'avoir affaire à un professionnel, se dit Flhéau.

— Nous sommes d'accord.

Après avoir discuté d'argent et des termes de la livraison, ils raccrochèrent.

— Tout va bien, déclara-t-il, satisfait.

Tandis qu'on l'applaudissait dans la voiture, il s'autorisa à sourire comme un enfoiré. Le projet de monter des labos s'était révélé plus difficile que prévu – même s'il continuait d'exploiter cette idée, il avait besoin d'un fournisseur de premier plan et fiable, et sa relation avec Benloise en était la clé. Avec l'argent que cela générerait, il pourrait recruter, acquérir des armes dernier cri, acheter d'autres propriétés et viser les frères. Telles que les choses se présentaient à l'heure actuelle, il avait l'impression que la Société des éradiqueurs avait été neutre depuis qu'il avait pris le pouvoir, mais que ce temps était désormais révolu, grâce au vieil homme à l'accent.

De retour dans Caldwell même, Flhéau lâcha M. D et les autres éradiqueurs devant cet atroce ranch, puis se rendit à l'immeuble en grès brun. Quand il se gara, il fut submergé par ses perspectives d'avenir, tous ces projets bourdonnants lui faisant découvrir à quel point il avait eu le cafard. L'argent était important. Il accordait la liberté de faire ce que l'on voulait, d'acheter ce qu'il fallait.

L'argent était un pouvoir rangé en piles bien nettes entourées d'un élastique d'autorité.

C'était ce dont il avait besoin pour être lui-même.

Quand il traversa la cuisine, il prit un moment pour savourer les améliorations qu'il avait déjà été en mesure d'apporter. Plus de comptoirs et de placards vides. On trouvait une machine à expresso, des robots ménagers, des plats et des verres, et rien ne sortait de chez *Target*. Il y avait également de la nourriture gastronomique dans le réfrigérateur, des vins fins dans la cave et des alcools de première catégorie dans le bar.

Il pénétra dans la salle à manger, qui était toujours dépouillée, et grimpa les marches deux à deux, défaisant ses vêtements à mesure qu'il montait, son pénis devenant plus dur à chaque pas. Là-haut, sa Princesse l'attendait. Elle l'attendait et était prête pour lui. Baignée, ointe et parfumée par deux de ses tueurs, prête à l'emploi, comme l'esclave sexuelle qu'elle était.

Bon sang, il était heureux que tous les éradiqueurs soient impotents ; autrement, il y aurait eu une vague de castrations au sein de la Société.

Quand il atteignit le premier palier, il déboutonna sa chemise, dévoilant les marques de griffures qui lui barraient la poitrine. Elles étaient l'œuvre des ongles de son amante et il sourit, prêt à augmenter sa collection. Après environ deux semaines où elle avait été complètement attachée, il avait commencé à lui libérer une main et un pied. Plus ils luttaient, meilleur c'était.

Mon Dieu, c'était une sacrée femelle…

Il se figea en arrivant sur la dernière marche, l'odeur provenant du couloir le faisant s'arrêter net. Oh… mon Dieu, la fragrance intense était si lourde qu'on aurait cru qu'une centaine de bouteilles de parfum avaient été fracassées.

Flhéau courut jusqu'à la porte de sa chambre. S'il était arrivé quelque chose à…

Le carnage était stupéfiant, du sang noir souillait le nouveau tapis et le papier peint neuf : les deux éradiqueurs qu'il avait laissés pour garder sa femelle gisaient moitié à terre, moitié en travers du lit à baldaquin, des entailles luisantes au cou. Ils s'étaient poignardés eux-mêmes jusqu'à se vider de tellement de leur sang qu'ils avaient perdu connaissance.

Le regard de Flhéau se porta sur le lit. Les draps de satin étaient froissés et les quatre chaînes que le roi *symphathe* lui avait données pour la mater pendaient dans un coin.

Flhéau se tourna vers ses hommes. Les éradiqueurs ne mouraient pas, à moins de leur transpercer la poitrine, si bien que tous deux étaient privés de leurs capacités, mais toujours en vie.

— Que s'est-il passé, putain ?

Les deux bouches remuèrent, mais il ne comprit pas un mot : ces salopards n'avaient pas d'air pour approvisionner leurs cordes vocales, puisque celui-ci s'échappait par tous les trous qu'ils s'étaient infligés.

Bande de crétins à l'esprit faible…

Oh, putain, non. Oh, non, elle n'avait pas fait cela.

Flhéau s'approcha des draps en désordre et découvrit le collier de son rottweiler décédé. Il l'avait passé au cou de la Princesse pour la marquer comme sienne, le laissant sur elle même quand il prenait sa veine pendant leurs ébats.

Elle l'avait tranché au lieu de le défaire. Elle l'avait détruit.

Flhéau jeta le collier sur le lit, reboutonna sa chemise en soie et en fourra les pans dans son pantalon. De la commode ancienne Sheraton qu'il avait achetée trois jours plus tôt, il sortit un autre pistolet et un long couteau pour compléter la panoplie qu'il avait prise pour rencontrer Benloise.

Elle ne pouvait être allée qu'à un seul endroit.

Et il allait se rendre là-bas et ramener cette salope.

George ouvrant la marche, Kolher quitta son bureau à 22 heures et descendit l'escalier avec une assurance qui le surprit. En fait, il commençait à se fier au chien et à anticiper les signaux que George lui transmettait par l'intermédiaire du harnais : chaque fois qu'ils rejoignaient le haut de l'escalier, George s'arrêtait et attendait que Kolher trouve la première marche. Au bas des marches, le chien s'arrêtait de nouveau pour que Kolher sache qu'ils étaient arrivés dans le vestibule. Puis il attendait que Kolher lui annonce dans quelle direction se rendre.

C'était… un excellent système, en fait.

Tandis qu'il descendait avec George, les frères se rassemblaient en bas, vérifiant leurs armes et bavardant. Au milieu du groupe, V. fumait son tabac turc, Butch récitait des « Je vous salue Marie » à voix basse et Rhage déballait une sucette. Les deux femelles se trouvaient avec eux, et il les reconnut à leurs odeurs. L'infirmière était nerveuse, sans être hystérique, et Xhex avait envie d'en découdre.

Quand Kolher posa le pied sur le sol de mosaïque il serra fortement la poignée, contractant les muscles de son avant-bras. Merde, George et lui restaient en arrière. Et ça, ça le faisait vraiment chier.

C'était ironique, n'est-ce pas ? Il n'y a pas si longtemps, il avait été bouleversé d'abandonner Tohr à la maison comme un chien. Quelle inversion des rôles ! Le frère allait sortir ce soir… et lui resterait en arrière.

Un sifflement aigu de Tohr fit taire tout le monde.

— V. et Butch, je veux que vous restiez avec Xhex et Z. dans l'équipe un. Rhage, Fhurie et moi serons dans l'équipe deux et nous vous épaulerons tous les quatre avec l'aide des garçons. D'après le texto que Vhif vient de m'envoyer, lui, Blay et John sont arrivés dans le Nord et sont en position à environ trois kilomètres de l'entrée de la colonie. Nous sommes prêts à y aller…

— Quel sera mon rôle ? demanda Ehlena.

La voix de Tohr se fit douce.

— Tu vas attendre avec les garçons dans le Hummer…

— Certainement pas. Vous allez avoir besoin d'un infirmier…

— Et Viszs en est un. Ce qui est la raison pour laquelle il part en premier avec les autres.

— Avec moi. Je peux le trouver, Vhen s'est nourri sur…

Kolher était sur le point de se joindre à la discussion quand la voix de Bella l'interrompit.

— Laissez-la aller avec les autres. (Il y eut un bref silence ébahi quand la sœur de Vhengeance parla d'une voix tranchante.) Je veux qu'elle y aille.

— Merci, dit Ehlena d'une petite voix, comme si la chose était entendue.

— Tu es sa femelle, murmura Bella. N'est-ce pas ?

— Oui.

— Il pensait à toi la dernière fois que je l'ai vu. Ses sentiments pour toi étaient évidents. (La voix de Bella se raffermit.) Elle doit y aller. Même si vous arrivez à le trouver, il ne vivra que pour elle.

Kolher, qui n'avait jamais été vraiment d'accord avec le fait que l'infirmière se joigne à l'équipe, ouvrit la bouche pour écarter cette idée… puis il se dit que, un ou deux ans plus tôt, quand il avait été touché au ventre, Beth s'était tenue à ses côtés. Elle était la raison pour laquelle il avait survécu. Sa voix, son toucher et la puissance de leur lien étaient les seules choses qui lui avaient permis de traverser l'épreuve.

Dieu seul savait ce que les *symphathes* avaient infligé à Vhen dans la colonie. S'il respirait encore, il y avait de gros risques que sa vie ne tienne qu'à un fil.

— Qu'elle y aille, dit Kolher. Ce sera peut-être tout ce qui le fera sortir de là vivant.

Tohr se racla la gorge.

— Je ne pense pas…

— C'est un ordre.

Il y eut un long silence désapprobateur. Qui ne fut rompu que quand Kolher leva la main droite, brandissant ainsi l'énorme diamant noir que chaque roi de l'espèce avait porté.

— OK. Très bien. (Tohr s'éclaircit la voix.) Z., je veux que tu veilles sur elle.

— Compris.

— S'il vous plaît…, dit Bella d'une voix rauque. Ramenez-moi mon frère. Ramenez-le à la maison.

Il y eut un instant de silence.

Puis Ehlena promit :

— Nous le ramènerons. D'une manière ou d'une autre.

Ce qui était inutile à préciser. La femelle sous-entendait « mort ou vif » et tout le monde, y compris la sœur de Vhengeance, le savait.

Kolher prononça quelques paroles en langue ancienne, des paroles qu'il avait entendu son père dire à la Confrérie. La voix de Kolher avait néanmoins des accents différents. Cela n'avait pas posé de problème à son père de rester chez lui pour occuper le trône.

Mais cela le rongeait, lui.

Après un « au revoir », les frères et les femelles s'en allèrent, leurs bottes martelant le sol de mosaïque dans un vacarme assourdissant.

La porte du hall d'entrée se referma.

Beth prit sa main libre.

— Comment ça va ?

À en juger par sa voix tendue, elle connaissait parfaitement la réponse, mais il n'esquiva pas sa question. Elle était soucieuse et inquiète, tout comme il l'aurait été à sa place, et, parfois, il n'y avait rien d'autre à faire que de poser la question.

— Je me suis déjà senti mieux.

Il l'attira contre lui, et quand elle se colla contre son corps, George pressa la tête pour obtenir une caresse.

Même avec ces deux-là, Kolher se sentait seul.

Il lui semblait, tandis qu'il se tenait au milieu du vestibule dont il ne voyait plus les profondeurs, les couleurs ni les merveilles, qu'il avait atterri à l'endroit exact où il ne voulait pas être. Sortir se battre, même s'il était roi, n'avait pas à voir seulement avec la guerre et l'espèce. Cela avait aussi à voir avec lui. Il avait souhaité être plus qu'un aristocrate gratte-papier.

Mais visiblement, le destin était inéluctable et déterminé à le mettre sur ce trône d'une façon ou d'une autre.

Il pressa la main de Beth, puis la lâcha et donna l'ordre à George d'avancer. Quand le chien et lui eurent atteint le vestibule, il ouvrit les portes, puis ils sortirent de la maison.

Face à la cour, Kolher resta debout dans le vent froid, les cheveux ébouriffés. Prenant une inspiration, il perçut l'odeur de la neige, mais ne sentit rien sur ses joues. Ce n'était que la promesse d'une tempête, apparemment.

George s'assit tandis que Kolher fouillait le ciel qu'il ne voyait plus. S'il allait se mettre à neiger, les nuages étaient-ils déjà là ? Ou est-ce qu'on apercevait les étoiles ? Quelle était la phase de la Lune ?

Un désir profond l'incita à forcer ses yeux morts pour tenter de dégager des formes ou des silhouettes de l'Univers. Autrefois cela fonctionnait… Il en tirait une migraine, mais cela fonctionnait.

À présent, il avait seulement la migraine.

Derrière lui, Beth demanda :

— Est-ce que tu veux que je t'apporte un manteau ?

Il sourit un peu et regarda par-dessus son épaule, l'imaginant debout devant le grand portail de la demeure, la lueur des lumières venue de l'extérieur découpant sa silhouette.

— Tu sais, dit-il, c'est pour cela que je t'aime autant.

La voix de Beth était bouleversante de chaleur.

— Que veux-tu dire ?

— Tu ne me demandes pas de rentrer parce qu'il fait froid. Tu veux seulement me faciliter les choses là où je veux être. (Il se retourna pour lui faire face.) Pour être honnête, je me demande pourquoi diable tu restes avec moi. Après toute cette merde… (Il fit un geste pour désigner la façade de la demeure.) Le fait que la Confrérie nous interrompe constamment, les combats, la royauté… Le fait que je me comporte en crétin et que je te cache des choses… (Il effleura ses lunettes de soleil.) La cécité… Je le jure, tu vas être canonisée.

Quand elle s'approcha, son odeur de rose nocturne se fit plus forte que jamais dans le vent rude.

— Ce n'est pas cela.

Elle lui toucha les joues et, quand il se pencha pour l'embrasser, elle l'arrêta. Lui tenant fermement la tête, elle souleva ses lunettes de soleil et lui caressa les sourcils de sa main libre.

— Je reste avec toi parce que, que tu sois aveugle ou non, je vois l'avenir dans ton regard. (Il battit des paupières quand elle lui passa doucement un doigt sur le nez.) Le mien. Celui de la Confrérie. Celui de l'espèce… Tu as de si beaux yeux. Et tu es encore plus courageux à mes yeux aujourd'hui qu'auparavant. Tu n'as pas besoin de te battre avec tes mains pour prouver ta bravoure. Ou pour être le roi dont ton peuple a besoin. Ou pour être mon *hellren*. (Elle posa la main au centre de sa large poitrine.) Tu vis et tu diriges d'ici. Ce cœur… ici.

Kolher cligna des yeux.

C'était étrange. Les événements qui vous transformaient n'étaient pas toujours prévus et pas toujours attendus. Oui, bien sûr, la transition faisait de vous un mâle. Et quand on avait achevé la cérémonie d'union, on devenait partie d'un tout, et plus uniquement soi-même. Et les morts et les naissances autour de vous vous montraient le monde sous un jour nouveau.

Mais de temps à autre, venu de nulle part, quelqu'un tend la main en direction de l'endroit tranquille où vous passez du temps en privé et change votre manière de vous voir. Si vous avez de la chance, c'est votre compagne… et la transformation vous rappelle une nouvelle fois que vous êtes absolument, totalement avec la bonne personne : car ce n'est pas ce qu'elle représente à vos yeux qui vous touche quand elle parle, mais le contenu de son message.

Souffhrance l'avait réveillé en le frappant au visage.

George lui avait rendu son indépendance.

Mais Beth lui avait tendu sa couronne.

En fait, si elle arrivait à l'atteindre malgré son humeur, elle prouvait que c'était faisable. On pouvait énoncer ce que les autres avaient besoin d'entendre quand la nécessité se faisait sentir. Le cœur était la réponse. Elle venait de prouver qu'elle avait raison.

Il était monté sur le trône et avait fait des choses depuis lors. Mais, dans son âme, il était un guerrier coincé dans un emploi de bureau. Le ressentiment l'avait énervé, et même s'il n'en avait pas eu conscience, il avait gardé un œil sur la sortie chaque nuit.

Plus de vue. Plus de sortie.

Et si en fait tout cela… lui convenait ? Et si ces crétins qui écrivaient des cartes de vœux avaient raison ? Une porte se ferme, une fenêtre s'ouvre. Si perdre la vue était exactement ce dont il avait besoin pour devenir… le véritable roi de son espèce ?

Et pas seulement un fils portant les obligations de son père.

S'il était vrai que la perte de la vue aiguisait les autres sens, peut-être était-ce son cœur qui avait compensé son handicap ? Et si c'était vrai… ?

— L'avenir est dans tes yeux, murmura Beth.

Kolher serra très fort sa *shellane* contre lui, l'enlaçant si étroitement qu'il l'absorbait entièrement. Tandis qu'ils s'étreignaient, unis contre le vent d'hiver, l'obscurité dans son corps fut transpercée par une lumière chaude.

L'amour de Beth était la lumière qui compensait sa cécité. La sensation de son corps était le paradis qu'il n'avait pas besoin de voir pour le connaître. Et si elle avait tant foi en lui, elle était aussi son courage et sa détermination.

— Merci de rester avec moi, dit-il d'une voix rauque contre ses longs cheveux.

— Je ne souhaiterais pas être ailleurs. (Elle posa la main sur sa poitrine.) Tu es mon homme.

Chapitre 67

Quand Ehlena se matérialisa dans le Nord avec les frères, elle ne pouvait se sortir Bella de l'esprit. La femelle lui avait semblé étonnamment transparente, debout dans ce grand vestibule royal, entourée de mâles armés. Son regard était vide, ses joues pâles et creuses, comme si on avait atrocement éprouvé sa volonté.

Mais elle voulait récupérer son frère.

La nature du mensonge était telle que ses composantes étaient toujours les mêmes : la vérité objective était déformée, cachée ou carrément réécrite dans l'intention de tromper. Ce qui était plus trouble, c'étaient les motivations derrière ces falsifications, et Ehlena pensa à ce qu'elle avait fait pour obtenir les cachets de Vhengeance. Elle avait eu une bonne intention, et même si cela n'avait pas rendu ses actions justes ou appropriées, ni ne lui avait épargné les conséquences, au moins son cœur était vierge de toute préméditation. C'était aussi vrai en ce qui concernait les choix de Vhengeance. Ils n'étaient ni justes ni appropriés, mais il protégeait Ehlena, sa sœur et les autres personnes importantes de sa vie, vu ce que le droit ancien ordonnait et vu la puissance destructrice de la Princesse.

C'est pourquoi Ehlena avait choisi de pardonner à Vhengeance – et elle espérait que sa sœur ferait de même.

Bien entendu, ce pardon ne voulait pas dire qu'Ehlena allait définitivement se lier avec ce mâle… Elle avait monté cette histoire comme quoi Vhen était son *hellren* pour s'assurer d'aller dans la colonie, ce n'était pas la réalité. En outre, qui savait s'ils rentreraient seulement à Caldwell en un seul morceau.

Des vies risquaient de disparaître ce soir.

Ehlena et les frères reprirent forme à l'abri d'une épaisse haie de pins, un emplacement protégé choisi après que Xhex eut détaillé la zone. Devant eux, exactement comme dans la description de la femelle, se trouvait une ferme blanche pittoresque avec un panneau sur lequel était écrit « Ordre monastique taoïste. Fondé en 1982 ».

En apparence, il était difficile de croire qu'on faisait autre chose que fabriquer des confitures et coudre des couvre-lits derrière ces murs en bois immaculés. Il était encore plus difficile de se dire que ce charmant endroit était l'entrée de la colonie *symphathe*. Mais quelque chose clochait dans cet ordre, comme si un champ de force d'angoisse recouvrait tous les signaux de bienvenue.

Tandis qu'Ehlena examinait les alentours, elle sentait que Vhen était tout près et, juste avant que Xhex prenne la parole, son attention fut attirée vers une dépendance qui se trouvait à une centaine de mètres de la ferme. Là-bas… oui, il était là-bas.

— Nous entrerons par cette grange, déclara calmement Xhex, en désignant l'endroit qui captivait Ehlena. C'est la seule entrée du labyrinthe. Comme je vous l'ai dit hier soir, ils savent déjà que nous sommes là, donc quand nous nous retrouverons face à face, notre meilleure chance est de nous approcher de ce truc d'une manière ostensiblement diplomatique : nous ne faisons que reprendre ce qui nous appartient et ne voulons pas faire couler le sang. Ils comprendront et respecteront notre raisonnement, avant de lancer le combat…

Une puanteur douceâtre fut soufflée par le vent froid.

Comme un seul homme, tous tournèrent la tête et Ehlena fronça les sourcils en voyant un mâle, sorti de nulle part, sur la pelouse de la ferme. Ses cheveux blonds étaient brossés en arrière pour lui dégager le front et ses yeux luisaient d'une étrange obscurité flamboyante. Alors qu'il avançait vers le porche, sa démarche n'était que colère, son corps puissant tendu comme s'il était près pour la bataille.

— C'est quoi ce bordel ? souffla V. C'est bien Flhéau que j'aperçois ?

— Apparemment, répondit Butch.

Xhex les interrompit.

— Vous ne le saviez pas ?

Tous les frères la dévisagèrent quand V. répondit :

— Qu'il était en vie et devenu un éradiqueur ? Euh, certainement pas. Tu n'as pas l'air surprise !

— Je l'ai vu il y a quelques semaines. J'ai simplement supposé que la Confrérie était au courant.

— Mais quelle conne !

— Con toi-même…

— Arrêtez vos conneries, cracha Z. Tous les deux.

Tout le monde reporta son attention sur le mâle, qui avait bondi sur le perron et cognait à la porte.

— J'appelle les autres, chuchota V. La présence d'un éradiqueur doit être neutralisée avant que nous puissions entrer.

— Ou bien elle pourrait créer une diversion qui nous aiderait, ajouta Xhex, retenant le « crétin » qu'elle avait sur le bout de la langue.

— Ou bien nous pourrions appeler des renforts et ne pas nous comporter en idiots, rétorqua V.

— Ce serait difficile pour toi.

— Va te faire…

Z. mit de force un téléphone dans la main gantée de V.

— Compose le numéro.

Puis il pointa Xhex du doigt.

— Arrête de le provoquer.

Pendant que V. parlait et que Xhex la fermait, on sortit les dagues et les pistolets et, un instant plus tard, les autres apparurent.

Xhex se dirigea vers le frère Tohrment.

— Écoute, je pense vraiment que nous devrions nous séparer. Vous vous occupez de Flhéau et je vais chercher Vhen. Le chaos du combat divisera l'attention de la colonie. Ce sera mieux ainsi.

Il y eut un silence tandis que tout le monde observait Tohr.

— Je suis d'accord, répondit-il. Mais tu n'y vas pas seule. V. et Zadiste viennent avec toi, et Ehlena.

Tout le monde hocha la tête et… nom de Dieu, ils se mirent en route, courant dans la neige à découvert.

Alors qu'Ehlena se dirigeait vers la grange, les bottes qu'on lui avait données crissaient sur le sol, ses paumes transpiraient dans les gants, et le sac à dos rempli de matériel médical lui tirait les épaules. Elle n'était pas armée, ayant accepté de ne sortir son arme qu'en cas de force majeure. C'était logique. On ne voulait pas qu'un amateur dirige un service d'urgence, donc il n'y avait pas de raison de compliquer la situation en prétendant être aussi douée de la gâchette que Xhex et les frères.

La grange était d'une taille assez conséquente, avec une double porte coulissant sur des rails bien huilés. Mais Xhex ne prit pas l'entrée principale et entraîna ses compagnons jusqu'à une petite porte latérale.

Juste avant qu'ils n'investissent le large espace vide, Ehlena regarda brièvement la ferme derrière elle.

Le mâle blond était encerclé par les frères, et était aussi calme et détendu que s'il assistait à un cocktail, son sourire suffisant annonçant de gros problèmes, de l'avis d'Ehlena : seul quelqu'un disposant de beaucoup d'armes pouvait avoir cet air face à un mur de muscles.

— Dépêche-toi, dit Xhex.

Ehlena se glissa à l'intérieur et frissonna, même si le vent ne l'atteignait plus. Seigneur… quelque chose clochait vraiment. Comme la ferme, la grange était étrange : il n'y avait pas de foin, pas de nourriture, pas de harnais ni de selle. Pas de cheval dans la stalle non plus. Bien entendu.

Le besoin de fuir l'étouffa, et elle agrippa le col de sa parka.

Zadiste lui posa une main sur l'épaule.

— C'est leur équivalent de la *brhume*. Respire. C'est une illusion qui souille même l'air, mais ce que tu ressens n'est pas réel.

Elle déglutit et leva les yeux sur le visage couturé du frère, tirant de la force de sa fermeté.

— D'accord. D'accord… Je vais bien.

— Brave fille.

— Par ici, lança Xhex en se dirigeant vers la stalle et en ouvrant la porte à deux battants.

À l'intérieur, le sol était en béton et marqué d'un étrange motif géométrique.

— Sésame, ouvre-toi.

Xhex se pencha et tira ce qui s'avéra être une dalle en pierre, les frères s'approchant pour l'aider à soulever la masse.

L'escalier qu'elle dévoila était illuminé d'une douce lueur rouge.

— J'ai l'impression de débarquer dans un film porno, marmonna V. tandis qu'ils descendaient les marches avec précaution.

— Est-ce que ça ne nécessiterait pas de bougies noires pour toi ? blagua Zadiste.

En bas de l'escalier, ils regardèrent à gauche et à droite d'un couloir taillé dans la pierre, ne voyant rien d'autre que des rangées et des rangées de… bougies noires, avec des flammes rubis.

— Je retire ce que j'ai dit, annonça Z. en observant cet étalage.

— Si on entend une fille crier, l'interrompit V., est-ce que je peux t'appeler Ze-paquet ?

— Pas si tu veux continuer à respirer.

Ehlena tourna à droite, submergée par le sentiment d'urgence.

— Il est là. Je le sens.

Sans attendre les autres, elle partit en courant.

Parmi tous les miracles qu'on aurait pu accomplir sur cette planète, tous les « Oh, mon Dieu, tu es vivant ! » ou les « Merci, Vierge scribe, il est guéri ! », la résurrection que regardait John était un véritable coup de pied dans les couilles.

Flhéau se tenait devant une maison blanche de style colonial tout droit sortie d'un magazine, habillé de vêtements impeccables, ayant l'air non seulement parfaitement en vie et aussi imbu de lui-même que d'habitude, mais paraissant également avoir été boosté : il sentait l'éradiqueur mais, quand il les regarda depuis le porche, c'était comme s'il était l'Oméga lui-même : rien qu'une puissance malfaisante guère convaincue par des tours de force mortels.

— Salut, Johnny, dit Flhéau d'une voix traînante. Je ne peux pas te dire à quel point c'est génial de revoir ta tête de mauviette. Presque aussi agréable que ma renaissance.

Seigneur… Dieu. Pourquoi Wellsie n'avait-elle pas reçu ce genre de don ? Mais non… c'était le connard psychotique atteint de troubles narcissiques qui avait été désigné pour jouer les Lazare.

Le plus drôle était que John avait prié que cela arrive. Merde, juste après que Vhif avait tranché la gorge de ce type, John s'était mis à prier que Flhéau survive à cette énorme hémorragie. Il se rappelait s'être assis sur le carrelage mouillé de la douche du centre d'entraînement et avoir essayé de panser la blessure avec sa chemise. Il avait prié Dieu, la Vierge scribe, quiconque écouterait, de réparer cette situation d'une manière ou d'une autre.

Le fait que Flhéau devienne l'équivalent vampire de l'Antéchrist n'était pourtant pas exactement ce qu'il avait en tête.

Quand la neige se mit à tomber du ciel nuageux, quelques paroles furent échangées entre Rhage et Flhéau, mais le bourdonnement dans la tête de John en noya la majeure partie.

Ce qu'il entendit clairement, ce fut la voix de Vhif juste derrière lui :

— Eh bien, vois les choses sous cet angle. Au moins, on va le tuer une nouvelle fois.

Puis l'univers explosa. Littéralement.

Venu de nulle part, un météore se forma dans la paume de Flhéau et s'envola directement vers John et les frères, comme une boule de bowling venue de l'enfer. Quand il les toucha, ses ondes de choc étincelantes les jetèrent tous à terre, un vrai *strike*.

Allongé sur le dos avec les autres, John lutta pour reprendre son souffle tandis que des flocons tombaient doucement sur ses joues et ses lèvres. L'explosion suivante arrivait. Forcément.

Ou alors, quelque chose de pire.

Le rugissement qui s'éleva à l'autre bout du paysage prit forme devant lui, et au premier abord il crut que Flhéau s'était transformé en une espèce d'horreur à cinq têtes qui allait les dévorer tout crus.

Sauf que… eh bien, c'était une bête, mais quand il aperçut des écailles violettes et une queue à pointe balayer l'air, John fut soulagé. C'était leur Godzilla personnel, pas celui de l'Oméga : l'alter ego de Rhage était sorti, et l'énorme dragon était sacrément en rogne.

Même Flhéau parut un peu surpris.

Le dragon inhala une grande goulée d'air nocturne, allongea le cou puis cracha une gerbe de feu si intense que la peau du visage de John se tendit comme du film plastique – même s'il était bien hors de portée.

Quand les flammes se dissipèrent, Flhéau se tenait entre les piliers du porche roussis, les vêtements fumants, le corps intact.

Génial. Ce salopard était ignifugé.

Et il était prêt à leur servir une nouvelle bombe H. Comme dans un jeu vidéo, il fit apparaître dans sa paume une autre boule brûlante et balança cette énergie droit sur la bête.

Qui encaissa. L'autre moitié de Rhage resta ferme face à l'attaque, leur accordant la pause dont ils avaient besoin pour se relever et se préparer à tirer. C'était un mouvement audacieux et agréable mais, là encore, quand on était capable de cracher un bûcher, mieux valait encaisser la chaleur, sinon vos pets risquaient de vous cramer le cul.

John se mit à tirer, ainsi que les autres, même s'il soupçonnait qu'ils allaient avoir besoin d'autre chose que des balles pour descendre le nouveau Flhéau amélioré.

Il enclenchait un nouveau chargeur quand deux voitures pleines d'éradiqueurs débarquèrent.

Chapitre 68

Xhex voulait suivre la direction d'Ehlena, mais le fait que la femelle soit à leur tête tandis qu'ils avançaient en courant la mettait mal à l'aise. Piquant un sprint, elle rattrapa la compagne de Vhen.

— Tu me dis si on prend la mauvaise direction, OK ?

Quand Ehlena hocha la tête, les frères se calèrent derrière elle pour la protéger en cas d'embuscade par-derrière.

Tandis qu'ils parcouraient le couloir de pierre, Xhex avait un mauvais pressentiment. Elle ne sentait absolument pas Vhen, ce qui d'un point de vue vampirique n'était pas surprenant : Ehlena était la dernière femelle sur laquelle il s'était nourri, donc son sang supplantait celui de Xhex. Le problème était que, de *symphathe* à *symphathe*, elle n'arrivait pas à le trouver. En fait, elle était incapable d'établir sa localisation ou celle de qui que ce soit dans la colonie. Cela ne fonctionnait pas. Les *symphathes* relevaient n'importe quoi avec les émotions, n'importe où. Donc elle aurait dû trouver toutes sortes de grilles.

Elle jeta un coup d'œil aux murs tout en se dépêchant. Quand elle était venue ici la dernière fois, tout n'était que pierre à peine dégrossie, mais à présent la surface était lisse. Elle supposait qu'ils avaient apporté des améliorations au cours des décennies.

— Le couloir fera un embranchement d'ici une centaine de mètres, murmura-t-elle par-dessus son épaule. Ils gardent les prisonniers à gauche et leurs quartiers et les salles communes se trouvent toutes à droite.

— Comment le sais-tu ? demanda Viszs.

Elle ne lui répondit pas. Pas besoin de mentionner qu'elle avait occupé une de leurs cellules. Elle continua à avancer, longeant les rangées de bougies noires, s'enfonçant plus profondément dans la colonie, se rapprochant de l'endroit où ses habitants dormaient, mangeaient et jouaient avec les esprits des autres. Et pourtant, elle ne sentait rien.

Non, ce n'était pas tout à fait vrai. Une sorte d'électricité statique étrange saturait l'atmosphère. Au début elle avait supposé qu'il s'agissait des flammes rouges qui scintillaient doucement sur la cire noire, les légers courants d'air titillant les mèches allumées. Mais non… c'était autre chose.

Quand ils arrivèrent au triple embranchement du couloir, elle se dirigea automatiquement vers la gauche, mais Ehlena dit :

— Non, tout droit.

— Ça n'a aucun sens. (Xhex s'arrêta et baissa la voix.) C'est là que se trouvent les salles du système d'aération.

— C'est là qu'il se trouve.

Viszs passa devant.

— Bon, allons dans la direction indiquée par Ehlena. Il faut qu'on le trouve avant que la bataille dehors finisse ici.

Le frère repartit, et Xhex fut exaspérée qu'il se retrouve en tête. Mais loin de faire une scène, ce qui était une perte de temps, elle prit la deuxième position, que ça lui plaise ou non.

Ils arrivèrent à l'endroit où le couloir se resserra, pénétrant un réseau de tunnels plus étroits qui menait à la chaufferie, à la ventilation et à la soufflerie. La colonie était conçue selon le plan d'une fourmilière, un lieu de vie durable et souterrain qui avait grandi et s'était étendu au fil du temps, avec des ramifications qui s'enfonçaient de plus en plus profondément dans la terre. La construction et l'entretien reposaient sur la classe ouvrière des *symphathes*, qui n'étaient rien de plus que des esclaves et qui étaient encouragés à enfanter jusqu'à doubler leur nombre. Il n'y avait pas de classe moyenne. Juste après les serviteurs, on trouvait la famille royale et les aristocrates.

Et jamais les deux ne se rencontraient.

Le père de Xhex avait appartenu à la classe des serviteurs. Ce qui la positionnait au-dessous de Vhengeance, et pas seulement parce qu'il était de sang royal. Techniquement, elle était à peine un cran au-dessus de la merde de chien.

— Stop ! s'exclama Ehlena.

Ils s'arrêtèrent net, se retrouvant face… au mur de pierre.

Comme un seul homme, ils tendirent les mains, les passant sur la surface lisse. Zadiste et Ehlena découvrirent les fissures au même moment, la bordure presque invisible formant un grand carré.

— Comment on entre, putain ? demanda Z. en appuyant sur la pierre.

— Reculez, cria Xhex.

Quand ils furent hors de son chemin, s'attendant visiblement à un phénomène bizarre, elle recula et donna un coup d'épaule dans le truc, sans rien obtenir d'autre que des molaires s'entrechoquant comme des billes dans une boîte.

— Merde, souffla-t-elle en grimaçant.

— Ça doit faire mal, marmonna Z. Ça va… ?

Le mur se mit à vibrer et ils s'écartèrent tous, pointant leurs armes sur la porte qui surgit de la pierre et s'ouvrit en glissant.

— Je pense qu'elle a eu peur de toi, dit Viszs avec une pointe de respect.

Xhex fronça les sourcils, alors que l'électricité statique bourdonnante s'intensifiait jusqu'à résonner dans ses oreilles.

— Je ne pense pas qu'il soit là-dedans. Je ne sens pas du tout sa présence.

Ehlena avança d'un pas, visiblement prête à plonger dans les ténèbres ainsi révélées.

— Moi si. Il est juste…

Trois paires de mains la saisirent et la tirèrent en arrière.

— Ne bougez pas, dit Xhex, sortant sa lampe de poche de sa ceinture.

Le faisceau lumineux révéla un étroit couloir d'une cinquantaine de mètres se terminant sur une porte.

Viszs entra le premier, Xhex sur ses talons, et Ehlena et Z. juste derrière.

— Il est vivant, dit Ehlena quand ils arrivèrent au bout du couloir. Je sens sa présence !

Xhex s'attendait à avoir du mal avec le panneau d'acier – mais non, il s'ouvrit tout de suite, dévoilant une pièce qui… scintillait ?

V. poussa un juron quand la lumière de Xhex traversa la salle.

— Qu'est-ce que c'est, putain ?

Suspendu au milieu d'une pièce aux murs et au sol liquides se trouvait un énorme cocon, dont le fourreau extérieur noir ondulait et miroitait.

— Oh… mon Dieu, souffla Ehlena. Non !

Flhéau avait exercé ses dons dans le repaire de l'Oméga et on pouvait dire que tout ce travail se révélait utile par une nuit pareille. Tandis que les deux bataillons d'éradiqueurs qu'il avait appelés de la ville voisine combattaient les frères, il affrontait la bête qui faisait la taille d'un gros 4 × 4 et échangeait des boules de feu avec cette saloperie.

S'écartant de la maison d'un bond, parce que la dernière chose dont ils avaient besoin était d'une visite des pompiers, il aperçut un détachement de vampires se diriger vers une dépendance de l'autre côté du terrain. Ils entrèrent, et, ne les revoyant pas, il eut le sentiment que c'était là le moyen d'entrer dans la colonie.

Ce qui signifiait que, si marrant que ce soit de jouer au volley-bombes avec Elliott le Dragon, il devait cesser le combat et partir à la recherche de sa femelle. Il ignorait pour quelle raison les frères s'étaient pointés pile au même moment que lui, mais quand il s'agissait des *symphathes*, il était prêt à parier que les coïncidences n'existaient pas. La Princesse savait-elle qu'il viendrait ici et avait-elle tuyauté la Confrérie ?

Le dragon cracha une autre barrière de feu, et l'explosion illumina le combat qui se déroulait partout sur la pelouse : où qu'il regarde, des frères s'opposaient aux tueurs, balançant leurs poings, faisant siffler leurs dagues et voler leurs bottes. La symphonie de grognements, de jurons, de coups et les impacts sonores lui donnaient l'impression d'être plus fort, plus puissant.

Ses troupes se battaient contre ses professeurs.

Que c'était poétique, non ?

Mais la nostalgie n'avait qu'un temps. Se concentrant sur sa main, il créa un tourbillon de molécules, le faisant tourner par la force de son esprit de plus en plus vite jusqu'à ce que la force centripète s'embrase spontanément. Il garda dans sa main la masse d'énergie tournoyante qui s'accumulait et courut se planter devant la bête aux écailles violettes, sachant que cette saleté devait reprendre son souffle après avoir balancé des bombes.

Le dragon n'était pas idiot et s'accroupit, levant ses pattes dangereusement griffues pour se défendre. Flhéau s'arrêta juste à l'extrémité de son rayon d'action et ne lui laissa pas l'occasion de bondir. Il jeta la boule d'énergie en plein dans la poitrine de la bête, la labourant et l'étendant à terre pour le compte.

Il ne traîna pas pour en griller une en plus de la carcasse fumante. À coup sûr, après quelques profondes inspirations, le dragon se remettrait sur pattes comme le lapin Duracell et, à ce moment précis, l'accès à la grange était dégagé.

Il se précipita de toutes ses forces vers la dépendance et débarqua dans un espace vide et quelconque. Dans le coin tout au fond, il aperçut un box et suivit les traces de pas humides jusque-là. Les empreintes disparaissaient sous un carré noir.

Soulever la dalle ne fut pas une mince affaire, bien au contraire, mais la vue d'autres traces de pas sur une volée de marches lui redonna de l'énergie. Guidé par les empreintes jusqu'en bas, il se retrouva dans un couloir de pierre et, grâce à la lueur rouge émise par les bougies noires, fut en mesure de suivre leur chemin humide, même si sa piste ne dura pas éternellement. Avec toute la chaleur émise, l'eau séchait rapidement, et au moment où il arriva à un triple embranchement il fut incapable de déterminer la route empruntée par le groupe.

Prenant une inspiration, il espéra percevoir une odeur, mais ses narines ne saisirent que le parfum de la cire brûlée et de la terre.

Rien d'autre. Pas de bruit. Pas de bruissement dû à un mouvement. C'était comme si les quatre personnes qu'il avait vues descendre ici avaient disparu.

Il regarda à gauche, à droite, en face.

Sur un coup de tête, il prit à gauche.

Chapitre 69

Les yeux d'Ehlena refusaient d'enregistrer ce qu'elle voyait : ils se contentèrent de décréter avec énergie que c'était impossible.

Il était impossible qu'il s'agisse d'araignées. Il était impossible qu'elle soit en train de regarder des milliers et des milliers d'araignées… oh, mon Dieu, d'araignées et de scorpions… recouvrir non seulement les murs et le sol, mais aussi…

Avec horreur, elle comprit la nature de ce qui pendait au centre de la pièce. Ce qui était pendu à des cordes et des chaînes. Ce qui était suspendu et recouvert de cette masse grouillante qui envahissait chaque centimètre carré de la cellule.

— Vhengeance… gémit-elle. Douce Vierge… scribe.

Sans réfléchir, elle tituba en avant, mais la main ferme de Xhex la tira en arrière.

— Non.

Luttant contre la poigne d'acier refermée sur son bras, Ehlena secoua la tête avec violence.

— Il faut que nous le sauvions !

— Je ne suggère pas de l'abandonner, répliqua l'autre femelle d'une voix tendue. Mais si nous entrons, nous subirons une attaque aux proportions dantesques. Nous devons découvrir comment…

Une lumière étincelante jaillit, interrompant Xhex et faisant pivoter la tête d'Ehlena. Viszs avait ôté le gant de sa main droite et levait la paume, faisant saillir vivement les traits de son visage dur et les arabesques du tatouage autour de son œil.

— C'est l'heure du Baygon. (Il plia ses doigts lumineux.) Un dératiseur rêverait d'avoir ce genre de truc dans sa camionnette.

— Et j'ai une scie, ajouta Z., s'emparant d'un outil noir à sa ceinture. Si tu peux me dégager le passage, nous le ferons descendre.

Viszs s'accroupit près de la limite de la marée d'insectes, sa main éclairant la nuée emmêlée et déferlante de petits corps et de pattes grouillantes qui tissaient des toiles.

Ehlena posa une main sur sa bouche, tentant de ne pas s'étouffer. Elle ne pouvait imaginer une chose pareille sur son propre corps. Vhengeance était en vie… mais comment avait-il survécu ? Sans être piqué à mort ? Sans devenir fou ?

La lumière émise par la main du frère jaillit en ligne droite, roussissant le chemin jusqu'à l'endroit où Vhen était suspendu, ne laissant que des cendres et une puanteur brûlante et humide qui donna envie à Ehlena de se boucher le nez. Une fois étendu, le faisceau brûlant se déchira et s'élargit, créant un chemin.

— Je peux le maintenir, mais faites vite, leur dit Viszs.

Xhex et Zadiste se précipitèrent dans la grotte, et les araignées du plafond réagirent en tissant des fils et en tombant comme du sang qui s'écoulerait d'une blessure profonde. Ehlena les observa un instant écarter les envahisseurs avant de retirer son sac à dos et de fouiller dedans.

— Tu fumes, pas vrai ? demanda-t-elle à Viszs tandis qu'elle dépliait son écharpe et la posait sur son visage. Dis-moi que tu as apporté ton briquet.

— Qu'est-ce que… (V. sourit quand il aperçut la bombe aérosol d'antibiotique qu'elle avait à la main.) Il est dans ma poche arrière. Celle de droite.

Il se déplaça pour qu'elle dégage le lourd objet en or et, dès qu'elle l'eut en main, elle entra dans la cavité. La bombe ne durerait pas longtemps, elle ne l'utilisa donc pas avant de se trouver juste derrière Xhex et Zadiste.

— Baissez-vous ! cria-t-elle au moment où elle appuya sur le spray et alluma le briquet.

Tous deux se recroquevillèrent et elle vaporisa la garde aérienne dans une explosion de flammes.

Le chemin momentanément dégagé, Xhex se mit sur les épaules de Z. et atteignit les chaînes avec la scie. Tandis que le vrombissement remplissait la grotte, Ehlena poursuivit son offensive, laissant échapper des rafales enflammées qui maintinrent l'essentiel de ces saloperies sur le plafond et non sur la tête et le cou des deux autres. La scie leur fut également d'une grande aide, envoyant des étincelles qui repoussaient la garde arachnide, mais, comme en rétorsion, les araignées atterrirent sur les manches de la veste d'Ehlena et se mirent à monter.

Vhengeance sursauta. Puis remua.

L'un de ses bras se tendit vers elle, faisant tomber des scorpions alors que les araignées s'activaient pour rester en place. Le membre se leva lentement, comme si le fardeau de sa deuxième peau d'insectes le rendait trop lourd à soulever.

— Je suis là, dit Ehlena d'une voix rauque. Nous sommes là pour te…

Un bruit sourd leur parvint de l'endroit par lequel ils étaient entrés. Et brusquement, la lumière émise par Viszs s'éteignit, plongeant la pièce dans l'obscurité totale.

Laissant ce qui emprisonnait Vhengeance avoir libre accès à tous ceux qui se trouvaient dans la grotte.

Sous l'atroce masse qui le recouvrait, la fragile conscience de Vhengeance le réveilla à l'instant même où Ehlena franchit le seuil de la grotte. Au début, il refusa pourtant de croire ce qu'il ressentait. Pendant les milliers d'années qu'il avait passées suspendu dans cet enfer sous terre, il avait beaucoup rêvé d'elle, son cerveau se raccrochant à ses souvenirs, les utilisant comme nourriture, eau et air.

Mais c'était différent.

Peut-être n'était-ce que la rupture avec la réalité qu'il avait souhaitée ? Après tout, même s'il avait déploré que les choses soient arrivées à leur fin quand sa mère avait disparu, il n'en souhaitait qu'une seule à présent ; mentale ou physique, peu lui importait.

Alors peut-être lui avait-on enfin accordé une grâce dans sa foutue vie misérable.

En outre, l'idée qu'Ehlena était réellement venue le chercher l'effrayait plus que le lieu où il se trouvait ou les tortures que recélait son avenir.

Sauf que… non. C'était elle, et elle était accompagnée… Il entendait leurs voix. Puis il aperçut une lueur… et sentit une sorte de puanteur rance qui lui rappela les mauvaises odeurs d'une plage à marée basse.

Un gémissement aigu suivit. Ainsi qu'une série de… d'explosions ?

Vhen avait été incapable de remuer dès les premiers jours, son corps s'affaiblissant rapidement, mais il lui fallait tendre la main tout de suite et tenter de communiquer, tenter de dire à Ehlena et à quiconque l'accompagnait de s'éloigner de cet enfer.

Rassemblant toutes ses forces, il parvint à lever un bras pour leur faire signe de partir.

La lumière s'éteignit aussi vite qu'elle était apparue.

Pour n'être remplacée que par une lueur rouge qui signifiait que sa bien-aimée était en danger de mort.

La peur qu'il ressentit pour Ehlena le fit paniquer et son corps suspendu fut secoué de spasmes, remuant comme un animal pris au piège.

Il devait se réveiller, bordel. Il devait… se réveiller, bordel !

Chapitre 70

Rien. Rien, putain !

Flhéau s'arrêta et regarda à l'intérieur d'une cellule faite d'une sorte de verre étrange. Vide. Tout comme les trois autres.

Inspirant profondément, il ferma les yeux et s'immobilisa. Pas de bruit. Pas d'odeur autre que ce mélange de cire d'abeille et de terre fraîchement remuée qui l'accompagnait depuis le début.

Où que le groupe soit passé, il n'était pas ici, putain de merde.

Revenant sur ses pas, il rejoignit l'endroit où le couloir partait dans trois directions, et regarda par terre. Quelqu'un venait juste de passer : une ligne de points bleu foncé partait dans les deux directions, à droite et tout droit, ce qui signifiait que quelqu'un était revenu de l'un de ces embranchements et avait emprunté l'autre chemin.

Se penchant, Flhéau passa l'index dans le filet visqueux et frotta la substance de son pouce. Du sang de *symphathe*. Dieu sait qu'il avait suffisamment fait couler le sang de sa femelle pour reconnaître ce truc.

Levant la main à son nez, il inspira. Ce n'était pas celui de sa femelle, mais celui d'un autre. Et il ignorait avec certitude d'où cet autre était revenu et où il se rendait.

Sans autre indication, il allait se mettre à courir vers la droite quand une flamme rouge brillante illumina la plus petite des trois ramifications, celle qui partait tout droit.

Se relevant d'un bond, il s'élança dans cette direction, suivant les traces de sang.

Alors que le couloir tournait et que la lueur s'intensifiait, il ne savait absolument pas ce qu'il allait interrompre, et s'en fichait. Sa Princesse était là, et quelqu'un allait lui dire où trouver cette salope.

L'entrée d'un couloir dissimulé surgit sans prévenir, partant du couloir principal, sans chambranle ni barre de seuil. Tout au bout, la lumière rouge était assez étincelante pour faire mal aux yeux, et Flhéau se dirigea vers sa source.

Il se retrouva au milieu de… Qu'est-ce que c'était que ce bordel ?

Le frère Viszs était recroquevillé à l'entrée de la grotte, et derrière lui se déroulait une scène hallucinante : la Princesse, habillée avec ce qu'il lui avait fait mettre la nuit précédente, en bustier, bas et talons aiguilles totalement ridicules hors de la chambre. Ses cheveux d'un noir bleuté étaient hirsutes, ses mains dégouttaient de sang bleu, et ses yeux rouges et fous étaient la source de la lueur qui l'avait guidé jusqu'ici. Devant elle, captant toute son attention, était suspendu une sorte d'énorme quartier de bœuf recouvert de ce qui ressemblait à une masse d'insectes très chanceux.

Merde, ces trucs étaient partout.

Et, regroupés autour du corps en suspension, on trouvait le frère Zadiste et ses cicatrices, Xhex la chef de la sécurité et une femelle vampire avec un briquet dans une main et une bombe aérosol dans l'autre.

Ils n'en avaient plus pour longtemps. Les araignées et les scorpions avançaient, visant le trio qui avait envahi leur territoire, et Flhéau eut une brève et atroce vision de squelettes dépouillés de leur chair.

Mais ce n'était pas son problème.

Il voulait sa femelle.

Qui avait visiblement de la suite dans les idées. La Princesse leva sa main ensanglantée et, en un éclair, les saloperies rampantes qui tapissaient les murs, le plafond et le sol se retirèrent comme de l'eau aspirée par la terre assoiffée. Dans leur sillage, Vhengeance apparut, son corps massif nu attaché par des barres passées dans ses épaules. Il semblait miraculeux que sa peau ne soit pas marquée d'un million de morsures, et on aurait presque dit qu'il avait été préservé sous ce tapis de monstruosités à huit pattes et à deux pinces.

— Il est à moi, hurla la Princesse à la ronde. Et personne d'autre que moi ne le prendra !

Flhéau retroussa la lèvre supérieure, ses crocs s'allongeant d'un coup. Elle ne venait pas de dire cela. Elle ne venait vraiment pas de dire cela.

Elle était *sa* femelle.

Mais un coup d'œil sur son visage lui apprit la vérité. Cet air de monomanie malsaine quand elle dévisageait Vhengeance n'avait jamais été destiné à Flhéau, quelle que soit l'intensité de leurs relations sexuelles... Non, elle ne l'avait jamais regardé avec cette expression d'obsession farouche. Elle n'avait fait que marquer le pas avec lui, attendant de se libérer – non parce qu'elle n'avait pas envie d'être retenue contre sa volonté, mais parce qu'elle voulait retourner auprès de Vhengeance.

— Putain de salope ! cracha-t-il.

La Princesse se retourna, sa chevelure décrivant un arc de cercle.

— Comment oses-tu t'adresser à moi de la...

Des détonations retentirent dans la salle de pierre, une, deux, trois, quatre, aussi sonores que des planches tombant sur un sol dur. La Princesse se raidit sous le choc des balles qui pénétrèrent sa poitrine, déchirant le cœur et les poumons, le sang bleu jaillissant des plaies et éclaboussant le mur derrière elle.

— Non ! hurla Flhéau, se précipitant vers elle. (Il rattrapa son amante tandis qu'elle tombait, la tenant doucement dans ses bras.) Non !

Il regarda de l'autre côté de la pièce. Xhex abaissait un revolver, un léger sourire sur les lèvres, comme si elle ne faisait qu'apprécier un bon repas.

La Princesse agrippa les revers du manteau roussi de Flhéau, tirant fermement le tissu, le poussant à contempler son visage.

Elle ne le regardait pas. Elle observait Vhengeance… tendait le bras vers lui.

— Mon amour…

Les derniers mots de la Princesse résonnèrent dans la pièce.

Flhéau grogna et balança le corps contre le mur le plus proche, dans l'espoir que l'impact la tue, recherchant l'absolue satisfaction de savoir qu'il était le dernier à l'avoir baisée.

Il désigna Xhex du doigt.

— Tu m'en dois désormais deux…

La psalmodie fut d'abord faible, rien qu'un écho qui se propageait dans les couloirs à l'extérieur, mais se fit plus forte et plus insistante, plus forte… et plus insistante, jusqu'à ce qu'il entende chaque syllabe prononcée par ce qui devait être une centaine de bouches. Il ne comprit rien, car il ignorait cette langue, mais ce truc était religieux, c'était certain.

Flhéau se retourna pour faire face à la source du chant, prenant garde de rester dos au mur. Il avait vaguement conscience que les autres, tout comme lui, se préparaient à affronter ce qui arrivait.

Les *symphathes* avançaient deux par deux, vêtus de longues robes blanches, leurs corps minces semblant flotter plutôt que marcher. Tous portaient un masque découpé au niveau des yeux pour leur permettre de voir et dégageant le menton et la mâchoire. Quand ils entrèrent dans la pièce et entourèrent Vhengeance, ils ne parurent pas le moins du monde soucieux des vampires, du corps de la Princesse ou de Flhéau lui-même.

En file, ils emplirent petit à petit la pièce, forçant les autres à reculer jusqu'à ce que tous les intrus soient coincés contre les murs, comme c'était déjà le cas de Flhéau et de la Princesse.

Il était temps de s'arracher. Quoi qu'il en soit, il n'avait pas besoin d'être impliqué là-dedans. Tout d'abord, la colère affaiblissait ses pouvoirs. En outre, cette situation pouvait dégénérer en un instant, et elle ne le concernait qu'en partie.

Mais il ne partirait pas seul. Il était venu chercher une femelle et il partirait avec une autre.

D'un mouvement rapide, il traversa l'une des brèches laissées dans les rangs des *symphathes* et s'approcha de l'endroit où se tenait Xhex. La femelle regardait Vhengeance, abasourdie, comme si cette assemblée avait un sens. Et c'était précisément le genre de distraction dont on avait besoin dans un moment pareil.

Tendant les mains, Flhéau invoqua une ombre dans l'air et l'étendit jusqu'à ce qu'elle touche le sol comme un manteau.

D'un geste vif, il la jeta sur la tête de Xhex, la faisant disparaître même si elle se trouvait en fait toujours dans la pièce. Comme prévu, elle se débattit, mais un coup de poing bien senti à la tête la fit s'effondrer, facilitant leur départ.

Flhéau se contenta de la traîner hors de la grotte, sous le nez de tout le monde.

Un chant… Un chant qui s'élevait et emplissait l'air d'un roulement de tambour.

Mais avant cela, il y avait également eu des coups de feu.

Vhengeance entrouvrit les paupières et dut cligner des yeux pour éclaircir sa vue rouge. Les araignées s'étaient retirées de son corps, de la pièce… remplacées par la foule de ses frères *symphathes*, leurs masques de cérémonie et leurs robes rendant leurs traits anonymes afin que la puissance de leurs esprits brille plus vivement.

Il y avait du sang frais.

Il ouvrit brusquement les yeux – oh, louée soit la Vierge scribe, Ehlena était toujours debout, et Zadiste la protégeait aussi efficacement que du Kevlar. Ça, c'était la bonne nouvelle. La mauvaise ? Tous deux se trouvaient à l'exact opposé de la porte avec, oh, peut-être une centaine de mangeurs de péchés entre eux et une issue fiable.

Même si, vu la manière dont elle soutenait son regard, elle ne partirait pas sans lui.

— Ehlena…, murmura-t-il d'une voix rauque. Non.

Elle hocha la tête et articula :

— *Nous allons te libérer.*

Il détourna les yeux de frustration, observant l'ondulation des robes, sachant mieux qu'Ehlena ce que signifiaient précisément cette procession et cette psalmodie.

Nom… de Dieu. Mais comment ?

Il eut la réponse à sa question quand il aperçut la Princesse contre le mur. Ses mains étaient tachées de bleu, et il comprit pourquoi ; elle avait tué son oncle, son compagnon… le roi.

Se secouant, il se demanda comment elle avait fait. Cela n'avait pas dû être facile : passer la garde royale était quasiment impossible et leur oncle avait été un type habile et suspicieux.

Mais bon, on ne récoltait que ce que l'on semait. Même si elle n'avait pas trouvé la mort à la manière des *symphathes*, qui préféraient forcer leurs victimes à commettre un suicide involontaire. On lui avait tiré dans la poitrine à quatre reprises, et vu la précision de ces blessures, il supposa que Xhex avait œuvré.

Elle marquait toujours ses victimes, et les points cardinaux nord, sud, est et ouest étaient l'un de ses motifs préférés quand elle se servait d'un pistolet.

Il reporta son attention sur Ehlena. Elle était toujours en train de l'observer, son regard incroyablement chaleureux. L'espace d'un instant, il s'autorisa à se perdre dans sa compassion, mais sa nature vampirique reprit rapidement le dessus. En tant que mâle lié, la sécurité de sa compagne était sa priorité la plus importante, et malgré sa faiblesse, son corps se débattit contre les chaînes qui le maintenaient en l'air.

— *Pars!* articula-t-il. (Quand elle secoua la tête, il lui jeta un regard furieux.) *Pourquoi?*

Elle posa la main sur son cœur et répondit silencieusement :

— *Parce que.*

Il laissa sa tête retomber sur son cou rigide. Qu'est-ce qui l'avait fait changer d'avis ? Comment était-il possible qu'elle soit venue le chercher après tout ce qu'il lui avait infligé ? Et qui avait craché le morceau et lui avait révélé la vérité ?

Il allait tuer cet individu.

À supposer que quelqu'un sorte vivant de cette histoire.

Les *symphathes* cessèrent de chanter et s'immobilisèrent. Après un moment de silence, ils se tournèrent pour lui faire face avec une précision toute militaire et s'inclinèrent profondément.

Vhengeance assimila leurs grilles émotionnelles à toute vitesse tandis que chacun ou chacune se présentait à lui... Il se souvenait d'eux tous, sortis d'un passé ancien, sa famille élargie.

Ils le voulaient pour roi. En dépit du testament de son oncle, ils le choisissaient lui.

Les chaînes auxquelles il était suspendu remuèrent et se mirent à descendre, la douleur hurlant dans ses épaules, son estomac se recroquevillant de souffrance. Mais il ne pouvait pas laisser transparaître sa faiblesse. Entouré de ses frères sociopathes, il savait que cette prostration respectueuse n'allait pas durer longtemps et que, s'il donnait la moindre impression de vulnérabilité, il serait foutu.

Il fit donc la seule chose sensée.

Quand ses pieds touchèrent le sol de pierre froide, il laissa ses genoux se dérober doucement et força la partie supérieure de son corps à s'asseoir, le dos droit, comme s'il choisissait de prendre la traditionnelle pose contemplative du roi, et non comme si c'était là le mieux qu'il puisse faire, attendu qu'il avait été suspendu par les clavicules pendant…

Combien de temps cela avait-il duré ? Il n'en avait pas la moindre idée.

Vhen jeta un coup d'œil à son corps. Plus mince. Beaucoup plus mince. Mais sa peau était intacte, ce qui, compte tenu de toutes ces sales bestioles, était un miracle.

Il prit une profonde inspiration… et tira des forces dans sa nature vampirique pour nourrir son esprit *symphathe* : la vie de sa *shellane* étant en jeu, il disposait de réserves auxquelles il n'aurait pu avoir recours pour quelqu'un d'autre.

Vhengeance leva la tête, illumina la pièce de son regard améthyste et accepta leur adulation.

Les bougies dans le couloir s'enflammèrent vivement et le pouvoir déferla en lui en une puissante vague de commandement et de domination, sa vision passant du rouge au violet. Au plus profond de lui-même, il s'efforça de revenir à la réalité et fit savoir à chaque *symphathe* de la colonie qu'il pouvait faire n'importe quoi d'eux. Trancher leurs propres gorges. Baiser le compagnon d'un autre. Traquer et tuer animaux, humains et tout ce qui avait un pouls.

Le roi était l'ordinateur central de la colonie. Le cerveau majeur. Et les citoyens de cette espèce avaient bien retenu la leçon enseignée par son oncle et son père : les *symphathes* étaient des sociopathes animés d'un profond instinct d'autoconservation, et ils avaient choisi Vhengeance, un métis, parce qu'ils voulaient tenir les vampires à distance. Lui aux commandes, ils continueraient à vivre entre eux, séquestrés dans la colonie.

Dans un coin, quelqu'un remua de manière désordonnée et gronda.

La Princesse se relevait malgré ses blessures, ses cheveux emmêlés autour de son visage dément, sa lingerie luisante de son propre sang bleu.

— C'est à moi de régner sur eux ! (Sa voix était aiguë mais déterminée, son obsession suffisant à ranimer ce qui était ou aurait dû être mort.) C'est mon pouvoir, et vous m'appartenez.

La foule assemblée leva la tête pour la regarder. Puis reporta son regard sur Vhen.

Merde, le charme était rompu.

Vhen envoya une pensée rapide à Ehlena et Zadiste pour qu'ils bloquent leurs cortex en pensant à quelque chose, n'importe quoi, et plus ce serait clair, meilleur ce serait. Immédiatement, il les sentit modifier leurs grilles, Ehlena se représentant… le tableau du bureau de Montrag ?

Vhen reporta son attention sur la Princesse.

Qui avait remarqué Ehlena et titubait vers elle, une dague à la main.

— Il est à moi ! gargouilla-t-elle, du sang bleu coulant de sa bouche.

Vhengeance découvrit les crocs et siffla comme un serpent. Par la force de sa volonté, il força l'esprit de la Princesse, pénétrant même les défenses qu'elle arrivait à rassembler, prenant le dessus, lui ouvrant les yeux sur son envie de diriger et de l'avoir pour compagnon. Ses désirs la firent s'arrêter et se tourner vers lui, son regard fou empli d'amour. Submergée par ce qu'elle désirait, tremblant de visions d'extase, à la merci de sa propre faiblesse…

Il attendit qu'elle soit à point.

Puis il la frappa d'un unique message : « Ehlena est ma reine vénérée. »

Ces cinq mots la brisèrent, l'abattirent aussi sûrement que s'il avait sorti une arme et lui avait dessiné une autre boussole dans la poitrine.

Il était ce qu'elle voulait être.

Il était ce qu'elle voulait avoir.

Et elle était vaincue.

La Princesse mit les mains sur ses oreilles, comme si elle tentait de faire cesser le bourdonnement dans sa tête, mais il fit tourner son esprit de plus en plus vite.

Avec un cri sauvage, elle prit le couteau dans sa main et le plongea dans ses entrailles jusqu'à la garde. Ne désirant pas la laisser s'arrêter là, Vhen lui fit retourner l'arme d'un mouvement brusque vers la droite.

Puis il demanda un peu d'aide à ses amis.

Dans une vague noire s'écoulant des petites brèches des murs, la multitude de scorpions et d'araignées refit surface. Autrefois contrôlées par son oncle, les hordes étaient désormais sous la domination de Vhengeance, qui leur ordonna de s'agglutiner sur la Princesse.

Puis de mordre, ce qu'elles firent.

La Princesse cria, griffa pour s'en débarrasser et succomba, tombant sur un matelas qui allait la détruire.

Les *symphathes* observèrent la scène, n'en perdant pas une miette.

Tandis qu'Ehlena se cachait la tête contre l'épaule de Zadiste, Vhen ferma les yeux et demeura immobile comme une statue au centre de la pièce, promettant à chacun des citoyens devant lui un sort bien pire s'ils ne lui obéissaient pas. Ce qui, dans le système de valeurs perverti des *symphathes*, ne faisait que confirmer leur choix.

Quand la Princesse cessa de sangloter et fut inerte, Vhen leva les paupières et renvoya sa garde d'insectes. En reculant, ceux-ci dévoilèrent le corps enflé et rongé de la Princesse. Il était clair qu'elle ne se relèverait pas : le venin dans ses veines avait arrêté son cœur, bouché ses poumons et détruit son système nerveux.

Quel que soit le désir de la Princesse, son cadavre ne serait pas ranimé.

Vhen ordonna calmement à ses sujets vêtus de robes et masques de retourner à leurs quartiers et de méditer sur cette démonstration. En réponse, il obtint la version *symphathe* de l'amour : ils le craignaient totalement et l'en respectaient.

Tout du moins pour le moment.

De manière parfaitement synchronisée, les *symphathes* se levèrent et sortirent, et Vhen secoua la tête en direction d'Ehlena et Z., priant pour qu'ils fassent ce qu'il attendait d'eux, c'est-à-dire rester là où ils étaient.

Avec un peu de chance, ses frères masqués supposeraient qu'il tuerait les intrus à sa guise.

Vhen attendit que le dernier mangeur de péchés ait disparu, non seulement de la pièce, mais également des couloirs, et il relâcha la prise sur sa colonne vertébrale.

Quand son corps s'écrasa sur le sol, Ehlena se précipita vers lui, sa bouche remuant comme si elle était en train de lui parler. Mais il ne l'entendait pas, et son regard couleur caramel lui paraissait étrange à travers les lentilles roses de ses yeux de *symphathe*.

— *Je suis désolé*, articula-t-il. *Je suis désolé.*

Un truc bizarre au niveau de sa vision se déclencha à ce moment-là, et Ehlena se mit brusquement à fouiller dans un sac à dos apporté par… Seigneur, est-ce que Viszs était là, lui aussi ?

Vhen s'évanouit et revint à lui tandis qu'on lui prodiguait des soins et qu'on lui faisait des injections. Un peu plus tard, le vrombissement recommença.

Où est Xhex ? se demanda-t-il faiblement. Elle était probablement partie dégager la sortie après avoir tué la Princesse. Elle était ainsi, toujours à échafauder une stratégie de fuite. Dieu sait que cela avait défini sa vie.

Quand il pensait à sa chef de sécurité… sa camarade… son amie… il était énervé qu'elle ait rompu sa promesse, mais pas du tout surpris. La véritable question était : comment avait-elle réussi à venir ici sans les Maures ? À moins qu'eux aussi ne soient venus ?

Le vrombissement cessa, et Zadiste s'assit sur ses talons, secouant la tête.

Au ralenti, Vhen regarda son corps.

Ah, il était toujours attaché au niveau des épaules et ils n'avaient pas la moindre chance de rompre ses chaînes. Connaissant son oncle, ces liens étaient faits d'un matériau trop résistant pour qu'une scie le traverse.

— Laissez-moi…, marmonna-t-il. Laissez-moi. Partez…

Le visage d'Ehlena apparut devant lui et elle remua les lèvres avec application, comme si elle tentait de lui expliquer quelque chose…

Soudain, la sentir si proche de lui réveilla le mâle lié dans son sang et provoqua le retour d'une partie de sa perception des profondeurs – et il fut soulagé quand le visage d'Ehlena commença à reprendre ses traits normaux… ainsi que ses couleurs.

Vhen leva une main tremblante, se demandant si elle le laisserait la toucher.

Elle fit plus que cela. Elle saisit fermement sa main et la porta à ses lèvres pour l'embrasser. Elle était toujours en train de lui parler, même s'il n'entendait pas ce qu'elle disait, et il tenta de se concentrer. « *Reste avec moi.* » On aurait dit qu'elle essayait de communiquer avec lui. Ou peut-être qu'il comprenait cela à la manière dont elle se cramponnait à sa main.

Quand Ehlena tendit le bras et lui caressa les cheveux, il eut l'impression qu'elle articulait : « *Inspire profondément pour moi.* »

Vhen inspira pour la rendre heureuse et, au même moment, elle jeta un coup d'œil à quelqu'un ou quelque chose derrière lui, opinant brièvement dans cette direction.

Alors la souffrance explosa dans son épaule gauche, son corps tout entier s'arc-boutant, sa bouche s'ouvrant en grand pour laisser échapper un cri.

Il ne s'entendit pas hurler, sa vue s'obscurcit et il s'évanouit de douleur.

Chapitre 71

Ehlena passa le trajet du retour à l'arrière d'une Escalade noire, Vhen roulé en boule contre elle. Tous deux étaient serrés dans le coffre, mais elle se fichait qu'il y ait à peine assez de place pour le large corps de Vhen. Elle voulait être près de lui.

Elle avait besoin de poser les mains sur lui et de les laisser là.

Dès qu'ils avaient arraché les crochets de ses épaules, elle avait fait de son mieux sur les horribles blessures qui en résultaient, les recouvrant à toute vitesse de gaze stérile qu'elle avait maintenue avec du sparadrap. À la seconde où elle avait fini, Zadiste avait pris Vhengeance dans ses bras et l'avait sorti de cette pièce abandonnée, elle et Viszs montant la garde.

Xhex avait été introuvable au cours de leur évacuation.

Ehlena tentait de se rassurer, se disant que la femelle était partie rejoindre le combat à l'extérieur contre les tueurs, mais cette logique ne collait pas. Xhex n'aurait jamais laissé Vhengeance avant qu'il soit libéré de la colonie.

Quand la peur oppressa la poitrine d'Ehlena, elle tenta de se calmer en caressant l'épaisse chevelure noire de Vhen. En réponse, il tourna le visage vers elle, comme s'il avait besoin de réconfort.

Seigneur, il avait beau avoir un côté *symphathe*, il avait montré où son cœur le portait ; il avait détruit la Princesse et les avait tous protégés de ces créatures terrifiantes en masques et en robes. Ce qui voulait tout dire sur son allégeance, non ? Sans lui pour prendre le contrôle de la colonie, il aurait été impossible qu'un seul d'entre eux, y compris les frères qui se battaient dehors, sorte de là en un seul morceau.

Elle jeta un coup d'œil aux frères dans le 4 × 4. Rhage était enveloppé d'une veste en cuir, nu et tremblant, de la couleur du porridge congelé. Ils avaient dû s'arrêter à deux reprises pour qu'il rende tripes et boyaux et, vu la manière dont il déglutissait, ils allaient devoir recommencer bientôt. Viszs se trouvait à côté de lui et n'avait pas l'air en meilleur état. Il avait posé ses jambes musclées sur les genoux de Rhage, et avait la tête tournée de côté et les yeux fermés. Il était évident qu'il souffrait d'une commotion due au coup infligé par la Princesse. À l'avant, Butch était assis sur le siège passager, empestant une odeur douceâtre écœurante qui ne faisait sans doute qu'empirer l'état de l'estomac de Rhage.

Tohrment était au volant, conduisant prudemment et sans cahot.

Au moins, leur retour à la maison ne l'inquiétait pas.

Vhengeance remua et elle reporta immédiatement son attention sur lui. Quand il lutta pour ouvrir ses yeux améthyste, elle secoua la tête.

— Chut… Reste allongé, c'est tout. (Elle lui caressa le visage.) Chut…

Il roula des épaules et grimaça si fort que sa nuque craqua. Souhaitant pouvoir faire plus pour l'aider, elle remonta la couverture dans laquelle on l'avait enveloppé. Elle lui avait donné autant de médicaments antidouleur qu'elle avait osé, de même que des antibiotiques pour ses blessures aux épaules, mais elle s'était abstenue de lui administrer de l'antivenin, car il ne semblait pas avoir été mordu.

Vu la manière dont la Princesse avait été tuée, les araignées et les scorpions ne piquaient semble-t-il que si on le leur ordonnait, et Vhen avait été épargné pour une raison inconnue.

Brusquement, celui-ci grogna et se raidit, ses mains appuyant sur le plancher en dessous de lui.

— Non, n'essaie pas de t'asseoir. (Elle repoussa doucement son torse.) Reste allongé avec moi.

Vhengeance s'effondra de nouveau dans son giron et tendit une main. Quand il trouva la sienne, il marmonna :

— Pourquoi… ?

Elle ne put s'empêcher de sourire.

— Tu poses beaucoup cette question, tu sais.

— Pourquoi es-tu venue ?

Au bout d'un moment, elle répondit :

— J'ai suivi mon cœur.

Visiblement, cela ne le réjouit pas. Au contraire, il grimaça comme sous l'effet de la douleur.

— Je… mérite pas… ton…

Ehlena se raidit, alarmée, quand il se mit à saigner des yeux.

— Vhengeance, ne bouge pas s'il te plaît.

Tentant de ne pas paniquer, elle fouilla dans son sac à dos rempli de médicaments, tentant de diagnostiquer l'urgence médicale qui se profilait.

Vhengeance lui prit les mains.

— Juste… des larmes.

Elle examina ce qui ressemblait à du sang sur ses joues.

— Tu en es sûr ? (Quand il hocha la tête, elle sortit un Kleenex de sa parka et lui tamponna le visage avec précaution.) Je t'en prie, ne pleure pas.

— Tu n'aurais pas… dû venir me chercher. Tu aurais dû… me laisser là-bas.

— Je te l'ai dit, chuchota-t-elle en essuyant d'autres larmes. Tout le monde mérite d'être sauvé. C'est ainsi que je conçois le monde. (Quand elle croisa son magnifique regard iridescent, celui-ci parut encore plus magique quand les larmes rouges firent scintiller ses yeux.) C'est ainsi que je te vois.

Il ferma fortement les paupières, comme s'il ne supportait pas sa compassion.

— Tu as essayé de me protéger de tout cela, n'est-ce pas ? dit-elle. C'était la raison d'être de cette confrontation au *Zero Sum*. (Quand il opina, elle haussa les épaules.) Alors pourquoi ne comprends-tu pas mon besoin de te sauver, si tu as fait la même chose pour moi ?

— C'est différent… je suis… un *symphathe*…

— Mais tu n'es pas entièrement *symphathe*. (Elle repensa à son odeur d'union.) Je me trompe ?

Vhengeance secoua la tête à contrecœur.

— Mais pas assez… vampire… pour toi.

La tristesse de Vhen s'accumula, comme des nuages de pluie s'agglutineraient au-dessus d'eux, et pendant qu'elle luttait pour trouver ses mots elle lui toucha de nouveau le visage – et découvrit que sa peau était froide, trop froide à son goût. Merde… elle était en train de le perdre alors qu'il était dans ses bras. À chaque kilomètre qui les rapprochait de la sécurité, son corps les abandonnait, sa respiration devenait dyspnéique, son pouls filant.

— Peux-tu faire quelque chose pour moi ? demanda-t-elle.

— Oui, répondit-il tant bien que mal, même s'il battait des paupières et se mettait à trembler.

Il se recroquevilla un peu plus, et elle aperçut sa colonne vertébrale saillir sous la peau de son dos, même au travers de la couverture.

— Vhengeance ? Réveille-toi. (Quand il la regarda, le violet de ses yeux avait la couleur d'un hématome, opaque et douloureux.) Vhengeance, prends ma veine, je t'en supplie.

D'un seul coup, il ouvrit les paupières, comme si les mots qu'elle venait de prononcer étaient les derniers qu'il s'attendait à entendre, comme si elle lui proposait une virée à Disneyland ou de passer prendre un McDo pour le dîner.

Quand il entrouvrit les lèvres, elle l'arrêta avant qu'il se mette à parler.

— Si tu me demandes pourquoi, je vais être forcée de te mettre au coin.

Un petit sourire retroussa le coin de sa bouche avant de disparaître. Et même si ses crocs, dont on distinguait les extrémités acérées, étaient sortis, il secoua la tête.

— Pas comme toi, murmura-t-il en touchant son torse tatoué d'une main faible. Pas assez bien… pour ton sang.

Elle ôta une manche de sa parka et remonta celle de son pull à col roulé.

— Laisse-moi en être juge, s'il te plaît.

Quand elle lui posa son poignet sur la bouche, il se lécha les lèvres, sa faim se manifestant si vite que la couleur revint sur ses joues pâles. Et pourtant, il hésitait encore.

— Es-tu… sûre ?

Bizarrement, Ehlena se rappela leur rencontre à la clinique, il y avait de cela des siècles, en pleine joute verbale, se tournant autour, désirant l'autre sans le prendre. Elle sourit.

— Absolument certaine.

Elle poussa sa veine contre ses lèvres et sut qu'il serait incapable de lui résister – bien entendu, il tenta de lutter… et perdit. Vhengeance mordit franchement et aspira goulûment, laissant échapper un gémissement tandis que ses yeux se révulsaient sous le coup de l'émotion.

Ehlena caressa les cheveux qui avaient poussé de chaque côté de sa crête et se réjouit calmement tandis qu'il se nourrissait.

Cela allait le sauver.

Elle allait le sauver.

Pas son sang, mais son cœur allait le sauver.

Alors que Vhengeance se nourrissait au poignet de sa bien-aimée, il se sentait submergé et à bout de nerfs, à la merci d'émotions plus puissantes que son esprit. Elle était venue le chercher. Elle l'avait sorti de là. Et malgré tout ce qu'elle savait à son sujet, elle le laissait se nourrir et le regardait avec tendresse.

Mais ne s'agissait-il pas d'une démonstration de sa nature profonde, plutôt qu'une preuve de ses sentiments à son égard ? Ne s'agissait-il pas de devoir et de compassion, plutôt que d'amour ?

Il était trop faible pour déchiffrer sa grille émotionnelle. Tout du moins au début.

Tandis que son corps revenait à la vie, son esprit faisait de même, et il sut ce qu'elle ressentait…

Le sens du devoir. La compassion.

Et l'amour.

Une joie complexe jaillit dans sa poitrine. Une part de lui-même avait l'impression d'avoir gagné à la loterie en dépit d'un handicap insurmontable. Mais au fond de lui, il savait que ce handicap en viendrait à les séparer même si le reste de la population vampire ne découvrait jamais qu'il était de sang mêlé : il était censé être à la tête de la colonie.

Et ce n'était pas un endroit pour Ehlena.

Il relâcha sa veine et se lécha les lèvres. Seigneur… elle avait bon goût.

— Tu en veux encore ? demanda-t-elle.

Oui.

— Non. J'en ai eu assez.

Elle se remit à lui caresser les cheveux, ses ongles lui effleurant le cuir chevelu. Fermant les yeux, il sentit ses muscles et ses os reprendre des forces, le nectar qu'elle lui avait gracieusement offert ramenant la vie dans son corps.

Ouais, cela ne concernait pas seulement ses bras et ses jambes. Son pénis grossit et ses hanches remuèrent, alors même qu'il était à demi mort et qu'il avait les épaules en feu. Mais les vampires mâles avaient toujours une érection quand ils prenaient la veine de leur compagne.

C'était la biologie. Il ne pouvait pas l'empêcher.

Quand sa température corporelle se stabilisa, il quitta la position fœtale qu'il avait adoptée pour conserver la chaleur, et ce faisant écarta un pan de la couverture posée sur lui. Soucieux de ne pas montrer son sexe, il tendit la main pour la remettre en place.

Ehlena arriva la première.

Et son regard brilla dans l'obscurité quand elle replaça la couverture.

Vhen déglutit à plusieurs reprises, ayant toujours le goût d'Ehlena sur sa langue et au fond de sa gorge.

— Désolé.

— Ne le sois pas. (Elle sourit et le regarda droit dans les yeux.) Tu ne peux rien y faire. En outre, cela signifie que tu es probablement hors de danger.

Et en pleine phase érotique. Génial. Rien de tel que les extrêmes pour pimenter les choses.

— Ehlena. (Il poussa un long soupir.) Je ne peux pas revenir à la situation d'avant.

— Si tu entends par là un baron de la drogue et un mac, étrangement, cela ne m'attriste pas.

— Oh, ce serait fini de toute façon. Mais non, je ne peux pas revenir à Caldwell.

— Pourquoi ?

Comme il ne répondit pas immédiatement, elle reprit :

— J'espère que tu le feras. J'ai envie que tu le fasses.

Le vampire lié en lui se mit à crier victoire. Mais il devait garder la tête froide.

— Je suis différent de toi, répéta-t-il comme une litanie.

— Non, ce n'est pas vrai.

Parce qu'il fallait la convaincre et qu'il n'avait pas de meilleure façon de le faire, il lui prit la main et la dirigea sous la couverture, la posant sur son membre. Le contact le fit frissonner de plaisir ; il ondula des hanches, mais rappela à sa libido qu'il faisait cela pour lui montrer précisément en quoi il était différent.

Il la guida vers sa pointe, là où la base de son pénis était légèrement irrégulière.

— Est-ce que tu le sens ?

Elle sembla chercher à garder son calme l'espace d'un instant, comme si elle luttait contre le même courant érotique que lui.

— Oui…

En entendant la manière dont elle laissa échapper le mot d'une voix rauque, il arqua le dos, faisant glisser son érection contre la main d'Ehlena. Alors que son souffle se raccourcissait et que son cœur battait à tout rompre, la voix de Vhengeance se fit plus grave.

— Elle s'accroche quand je… quand je jouis. Je ne ressemble pas à ce que tu as connu.

Tandis qu'elle l'explorait, Vhen tenta de rester stoïque, mais la puissance que son corps avait gagnée en se nourrissant, ajoutée aux caresses d'Ehlena, se révéla bien trop forte. Il remua contre sa paume, se cambrant sur ses genoux, se sentant étonnamment à sa merci.

Ce qui ne faisait que l'exciter encore plus.

— Est-ce pour cela que tu t'es retiré de moi ? demanda-t-elle.

Vhen se lécha de nouveau les lèvres, se rappelant la sensation de son intimité qui enserrait son…

L'Escalade heurta un nid-de-poule, rappelant brusquement à Vhen que le havre sombre du coffre du 4 × 4 n'était qu'en partie privé : ils n'étaient pas seuls, en réalité.

Mais Ehlena ne retira pas sa main.

— Est-ce pour cela ?

— Je ne voulais pas que tu saches quoi que ce soit. Je voulais… être normal pour toi. Je voulais que tu te sentes en sécurité auprès de moi… et je voulais être avec toi. C'est pour cela que je t'ai menti. Je n'avais pas l'intention de tomber amoureux de toi. Je ne te le souhaitais pas…

— Qu'est-ce que tu as dit ?

— Je… je suis amoureux de toi. Je suis désolé, mais c'est ce que je ressens.

Ehlena devint tellement silencieuse qu'il se demanda si, dans son délire, il n'avait pas sérieusement mal interprété tout ce qui se passait entre eux. Avait-il simplement projeté sur sa grille émotionnelle ce que la part faible de son être avait besoin de découvrir ?

Sauf qu'elle posa la bouche sur la sienne et chuchota :

— Ne te cache plus jamais de moi. Je t'aime tel que tu es.

Une vague d'étonnement, de reconnaissance et de gratitude neutralisa tout ce qu'il y avait de logique en lui, et Vhen tendit la main vers elle, lui tenant délicatement la tête tout en l'embrassant. À cet instant, il se foutait parfaitement des complications qui allaient bien au-delà de leur pouvoir, des choses qui les sépareraient aussi sûrement que le soleil brûlant se lèverait à la fin de la nuit.

Mais être accepté… être accepté et aimé pour ce qu'il était véritablement, par celle qu'il aimait en retour, était une trop grande joie pour être abattue par la froide réalité.

Pendant qu'ils s'embrassaient, Ehlena entreprit de le caresser sous la couverture, sa main montant et descendant le long de son pénis durci.

Quand il tenta de reculer, elle reprit sa bouche.

— Chut… fais-moi confiance.

Vhengeance s'abandonna à la passion, chevauchant la vague que ses caresses soulevaient en lui, se soumettant à sa volonté. Il tenta de rester silencieux, peu désireux que les autres sachent, et se mit à prier pour qu'au moins les deux dans les sièges juste devant eux se soient endormis.

Il ne fallut pas longtemps pour que ses testicules se contractent et que ses mains se referment sur les cheveux de la femelle. Haletant contre sa bouche, il donna un dernier coup de reins et jouit violemment, trempant la main d'Ehlena, son propre ventre et la couverture.

Quand elle effleura sa pointe pour en palper l'extension, il se figea, espérant qu'elle ne serait pas dégoûtée par cette partie de son anatomie.

— Je veux la sentir en moi, gronda-t-elle contre ses lèvres.

Tandis qu'il assimilait ses paroles, le corps de Vhengeance explosa en un nouvel orgasme foudroyant.

Bon Dieu… il était impatient d'arriver à l'endroit où ils se rendaient.

Chapitre 72

Le matin suivant, Ehlena se réveilla nue dans le lit dans lequel elle avait dormi avant de partir pour la colonie. À côté d'elle, le corps massif et tiède de Vhengeance était aussi près que possible, et il était réveillé.

Du moins d'une certaine façon.

Son érection était brûlante et dure sur l'arrière de sa cuisse, et il se frottait contre elle. Elle savait ce qui allait suivre, et était prête à l'accueillir quand il roula, s'installa sur elle et trouva le cœur de son intimité. Il s'enfonça profondément et se mit à onduler instinctivement, et le corps d'Ehlena répondit à son rythme et elle lui entoura le cou de ses bras.

Il avait des marques de morsures à la gorge. Beaucoup de marques.

Elle aussi en avait.

Elle ferma les yeux, se perdant de nouveau en Vhengeance… en eux.

La journée qu'ils avaient passée ensemble dans cette chambre d'amis de la Confrérie n'avait pas seulement été consacrée au sexe. Ils avaient beaucoup parlé. Elle lui avait expliqué tout ce qui s'était passé, y compris l'héritage et la manière dont tout s'était fait jour, et comment Xhex n'avait pas techniquement enfreint la promesse qu'elle lui avait faite en se rendant dans la colonie.

Mon Dieu… Xhex.

Personne n'avait eu de ses nouvelles. Et la joie, le soulagement et le triomphe qu'ils avaient pu ressentir quand tous les frères et Vhengeance étaient rentrés à la demeure sans blessure mortelle étaient assourdis par le regret.

Vhengeance allait se rendre dans la colonie à la tombée de la nuit et la chercher, mais Ehlena voyait sur son visage qu'il ne pensait pas la dénicher là-bas.

C'était tout simplement trop étrange et effrayant. Personne n'avait retrouvé son corps, mais personne ne l'avait vue partir, ni ne l'avait aperçue en dehors de cette grotte. C'était comme si elle avait purement et simplement disparu.

— Oh, mon Dieu. Ehlena… je vais…

Quand Vhen se mit à aller et venir furieusement entre ses hanches, elle se cramponna à lui et laissa les sensations voluptueuses prendre le dessus, sachant que leur plaisir ne ferait pas disparaître les pensées douloureuses et l'angoisse aiguë. Vhen fut emporté par la jouissance, criant son nom, puis Ehlena sentit une prise excitante et empressée quand sa pointe s'accrocha profondément en elle.

Elle n'eut qu'à y penser et son propre orgasme éclata, l'anéantissant.

Quand ils furent tous deux rassasiés, Vhengeance roula sur le flanc, veillant à ne pas tenter de les séparer trop tôt. Son regard améthyste se posa sur elle, et il lui écarta les cheveux du visage.

— C'est une façon parfaite de se réveiller, murmura-t-il.

— Je suis d'accord.

Leurs regards se croisèrent et ne se lâchèrent pas. Au bout d'un moment, il reprit :

— Puis-je te demander quelque chose ? Et ce n'est pas un « pourquoi », c'est un « quoi ».

— Vas-y.

Elle se redressa et l'embrassa brièvement.

— Qu'est-ce que tu as prévu pour le restant de tes jours ?

Ehlena eut le souffle coupé.

—Je croyais… tu as dit que tu ne pouvais pas rester à Caldwell.

Il haussa ses larges épaules couvertes de bandages.

—Le problème, c'est que je ne peux pas te laisser. C'est hors de question. Chaque heure près de toi ne fait que rendre cette réalité plus évidente. Littéralement je… ne peux pas partir à moins que tu ne l'exiges de moi.

—Ce qui n'arrivera pas.

—Ah… non ?

Ehlena lui prit le visage entre ses mains et, au moment où elle le fit, il s'immobilisa, comme chaque fois qu'elle le touchait. C'était comme s'il attendait en permanence qu'elle lui donne un ordre… mais, après tout, c'était à cela que ressemblaient les vampires mâles liés. Oui, ils étaient plus forts et physiquement plus puissants que leurs compagnes, mais les *shellane* menaient la danse.

—On dirait bien que je vais passer le restant de mes jours avec toi, répondit-elle contre sa bouche.

Il frémit, comme s'il abandonnait ses derniers doutes.

—Je ne te mérite pas.

—Bien sûr que si.

—Je vais prendre soin de toi.

—Je sais.

—Et, comme je te l'ai dit, je ne reprendrai pas mes anciennes activités en ville.

—Bien. (Il marqua un silence, comme s'il souhaitait la rassurer un peu plus et cherchait ses mots.) Cesse de parler et embrasse-moi encore. Mon cœur est décidé, de même que mon esprit, et tu n'as pas besoin de me dire autre chose. Je sais qui tu es. Tu es mon *hellren*.

Quand leurs bouches se touchèrent, elle avait parfaitement conscience qu'ils avaient encore beaucoup à démêler. S'ils vivaient parmi les vampires, ils allaient devoir continuer à protéger son identité *symphathe*. Et elle ignorait ce qu'il allait faire au sujet de la colonie dans le Nord – elle avait le sentiment que toute cette histoire de cercle et de vénération signifiait qu'il exerçait une sorte de pouvoir là-bas.

Mais ils allaient affronter tout cela et même plus ensemble.

Ce qui était la seule chose qui importait.

Il finit par reculer.

— Je vais prendre une douche et aller voir Bella, d'accord ?

— C'est bien, j'en suis heureuse. (Sœur et lui avaient échangé une étreinte brève et gênée avant que tout le monde aille se coucher.) Dis-moi si je peux faire quoi que ce soit.

— Je te le dirai.

Vhengeance quitta la chambre une demi-heure plus tard, vêtu d'un pantalon de jogging et d'un épais sweat-shirt que lui avait donnés l'un des frères. Ignorant parfaitement où aller, il accosta un *doggen* qui passait l'aspirateur dans le couloir et lui demanda le chemin de la chambre de Bella et Z.

Ce n'était pas loin. À peine quelques portes de là.

Vhen se dirigea vers le bout du couloir rempli de statues gréco-romaines et frappa à la porte qu'on lui avait indiquée. N'obtenant pas de réponse, il tenta la porte suivante, à travers laquelle il entendait les pleurs de Nalla.

— Entrez, s'exclama Bella.

Vhen ouvrit lentement la porte de la nursery, ne sachant quel accueil lui serait réservé.

Au fond de la pièce aux murs ornés de dessins de lapins, Bella était assise dans un fauteuil à bascule, appuyant le pied sur le tapis, son bébé blotti dans ses bras. En dépit de la tendresse qu'on lui prodiguait, Nalla était chagrine et montrait douloureusement son mécontentement grognon et pleurnichard au monde entier.

— Salut, dit Vhen avant que sa sœur ne se retourne. C'est moi.

Bella leva son regard bleu et croisa le sien, et il vit défiler toutes sortes d'émotions sur son visage.

—Salut.

—Je peux entrer?

—Je t'en prie.

Il ferma la porte derrière lui puis se demanda si elle se sentirait en sécurité si elle était enfermée avec lui. Il fit mine de rouvrir la porte, mais elle l'arrêta.

—C'est bon.

Il n'en était pas certain, aussi demeura-t-il à l'autre bout de la pièce, observant Nalla remarquer sa présence. Et tendre les bras vers lui.

Un mois plus tôt, une éternité plus tôt, il serait allé vers le bébé pour le prendre dans ses bras. Plus maintenant. Probablement plus jamais.

—Elle est tellement grognon aujourd'hui, dit Bella. Et j'ai de nouveau mal aux pieds. Je ne peux même plus faire un pas en la portant dans mes bras.

—Oui.

Il y eut un long silence tandis qu'ils contemplaient tous les deux le bébé.

—Je n'ai jamais su pour toi, finit par dire Bella. Je n'aurais jamais deviné.

—Je ne voulais pas que tu le saches. Et *mahmen* non plus.

Quand les mots quittèrent ses lèvres, il prononça une brève prière silencieuse pour leur mère, espérant qu'elle lui pardonnerait que ce sombre et horrible secret soit désormais dévoilé. Mais la vie était ainsi faite, il n'avait pas eu le pouvoir d'empêcher cette révélation.

Dieu sait qu'il avait fait tout son possible pour garder le voile du mensonge en place.

—Est-ce que… Comment est-ce arrivé? demanda Bella d'une petite voix. Comment… es-tu… né?

Vhengeance réfléchit à la manière de présenter les choses, tourna plusieurs phrases dans sa tête, changea des mots et en ajouta d'autres. Mais l'image du visage de sa mère continuait à s'immiscer, et à la fin il se contenta de regarder sa sœur et de secouer lentement la tête. Quand Bella pâlit, il sut qu'elle avait deviné l'essentiel. Les *symphathes* étaient autrefois connus pour enlever des femelles dans la population vampire. En particulier les femelles belles et raffinées.

C'était en partie la raison pour laquelle les mangeurs de péchés avaient fini dans cette colonie.

— Oh, mon Dieu…

Bella ferma les yeux.

— Je suis désolé.

Il voulait tellement s'approcher d'elle. Tellement.

Quand elle rouvrit les yeux, elle essuya des larmes puis leva les épaules comme si elle rassemblait ses forces.

— Mon père… (Elle s'éclaircit la voix.) Est-ce qu'il s'est uni à elle en connaissant la vérité à ton sujet ?

— Oui.

— Elle ne l'a jamais aimé. Du moins, pas à ma connaissance. (Vhen demeura silencieux, parce qu'il ne parlerait pas de cette union s'il pouvait y échapper, et elle fronça les sourcils.) S'il savait pour toi… a-t-il menacé de vous dénoncer elle et toi si elle ne s'engageait pas envers lui ?

Le silence de Vhen sembla une réponse suffisante, parce que sa sœur hocha la tête d'un air raide.

— Cela me paraît plus logique. Je suis très en colère… mais je comprends désormais pourquoi elle restait avec lui. (Il y eut un silence difficile.) Qu'est-ce que tu ne me dis pas d'autre, Vhengeance ?

— Écoute, ce qui est arrivé autrefois…

— C'est ma vie ! (Le bébé poussa un cri aigu, et Bella baissa la voix.) Il s'agit de ma vie, bon sang. Une vie que tout le monde autour de moi connaît mieux que moi. Donc tu ferais mieux de tout me dire, Vhengeance, putain. Si tu veux que nous ayons le moindre lien, tu ferais mieux de tout me dire.

Vhen poussa un soupir retentissant.

— Que veux-tu savoir en premier ?

Sa sœur déglutit avec difficulté.

— La nuit où mon père est mort… J'ai emmené *mahmen* à la clinique. Je l'ai emmenée parce qu'elle était tombée.

— Je m'en souviens.

— Elle n'était pas tombée, n'est-ce pas ?

— Non.

— Jamais.

— Non.

Les yeux de Bella scintillèrent et, comme pour se distraire, elle tenta de saisir l'un des poings de Nalla.

— Est-ce que tu… cette nuit-là, est-ce que tu…

Il ne voulait pas répondre à cette question inachevée, mais il en avait assez de mentir à ceux qui lui étaient les plus proches et les plus chers.

— Oui. Tôt ou tard, il l'aurait tuée. C'était lui ou *mahmen*.

Une larme trembla sur les cils de Bella et tomba, atterrissant sur la joue de Nalla.

— Oh… mon Dieu…

Quand il vit les épaules de sa sœur s'affaisser, comme si elle avait froid et cherchait un refuge, il voulut lui faire remarquer qu'elle pouvait toujours se tourner vers lui. Qu'il serait toujours là pour elle si elle le souhaitait. Qu'il restait son Coq, son frère, son protecteur. Mais il n'était plus le même à ses yeux, et ne le serait plus jamais : il n'avait pas changé, mais la perception qu'elle avait de lui avait été complètement altérée, et cela signifiait qu'il était une personne différente.

Un étranger au visage d'une familiarité choquante.

Bella s'essuya les yeux.

— J'ai l'impression de ne pas connaître ma propre vie.

— Est-ce que je peux m'approcher ? Je ne ferai de mal ni à toi ni au bébé.

Il attendit une éternité.

Et plus encore.

Bella serrait la bouche en une ligne mince, comme si elle essayait de ravaler des sanglots insoutenables. Puis elle lui tendit la main avec laquelle elle avait essuyé ses larmes.

Vhen traversa la chambre en se dématérialisant, courir lui aurait pris trop de temps.

S'accroupissant à côté d'elle, il prit sa paume entre ses deux mains et posa les doigts gelés de sa sœur sur sa joue.

— Je suis désolé, Bella. Je suis tellement désolé pour toi et *mahmen*. J'ai tenté de m'excuser de ma naissance auprès d'elle… Je te jure que c'est vrai. Mais c'est seulement que… en parler était trop douloureux pour elle et pour moi.

Bella leva ses yeux d'un bleu lumineux vers lui, les larmes contenues magnifiant la beauté de son regard.

— Mais pourquoi t'excuser ? Rien de tout cela n'était ta faute. Tu étais innocent… foncièrement innocent. Ce n'était pas ta faute, Vhengeance. Pas. Ta. Faute.

Le cœur de Vhengeance cessa de battre quand il comprit que… c'était ce qu'il avait eu besoin d'entendre. Toute sa vie, il s'était reproché sa naissance et avait eu l'espoir de faire amende honorable pour le crime perpétré contre sa mère et dont le résultat était… lui-même.

— Ce n'était pas ton œuvre, Vhengeance. Et elle t'aimait. De tout son cœur, *mahmen* t'aimait.

Il ignorait comment cela arriva, mais sa sœur se retrouva soudain dans ses bras, serrée contre son torse, elle et son bébé installés dans le havre de force et d'amour qu'il leur offrait.

Ses lèvres chantonnèrent la berceuse dans un souffle – il n'y avait pas de mots sur la douce mélodie, car sa gorge refusait de les laisser sortir. Seul lui vint le rythme de l'ancienne comptine.

Mais c'était tout ce dont ils avaient besoin, cet air à peine audible suffisant à mêler le passé au présent, à réunir le frère et la sœur.

Quand Vhengeance fut incapable de poursuivre même le peu qu'il faisait, il posa la tête sur l'épaule de sa sœur et fredonna pour continuer…

Et pendant tout ce temps, la génération suivante dormit à poings fermés, entourée de sa famille.

Chapitre 73

John Matthew était étendu sur le lit que Xhex avait utilisé, la tête sur les oreillers et le corps sur les draps qui ne portaient pas seulement son odeur, mais aussi celle des relations sexuelles froides et sans âme qu'ils avaient eues quand il était venu la voir. Dans le chaos de la nuit, les *doggen* n'avaient pas encore nettoyé cette chambre, et quand la bonne finirait par venir, il la chasserait.

Personne ne toucherait à cet endroit. Point barre.

Allongé sur cette couche, il était armé jusqu'aux dents et vêtu de la tenue qu'il portait pour le combat dans la colonie. Il avait des estafilades à de nombreux endroits, dont l'une saignait encore, à en juger par le fait que sa manche était humide, et il avait un mal de crâne qui résultait soit d'une gueule de bois, soit d'une autre blessure. Non que cela ait une importance.

Il regardait fixement la commode face à lui.

Les cilices barbares que Xhex s'entêtait à porter autour des cuisses étaient posés sur le meuble : tout comme lui, étendu sur le lit, ils semblaient déplacés, n'ayant rien à faire avec les accessoires de toilette en argent à côté desquels ils étaient posés.

Le fait qu'elle les ait abandonnés ainsi lui donnait de l'espoir. Il supposait qu'elle se servait de cette douleur pour contrôler ses besoins *symphathes*, donc si elle ne les portait pas, cela signifiait qu'elle disposait d'une arme supplémentaire.

Et elle se battrait. Où qu'elle se trouve, elle serait dans la bataille, car telle était sa nature.

Même si, merde, il aurait aimé s'être nourri sur elle. Ainsi… il aurait peut-être senti où elle se trouvait. Ou il aurait su avec certitude qu'elle était toujours en vie.

Pour ligoter sa violence, il passa en revue ce qu'il avait appris des différents comptes-rendus de combat qui avaient été présentés quand tout le monde était revenu à la demeure.

Zadiste et V. s'étaient trouvés avec elle et Ehlena dans la pièce où l'on avait découvert Vhengeance. La Princesse avait surgi, ainsi que Flhéau. Xhex avait tiré sur cette pétasse *symphathe*… juste avant que la colonie tout entière décide de rendre hommage à Vhen, son nouveau roi.

La Princesse avait fait une nouvelle apparition digne de *La Nuit des morts-vivants*. Vhen l'avait butée. Le calme était revenu… et on n'avait revu ni Flhéau ni Xhex.

C'était tout ce que l'on savait.

Visiblement, Vhen avait prévu de se rendre dans la colonie à la tombée de la nuit pour se lancer à sa recherche… mais John savait qu'il ne trouverait rien. Elle n'était pas parmi les *symphathes*.

Flhéau l'avait enlevée. C'était la seule explication possible. Après tout, on n'avait pas retrouvé son corps en évacuant les lieux et il était impensable qu'elle soit partie sans s'assurer que tous les autres étaient en sûreté. De plus, d'après les frères qui se trouvaient dans la grotte, Vhen tenait tous ces *symphathes* à sa merci. Donc aucun d'entre eux n'aurait pu se libérer et la dominer mentalement.

Flhéau la détenait.

Flhéau était revenu d'entre les morts, était bizarrement passé du côté de l'Oméga et, en quittant la colonie, il l'avait emmenée avec lui.

John allait tuer cet enfoiré. À mains nues.

Quand la colère monta en lui au point qu'il s'étrangle de rage, il roula sur le flanc pour ne plus voir les cilices sur la commode, incapable de supporter l'idée que Xhex souffre.

Au moins, les éradiqueurs étaient impotents. Si Flhéau était un éradiqueur… il était impotent.

Dieu merci.

Avec un soupir plaintif, John frotta son visage contre un endroit de l'oreiller où la voluptueuse odeur de Xhex était particulièrement forte.

S'il avait pu, il aurait remonté le temps d'un jour et… il n'aurait pas poursuivi sa route en passant devant sa porte. Non, il serait entré ici une nouvelle fois. Mais il aurait été plus doux avec elle qu'elle ne l'avait été avec lui la première fois qu'ils avaient couché ensemble.

Et il lui aurait également pardonné quand elle aurait dit qu'elle était désolée.

Allongé dans le noir avec ses regrets et sa fureur, il comptait les heures jusqu'au coucher du soleil et échafaudait des plans. Il savait que Vhif et Blay sortiraient avec lui, pas parce qu'il le leur demanderait, mais parce qu'ils ne l'écouteraient pas quand il leur dirait de se mêler de leurs affaires.

Mais c'était ainsi. Il ne dirait rien à Kolher ni aux frères. Il n'avait pas besoin qu'ils dégainent tout un tas de mesures de sécurité pour cette aventure. Non, ses potes et lui allaient retrouver Flhéau dans son lit et le massacrer une bonne fois pour toutes. Si cela faisait virer John de la maison ? Parfait. Il était seul, de toute façon.

Voilà le topo : Xhex était sa femelle, qu'elle le veuille ou non. Et il n'était pas le genre de mâle à rester assis pendant que sa compagne était égarée dans un univers de douleur.

Il allait faire exactement ce qu'on avait fait pour Vhengeance.

Il allait la venger.

Il allait la ramener à la maison saine et sauve… et s'assurer que celui qui l'avait enlevée finirait en enfer.

Chapitre 74

Quand Kolher entendit frapper à la porte, il se leva de son bureau. Il leur avait fallu une heure avec Beth pour vider le meuble délicat, ce qui était étonnant. Cette saloperie contenait beaucoup de choses dans ses minuscules tiroirs.

— Est-ce qu'il est là ? demanda-t-il à sa *shellane*. Est-ce que c'est eux ?

— Espérons-le. (Le bruit des pas de Beth résonna quand la porte s'ouvrit, comme si elle tentait d'y voir mieux.) Oh… il est magnifique.

— Dis plutôt atrocement lourd, grommela Rhage. Seigneur, est-ce que tu ne penses pas qu'il existait un juste milieu ?

— Et c'est toi qui dis ça ? répondit Kolher tandis que George et lui faisaient deux pas à gauche et un en arrière.

De la main, il tâtonna pour trouver les rideaux et s'immobilisa quand sa main effleura les franges.

Le bruit des gens qui déambulaient en lourdes bottes se fit encore plus fort, accompagné d'une sacrée dose de jurons. Et d'autres grognements. Et beaucoup d'autres grognements. De même que certaines calomnies au sujet des rois et de leurs prérogatives qui emmerdaient le monde.

Puis on entendit deux « boum » quand deux objets lourds touchèrent le sol, le genre de bruit qu'on entend quand deux coffres-forts tombent d'une falaise et atterrissent.

— Est-ce qu'on peut brûler le reste de ces niaiseries ? marmonna Butch. Les canapés et le…

— Oh, les autres restent, murmura Kolher, se demandant si le chemin jusqu'au nouveau meuble était dégagé. J'avais juste besoin d'un aménagement.

— Tu vas continuer à nous emmerder ?

— Le canapé a déjà été renforcé pour ton gros cul, ne me remercie pas.

— Eh bien, voilà ton aménagement, soupira Viszs. Cette merde fait… plutôt grand chef.

Kolher se retint, demeurant sur le côté tandis que Beth expliquait précisément à ses frères comment disposer le mobilier.

— OK, tu veux faire un essai, seigneur ? demanda Rhage. Je pense que c'est prêt.

Kolher se racla la gorge.

— Oui. Oui, je vais essayer.

George et lui avancèrent et il tendit la main jusqu'à sentir…

Le bureau de son père était en ébène sculpté, et le délicat travail filigrané aux extrémités avait été réalisé par un véritable maître artisan.

Kolher se pencha, tâtonnant, retrouvant l'aspect du meuble à travers ses jeunes yeux, se rappelant de quelle manière des siècles d'usage n'avaient fait qu'augmenter sa beauté imposante. Les pieds massifs du bureau étaient en réalité des statues de mâles représentant les quatre saisons de la vie, et le plateau lisse qu'ils soutenaient était marqué des mêmes symboles de lignage que ceux tatoués à l'intérieur des avant-bras de Kolher. Tandis qu'il en suivait les motifs du bout des doigts, il découvrit les trois larges tiroirs qui se trouvaient sous la surface et se souvint de son père assis derrière le meuble, entouré de papiers, d'édits et de plumes.

— C'est extraordinaire, dit Beth d'une voix douce. Mon Dieu, c'est…

— De la même taille que ma putain de voiture, marmonna Hollywood. Et deux fois plus lourd.

— … le plus beau bureau que j'aie jamais vu, acheva sa *shellane*.

— Il était à mon père. (Kolher se racla la gorge.) Nous avons aussi le fauteuil, non ? Où est-il ?

Butch poussa un grognement, suivi du bruit d'un objet lourd qu'on déplaçait.

— Et… dire… que je… pensais que… c'était un… éléphant. (Le bruit des pieds heurtant le tapis précieux fut tonitruant.) En quoi il est fabriqué, ce machin ? En béton armé peint pour ressembler à du bois ?

Viszs expira la fumée de son tabac turc.

— Je t'ai dit de ne pas essayer de le soulever tout seul, flic. Tu veux t'estropier ?

— Je me suis bien débrouillé. J'ai monté l'escalier les doigts dans le nez.

— Oh, vraiment. Alors pourquoi t'es penché en avant à te frotter le bas du dos ?

Il y eut un autre grognement, puis le flic marmonna :

— Je ne suis pas penché en avant.

— Plus maintenant.

Kolher passa les mains sur les bras du trône, décryptant les symboles en langue ancienne qui annonçaient qu'il ne s'agissait pas d'un simple fauteuil, mais bien d'un siège de dirigeant. Il était exactement comme dans ses souvenirs… et, oui, au sommet du haut dossier, il découvrit le métal froid et les pierres lisses, et se souvint du scintillement de l'or, du platine, des diamants… et d'un rubis brut non taillé de la taille d'un poing.

Le bureau et le trône étaient les deux seuls objets subsistant de la demeure de ses parents, et ils avaient été acheminés de l'Ancienne Contrée non par lui, mais par Audazs. C'était A. qui avait retrouvé l'humain qui avait acheté l'ensemble vendu par les éradiqueurs. Il l'avait retrouvé et rapporté.

Oui… et Audazs s'était également assuré que, quand la Confrérie avait dû traverser l'océan, le trône de l'espèce et le bureau assorti du roi viennent avec eux.

Kolher n'aurait jamais pensé utiliser l'un ou l'autre un jour.

Mais quand George et lui en prirent possession et s'assirent… cela lui parut normal.

— Merde, est-ce que quelqu'un d'autre ressent le besoin de s'agenouiller ? demanda Rhage.

— Oui, répondit Butch. Mais, encore une fois, j'essaie de soulager la pression de mon foie. Je crois qu'il s'est roulé en boule autour de ma colonne vertébrale.

— Je t'avais dit que tu avais besoin d'aide, railla V.

Kolher laissa ses frères continuer, parce qu'il sentait que ceux-ci avaient besoin de se détendre et de se distraire grâce à une joute verbale.

Les choses ne s'étaient pas bien passées pendant leur déplacement dans la colonie. Oui, Vhen était libre, et c'était formidable, mais la Confrérie n'abandonnait aucun combattant. Et Xhex était introuvable.

Kolher s'attendait à ce nouveau coup frappé à la porte. Quand Vhen et Ehlena entrèrent, le couple fut largement chahuté avec force soupirs et halètements. Puis la Confrérie s'éclipsa, laissant Kolher, Beth et George seuls avec leurs visiteurs.

— Quand repars-tu dans le Nord ? demanda Kolher. Pour la retrouver.

— À la seconde même où je supporterai la lumière déclinante dans le ciel.

— Bien. Tu veux des renforts ?

— Non. (Kolher entendit un léger bruissement, comme si Vhen avait attiré sa compagne contre lui parce qu'elle se sentait mal à l'aise.) J'irai seul. C'est mieux. En dehors de chercher Xhex, je vais également désigner un successeur, et cela implique que les choses pourraient devenir un peu risquées.

— Un successeur ?

— Ma vie est ici. À Caldwell.

Même si la voix de Vhen était ferme et posée, ses émotions se bousculaient partout dans la pièce, et Kolher n'était pas surpris. Le mixeur de la vie l'avait bien secoué au cours des dernières vingt-quatre heures, et, d'expérience, Kolher savait que la libération était parfois aussi déboussolante que le rapt.

Bien entendu, le résultat de la première était bien plus délectable. Puisse la Vierge scribe accorder une telle option à Xhex.

— Écoute, reprit Kolher. Tout ce dont tu auras besoin pour retrouver Xhex, quel que soit le soutien que nous puissions t'offrir, tu l'auras.

— Merci.

Quand Kolher pensa à cette femelle et comprit qu'il serait plus charitable de souhaiter qu'elle soit morte en cet instant, il tendit le bras et le passa autour de la taille de sa *shellane*, afin de sentir le corps tiède et protégé de Beth contre lui.

— En ce qui concerne l'avenir, dit-il à Vhen, je dois prendre l'initiative sur ce coup-là.

— Que veux-tu dire ?

— Je veux que tu diriges la colonie.

— Quoi ?

Avant que le mâle soit en mesure de refuser, Kolher l'interrompit.

— La dernière chose dont j'ai besoin en ce moment, c'est d'une colonie instable. J'ignore ce qui se passe avec Flhéau et les éradiqueurs, pourquoi il était là-bas ou ce qu'il fabriquait avec cette Princesse, mais je suis certain d'une chose : d'après ce que m'a appris Z., ce groupe de mangeurs de péchés a une trouille bleue de toi. Même si tu ne vis pas là-bas à temps plein, je veux que tu les diriges.

— Je comprends ton raisonnement, mais…

— Je suis d'accord avec le roi.

Ehlena venait de parler et, à l'évidence, elle avait complètement pris son compagnon au dépourvu, parce que le discours de Vhen se transforma en balbutiements.

— Kolher a raison, reprit Ehlena. C'est toi qui dois être le roi.

— Ne le prends pas mal, marmonna Vhen. Mais ce n'était pas le genre d'avenir auquel je pensais pour toi et moi. Même si je dois y remettre les pieds un jour, ce sera encore bien trop tôt. En outre, je n'ai aucune envie d'être à leur tête.

Kolher sentit le dur trône sous son poids et ne put s'empêcher de sourire.

— C'est marrant, parfois je ressens la même chose quant à mes citoyens. Mais le destin a d'autres projets pour les gens comme toi et moi.

— Certainement pas ! J'ignore totalement comment être un roi. Je naviguerais à vue… (Il y eut un bref silence.) Je veux dire… merde… non pas au sens où être aveugle est… Putain.

Kolher sourit de nouveau, imaginant le dépit sur le visage de Vhengeance.

— Nan, c'est bon. Je suis ce que je suis. (Quand la main de Beth trouva la sienne, il la pressa pour la rassurer.) Je suis ce que je suis, et tu es ce que tu es. Nous avons besoin de toi là-haut pour gérer les choses. Tu ne m'as pas abandonné l'autre fois, et je sais que tu ne voudras pas me décevoir désormais. Quant à diriger… j'ai un scoop : tous les rois sont aveugles, mon pote. Mais si ton cœur est au bon endroit, tu verras toujours clairement le chemin à prendre.

Kolher leva ses yeux aveugles vers le visage de sa *shellane*.

— C'est ce que m'a dit une fois une femelle extraordinairement sage. Et elle avait entièrement raison.

Fils de pute, se dit Vhen tout en dévisageant le grand et vénéré Roi aveugle de l'espèce vampire. Celui-là même qui était fourré sur une sorte de trône à l'ancienne, celui qu'on attendait d'un chef... L'objet était un sacré exemple de mobilier, et le bureau n'était pas en reste. Et ça alors, tout en étant assis d'un air royal, l'enfoiré lâchait des bombes avec l'assurance ordinaire d'un monarque dont les ordres étaient toujours suivis.

Seigneur, c'était comme s'il attendait qu'on lui obéisse toujours, même s'il disait des conneries.

Ce qui signifiait... eh bien, que Kolher et lui avaient en quelque sorte des trucs en commun.

Sans raison particulière, sans raison aucune, d'ailleurs, Vhen imagina l'endroit d'où le roi des *symphathes* dirigeait son peuple. Juste un piédestal de marbre blanc. Rien de spécial, mais bon, là-haut, on respectait les pouvoirs de l'esprit ; les signes extérieurs d'autorité n'étaient pas considérés comme impressionnants.

La dernière fois que Vhen s'était trouvé dans la salle du trône, c'était quand il avait tranché la gorge de son père, et il se rappelait de quelle manière le sang bleu du mâle avait coulé sur la pierre immaculée au grain fin, comme une bouteille d'encre renversée.

Vhen n'aimait pas cette image, mais pas parce qu'il avait honte de ce qu'il avait fait. C'était seulement que... s'il cédait à la volonté de Kolher, serait-ce là son avenir ? Est-ce que l'un des membres de sa famille élargie l'égorgerait un jour ?

Était-ce le destin qui l'attendait ?

Perdu dans ses pensées, il regarda Ehlena pour chercher de l'aide... et elle lui donna exactement la force dont il avait besoin. Elle lui rendit son regard avec un tel amour affirmé et brûlant qu'il décida qu'il ne devait peut-être pas envisager le destin sous un angle aussi sinistre.

Et quand il jeta de nouveau un coup d'œil à Kolher, il découvrit que le roi se raccrochait à sa *shellane* de la même manière que lui tenait la sienne.

C'est de ce modèle qu'il faut s'inspirer, se dit Vhen. Juste devant lui se trouvait celui et ce qu'il souhaitait être : un dirigeant fort et bon, avec une reine se tenant à ses côtés et qui régnait autant que lui.

Sauf que ses sujets n'étaient en rien semblables à ceux de Kolher. Et Ehlena n'aurait pas de place dans la colonie. Jamais.

Néanmoins, elle lui prodiguerait d'excellents conseils : il n'existait pas de personne plus indiquée vers qui se tourner pour avoir un avis… à l'exception de l'enfoiré de vampire assis sur ce trône à l'autre bout de la pièce.

Vhen prit les mains de sa compagne dans les siennes.

— Écoute-moi attentivement. Si je le fais, si je dirige, j'interagirai avec la colonie tout seul. Tu ne peux pas aller là-bas. Et je te promets de sales quarts d'heure. De très sales quarts d'heure. Il se passera des choses qui changeront peut-être l'opinion que tu as de moi…

— Excuse-moi, mais je suis venue, j'ai vu, j'ai vaincu. (Ehlena secoua la tête.) Et peu importe ce qui se passe, tu es un bon mâle, et c'est toujours ce qui prévaudra – l'histoire l'a prouvé à de nombreuses reprises, ce qui est la seule garantie que les gens auront jamais.

— Mon Dieu, que je t'aime.

Et pourtant, même quand elle le regarda d'un air rayonnant, il sentit le besoin de se rassurer une nouvelle fois.

— Mais tu es sûre ? Quand nous aurons sauté le pas…

— Je suis absolument, carrément… (elle se mit sur la pointe des pieds et l'embrassa) sûre.

— Nom de Dieu ! (Kolher se mit à applaudir comme si l'équipe qui recevait venait de marquer.) J'adore rencontrer une bonne femelle.

— Oui, moi aussi.

Avec un petit sourire, Vhen attira sa *shellane* dans ses bras, ayant l'impression que le monde s'était redressé à bien des égards. À présent, si seulement ils pouvaient récupérer Xhex…

Pas « si », s'admonesta-t-il. *« Quand »*.

Ehlena posa la tête sur son torse et il lui caressa le dos en regardant Kolher. Au bout d'un moment, le visage du roi se détourna de sa reine, comme s'il savait que Vhen l'observait.

Dans le silence de ce joli bureau bleu pâle, une étrange communion les unissait. Même s'ils étaient différents à bien des égards, même s'ils partageaient peu de choses et en savaient encore moins l'un sur l'autre, ils étaient unis par une similarité que nul n'avait en commun avec quiconque sur la planète.

Ils étaient des dirigeants assis, seuls, sur leurs trônes.

Ils étaient… des rois.

— La vie est vraiment un traumatisme magnifique, tu ne penses pas ? murmura Kolher.

— Si. (Vhen embrassa les cheveux d'Ehlena, se disant que, avant de la rencontrer, il aurait supprimé « magnifique » de cette affirmation.) C'est exactement cela.

Lexique des termes et des noms propres

***Abhîme* :** enfer.
***Abstrux nohtrum* :** garde personnel ayant le droit de tuer, nommé à son poste par le roi.
***Brhume* :** dissimulation d'un certain environnement physique, création d'un champ d'illusion.
Chaleurs : période de fertilité des vampires femelles, d'une durée moyenne de deux jours, accompagnée d'intenses pulsions sexuelles. En règle générale, les chaleurs surviennent environ cinq ans après la transition d'un vampire femelle, puis une fois tous les dix ans. Tous les vampires mâles sont réceptifs à des degrés différents s'ils se trouvent à proximité d'un vampire femelle pendant cette période qui peut s'avérer dangereuse, caractérisée par des conflits et des combats entre des mâles rivaux, surtout si le vampire femelle n'a pas de compagnon attitré.
Chaste : vierge.
***Chrih* :** symbole d'une mort honorable dans la langue ancienne.
Cohmbat : conflit entre deux mâles revendiquant les faveurs d'une même femelle.
Confrérie de la dague noire : organisation de guerriers vampires très entraînés chargés de protéger leur espèce de la Société des éradiqueurs. Des unions sélectives au sein de la race ont conféré aux membres de la Confrérie une force

physique et mentale hors du commun, ainsi que des capacités de guérison rapide. Pour la plupart, les membres de cette confrérie n'ont aucun lien de parenté et sont admis dans la Confrérie par cooptation. Agressifs, indépendants et secrets par nature, ils vivent à l'écart des civils et n'entretiennent que peu de contacts avec les membres des autres castes, sauf quand ils doivent se nourrir. Ils font l'objet de nombreuses légendes et d'une vénération dans la société des vampires. Seules des blessures très graves – balle ou coup de pieu dans le cœur, par exemple – peuvent leur ôter la vie.

Courthisane **:** élue formée dans le domaine des arts du plaisir et de la chair.

Doggen **:** dans le monde des vampires, membre de la caste des serviteurs. Les *doggen* obéissent à des pratiques anciennes et suivent un code d'habillement et de conduite extrêmement formel. Ils peuvent s'exposer à la lumière du jour, mais vieillissent relativement vite. Leur espérance de vie est d'environ cinq cents ans.

Élues : vampires femelles élevées au service de la Vierge scribe. Elles sont considérées comme membres de l'aristocratie, mais leur orientation est cependant plus spirituelle que temporelle. Elles ont peu, si ce n'est aucune, interaction avec les mâles, mais peuvent s'accoupler à des guerriers à la solde de la Vierge scribe pour assurer leur descendance. Elles possèdent des capacités de divination. Par le passé, elles avaient pour mission de satisfaire les besoins en sang des membres célibataires de la Confrérie, mais cette pratique est tombée en désuétude au sein de l'organisation.

Éradiqueur : être humain dépourvu d'âme, membre de la Société des éradiqueurs, dont la mission consiste à exterminer les vampires. Seul un coup de poignard en pleine poitrine permet de les tuer ; sinon, ils sont intemporels. Ils n'ont nul besoin de s'alimenter ni de boire et sont impuissants. Avec le temps, leurs cheveux, leur peau et leurs iris perdent leur pigmentation : les éradiqueurs blondissent, pâlissent et leurs yeux s'éclaircissent. Ils dégagent une odeur de talc pour bébé. Initiés au sein de la Société par l'Oméga, les éradiqueurs conservent dans une jarre de céramique leur cœur après que celui-ci leur a été ôté.

Esclave de sang : vampire mâle ou femelle assujetti à un autre vampire pour ses besoins en sang. Tombée en désuétude, cette pratique n'a cependant pas été proscrite.

L'Estompe : dimension intemporelle où les morts retrouvent leurs êtres chers et passent l'éternité.

***Ghardien* :** tuteur d'un individu. Les *ghardiens* exercent différents degrés de tutelle, la plus puissante étant celle qui s'applique à une femme *rehcluse* : le *ghardien* est alors nommé *gharrant*.

***Gharrant* :** protecteur d'une femelle *rehcluse*.

***Glymera* :** noyau social de l'aristocratie, équivalant vaguement au beau monde de la Régence anglaise.

granhmen : grand-mère.

***Hellren* :** vampire mâle en couple avec un vampire femelle. Les vampires mâles peuvent avoir plusieurs compagnes.

***Honoris* :** rite accordé par un offenseur permettant à un offensé de laver son honneur. Lorsqu'il est accepté, l'offensé choisit l'arme et frappe l'offenseur, qui se présente à lui désarmé.

***Intendhante* :** élue au service personnel de la Vierge scribe.

***Jumheau exhilé* :** le jumeau maléfique ou maudit, celui né en second.

***Leelane* :** terme affectueux signifiant « tendre aimé(e) ».

***Lewlhen* :** « cadeau » en langue ancienne.

***Lhige* :** marque de respect utilisée par une soumise sexuelle à l'égard de son maître.

***Lys* :** instrument de torture utilisé pour énucléer.

***Mahmen* :** « maman ». Terme utilisé aussi bien pour désigner une personne que comme marque d'affection.

***Menheur* :** personnage puissant et influent.

Mharcheur **:** individu qui est mort et est revenu de l'Estompe pour reprendre sa place parmi les vivants. Les *mharcheurs* inspirent le plus grand respect et sont révérés pour leur expérience.

Nalla ou ***nallum*** **:** être aimé.

Oméga : force mystique et malveillante cherchant à exterminer l'espèce des vampires par rancune contre la Vierge scribe. Existe dans une dimension intemporelle et jouit de pouvoirs extrêmement puissants, mais pas du pouvoir de création.

Première famille : roi et reine des vampires, ainsi que leur descendance éventuelle.

Prétrans : jeune vampire avant sa transition.

Princeps **:** rang le plus élevé de l'aristocratie vampire, après les membres de la Première famille ou les Élues de la Vierge scribe. Le titre est héréditaire et ne peut être conféré.

Pyrocante **:** point faible d'un individu ; son talon d'Achille. Il peut s'agir d'une faiblesse interne, une addiction par exemple, ou externe, comme un(e) amant(e).

Rahlman **:** sauveur.

Rehclusion **:** statut conféré par le roi à une femelle issue de l'aristocratie à la suite d'une demande formulée par la famille de cette dernière. La femelle est alors placée sous la seule responsabilité de son *ghardien*, généralement le mâle le plus âgé de la famille. Le *ghardien* est légalement en mesure de décider de tous les aspects de la vie de la *rehcluse*, pouvant notamment limiter comme bon lui semble ses interactions avec le monde extérieur.

Revhanche : acte de vengeance à mort, généralement assuré par un mâle amoureux.

Shellane **:** vampire femelle compagne d'un vampire mâle. En règle générale, les vampires femelles n'ont qu'un seul compagnon, en raison du caractère extrêmement possessif des vampires mâles.

Société des éradiqueurs : organisation de tueurs à la solde de l'Oméga, dont l'objectif est d'éradiquer les vampires en tant qu'espèce.

***Symphathe* :** désigne certains individus, appartenant à l'espèce des vampires, qui, entre autres, ont la capacité et le besoin de manipuler les émotions d'autrui (afin d'alimenter un échange énergétique). Ils ont de tout temps fait l'objet de discriminations et parfois même de véritables chasses à l'homme. Ils sont aujourd'hui en voie d'extinction.

***Tahlly* :** Terme d'affection dont la traduction approximative serait « chérie ».

Le Tombeau : caveau sacré de la Confrérie de la dague noire. Utilisé comme lieu de cérémonie et comme lieu de stockage des jarres de céramique des éradiqueurs. Dans le Tombeau se déroulent les initiations, les enterrements et les mesures disciplinaires prises à l'encontre des membres de la Confrérie. L'accès au Tombeau est réservé aux membres de la Confrérie, à la Vierge scribe et aux futurs initiés.

***Trahyner* :** terme d'affection et de respect utilisé entre mâles. « Ami cher ».

Transition : moment critique de la vie d'un vampire mâle ou femelle lorsqu'il devient adulte. Passé cet événement, le vampire doit boire le sang d'une personne du sexe opposé pour survivre et ne peut plus s'exposer à la lumière du jour. La transition survient généralement vers l'âge de vingt-cinq ans. Certains vampires n'y survivent pas, notamment les vampires mâles. Avant leur transition, les vampires n'ont aucune force physique, n'ont pas atteint la maturité sexuelle et sont incapables de se dématérialiser.

Vampire : membre d'une espèce distincte de celle de l'*Homo sapiens*. Pour survivre, les vampires doivent boire le sang du sexe opposé. Le sang humain leur permet de survivre, bien que la force ainsi conférée soit de courte durée. Après leur transition, qui survient vers l'âge de vingt-cinq ans, les vampires ne peuvent plus s'exposer à la lumière du jour et doivent s'abreuver de sang à intervalles réguliers. Ils ne sont pas capables de transformer les êtres humains en vampires après morsure ou transmission de sang, mais, dans certains cas rares, peuvent se reproduire avec des humains. Ils peuvent se dématérialiser à volonté, à condition toutefois de faire preuve de calme et de concentration ; ils ne peuvent pendant cette opération transporter avec eux d'objets lourds. Ils ont la faculté d'effacer les souvenirs récents des êtres humains. Certains vampires possèdent la faculté de lire dans les pensées. Leur espérance de vie est d'environ mille ans, ou plus dans certains cas.

Vierge scribe : force mystique œuvrant comme conseiller du roi, gardienne des archives vampires et pourvoyeuse de privilèges. Existe dans une dimension intemporelle. Ses pouvoirs sont immenses. Capable d'un unique acte de création, auquel elle recourut pour conférer aux vampires leur existence.

***Vighoureux* :** terme relatif à la puissance des organes génitaux masculins. Littéralement : « digne de pénétrer une femelle ».

EN AVANT-PREMIÈRE

Découvrez la suite des aventures de
La Confrérie de la dague noire

Disponible aux éditions Bragelonne

Chapitre premier

Encore un putain de papillon.

En jetant un coup d'œil par la vitrine de son studio de tatouage, RIP sut aussitôt ce qui l'attendait. Encore un putain de papillon. Peut-être même deux.

Ouais. Vu les deux nymphettes blondes qui s'avançaient en gloussant vers Mar, son employée, il n'allait certainement pas tatouer des squelettes ou des têtes de mort.

Ces clones de Paris Hilton et leur excitation de gamines en quête du grand frisson le poussèrent à regarder l'horloge… Que n'aurait-il pas donné pour fermer tout de suite, au lieu de devoir attendre 1 heure du mat' !

Merde alors… c'était quand même dingue, les trucs qu'on était forcés de faire pour gagner sa croûte ! En temps normal, RIP se fichait pas mal de toutes ces brindilles qui venaient se faire tatouer chez lui mais, ce soir, il ne se sentait pas d'humeur à supporter leurs minauderies. Pas facile d'avoir l'air enthousiaste alors qu'il venait de passer trois heures à tatouer sur un *biker* le portrait de son meilleur ami décédé dans un accident de la route. Ça, c'était la vraie vie. En comparaison, le monde de ces deux gamines ressemblait à un dessin animé.

Mar se dirigea vers lui.

— T'as le temps pour un petit boulot rapide ?

Elle leva les yeux au ciel, arquant ses sourcils ornés de piercings.

— Ça devrait pas être long.

— Ouais, dit-il en désignant un fauteuil rembourré. Envoie-moi la première.

— Elles veulent faire ça ensemble.

Évidemment.

— D'accord. Va chercher le tabouret dans la remise.

Mar disparut derrière le rideau et il prépara son matériel. Près de la caisse, les deux lolitas se tenaient par la main en parcourant les papiers qu'il leur fallait signer pour se faire tatouer. Elles jetaient de temps à autre un coup d'œil dans sa direction, un peu comme deux fillettes au zoo devant une espèce de fauve en voie de disparition. Ses tatouages et les nombreux bijoux qu'il arborait avaient l'air de leur plaire.

Mm-mm. OK. Il préférerait se couper les couilles plutôt que de coucher avec ces donzelles… même par charité.

Après avoir encaissé leur argent, Mar les conduisit jusqu'à lui et fit les présentations. Les donzelles se prénommaient Keri et Sarah. Il n'en attendait pas tant. En fait, il aurait parié sur Tiffany et Brittney.

— Je veux une carpe arc-en-ciel, déclara Keri en s'asseyant sur le fauteuil dans une ondulation provocante. Là.

Elle remonta son top hyper moulant, ouvrit la braguette de son jean et écarta le haut de son string rose. Un anneau orné d'un cœur en strass rose pendait à son nombril et, à l'évidence, elle était adepte de l'épilation intégrale par électrolyse.

— Super, dit RIP. De quelle taille ?

Keri la séductrice perdit un peu de sa contenance. Forte de la popularité dont elle jouissait sans nul doute auprès de l'équipe de football de sa fac, elle s'était imaginé qu'il tomberait aussitôt sous le charme.

— Euh… pas trop grande. Mes parents me tueraient s'ils savaient où je suis en ce moment… Je ne veux pas que ça dépasse de mon maillot.

Bien sûr…

— Cinq centimètres ? suggéra-t-il en levant sa main couverte de tatouages pour lui donner une idée.

— Peut-être un peu plus... petit.

Avec un stylo noir, RIP traça le dessin sur la peau de la jeune fille. Quand ce fut terminé, elle lui demanda de plutôt suivre le contour intérieur. Sans broncher, RIP enfila ses gants noirs, sortit une aiguille propre et chargea son pistolet.

Une seconde plus tard, Keri versait ses premières larmes en agrippant la main de Sarah, comme si elle était en train d'accoucher sans péridurale. Car elle était bien là, la différence. Un fossé abyssal se creusait entre les durs à cuire et ceux qui auraient aimé en être. Les papillons, les poissons de toutes les couleurs et les petits cœurs n'avaient décidément rien à voir avec...

À cet instant, la porte de la boutique s'ouvrit à toute volée... et RIP se redressa légèrement sur son tabouret à roulettes.

Trois types se tenaient sur le seuil. S'ils ne portaient pas d'uniformes militaires, on sentait pourtant qu'il ne s'agissait pas de simples civils. Vêtus de cuir noir de la tête aux pieds – vestes, pantalons et rangers –, les trois colosses occupaient tant d'espace que le studio parut soudain rétrécir et le plafond s'abaisser. De nombreuses bosses suspectes déformaient leurs vestes, le genre de renflements causés par des flingues et peut-être des couteaux.

Discrètement, RIP se glissa derrière le comptoir où se trouvait la sonnette d'alarme.

Criblé de piercings en bronze, le type sur la gauche avait un regard de tueur, glacial. Ses yeux étaient de deux couleurs différentes. Celui de droite paraissait un peu plus « normal » avec sa gueule d'ange et sa tignasse rousse. Seule son attitude donnait à croire qu'il rentrait tout juste du front.

Celui du milieu, en revanche, n'inspirait rien qui vaille. Un poil plus costaud que ses acolytes, il avait des cheveux bruns coupés court et un visage d'une beauté classique,

Mais ses yeux bleus étaient sans vie, ne reflétant rien de plus qu'une vieille plaque de bitume.

On aurait dit un mort-vivant. Qui n'avait rien à perdre.

— Salut, lança RIP Vous venez vous faire tatouer, les gars ?

— C'est pour lui, répondit l'homme aux piercings en désignant d'un signe de tête son copain aux yeux bleus. Il a déjà le modèle. Il le veut sur l'épaule.

RIP s'accorda quelques instants de réflexion. Les trois compères ne lorgnaient pas Mar d'un air salace. Ils n'avaient pas braqué la caisse et aucun d'eux n'avait sorti de flingue. Ils attendaient patiemment sa réponse mais le message était clair : soit il acceptait la mission, soit ils iraient voir ailleurs.

Avec l'impression d'être épié, il se cala sur son tabouret.

— Ça marche. Je n'en ai plus pour longtemps.

— On est censés fermer dans moins d'une heure, protesta Mar, debout derrière le comptoir.

— Je vais m'occuper de toi, déclara RIP à l'adresse du type du milieu. Peu importe l'heure.

— Je crois que je vais rester aussi, reprit Mar en jetant un coup d'œil vers le gars aux piercings.

Le balaise aux yeux bleus leva les mains pour esquisser une série de gestes. Lorsqu'il eut terminé, son copain prit la parole :

— Il te remercie. Il a apporté son encre, si ça ne te dérange pas.

C'était rare, et ça allait à l'encontre des normes sanitaires, mais RIP faisait toujours preuve de souplesse avec les bons clients.

— *No problemo,* vieux.

Il reporta son attention sur le poisson de Keri, qui se remit à geindre en se mordant les lèvres. Une fois le tatouage terminé, il ne fut pas surpris d'apprendre que Sarah était revenue sur sa décision après avoir assisté à l'« agonie » de son amie. Un petit tatouage multicolore ne lui disait plus rien, et elle préférait récupérer son argent.

Ça ne pouvait pas mieux tomber. Il allait pouvoir enchaîner directement avec le type aux yeux vides.

Deux questions lui traversèrent l'esprit tandis qu'il retirait ses gants noirs pour se laver les mains. Quel genre de motif allait lui présenter son nouveau client ? Et combien de temps s'écoulerait-il avant que Mar s'envoie en l'air avec le type aux piercings ?

Concernant la première question, il s'attendait à un truc plutôt sympa.

Et pour la seconde… il pariait sur une dizaine de minutes : Mar venait d'accrocher le regard vairon et elle était du genre rapide… pas seulement derrière un comptoir de réception.

À l'autre bout de la ville, loin des bars et des studios de tatouage de Trade Street, dans un dédale de rues pavées bordées d'immeubles en grès rouge construits au XIXe siècle, Xhex regardait à travers le carreau d'une baie vitrée.

Nue et couverte de bleus, elle grelottait.

Mais elle ne se sentait pas faible.

En bas, sur le trottoir, une femelle humaine se promenait avec un petit chien au bout d'une laisse, un téléphone portable collé à l'oreille. En face, dans d'autres immeubles élégants, des gens buvaient un verre, dînaient ou lisaient. Les voitures circulaient lentement, par égard pour les voisins mais aussi pour les amortisseurs sur cette chaussée cahoteuse.

Aucun de ces minuscules *Homo sapiens* ne pouvait la voir ni l'entendre. Et pas seulement parce que les capacités de cette espèce étaient bien moindres que celles des vampires.

Ou, dans son cas, des vampires à demi *symphathes*.

Même si elle allumait le plafonnier et se mettait à hurler à s'en faire exploser le larynx, même si elle agitait les bras à se oîter les clavicules, les hommes et les femmes autour d'elle continueraient à vaquer à leurs occupations pour la simple raison qu'ils ignoraient qu'elle se trouvait là, piégée dans cette chambre. Si encore elle avait pu casser la vitre avec le bureau ou la table de chevet, enfoncer la porte ou encore se faufiler par la bouche d'aération de la salle de bains…

Elle avait déjà tout essayé.

La meurtrière tapie en elle ne pouvait s'empêcher d'être impressionnée par le caractère inviolable de sa prison invisible : il n'existait absolument aucun moyen de s'échapper.

Elle se détourna de la fenêtre et fit les cent pas autour du grand lit tendu de soie, plein de terribles souvenirs… Elle longea la salle de bains en marbre… et marcha jusqu'à la porte ouvrant sur le hall d'entrée. Vu la manière dont les choses se déroulaient avec son ravisseur, elle n'était pas en manque d'exercice physique, mais elle ne tenait pas en place, son corps semblant en permanence parcouru d'ondes fébriles.

Elle avait déjà fait ça une fois par le passé : agir contre son gré. Et elle savait à quel point l'esprit, tel un corps affamé, était capable de se cannibaliser s'il restait trop longtemps privé de nourriture intellectuelle.

Sa distraction préférée ? Les cocktails. Après avoir travaillé des années dans des clubs, elle connaissait des dizaines et des dizaines de boissons et mélanges en tous genres. Elle les passait en revue, visualisant les bouteilles, les verres, l'alcool coulant à flots sur les glaçons, les épices.

Seule sa petite encyclopédie de la parfaite barmaid la préservait de la folie.

Jusqu'à présent, elle avait espéré une erreur, un faux pas, une occasion de se faire la belle. Mais rien de tel ne s'était présenté et ses espoirs commençaient à s'amenuiser, révélant un immense trou noir prêt à l'engloutir. Elle continuait donc à mixer des cocktails dans sa tête tout en réfléchissant à un plan.

Étrangement, son expérience passée lui était d'une aide précieuse. Quoi qu'il puisse se passer là – la situation pouvait encore se dégrader, les souffrances physiques s'intensifier –, ce n'était rien en comparaison de ce qu'elle avait subi jadis.

De la gnognotte, rien de plus.

Elle s'efforçait en tout cas de s'en convaincre. Certains jours, cela lui semblait plus éprouvant.

Elle continua à arpenter les pièces de l'appartement, longea les deux baies vitrées sur le devant de la façade, passa devant le bureau puis circula encore autour du lit. Cette fois, elle entra dans la salle de bains. Il n'y avait ni rasoir, ni brosse, ni peigne, juste quelques serviettes encore humides et une ou deux savonnettes.

Lorsque Flhéau l'avait enlevée, usant des mêmes pouvoirs magiques que ceux qui la retenaient prisonnière, il l'avait emmenée là, dans ce bel appartement. La première nuit et la première journée qu'ils avaient passées ensemble avaient donné le ton à ce qui allait suivre.

Dans le miroir, au-dessus de la double vasque, elle aperçut son reflet et examina son corps d'un air absent. Elle était couverte d'hématomes… de coupures et de griffures, aussi. Il se comportait avec une extrême brutalité mais elle ripostait sans faiblir – pas question qu'il réussisse à la tuer, ça non ! Du coup, il était difficile de distinguer les marques qu'il lui avait faites de celles qui n'étaient que la conséquence de ce qu'elle avait fait à ce salaud.

Elle était prête à parier qu'il n'avait pas meilleure allure qu'elle, à poil devant un miroir.

C'était œil pour œil.

Pour son malheur, Flhéau appréciait qu'elle lui rende coup pour coup. Leurs affrontements attisaient son excitation et elle sentait bien que ses propres émotions le laissaient perplexe. Les deux premiers jours, il avait décidé de la punir, de lui faire payer ce qu'elle avait infligé à sa dernière petite amie en date – à l'évidence, les balles qu'elle avait collées dans la poitrine de cette garce l'avaient rendu fou de rage. Par la suite, les choses avaient changé. Il parlait moins de son ex et plus de certaines parties du corps, de ses fantasmes, évoquant un avenir où elle porterait le fruit de sa semence.

Confidences sur l'oreiller d'un psychopathe.

Les yeux de Flhéau brillaient désormais d'un éclat différent quand il s'approchait d'elle. Et s'il la tabassait, elle le retrouvait collé à elle en reprenant connaissance.

Xhex se détourna de son reflet. Sur le point de quitter la pièce, elle se figea.

Il y avait quelqu'un en bas.

Émergeant de la salle de bains, elle se dirigea vers la porte qui ouvrait sur le hall d'entrée et inspira lentement, profondément. À l'odeur de cadavre d'animal pas encore refroidi qui envahit ses narines, elle sut qu'il s'agissait d'un éradiqueur. Mais ce n'était pas Flhéau.

Non. C'était son larbin, qui venait chaque soir lui préparer à manger. Flhéau ne tarderait donc pas à arriver.

Merde alors, elle n'avait vraiment pas de bol : elle avait été enlevée par le seul membre de la Société des éradiqueurs qui mangeait et baisait. Tous les autres étaient impuissants comme des vieillards de quatre-vingt-dix ans et se nourrissaient uniquement d'oxygène. Flhéau était l'exception… Toutes les fonctions de ce fils de pute étaient en parfait état de marche.

Regagnant sa place devant la baie vitrée, elle tendit la main vers le carreau. Un champ magnétique marquait les limites de sa prison. Dès qu'elle entrait en contact avec lui, une sensation de brûlure la parcourait. Ce fichu truc ressemblait au collier électrique qu'on met à certains chiens. Sauf que ça fonctionnait sur des créatures plus grandes que les chiens et que le collier n'était même pas nécessaire.

Le système laissait un peu de marge : elle sentit le champ magnétique ployer légèrement sous la pression de ses doigts mais, très vite, les molécules bousculées se regroupèrent et la sensation de brûlure fut si cuisante qu'elle recula en secouant la main pour chasser la douleur.

Tandis qu'elle attendait le retour de Flhéau, son esprit vagabonda vers l'homme auquel elle s'efforçait de ne plus penser.

Surtout pas en présence de Flhéau. Elle ne savait pas vraiment dans quelle mesure ce dernier pouvait lire dans ses pensées, aussi préférait-elle ne pas prendre de risques. Si ce salaud finissait par apprendre que le soldat muet était le puits de son âme, comme disaient les siens, nul doute qu'il utiliserait l'information contre elle… et John Matthew.

L'image de John se forma dans son esprit. Elle se souvenait clairement de ses yeux bleus, constellés de paillettes plus foncées. Seigneur, ses magnifiques yeux bleus.

Elle se remémora leur première rencontre, à l'époque où il était encore un prétrans. Il l'avait regardée d'un air ébahi, comme si elle était la huitième merveille du monde, une révélation. Tout ce qu'elle savait à son sujet, c'est qu'il était entré armé jusqu'aux dents au *Zero Sum* et, en tant que chef de la sécurité du club, elle avait bien eu l'intention de le désarmer avant de le jeter dehors. C'était avant d'apprendre que le Roi aveugle était son *gharrant* ; cette information, bien sûr, avait changé la donne.

BRAGELONNE – MILADY, C'EST AUSSI LE CLUB :

Pour recevoir le magazine *Neverland* annonçant les parutions de Bragelonne & Milady et participer à des concours et des rencontres exclusives avec les auteurs et les illustrateurs, rien de plus facile !

Faites-nous parvenir votre nom et vos coordonnées complètes (adresse postale indispensable), ainsi que votre date de naissance, à l'adresse suivante :

Bragelonne
60-62, rue d'Hauteville
75010 Paris

club@bragelonne.fr

Venez aussi visiter nos sites Internet :
www.bragelonne.fr
www.milady.fr
graphics.milady.fr

Vous y trouverez toutes les nouveautés, les couvertures, les biographies des auteurs et des illustrateurs, et même des textes inédits, des interviews, un forum, des blogs et bien d'autres surprises !

Achevé d'imprimer en novembre 2012 par Hérissey à Évreux (Eure)
N° d'impression : 119619 - Dépôt légal : décembre 2012
Imprimé en France
81120876-1